Sarah Morgan

Die Reise der Sommerfrauen

Roman

Aus dem Englischen von
Judith Heisig

HarperCollins

Die Originalausgabe erschien 2021 unter dem Titel
The Summer Seekers bei HQ Books, London.

1. Auflage 2022

Deutsche Erstausgabe

Gesetzt aus der Stempel Garamond
von GGP Media GmbH, Pößneck
Druck und Bindung von CPI books GmbH, Leck
Printed in Germany
ISBN 978-3-7499-0360-3
www.harpercollins.de

Klimaneutral
Druckprodukt
ClimatePartner.com/15109-2009-1001

FSC
MIX
Papier
FSC® C083411

Für Susan Ginsburg, die Beste der Besten,
mit Dank für ihre Unterstützung,
Führung und Freundschaft

Es ist nie zu spät für ein Abenteuer.

1. KAPITEL

KATHLEEN

Der Becher Milch hatte sie gerettet. Er und der salzige Schinken zum Abendessen, der ihr einen trockenen Mund beschert hatte.

Wenn sie keinen Durst gehabt und noch immer oben geschlafen hätte auf der lachhaft teuren Matratze, die sie sich zum achtzigsten Geburtstag geschenkt hatte, dann hätte sie nichts bemerkt.

So aber stand sie vor dem Kühlschrank, den Milchkarton in der einen und den Becher in der anderen Hand, als sie ein lautes Rumsen hörte. In der grünen Dunkelheit des englischen Landlebens, wo der Ruf einer Eule und das gelegentliche Blöken eines Schafes die einzigen Laute sein sollten, war das Geräusch ungewöhnlich.

Behutsam stellte sie den Becher ab und neigte lauschend den Kopf, um den Ursprung zu lokalisieren. Die Hintertür. Hatte sie schon wieder vergessen, sie abzuschließen?

Fahles Mondlicht erhellte die Küche, und sie war froh, dass sie kein Licht angemacht hatte. Das verschaffte ihr einen Vorteil, oder?

Sie stellte die Milch zurück und schloss leise die Kühlschranktür. Nun war sie sicher, dass sie nicht allein im Haus war.

Wenige Minuten zuvor hatte sie noch geschlafen. Nicht besonders tief – das geschah inzwischen nur noch selten –, sondern auf einer Welle von Träumen dahindämmernd. Wenn ihr früher jemand gesagt hätte, dass sie auch mit achtzig noch träumen und ihre Abenteuer genießen würde, hätte sie weniger Angst vor dem Altwerden gehabt. Und es war nicht mehr zu ignorieren, dass sie alt wurde.

Die Leute sagten zwar, sie sei topfit für ihr Alter, doch die meiste Zeit fühlte sie sich nicht topfit. Die Lösungsworte für ihre geliebten Kreuzworträtsel fielen ihr nicht mehr ein. Namen und Gesichter wollten im entscheidenden Moment nicht mehr zusammenpassen. Sie hatte Mühe, sich zu erinnern, was sie am Tag zuvor getan hatte, doch wenn sie sich zwanzig Jahre oder mehr zurückversetzte, war ihre Erinnerung kristallklar.

Und dann gab es noch die körperlichen Veränderungen – sehen und hören konnte sie Gott sei Dank noch gut, doch ihre Knochen und Gelenke knackten und schmerzten. Sich hinunterzubeugen, um die Katze zu füttern, stellte eine Herausforderung dar. Die Treppe nach oben strengte sie mehr an, als ihr lieb war, und sie ging sie immer nur mit einer Hand auf dem Geländer – für den Fall des Falles.

Sie war nie der Typ gewesen, der für den Fall des Falles lebte.

Ihre Tochter Liza wollte, dass sie sich einen Notrufknopf anschaffte. Eines von diesen Alarmsystemen, die man wie ein Armband trug und bei denen man im Notfall nur einen Knopf drücken musste. Doch Kathleen hatte abgelehnt. Sie war schon in ihrer Jugend um die Welt gereist, lange bevor das Reisen in Mode gekommen war. Sie hatte ihre Sicherheit ohne Zögern für das Abenteuer geopfert. Heute fühlte sie sich an den meisten Tagen wie ein völlig anderer Mensch.

Freunde zu verlieren machte die Sache nicht besser. Einer nach dem anderen blieben sie auf der Strecke und nahmen die gemeinsamen Erinnerungen mit sich. Mit jedem Verlust verschwand ein kleiner Teil ihrer Selbst. Sie hatte Jahrzehnte gebraucht, um zu begreifen, dass man nicht einsam war, weil man zu wenige Menschen in seinem Leben hatte, sondern weil man zu wenige Menschen hatte, die einen kannten und verstanden.

Sie kämpfte verzweifelt darum, einen Teil ihres früheren Ichs zu bewahren. Aus diesem Grund ignorierte sie Lizas Bitten, sie möge den Teppich aus dem Wohnzimmer entfernen und nicht mehr die Trittleiter benutzen, um Bücher aus dem obersten Regalfach zu holen, und sie möge nachts ein Licht anlassen. Jeder Kompromiss bedeutete, ein weiteres Stück ihrer Unabhängigkeit aufzugeben, und der Verlust dieser Unabhängigkeit machte ihr am meisten Angst.

Kathleen war die Rebellin in der Familie gewesen, und sie war es noch immer – auch wenn sie sich fragte, ob Rebellen zitternde Hände und ein heftig klopfendes Herz haben sollten.

Sie hörte schwere Schritte. Jemand durchsuchte das Haus. Wonach? Welche Schätze hoffte man hier zu finden? Und warum versuchte die Person nicht, ihre Anwesenheit zu verbergen?

Nachdem sie immer alle Mahnungen, ihr könne etwas zustoßen, resolut ignoriert hatte, musste sie die Möglichkeit nun doch anerkennen. Vielleicht hätte sie nicht so stur sein sollen. Wie lange hätte es vom Drücken des Notrufknopfs bis zum Eintreffen der Kavallerie wohl gedauert?

Tatsächlich bestand die Kavallerie aus Finn Cool, der drei Felder weiter wohnte. Finn war Musiker und hatte das Anwesen gekauft, weil es keine direkten Nachbarn gab. Seine Eskapaden sorgten für Gesprächsstoff im Dorf. Er veranstaltete bis spät in die Nacht Partys mit berühmten Gästen aus London, die die Einheimischen in Angst und Schrecken versetzten, wenn sie mit ihren protzigen Sportwagen zu schnell durch die engen Straßen rasten. Jemand hatte in der Post eine Petition aufgehängt, die Partys zu verbieten. Es hatte Gerüchte gegeben über Drogen und halb nackte Frauen, und das alles klang nach so viel Spaß, dass Kathleen versucht gewesen war, sich selbst dort einzuladen. Lieber das als eine langweilige Frauengruppe, in der man buk und strickte und Bananenbrot-Rezepte austauschte.

In diesem speziellen Krisenmoment würde Finn ihr jedoch nichts nutzen. Höchstwahrscheinlich saß er gerade mit Kopfhörer in seinem Studio oder war betrunken. In jedem Fall würde er ihren Hilfeschrei nicht hören.

Um die Polizei zu rufen, musste sie durch die Küche und über den Flur ins Wohnzimmer, wo das Telefon stand, was allerdings ihre Anwesenheit verraten würde. Ihre Familie hatte ihr ein Handy geschenkt, das aber noch unbenutzt in seiner Verpackung lag. Ihre Abenteuerlust erstreckte sich nicht auf Technik. Und der Gedanke, dass eine namen- und gesichtslose Person jede ihrer Bewegungen verfolgte, gefiel ihr nicht.

Wieder hörte sie ein Rumsen, diesmal lauter. Kathleen legte die Hand auf ihr Herz. Sie fühlte, wie es raste. Immerhin tat es noch seinen Dienst. Vermutlich sollte sie dankbar dafür sein.

Als sie sich ein bisschen mehr Abenteuer gewünscht hatte, hatte sie nicht an so was wie das hier gedacht. Was sollte sie tun? Sie hatte keinen Knopf, den sie drücken konnte, kein Telefon, um jemanden zu Hilfe zu rufen. Also musste sie allein damit fertigwerden.

Fast meinte sie Lizas Stimme zu hören: Mum, ich habe dich gewarnt!

Wenn sie überlebte, würde sie das noch lange zu hören bekommen.

Ihre Angst wich der Wut. Wegen dieses Einbrechers würde man sie als alt und hilfsbedürftig betrachten und sie zwingen, ihre restlichen Tage in einem winzigen Zimmer zu verbringen mit Pflegern, die ihr das Fleisch klein schnitten, übertrieben laut mit ihr sprachen und ihr ins Badezimmer halfen. Das Leben, wie sie es kannte, wäre vorbei.

Das würde sie nicht zulassen.

Lieber starb sie durch die Hand des Einbrechers. Zumindest würde ihr Nachruf interessant sein.

Noch besser wäre es, wenn sie am Leben blieb und bewies, dass sie allein zurechtkam.

Sie sah sich in der Küche nach einer geeigneten Waffe um und erblickte die schwere schwarze Grillpfanne, in der sie vorhin noch den Schinken gebraten hatte.

Sie nahm sie leise vom Herd und umklammerte den Griff, als sie zu der Tür schlich, die von der Küche in den Flur führte. Die Fliesen unter ihren Füßen fühlten sich kühl an. Glücklicherweise war sie barfuß. Kein Geräusch. Nichts, das sie verraten konnte. Der Vorteil lag bei ihr.

Sie konnte das! Hatte sie nicht mal in den Seitengassen von Paris einen Straßenräuber abgewehrt? Sicher, damals war sie deutlich jünger gewesen, doch dieses Mal lag das Überraschungsmoment bei ihr.

Wie viele waren es?

Mehr als einer würde schwierig werden.

Handelte es sich um einen professionellen Raubzug? Aber ein Profi wäre wohl kaum so laut und ungeschickt. Falls es Jugendliche waren, die es auf ihren Fernseher abgesehen hatten, würden sie enttäuscht sein. Ihre Enkelinnen hatten versucht, sie vom Kauf eines Smart-Fernsehers zu überzeugen. Doch warum sollte sie so etwas brauchen? Sie war mit dem IQ ihres jetzigen Geräts völlig zufrieden, vielen Dank. Technik gab ihr immer das Gefühl, dumm zu sein. Sie brauchte die Dinge nicht noch smarter, als sie bereits waren.

Vielleicht würden sie gar nicht in die Küche kommen. Sie könnte sich verstecken, bis die Einbrecher sich genommen hatten, was sie wollten, und wieder abhauten.

Sie würden nie erfahren, dass sie hier war.

Sie würden …

Ganz in der Nähe knarzte ein Dielenbrett. Es gab kein Knarren oder Quietschen in diesem Haus, das sie nicht kannte. Jemand stand direkt vor der Tür.

Ihre Knie wurden weich.

Oh Kathleen, Kathleen.

Sie umklammerte den Pfannengriff mit beiden Händen.

Warum war sie nicht in Selbstverteidigungskurse gegangen statt zum Senioren-Yoga? Welchen Nutzen hatte der herabschauende Hund, wenn man eigentlich einen Wachhund brauchte?

Die Tür öffnete sich, ein Schatten schlich herein, und ohne weiter nachzudenken, hob sie die schwere Grillpfanne hoch und ließ sie nach unten sausen. Es gab ein dumpfes Geräusch und eine Erschütterung, als sie seinen Kopf traf.

»Es tut mir so leid … Ich meine …« Warum entschuldigte sie sich? Lächerlich!

Der Mann hob reflexartig einen Arm und schwankte. Durch die Armbewegung prallte die Pfanne zurück an Kathleens Kopf. Der Schmerz war so stark, dass ihr schwarz vor Augen wurde. Sie bereitete sich darauf vor, hier und jetzt ihr Leben zu beenden und ihrer Tochter damit recht zu geben – da ging der Mann zu Boden. Als sein Kopf auf die Fliesen knallte, knirschte es.

Kathleen erstarrte. War's das oder würde er plötzlich aufspringen und sie umbringen?

Nein. Entgegen jeder Wahrscheinlichkeit stand sie noch immer aufrecht, wohingegen der Einbrecher regungslos am Boden lag. Der Geruch von Alkohol stieg ihr in die Nase, und Kathleen verzog das Gesicht.

Betrunken.

Ihr Herz raste so sehr, dass sie befürchtete, es könne über sich selbst stolpern und aufgeben.

Sie umklammerte die Grillpfanne fester.

Hatte er einen Komplizen?

Sie hielt den Atem an und wappnete sich, dass jemand herbeigeeilt kam, um nach der Ursache des Lärms zu forschen, doch es blieb still.

Zaghaft trat sie an die Tür und sah hinaus in den Flur. Er war leer.

Es schien, als sei der Mann allein.

Schließlich riskierte sie, ihn näher anzuschauen.

Er lag noch immer vor ihren Füßen, groß, massig und ganz in Schwarz gekleidet. Der Dreck an seinem Hosensaum ließ darauf schließen, dass er über die Felder zur Rückseite des Hauses gelaufen war. Sie konnte seine Gesichtszüge nicht erkennen, weil er kopfüber nach vorne gefallen war, aus einer Wunde floss Blut auf ihren Küchenboden.

Kathleen war schwindlig, und sie presste die Hand gegen ihren pochenden Schädel.

Was jetzt? Sollte man jemandem Erste Hilfe leisten, dessen Verletzung man selbst verursacht hatte? War das hilfsbereit oder heuchlerisch? Oder war Erste und jede andere Hilfe bei ihm vergebens?

Sie stupste seinen Körper mit ihrem nackten Fuß an, doch keine Reaktion.

Hatte sie ihn umgebracht?

Die enorme Tragweite dieses Gedankens erschütterte sie.

Wenn er tot war, war sie eine Mörderin.

Als Liza sich gewünscht hatte, ihre Mutter irgendwo sicher untergebracht zu wissen, wo man sie ohne lange Fahrzeit besuchen konnte, hatte sie vermutlich nicht an ein Gefängnis gedacht.

Wer war er? Hatte er Familie? Was hatte er vorgehabt, als er bei ihr eingebrochen war?

Kathleen legte die Pfanne zur Seite und zwang sich, auf

zitternden Beinen ins Wohnzimmer zum Telefon zu gehen. Etwas kitzelte an ihrer Wange. Blut. Ihr Blut.

Sie nahm den Hörer ab und wählte zum ersten Mal in ihrem Leben den Notruf.

Hinter der Panik und dem Schock verbarg sich etwas, das sich sehr nach Stolz anfühlte. Sie war überhaupt nicht so schwach und wehrlos, wie alle zu glauben schienen!

Als sich eine Frauenstimme meldete, sprach Kathleen klar und ohne zu zögern.

»Da ist eine Leiche in meiner Küche«, sagte sie. »Ich nehme an, Sie wollen kommen und sie abholen.«

2. KAPITEL

LIZA

»Ich hab's ja gesagt! Hab ich es nicht gesagt? Ich wusste, dass so was passieren würde.«

Liza schleuderte ihre Tasche auf den Rücksitz und setzte sich hinters Steuer. Ihr Magen knurrte. Sie hatte keinen Lunch gehabt, weil sie zu viel zu tun hatte, um zu essen. Die Schule, an der sie unterrichtete, steuerte auf die Sommer-Examen zu, und sie hatte gerade zwei Schülern geholfen, ihre Arbeit für den Kunstkurs fertigzustellen, als der Anruf aus dem Krankenhaus kam.

Der Anruf, den sie immer gefürchtet hatte.

Sie hatte jemanden gefunden, der den Rest ihrer Unterrichtsstunden übernahm, und war mit klopfendem Herzen und klammen Fingern den kurzen Weg nach Hause gefahren. Bei ihrer Mutter war in den frühen Morgenstunden eingebrochen worden, und sie erfuhr erst jetzt davon? Sie war voller Angst und zugleich ziemlich wütend.

Ihre Mutter war so hochmütig. Laut der Polizei hatte sie die Hintertür offen gelassen. Liza wäre nicht überrascht gewesen, wenn sie den Mann eingeladen und ihm einen Tee gemacht hätte.

Warum schlagen Sie mir nicht auf den Kopf?

Sean beugte sich durch das Fenster zu ihr ins Auto. Er hatte sein Meeting sofort verlassen und trug ein Hemd im Blauton seiner Augen. »Habe ich Zeit, mich umzuziehen?«

»Ich habe dir eine Tasche gepackt.«

»Danke.« Er löste einen weiteren Hemdknopf am Hals. »Lass mich fahren.«

»Ich mache das.« Ihre Anspannung wuchs und vermischte sich mit der Sorge um ihre Mutter. »Ich hab Angst, das ist alles. Und ich bin frustriert. Ich weiß nicht, wie oft ich ihr schon gesagt habe, dass das Haus zu groß und zu abgelegen ist, dass sie in eine betreute Wohnanlage oder ein Pflegeheim ziehen soll. Aber hat sie auf mich gehört?«

Sean warf sein Jackett auf den Rücksitz. »Sie ist unabhängig. Das ist etwas Gutes, Liza.«

War es das? Wo verlief die Grenze zwischen Unabhängigkeit und Verantwortungslosigkeit?

»Sie hat die Hintertür offen gelassen.«

»Für die Katze?«

»Wer weiß. Ich hätte ihr mehr zureden sollen, dass sie umzieht.«

Insgeheim wollte sie nicht wirklich, dass ihre Mutter umzog. Oakwood Cottage hatte in ihrem Leben immer eine wichtige Rolle gespielt. Das Haus war hinreißend, umgeben von mehreren Morgen Feldern und Wiesen, die sich bis zum Meer erstreckten. Im Frühling hörte man das Blöken der neugeborenen Lämmer, und im Sommer war die Luft erfüllt mit Blumenduft, Vogelgezwitscher und dem entfernten Rauschen des Meeres.

Es fiel ihr schwer, sich ihre Mutter irgendwo anders vorzustellen, auch wenn das Haus zu groß war für eine Person und ziemlich unpraktisch – vor allem für jemanden, der ein Loch im Dach für ein charmantes Merkmal eines älteren Anwesens hielt und nicht für etwas, das repariert werden musste.

»Du bist nicht für alles verantwortlich, was anderen Menschen passiert, Liza.«

»Ich liebe sie, Sean!«

»Ich weiß.« Sean richtete sich auf dem Beifahrersitz ein, als hätte er alle Zeit der Welt. Liza, die durch das Leben eilte, als wäre die Polizei hinter ihr her, fand seine entspannte Haltung und unerschütterliche Ruhe manchmal zum Verrücktwerden.

Sie dachte an den Zeitschriftenartikel, der zusammengefaltet unten in ihrer Tasche lag. »Acht Anzeichen, dass Ihre Ehe gefährdet ist.«

Sie hatte die Zeitschrift letzte Woche im Wartezimmer ihres Zahnarztes durchgeblättert, und die Überschrift war ihr ins Auge gestochen. Sie hatte angefangen, den Artikel zu lesen, um sich zu vergewissern, dass ihre Ehe stabil war.

Es war nicht so, dass sie und Sean sich stritten. Es gab nichts Bestimmtes, das nicht in Ordnung war. Nur ein vages Unbehagen, dass das geregelte Leben, das sie so sehr schätzte, vielleicht doch nicht so geregelt war, wie sie glaubte. Dass so, wie tausend Kleinigkeiten ein Paar zusammenhalten konnten, tausend Kleinigkeiten es ebenso auseinanderbringen konnten.

Sie hatte den Artikel überflogen und sich immer elender gefühlt. Beim sechsten Anzeichen war sie durchgedreht. Sie riss die Seiten aus der Zeitschrift, wobei sie laut hustete, um das Geräusch zu übertönen. Es gehörte sich nicht, aus Zeitschriften in Wartezimmern Seiten rauszureißen und mitgehen zu lassen.

Und nun lagen sie in ihrer Tasche, eine ständige Mahnung, dass sie etwas Grundsätzliches und Wichtiges ignorierte. Sie wusste, dass sie das Thema ansprechen musste. Doch sie befürchtete, dass ihr ganzes Ehe-Gebäude zusammenfallen könnte – so wie das Haus ihrer Mutter.

Sean schnallte sich an. »Du solltest dir keine Vorwürfe machen.«

Einen kurzen Moment erfasste sie Panik, bis sie begriff, dass er von ihrer Mutter sprach. Was war sie nur für ein Mensch, dass sie ihre verwundete Mutter so rasch vergessen konnte?

Ein Mensch, der sich um seine Ehe sorgt.

»Ich hätte mich mehr bemühen sollen, sie zur Vernunft zu bringen«, sagte sie.

Sie würden das Haus verkaufen müssen – daran bestand kein Zweifel. Liza hoffte, dass das Ganze bis zum Sommer warten konnte. In wenigen Wochen war die Schule vorbei, und danach planten die Mädchen diverse Unternehmungen, bis sie alle zusammen in ihren jährlichen Familienurlaub nach Südfrankreich fahren würden.

Frankreich.

Sie beruhigte sich etwas.

Frankreich würde ihr die Gelegenheit geben, sich ihre Ehe genauer anzuschauen. Sie wären beide entspannt, den endlosen Pflichten des Alltags enthoben. Sie und Sean konnten endlich Zeit miteinander verbringen, in der es nicht darum ging, Angelegenheiten und Probleme zu regeln. Bis dahin würde sie sich gestatten, die ganze Sache zu vergessen, und sich auf das akute Problem konzentrieren.

Ihre Mutter.

Oakwood Cottage.

Traurigkeit stieg in ihr auf. So lächerlich es auch sein mochte, der Ort war für sie noch immer ein Zuhause. Sie hatte sich an dieses letzte Stück ihrer Kindheit geklammert und konnte sich nicht vorstellen, dass sie nicht mehr im Garten sitzen oder über die Felder bis zum Meer laufen konnte.

»Dad hat mir das Versprechen abgenommen, sie nicht in ein Heim zu geben«, sagte sie.

»Was unfair war. Niemand kann ein Versprechen abgeben für eine Zukunft, die man nicht kennt. Und du ›gibst‹ sie nirgendwohin.« Sean war vernünftig wie immer. »Sie ist ein Mensch, kein Gartenzwerg. Außerdem gibt es viele gute Seniorenheime.«

»Ich weiß. Ich habe eine dicke Mappe mit glänzenden Prospekten im Kofferraum. Darin sehen sie so gut aus, dass ich am liebsten selbst einziehen würde. Unglücklicherweise fürchte ich, dass meine Mutter das anders sieht.«

Sean checkte auf dem Handy seine Mails. »Letztlich ist es ihre Entscheidung. Es hat nichts mit uns zu tun.«

»Es hat jede Menge mit uns zu tun. Es ist nicht machbar, jedes Wochenende hinzufahren. Selbst wenn die Zwillinge nicht gerade im Examen stecken, würden sie nicht mitkommen, ohne Theater zu machen. ›Das ist mitten im Nirgendwo, Mum.‹«

»Weshalb wir sie dieses Wochenende zu Hause lassen.«

»Und das macht mir auch Sorgen. Was, wenn sie eine Party oder so etwas veranstalten?«

»Warum musst du dir immer das Schlimmste ausmalen? Behandle sie wie verantwortungsvolle Menschen, und sie werden sich wie verantwortungsvolle Menschen benehmen.«

War es tatsächlich so einfach? Oder basierte Seans Vertrauen auf fehlgeleitetem Optimismus?

»Mir gefallen die Freundinnen nicht, mit denen Caitlin sich gerade trifft. Sie haben kein Interesse am Lernen und verbringen ihre Wochenenden in der Shopping-Mall.«

Er sah nicht auf. »Ist das für Teenager nicht normal?«

»Sie hat sich verändert, seit sie sich mit Jane trifft. Sie gibt patzige Antworten, und dabei war sie immer so verträglich.«

»Das sind die Hormone. Das wächst sich aus.«

Seans Erziehungsstil lautete »Raushalten«. Er nannte es »Entspannt sein«. Liza hielt es für Bequemlichkeit.

Als die Mädchen klein gewesen waren, hatten sie miteinander gespielt. Dann kamen sie in die Schule und luden Freunde und Freundinnen zum Spielen ein, die Liza alle entzückend fand. Das hatte sich verändert, seit sie in der Oberstufe waren und Alice und Caitlin sich mit einer anderen Mädchenclique angefreundet hatten. Sie waren ein Jahr älter, die meisten von ihnen fuhren schon Auto und, dessen war Liza sicher, tranken Alkohol.

Bis zum letzten Jahr war ihr nie der Gedanke gekommen, dass sie die Freundinnen ihrer Töchter nicht mögen könnte. Und dass dies ein Problem werden könnte.

Sie zwang sich, sich wieder auf ihre Mutter zu konzentrieren. »Es wäre toll, wenn du dieses Wochenende das Dach des Gartenzimmers reparieren könntest. Wir hätten mehr Zeit in das Haus investieren sollen. Ich fühle mich schuldig, nicht genug getan zu haben.«

Endlich sah Sean auf. »Du fühlst dich schuldig«, sagte er, »weil du und deine Mutter euch nicht nah seid. Aber das ist nicht deine Schuld, und das weißt du.«

Sie wusste es, aber es war noch immer unangenehm, die Wahrheit zu hören. Sie wollte sie einfach nicht anerkennen. Ihrer Mutter nicht nah zu sein kam ihr wie ein Makel vor. Ein schmutziges Geheimnis. Etwas, wofür sie sich schämen sollte.

Sie hatte sich so viel Mühe gegeben, aber ihre Mutter war kein Mensch, der einen leicht an sich heranließ. Kathleen war sehr reserviert und offenbarte nur wenig von dem, was sie beschäftigte. So war sie immer schon gewesen. Als Lizas Vater gestorben war, hatte Kathleen sich auf die praktischen Dinge konzentriert. Jeder Versuch, ihre Mutter zu einem Gespräch über ihre Gefühle zu bewegen, war zurückgewiesen worden. An manchen Tagen hatte Liza den Eindruck, dass sie ihre Mutter nicht mal richtig kannte. Sie wusste, was Kathleen tat und wie sie ihre Zeit verbrachte, doch sie wusste nichts von ihren Gefühlen. Und dazu zählte auch, was sie für ihre Tochter empfand.

Sie konnte sich nicht daran erinnern, dass ihre Mutter ihr je gesagt hätte, dass sie sie liebte.

War ihre Mutter stolz auf sie? Vielleicht, aber dessen war sie sich ebenfalls nicht sicher.

»Ich liebe sie sehr, aber das stimmt, ich wünschte, sie würde mehr von sich mitteilen.« Sie presste die Kiefer zusammen, denn ihr war klar, dass sie selbst auch so einiges nicht mitteilte. Wurde sie wie ihre Mutter? Vermutlich wäre es besser, Sean offen zu sagen, dass sie sich überlastet fühlte und den Eindruck hatte, als läge der reibungslose Verlauf ihres Familienlebens allein in ihrer Verantwortung. Und in gewisser Weise war es tatsächlich so. Sean hatte ein gut laufendes Architektenbüro in London. Wenn er nicht arbeitete, ging er ins Fitnessstudio oder im Park joggen, oder er spielte mit Kunden Golf. Liza verbrachte ihre Zeit abseits der Arbeit damit, sich um das Haus und die Zwillinge zu kümmern.

War das der Kern der Ehe? Blieb das übrig, wenn die frühen Jahre der Verliebtheit vorbei waren?

Acht Anzeichen, dass Ihre Ehe gefährdet ist.

Das war nur ein dummer Artikel. Sie hatte Sean in ihren Teenagerjahren kennengelernt, und es folgten viele glückliche Jahre. Ja, im Moment schien das Leben nur aus Arbeit und Verpflichtungen zu bestehen, aber das gehörte zum Erwachsenenleben dazu, oder?

»Ich weiß, dass du deine Mutter liebst. Deshalb sitzen wir an einem Freitagnachmittag im Auto«, sagte Sean. »Wir werden diese aktuelle Krise ebenso meistern wie alle vorherigen. Indem wir einen Schritt nach dem anderen machen.«

Doch warum musste das Leben immer aus Krisen bestehen?

Sie hätte die Frage beinahe laut ausgesprochen, aber Sean war gedanklich schon woanders und nahm den Anruf eines Kollegen an.

Liza hörte nur halb zu, wie sie eine Reihe von Problemen besprachen. Seit das Büro boomte, war es nicht ungewöhnlich, dass Sean regelrecht am Telefon klebte.

»Mhmm …«, sagte er. »Aber es geht darum, einen minimalistisch gestalteten Raum zu entwerfen … Nein, das wird nicht funktionieren … Ja, ich rufe sie an.«

Als er das Gespräch schließlich beendete, sah sie zu ihm hinüber. »Was, wenn die Mädchen Jane einladen?«

»Du kannst sie nicht davon abhalten, ihre Freundinnen zu treffen.«

»Es sind nicht ihre Freundinnen im Allgemeinen, die mir Sorgen bereiten – nur Jane. Wusstest du, dass sie raucht? Was ist, wenn sie Drogen nehmen? Sean, hörst du überhaupt zu? Hör auf, dich um deine Mails zu kümmern.«

»Entschuldige. Aber ich war nicht davon ausgegangen, dass ich mir heute Nachmittag freinehmen muss, und ich habe gerade viel zu erledigen.« Sean verschickte eine Mail und sah dann auf. »Was hast du gesagt? Ach ja, rauchen und Drogen … Selbst wenn Jane das alles tut, heißt das nicht, dass Caitlin das auch tun wird.«

»Sie ist leicht beeinflussbar. Sie möchte so gerne dazugehören.«

»Und das ist typisch für ihr Alter. Viele andere Kinder sind genauso. Es wird den Zwillingen guttun, mal ein ganzes Wochenende für sich selbst zu sorgen.«

Für sich selbst sorgen traf es nicht ganz. Liza hatte den Kühlschrank mit Lebensmitteln gefüllt. Sie hatte die alkoholischen Getränke aus dem Küchenschrank geholt, sie in der Garage eingeschlossen und den Schlüssel versteckt. Natürlich wusste sie, dass das die Mädchen nicht davon abhalten konnte, Alkohol zu kaufen.

Im Geist ging sie alle Möglichkeiten durch. »Was, wenn sie eine wilde Party veranstalten?«

»Dann wären sie völlig normal. Alle Teenager veranstalten wilde Partys.«

»Ich habe das nicht getan.«

»Ich weiß. Du warst ungewöhnlich brav und unschuldig.« Er steckte das Handy ein. »Bis du mich kennengelernt hast und sich das alles änderte. Erinnerst du dich an den Tag am

Strand, als du spazieren warst? Du warst sechzehn. Ich war mit der Clique unterwegs.«

»Ich erinnere mich.« Er hatte zu einer coolen Clique gehört, und sie hätte bei ihrem Anblick fast kehrtgemacht. Doch am Ende hatte sie sich ihnen angeschlossen.

»Ich habe meine Hand unter dein Kleid geschoben.« Er verstellte den Sitz nach hinten, um mehr Platz für seine Beine zu haben. »Ich gebe zu – meine Technik war verbesserungswürdig.«

Ihr erster Kuss.

Sie erinnerte sich gut daran. Das aufgeregte Gefummel. Der Reiz des Verbotenen. Musik im Hintergrund. Der köstliche Kitzel der Erwartung.

In jenem Sommer hatte sie sich Hals über Kopf in Sean verliebt. Ihr war klar, dass sie sich damit von ihren Freundinnen entfernte, die wie Schmetterlinge auf der Suche nach Nektar von einer Beziehung zur nächsten flatterten. Liza hatte das nie gewollt. Sie hatte nie das Bedürfnis nach einem romantischen Abenteuer verspürt, denn das bedeutete Unsicherheit, und davon gab es mehr als genug in ihrem Leben. Sie wollte nur Sean mit seinen breiten Schultern, dem unbefangenen Lächeln und seiner besonnenen Art.

Sie vermisste die Einfachheit jener Zeit.

»Bist du glücklich, Sean?« Die Worte waren heraus, ehe sie es sich anders überlegen konnte.

»Was für eine Frage ist das denn?« Endlich hatte sie seine volle Aufmerksamkeit. »Das Geschäft läuft hervorragend. Die Mädchen sind gut in der Schule. Natürlich bin ich glücklich. Du nicht?«

Das Geschäft. Die Mädchen.

Acht Anzeichen, dass Ihre Ehe gefährdet ist.

»Ich – ich fühle mich manchmal ein bisschen überfordert, das ist alles.«

Sie tastete sich vorsichtig in ein Gebiet vor, das sie noch nie zuvor betreten hatte.

»Das liegt daran, dass du alles so ernst nimmst. Du sorgst dich um jede Kleinigkeit. Bei den Zwillingen. Bei deiner Mutter. Du musst dich entspannen.«

Seine Worte trafen sie wie Messerstiche. Normalerweise liebte sie seine Gelassenheit, doch jetzt fühlte es sich so an, als stellte er ihre Belastbarkeit infrage. Nicht nur, dass sie sich um alles kümmerte, jetzt nahm sie auch noch alles zu ernst.

»Du meinst, ich sollte mich entspannen angesichts der Tatsache, dass meine achtzigjährige Mutter in ihrem eigenen Haus angegriffen wurde?«

»Es klang mehr nach einem Unfall als nach einem Angriff, aber ich meinte das ganz allgemein. Du sorgst dich wegen Sachen, die noch gar nicht passiert sind, und du versuchst jede Kleinigkeit zu kontrollieren. Die meisten Dinge entwickeln sich wunderbar, wenn man sich nicht um sie kümmert.«

»Sie entwickeln sich wunderbar, weil ich die Probleme vorhersehe und abwende, bevor sie eintreten.«

Und Probleme vorherzusehen war anstrengend – als versuchte man zu schwimmen, obwohl man Gewichte an den Beinen trug.

Für einen kurzen Moment fragte sie sich, wie es wohl wäre, Single zu sein. Sich um niemanden sorgen zu müssen außer um sich selbst.

Keine Verantwortung. Freie Zeit.

Sie riss sich von dem Gedanken los.

Sean lehnte den Kopf an die Kopfstütze. »Lass uns diese Diskussion aufschieben, bis wir zu Hause sind. Jetzt verbringen wir das Wochenende gemeinsam am Meer. Lass uns das genießen. Es wird alles gut.«

Seine Fähigkeit, sich auf den Moment zu konzentrieren, war eine Stärke und zugleich eine Eigenschaft, die ihr mitunter auf die Nerven ging. Er konnte im Moment leben, weil sie sich um die ganzen anderen Dinge kümmerte.

Er legte seine Hand auf ihr Bein, und sie dachte an die Zeit vor zwanzig Jahren, als sie auf einer einsamen Landstraße Sex im Auto gehabt hatten und die Fenster beschlugen.

Was war mit diesem Teil ihres Lebens geschehen? Was war aus ihrer Spontaneität geworden? Aus ihrer Lebenslust?

Das schien so lange her, dass sie sich kaum erinnern konnte.

Derzeit regierten Sorgen und Pflichten ihr Leben. Die immer größer werdende Last der Verantwortung erdrückte sie allmählich.

»Wann sind wir das letzte Mal zusammen weggefahren?«, fragte sie.

»Wir fahren jetzt zusammen weg.«

»Das ist kein Mini-Urlaub, Sean. Meine Mutter musste am Kopf genäht werden. Sie hat eine Gehirnerschütterung.«

Sie krochen durch den dichten Londoner Verkehr, und ihr Kopf pochte schmerzhaft bei dem Gedanken an die vor ihnen liegende Fahrt. Freitagnachmittags war die schlechteste Zeit, um die Stadt zu verlassen, doch sie hatten keine Wahl.

Als die Zwillinge klein waren, waren sie nachts gefahren. In den frühen Morgenstunden kamen sie dann im Oakwood Cottage an, und Sean trug beide Mädchen ins Haus. Dort legte er sie in das Doppelbett im Dachzimmer und deckte sie mit den Quilts zu, die ihre Mutter von einer ihrer Fernreisen mitgebracht hatte.

»Ich möchte es wirklich nicht, aber ich fürchte, es ist an der Zeit, Oakwood Cottage zu verkaufen. Wenn sie in ein Heim zieht, werden wir es uns nicht leisten können, es zu halten.«

Jemand anders würde dann in dem verwilderten Garten Verstecken spielen, auf den staubigen Dachboden klettern und die endlosen Bücherregale füllen. Jemand anders würde in ihrem alten Zimmer schlafen und den atemberaubenden Blick über die Felder bis zum Meer genießen.

Etwas in ihr schien zu zerreißen.

Dass sie sich nicht einmal erinnern konnte, wann sie das letzte Mal ein entspanntes Wochenende verbracht hatte, minderte ihr Verlustgefühl keineswegs. Ganz im Gegenteil, es wurde eher verstärkt, weil sie sich jetzt wünschte, sie wäre öfter dort gewesen. Aber sie hatte geglaubt, das Cottage würde immer da sein …

Seit dem Tod ihres Vaters waren die Besuche zu Hause immer mit Pflichten verbunden gewesen. Gartenarbeit. Den Kühlschrank auffüllen. Sich vergewissern, dass ihre Mutter das für sie allein viel zu große Haus in Schuss hielt, auch wenn sie im fortgeschrittenen Alter war und keinerlei Interesse an Hausarbeit aufbrachte.

Sie hatte gedacht, dass der Tod ihres Vaters sie ihrer Mutter näherbringen würde, doch dem war nicht so.

Trauer überkam sie und schnürte ihr den Hals zu. Es war fünf Jahre her, und noch immer vermisste sie ihren Dad jeden Tag.

»Ich kann mir nicht vorstellen, dass deine Mutter es verkauft«, sagte Sean. »Und ich finde es wichtig, nicht zu voreilig zu reagieren. Diesen Unfall hat sie nicht selbst verschuldet. Davor kam sie bestens zurecht.«

»Kam sie das wirklich? Abgesehen davon, dass sie die Tür offen gelassen hat, glaube ich, dass sie sich nicht gut ernährt. Ihr Abendessen ist eine Schüssel Frühstücksflocken. Oder Schinken. Sie isst zu viel Schinken.«

»Gibt es so etwas wie zu viel Schinken überhaupt?« Sean fing ihren Blick auf und lächelte verlegen. »Nur ein Witz. Du hast recht. Schinken ist schlecht. Auch wenn man sich angesichts des Alters deiner Mutter fragen muss, ob das wirklich eine Rolle spielt.«

»Wenn sie weniger Schinken isst, wird sie vielleicht neunzig.«

»Aber würde sie diese elenden schinkenfreien Jahre genießen?«

»Kannst du bitte mal ernst bleiben?«

»Ich meine es ernst. Es geht um Lebensqualität, nicht nur um Quantität. Du versuchst dir alle schlechten Dinge vom Leib zu halten, aber das bedeutet, auch die guten Dinge zu verpassen. Vielleicht kann sie im Haus bleiben, und wir finden jemanden aus der Gegend, der nach ihr sieht.«

»Sie kann so schlecht Hilfe von jemandem annehmen. Du weißt, wie unabhängig sie ist.« Liza trat hart auf die Bremse, als der Wagen vor ihr unvermittelt stoppte, und der Gurt schnitt ihr in den Oberkörper. Ihre Augen juckten vor Müdigkeit, und in ihrem Kopf pochte es. Sie hatte die Nacht zuvor nicht gut geschlafen, weil sie sich um Caitlin und ihre Freundschaften sorgte. »Meinst du, ich hätte das Schlafzimmer abschließen sollen?«

»Warum? Wenn jemand einbricht, treten sie einfach die Tür ein, wenn sie abgeschlossen ist. Das macht den Schaden nur größer.«

»Ich dachte nicht an Einbrecher. Ich dachte mehr an die Zwillinge.«

»Warum sollten die Zwillinge in unser Schlafzimmer gehen? Sie haben selbst wunderbare Zimmer.«

Was sagte es über sie aus, dass sie ihren Kindern so wenig vertraute? Sie hatten angemessen erschrocken reagiert, als sie erfuhren, dass ihre Großmutter angegriffen worden war, aber kategorisch abgelehnt, mit ihnen zu fahren.

»Es gibt nichts zu tun bei Granny«, hatte Alice nach einem Seitenblick zu ihrer Schwester gesagt.

»Außerdem haben wir Hausaufgaben.« Caitlin deutete auf einen Stapel Schulbücher. »Geschichtsexamen am Montag. Ich muss lernen. Vermutlich habe ich nicht einmal die Zeit, Pizza zu bestellen.«

Die Antwort schien vernünftig. Warum also war Liza nervös?

Sie würde sie nachher per Videocall anrufen, um zu sehen, was im Hintergrund los war.

Der Verkehr wurde weniger, und sie fuhren Richtung Westen nach Cornwall.

Als sie schließlich auf die Straße einbogen, die zum Haus ihrer Mutter führte, war es früher Abend, und das Sonnenlicht überzog die Felder und Hecken mit einem goldenen Schimmer.

Sie war ganz in den Anblick der Landschaft vertieft, als ein hellroter Sportwagen um die Kurve schoss und sie beim Ausweichen beinahe im Graben gelandet wäre.

»Was zum …« Sie drückte auf die Hupe und erhaschte einen kurzen Blick auf lachende blaue Augen, als der Wagen vorbeiraste. »Hast du das gesehen?«

»Ja. Toller Wagen. V8-Motor.« Sean drehte sich sehnsuchtsvoll um, doch der Wagen war längst außer Sicht.

»Er hätte uns fast umgebracht!«

»Zum Glück hat er es nicht getan. Das ist gut.«

»Das war dieser elende Rockstar, der letztes Jahr hergezogen ist.«

»Ach ja. Ich habe in einer der Sonntagszeitungen einen Artikel über seine sechs Sportwagen gelesen.«

»Eigentlich nicht zu verstehen, warum ein Mann sechs Wagen braucht, aber wenn jemand so fährt, ist das vermutlich die Erklärung. Wahrscheinlich liegt sein Verschleiß bei einem Wagen pro Tag.«

Liza drehte am Lenkrad, und Sean zuckte zusammen, als Zweige am Lack entlangschrammten.

»Du bist ein bisschen zu dicht an meiner Seite, Liza.«

»Entweder die Hecke oder ein frontaler Zusammenstoß, ich musste mich entscheiden.« Sie war erschrocken über den

Beinahe-Unfall, und der kurze Blick auf Finn Cool machte sie jetzt auch noch wütend. »Er hat gelacht – hast du das gesehen? Er hat tatsächlich gelacht, als er an uns vorbeifuhr. Hätte er auch gelacht, wenn er meine verstümmelte Leiche aus dem Wrack dieses Wagens hätte ziehen müssen?«

»Er scheint ein ziemlich guter Fahrer zu sein.«

»Es waren nicht seine Fahrkünste, die uns gerettet haben. Das war ich, indem ich in die Hecke ausgewichen bin. Man darf auf diesen Straßen einfach nicht so fahren.«

Liza atmete tief durch und fuhr vorsichtig die Straße entlang, als ob gleich ein weiterer verantwortungsloser Rockstar um die Ecke preschen würde. Sie erreichten das Haus ihrer Mutter ohne weitere Vorkommnisse, und ihr Puls beruhigte sich, als sie in die Auffahrt einbogen.

Blaukissen bedeckte die niedrige Mauer, die das Anwesen umgab, und in den Blumenampeln, die neben der Eingangstür hingen, leuchteten üppige Lobelien und Geranien in hellen Lila- und Pinktönen. Ihre Mutter mochte das Haus vernachlässigen, doch sie liebte den Garten und verbrachte Stunden in der Sonne, um sich um ihre Pflanzen zu kümmern.

»Dieser Ort ist ein Juwel. Wenn sie sich je entscheidet, es zu verkaufen, macht sie ein Vermögen, undichtes Dach hin oder her. Meinst du, dass sie ihren Schokoladenkuchen gebacken hat?«, fragte Sean voller Hoffnung.

»Du meinst, bevor oder nachdem sie mit dem Einbrecher gerungen hat?«

Liza parkte vorm Haus. Vermutlich hätte sie selbst einen Kuchen backen sollen, doch ihre Priorität war gewesen, so schnell wie möglich hierherzukommen.

»Kannst du die Kinder anrufen?«

»Warum?« Sean stieg aus dem Wagen und streckte sich. »Wir sind erst vor vier Stunden losgefahren.«

»Ich möchte sehen, ob alles in Ordnung ist.«

Er holte ihr Gepäck aus dem Kofferraum. »Atme mal durch, ja? Ich habe dich noch nie so erlebt. Du bist unglaublich, Liza. Eine perfekte Krisenmanagerin. Ich weiß, dass dich das, was passiert ist, erschüttert hat, aber wir schaffen das.«

Sie fühlte sich wie ein Gummiband, das zum Zerreißen gespannt war. Was würde denn passieren, wenn sie sich nicht um alles kümmerte? Auch wenn es ihrer Familie nicht klar war – sie wusste, dass sie ohne sie nicht zurechtkamen. Die Zwillinge würden an Mangelernährung sterben oder unter ihrem Chaos begraben werden, weil sie unfähig waren, auch nur ein einziges ihrer Besitztümer wegzuräumen. Die Wäsche bliebe ungewaschen, die Küchenschränke wären leer. Caitlin würde herumschreien: Hat irgendwer mein blaues Trägertop gesehen? Und niemand würde antworten, weil keiner auch nur den Hauch einer Ahnung hätte.

Die Eingangstür wurde geöffnet, und jeder Gedanke an die Zwillinge war wie fortgeblasen, denn dort stand ihre Mutter und stützte sich mit der Hand am Türrahmen ab. Sie trug einen Kopfverband, und Liza wurde schwer ums Herz. Sie hatte ihre Mutter immer für unbesiegbar gehalten, und nun sah sie zerbrechlich, müde und allzu menschlich aus. Trotz all ihrer Differenzen – und davon hatten sie viele – liebte sie ihre Mutter sehr.

»Mum!« Sie überließ Sean das Gepäck und lief die Auffahrt hinauf. »Ich habe mir Sorgen gemacht! Wie geht es dir? Ich kann es immer noch kaum glauben. Es tut mir so leid!«

»Warum? Du bist doch nicht in mein Haus eingebrochen.« Ihre Mutter war wie immer forsch und sachlich, für sie war Schwäche wie eine nervige Fliege, die man verscheuchen musste. Wenn sie Angst gehabt hatte – und die musste sie doch gehabt haben, oder? –, dann würde sie das Liza gegenüber auf keinen Fall zugeben.

Aber Gott sei Dank lebte sie, und angesichts der Umstände sah sie überraschend gut aus.

Wenn man ihre Mutter mit einem Wort beschreiben sollte, dann wäre lebhaft wohl der richtige Ausdruck. Sie erinnerte Liza an einen Kolibri: zierlich, leuchtende Farben und immer beschäftigt. Heute trug sie ein langes fließendes Kleid in Blau- und Türkistönen mit einem dunkelblauen Tuch um die Schulter. Ihre Handgelenke zierten jede Menge Armbänder. Der unkonventionelle eklektische Kleidungsstil ihrer Mutter hatte Liza als Kind viele peinliche Momente beschert, und selbst jetzt schienen die fröhlichen Farben von Kathleens Kleid nicht zum Ernst der Situation zu passen. Sie sah aus, als würde sie gleich an den Strand von Korfu gehen wollen.

Auch wenn ihre Mutter sie nicht dazu ermutigte, umarmte Liza sie vorsichtig, erschrocken, wie fragil sie war. »Du hättest einen Alarmknopf oder ein Handy in der Tasche haben sollen.«

Sie musterte prüfend den Kopf ihrer Mutter, doch außer dem Verband und einer beginnenden Verfärbung um ihr Auge war nichts zu sehen. Auch wenn sie versucht hatte, ihren Teint mit Rouge aufzufrischen, wirkte ihre Haut bleich und wächsern. Sie trug ihr weißes Haar kurz geschnitten, was ihre Zerbrechlichkeit noch betonte.

»Mach kein Theater.« Kathleen löste sich von ihr. »Es hätte keinen Unterschied gemacht. Bis Hilfe eingetroffen wäre, wäre es vorbei gewesen. Mein gutes altes Festnetztelefon hat sich als sehr erfolgreich erwiesen.«

»Aber was, wenn er dich bewusstlos geschlagen hätte? Du hättest nicht mehr anrufen können.«

»Wenn ich bewusstlos gewesen wäre, hätte ich auch keinen Alarmknopf mehr drücken können. Zufällig war ein Polizeiwagen in der Nähe und schnell hier. Das war sehr beruhigend, denn der Mann erholte sich rasch, und ich wusste ja nicht, was genau er vorhatte. Eine bezaubernde Polizistin, wohl nicht viel älter als die Zwillinge. Dann kam ein Krankenwagen. Ich hatte fast erwartet, dass sie mich über Nacht einsperren, aber so dramatisch war es dann doch nicht. Trotzdem: Es war alles ganz schön aufregend.«

»Aufregend?« Diese Verharmlosung war typisch für ihre Mutter. »Du hättest umkommen können. Er hat dich geschlagen.«

»Nein, ich habe ihn geschlagen – mit der Pfanne, in der ich vorher Schinken gebraten hatte.« Stolz und Befriedigung lagen in der Stimme ihrer Mutter. »Er riss den Arm hoch, als er fiel – vermutlich im Reflex –, und so prallte sie zurück an meinen Kopf. Dieser Teil war unglücklich, aber es ist doch komisch, dass der Schinken mir vielleicht das Leben gerettet hat. Also kein Meckern mehr wegen meines Blutdrucks und des Cholesterins.«

»Mum …«

»Wenn ich mir Pasta gemacht hätte, hätte ich eine andere Pfanne genommen … nicht ansatzweise so schwer. Wenn ich mir ein Schinkensandwich gemacht hätte, hätte ich ihn nur mit einer Brotkruste bewerfen können. Von jetzt an werde ich den Kühlschrank mit Schinken beladen.«

»Schinken kann ein Lebensretter sein – das habe ich schon immer gesagt.« Sean beugte sich vor und küsste seine Schwiegermutter sanft auf die Wange. »Du bist eine Respekt einflößende Gegnerin, Kathleen. Schön, dich auf den Beinen zu sehen.«

Liza fühlte sich wie die einzige Erwachsene unter den Anwesenden. Erkannte sie als Einzige den Ernst der Situation? Es war, als hätte sie die Zwillinge vor sich.

»Wie könnt ihr darüber Witze machen?«

»Ich meine es völlig ernst. Es ist schön zu wissen, dass ich Schinken jetzt mit gutem Gewissen essen kann.« Kathleen lächelte ihren Schwiegersohn liebevoll an. »Ihr musstet wirklich nicht so überstürzt an einem Freitag hierherrasen. Es geht mir gut. Habt ihr die Mädchen nicht mitgebracht?«

»Prüfungen. Teenagerstress. Dramen. Du weißt, wie es ist.« Sean trug ihr Gepäck ins Haus. »Ist der Wasserkessel heiß, Kathleen? Ich könnte morden für eine schöne Tasse Tee.«

Musste er das Wort »morden« benutzen? Liza hatte sofort einen anderen Ausgang der Geschichte vor Augen. Sah ihre Mutter leblos auf dem Küchenfußboden liegen. Ihr wurde ein wenig schwindlig – dabei hatte man nicht ihr auf den Kopf geschlagen.

Natürlich war ihr bewusst, dass in Häuser eingebrochen wurde. Das war schließlich eine Tatsache. Aber davon zu wissen war etwas anderes, als davon betroffen zu sein.

Unbehaglich sah sie zur Hintertür. »Du hast sie offen gelassen?«

»Es sieht so aus. Und es regnete so sehr, dass der arme Mann eine Zuflucht suchte.«

»Armer Mann?«

»Er hatte einen sitzen und entschuldigte sich ständig, sowohl bei mir als auch bei der Polizei. Gab zu, dass alles seine Schuld sei. Du siehst blass aus.« Kathleen klopfte Liza beruhigend auf die Schulter. »Du regst dich über Kleinigkeiten auf. Komm herein, Liebes. Diese Fahrt ist mörderisch, du musst erschöpft sein.«

Mörderisch. Morden.

»Würde bitte niemand mehr dieses Wort verwenden?«

Ihre Mutter sah sie erstaunt an. »Das ist eine Redewendung, sonst nichts.«

»Mag sein, aber ich würde es begrüßen, wenn wir eine andere fänden.« Liza folgte ihr in den Flur. »Wie geht es dir, Mum? Ganz ehrlich? Ein Eindringling ist keine Kleinigkeit.«

»Das stimmt. Tatsächlich war er ziemlich groß. Und das Geräusch, als er mit dem Kopf auf den Boden knallte – furchtbar. Ich hätte deinen Vater niemals bitten sollen, diese italienischen Fliesen zu verlegen. Ich hab schon so viele Becher und Teller auf diesem verdammten Boden zerbrochen. Und jetzt den Kopf eines Menschen. Ich habe ewig gebraucht, um das Blut wegzukriegen. Zum Glück für uns alle war er nicht schwer verletzt.«

Selbst jetzt wollte ihre Mutter ihre wahren Gefühle nicht zeigen. Redete nur von Schinken, zerbrochenen Tellern und Bodenfliesen. Um den Eindringling schien sie sich mehr Sorgen zu machen als um sich selbst.

Liza fühlte sich ausgelaugt. »Du hättest das Putzen mir überlassen sollen.«

»Ach, Quatsch. Ich war nie eine besonders gute Hausfrau, aber ich kann Blut aufwischen. Und ich ziehe es vor, nicht direkt neben einem Tatort Mittag zu essen.«

Ihre Mutter ging voraus in die Küche. Liza wusste nicht, ob sie erleichtert oder verzweifelt sein sollte, dass ihre Mutter so tat, als sei nichts geschehen. Sie wirkte sogar eher energiegeladen und vielleicht ein bisschen triumphierend, als hätte sie etwas Bemerkenswertes erreicht.

»Wo ist der Mann jetzt? Was hat die Polizei gesagt?«

»Dem Mann – ich glaube, er heißt Lawrence – geht es gut, auch wenn ich ihn nicht um den Kater beneide, den er haben wird. Ich erinnere mich an einen Abend, als ich in Paris …«

»Mum!«

»Was? Oh, ach ja – die Polizei. Sie kamen heute Morgen und nahmen meine Zeugenaussage auf. Ein sehr sympathischer Mann, aber kein Teetrinker, was mich immer ein bisschen argwöhnisch macht.«

Liza interessierten seine Getränkevorlieben nicht. »Klagen sie ihn an? Wegen Einbruchs?«

»Er ist nicht eingebrochen. Er lehnte sich gegen die Tür, und die ging auf. Und er hat sich ohne Ende entschuldigt, seine Schuld voll und ganz eingestanden. Er hat untadelige Manieren.«

Liza hätte am liebsten ihr Gesicht in den Händen vergraben. »Also musst du nun eine Aussage vor Gericht machen?«

»Ich hoffe doch sehr. Ein Tag im Gericht wäre aufregend, aber es ist unwahrscheinlich, dass sie mich brauchen, er hat ja alles zugegeben und war so reumütig. Ich dachte, ein Auftritt im eigenen Gerichtsdrama würde mein Leben aufheitern, doch ich muss mich wohl mit der fiktionalen Variante begnügen.«

Ihre Mutter war am Herd damit beschäftigt, kochendes Wasser in die Teekanne zu gießen, die sie schon seit Lizas Kindertagen benutzte. Der Tee würde Earl Grey sein. Ihre Mutter trank nie etwas anderes. Das war Liza so vertraut wie das ganze Haus.

Die Küche mit ihrem riesigen Herd und dem großen Holztisch war immer ihr Lieblingsraum gewesen. Jeden Abend hatte Liza hier nach der Schule ihre Hausaufgaben gemacht, weil sie ihrer Mutter nah sein wollte, wenn die zu Hause war.

Ihre Mutter war eine Pionierin der TV-Reiseshows gewesen. Ihre spritzigen Abenteuertrips rund um die Welt hatten den Menschen den Reiz eines Urlaubs in fremden Ländern eröffnet, von der italienischen Riviera bis zum Fernen Osten. *The Summer Seekers* war fast zwanzig Jahre lang gelaufen, wobei die Langlebigkeit zu einem großen Teil der Beliebtheit von Lizas Mutter zu verdanken gewesen war. Alle paar Wochen hatte Kathleen einen Koffer gepackt, um zu einer Reise in ein weiteres fernes Land zu verschwinden. Lizas Schulfreundinnen hatten das unglaublich glamourös gefunden. Liza aber war schrecklich einsam gewesen. In ihrer frühesten Erinnerung war sie vier Jahre alt und klammerte sich an den Schal ihrer Mutter, damit diese nicht wegging. Sie hätte sie beinahe erwürgt.

Um ihr Leid bei Kathleens ständigen Abschieden zu lindern, hatte ihr Vater eine große Weltkarte in Lizas Zimmer gehängt. Immer wenn ihre Mutter zu einer weiteren Reise aufbrach, markierten Liza und ihr Vater das Land mit einer Stecknadel und stellten Recherchen an. Sie schnitten Bilder aus Prospekten aus und legten Sammelalben an. Das gab ihr das Gefühl, ihrer Mutter näher zu sein. Und Lizas Zimmer füllte sich mit allen möglichen Souvenirs. Einer handgeschnitzten Giraffe aus Afrika. Einem Teppich aus Indien.

Und dann kehrte Kathleen zurück, in zerknitterter Kleidung, voller Staub und so energiegeladen, dass sie wie eine Fremde wirkte. Diese ersten Minuten der Wiedervereinigung hatten sich immer unangenehm und gezwungen angefühlt, doch dann wurde die Arbeitskleidung durch Alltagskleidung ersetzt, und aus Kathleen, Reisende und Fernsehstar, wurde wieder Kathleen die Mutter. Bis zum nächsten Mal, wenn die Karten hervorgeholt wurden und die Planungen anfingen.

Liza hatte ihren Vater mal gefragt, warum ihre Mutter immer fortgehen musste, und er hatte gesagt: Deine Mutter braucht das.

Schon als Kind hatte sich Liza gewundert, warum die Bedürfnisse ihrer Mutter denen aller anderen übergeordnet waren, und sich gefragt, was genau ihre Mutter brauchte, doch sie hatte sich nicht getraut, diese Frage zu stellen. Ihr war nicht entgangen, dass ihr Vater mehr rauchte und trank, wenn Kathleen fort war. In seiner Erziehung war er pragmatisch, aber sehr zurückhaltend gewesen. Er hatte dafür gesorgt, dass es ihr gut ging, hielt sich aber tagsüber viel in seinem Arbeitszimmer oder in der Schule auf, wo er das Englisch-Seminar leitete.

Sie hatte die Beziehung ihrer Eltern nie verstanden und nie nach Antworten geforscht. Sie schienen glücklich miteinander, und das war alles, was zählte.

Liza hatte sich vorgestellt, wie ihre Mutter die tunesische Wüste auf einem Kamel durchquerte, und sich gefragt, warum ihre Welt so groß sein musste und warum ihre Familie dort nicht hineinpasste.

Lag es an dieser ständigen Abwesenheit, dass Liza immer häuslicher geworden war? Sie hatte sich für eine Karriere als Lehrerin entschieden, weil sich die Arbeitszeit und die Ferien gut mit den Anforderungen einer Familie vereinbaren ließen. Als ihre Kinder klein gewesen waren, hatte sie eine Auszeit genommen und war zu Hause geblieben. Als sie in die Schule kamen, passte sie ihre Arbeitszeit an ihre Schulstunden an. Sie war stolz und freute sich, dass sie die Zwillinge mit zur Schule und am Ende des Tages wieder in Empfang nahm. Sie hatte sich vorgenommen, dass ihre Kinder nicht eine solche endlose Abfolge von Abschieden erleiden sollten wie sie als Kind. Sie war stolz, dass sie sich gut mit ihnen verstand, und ermutigte sie, über ihre Gefühle zu sprechen, auch wenn diese Gespräche neuerdings wenig fruchtbar waren. *Du kannst das einfach nicht verstehen, Mum.* Als wäre Liza nie jung gewesen.

Dennoch, niemand konnte ihr vorwerfen, nicht fürsorglich zu sein, ein weiterer Grund, weshalb sie sich gerade unwohl fühlte.

Sean unterhielt sich mit ihrer Mutter, während sie den Tee zubereitete, wie bei einem ganz normalen Besuch.

Liza sah sich um, und ihr dämmerte, dass es eine monströse Aufgabe sein würde, dieses Haus auszuräumen. Ihre Mutter hatte von jeder ihrer vielen Reisen Erinnerungsstücke und Souvenirs mitgebracht, von Muscheln bis hin zu afrikanischen Masken. Überall waren Landkarten zu sehen – sie hingen an den Wänden oder stapelten sich in Regalen. In dem kleinen Zimmer, das ihre Mutter als Büro genutzt hatte, lagen ihre Tagebücher und andere Notizen in zwei Dutzend großen Kartons, und ihre Fotoalben füllten die Regale im Wohnzimmer.

Als ihr Vater vor fünf Jahren gestorben war, hatte Liza vorgeschlagen, ein paar seiner Sachen auszusortieren, doch ihre

Mutter hatte sich geweigert. *Ich möchte, dass alles so bleibt, wie es ist. Ein Zuhause sollte ein Abenteuer sein. Man weiß nie, über welchen vergessenen Schatz man stolpern könnte.*

Stolpern und sich den Knöchel brechen, hatte Liza in ihrer Verzweiflung gedacht. Aber es war ein interessanter Ansatz, das herrschende Chaos anders zu definieren.

Bevor ihre Mutter das Haus verkaufen konnte, musste es leer geräumt werden, und das würde zweifellos an Liza hängen bleiben.

Wann war der richtige Zeitpunkt, um das Thema anzuschneiden? Jetzt jedenfalls noch nicht. Sie waren gerade erst angekommen. Sie musste das Gespräch neutral halten.

»Der Garten sieht hübsch aus.«

Die Glastür in der Küche führte hinaus auf die Terrasse, die von einem Blumenmeer umgeben war. An der Hintertür drängten sich Kräutertöpfe. Duftender Rosmarin stand neben dem bunten Salbei, den ihre Mutter jeden Sonntag auf Schweinebraten streute – das einzige Gericht, das sie mit Begeisterung zubereitete. Der Plattenweg führte zum reich ausgestatteten Gemüsebeet und dann zu einem von Rohrkolben gesäumten Teich. Hinter dem Garten erstreckten sich Felder und dann das Meer.

Es war so ruhig und friedlich, dass Liza sich kurz nach einem anderen Leben sehnte – einem, in dem sie nicht ständig gehetzt war und eine Aufgabe nach der anderen von ihrer endlosen To-do-Liste abhakte. Sie wollte einfach nur dasitzen.

Ihr Traum, eines Tages am Meer zu leben, war so gut wie gestorben. In den ersten Jahren ihrer Beziehung hatten sie und Sean noch über das Thema gesprochen, doch dann hatte das Alltagsleben Oberhand gewonnen. Es war praktisch nicht umsetzbar, ans Meer zu ziehen. Seans Arbeitsplatz war in London. Ihrer ebenso. Auch wenn sie als Lehrerin natürlich flexibler war.

Sean holte das Essen aus dem Wagen, und Liza verstaute es im Kühlschrank.

»Ich hatte noch Eintopf im Eisfach, den ich mitgebracht habe«, sagte sie. »Und etwas Gemüse.«

»Ich bin durchaus in der Lage, Essen zuzubereiten«, erwiderte ihre Mutter.

»Deine Vorstellung von Essen umfasst Schinken und Frühstücksflocken. Du ernährst dich nicht gut.« Sie legte frisches Obst in eine Schale. »Ich bin davon ausgegangen, dass du nicht auf eine Invasion vorbereitet warst.«

»Können zwei Menschen eine Invasion sein?« Ihre Mutter sagte das leichthin, doch sie umklammerte die Tischkante und ließ sich vorsichtig auf einem Stuhl nieder.

Liza war sofort bei ihr. »Vielleicht sollte ich einen Blick auf die Kopfwunde werfen?«

»Vielen Dank, aber niemand fasst meinen Kopf an. Der tut schon genug weh. Der junge Doktor, der mich genäht hat, sagte, dass eine Narbe bleiben würde. Als ob mich so etwas in meinem Alter kümmern würde.«

Alter.

War dies der richtige Moment, um zu erwähnen, dass es an der Zeit war, eine Veränderung in Erwägung zu ziehen?

Neben dem Herd schenkte Sean gerade den Tee ein.

Liza hielt inne, weil sie die friedliche Atmosphäre nicht stören wollte. Dann versuchte sie, ein tiefgründigeres Gespräch in Gang zu bringen. »Du musst Angst gehabt haben.«

»Ich habe mir mehr Sorgen um Popeye gemacht. Du weißt, wie sehr er Fremde hasst. Er muss durch die offene Tür entkommen sein, und seitdem habe ich ihn nicht mehr gesehen.«

Liza gab auf. Wenn ihre Mutter über die Katze sprechen wollte, würden sie eben über die Katze sprechen. »Er war schon immer ein Streuner.«

»Vermutlich kommen wir deshalb so gut miteinander klar. Wir verstehen einander.«

War es verrückt, eifersüchtig auf eine Katze zu sein?

Ihre Mutter wirkte wehmütig, und Liza beschloss, alles in ihrer Macht Stehende zu tun, um Popeye zu finden. »Wenn er morgen früh nicht zurück ist, suchen wir nach ihm. Und du solltest dich jetzt hinlegen, glaube ich.«

»Um vier Uhr nachmittags? Ich bin kein Pflegefall, Liza.« Kathleen löffelte sich Zucker in den Tee – eine weitere ungesunde Angewohnheit, die sie nicht ablegen wollte. »Macht kein Theater.«

»Wir machen kein Theater. Wir sind hier, um nach dir zu sehen und …« *Und dich dazu zu bringen, über die Zukunft nachzudenken.* Liza hielt inne.

»Und was? Mich davon zu überzeugen, einen Notrufknopf zu tragen? Ich werde das nicht tun, Liza.«

»Mum …« Sie bemerkte Seans warnenden Blick, ignorierte ihn jedoch. Vielleicht war es das Beste, das Thema jetzt anzubringen, damit sie den Rest des Wochenendes die Einzelheiten besprechen konnten. »Dieser Vorfall war ein Schock für uns alle, und wir müssen einigen unbequemen Wahrheiten ins Gesicht sehen. Es muss sich etwas ändern.«

Sean wendete sich mit einem Kopfschütteln ab, doch ihre Mutter nickte.

»Es muss sich in der Tat etwas ändern. Der Schlag auf den Kopf hat mich zur Vernunft gebracht.«

Eine Welle der Erleichterung durchflutete Liza. Ihre Mutter würde mit sich reden lassen. Offenbar war sie doch nicht der einzige vernünftige Mensch im Raum.

»Das freut mich«, sagte sie. »Ich habe Prospekte im Wagen, sodass wir jetzt nur noch planen müssen. Und dafür haben wir das ganze Wochenende Zeit.«

»Prospekte? Du meinst Reiseprospekte?«

»Für Seniorenheime. Wir können …«

»Wozu bringst du die mit?«

»Weil du hier nicht länger bleiben kannst, Mum. Du hast doch zugegeben, dass sich etwas ändern muss.«

»Ja, das muss es. Und ich entwerfe gerade einen Plan, von dem ich dir erzählen werde, wenn ich mir über die Einzelheiten im Klaren bin. Aber ich werde in kein Seniorenheim ziehen. Das will ich nicht.«

Wollte ihre Mutter etwa bei ihnen in London leben?

Liza schluckte und zwang sich zu der Frage: »Was willst du denn?«

»Ein Abenteuer.« Kathleen schlug mit der flachen Hand auf den Tisch, dass die Tassen klirrten. »Ich möchte noch mal ein Abenteuer erleben. Ich war immer eine Sommersucherin und vermisse diese Zeit schrecklich. Wer weiß, wie viele Sommer mir noch bleiben? Aus dem jetzigen möchte ich das Beste machen.«

»Aber Mum …« *Das war so lächerlich.* »Du wirst Ende dieses Jahres einundachtzig.«

Ihre Mutter straffte sich, und ihre Augen leuchteten. »Ein Grund mehr, keine Zeit mehr zu verschwenden.«

3. KAPITEL

KATHLEEN

Als Erstes spürte Kathleen die pochenden Kopfschmerzen. Für einen kurzen Moment im Schwebezustand zwischen Traum und Wachsein glaubte sie, wieder in Afrika zu sein und einen Malariaschub zu erleiden. Eine schreckliche Erfahrung, die sie auf keinen Fall wiederholen wollte.

Sie setzte sich auf, betastete den Verband an ihrem Kopf und erinnerte sich wieder an alles.

Der betrunkene schwarz gekleidete Mann.

Die Polizei.

Der fortgelaufene Popeye.

Ihr Kopf.

Die Kopfschmerzen waren keine Folge von Malaria, sondern von ihrer sich selbst zugefügten Verletzung. Was bei genauerer Betrachtung viel aufregender war.

Seit Brians Tod fühlte sie sich, als hätte jemand die Pause-Taste in ihrem Leben gedrückt. Sie lebte hier in einer sicheren kleinen Welt, vertäut im Hafen, statt hinaus auf See zu steuern.

Liza wollte sie nicht mal im Hafen sehen, sondern im Trockendock. Wollte sie sicher untergebracht wissen, an einem Ort, wo sie vor allem Unbill geschützt war.

Ihre Tochter hatte bestimmt gute Absichten, doch der Gedanke an einen Verkauf ihres geliebten Hauses hatte in Kathleen Panik aufkommen lassen. So entsetzt war sie gewesen, dass sie mit dieser wilden Geschichte herausgeplatzt war, damit, dass sie noch einmal ein Abenteuer erleben wollte.

Den Schock in Lizas Miene würde wohl niemand von ihnen so bald wieder vergessen. Offenbar glaubte sie, dass der Schlag auf den Kopf das Denkvermögen ihrer Mutter beeinträchtigt hatte.

Mum? Bist du sicher, dass es dir gut geht? Fühlst du dich benommen? Weißt du, welchen Tag wir haben?

Ja, sie wusste, welchen Tag sie hatten. Es war der Tag, bestimmte Entscheidungen zu treffen.

Sie ignorierte ihre schmerzenden Glieder, als sie vorsichtig aus dem Bett stieg, um eine Kopfschmerztablette zu nehmen. Von ihrem Schlafzimmerfenster aus sah sie in der Ferne das Meer und sehnte sich plötzlich danach, mit einem Katamaran durch die Wellen zu pflügen und die salzige Gischt auf ihrem Gesicht zu spüren. Sie war einmal einen Monat lang über das Mittelmeer gesegelt, als Teil einer Flottille. Die meiste Zeit war sie barfuß gewesen, die Haut verbrannt von der Sonne und das Haar strohig vom Meerwasser. Vor allem aber erinnerte sie sich an das Gefühl von Freiheit und Lebendigkeit.

Dieses Gefühl wollte sie wiederhaben. Das war doch nicht altersabhängig, oder?

Hatte Liza etwa recht? War sie dickköpfig? Unrealistisch? Was erwartete sie mit achtzig Jahren? Glaubte sie wirklich, sie würde barfuß über den Sand laufen oder ein Segel einholen? Tequila trinken in Mexiko?

Diese Zeiten lagen hinter ihr, auch wenn ihr die Erinnerungen und Andenken geblieben waren.

Im Haus war es ruhig. Sie ging in den Raum, der ihr in all den Jahren als Arbeitszimmer gedient hatte. Die Wände waren bedeckt mit Landkarten. Afrika. Australien. Der Nahe Osten. Amerika. Die ganze Welt breitete sich vor ihr aus, verlockte sie.

Sie vermisste das Reisen und Entdecken so sehr. Sie vermisste das Gewimmel am Flughafen, die Gerüche und Geräusche eines neuen Landes, das Aufregende des Unbekannten. Sie vermisste es, ihre Erfahrungen an andere Menschen weiterzugeben. Gehen Sie hierhin, sehen Sie sich dies an, erleben Sie jenes. *Summer Seekers* war ihr Kind gewesen. Ihre Show.

Welchen Nutzen hatten ihre Erlebnisse jetzt? Sie hatte vorgehabt, ein Buch über ihre Reisen zu schreiben, doch schnell gemerkt, dass das Schreiben darüber nicht annähernd so aufregend war wie das Reisen selbst. Ein paar Kapitel hatte sie hingekritzelt und es dann aufgegeben, gelangweilt vom Sitzen und dem ständigen Suhlen in Nostalgie. Sie wollte nicht schreiben, sie wollte etwas tun.

Ihre letzte Auslandsreise lag acht Jahre zurück – ein beschaulicher Ausflug nach Wien, um ihren Hochzeitstag zu feiern. Sie hatten Sachertorte gegessen, die sehr schokoladig und zweifellos köstlich war. Geschmackserlebnisse der exquisiten Art gehörten zu den vielen Freuden, wenn man neue Länder entdeckte. In Kathleen weckten Geschmäcker Erinnerungen. Wenn sie bestimmte Gewürze roch, fühlte sie sich an die von Palmen gesäumten Strände von Goa versetzt. Das leise Brutzeln von Knoblauch in Olivenöl ließ sie an die langen trägen Sommer in der Toskana denken.

Sie hatte schon immer eine Leidenschaft fürs Abenteuer gehegt. Fürs Reisen. Sie war nie lange genug stehen geblieben, als dass der Alltag sie hätte einholen können.

Sie stand vor einer Landkarte von Nordamerika, auf der die historische Route 66 eingezeichnet war.

Diese Reise hatte lange auf ihrem Wunschzettel gestanden. Und sie hätte sie sicherlich schon längst unternommen, wenn sie nicht in Kalifornien anfangen oder enden würde. Sicher, Kalifornien war groß, und dennoch fühlte es sich unbehaglich an.

Der Gedanke an Kalifornien rief ihr die Briefe in Erinnerung. Sie wollte die Schreibtischschublade schon öffnen, zog die Hand aber wieder zurück.

Inzwischen war es viel zu spät, die Vergangenheit war nicht zu ändern. Sie konnte sich nur die Landkarten und die Fotos anschauen und träumen. Ihr Blick fiel auf die gestapelten Kartons, in denen sich Reisepläne und Notizen befanden.

Dieses Haus zu verkaufen würde nicht nur bedeuten, dass sie ihr Zuhause verlor. Es würde bedeuten, dass sie ihre Vergangenheit verließ. Das Haus war ja nicht mit bedeutungslosen Dingen vollgestellt, sondern das alles waren Teile ihres Lebens. Alles hatte eine Bedeutung und rief Erinnerungen wach.

Sie schloss die Tür des Arbeitszimmers ab und ging wieder ins Schlafzimmer, wo sie den Schlüssel in einer Schublade versteckte.

Dieser Mann, der in ihr Haus eingedrungen war, hatte sie ins Nachdenken gebracht über ihr Leben.

Ja, sie war schutzlos, aber das war jeder Mensch. Die meisten waren sich dessen natürlich nicht bewusst. Die meisten Menschen glaubten, sie hätten alles unter Kontrolle. Vielleicht brauchte es das Alter und Lebenserfahrung, um zu wissen, dass das Leben einem mitunter Schläge versetzte, die man nicht abwehren konnte, nicht einmal mit einer Bratpfanne.

Angst hatte sie noch nie von etwas abgehalten. Stattdessen hatte sie das Beste aus jedem Augenblick gemacht und die Dinge so genommen, wie sie kamen. Mehr noch, sie war regelrecht draufgängerisch gewesen.

Das war sie heute nicht mehr, allerdings war sie auch nicht bereit, ihre Tage in einem Zimmer mit Notrufknopf zu verbringen.

Unruhe stieg in ihr auf. Aufregung. Erwartung. Abenteuerlust. Ein Gefühl, das sie lange nicht mehr verspürt hatte. Sie war erleichtert, dass es noch nicht endgültig verschwunden war, denn es gab ihr die Energie und Entschiedenheit, die jetzt nötig war.

Sie ging ins Badezimmer und löste den Verband vom Kopf. Es reichte.

Sie wusch das getrocknete Blut ab und machte sich so gut wie möglich zurecht. Die Haare zu waschen wäre im Moment wohl nicht die klügste Maßnahme. Sie versuchte, ihr Spiegelbild nicht anzusehen. In ihrer Vorstellung war sie jugendlich, doch der Spiegel entlarvte dieses Bild als Selbsttäuschung.

Sie zog sich so rasch an, wie ihr Körper das erlaubte, und ging hinunter in die Küche. Enttäuscht stellte sie fest, dass es kein Anzeichen von Popeye gab. Sie liebte den Kater sehr, und das nicht nur, weil er wenig von ihr erwartete.

Sie war schon immer eine Frühaufsteherin gewesen und begann den Tag mit starkem Kaffee. Die Sonne schien, und so trug sie ihren Becher zu dem kleinen Tischchen mit der Marmorplatte, das sie aus Italien mitgebracht hatte. Kaum war sie nach draußen getreten, hellte sich ihre Stimmung auf.

Der Tag versprach perfektes Wetter, Blumenduft lag in der Luft und Bienen summten.

Dieser Augenblick allein mit ihrem Kaffee war ein kurzes Innehalten vor einem, wie sie ahnte, schwierigen Wochenende. Sie hatte in vielen Bereichen geglänzt, doch nicht unbedingt als Mutter. Sie war vierzig gewesen, als sie geheiratet hatte, und Liza war neun Monate später zur Welt gekommen. Kein Abenteuer in ihrem Leben hatte Kathleen mehr Angst gemacht als der Gedanke, dass sie Mutter wurde und jemand von ihr abhängig war.

Sie passte nicht in die allgemeingültige Vorstellung einer guten Mutter. Sie hatte fast jedes Sportfest versäumt, nie beim Ballett zugeschaut und Elternabende als freiwillige Veranstaltung betrachtet. Doch sie hatte ihrer Tochter vorgelesen, wenn auch lieber aus Reiseführern als aus Romanen, hatte ihr so vermitteln wollen, wie groß die Welt war, und sie hielt es sich zugute, dass Liza in Geografie Bestnoten gehabt hatte. Doch es gehörte auch zur Wahrheit, dass die ersten zusammenhängenden Worte aus Lizas Mund lauteten: »Mummy nicht da.«

Kathleen hatte immer damit gekämpft, ihre eigenen Bedürfnisse mit den gesellschaftlichen Erwartungen in Einklang zu bringen.

Und nun befand sie sich wieder in dieser Lage. Von jemandem in ihrem Alter wurde erwartet, nicht mehr abenteuerlustig zu sein.

Was sollte sie tun? Ihr Haus verkaufen und in irgendein Seniorenheim ziehen, um ihre Tochter zufriedenzustellen? Auf sich aufpassen und ihren Sessel nicht verlassen, bis ihr Herz irgendwann stehen blieb?

In den Sechzigern hatte sie Marihuana geraucht und Rock 'n' Roll getanzt.

Wann war sie so vorsichtig geworden?

Sie trank ihren Kaffee aus und bückte sich, um ein Unkraut rauszureißen, das zwischen den Gehwegplatten sprießte. Der Garten bereitete ihr Freude und machte sie stolz, doch die Aufgabe, ihn in Schuss zu halten, überforderte sie allmählich. Natürlich könnte sie jemanden dafür engagieren, doch sie mochte keine Fremden in ihrem Zuhause. Sie wollte ihren Morgenkaffee unbeobachtet im Nachthemd trinken können.

Die Sonne hatte schon Kraft, und sie hob ihr das Gesicht entgegen, um die Wärme zu genießen. Sonnenschein weckte in ihr immer den Wunsch zu reisen.

»Mum?« Aus der Küche drang Lizas Stimme. »Du bist früh wach. Konntest du nicht schlafen?«

»Ich habe wunderbar geschlafen.« Kathleen beschloss, die Kopfschmerzen nicht zu erwähnen. »Und du?«

»Ich auch.«

Kathleen wusste, dass das nicht stimmte. Ihre Tochter wirkte erschöpft und hatte dunkle Ringe unter den Augen. Die arme Liza. Sie war immer so ernst, gebeugt von Verantwortungsgefühl und ganz der Aufgabe hingegeben, alle in ihrem Umfeld in einer Lebensspur zu halten, die sie für sicher hielt.

Kathleen hatte gelegentlich bedauert, dass ihre Tochter offenbar so gar keinen Funken Abenteuergeist von ihr geerbt hatte. Als Liza sechs war, hatte sie sich gefragt, ob es gesund sein konnte für ein Kind, so gehorsam zu sein. In Lizas Teenagerjahren hatte sie auf kleine Anzeichen von Rebellion gehofft, doch Liza war ausgeglichen und zuverlässig geblieben – vorzeitig erwachsen und die unkonventionellen Eskapaden ihrer Mutter immer leicht missbilligend. Weder hatte sie ihre Haare pink gefärbt noch sich betrunken oder – jedenfalls nach ihrem Wissen – einen unpassenden Jungen geküsst. In Kathleens Augen führte Liza ihr Leben mit einem beklagenswerten Mangel an Wagemut.

Doch sie war zweifellos fürsorglich und selbstlos. Selbstloser, als Kathleen es gewesen war.

Kathleen hatte sich eingeredet, dass sie ihrem Kind ein gutes Vorbild bot, indem sie ihre Leidenschaften auslebte, aber offenbar hatten ihre Abenteuer ihre Tochter eher noch vorsichtiger gemacht.

Und nun weckte sie erneut Ängste in ihr.

Liza stellte ihren Kaffeebecher auf den Tisch. »Du hast den Verband abgenommen.«

»Er hat mich genervt. Und die Wunde wird an der Luft besser heilen.« Kathleen tastete mit den Fingerspitzen über die Stelle. »Sie mussten mir dort das Haar abrasieren. Ich sehe aus wie in einem Horrorfilm.«

Liza schüttelte den Kopf. »Du siehst gut aus. Das tust du immer.«

Kathleen wäre gern noch ein bisschen länger allein gewesen mit ihrem Kaffee und den Vögeln, und sofort bekam sie ein schlechtes Gewissen deswegen. Schließlich hatte Liza alles stehen und liegen lassen, um durch den furchtbaren Freitagnachmittagsverkehr zu ihr zu fahren. Eine fürsorglichere Tochter konnte man nicht haben.

»Wie geht es den Mädchen?«

»Ich weiß es nicht. Es ist zu früh, sie anzurufen. Vor dem späten Vormittag stehen sie nicht auf. Sie sind nicht im leichtesten Alter. Ich nehme an, dass sie am Leben sind, sonst hätte ich etwas gehört.« Liza setzte sich ihrer Mutter gegenüber und reckte ihr Gesicht der Sonne entgegen. Sie trug eine dunkelblaue Leinenhose mit einer auf Taille geschnittenen weißen Bluse – eine Kombination, die sowohl im Klassenzimmer als auch beim Elternabend passte. Ihre Schuhe hatten einen kleinen Absatz, und das Haar fiel ihr glatt und seidig bis zu den Schultern. Alles an Liza war sicher und kontrolliert, von ihrer Körperhaltung über ihre Kleidung bis hin zu der Art, wie sie ihr Leben lebte.

»Du sorgst dich zu viel um sie. Lass sie machen, und es wird alles gut werden.«

»Ich bevorzuge eine etwas verantwortungsvollere Herangehensweise als du.« Liza errötete. »Tut mir leid. Das hätte ich nicht sagen sollen.«

Es sah ihrer vorsichtigen Tochter so wenig ähnlich, eine unbedachte Antwort zu geben, dass Kathleen Mut schöpfte. Da gab es Temperament, auch wenn es nur selten ans Licht durfte. Wenn sie doch nur mehr davon herauslocken könnte!

»Entschuldige dich nie dafür, deine Meinung zu sagen. Es stimmt, dass ich keine verantwortungsvolle Mutter war. Ich habe dich oft allein gelassen, allerdings hattest du ja noch deinen Vater. Du warst immer in Sicherheit. Ich könnte vorschieben, dass es an meiner Arbeit lag – und das wäre ja nicht mal gelogen –, aber es ist ebenso wahr, dass es mir ein Bedürfnis war zu reisen.«

»Warum? Was hast du zu Hause vermisst?«

Kathleen wünschte, ihre Tochter hätte länger geschlafen. Zu den Gesprächsthemen, die sie grundsätzlich vermied, zählte neben Religion und Politik auch ihr Gefühlsleben. Sie sprach nicht über ihre Gefühle und nicht über die Vergangenheit. Liza wusste das. Es gab Dinge, die man besser für sich behielt. Kathleen hatte gelernt, sich zu schützen, und war viel zu alt, um sich zu ändern. »Es war kompliziert. Aber es hatte nur mit mir zu tun, nicht mit dir.«

Liza stellte ihren Becher ab. »Ich hätte nicht fragen sollen.«

»Du findest, dass ich egoistisch war. Du hältst mich auch jetzt für egoistisch, weil ich nicht in ein Seniorenheim ziehen will.«

»Ich mache mir nur Sorgen. Ich liebe dich, Mum.«

Kathleen wand sich innerlich. Warum sagte Liza so etwas? »Ich weiß.« Sie bemerkte ein Flackern in den Augen ihrer Tochter. Enttäuschung? Resignation?

»Ich verstehe, dass es nicht leicht ist, den Ort zu verlassen, den du liebst, aber ich möchte, dass du sicher bist.«

»Was, wenn ich das aber für mich nicht möchte?«

»Du möchtest nicht sicher sein?« Liza wedelte sanft eine Biene weg, die um den Tisch flog. »Das ist das Merkwürdigste, das ich je gehört habe.«

»Ich finde andere Dinge wichtiger als Sicherheit.«

»Zum Beispiel?«

Wie konnte sie das erklären? »Glück. Abenteuer. Aufregung.«

»Mit einem Eindringling zu kämpfen ist sicher für eine Weile mehr als genug Abenteuer und Aufregung?«

»Das war kein Abenteuer, das war ein Weckruf.«

»Genau. Eine schmerzhafte Mahnung, dass du nicht allein in diesem Haus wohnen solltest. Aber natürlich unterstützen wir dich bei allem, was du möchtest.« Liza klang müde, und

Kathleen sah, wie sie innerlich ihre aus allen Nähten platzende To-do-Liste um einen weiteren Punkt ergänzte. *Mutter im Auge behalten.*

Sie würde sie regelmäßig anrufen und zweimal im Monat besuchen. Kathleen wäre eine weitere Sorge, zusätzlich zu den vielen, die Liza jetzt schon nachts nicht schlafen ließen. Wie konnte sie ihre Tochter nur von der quälenden Verantwortung befreien, die sie für ihre Liebsten empfand?

»Du bist nicht für mich verantwortlich, Liza.«

»Mum …«

»Ich bin bereit, mit den Konsequenzen meiner Entscheidungen zu leben. Ich habe meine Unabhängigkeit immer geschätzt, das weißt du. Ich bin sicher, viele Menschen fanden es egoistisch, dass ich durch die Weltgeschichte gondelte, während zu Hause ein kleines Kind wartete. Und vielleicht war es das auch, aber es war meine Arbeit, und ich habe sie geliebt. *Summer Seekers* war ein Teil von mir. Ist es egoistisch, die eigenen Bedürfnisse manchmal voranzustellen? Ich glaube, nicht. Ich war Mutter, aber nicht nur Mutter. Ehefrau, aber nicht nur Ehefrau. Und wenn ich ein Mann wäre, hätte sowieso niemand danach gefragt. Für Männer galten immer andere Regeln. Aber ich hoffe, dass sich das jetzt ändert. Fortschritt.«

»Ich sehe das anders als du. Ich bin Teil einer Familie.«

»Die Familie kann deine Priorität sein, ohne dass du sie von vorne bis hinten bedienst.« Sie erwartete, dass ihre Tochter ihr widersprach und ihre Art zu leben verteidigte, doch stattdessen ließ Liza die Schultern hängen.

»Ich weiß. Und ich weiß nicht, wie es so weit gekommen ist. Ich glaube, ich finde es eben einfacher, die Dinge selbst zu erledigen, weil sie dann überhaupt erledigt werden.«

»Und was könnte im schlimmsten Fall passieren, wenn die Dinge nicht erledigt werden?«

»Dann muss ich am Ende das Chaos beseitigen, was normalerweise mehr Arbeit bedeutet, als wenn ich schon zu Beginn eingegriffen hätte.« Liza trank ihren Kaffee aus. »Lass uns nicht darüber sprechen.«

Angesichts der Tatsache, dass sie auf persönliche Themen zusteuerten, stimmte Kathleen bereitwillig zu. Eine angespannte Stille breitete sich aus. »Ich höre Sean in der Küche.«

»Ich mache Frühstück.« Sie sagten es gleichzeitig, wobei Liza rasch aufsprang und dabei an den Tisch stieß, sodass der Rest von Kathleens Kaffee über den Tisch schwappte. Sie hielt inne und schien etwas sagen zu wollen, drehte sich dann aber um und ging in die Küche.

Kathleen blickte ihr nach, reumütig und frustriert zugleich.

Sie hatte geglaubt, ihre Reisen würden ihre Tochter unabhängiger machen, und auf gewisse Weise war es auch so gekommen. Liza hatte gelernt, zu kochen und sich ums Haus zu kümmern. Sie hatte die heimelige Gemütlichkeit geschaffen, die Kathleen nicht schaffen konnte. Doch ihr fehlte emotionale Unabhängigkeit. Wenn Kathleen von ihren Reisen zurückkehrte, war Liza unsicher gewesen und hatte geklammert.

War das der Grund, weshalb ihre Tochter so früh geheiratet hatte? Hatte sie Sicherheit gesucht?

Kathleen hatte den gegenteiligen Weg eingeschlagen. Sie hatte erst mit vierzig geheiratet und das auch erst nach dem dritten Antrag. Sie verspürte einen merkwürdigen Druck auf der Brust, den sie als Trauer identifizierte. Brian war vor fünf Jahren gestorben, doch sie vermisste ihn noch immer furchtbar.

Sie stand mit schmerzenden Gliedern auf. Wer sagte, dass achtzig das neue sechzig sei, war nie achtzig gewesen. In ihrem Alter war nur eines sicher, dass nämlich nichts einfacher wurde.

Sie wartete, dass die Steifheit nachließ, und ging dann ebenfalls in die Küche.

»Guten Morgen, Kathleen.« Sean verzog das Gesicht, als er die hässliche Wunde und die Blutspuren in ihrem Haar sah. »Das ist eine ziemlich üble Wunde. Aber ich bin sicher, dass der andere schlimmer aussieht. Du bist uns allen ein Vorbild.«

»Sean!«, sagte Liza gereizt. »Hast du Hunger? Ich mache Frühstück.«

Sie holte Eier aus dem Kühlschrank, während Sean sich setzte und über Golf, Angeln und die unverschämten Immobilienpreise in London redete.

Liza huschte leise durch die Küche, deckte den Tisch und bereitete alles vor.

Kathleen sah zu, wie ihre Tochter Eier aufschlug und luftige Omeletts zubereitete, über die sie frische Kräuter aus Kathleens Töpfen streute. Sie war von Natur aus fürsorglich, doch irgendwann hatte sie vergessen, auch für sich selbst zu sorgen.

Sean griff nach seiner Gabel. »Mein liebstes Trostessen.«

Liza kochte eine Kanne frischen Kaffee und stellte sie auf den Tisch, daneben Schälchen mit frischen Beeren und Joghurt. »Ich habe dir frische Orangen mitgebracht, Mum.«

»Köstlich«, sagte Kathleen. »Lass uns gleich frischen Saft pressen. Ein Leckerbissen.«

Liza schüttelte den Kopf. »Du solltest sie aufbewahren.«

»Warum? Was nutzt eine Orange in der Schale? Die Schale ist dekorativ, aber die Orange nicht.« Kathleen musterte ihre Tochter. »Du solltest sie bis auf den letzten Tropfen auspressen und genießen, solange du kannst. Wenn sie fort ist, ist sie fort.«

»Soll das eine Metapher sein? Von wegen wenn dir das Leben Zitronen gibt und all das?« Aber Liza presste Orangensaft und stellte den Krug samt Gläsern auf den Tisch.

»Gibt es einen Plan für den Tag?« Sean aß sein Omelett auf. »Wollen wir später an den Strand gehen?«

»Das ist kein Mini-Urlaub.« Liza legte ihm zwei Scheiben Toast auf den Teller. »Wir müssen Mum mit dem Haus helfen.«

»Ich weiß, aber zwischen dem Helfen können wir uns ja ein bisschen amüsieren.« Sean verstrich Butter auf den Toastscheiben. »Ich könnte mal schauen, ob das Surfboard noch in der Garage ist.«

Kathleen sah auf. »Das ist es.«

Liza stocherte in ihrem Omelett herum, als wäre sie zu müde, die Gabel zum Mund zu führen.

Nach dem Frühstück gingen alle ins Wohnzimmer.

Sean wirkte ein bisschen verloren. »Soll ich den Rasen mähen oder so etwas? Einen Makler anrufen? Sag mir, was ich tun soll.«

Kathleen atmete tief durch. »Du wirst keinen Makler anrufen. Ich werde dieses Haus nicht verkaufen, also vergeudet nicht eure Zeit damit, zu versuchen mich zu überzeugen.« Würde es von jetzt an immer so sein? Würde ihre Familie jetzt bei jedem Gespräch versuchen, sie zum Umzug zu überreden? Wie dumm und frustrierend das für alle sein würde. Wie konnte sie ihnen nur verständlich machen, dass sie nicht verkaufen würde? Begriffen sie denn nicht, wie sehr ihr das Haus am Herzen lag?

Sie ignorierte die leise mahnende Stimme in ihr, dass die beiden schließlich nicht wissen konnten, was das Haus für sie bedeutete, weil sie nie darüber gesprochen hatte.

»Gut.« Sean sah zu Liza, die die Möbel abstaubte. »Eine Möglichkeit wäre, dass du hier wohnen bleibst und wir eine Hilfe besorgen.«

»Was für eine Hilfe brauche ich denn? Einen Leibwächter?«

Liza schüttelte den Kopf. »Dieser Mann wusste vermutlich, dass du allein und schutzlos warst, Mum.«

»Er war viel zu betrunken, um irgendwas zu wissen.«

Sean lachte. »Ich wollte dir vorschlagen, einen zähnefletschenden Wachhund auszuleihen, aber nichts könnte Furcht einflößender sein als du, wie du im Nachthemd die Bratpfanne schwingst. Wenn die Zeitung Wind von der Geschichte bekommt, bist du auf der Titelseite.«

Liza umklammerte das Staubtuch so fest, dass ihre Finger weiß wurden. »Sie hätte umkommen können, Sean.«

»Bin ich aber nicht.« Kathleen sagte das ganz ruhig. »Und wenn das mein Ende gewesen wäre – nun, dann hätte es so sein sollen. Ich werde dieses Haus nicht verkaufen. Wenn ihr euch nützlich machen wollt, könntet ihr Popeye suchen. Er ist immer noch nicht wieder da.«

»Ich kümmere mich darum.« Sean erhob sich, dankbar für die Gelegenheit, das Haus zu verlassen.

»Ich werde heute Vormittag dieses Zimmer aufräumen«, sagte Liza. »Die Bücher in den Regalen aussortieren. Sie wurden seit Jahrzehnten nicht mehr angefasst.«

Kathleen sträubte sich. »Ich nehme es lieber mit dem nächsten Eindringling auf, als Bücher wegzuwerfen.«

»Aber es wird darunter doch welche geben, die du nie wieder lesen wirst.«

»Vermutlich. Aber wenn wir sie aussortieren, nehmen wir uns die Möglichkeit. Und es gibt keinen Grund zum Aussortieren. Ich habe dir schon gesagt …«

»… dass du das Haus nicht verkaufst. Ich weiß. Aber das heißt nicht, dass es keine gute Idee wäre, gelegentlich die Sachen durchzusehen und was nicht mehr gebraucht wird wegzugeben. Wir müssen nichts überstürzen.« Liza hatte offenbar nicht die Absicht aufzugeben. Kathleen entschied, dass es am einfachsten war, ihre Tochter ein paar Dinge in Kisten packen zu lassen. Das würde ihr ein Gefühl von Kontrolle geben, und wenn sie fort war, könnte Kathleen die Sachen jederzeit wieder hervorholen.

»Dann fang doch mit dem Regal in der Ecke an.«

Der Vormittag ging in eher angespannter als geselliger Stille vorbei.

Gelegentlich hielt Liza ein Buch hoch. »Was ist mit diesem?«

»Behalten«, sagte Kathleen. Oder auch: »Leg es in die Kiste.«

Sean kehrte zurück, konnte jedoch nur vermelden, dass Popeye nirgends zu finden war. »Er ist vermutlich auf Entdeckungsreise.«

Kathleen hätte nie gedacht, dass sie ihre Katze mal beneiden würde.

Andererseits: Wenn eine einäugige, dreibeinige Katze die Welt erkunden konnte, warum dann nicht auch sie? Es stand nirgendwo geschrieben, dass nur ein Mensch in perfektem Zustand seine vier Wände verlassen durfte.

Liza blätterte in den Fotoalben. »Hier ist ein schönes Bild von dir und Dad.« Sie legte das Album zur Seite und griff zum nächsten. »Das hier muss eines deiner frühesten Alben sein.« Sie schlug es auf und lächelte. »Hier ist dein Abschluss-Foto. Oh, was für eine Frisur! Warum habe ich das noch nie gesehen?«

»Weil ich mich mehr auf die Gegenwart als auf die Vergangenheit konzentriere.« Brian hatte die Fotos eingeklebt. Brian, der ihr Haus in ein Heim und ihr kleines Trio in eine Familie verwandelt hatte. Kathleen hatte Tausende Fotos auf ihren Reisen gemacht, doch die lagen in Kisten in ihrem Arbeitszimmer verstaut.

»Wer sind diese beiden?« Liza deutete auf ein Bild, und Kathleen ging zu ihr, um ihr über die Schulter zu schauen.

Sie spürte, wie sich ein Kloß in ihrem Hals bildete.

Warum hatte sie das Foto nicht zerrissen?

»Mum?«

»Ja?«

»Diese anderen beiden auf dem Bild. Wer sind sie?«

»Freunde. Wir waren auf dem College alle im gleichen Kurs. Wir drei waren unzertrennlich. Das Foto wurde in Oxford aufgenommen.«

»Der Typ sieht sehr attraktiv aus. Wie heißt er?«

»Adam.« Klang ihre Stimme normal? »Er hieß Adam.«

»Und das Mädchen?«

»Ruth.« Ihre Stimme klang eindeutig nicht normal. »Sie war meine Mitbewohnerin.« *Meine beste Freundin.*

»Du hast nie von ihr gesprochen. Was ist passiert?« Liza blätterte die Seiten um. »Habt ihr den Kontakt verloren?«

»Wir … ja.« Kathleen bekam plötzlich weiche Knie und ließ sich auf den nächsten Stuhl fallen. Sie dachte an die Briefe, die sie verschnürt hinten in einer ihrer Schubladen versteckt hatte. Ungeöffnet. »Nicht alle Freundschaften sind für immer.«

»Und Adam? Bist du mit ihm in Kontakt geblieben?«

»Nein.«

»Aber hier seid ihr drei wieder zusammen. Weißt du, wo Ruth heute wohnt?«

»Als ich das letzte Mal von ihr hörte, lebte sie in Kalifornien.« Kathleen verspürte einen Stich im Herzen.

Sie nahm Liza das Album aus den Händen. Da war Ruth und lächelte in die Kamera, das lange Haar fiel ihr offen über eine Schulter. Und da war Adam mit diesen blauen Augen und dem Filmstar-Aussehen.

Sie erinnerte sich an die Nächte, in denen sie und Ruth in Oxford am Flussufer gelegen und bis zum Morgengrauen geredet hatten. Kathleen war ein Einzelkind gewesen, und mit Ruth hatte sie eine Ahnung davon bekommen, wie das Leben mit einer Schwester gewesen wäre. Es gab nichts, was sie über Ruth nicht gewusst hatte, und nichts, was Ruth nicht über sie gewusst hatte. Sie hatte tatsächlich geglaubt, dass diese Freundschaft durch nichts zerstört werden könnte.

Sie fuhr mit den Fingern über das Foto, strich über Ruths Gesicht und erinnerte sich an den Klang ihres Lachens.

Brian hatte ihr zugeredet, nach Kalifornien zu fahren, doch sie hatte abgelehnt.

Sie war feige gewesen.

Kathleen wurde schwer ums Herz.

Sie sah auf, und dort stand Popeye im Türrahmen. Die Art, wie er den Kopf hielt, legte nahe, dass ihn die Menge an Menschen, die sein Territorium belagerten, keineswegs beeindruckte. Er stolzierte mit erhobenem Schwanz zu Kathleen hinüber.

Sie legte das Album zur Seite und nahm den Kater auf den Schoß. Popeye ließ sich ein paar Streicheleinheiten gefallen, bevor er sich aus Kathleens Griff befreite und in die Küche lief.

Der süße Popeye. Wenn er ein Abenteuer erleben konnte, warum dann nicht sie? Statt hier rumzusitzen und sich an die Vergangenheit zu erinnern, sollte sie lieber in der Gegenwart leben.

Liza griff nach dem beiseitegelegten Fotoalbum. »Es tut mir leid, wenn diese Bilder dich aufgewühlt haben.«

»Sie haben mich nicht aufgewühlt. Sie haben mich zum Nachdenken gebracht.« Kathleen fühlte sich wieder stärker. »Sie haben mich erkennen lassen, dass es an der Zeit ist, etwas zu tun, das ich schon vor vielen Jahren hätte tun sollen.«

»Du meinst die Alben aussortieren?«

»Nein.« Gehörte Mut zu all diesen Dingen, die mit dem Alter schwanden, so wie das Erinnerungsvermögen und die Muskelmasse? »Setz dich, Liza.«

Liza nahm neben ihr auf dem Sofa Platz und wirkte besorgt. »Mum?«

»Ich kann von Glück sagen, eine Tochter zu haben, die sich um mein Wohlergehen sorgt. Sieh dich an, du fährst am

Wochenende zu mir, obwohl du selbst so viel zu tun hast in deinem Leben. Ich bin dankbar für all deine Erkundigungen zu Seniorenheimen.« Sie schaute Liza an. »Aber ich brauche die Unterlagen noch nicht.« Ich werde sie niemals brauchen, dachte sie, doch das sagte sie nicht. Sie hatte das Gefühl, es sei klüger, ihrer Tochter den Eindruck zu vermitteln, dass sie irgendwann zur Vernunft kommen könnte.

»Mum …«

»Ich weiß, dass du aus Liebe handelst, aber ich bin völlig klar und in der Lage, selbst zu entscheiden, was das Beste für mich ist.«

Liza stand die Enttäuschung ins Gesicht geschrieben.

Dickköpfig. Genau wie ihr Vater. Nach allem, was geschehen war, hatte Kathleen nicht heiraten wollen. Zu ihrem Glück akzeptierte Brian das nicht. Wenn er nicht so hartnäckig gewesen wäre und ihr drei Anträge gemacht hätte, hätte sie ihr glückliches gemeinsames Leben verpasst. Sie hätte niemals Liza bekommen, die sie jetzt nervös ansah.

»Du kannst hier nicht bleiben, Mum.«

»Das habe ich auch nicht vor. Aber ich habe auch nicht vor, in ein Heim zu ziehen und geduldig auf den Tod zu warten.«

»Nicht den Tod, aber …«

»Ich werde nach Kalifornien reisen.« Das war ein großer Bundesstaat. Die Wahrscheinlichkeit, jemanden zu treffen, den sie nicht treffen wollte, war gering.

»Kali…« Liza verschlug es die Sprache. »Machst du Witze? Das ist ein Zwölf-Stunden-Flug.«

»Ich werde nicht nur fliegen. Ich werde mit dem Auto quer durch die USA fahren. Die Route 66.« Kaum hatte sie die Worte ausgesprochen, spürte sie eine Mischung aus Vorfreude und Beklemmung in sich aufsteigen. War das kühn oder einfach dumm?

Egal. Sie hatte lang genug gewartet. Zu lang. Sie würde sich durch die Vergangenheit nicht davon abhalten lassen, etwas zu tun, das sie schon immer hatte tun wollen.

Doch auch ohne den emotionalen Druck war es ein ehrgeiziges Unterfangen. An manchen Tagen taten ihr die Knochen so weh, dass sie kaum aus dem Bett kam, und nun verkündete sie unbekümmert, zweitausendvierhundert Meilen – sie rechnete nicht gern in Kilometern – mit dem Auto fahren zu wollen, als sei das eine Fahrt ins nächste Dorf.

Sean reagierte als Erster. »Spannend. Wie können wir dir helfen?«

Der gute Junge.

Liza öffnete den Mund, doch Kathleen kam ihr zuvor. »Wenn ich alles ausgearbeitet habe, würde ich mich freuen, wenn ihr mich zum Flughafen bringt.« Fast hätte sie um Hilfe bei der Buchung des Fluges gebeten, doch das musste sie schon selbst machen. Lächerlich, dass der Gedanke ans Flugbuchen ihr mehr Angst machte als die Reise selbst. Sie konnte noch immer nicht glauben, dass ein Knopfdruck und die Eingabe einer Kreditkartennummer reichten, um sich einen Platz im Flugzeug zu sichern.

Liza fand ihre Stimme wieder. »Route 66? Das kann nicht dein Ernst sein.«

»Ich war noch nie ernster. Ich habe auch schon die Recherche abgeschlossen.« Kathleen dachte an die Kiste unter dem Schreibtisch in ihrem Arbeitszimmer, in der sich Reiseführer und Kartenmaterial stapelten.

»Aber warum Kalifornien? Wenn du in die Sonne möchtest, dann komm mit uns nach Südfrankreich. Oder möchtest du Ruth nach all diesen Jahren wiedersehen?«

»Ich weiß nicht, ob Ruth noch dort ist. Sie ist vielleicht umgezogen oder …« Sie könnte gestorben sein. In ihrem Alter war das nun mal eine realistische Möglichkeit. Aber bei dieser

Reise ging es nicht um Ruth. Kathleen wollte sie auf keinen Fall sehen, und sie war sicher, dass es Ruth ebenso ging.

Die Vergangenheit war nicht mehr zu ändern.

»Ich will nicht in die Sonne. Ich will ein Abenteuer. Und die Route 66 will ich schon seit vielen Jahren fahren.«

»Warum hast du es dann nicht gemacht?«

»Es schien nie der richtige Zeitpunkt zu sein.« Kathleen blieb absichtlich vage. »Aber jetzt ist er da.«

Liza rang um Worte. »Du ignorierst ein sehr großes Problem.«

Es gab Tausende von Problemen. Allein der Gedanke daran machte sie schwindlig, doch sie war entschlossen, jedes einzelne in den Griff zu kriegen.

Sie hatte einem Eindringling eine Pfanne über den Schädel gezogen. Sie traute sich zu, alle Hindernisse zu überwinden, und das galt auch für ein paar unangenehme Erinnerungen.

»Ich habe einen Reisepass, falls du dich darum sorgst. Er ist hier in meiner Handtasche.« Sie umfasste den Griff und zog die Tasche ein bisschen näher zu sich.

Liza sah von ihrer Mutter zu der Tasche. »Du trägst deinen Reisepass bei dir?«

»Ja.«

»Zum Dorfladen? Zur Post?«

»Ich habe ihn immer bei mir.« Sie war zwar seit Jahren nicht gereist, doch ihren Reisepass bei sich zu haben gab ihr das Gefühl, dass sie jederzeit aufbrechen könnte.

Liza wirkte fassungslos. »Was, wenn dir jemand die Tasche stiehlt?«

»Was sollen sie schon machen? Mir meine Identität stehlen? Die können sie gerne haben, wenn ich dafür ihre bekomme und sie keine Gelenkschmerzen haben.«

Ihre Tochter schüttelte den Kopf. »Du brauchst nicht nur einen Reisepass, Mum. Du brauchst einen Führerschein.

Eine Autofahrt quer durch Amerika setzt voraus, dass du ein Auto und einen Führerschein hast. Du fährst nicht mehr.«

Kathleen straffte sich. »Dann muss ich jemanden finden, der das tut.«

4. KAPITEL

MARTHA

»Würdest du mir wenigstens zuhören?«

»Nein.« Martha stolzierte den Weg zum Haus entlang, wobei ihr die Tasche mit Bibliotheksbüchern gegen die Beine schlug. Sie konnte es kaum erwarten, sich in einer Romanwelt zu verlieren – im Moment ihre einzige Fluchtmöglichkeit aus der realen Welt. Sie war frustriert. »Es gibt nichts, was du sagen könntest, das ich hören möchte.«

»Ich weiß, dass es vor allem meine Schuld ist, aber jeder macht Fehler, oder?« Steven stolperte, als er versuchte, zu ihr aufzuschließen. »Und du musst zugeben, dass du dich ein bisschen gehen lässt. Auch wenn dein Hintern in diesen Jeans klasse aussieht.«

»Ich will dich nie wiedersehen.« Martha reckte sich, um schlanker auszusehen, und hasste sich dafür. Ihre Jeans waren tatsächlich zu eng. Sie hätte neue kaufen sollen, doch Geld war noch knapper als ihre Jeans.

Wie hatte sich ihr Leben so entwickeln können? Und wie sollte sie aus dieser Misere wieder rauskommen?

Sie fürchtete sich allmählich davor, aus dem Haus zu gehen, und es war ja nicht so, als ob ihr Zuhause eine Zuflucht wäre. Drinnen lief es fast genauso mies wie draußen.

Sie wollte abhauen, doch man brauchte Geld, um abzuhauen.

Steven stemmte die Hände in die Hosentaschen. »Weißt du, was dein Problem ist, Martha?«

»Nein.« Sie brauchte keine Hilfe, um ihre Probleme zu identifizieren. Dank der Menschen in ihrem Umfeld, die sie ihre Defizite niemals vergessen ließen, konnte sie ihre Probleme ohne Weiteres auflisten.

»Du erwartest zu viel. Wir sind auch nur Menschen. Wir sind nicht alle perfekt.«

Sie suchte in ihrer Tasche nach dem Schlüssel.

»Martha, hörst du überhaupt zu?«

»Ich habe genug zugehört. Bye, Steven. Ruf mich nicht an.« Stolz auf ihre konsequente Haltung schlug sie die Haustür hinter sich zu und hörte ihre Mutter von der Küche aus rufen.

»War das Steven? Bitte ihn herein. Er könnte einen Blick auf das Abflussrohr in der Küche werfen. Es tropft.«

Nur ihre Mutter konnte eine Klempnerarbeit höher schätzen als das Glück ihrer Tochter.

»Bitte Dad, es zu tun.«

Mit vierundzwanzig bei ihren Eltern zu wohnen hatte eine Menge Nachteile. Der größte davon war die Tatsache, dass sie mit Menschen zusammengepfercht war, die sie nicht verstanden. Dicht dahinter folgte der Mangel an Intimsphäre. Es gab keinen Raum, um seine Wunden zu lecken oder sich das Kissen über den Kopf zu ziehen. Keine Gelegenheit, sich mit Fernsehen und einer Tafel Schokolade zu trösten, weil immer irgendjemand auf einen anderen Kanal umschaltete und dir die Hälfte von dem wegaß, was du gerade essen wolltest.

Und es gab kein Entrinnen vor den Kreuzverhören.

»Dein Dad ist nicht da.« Mit einem Lappen in der Hand kam ihre Mutter aus der Küche und sah sie fragend an. »Und Steven ist Klempner. Er kennt sich aus mit Abflüssen.«

Das ist aber auch das Einzige, womit er sich auskennt.

Ein Gespräch mit ihrer Mutter konnte sie jetzt am wenigsten gebrauchen, doch das Haus war klein und ihre Wünsche zählten hier nicht viel. »Er ist weg.«

Ihre Mutter fuhr mit dem Lappen über den Spiegel. »Du bist sehr unversöhnlich. Du solltest wenigstens mit ihm sprechen.«

»Ich habe alles gesagt, was es zu sagen gab.«

»Ach, Martha.« Ihre Mutter sah sie resigniert an.

»Was?« Das brauchte sie jetzt wirklich nicht. »Was ist schon wieder?«

»Er ist doch ganz nett und sehr nützlich im Haus. Du solltest jemandem mit einem festen Job nicht einfach so den Laufpass geben.«

»Sich für jemanden zu entscheiden, weil er eine Toilette reparieren kann, ist ziemlich armselig. Ich hoffe auf mehr als das.«

»Du bist zu wählerisch, das ist dein Problem. Das echte Leben ist nicht wie in diesen Büchern, die du liest, weißt du. Ich werde dich nie verstehen, Martha.«

Das beruhte auf Gegenseitigkeit.

Mit zehn hatte sie ihre Eltern tatsächlich gefragt, ob sie adoptiert worden sei, weil sie sich in ihnen nicht wiedererkannte. Insgeheim hatte sie von einer schönen Frau geträumt, die eines Tages an die Tür klopfen und sie abholen würde. Doch das war nie geschehen.

Mit jedem Mal, wenn ihre Mutter an ihr herummäkelte, entriss sie Martha ein Stück Selbstvertrauen, sodass diese sich immer weniger wie sie selbst fühlte.

»Es ist vorbei.«

Ihre Mutter verzog das Gesicht. »Alle Männer haben Schwächen. Und Triebe. Manchmal ist es am besten, einfach wegzuschauen. Wenn du …«

»Ich möchte nicht darüber reden.«

»Ich sage ja nur, dass nicht nur eine Partei Schuld hat.«

»In diesem Fall schon.«

»Ach ja? Du hast ziemlich zugenommen, seit du deinen

Job verloren hast. Du sitzt zu viel herum und bläst Trübsal. Du findest das vielleicht hart, aber ich bin deine Mutter, und es ist meine Pflicht, dir die Wahrheit zu sagen.« Ihre Mutter schrubbte an einem hartnäckigen Fleck auf dem Spiegel herum. »In deinem Alter passte ich in die gleichen Sachen, die ich mit sechzehn getragen habe. Hatte keine Unze zugenommen.«

Mäkel, mäkel, mäkel.

Wie wussten berühmte Bildhauer, wo sie nichts mehr wegmeißeln durften? An welchem Punkt wurde ein Meisterwerk ansonsten zu Schrott?

»Es heißt jetzt Kilogramm, Mum.«

»In deinem Fall bestimmt. Bei dir sind es keine Unzen mehr, so viel ist mal sicher. Du isst, weil du dich langweilst und unglücklich bist. Aber daran bist du selbst schuld, weil du alles so schnell aufgibst. Erst das College und jetzt Steven. Statt alles fortzuwerfen, hättest du durchhalten und so wie deine Schwester den Abschluss machen sollen. Dann hättest du wenigstens eine Chance, einen Job zu finden. Du zahlst nur den Preis für deine schlechten Entscheidungen.«

Ihre Mutter, die ihr eigenes Leben als Enttäuschung empfand, hatte sich von ihren zwei Töchtern mehr erhofft. Stellvertretend für sie sollten sie Geschäftsessen, internationale Reisen und endlose Beförderungen erleben. Marthas ältere Schwester Pippa hatte sich ihre Gunst gesichert, indem sie Physiotherapeutin geworden war und einen glamourösen Job bei einer noblen Fitnesskette mit einigen berühmten Kunden ergattert hatte. Sie bot ihrer Mutter genug Stoff, um bei den Nachbarn anzugeben.

Martha dagegen bot ihr unglücklicherweise nur Peinlichkeit.

»Ich habe den Abschluss nicht gemacht, weil ich mich um Nanna kümmern wollte.« Und sie vermisste ihre Großmutter noch genauso wie am ersten Tag nach ihrem Tod. Ein Teil ihres Herzens war noch immer taub und einsam. »Nach ihrem Schlaganfall wollte ich keinen Moment mit ihr versäumen. Ich dachte daran, dass sie ganz allein ist, und konnte mich nicht auf Vorlesungen oder Essays konzentrieren. Das schien nicht wichtig zu sein.«

»Und jetzt begreifst du, dass es wichtig war.«

»Nichts ist wichtiger als die Menschen, die man liebt.« Sie sprach nicht von Familie. Ihre Familie trieb sie in den Wahnsinn. Was auch immer sie tat, nie bekam sie ihre Anerkennung. Ihre Ansichten schienen nicht zu zählen. Ihre Wünsche noch viel weniger. Sie war nicht sicher, ob sie ihr Studium aufgegeben hätte, um für jemanden von ihnen zu sorgen. Doch ihre Großmutter … »Ich werde die Zeit, die ich mit ihr verbracht habe, niemals bereuen.«

Zu ihr hatte sie immer eine besondere Beziehung gehabt. Als man Martha mit acht in der Schule gemobbt hatte, war sie immer zu ihrer Großmutter gelaufen. Ihre Großmutter hatte sie in den Arm genommen und zugehört, etwas, das ihre Mutter nie tat. Ihre Mutter hatte ihr geraten, die anderen zu ignorieren, doch das war leichter gesagt als getan, wenn die anderen dir den Riemen von der Schultasche um den Hals wickelten und dich am Zaun aufhängen wollten.

Martha hatte angefangen, jeden Tag nach der Schule zu ihrer Großmutter zum Tee zu gehen. Es war ein Ritual gewesen, das ihr gutgetan hatte. Die fröhliche Teekanne mit den roten Kirschen. Die zerbrechlichen Tassen, die ihrer Urgroßmutter gehört hatten. Doch das Beste war gewesen, bei jemandem zu sein, der sich für sie interessierte. Sie hatte die Gewohnheit beibehalten, bis sie zum College ging, um Anglistik zu studieren.

Ihr drittes und letztes Studienjahr hatte gerade begonnen, als ihre Mutter sie anrief, um ihr mitzuteilen, dass ihre Großmutter einen Schlaganfall erlitten hatte. Martha hatte ihre Sachen gepackt und war nach Hause gefahren, um sich um sie zu kümmern. Wie konnte sie sich auf Tolstoi oder Hardy konzentrieren, wenn es ihrer Nanna nicht gut ging? Ihre Mutter hatte sich aufgeregt, doch Martha war das egal gewesen, und sie hatte auf dem Sofa im Wohnzimmer geschlafen. Ihre Großmutter erholte sich erstaunlich gut. Sie und Martha spielten Karten, diskutierten über Bücher und kicherten über anzügliche TV-Shows. Sie schafften sogar ein paar kurze Spaziergänge in den Garten. Das war eine kostbare Zeit gewesen, die Martha niemals vergessen würde.

Eines Nachts hatte ihre Großmutter einen weiteren Schlaganfall erlitten, und das war es dann gewesen.

Taub vor Kummer hatte Martha den Rat ihrer Mutter, sie solle zurück ans College gehen, einfach ignoriert. Stattdessen hatte sie einen Job im Coffeeshop angenommen, der nur ein paar Straßen vom Haus entfernt war.

Es lag etwas Tröstliches darin, einen guten Cappuccino zuzubereiten und mit dem Milchschaum Muster zu kreieren. Das bekam sie immer hin, selbst wenn die Traurigkeit sie urplötzlich packte. Es gefiel ihr auch, dass sie manche Menschen jeden Tag sah. Da war die Frau mit dem Laptop, die einen Roman schrieb und sich den ganzen Tag an einem Kaffee festhielt. Und der ältere Herr, dessen Frau gestorben war und der es nicht länger ertrug, den ganzen Tag allein zu Hause zu sein.

Sie plauderte gern mit Menschen, und es kam ihr sehr entgegen, dass sie ihre Arbeit nicht mitnehmen musste, wenn sie nach Hause ging.

Doch dann schloss der Coffeeshop wie so viele andere auch, und plötzlich schienen sich Tausende um die paar Jobs zu streiten, die es noch gab. Sie hatte sechs Monate im örtlichen Tierheim gearbeitet, bevor auch dort das Geld ausging und sie nicht mehr bezahlt wurde.

Ihre Mutter ließ keine Gelegenheit aus, sie daran zu erinnern, dass nur sie selbst Schuld an ihrer Misere trug. Ihr Vater, der vor allem seine Ruhe wollte, stimmte seiner Frau grundsätzlich immer zu. »Wenn du nicht alles fortgeworfen hättest, wärst du jetzt nicht in der Situation.«

»Ein College-Abschluss ist nicht alles, weißt du. Es gibt Tausende Absolventen, die keinen Job kriegen.«

»Genau. Warum also sollte ein Arbeitgeber jemanden wie dich nehmen? Du musst ein Profil bieten, Martha, und du hast eben nicht viel, das für dich spricht.«

Sie hatte kein Profil.

Das klang ganz ähnlich wie die Beleidigung, die Steven ihr gerade an den Kopf geworfen hatte.

»Mir gefiel der Job, den ich hatte.«

»Du kannst nicht den Rest deines Lebens in einem Coffeeshop oder in einem Tierheim arbeiten. Du hättest etwas studieren sollen wie deine Schwester. Aber selbst wenn du zurück ans College gingst, bist du jetzt viel zu alt, um deinen Abschluss zu machen.«

»Ich will nicht zurück ans College. Und ich bin erst vierundzwanzig.«

»Ellens Tochter ist auch vierundzwanzig und hat einen Arzttitel. Sie rettet Leben! Und wie verbringst du deinen Tag?«

»Ich habe in den letzten vier Monaten gut hundert Bewerbungen geschrieben, aber es gibt nun mal Tausende, die sich für jeden Job bewerben. Die meisten erhalten nicht mal eine Antwort. Das ist seelenlos.«

»Ein Grund mehr, warum du eine richtige Ausbildung hättest machen sollen wie deine Schwester, aber der Zug ist jetzt abgefahren.«

Martha stellte sich einen Zug vor, der in der Ferne verschwand. Sie wünschte sich so sehr, in einem der Waggons zu sitzen. Am besten am Fenster, mit Blick auf die sonnige weite Landschaft.

»Vielen Dank auch, dass du mich aufbaust.«

»Also, wenn deine Mutter dir nicht die Wahrheit sagen darf, wer dann? Aber es ist sinnlos, herumzusitzen und dich über deine schlechten Entscheidungen zu grämen. Du solltest dich an deine Schwester halten.«

Sich an ihre Schwester zu halten wäre eine weitere schlechte Entscheidung. Dann müsste sie das Haus verlassen, was bedeuten würde, dass sie in Steven hineinlief. Und sie würde Pippa hinterherlaufen, was mehr oder weniger die Geschichte ihres Lebens war. Sie hatte immer im Schatten ihrer Schwester gestanden, und diese hatte sie das immer spüren lassen.

Martha wusste, dass sie nicht so hübsch war wie ihre Schwester. Sie war nicht so dünn wie ihre Schwester. Sie traf keine so guten Entscheidungen wie ihre Schwester.

Sie wusste, was sie alles nicht war, doch sie wusste nicht, was sie war – abgesehen von stämmig.

Sie machte tollen Cappuccino und konnte gut reden, aber das war eher ein Makel als eine Fähigkeit. Martha könne wie ein Wasserfall reden, sagte ihre Mutter gelegentlich und verdrehte die Augen. Falls es einen Preis für Dauerreden gab, Martha würde ihn gewinnen.

Sie war vielleicht nicht so klug wie ihre Schwester, aber sie wusste, dass es nicht gut für die Seele war, mit Menschen zusammenzuleben, die einen ständig abwerteten. Sie brauchte einen Job und einen Ort für sich allein, doch in London bestand auf beides keine Chance.

Nach allem, was geschehen war, hatte sie keine andere Möglichkeit gehabt, als zu ihren Eltern zurückzuziehen. Hoffentlich würden sie nicht den Punkt erreichen, an dem sie sich gegenseitig an die Gurgel gingen.

»Hey, Martha!« Pippa kam mit schwingendem Pferdeschwanz die Treppe herunter. »Wie geht es Steven? Verhält er sich immer noch wie ein Arsch?«

Nicht mal verlieren konnte sie, ohne dass ihre Schwester es erfuhr.

Martha sah finster auf ihren glänzenden Pferdeschwanz. Sogar bei den Haaren lag Pippa vorn.

»Pippa! Du siehst wunderbar aus.« Ihre Mutter strahlte. »Gehst du zur Arbeit? Behandelst du heute eine Berühmtheit?«

»Freier Tag. In einer halben Stunde habe ich Yoga. Ich muss vorher etwas essen.« Pippa lief in Richtung Küche, und Martha folgte ihr.

Sie hatte am Tag zuvor Cupcakes nach dem Rezept ihrer Großmutter gebacken, und ein paar waren noch übrig. Sie bot sie ihrer Schwester an, die den Kopf schüttelte.

»Nein danke. Ich mache mir einen grünen Smoothie.«

Beim gesunden Leben ist sie auch besser, dachte Martha, die zusah, wie ihre Schwester einen Apfel, Spinat, Gurke und anderes gesunde Gemüse in einen Mixer gab und alles zu einer unappetitlichen hellgrünen Flüssigkeit pürierte. Wenn Martha einen Tropfen davon auf der Arbeitsfläche gesehen hätte, hätte sie ihn mit einem antibakteriellen Reiniger fortgewischt.

Ihre Mutter kam herein. »Vergiss nicht, den Küchenboden zu wischen, Martha.«

Ihr Leben war so aufregend, dass es kaum zu ertragen war.

Sie aß den Cupcake und öffnete die Hintertür. Auf der anderen Seite des Zaunes sah sie ihre ältliche Nachbarin Abigail Hartley, die sich abmühte, ein Laken auf die Wäscheleine zu hängen. Die Ecken hingen gefährlich weit nach unten.

»Ich mach das für Sie, Mrs. Hartley.« Martha lief ums Haus herum in den angrenzenden Garten. »Mit Ihrer Arthritis sollten Sie das nicht tun.«

»Du bist ein nettes Mädchen, Martha.«

»Kein Problem.« Zumindest Abigail dankte ihr dafür, dass sie ihr bei der Wäsche half. Bei ihr zu Hause nahmen es alle als eine Selbstverständlichkeit.

»Ich habe Mühe, mit meinem Arm nach oben zu greifen.«

»Ich weiß. Das muss schwer für Sie sein.« Martha klammerte die Laken fest. »Ich komme später zurück und bringe sie rein, machen Sie sich also keine Gedanken deswegen.«

»Du bist sehr beweglich und stark.«

Beweglich. Stark.

Niemand hängte Laken so gut auf wie sie. Bei der Wäsche war sie besser.

Mrs. Hartley wollte ihr Geld in die Hand drücken, und Martha bemerkte bestürzt, dass sie einen Augenblick lang versucht war, es anzunehmen. Im Moment konnte sie sich nicht mal eine neue Haarspange kaufen, und jedes bisschen half.

Auf keinen Fall. Der Rest ihrer Familie respektierte sie vielleicht nicht besonders, aber wenn sie anfing, Geld dafür zu nehmen, dass sie Freunden und Nachbarn half, würde sie sich bald selbst nicht mehr respektieren.

»Sie brauchen mich nicht zu bezahlen.« Fast hätte sie gesagt, dass es ihr eine Freude war, etwas für jemanden zu tun, der die Mühe zu schätzen wusste, doch das wäre illoyal gewesen. Familie war nun mal Familie, auch wenn sie einem den letzten Nerv raubte. »Ich helfe gern.«

»Habe ich da gerade Steven gesehen?«

»Ja. Ich bringe ihn nicht dazu, mich in Ruhe zu lassen.« Martha prüfte noch einmal, ob die Laken auch wirklich nicht fortgeweht werden konnten.

»Du bist enttäuscht.« Mrs. Hartley tätschelte ihren Arm. »Mach dir keine Sorgen. Es gibt noch viele Fische im Meer.«

Martha wollte nicht angeln.

Warum banden sich Menschen aneinander? Sie hatte keine Ahnung. Seit Jahren beobachtete sie ihre Eltern, und ehrlich gesagt fand sie nichts an dieser Beziehung inspirierend. Ihre Mutter keifte ihren Vater ständig an, der wiederum nur hörte, was er hören wollte. Viel Zuneigung füreinander zeigten sie nicht gerade.

Aber was wusste sie schon von Beziehungen?

Nichts, wie es schien.

»Mom möchte, dass ich eine erfolgreiche Karrierefrau werde, aber dafür brauche ich erst mal eine Karriere, und das sieht im Moment nicht gut aus. Es gibt mehr Menschen als Jobs.«

»Aber jemand bekommt den Job. Und dieser Jemand könntest du sein. Eine junge Frau wie du kann alles, was sie möchte.«

Ihre Großmutter hätte dasselbe gesagt, doch obwohl es großartig klang, hob es Marthas Stimmung nicht. »Das ist nett von Ihnen, Mrs. Hartley, aber leider nicht ganz richtig.«

»Du kannst nicht darauf warten, dass dir ein Job in den Schoß fällt. Du musst denen da draußen auf den Wecker gehen.« Mrs. Hartley schob ihr Kinn vor. »Wovon träumst du?«

Sie träumte davon, glücklich zu sein und sich auf jeden Tag zu freuen, doch solange sie bei ihren Eltern wohnte, würde das nicht geschehen. Sie wollte unabhängig sein. Sie wollte sich nicht wie eine Versagerin fühlen. Sie wollte, dass Steven aus ihrem Leben verschwand.

Und um all das zu bekommen, brauchte sie nur …

»Ich träume davon, einen Job zu finden.« Sie nahm den Wäschekorb. »Irgendeinen Job.«

»Unsinn!« Mrs. Hartley wackelte mit dem Zeigefinger. »Du musst etwas finden, das du liebst.«

»Was haben Sie gemacht?«

»Ich habe während des Kriegs in Bletchley Park mit all den Codeknackern gearbeitet. Mehr darf ich dir nicht sagen, sonst müsste ich dich umbringen und deine Leiche entsorgen.«

Mrs. Hartley zwinkerte ihr übertrieben zu. »Es war alles sehr geheim, aber damals tratschten wir nicht so, wie das heute jeder tut.«

Martha versuchte sich ihre Mutter in Bletchley Park vorzustellen. Es hätte kein Geheimnis gegeben, von dem der Feind nicht erfahren hätte. »Ich wette, Sie wussten sich zu behaupten.«

»Das hat mein Mann auch immer gesagt.«

»Wie lange waren Sie verheiratet, Mrs. Hartley?«

»Sechzig Jahre. Und ich hätte ihn jederzeit wieder genommen. Nicht dass ich ihn nicht gelegentlich hätte umbringen können, aber das ist normal.«

Martha umschloss den leeren Wäschekorb mit den Armen. »Sie hatten Glück.«

»Du hast gerade eine schwere Zeit, aber es wird sich alles fügen.« Mrs. Hartley tätschelte wieder ihren Arm. »Du bist eine gute Zuhörerin und ein fröhlicher Mensch.«

Nicht bei ihrer Familie. Die saugte ihr die Fröhlichkeit aus.

»Ich geh mal lieber. Mein Traumjob kommt nicht einfach so, den muss ich wohl suchen.«

Martha ging zurück in die Küche ihrer Eltern, wo ihre Mutter mit gerunzelter Stirn in den Kühlschrank starrte.

»Nicht mehr viel zu essen da. Ich gehe einkaufen, aber du musst den Küchenboden wischen.«

»Später. Ich bin beschäftigt.«

»Beschäftigt womit?«

»Jobsuche. Eine Nische für mich zu finden.« Einen Fluchtplan auszuhecken. Sie war jetzt an dem Punkt angelangt, an dem sie alles tun würde.

»Ach …« Ihre Mutter zog einen Umschlag aus der Schürzentasche. »Der hier ist für dich gekommen. Ich habe ihn vor deinem Vater versteckt, weil ich weiß, wie sehr er sich aufregen würde.«

Martha nahm den Brief und hoffte, dass ihre Mutter nicht ihre zitternden Hände bemerkte. »Danke.«

Das war es dann. Alles erledigt. Fertig.

Kein Blick zurück mehr.

Sie steckte den Brief in die Hosentasche, wusch sich die Hände und machte sich einen Becher Tee, den sie mit auf ihr Zimmer nahm.

Ihr Zimmer war das kleinste im Haus. Es bot Platz für ein Bett und nicht viel mehr. In einer kleinen Nische hängte sie ihre Kleidung auf, und den Schreibtisch konnte man an die Wand klappen, wenn er nicht benutzt wurde.

Sie zog den Brief aus der Tasche und betrachtete ihn einen Moment. Traurig riss sie ihn auf, auch wenn sie schon wusste, was drinstand.

Sie las den Brief, und Tränen schossen ihr in die Augen.

Ihre Mutter hatte recht. Sie traf schlechte Entscheidungen. Was hatte sie in ihrem Leben bislang schon erreicht?

Sie faltete das Papier sorgfältig und steckte den Brief zurück in die Hosentasche.

Sie behielt ihn als Mahnung, in Zukunft bessere Entscheidungen zu treffen.

Neben ihr auf dem Bett vibrierte das Handy. Steven.

Sie wies den Anruf ab.

Der Sommer lag vor ihr wie eine lange triste Straße. Sie checkte ihre Social-Media-Kanäle und sah, dass eine ihrer Freundinnen gerade auf Ibiza beneidenswerte Strand-Selfies postete, während eine andere mit ihrer Familie eine einwöchige Kanal-Tour unternahm und Bilder von sich kräuselndem Wasser, Sonnenuntergängen und Weingläsern auf der Reling postete. Martha warf ihr Handy aufs Bett. Sie gab nicht allzu viel auf Social Media, aber es sagte eine Menge über ein Leben aus, wenn man gar nichts zu posten hatte.

Sie starrte aus dem Fenster. Ihr aufregendstes Erlebnis in den letzten Wochen war der Fuchs gewesen, der in Mrs. Hartleys Garten gesprungen war und ihre Blumenbeete zerstört hatte. Martha hatte den Vormittag damit verbracht, den Fuchskot einzusammeln, damit Mrs. Hartleys kleiner Hund sich nicht darin wälzte.

Sie streifte die Schuhe ab, stellte den Becher Tee auf das Regalbrett über dem Bett und klappte ihren alten, unzuverlässigen Laptop auf. Ihre Hände verharrten über der Tastatur. Sie wusste nicht mal mehr, nach was für einem Job sie suchen sollte.

Hervorragend im Wäscheaufhängen und im Entfernen von Fuchskot waren nicht gerade Empfehlungen.

Sie brauchte einen Job mit Unterkunft, damit sie von zu Hause wegkam.

Sie scrollte sich durch die Website.

Jemand suchte eine Mitbewohnerin für die Vollzeit-Krankenpflege. Was genau schloss das alles mit ein? Martha, die furchtbar zimperlich war, wollte es lieber nicht herausfinden.

Ein berufstätiges Ehepaar bot freie Unterkunft im Gegenzug für Katzensitting, doch es gab kein Geld dazu. Wie sollte sie sich ernähren? Sie stellte sich vor, wie sie ihre Eltern besuchte und so schlank und grazil war, dass sie sie nicht wiedererkannten.

Sie wollte schon aufgeben, als ihr ein anderer Job ins Auge fiel.

Fahren Sie gern Auto?

Martha klappte den Laptop zu und griff nach dem Becher Tee. Nein, sie fuhr nicht gern Auto. Tatsächlich wäre es nicht übertrieben zu sagen, dass sie das Autofahren hasste und das Autofahren sie hasste. Sie war fünfmal durch die Fahrprüfung gefallen und hatte schließlich nur bestanden, weil der Prüfer sich um seine schwangere Frau sorgte, die ihm mitten in der Prüfung eine SMS geschrieben hatte, dass sie erste Wehen hätte. Völlig abgelenkt hatte er nicht bemerkt, dass Martha auf der falschen Spur in einen Kreisel einbog, und er hatte überhaupt nicht darauf reagiert, dass sie nicht imstande war, rückwärts einzuparken. Sie war es gewohnt, ihre Beifahrer in Angst und Schrecken zu versetzen, inklusive ihres Fahrlehrers. Insofern war sie sehr überrascht gewesen, als der Prüfer zuletzt einfach nur genickt hatte, während er nebenbei aufs Handy schielte. Als er sagte, dass sie bestanden hätte, hätte sie fast gefragt: Sind Sie sicher?

Aber sie war auch sehr erleichtert und hatte sich geschworen, sein Vertrauen in sie nicht zu enttäuschen. Doch immer, wenn sie hinterm Steuer saß, brach ihr der Schweiß aus und sie fühlte sich wie eine Hochstaplerin. Sie erwartete, dass die Polizei sie rauswinken und ihr Videomaterial als Beweis präsentieren würde, dass sie ihre Prüfung in Wirklichkeit gar nicht bestanden hatte.

Autofahren machte Martha Angst. Es wäre vielleicht okay, wenn sie der einzige Mensch auf der Straße wäre, doch alle schienen entweder an ihrer Stoßstange zu kleben oder sie wie Rennfahrer zu überholen. Sie brauchte mehr Praxis, daran gab es keinen Zweifel. Doch ihr Vater ließ sie nicht mehr hinters Steuer, seit sie seinen Wagen bei einer Übungsfahrt in den Straßengraben gesetzt hatte.

Warte, bis du dir dein eigenes Auto leisten kannst.

Als ob das jemals der Fall sein würde.

Sie trank den Tee aus und sah aus dem Fenster. Vom Bett aus hatte sie einen perfekten Blick auf die Gärten der Häuser gegenüber. Mrs. Pettifer, die fünfundachtzig war und sich sehr gut von ihrer Hüft-OP erholt hatte, goss ihre Pflanzen.

Was für Geschichten hätte sie zu erzählen, wenn sie fünfundachtzig war? Falls sich nichts dramatisch änderte, würden sie vermutlich niemanden interessieren.

Sie hörte ihre Mutter in der Küche herumhantieren.

»Martha!«, schrie sie die Treppe hinauf. »Der Küchenboden!«

»Ich bin auf Jobsuche!« Martha öffnete den Laptop erneut. Sie war zu allem bereit. Besser das Falsche als gar nichts tun.

Der Fahrerjob war immer noch aktuell.

Sind Sie bereit für das Abenteuer Ihres Lebens?

Ja, das war sie eindeutig.

Neugierig las sie weiter.

Begeisterter und kompetenter Fahrer gesucht für einen Roadtrip durch die USA, von Chicago nach Santa Monica. Gute Bezahlung, Auslagen werden übernommen. Gute Laune, Flexibilität und Freundlichkeit sind erforderlich. Ohne Strafzettel.

Martha starrte auf die Anzeige.

Sie war eindeutig keine begeisterte Fahrerin, und auch bei wohlwollendster Betrachtung konnte man sie nicht als kompetent beschreiben. Aber sie war freundlich und auch flexibel – jedenfalls wenn ihre Haltung zum Leben gemeint war und nicht die Fähigkeit, mühelos ihre Zehen zu berühren, denn das war eher die Stärke ihrer Schwester.

Sie überflog die Einzelheiten erneut.

Ein Roadtrip durch die USA.

Warum musste es ein Roadtrip sein? Aber hatte sie nicht irgendwo gelesen, dass es in den USA kaum Kreisverkehre gab? Wenn sie nur gerade Straßen fahren müsste und keine Kreisverkehre, dann würde sie vermutlich gut klarkommen. Vorausgesetzt, dass sie nicht rückwärts einparken musste.

Strafzettel hatte sie noch nie bekommen, auch wenn das nur daran lag, dass bislang niemand in Uniform Zeuge ihrer Verstöße geworden war.

Wie weit war es von Chicago nach Santa Monica?

Sie gab die Frage in die Suchmaschine ein und starrte auf die Antwort.

Zweitausendvierhundert Meilen.

Eine solche Strecke konnte sie sich nicht einmal ansatzweise vorstellen.

Von ihrem Haus zum nächsten Supermarkt waren es zwei Meilen.

Zweitausendvierhundert … also eintausendzweihundert Fahrten zum Supermarkt.

Sie schluckte und musterte die Landkarte an ihrer Wand. Route 66. Die Straße schlängelte sich durch verschiedene Staaten und endete an der Pazifikküste. Sie hatte in der Schule Steinbeck gelesen, und in seinem *Die Früchte des Zorns* hatte die Mutter aller Fernstraßen nicht sehr reizvoll gewirkt.

Auf der anderen Seite war sie die wohl kultigste Straße der Welt.

Sie suchte nach Bildern von Santa Monica und sah Sandstrände, Palmen, ein lächelndes Mädchen, das mit wehendem Haar Fahrrad fuhr. Ein verliebtes Paar in einem Restaurant. Fast meinte sie, das Rauschen der Wellen im Hintergrund zu hören.

Der Ort sah so lebendig aus.

Sie blickte wieder aus dem Fenster und sah Mrs. Pettifer die verwelkten Blüten ihrer Geranien ausbrechen.

Kalifornien.

Es schien eine andere Welt zu sein, und das war genau das, was sie im Moment wollte. Jede Welt war besser als die, in der sie sich gerade befand. Und das Beste daran war, dass jene Welt Tausende Meilen von ihrem miesen Leben hier entfernt war.

Sie las die Worte erneut und versuchte sich den Job irgendwie passend zu machen. Sie hatte eindeutig gute Laune. Während der ganzen Fuchskot-Sache hatte sie gegrinst, und das nicht nur, weil ihre Schwester auf dem Weg zur Arbeit hineingetreten war. Wenn die Person, die gefahren werden sollte, ebenfalls gute Laune hatte, dann würden sie sich verstehen.

Warum fuhr sie nicht selbst?

Vermutlich konnte oder wollte sie nicht fahren. Beide Optionen waren zu ihrem Vorteil. Wenn sie nicht fahren konnte, würde die Person nicht merken, dass sie Fehler machte, und wenn sie nicht fahren wollte, dann hätte sie Mitgefühl mit Martha.

Sie wollten einen kompetenten Fahrer. Was genau meinten sie mit kompetent? Es war schwer, kompetent zu sein, wenn man sich keinen Wagen leisten konnte und niemand einen hinters Steuer ließ.

Wenn sie am Anfang so tun konnte, als ob, bestand die Möglichkeit, dass sie nach zweitausendvierhundert Meilen tatsächlich kompetent war. Wenn sie es ohne Unfall aus Chicago rausschaffte, wäre alles gut. Sie würde begeistert sein! Wie ihre Mutter immer betonte, hatte sie in ihrem Leben noch nie etwas erreicht, aber quer durch die USA zu fahren – das wäre eine Leistung. Und sie könnte ihrer Familie für den Sommer entkommen. Noch besser: Sie könnte Steven entkommen. Sie müsste sich nicht mehr jedes Mal, wenn sie das Haus verließ, umschauen, ob er hinter ihr ging.

Und ein Roadtrip gab ihr die Gelegenheit, darüber nachzudenken, was sie mit ihrem Leben anstellen wollte.

Vielleicht würde er sogar zu einem anderen Job führen.

Martha Jackson, Fernfahrerin.

Sie stellte sich vor, wie sie in einem Motel mit leuchtendem Neonschild eincheckte. Vielleicht in ein Diner ging und einen saftigen Burger bestellte.

Amerika.

Das klang unglaublich glamourös verglichen mit ihrem kleinen Leben im Londoner Vorort.

»Martha! Der Küchenboden!«

Marthas Fantasiebild, wie sie Münzen in eine alte Jukebox steckte und in einer Bar zu Country-Musik tanzte, zerstob.

Sie fühlte sich wie Aschenputtel. Sie sollte den Küchenboden schrubben, während ihre Schwester dafür bezahlt wurde, in Yogahosen mit Leopardenmuster herumzuhüpfen.

Mit neuer Entschlossenheit griff sie zu ihrem Handy und wählte.

Sie hatte keine Ahnung, wer genau durch die USA chauffiert werden wollte, doch die Person konnte nicht nerviger sein als ihre Familie. Irgendwie musste es ihr gelingen, wie die perfekte Bewerberin zu klingen.

Martha Jackson, Privat-Chauffeurin. Ruhig (außer bei Kreisverkehr), souverän und vertrauenswürdig.

Sie wartete, bis sich am anderen Ende jemand meldete, und lächelte dann, um Freundlichkeit und Flexibilität in ihre Stimme zu legen.

»Mein Name ist Martha, und ich rufe wegen des Jobs an …«

Flexibel, freundlich und vermutlich die schlechteste Fahrerin auf Erden.

5. KAPITEL

LIZA

»Wer ist dieses Mädchen? Wir wissen nichts über sie.« Liza ging in der Küche ihrer Mutter auf und ab. Es war ihre dritte Fahrt nach Cornwall innerhalb eines Monats, und jeder Besuch war frustrierender als der letzte. Was nicht nur daran lag, dass mit dem schöneren Wetter der Verkehr jedes Mal zunahm. Es kam ihr vor, als hätte ihre Mutter seit dem Zusammentreffen mit dem Eindringling jeden Gedanken an Sicherheit aufgegeben. Oder vielleicht hatte ihr die Begegnung allzu großes Vertrauen in ihre Überlebenskünste verliehen.

Wie auch immer die psychologische Erklärung lauten mochte, keines von Lizas Argumenten brachte sie zur Vernunft. »Wenn du diese Reise unbedingt machen willst, dann buch eine Gruppenreise. Und einen Reiseführer.«

»Ich will kein Teil einer Gruppe sein. Ich bin zu alt, um Menschen um mich zu dulden, deren Anwesenheit ich mir nicht ausgesucht habe und die ich zweifellos nervig finden werde. Ich werde fahren, wohin ich möchte, und so lange bleiben, wie es mir gefällt. In meinem Alter habe ich keine Verpflichtungen mehr.«

»Mum …«

»Du willst nicht, dass ich allein im Haus bleibe, und auf diese Weise werde ich nicht allein im Haus sein.«

An manchen Tagen fühlte sich Liza, als würde sie mit dem Kopf gegen die Wand laufen. »Was, wenn etwas passiert?«

»Ich hoffe, dass etwas passiert. Es wäre eine niederschmetternde Enttäuschung, zweitausendvierhundert Meilen zu fahren und keinen einzigen abenteuerlichen Moment zu erleben.«

»Meinst du nicht, du solltest mit einer weniger ambitionierten Reise beginnen?« Liza räumte das Frühstücksgeschirr in die Spülmaschine und schaltete sie ein. »Seit Dad gestorben ist, bist du nirgendwo mehr hingefahren.«

»Das war ein Fehler.« Kathleen stellte eine Kiste mit Landkarten auf den Küchentisch. »Selbstvertrauen und Mut können verloren gehen, wenn man sie nicht nutzt. Ich habe viel zu viel Zeit zu Hause verbracht.«

»Du kannst nicht mit einer Fremden quer durch die USA fahren.«

»Warum nicht?« Kathleen kramte eine Landkarte hervor und breitete sie auf dem Tisch aus. Dann fand sie einen großen Notizblock.

»Weil es nicht sicher ist.« Hielt Liza als Einzige das Ganze für eine schlechte Idee? Sean hatte sich geweigert, Stellung zu beziehen. *Es ist ihr Leben, Liza. Ihre Entscheidung.*

Ihre Mutter sah sie über den Rand ihrer Lesebrille hinweg an. »Könntest du mir bitte den Reiseführer geben.«

Alle in ihrem Leben schienen entschlossen, dumme Entscheidungen zu treffen. Bevor sie aus der Tür gegangen war, um nach Cornwall zu fahren, hatte Caitlin gesagt, dass sie mit Jane zu einer Party gehen und sie von zu Hause abhauen würde, wenn Liza ihr das verbieten würde. Liza war zu nervös gewesen, um sie allein zu Hause zu lassen, doch Sean hatte sich eingeschaltet und vorgeschlagen, dass Caitlin stattdessen ein paar Freundinnen zu sich einladen sollte, und alles hatte sich beruhigt. Bis zum nächsten Mal. Was war nur aus ihrer entzückenden Tochter geworden, die sich so gerne verkleidet und Schule gespielt hatte? Was war aus den Umarmungen und der Zuneigung geworden? Im Moment wurde Liza mit Augenrollen und Widerspenstigkeit empfangen.

Liza wollte die Sommerferien nutzen, um die Beziehung zu ihren Töchtern neu aufzubauen. Und auch die zu Sean, denn es schien, als ob sich ihre Beziehung meist nur um die Menschen drehte, die sie liebten.

Acht Anzeichen, dass Ihre Ehe gefährdet ist.

Der Artikel lag noch immer zusammengefaltet unten in ihrer Tasche. Vergraben, aber nicht vergessen.

Sie beobachtete, wie ihre Mutter sich blinzelnd über die Landkarte beugte.

Die Fahrt wäre für jeden ein Mammut-Trip, besonders aber für einen Menschen, der seinem einundachtzigsten Geburtstag entgegensah.

Lizas ausgeprägtes Pflichtgefühl ließ ihr keine Ruhe.

Sie träumte bereits von den zwei Wochen in Südfrankreich. Ihre Ferienlektüre hatte sie schon zusammen mit dem Sonnenhut im Koffer verstaut.

Doch nun brauchte ihre Mutter jemanden, der sie auf ihrem lächerlichen Roadtrip chauffierte.

Und dann kam ihr eine Idee. War dies nicht die perfekte Gelegenheit, dass sie und ihre Mutter sich näherkamen? Zu zweit im Auto, da würde ihre Mutter sich doch sicherlich etwas öffnen, oder?

Sie spürte fast so etwas wie Aufregung. »Ich fahre dich. Das mache ich wirklich gern.«

Es war schwer zu sagen, wen ihr Angebot mehr schockte, ihre Mutter oder ihren Mann.

»Ähm … Liza?« Sean kratzte sich am Kopf. »Frankreich?«

»Ihr könntet dieses Jahr ohne mich fahren.« Je länger sie darüber nachdachte, desto aufgeregter wurde sie. Als Kind hatte sie ihre Mutter unbedingt auf ihren Reisen begleiten wollen. Dies war der perfekte Zeitpunkt. Das Abenteuer würde sie zusammenschweißen. Eine neue Nähe zwischen ihnen schaffen.

»Es wäre nicht das Gleiche ohne dich.« Seans entsetzte Miene war eine kleine Genugtuung.

Sie hatte zuletzt den Eindruck gehabt, dass alle sie nur als Spielverderberin sahen. Als jemanden, die ihre spontanen Entscheidungen infrage stellte.

Doch Sean wollte sie in den Ferien dabeihaben. Vielleicht fehlte ihrer Ehe nur die gemeinsame Paarzeit, die sie zu sehr vernachlässigt hatten.

»Ich würde dir fehlen?«

»Natürlich.« Sean, der offenbar der Meinung war, dass nur Kaffee ihn durch dieses Wochenende bringen würde, goss sich einen dritten Becher ein. »Wie sollen wir klarkommen ohne dich? Ich weiß nicht einmal, wo wir den Schlüssel für das Haus herbekommen. Du verhandelst immer mit der Furcht einflößenden Madame Laroux. Du sprichst am besten Französisch. Und dann ist da noch das Essen. Wir würden vermutlich verhungern, wenn du nicht dabei bist.«

Lizas Genugtuung verpuffte.

Sie würde ihm fehlen, weil sie sein Leben einfach machte? Das war alles?

Liebte er sie überhaupt? Nicht nur ihre organisatorischen Fähigkeiten, sondern sie, Liza, die Frau, die er geheiratet hatte?

»Ich bin sicher, dass du es schaffst, ein Restaurant zu buchen.« Jetzt war sie noch entschlossener, ihre Mutter auf ihrer Reise zu begleiten. Es würde sie einander näherbringen und zugleich Sean und den Mädchen die Augen dafür öffnen, wie viel sie für sie tat.

»Keine Panik, Sean«, sagte ihre Mutter. »Ich weiß das Angebot zu schätzen, aber ich möchte nicht, dass Liza mich fährt. Sie wäre nicht die richtige Person für diese Reise.«

Die Zurückweisung riss alte Wunden auf. Damals war sie

acht Jahre alt gewesen und hatte sich an ihre Mutter geklammert, als diese zur Tür hinauswollte. Nimm mich mit! Ein anderes Mal hatte sie sogar ihr eigenes Gepäck in den Koffer ihrer Mutter geschmuggelt und bitterlich geweint, als diese es wieder herausnahm.

»Warum sollte ich nicht die richtige Person sein?«

»Abgesehen davon, dass du euren jährlichen Urlaub in Frankreich liebst und er dir fehlen würde, hast du gern alles unter Kontrolle. Und bei einer Reise wie dieser hat man nichts unter Kontrolle. Du würdest dich ständig um die Familie sorgen und die Hälfte der Zeit mit ihnen telefonieren. Und du würdest mir in den Ohren liegen, dass ich das Richtige essen und vorsichtig sein solle. Es wäre für uns beide anstrengend.« Kathleen strich über die Landkarte auf dem Tisch. »Diese Reise mache ich allein.«

Sie hat jede Reise allein gemacht, dachte Liza, die sich nichts anmerken ließ. Inzwischen sollte sie sich an diese Zurückweisungen doch gewöhnt haben, warum also tat es so weh?

Sie würden sich niemals nahe sein, wie sehr sie sich das auch wünschte, das musste sie endlich akzeptieren. Sie musste aufhören, darauf zu hoffen.

Sie würde nach Frankreich fahren, auch wenn sich das jetzt irgendwie vergiftet anfühlte. Gerade dachte sie darüber nach, dass Sean sie als eine Art Reisebetreuerin sah, als durch das offene Fenster ein Automotor zu hören war.

Kathleen straffte sich, eine Hand auf die Karte gelegt. »Das ist sie. Martha. Meine Fahrerin. Warum macht ihr beide nicht einen Spaziergang am Meer?«

Ihre Mutter wollte sie nicht dabeihaben.

Nur ihr Verantwortungsbewusstsein ließ sie an Ort und Stelle bleiben, um das Mädchen zu begrüßen. »Hast du ihre Referenzen überprüft? Woher weißt du, dass sie eine sichere Fahrerin ist?«

»Die Straßen, die zu diesem Haus führen, sind eng und kurvig. Wenn sie das ohne Unfall geschafft hat, ist sie eine gute Fahrerin. Ich nehme sie in Empfang«, sagte Kathleen. »Ich möchte nicht, dass du ihr Angst machst oder sie wegschickst.« Sie ging hinaus, und Liza fühlte sich verkannt, einsam und missverstanden.

Sean tätschelte ermutigend ihre Schulter. »Das war knapp, Liza. Sie hätte Ja sagen können, und wo wären wir dann?«

Sie wäre auf einem Roadtrip quer durch die USA und würde Quality Time mit ihrer Mutter verbringen. Doch Kathleen wollte das nicht. Sie verbrachte die Wochen lieber mit einer Fremden statt mit ihrer Tochter. Liza war ihr nicht unternehmungslustig genug.

»Mehr bin ich nicht für dich? Jemand, die deine Ferien organisiert?«

»Nein.« Sean trank seinen Kaffee aus. »Auch wenn du wirklich gut darin bist. Dank dir läuft der Alltag reibungslos.«

Die Ferien, auf die sie sich so gefreut hatte, schienen nicht mehr verlockend. Sie wollte ihm sagen, wie sie sich fühlte, doch das konnte sie nicht, wenn gleich eine Fremde in der Küche auftauchen würde.

Sie griff Seans Becher und schenkte ihm nach.

Sie musste aufhören, sich über alles den Kopf zu zerbrechen, besonders über ihre Ehe. Sean hatte eine unsensible Bemerkung gemacht. Na und? Menschen sagten dauernd etwas Falsches. Sie sagte das Falsche. Es war wichtig, deshalb nicht überzureagieren. Sie würde den dämlichen Artikel fortwerfen.

Aus dem Flur hörten sie Gelächter, und dann kam ihre Mutter wieder in die Küche, begleitet von einem Mädchen, das kaum älter aussah als Caitlin.

Locken tanzten um ihre Schultern, und ihre Jeans und ihr Top betonten ihre Kurven. Ihre Nase war mit Sommersprossen übersät, und sie hatte ein freundliches Lächeln, das einen ganz unvermittelt veranlasste zurückzulächeln.

Sean trat vor. »Schön, Sie kennenzulernen. Martha, nicht wahr? Gute Fahrt gehabt?«

»Super, danke. Von London aus direkt durch.«

Liza sah sie verblüfft an. »Sie sind mit dem Zug gekommen?«

»Mit dem Zug und das letzte Stück vom Bahnhof mit dem Taxi. Der Fahrer stöhnte die ganze Zeit.« Martha wirkte eher mitfühlend als genervt. »Irgendwas, dass die Straßen zu eng und die Hecken zu hoch seien.«

Sie gab Liza das Gefühl, alt zu sein. »Ich war davon ausgegangen, dass Sie mit dem Auto kommen.«

»Ich habe keinen Wagen, und ich fahre gerne Zug. Man hat Zeit zu lesen, und ich finde den Rhythmus sehr beruhigend.«

»So geht es mir auch«, stimmte Kathleen zu. »Ich bin mal mit der Transsibirischen Eisenbahn von Moskau nach Wladiwostok gefahren.«

Liza erinnerte sich noch gut an die Reise. Sie hatte Meningitis gehabt und war so krank gewesen, dass sie wochenlang im Krankenhaus liegen musste. Die Menschen um sie herum hatten immer nur mit gedämpfter Stimme gesprochen. Ihr Vater, angespannt und bleich, war ihr nicht von der Seite gewichen. Für kurze Zeit hatte sie im Mittelpunkt des Interesses gestanden – bis ihre Mutter von ihrer Reise zurückkehrte und die Aufmerksamkeit sich wieder verlagerte.

Erinnerte sich ihre Mutter überhaupt daran, dass sie krank gewesen war?

»Kommen Sie und setzen Sie sich, Martha.« Kathleen wühlte in einem Ordner herum und holte ein paar Bilder hervor. »Was wissen Sie über die Route 66?«

»Ich habe in der Schule *Früchte des Zorns* gelesen, deswegen weiß ich von den Farmern, die in den 1930ern die Dust Bowl verließen und vom Mittleren Westen nach Kalifornien zogen.

Die Route 66. Die Mutter aller Straßen. In der Schule habe ich das Buch gehasst, aber seitdem habe ich es noch fünfmal gelesen, und jetzt ist es eins meiner Lieblingsbücher. Merkwürdig, wie Schule einem etwas vermiesen kann, anstatt einen zu inspirieren.« Martha dachte nach. »Abgesehen davon weiß ich, dass die Straße an vielen Stellen stillgelegt und durch Interstates ersetzt wurde, doch vermutlich wollen Sie, wo immer möglich, die historische Route 66 fahren?«

»Genau.« Kathleen sah erfreut aus. »Am liebsten mit einem klassischen Ford Mustang für einen stilgerechten Trip, aber dann kam mir der Gedanke, dass ich vielleicht zu alt dafür bin.«

Endlich, dachte Liza. Endlich ein bisschen gesunder Menschenverstand.

»Stattdessen habe ich entschieden, dass wir den schicksten und neuesten Mustang Convertible mieten. Natürlich mit Klimaanlage, denn wenn wir in Needles an der Grenze zwischen Arizona und Kalifornien ankommen, wird es heiß genug sein, um ein Schwein zu grillen«, fuhr Kathleen fort.

Ein Mustang Convertible?

Martha beugte sich über die Bilder, wobei ihr die Locken ins Gesicht fielen. »Wir würden zwar cool aussehen, aber uns zu Tode schwitzen?«

»Genau.« Kathleen war entzückt. »Da herrscht ein subtropisches Wüstenklima mit gewaltigen Unwettern im heißen Sommer.«

Liza konnte kaum glauben, was sie da hörte. »Ich dachte, du würdest einen sicheren, modernen SUV mieten.«

»Wo wäre der Spaß?« Kathleen sah auf die Landkarte. »Ich las in einem Artikel, man solle frühmorgens fahren, um der Hitze des Tages zu entkommen. Können Sie mit leichtem Gepäck reisen, Martha? Es wird nicht viel Platz dafür geben.«

»Warte …«, unterbrach Liza sie. »Du mietest tatsächlich einen Sportwagen?«

»Martha wird ihren Spaß daran haben.«

Liza glaubte, einen entsetzten Ausdruck in Marthas Augen zu sehen, ging aber davon aus, dass es nur eine Projektion ihrer eigenen Gefühle war.

»Was, wenn ihr eine Panne habt?«

»Was, wenn nicht? Außerdem sagte die Mietwagenfirma, dass wir dann eine Nummer anrufen könnten. Mit Glück schicken sie einen heißen Kerl für Martha.« Kathleen zwinkerte Martha zu, und die lachte.

»Wenn wir in der Wüste liegen bleiben, werden wir alle heiß sein.«

»Das klingt nach so viel Spaß, dass ich versucht bin, mich auf dem Rücksitz zu verstecken«, sagte Sean, und Liza fragte sich, warum wieder nur sie die wichtigen Fragen stellte.

»Aber können Sie fahren, Martha? Das Mindestalter, um in den USA einen Wagen zu leihen, ist fünfundzwanzig.«

»Ich bin letzten Monat fünfundzwanzig geworden.«

Sie sah jünger aus. Liza widerstand der Versuchung, sich ihren Pass zeigen zu lassen. »Und es macht Ihnen nichts aus, den halben Sommer weg zu sein?«

»Danke, Liza.« Ihre Mutter deutete auf die Karte vor sich. »Kommen Sie und sehen Sie es sich an, Martha. Aufregend, nicht wahr?«

»Sehr.« Martha beugte sich weiter vor. »Ich habe viel über die Straße gelesen. Ich kann es kaum erwarten, den Grand Canyon zu sehen.«

»Ich auch nicht.« Kathleen bat Martha, sich zu setzen. »Ich werde natürlich alle Ausgaben übernehmen. Sie werden für nichts zahlen müssen.«

Was, wenn das Mädchen einen extravaganten Geschmack hatte und in jedem Restaurant oder Diner ein Riesensteak bestellte?

»Mum …«

»Sind Sie flexibel? Denn auch wenn wir ein paar Unterkünfte an der Straße buchen, würde ich uns gerne Zeit für spontane Entscheidungen einräumen. Bleiben, wenn uns danach ist. Weiterfahren, wenn nicht.«

»Klingt gut. Fahren wir dorthin, wo niemand uns findet.« Martha errötete. »Ich meine, es klingt aufregend, das ist alles. Und ich kann überall schlafen.«

Liza runzelte die Stirn. Warum sollte sie irgendwo hinfahren wollen, wo niemand sie fand?

»Ich plane zwei Wochen für die Fahrt ein, vielleicht mehr, und möchte dann ein paar Wochen in Kalifornien verbringen. Ich werde also mindestens einen Monat fort sein.« Kathleen faltete die Karte zusammen. »Wann müssen Sie wieder zu Hause sein?«

»Ich muss gar nicht zu Hause sein. Ich kann für immer bleiben, wenn Sie das wollen.«

Für immer? Welcher Mensch konnte für immer fortbleiben?

Gab es nichts in ihrem Leben, wohin sie zurückwollte?

Lizas Gereiztheit wurde zu Misstrauen. Irgendwas schien hier nicht richtig zu sein.

Und was war mit den Formalitäten? Visa? Reisepass?

»Haben Sie Familie, Martha?«

»Ja.« Martha nahm mit einem dankbaren Lächeln den Becher Tee, den Sean ihr reichte. »Ich wohne bei meinen Eltern und meiner Schwester, weil ich gerade zwischen zwei Jobs bin.«

»Was haben Sie zuletzt gearbeitet?« Liza ignorierte das übertriebene Seufzen ihrer Mutter.

»In einem Tierheim. Ich habe mir tausend Dinge angeguckt, aber im Moment gibt es keine Jobs.«

»Wenn Sie uns die Adresse Ihres letzten Arbeitgebers geben, wäre das schön. Wir brauchen Referenzen.«

Kathleen legte die Karte nieder. »Referenzen sind nicht nötig.« Sie erhob sich. »Sagen Sie mir, was Ihnen am Fahren am meisten gefällt, Martha.«

»Der beste Teil ist immer dann, wenn ich mein Ziel erreicht habe und noch am Leben bin. Das ist immer ein Grund zum Feiern. Nicht mit Alkohol feiern, versteht sich.« Martha prustete los, und Sean und Kathleen stimmten in ihr Lachen ein.

Liza atmete tief durch. »Was ist mit Unfällen?«

Martha nahm einen Schluck Tee. »Nur der eine. Keine Verluste, auch wenn die Zuneigung meines Dads gelitten hat.«

»Ich hatte drei Unfälle in meinem ersten Jahr, in dem ich Auto fuhr«, sagte Kathleen. »Unfälle lehren einen, vorsichtiger zu fahren.«

Außer die Unfälle brachten einen um.

Liza zwang sich zu einem Lächeln. »Ich nehme an, du möchtest noch über Qualifikationen sprechen?«

»Ach ja. Qualifikationen.« Kathleen sah Martha in die Augen. »Können Sie einen guten Tee kochen? Ich habe eine Schwäche für Earl Grey.«

»Ich koche den allerbesten Tee«, sagte Martha. »Vor dem Tierheim habe ich in einem Café gearbeitet.«

»Dann sind Sie bestens qualifiziert«, befand Kathleen. »Wir werden uns hervorragend verstehen, das spüre ich. Der Job gehört Ihnen, wenn Sie den Sommer mit einer ungezogenen Achtzigjährigen verbringen wollen, die die nervige Angewohnheit hat, nie das zu tun, was von ihr erwartet wird.« Kathleen zwinkerte Liza zu, und Martha lächelte.

»Ich tu auch nie, was von mir erwartet wird. Meine Mutter sagt immer, dass ich sie noch mal ins Grab bringe.«

Perfekt, dachte Liza. Zwei unvernünftige Menschen. Was sollte da schon schiefgehen?

Martha hatte offenbar begriffen, dass sie Liza für sich

gewinnen musste, denn sie beugte sich zu ihr. »Ich verspreche, dass ich gut auf Ihre Mutter aufpasse.«

»Danke.« Liza konnte kaum etwas gegen ihren Enthusiasmus und ihr Vorhaben einwenden, auch wenn die Realität anders zu werden versprach. »Wie werden es Ihre Eltern finden, dass Sie über den Sommer in die USA fliegen?«

»Sie werden begeistert sein, dass ich einen Job habe.«

Diese Antwort beruhigte Liza keineswegs, doch Kathleen erhob sich. »Dann ist das abgemacht. Haben Sie einen Reisepass?«

»Ja.« Martha nickte. »In meinem letzten Schuljahr haben wir eine Klassenreise nach Italien gemacht, er ist noch gültig.«

Liza ging im Kopf alle ihr bekannten Fakten durch.

Wie viele Fünfundzwanzigjährige würden alles fallen lassen, um mit einer Achtzigjährigen durch die USA zu fahren? Warum verbrachte Martha den Sommer nicht mit ihren Freundinnen oder einem Freund?

Irgendwas stimmte nicht, doch es war zu spät, denn ihre Mutter kramte bereits in einer Schublade nach einem Umschlag.

»Ich gebe Ihnen jetzt etwas Geld, damit Sie sich für die Reise ausstatten können.« Kathleen öffnete den Umschlag. »Ich hoffe, es macht nichts, dass ich es nicht überweise. Ich mag den Gedanken nicht, dass mein Geld sich im All bewegt. Sie müssen nur eine Nummer falsch eingeben, und plötzlich sind Sie Ihre ganzen Ersparnisse los.«

»Ganz wie es Ihnen recht ist, Mrs. Harrison. Aber was soll ich besorgen? Wenn Sie mir eine Liste machen, kann ich alles einkaufen, was Sie brauchen. Tee?«

»Den Tee können Sie mir überlassen. Dies ist für Ihre persönlichen Habseligkeiten. Sie werden bequeme Kleidung fürs Fahren brauchen. Eine weiche Reisetasche, die man in eine Ecke quetschen kann. Eine Sonnenbrille, damit wir beide cool aussehen, wenn wir in dem coolen Auto sitzen. Einen Schal, damit Ihnen die hübschen Locken nicht ins Gesicht wehen, wenn wir auf dem Highway sind. Ein paar Kleider vielleicht?«

Martha zupfte an ihrem Shirt. »Ich bin mehr der Jeans-Typ, aber danke. Das ist sehr großzügig. Sind Sie sicher?«

»Wenn ich von Ihnen erwarte, zweitausendvierhundert Meilen zu fahren, dann muss ich zumindest dafür sorgen, dass Sie sich dabei wohlfühlen.« Kathleen reichte ihr ein Bündel Geldscheine. »Ignorieren Sie Lizas Stirnrunzeln. Meine Tochter ist mit allem sehr vorsichtig.«

Was war bitte falsch daran, vorsichtig zu sein? Seit wann war es eine Sünde, verlässlich zu sein?

Wo lag der Nutzen, Verantwortung abzuschütteln und keinen Gedanken an andere zu verschwenden?

Liza spürte ein Brennen hinter ihren Augenlidern.

Nicht nur, dass sie seit dem Vorfall mit dem Eindringling jedes zweite Wochenende in Cornwall gewesen war und deshalb wenig Zeit mit ihrer eigenen auseinanderbrechenden Familie verbringen konnte. Es hatte nicht mal etwas gebracht. Keine von ihren Bemühungen hatte sie ihrer Mutter nähergebracht, und das würde es auch nie.

Gekränkt lächelte sie kurz und ging zur Tür. »Ich gehe spazieren. Es war nett, Sie kennenzulernen, Martha. Viel Spaß auf der Reise.« Fast tat ihr Martha leid, optimistisch und freundlich, wie sie war. Aus welchen Gründen auch immer sie diesen Job wollte, Liza war sicher, dass sie keine Ahnung hatte, worauf sie sich einließ. Und was ihr Versprechen anging, auf Kathleen aufzupassen – nun, viel Glück dabei.

Plötzlich wollte sie unbedingt nach Hause. Vielleicht würden sie morgen schon nach dem Frühstück fahren, statt wie geplant nach dem Mittagessen. Sie würde den Mädchen ein schönes Abendessen kochen, ein Familienessen.

Liza atmete langsam und tief, als sie und Sean über die Felder zum Strand gingen. Es war schön, doch selbst hier konnte sie sich nicht richtig entspannen. Zum Entspannen gehörte es, alle Aufgaben hinter sich zu lassen, und hier in Oakwood Cottage gab es zu viel zu tun um sie herum. Komplikationen drohten. Ihre Mutter, die fiel. Das Haus, das verfiel.

Sean bückte sich und hob eine Muschel auf. »Martha wirkt sympathisch.«

»Mhm.« Sie beobachtete, wie sich die Wellen am Strand brachen. Sie hatte immer ein ausgeprägtes Verantwortungsgefühl gehabt, schon als Kind. Sie hatte für ihren Vater gekocht und versucht, die Abwesenheit ihrer Mutter auszugleichen.

Sean schlang den Arm um ihre Schulter und wollte sie küssen, doch sie löste sich und ging voraus. Sie war noch immer gekränkt und konnte nicht so leicht von Ärger und Schmerz zu Zuneigung wechseln. Seine unbedachten Worte hatten eine Schranke zwischen ihnen errichtet, und sie hatte keine Ahnung, wie sie sie überwinden konnte. Für sie war Sex eng mit Emotionen verbunden. Sie war nie der Typ gewesen, der nach einem Streit Versöhnungssex haben konnte. Sie musste sich geliebt und geborgen fühlen, und im Moment empfand sie beides nicht.

Sean holte sie ein. »Ich weiß, dass du sauer bist. Aber deine Mutter ist nun mal, wie sie ist.«

Nicht nur ihre Mutter hatte sie verärgert, doch dies war nicht der richtige Moment für so ein wichtiges Gespräch. Sie war müde und verletzt und traute ihren eigenen Gefühlen nicht so recht.

In verlegenem Schweigen gingen sie nebeneinanderher, und als sie zurückkehrten, war Martha fort.

Während Sean die Mädchen anrief, machte Liza einen sommerlichen Salat, streute frisches Basilikum auf Mozzarella, gab geröstete Mandeln zu grünen Bohnen, während sie mit halbem Ohr zuhörte.

»Alles ruhig bei euch, Caitlin?« Sean griff an Liza vorbei

und schnappte sich eine Olive. »Das Haus steht noch? Keine Notrufe … Was? … Ja, natürlich mache ich Witze.« Er warf Liza einen Blick zu. *Siehst du? Ich kümmere mich um sie.* »Schließt richtig ab, wenn ihr ins Bett geht. Und überprüft noch mal, dass die Kühlschranktür nicht offen steht.«

Liza streute gehackten Knoblauch über Babytomaten, rote Zwiebeln und Paprika und schob alles in den Ofen.

»Das riecht lecker.« Sean legte auf. »Die Zwillinge klingen gut. Sie haben einen ruhigen Abend, und alles ist in Ordnung.«

»Was ist mit der Party?«

»Du hast ihnen gesagt, dass sie nicht hindürfen.«

»Seit wann hört jemand auf mich?« Liza schnitt ein Sauerteigbrot auf und holte Butter aus dem Kühlschrank.

»Offenbar hören sie doch auf dich.«

Sie fühlte sich schuldig, weil sie nicht so vertrauensvoll war wie er. »Hast du mit Alice gesprochen?«

»Nein. Warum?«

Weil sie nicht so gut lügen kann wie ihre Schwester.

Caitlin war eindeutig die dominantere.

»Nichts. Beachte mich nicht.«

Warum war sie nicht beruhigt? Es lag an dem Blick, den Caitlin ihr zugeworfen hatte, bevor sie das Haus verließ. An dem »Ja, Mum«, das alles andere als Ja bedeutete.

Dies waren ihre Kinder. Sie liebte sie mehr als alles andere. Sie sollte ihnen auch vertrauen. Sie würde die Beziehung nie verbessern können, wenn es kein Vertrauen gab. Sie würde versuchen, mehr wie Sean zu sein und immer das Beste und nicht das Schlimmste anzunehmen.

»Danke, dass du angerufen hast. Ich weiß das zu schätzen.« Sie küsste Sean auf die Wange und nahm das Glas Wein, das er ihr anbot.

Der erste Schluck war herrlich, wie Sonnenschein aus dem Glas. Allmählich wich die Anspannung.

Sie aßen draußen und sahen zu, wie in der Ferne über den Feldern und dem Meer die Sonne unterging.

Popeye tauchte auf, wie er es oft tat, wenn er Essen abstauben konnte.

Sie sprachen über den Roadtrip und die Sommerpläne für Frankreich, und die ganze Zeit widerstand sie der Versuchung, ihrer Mutter zu sagen, sie solle vorsichtig sein.

Sie schloss die Augen, genoss den Wein und die Abendluft, bis es kühl wurde. Als es dunkel wurde, räumte sie die Teller in die Küche, und Kathleen ging zu Bett.

Liza hatte den Eindruck, dass sie gern allein wäre.

Ihre Versuche, fürsorglich zu sein, frustrierten ihre Mutter offenbar, aber sie wusste nicht, wie sie nicht fürsorglich sein konnte.

»Wir sollten auch früh zu Bett gehen«, sagte sie zu Sean. »Die Seeluft hat mich müde gemacht.«

Sie fühlte sich einsam, verkannt und ließ sich Zeit im Badezimmer. Erleichtert stellte sie fest, dass Sean schon schlief, als sie zu ihm ins Bett schlüpfte.

Sie brauchte lange, um einzuschlafen, doch schließlich gelang es ihr, und sie träumte von Südfrankreich, als Seans Handy klingelte.

Er griff in der Dunkelheit danach, und Liza schaltete mit klopfendem Herzen das Licht an.

»Sind es die Mädchen?«

Er blickte auf das Display. »Nein, es sind Margaret und Peter von nebenan. Warum um Himmels willen rufen die mitten in der Nacht an?« Er setzte sich auf und nahm den Anruf entgegen. »Margaret? Ja – mach dir keine Sorgen deswegen …« Er lauschte und fuhr sich mit der Hand übers Gesicht. »Du machst Witze – oh nein …«

»Was?« Liza formte das Wort mit den Lippen, doch er schüttelte den Kopf und hob die Hand.

»Ich kann mich nur entschuldigen … Ja, auf jeden Fall. Wir fahren jetzt los, aber wir brauchen vier Stunden bis nach Hause. Natürlich hast du die Polizei gerufen – das verstehe ich.«

»Polizei?« Liza, die nichts verstand, wurde panisch. »Was ist los?«

»Ja, Liza und ich werden mit ihnen sprechen, das kann ich dir versichern.« Sean legte auf und fluchte unterdrückt. »Wir müssen los.«

»Sind es die Zwillinge? Hatten sie einen Unfall?«

»Nein, sie hatten eine Party.« Mit grimmiger Miene warf Sean ihre Kleidung in die Reisetasche. »Sie haben unser Haus verwüstet und offenbar das Wohnzimmerfenster unserer Nachbarn zerbrochen, außerdem sind ihre kostbaren Blumenrabatten zerstört. Wir müssen nach Hause.«

6. KAPITEL

KATHLEEN

Zwei Wochen später saß Kathleen mit ihrer Tasche auf dem Schoß auf dem Beifahrersitz, während Liza sie zum Flughafen fuhr.

Sie fühlte sich alt, kein Wunder nach zwei Tagen mit Teenagern.

War es gemein, erleichtert zu sein, dass dieser Teil der Reise vorüber war? Allmählich verstand sie, warum ihre Tochter immer ausgelaugt wirkte.

Liza lächelte zaghaft zu ihr hinüber. »Tut mir leid. Das war nicht gerade ein entspannter Tag.«

»Es war ein Vergnügen, die Mädchen zu sehen.« Kathleen zwang sich zu lügen – eine Herausforderung für sie, die eigentlich kein Blatt vor den Mund nahm. Doch es schien höflich zu sein, auch wenn sie beide wussten, dass die Zwillinge ein Albtraum waren. Ihr gegenüber hatten sie sich natürlich entzückend verhalten – *Granny! So schön, dich zu sehen* – und ihrer Mutter gegenüber furchtbar – *wir könnten alle schön essen gehen, aber Mum hat uns ja jeden Spaß verboten.*

Kathleen bewunderte ihre Tochter, dass sie angesichts dieser Feindseligkeit an den verhängten Sanktionen festhielt. Sie bezweifelte, dass sie in derselben Situation so resolut gewesen wäre. Aber Liza war immer ein umgängliches Kind gewesen, sodass sich Strafen jeder Art erübrigt hatten.

In welch einer furchtbar konfliktreichen und freudlosen Welt ihre Tochter lebte.

»Kein Internet, kein Fernsehen, kein Telefon, einen Monat lang.« Caitlin war in der Küche herumgetrampelt. »Das ist eine Verletzung meiner Menschenrechte.«

Alice, die Auseinandersetzungen scheute, hatte sich die Ohren zugehalten und den Raum verlassen.

Liza war ruhig geblieben. »Es war eine Verletzung der Rechte unserer Nachbarn, als ihr sie wachgehalten, ein Fenster zerbrochen und die Hälfte ihrer Pflanzen im Beet zerstört habt.«

»Das war nicht meine Schuld.« Caitlin blieb rebellisch. »Ich bin nicht verantwortlich für die Taten anderer Menschen.«

»Das bist du, wenn es deine Gäste sind.«

»Sie waren keine Gäste! Ich kannte sie nicht einmal. Und uns alles wegzunehmen ist … ist … das ist mittelalterlich. Granny, sag ihr, dass das mittelalterlich ist.«

»Nichts an deinem Leben ist mittelalterlich.« Kathleen versuchte, unparteiisch zu bleiben. »Im Mittelalter hättest du vermutlich nicht mal bis zum Teenageralter überlebt. Die Kindersterblichkeit war entsetzlich hoch.«

»Willst du sagen, du hast in unserem Alter nie eine Party veranstaltet?«

Oje. »Doch, ich …«

»Siehst du?« Caitlin drehte sich triumphierend zu Liza. »Granny sagt, sie hatte eine Riesenparty in unserem Alter.«

»Von Riesenparty war keine Rede«, sagte Kathleen, doch niemand hörte ihr zu.

Liza bemühte sich so sehr, ruhig zu bleiben, dass ihr ganzer Körper zitterte.

»Erstens geht es hier um dich, nicht um Granny. Zweitens gab es noch kein Social Media, als Granny Teenager war, und wenn sie eine Party hatte, dann wette ich, dass sie jeden einzelnen Gast kannte. Drittens haben ihre Gäste nicht das Haus verwüstet und dazu noch das Haus der Nachbarn.«

»Wir haben das Haus nicht verwüstet«, murmelte Caitlin, doch sie war immerhin so anständig, ein bisschen verlegen auszusehen. »Wir haben diese Leute nicht eingeladen.«

»Aber jemand hat es getan, und ihr müsst herausfinden, wer, und sie zur Verantwortung ziehen.«

»Auf keinen Fall. Das ist so uncool.«

Kathleen wartete darauf, dass Liza sagte: Solange du unter unserem Dach wohnst, lebst du nach unseren Regeln, doch das tat sie nicht.

Stattdessen setzte sie sich mit hängenden Schultern an den Küchentresen, als hätte sie das Gewicht der Welt zu tragen. »Caitlin, wenn jemand Fremdes, den du nicht eingeladen hast, in dein Zimmer kommt und die Dinge zerstört, die du magst, wärst du dann sauer?«

Caitlin hielt inne. »Das ist etwas anderes.«

»Es ist nichts anderes. Die Versicherungsgesellschaft hat gestern jemanden geschickt, um den Schaden zu schätzen, und er wird mehrere Tausend Pfund betragen.«

»Das ist verrückt. Beschiss.«

»Das ist Realität. Deine sogenannten Freunde haben oben im Badezimmer den Wasserhahn laufen lassen, sodass das Wasser in den Flur lief und den Holzboden beschädigt hat. Auf dem Sofa im Wohnzimmer sind Brandlöcher und auf dem Teppich Weinflecken. Das Glas in der Verandatür ist gesprungen. Und das ist nichts gegen den Schaden, den unsere Beziehung zu Mr. und Mrs. Brooks von nebenan genommen hat. Ich schäme mich so, dass ich ihnen kaum ins Gesicht sehen kann. Offenbar hat sich einer deiner sogenannten Freunde in ihrem Vorgarten erleichtert.«

Caitlin wirkte betreten. »Davon weiß ich nichts.«

»Ihr wart verantwortlich für dieses Haus.«

»Ich wusste nicht, dass sie einen Haufen Leute einladen, die ich nicht kenne!« Ein Anflug von Panik lag in ihrer Stimme.

»Das passiert eben, wenn man eine Party in den sozialen Medien ankündigt.«

Caitlin wurde etwas blasser. »Das war ich nicht.«

»Irgendjemand hat es aber getan, und du solltest herausfinden, wer. Und du solltest deine Freundschaft mit dieser Person ernsthaft überdenken.«

»Ach komm, warum sagst du es nicht einfach?« Ihr schlechtes Gewissen machte Caitlin noch aufsässiger als gewöhnlich. »Du glaubst, dass es Jane war. Ich wette, du hoffst, dass es Jane war, weil du dann einen Vorwand hast, sie aus meinem Leben auszuschließen. Du hast sie von Anfang an nicht gemocht. Nur weil sie ein Jahr älter und richtig cool ist. Aber ich bin alt genug, um meine eigenen Entscheidungen zu treffen.«

»Du triffst nicht deine eigenen Entscheidungen«, sagte Liza. »Du folgst ihren Entscheidungen. Das macht mir Sorgen. Du stimmst allem zu, was sie tut und sagt, selbst wenn es gegen deine Werte geht. Wenn du alt genug bist, deine eigenen Entscheidungen zu treffen, bist du auch alt genug, Verantwortung zu übernehmen.«

An diesem Punkt kam Sean herein und machte gleich wieder kehrt.

Kathleen bemerkte Lizas enttäuschten Blick. Ihre Tochter hatte ihn zurückrufen wollen und es sich dann anders überlegt.

Merkwürdig, dachte Kathleen, dass sie die Sache nicht gemeinsam regeln. Eine gemeinsame Front.

Und dann erinnerte sie sich an all die Male, die sie an irgendeinem exotischen Ort gewesen war und es Brian überlassen hatte, mit all den kleinen Familienkrisen fertigzuwerden.

Caitlin war noch immer in Fahrt. »Du willst, dass mein Leben so langweilig ist wie deines. Aber ich komme mehr nach Granny. Ich bin abenteuerlustig und angstfrei. Das ist in meiner DNA. Es ist angeboren.«

Unter anderen Umständen hätte Kathleen bewundert, wie klug, wenn auch manipulativ Caitlin die Aufmerksamkeit von sich ablenkte.

DNA. Offenbar war der ganze Vorfall nun ihre Schuld.

Kathleen hatte sich an diesem Punkt taktvoll entschuldigt und auf ihr Zimmer geflüchtet, um ihren Reiseführer zu lesen. Reisen war das perfekte Mittel, aus dem eigenen Leben herauszutreten, und dafür war sie jetzt bereit. Sie wünschte, ihre Tochter könnte dasselbe tun, denn ihr Leben schien kein sehr angenehmes zu sein.

Zum ersten Mal bezweifelte sie, dass sie sich wirklich eine rebellischere Liza gewünscht hatte. Wenn Caitlin ein Beispiel für Rebellion war, konnte sie nur froh sein, dass sie damit nicht hatte fertigwerden müssen.

Nun saßen sie beide im Wagen, und Kathleen wusste, dass sie fliehen konnte, während Liza in die vergiftete Stimmung zurückkehren würde.

Ihre Tochter sah blass und müde aus, wirkte aber zugleich entschlossen und resolut, als befände sie sich in einem anstrengenden Kampf.

Was war mit Spaß? Entspannung?

Kathleen setzte sich aufrechter hin und dachte nach. Sie war nicht gerade die beste Mutter der Welt gewesen, doch es war noch nicht zu spät, es zu versuchen.

Aber wie? Wie konnte sie ihre Tochter überzeugen, sich Zeit für sich zu nehmen? Sie selbst mochte es nicht, wenn Menschen ihr sagten, wie sie ihr Leben leben sollte, also würde sie keinen Vortrag halten oder auch nur einen Ratschlag geben. Doch sie wären bald beim Flughafen, umgeben von Fremden und Lärm und Trubel. Wohl kaum die richtige Umgebung für ein vertrauliches Gespräch, erst recht nicht für jemanden, die sich mit Gefühlen so schwertat wie sie.

Während sie im Verkehr feststeckten, trommelte Liza mit den Fingern auf dem Lenkrad herum und blickte zu ihr hinüber. »Hast du Zweifel wegen der Reise? Du weißt, wenn irgendwas passiert, kannst du mich anrufen, und ich komme sofort.«

Kathleen zog es das Herz zusammen. Ihre Tochter hielt ihr Vorhaben für eine schlechte Idee, doch sie war dennoch bereit zu helfen, wenn etwas schiefging. Ungeachtet der Krise, die sie zu Hause bewältigen musste. Es war so typisch für Liza, die Bedürfnisse aller anderen über ihre eigenen zu stellen.

Menschen brachten Opfer für jene, die sie liebten. Das wusste niemand besser als sie.

Sie schob die Gedanken an sich beiseite, nicht nur weil sie nicht gern über ihre Vergangenheit nachdachte. Hier ging es nicht um sie.

»Ich dachte über dich nach.« *Weiter, Kathleen. Sag etwas Tiefgründiges und Hilfreiches. Sprich Gefühle an.*

»Das ist eine ziemlich stressige Zeit.« Liza richtete ihre Aufmerksamkeit wieder auf die Straße. »Hoffentlich beruhigt sich in den Ferien alles wieder, und ich kann mich erholen. Ich kann es kaum erwarten.«

»Du kannst nicht dein Leben für diese zwei Wochen leben, in denen du Spaß hast, Liza. Was ist mit den anderen fünfzig Wochen?«

»Ich habe nicht nur zwei Wochen im Jahr Spaß.« Liza zog die Brauen zusammen. »Es stimmt, dass mich der Alltag ein bisschen auslaugt, aber so ist das Leben, oder? Das gilt für jeden. Alle haben Sorgen.«

Aber nicht alle gingen ihre »Sorgen« mit der gleichen Gewissenhaftigkeit an wie ihre Tochter.

»Du solltest dieses Sommergefühl das ganze Jahr über haben, nicht nur die zwei Wochen im August.« Kathleen fuhr sich mit der Zunge über die Lippen. »Ich mache mir Sorgen um dich.«

»Du machst dir Sorgen um mich?« Liza lachte. »Du bist diejenige, die mit jemandem, den sie nicht kennt, quer durch die USA fahren wird.«

Aber das passte zu ihr. Sie wollte Martha gar nicht kennenlernen. Oberflächliche Beziehungen waren ihr schon immer lieber gewesen.

»Ich mache mir Sorgen, weil du nie Grenzen setzt.«

Liza umfasste das Lenkrad fester. »In dieser Hinsicht sind wir unterschiedlich, das weißt du.«

»Ja, aber du lässt es zu, dass andere deine Gutmütigkeit ausnutzen, bis nichts mehr übrig ist. Hast du in letzter Zeit gemalt?«

»Caitlins Schlafzimmer.«

»Du weißt, was ich meine.«

»Nein, ich habe nicht gemalt.« Liza klang müde. »Keine Zeit.«

»Du solltest dir die Zeit nehmen.«

»Ich hatte keine Lust. Kreativ zu sein macht keinen Spaß, wenn alle was von einem wollen und man sich die Zeit stehlen muss. Dann wird es zu einer weiteren lästigen Pflicht. Und ich hätte ein schlechtes Gewissen, mir diese Zeit zu nehmen, wo doch so viel zu tun ist.«

Das war nicht gut. Das war überhaupt nicht gut.

Kathleen tastete sich vorsichtig weiter, wie eine Forscherin, die ein neues Land erkundete. »Du bist der Klebstoff, der die Familie zusammenhält. Aber weißt du, was die Zeit mit Kleber macht? Er trocknet aus. Und dann fällt alles auseinander.«

»Du meinst, ich trockne aus?« Liza klang amüsiert, doch sie umklammerte das Lenkrad noch fester. »Ich sollte meine Feuchtigkeitscreme wechseln.«

»Nimmst du Feuchtigkeitscreme?«

»Wenn ich dran denke.« Liza atmete tief durch. »Du hältst mich für schwach. Du glaubst, ich lasse mich herumstoßen.«

»Nein. Ich halte dich für großzügig. Du bist der liebenswürdigste Mensch, den ich kenne, und freigebig dazu. Aber aus irgendeinem Grund vergisst du, auch dir selbst gegenüber liebenswürdig und freigebig zu sein. Welcher Teil deines Lebens gehört nur dir allein? Liza!« Sie kreischte erschrocken auf, als ihre Tochter beinahe auf den Wagen vor ihnen aufgefahren wäre.

Liza trat auf die Bremse. »Tut mir leid. Ich – hast du gesagt, ich sei großzügig und liebenswürdig?«

»Ja.« Warum sollten ein paar anerkennende Worte solch eine dramatische Reaktion auslösen? Und waren das etwa Tränen in Lizas Augen? *Oh nein!*

Ihre Tochter blinzelte mehrmals. »Du hältst mich für langweilig. Und vorsichtig.«

»Langweilig nicht. Vorsichtig vielleicht. Ja, vorsichtig auf jeden Fall.« Vielleicht war dieses Gespräch ein Fehler. Selbst wenn sie es wollte, war sie nicht in der Lage, zu helfen oder zu beeinflussen. Und sie war grundsätzlich der Ansicht, dass jeder Mensch das Recht hatte, sein Leben zu vergeigen, ohne dass sich andere einmischten. Aber hier handelte es sich um ihre Tochter. »Du opferst dich auf für alle, die dir nahe sind, und stellst ihr Wohlbefinden obenan. Als Kind warst du schon genauso.«

»Ist das etwas Schlechtes?«

»Es kann schlecht sein, wenn die Menschen dich ausnutzen. Wenn etwas getan werden muss, dann tust du es, das wissen sie.« Und plötzlich hatte sie sie. Die Lösung. Jemanden sanft in eine Richtung zu schubsen war keine Einmischung. Die Person hatte immer noch die Wahl. »Und weil ich weiß, dass du tust, worum Menschen dich bitten, werde ich dich ebenfalls um etwas bitten.« Sie musste dieses unangenehme Gespräch nicht unnötig verlängern. Sie konnte die Situation einfach steuern, um das gewünschte Ergebnis zu erreichen.

»Du sagtest, ich soll anfangen Nein zu sagen«, sagte Liza. »Und jetzt bittest du mich darum, zu etwas Ja zu sagen?«

»Ja«, sagte Kathleen. »Egoistisch von mir, ich weiß, aber ich brauche jemanden, der mir hier hilft. Ich hätte dich schon früher darum bitten sollen.« Wenn sie auf die Idee gekommen wäre, hätte sie das auch getan. Sie war die Sache bislang falsch angegangen. »Würdest du in meiner Abwesenheit ein paarmal nach Popeye sehen?«

»Sagtest du nicht, du hättest jemanden, der ihn füttert?«

»Ja, aber du kennst Popeye. Er ist ein Streuner, und ich habe ihn noch nie so lange allein gelassen. Mir wäre es lieber, wenn jemand, dem ich vertraue, nach ihm sieht. Vielleicht mal mit ihm kuschelt.« Innerlich entschuldigte sie sich bei Popeye, der normalerweise nicht gern kuschelte. Ihr schlechtes Gewissen, dass sie Lizas Gutmütigkeit und Verantwortungsgefühl ausnutzte, wurde durch die Überzeugung gelindert, dass sie es für einen guten Zweck tat.

»Ich werde es versuchen, aber die Mädchen haben viel zu tun, und wir werden sie nach dieser Geschichte auf keinen Fall allein lassen.«

»Warum fährst du nicht allein hin? Sean kann ein Auge auf die Mädchen haben. Es könnte dir gefallen. Ein frühmorgendlicher Spaziergang am Strand, wenn noch niemand dort ist. Manchmal nehme ich meinen Kaffee mit hinunter und setze mich in den Sand.«

»Das tust du?« Liza sah zu ihr hinüber. »Das wusste ich nicht.«

»Gleich wirst du mir sagen, dass das nach einem riskanten Unterfangen klingt.«

»Ich finde, es klingt herrlich. Was würde ich geben für eine friedliche halbe Stunde am Strand ohne jemanden um mich herum.«

»Dann tu das. Verbring das Wochenende im Cottage. Nimm dir Zeit für dich selbst. Warum nicht?«

»Na ja, weil ...« Liza runzelte die Stirn. »Ich fahre nie irgendwo allein hin. Wir machen alles gemeinsam.«

Und das, dachte Kathleen, ist das Problem.

Sie bemühte sich, eine klägliche Miene aufzusetzen. »Ich würde dich nicht darum bitten, aber ich sorge mich um Popeye, das arme Wesen.«

»Ich weiß, wie viel er dir bedeutet.« Der Verkehr floss wieder, und Liza trat aufs Gas. »Ich verspreche, dass ich ein Auge auf ihn haben werde. Aber mach mich nicht dafür verantwortlich, wenn er fortläuft.«

»Er läuft nie fort. Er geht auf Entdeckungsreise, kommt aber immer wieder nach Hause.«

Liza lächelte. »Mir war nie klar, wie ähnlich ihr beiden euch seid.«

»In der Tat. Alles, was ich brauche, ist die Freiheit, mich zu bewegen.« Das kam der Wahrheit recht nah. »Wenn du übers Wochenende ins Cottage fährst, brauchst du dich nicht mit Einkaufen und Kochen aufzuhalten. Im Dorf hat ein wundervolles Feinkostgeschäft eröffnet. Sag ihnen, dass du meine Tochter bist. Und wenn du eine Meile den Strand hinuntergehst, triffst du auf das Tide Shack, die tolle Burger machen. Auch die Pommes sind hervorragend.«

»Deine Ernährung ist furchtbar, Mutter.« Doch diesmal sagte Liza es lachend und nicht belehrend. Sie waren nur noch zehn Minuten vom Flughafen entfernt. »Bitte iss gelegentlich Gemüse oder ein Stück Obst, wenn du in den USA bist.«

»Ich verspreche, dass ich nur Brokkoli essen werde.« Kathleen griff nach ihrer Tasche und vergewisserte sich, dass sie ihren Pass dabeihatte. Sie war ein bisschen nervös, doch das würde sie ihrer Tochter gegenüber niemals zugeben. Ein Gespräch über Gefühle konnte sie bestenfalls führen, wenn es nicht um ihre eigenen ging. »Es ist so lange her, dass ich das letzte Mal gereist bin, dass ich keine Routine mehr habe. Obwohl ich schon zweimal nachgesehen habe, muss ich mich vergewissern, dass mein Reisepass und meine Kreditkarte am richtigen Ort sind.«

»Du wirst bestens zurechtkommen.« Liza bog in die Abzweigung zum Flughafen ein. »Du hast ein Handy. Martha hat meine Nummer. Wenn du irgendwas brauchst oder irgendwelche Schwierigkeiten hast, ruf mich an.«

»Ich hoffe, ich komme in Schwierigkeiten.« Kathleen tätschelte das Bein ihrer Tochter. »Deswegen fahre ich los.«

Liza hielt vor der Abflughalle. »Du bist unverbesserlich.«

»Ich weiß. Bitte sieh für mich nach Popeye.«

»Das mache ich.« Liza stieg aus und ging um den Wagen herum, um Kathleen mit dem Gepäck zu helfen. »Ich hätte auf den Parkplatz fahren sollen. Dann hätte ich mit dir hineinkommen können.«

»Ich mag keine langen Abschiede.« Ihre Blicke trafen sich, und beide erinnerten sich an die aufreibenden Abschiede in Lizas Kindheit. Gefühle haben Tentakeln, dachte Kathleen. Sie schlangen sich um einen und zogen einen nach unten. Sie gruben sich ins Herz und verursachten Schmerz. Sie strich Liza verlegen über die Schulter. »Vielen Dank. Genieß Frankreich.«

Sie verspürte einen merkwürdigen Druck hinter der Brust.

Sie sollte jetzt gehen, doch aus irgendeinem Grund konnte sie ihre Beine nicht bewegen.

Liza trat vor und umarmte sie. »Viel Spaß. Ich liebe dich.«

Der Druck wurde größer, bis sie das Gefühl hatte, einen Ballon in der Brust zu haben.

Sie fuhr sich mit der Zunge über die Lippen und versuchte, die Worte auszusprechen, doch sie kamen nicht heraus. Wie konnte man so viel fühlen und doch so wenig sagen? Doch das war ihre Welt. Sie verschloss ihre Gefühle in diesem Ballon und hoffte, dass er eines Tages platzen würde.

Liza trat zurück, lächelte verlegen und ging zum Wagen.

Verunsichert von diesem plötzlichen Gefühl des Verlusts, winkte Kathleen kurz.

Sie sah zu, wie Liza sich in den endlosen Verkehr einfädelte, und es fühlte sich nicht nur nach Abschied an. Es fühlte sich nach einem Moment an, der für immer vorbei war. Nach einer verpassten Gelegenheit.

Ich liebe dich auch. Das weißt du, oder?

Sie drehte sich um und kämpfte mit der Enttäuschung, die einen überfällt, wenn man eine Prüfung nicht bestanden oder ein Ziel nicht erreicht hat. Wenn man weiß, man hätte es besser machen können.

Kaum hatte sie den Terminal betreten, umgab sie Gewühl und Lärm, und ihre Stimmung hob sich. Wenn die Gegenwart nur laut genug war, konnte sie die Vergangenheit immer übertönen.

Die gute Laune hielt an, bis ein junger Mann sie anrempelte und mit einem »Pass auf, wo du hinläufst, Oma« weiterging.

Oben auf der Abfluganzeige standen all die Zielorte und erinnerten sie daran, wie groß die Welt war und wie klein sie ihre Welt hatte werden lassen.

Sie erblickte Martha neben dem automatischen Check-in. Sie wirkte verloren.

Kathleen winkte und zog ihre Reisetasche über den glänzenden Boden, während Martha mit der Aufgeregtheit und Begeisterung eines jungen Labradors auf sie zulief.

»Kathleen!« Martha umarmte sie stürmisch. »Unser Flug ist pünktlich, das habe ich schon gecheckt. Chicago, wir kommen.« Etwas von ihrer pulsierenden Energie übertrug sich auf Kathleen, und der Druck in ihrer Brust ließ nach. Die unangenehmen Gefühle zogen sich wieder dahin zurück, wo sie hingehörten.

Ab jetzt gab es einen Monat lang keinen Grund, darüber nachzudenken.

Welch ein perfektes Paar sie und Martha abgeben würden. Ihre Erfahrung und Weisheit vereint mit Marthas Jugend und Energie.

Ihre neue Gefährtin würde all das kompensieren, was bei ihr nicht mehr richtig zu funktionieren schien.

Drei Zeitzonen, acht US-Staaten, ein unglaubliches Abenteuer.

Es würde grandios werden.

7. KAPITEL

MARTHA

Achtundvierzig Stunden später starrte Martha auf den schnittigen Sportwagen vor ihr und entschuldigte sich stumm für das, was sie ihm antun würde. Warum nur hatte sie nicht zugegeben, dass sie nicht gern Auto fuhr?

Ihre Mutter hatte recht. Sie traf schlechte Entscheidungen.

Es war simpel, Selbstvertrauen vorzutäuschen – *ja, ich fahre gern Auto* –, aber früher oder später wurde man mit seinen Lügen konfrontiert, und so erging es ihr jetzt. Bei dem Gedanken, sich hinter das Steuer dieses Sportwagens zu setzen, wurde ihr übel. Das war, als würde man ein Rennpferd besteigen, obwohl man immer nur auf einem Ponyhof gewesen war.

Oh Martha, Martha.

Das würde kein gutes Ende nehmen. Wenn sie das Ende der Straße erreicht hatten, war sie entweder tot oder gefeuert. Der kürzeste Job der Welt, was schade war, denn sie mochte Kathleen. Und bisher war diese Reise aufregender gewesen, als sie es sich hatte vorstellen können. Sie hatte nie die Gelegenheit gehabt zu reisen und musste sich zwingen, nicht ständig auf alles zu deuten und zu rufen: Sieh dir das an!

Sie versuchte wie eine Frau von Welt zu wirken, was nicht einfach war.

Jetzt schlug die Stunde der Wahrheit.

»Ford Mustang, nicht wahr?« Der große schlaksige Typ

mit der schlechten Haut, der sich als Cade vorgestellt hatte, gab ihr die Schlüssel. »Sie haben Glück. Die sind sehr gefragt, deswegen haben wir nicht immer einen da. Sind Sie sicher, dass Sie den hier wollen? Sie könnten eine Corvette oder einen Camaro haben. Oder einen SUV. Darin hätten Sie mehr Platz.«

Ich möchte vor allem etwas Älteres und Langsameres, dachte Martha.

Doch Kathleen schüttelte den Kopf. »Das ist einer der Vorteile, wenn man klein ist: Man braucht nicht so viel Platz für die Beine. Ich will den Mustang.«

Zwei Tage in Kathleens Gesellschaft hatten Martha gezeigt, dass Kathleen immer bekam, was sie wollte.

Sie dachte an die letzten achtundvierzig Stunden, die wie im Flug vergangen waren.

Nach ihrer Landung in Chicago hatten sie in einem schicken Hotel eingecheckt, in dem Kathleen eine Suite mit zwei Schlafzimmern reserviert hatte. Allein Marthas Badezimmer war größer als ihr Zimmer zu Hause.

Kathleen hatte die Doppeltür zum Balkon aufgestoßen und tief eingeatmet, als würde sie zum ersten Mal seit Jahren Sauerstoff in die Lunge bekommen. Sie stand da, blickte auf die Skyline von Chicago und sagte: Ja. Und das in einem Ton, der nahelegte, dass sie mehr als zufrieden war.

Die ganze Reise erhielt auch von Martha ein dickes Ja.

Abgesehen vom Autofahren lebte sie ihren Traum. Luxus! Ein Zimmer, das groß genug war, um darin zu tanzen, ohne gegen Wände zu stoßen. Keine Familie, die ständig an einem herummäkelte. Und das Allerbeste: kein Steven, der einfach vor der Tür stand.

Die Suite war unglaublich, aber wie um Himmels willen konnte Kathleen sich so was leisten? Hatte sie in ihrer Jugend eine Bank ausgeraubt? Das schelmische Zwinkern in ihren Augen gab Martha das Gefühl, dass alles möglich war.

Und wie genau lauteten die Regeln auf dieser Reise? Sollte sie Kathleen aus dem Weg gehen oder sie begleiten? Abgesehen davon, dass sie fahren sollte, gab es keine Arbeitsplatzbeschreibung für diesen Job. Sie freute sich auf einen ruhigen Abend mit einem großen Burger und ihrer zerlesenen Ausgabe von *Die Früchte des Zorns*, um sich in Stimmung zu bringen. Allerdings hoffte sie, dass ihre Reise durch Amerika von deutlich weniger Drama und Mühsal begleitet sein würde.

Voller Dankbarkeit für dieses neue Leben trat Martha zu Kathleen auf den Balkon.

»Soll ich etwas beim Room Service bestellen, Kathleen? Sie möchten vermutlich früh zu Bett gehen.« Ihre Großmutter hatte nachmittags immer ein Nickerchen gemacht. Sie wusste, dass Mrs. Hartley es genauso machte, weil sie jeden anschrie, der zwischen drei und vier bei ihr klopfte.

Kathleen dagegen war geschäftig. »Früh zu Bett? Es ist fünf Uhr nachmittags.«

Sie war blass und ihre Augen wirkten müde, doch sie verströmte eine Aufregung, die Marthas Aufregung entsprach.

Es gehörte nicht zu ihren Aufgaben, ihrer neuen Auftraggeberin zu widersprechen. Sie war eine Fahrerin und Begleiterin, keine Betreuerin. Und wenn man mit achtzig nicht wusste, was man wollte, wann denn dann?

Ihr fiel Lizas besorgtes Stirnrunzeln ein. Martha hatte genug Erfahrung mit Missbilligung, um zu wissen, dass Kathleens Tochter sie ablehnte. Sie war ein bisschen eingeschüchtert gewesen von Liza, und das nicht nur, weil sie alle Menschen mit glattem Haar beneidete. Lizas Haar war so hell und seidig wie Buttermilch. Sie strahlte Kompetenz aus. Man hätte Martha nicht sagen müssen, dass sie Lehrerin war. Sie bezweifelte, dass Liza irgendein Problem jemals nicht hatte lösen können oder irgendeine Klasse nicht unter Kontrolle hatte.

Doch sie arbeitete nicht für die Tochter, oder? Sie arbeitete für ihre Mutter.

Dennoch, es konnte nicht schaden nachzufragen. »Zu Hause in England ist es zehn Uhr. Nein, warten Sie – wir haben sechs Stunden Zeitunterschied. Also ist es elf zu Hause.« Ihre Mutter würde sich die Zähne putzen und ihrem Vater zurufen, dass er sich vergewissern solle, ob er die Türen abgeschlossen hatte. Martha war froh, nicht dort zu sein.

»Wir haben jetzt Chicago-Zeit. Geben wir uns zwei Stunden, um zu duschen und uns frisch zu machen, und dann gehen wir essen und Cocktails trinken.«

»Cocktails?« Ihre Großmutter hatte vorm Zubettgehen immer heiße Schokolade getrunken. Martha hatte sie ihr zubereitet, mit immer der exakt gleichen Menge an Milch und Zucker. Manchmal hatte ihre Großmutter noch einen Keks dazu gegessen.

Kathleen blickte hinaus über die Skyline. »Als ich das letzte Mal hier war, habe ich Cocktails getrunken. Das möchte ich wieder tun.«

»Sie waren schon mal hier? Wann?«

»Ich war dreißig. Es war meine erste Reise nach Chicago.«

»Ich kann es kaum erwarten, all Ihre Geschichten zu hören. Sie können Sie mir beim Drink erzählen.« Das klang so erwachsen und weltläufig. Sie, Martha, würde Cocktails trinken und über exotische Reisen sprechen. Normalerweise beschränkten sich ihre Gespräche auf das Alltägliche, doch heute Abend würde sie sich dank Kathleens Erfahrungen auf Reisen begeben. Oder war sie zu voreilig? »Ich muss Sie natürlich nicht begleiten. Wenn Sie lieber allein sein möchten …«

»Warum sollte ich allein sein wollen? Du bist Teil dieses Abenteuers.« Kathleen strahlte. »Du gehörst jetzt zum Jetset.«

Martha hatte nicht das Gefühl, zum Jetset zu gehören, und war ziemlich sicher, dass sie auch nicht so aussah, doch sie war bereit, alles für diese Art von Leben zu tun.

»Was soll ich anziehen?«

»Casual Chic.«

Was war das genau?

Schließlich entschied sie sich für das einzige Kleid, das sie besaß. Sie nahm ihre Jeansjacke für den Fall, dass es kühl wurde, und schlüpfte in weiße Turnschuhe.

Kathleen trug eines ihrer üblichen wallenden Gewänder in leuchtenden Farben, dazu eine schmale goldene Uhr an dem einen Handgelenk und mehrere Armreife am anderen. Mit ihrem kurz geschnittenen Haar und ihrer mühelosen Eleganz wirkte sie unglaublich glamourös.

Bei ihrem Anblick denkt man eher an markante Gesichtszüge und Selbstvertrauen als an Alter, dachte Martha.

»Sie sehen gut aus, Mrs. Harrison.«

»Sag Kathleen zu mir. Und du.« Kathleen nahm ihre Tasche. »Wir fahren hinauf auf die Dachterrasse und trinken Manhattans und essen Lobster-Risotto.«

War das köstlich oder eklig? Martha stellte sich vor, wie sie nach ihrer Rückkehr zu Hause im Pub saß. *Ich nehme einen Manhattan und Lobster-Risotto.* Die Antwort wäre vermutlich ein verständnisloser Blick mit einem »Wie bitte?«, und dann kämen eine Portion Fischstäbchen und ein Bier.

Wie sich herausstellte, konnte man von der Dachterrasse über das Zentrum von Chicago und den dahinterliegenden See schauen.

»Das ist echt cool.« Martha setzte sich an den nächstbesten Tisch, doch Kathleen winkte dem Kellner. Sie sagte etwas, das Martha nicht hören konnte, und in der nächsten Sekunde wurden sie zu einem Tisch am Geländer geleitet, mit bestem Blick auf die Skyline.

Martha sah verstohlen zu den anderen Gästen und nahm erleichtert zur Kenntnis, dass sie ganz unterschiedlich gekleidet waren. Einige eher leger, andere eleganter, doch eines hatten sie alle gemein – Selbstvertrauen. Alle wirkten so, als gehörten sie hierher.

Martha setzte sich etwas aufrechter hin und versuchte so auszusehen, als wäre diese mondäne Bar ihr normales Umfeld, auch wenn ihr klar war, dass sie niemanden täuschen konnte. Vermutlich fiel sie auf wie ein Zebra am Strand.

Kurz darauf wurden mit überschwänglicher Geste die Cocktails serviert.

»Auf das Abenteuer.« Kathleen hob ihr Glas, und Martha, die etwas benommen war vom Jetlag, der Müdigkeit und einer Überdosis Aufregung, hob ihres ebenfalls.

»Auf das Abenteuer.« Und auf ein neues Leben, weit fort von ihrem alten.

Martha, die Entdeckerin und Cocktailtrinkerin.

Nimm das, Schleim-Steven.

Nach dem ersten Schluck hätte sie fast gehustet. Da sie wenig Geld hatte, trank sie selten Alkohol. Und wenn doch, normalerweise das Bier von ihrem Vater aus dem Kühlschrank. Vermutlich hatte sie den am wenigsten entwickelten Gaumen der Welt.

Sie brauchte drei Schlucke, um festzustellen, dass der Cocktail das Beste war, was sie je getrunken hatte, und vier, um zu beschließen, dass sie nie wieder irgendwas anderes trinken wollte. Als sie ihr Glas schließlich geleert hatte, war ihr klar, dass Kathleen völlig anders war als ihre Großmutter.

In ihrem Kopf drehte es sich merkwürdig. Lag es am Jetlag? Oder am Cocktail? Da sie beides vorher nicht gekannt hatte, wusste sie es nicht.

Kathleen bestellte eine weitere Runde, und Martha wollte gerade sagen, dass Alkohol auf leeren Magen vielleicht keine gute Idee war, als das Lobster-Risotto serviert wurde.

Vor ihnen lag Chicago, hell und glitzernd.

»Was hast du gesagt, dass sie uns diesen Tisch gegeben haben?«

»Die Wahrheit.« Kathleen griff nach ihrer Gabel. »Dass ich im fortgeschrittenen Alter bin und man nicht weiß, ob dies meine letzte Mahlzeit ist.«

Martha war es nicht gewohnt, dass Menschen ihre Sterblichkeit so offen ansprachen. Was sollte sie sagen? *Erzähl keinen Unsinn, alles wird gut gehen.* Aber was, wenn es nicht gut ging? Was, wenn Kathleen auf dieser Reise tatsächlich starb?

Sie nahm einen Schluck von ihrem zweiten Cocktail. Sie hatte noch nie einen Toten gesehen.

War es egoistisch zu hoffen, dass Kathleen zumindest bis zum Ende der Reise durchhielt? Sie wollte nicht, dass dieses Abenteuer vorzeitig abgebrochen werden musste. Und sie wollte von der Angst einflößenden Liza nicht beschuldigt werden, ihre Mutter ins Verderben geführt zu haben.

Vielleicht lag es in ihrem eigenen Interesse, ein bisschen fürsorglich zu sein.

»Bist du insgesamt gesund? Irgendwas, von dem ich wissen sollte?« Vermutlich hätte sie Kathleen bitten sollen, sich beim Arzt durchchecken zu lassen oder ein Gesundheitszeugnis vorzulegen. Doch angesichts der Tatsache, dass Kathleen nicht nach Beweisen für ihre Fahrerfahrung gefragt hatte, wäre das wohl unfair gewesen.

»Ich bin achtzig. Man könnte sagen, ich bin wie ein altes Auto. Ich brauche Pflege. Mein Motor stottert, und der Lack ist zerkratzt, doch ich halte noch durch.« Kathleen hob ihr Glas. »Auf das Leben im Augenblick.«

Martha hob ebenfalls ihr Glas. »Auf das Leben im Augenblick.« Hauptsache, der Augenblick beinhaltete nicht, mit Kathleens Leiche konfrontiert zu sein. Sie würden durchs Death Valley fahren, oder nicht? Das klang nicht gerade verheißungsvoll. Vielleicht sollten sie eine andere Route nehmen. Außerdem behagte ihr der Auto-Vergleich nicht, ihre Erfolgsbilanz mit Autos war ja durchaus übersichtlich. Sie wollte nicht für einen weiteren Kratzer in Kathleens Lack verantwortlich sein. »Soll ich dir einen Saft bestellen? Wasser?«

»Ich nehme noch einen Cocktail, um unseren ersten Abend zu feiern. Und du?«

Noch ein Cocktail, und sie würde mit Kopfschmerzen aufwachen. Martha hatte das Gefühl, dass sie auf dieser Reise noch genug Grund für Kopfschmerzen haben würde, auch ohne Alkohol.

»Mineralwasser, bitte.«

Kathleen lächelte den Kellner an und deutete auf ihr Glas. »Der Mann ist sehr ansehnlich. Wahrscheinlich weißt du gar nicht, was das Wort bedeutet, oder? Deine Generation würde vermutlich süß sagen, oder jedenfalls sagen das meine Enkelinnen.«

»Süß trifft es.«

»Vor fünfzig Jahren hätte ich ihn in mein Zimmer eingeladen. Er hat wunderschöne Augen und ein keckes Lächeln.« Kathleen sah Martha nachdenklich an. »Vielleicht willst du …«

»Nein. Danke. Kein Interesse.« Abenteuer, ja. Roadtrip, ja. Cocktails, eindeutig ja. Männer? Auf keinen Fall. Was sagte es über ihr Leben aus, dass eine Achtzigjährige sie mit jemandem zu verkuppeln versuchte?

Kathleen beugte sich vor. »Bist du homosexuell?«

»Nein, nicht homosexuell. Im Moment habe ich nur kein Interesse an einer Beziehung.« Sie dachte an Steven, was in ihr sofort den Wunsch weckte, doch lieber noch einen Cocktail statt Wasser zu trinken. »Ich sollte ein Foto von dir machen und an Liza schicken. Ich habe es ihr versprochen. Willst du das Glas lieber abstellen? Wäre sie deswegen besorgt?«

»Sie wäre vermutlich besorgter, wenn ich nicht trinken würde.« Kathleen warf sich vor der Skyline in Positur, und Martha machte ein paar Bilder mit dem Handy.

Als sie das Handy beiseitelegte, bemerkte sie, dass Steven zweimal angerufen hatte. Sofort verlor der Augenblick seinen Zauber. Sogar aus der Ferne konnte er ihr noch immer den Abend verderben.

Sie war versucht, ihm ein Bild von sich zu schicken, auf dem sie an ihrem Cocktail nippte, dazu die Nachricht: *Kann jetzt nicht, bin beschäftigt.*

Kathleen beobachtete sie. »Alles in Ordnung?«

»Alles gut.« Sie steckte das Handy weg und versuchte, nicht daran zu denken. »Erzähl mir mehr von dir, Kathleen. Bist du immer viel gereist?«

»Ja. Und hier ist es genauso aufregend, wie ich es in Erinnerung habe. Schlägt dein Herz bei dem Anblick nicht auch schneller?«

»Dein Herz schlägt schneller?« Martha straffte sich. »Irgendwelche Schmerzen in der Brust oder so etwas?« Sie hätte vor dem Trip einen Erste-Hilfe-Kurs absolvieren sollen.

Kathleen wirkte unbesorgt. »In meinem Alter tut einem immer irgendetwas weh. Am besten hält man sich gar nicht damit auf.«

Martha tat selbst einiges weh, vor allem ihr Herz. Ihre Gefühle waren verletzt und ihr Selbstvertrauen erschüttert. Und sie war völlig einverstanden, sich nicht damit aufzuhalten.

»Warst du als Touristin hier?« Ihr wurde bewusst, dass sie von ihrer Auftraggeberin nicht mehr wusste, als dass sie in einem hübschen Haus mitten im Nirgendwo wohnte, dass sie offenbar genug Geld hatte, um sich teure Hotels leisten zu können, und dass sie fest entschlossen war, ihre letzten Jahre auf eine für ihr Alter unkonventionelle Art und Weise zu verbringen.

»Es war beruflich.« Kathleen legte ihre Gabel zur Seite. »Ich habe eine Reiseshow moderiert. Natürlich Jahrzehnte vor deiner Geburt. Ich bin um die Welt gereist. Mein Name war eine Zeit lang ein Begriff.«

»Wie hieß die Show?«

»*Summer Seekers.* Du bist viel zu jung, um dich daran zu erinnern, aber deine Mutter kennt sie vielleicht.«

Martha hatte nicht vor, mit ihrer Mutter zu kommunizieren. Sie genoss die Pause von ihr und zweifelte nicht daran, dass dieses Gefühl auf Gegenseitigkeit beruhte. »Du warst Journalistin?«

»Nach dem College fing ich bei einem Fernsehsender an. Ich hatte verschiedene Jobs, doch es zeigte sich, dass ich ziemlich gut moderieren konnte. Ich hatte ein paar Shows, auch eine für Kinder. Und dann kam *Summer Seekers.* Hast du je einen Job im Leben gehabt, der sich absolut richtig anfühlte?«

»Nein.« Martha sah keinen Grund, nicht ehrlich zu sein. »Man könnte wohl sagen, dass ich noch … meinen Weg finden muss. Versuch und Irrtum, du weißt schon.« Es hatte mehr Irrtümer gegeben, als sie zugeben mochte.

»Also, *Summer Seekers* war genau das Richtige für mich. Ich habe die Show von Anfang an geliebt. In meinen Reportagen versuchte ich immer, den Zuschauern einen Eindruck von dem Ort zu verschaffen. Ich wollte Reisenden eine Entscheidungshilfe und den vielen Pantoffelreisenden das Gefühl geben, als wären sie dort gewesen, auch wenn sie ihr bequemes Zuhause nie verlassen hatten. Wenn wir irgendwo ankamen, hatte ich zu entscheiden, was wir zeigten. Ich sah mir die Kultur an, das Essen, und ich zeigte immer ein paar Orte jenseits der ausgetretenen Pfade. Wenn ich Glück hatte, begleitete mich ein Einheimischer, der mich zu seinen Lieblingsstätten führte. Diese Insider-Perspektive gab den Zuschauern ein realistisches Gefühl für den Ort.«

Martha war fasziniert. »Gibt es ein paar deiner alten Shows im Internet?«

»Keine Ahnung. Ich nutze das Internet nicht. Ich habe sie auf DVD, aber die sind zu Hause.«

»Wie hast du die Flugtickets, die Hotels und den Wagen gebucht, wenn du das Internet nicht nutzt?«

Kathleen schwieg einen Moment. »Du musst mir versprechen, es nicht Liza zu sagen. Sie würde es missbilligen.«

Martha fand es lustig, dass Kathleen Geheimnisse vor ihrer Tochter hatte. Vielleicht war sie nicht die Einzige, die Liza ein bisschen einschüchternd fand.

»Ich verspreche es.«

»Mein Nachbar hat das für mich erledigt.«

Martha aß ihr Risotto langsam und genoss jeden Bissen. »Warum sollte das ein Problem sein?«

»Weil er als ein wenig verrucht gilt.«

»Verrucht. Ich liebe deine Worte.« Martha grinste. »Was macht er?«

»Er genießt das Leben«, sagte Kathleen ruhig. »Ein Charakterzug, der Neid in jenen weckt, die seine Eskapaden verfolgen. Neid, der sich als Missbilligung tarnt. Er ist ein Rockstar. Höchst erfolgreich, wie mir Leute sagten, die sich besser damit auskennen als ich. Erfolgreich genug, um all das Land um mein Grundstück zu kaufen und mehrere schnelle Autos. Sein Haus ist spektakulär. Unglaubliche Ausblicke aufs Meer.«

»Wie heißt er?«

»Finn Cool.«

Martha fiel die Gabel aus der Hand. »Du machst Witze. Der Finn Cool? Ich liebe seine Musik. Ich meine, er ist natürlich ziemlich alt …« Zu spät wurde ihr bewusst, dass Finn ungefähr halb so alt sein musste wie Kathleen. »Aber ich finde ihn immer noch toll. Er hat deine Tickets gebucht?«

»Nicht persönlich. Er hat sich nach meinen Vorlieben erkundigt, und seine Managerin hat alles erledigt. Er war höchst zuvorkommend und ich dankbar, weil ich mich nicht überwinden konnte, Liza darum zu bitten. Es hätte nicht gut ausgesehen, dass ich einerseits Abenteuer will und andererseits Angst vorm Internet habe.«

Martha fand das hinreißend. »Wie hast du Finn Cool kennengelernt? Ich dachte, diese Promis sind krankhaft zurückhaltend.«

»Das war ziemlich amüsant.« Kathleen griff nach ihrem Glas, wobei die Armreife an ihrem Handgelenk klingelten. »Der Eingang zu seinem Haus ist schwer zu finden. Ich nehme an, dass er das Anwesen aus diesem Grund gekauft hat. Bei mir klopfen ständig Leute an die Tür, die fragen, wo er wohnt.«

»Das muss nervig sein.«

»Überhaupt nicht. Es ist unterhaltsam. Einmal habe ich einen schmuddelig wirkenden Schmierfinken mit seiner Kamera über zwei Felder in die falsche Richtung geschickt.« Kathleen beugte sich vor. »Ich traue keinem Mann, der mit einer Riesenkamera herumstolziert, du etwa? Man fragt sich, was so ein Kerl beweisen möchte.«

Martha verschluckte sich fast an ihrem Drink. »Ich kenne niemanden, der eine Kamera besitzt. Alle benutzen ihr Handy.«

»Ach, das war einer dieser Männer, die man auf Anhieb nicht mag, also schickte ich ihn fort. Irgendwie hat er wohl meine Warnung vor dem Bullen auf dem Feld überhört und musste von dem Bauern gerettet werden.«

Das war die lustigste Geschichte, die sie seit langer Zeit gehört hatte. »Wusste Finn Cool davon?«

»Zuerst nicht. Aber dann schickte ich ein Auto voller junger, hoffnungsfroher Frauen ins nächste Dorf und glaubte, damit zu helfen. Wie sich herausstellte, waren sie Gäste, die er zu einer seiner wilden Partys eingeladen hatte.«

»Woher weißt du das?«

»Sie riefen ihn an und erwähnten offenbar die wenig hilfreiche alte Lady, die die Straße hinunter wohnt. Am nächsten Tag tauchte er mit einem großen Blumenstrauß und einer Flasche exzellentem Gin bei mir auf und bedankte sich, dass ich den Drachen vor seinem Tor spiele. Wir tranken gemeinsam im Garten von dem Gin, und er lachte schallend, als ich ihm von dem Fotografen erzählte. Danach vereinbarten wir, dass alle willkommenen Besucher ein Codewort erhalten, das monatlich wechselt. Falls also jemand bei mir klingelt und nicht das richtige Wort verwendet, schicke ich die Betreffenden auf eine lange und interessante Irrfahrt.«

Martha beschloss, dass sie Kathleen liebte. »Wie lautet das Codewort diesen Monat?«

»Ich bin zur Geheimhaltung verpflichtet. Doch er und ich haben ein Übereinkommen. Er ist überhaupt nicht so, wie die Leute sagen, auch wenn er tatsächlich die schrillsten Partys veranstaltet. Bei der einen unternahmen einige seiner Gäste einen Mitternachtsspaziergang und landeten in meinem Garten. Entzückende Frauen, wenn auch sehr sparsam mit ihrer Kleidung.«

»Du meinst billig?«

»Ich meinte eher die Menge als den Wert.« Kathleen nippte an ihrem Glas. »Eine trug ein Bikinihöschen und sonst nichts. Finn hält es womöglich für vermessen, aber ich denke, dass uns eine Art Freundschaft verbindet.«

»Das ist eine großartige Geschichte.« War das der Grund, warum man sie im Hotel upgegraded hatte? Vielleicht glaubte das Management, Kathleen sei mit Finn Cool verwandt.

Saukomisch. Mit Glück würden sie die ganze Reise eine VIP-Behandlung genießen. »Also, du warst schon mal in Chicago. Was ist mit Kalifornien?«

Kathleen stellte ihr Glas ab. »Niemals.«

»Ist das eine Traumreise für dich?« An Kathleens Miene erkannte sie, dass sie die falsche Frage gestellt hatte, und redete rasch weiter. »Ich war noch nie in den USA. Ich war einmal in Italien. Eine Klassenreise. Das ist alles.«

Kathleen sah mit entrücktem Blick über die Skyline.

»Kathleen?« Martha hätte am liebsten mit den Fingern geschnippt, um zu prüfen, ob sie noch bei Bewusstsein war. »Möchtest du noch einen Drink?«

Kathleen blinzelte. »Ich sollte lieber nicht.« Sie griff nach ihrem leeren Glas. »Mit meinen Bluthochdrucktabletten sollte ich keinen Alkohol trinken.«

Martha dachte an die drei Cocktails. »Was passiert, wenn du es doch tust?«

»Ich weiß es nicht. Vielleicht finden wir es heraus.«

Hoffentlich nicht. »Das Risotto war köstlich. Und die Cocktails ebenfalls. Danke!«

»Bestell noch einen.« Kathleen winkte dem süßen Kellner. »Wenn du mit fünfundzwanzig nicht über die Stränge schlägst, hast du nichts, auf das du zurückschauen kannst, wenn du achtzig bist. Wenn ich erst einmal zu hinfällig bin, um zu reisen und unabhängig zu leben, werde ich meine Tage damit verbringen, durch meine Erinnerungen zu reisen. Und dann sollten sie möglichst interessant sein. Ich bin sicher, dass es dir ebenso gehen wird.«

Martha konnte sich nicht vorstellen, achtzig zu sein, aber sie hatte sich überreden lassen. Und am nächsten Abend hatte sie sich wieder überreden lassen, weshalb sie jetzt mit den Nachwirkungen von drei Cocktails, die in ihrem Kopf hämmerten, vor einem Sportwagen stand. Die heiße Sonne brannte auf den roten Wagen hinunter, sodass der Lack glänzte und funkelte.

Die letzten beiden Abende waren herrlich gewesen. Und gestern hatte sie Chicago allein erkundet, weil Kathleen sich entschieden hatte, vor ihrer Reise einen Ruhetag einzulegen. Es war aufregender gewesen, als Martha es sich hätte vorstellen können. Für kurze Zeit hatte sie sogar ihre Ängste wegen des Fahrens vergessen, doch nun stiegen sie wieder auf angesichts der kaum zu ertragenden Erkenntnis, dass sie für zwei Leben verantwortlich sein würde – ihres und Kathleens. Und auch für die Leben aller anderen, die zufällig auf derselben Straße unterwegs waren.

Cade wartete noch immer auf ihre Antwort, und sie versuchte, sich zu konzentrieren. »Was haben Sie noch mal gesagt?«

»Ich wollte wissen, ob Sie diesen Wagen wirklich wollen.« Cade sah zwischen ihnen hin und her, als hätte er noch nie ein so ungleiches Paar gesehen.

Martha konnte es ihm nicht verübeln. Sie wollte sagen: Natürlich ist dieses Auto nicht das, was wir wollen, doch Kathleen ergriff das Wort.

»Das ist perfekt.« Sie strich mit ihrer zarten faltigen Hand über die glänzende Oberfläche. Die Ringe an ihren Fingern wirkten zu groß. »Ist er schnell?«

»Schnell?« Der Typ schob sein Kaugummi von der rechten Wange in die linke. »Lady, dieses Baby hat einen 5-Liter-V8-Motor und beschleunigt von null auf sechzig in unter vier Sekunden. Ist das schnell genug für Sie?«

Kathleen neigte den Kopf. »Das klingt ausreichend für unseren Bedarf.«

Der Typ grinste und schüttelte den Kopf. »Sie sind mir ein Herzchen.« Seiner Meinung nach sollte Kathleen offenbar lieber einen Rollstuhl statt eines Sportwagens mieten.

Martha fühlte sich überfordert. Das Alter sollte einen vorsichtig machen, oder? Mrs. Hartley von nebenan ging ohne ihren Gehstock nirgendwohin. Und sie öffnete nicht die Tür, ohne vorher durch den Spion geschaut zu haben.

Jetzt war ihr klar, warum Liza so besorgt ausgesehen und so viele Fragen gestellt hatte.

Aber das hier war Kathleens Reise. Hatte sie nicht das Recht, ihr Leben so zu leben, wie sie es wollte? Auch wenn sie nicht alle Fakten kannte. Martha hatte ihr die Wahrheit über ihre Fahrkünste vorenthalten, somit hatte Kathleen das Risiko vermutlich unterschätzt.

»Dieses Modell hat umgebaute Zylinderköpfe und eine neue Kurbelwelle …« Cade palaverte weiter, und in Marthas Hirn wurde es trübe. Was genau war ein vierröhriger Doppelauspuff, und warum musste sie das wissen?

Cade öffnete die Wagentür und machte eine einladende Geste. »Sie haben einen Sport-Modus, einen Spur-Modus …«

Martha sah hinein und war erleichtert, dass der Wagen ein Automatik-Auto war. P für Parking und D für Driving. Mehr musste sie nicht beherrschen. Sie hatte nicht die Absicht rückwärtszufahren. Auf dieser Reise würde es nur vorangehen. Tatsächlich könnte das eine Metapher für ihr Leben werden: kein Weg zurück.

Cade richtete sich auf. »Wollen Sie eine Probefahrt machen?«

Und ihm einen Beweis für ihre mangelnden Fahrkünste liefern? Vermutlich würde er ihnen das Auto dann nicht vermieten.

»Nicht jetzt. Lassen Sie uns die Papiere fertig machen. Wir brauchen die Vollkasko-Versicherung.« Sie fing seinen Blick auf. »Nicht dass wir sie in Anspruch nehmen werden, aber vermutlich ist es das Sicherste. Falls jemand in uns reinfährt.« Zum Beispiel ein Baum. Oder ein Pfosten. So etwas soll schon vorgekommen sein.

»Klar. Ist das alles? Dann sind wir hier fertig.« Cade zuckte die Achseln. »Noch irgendwelche Fragen?«

»Ich habe eine Frage.« Kathleen nahm ihre Sonnenbrille ab, und der Schalk in ihren Augen machte Martha fast so nervös wie die Aussicht, diesen Wagen zu fahren.

»Kathleen …«

»Wie ist die Höchstgeschwindigkeit?«

Um Himmels …

»Warum? Sind Sie auf der Flucht, Lady?« Cade lachte und kratzte sich unter seinem T-Shirt. »Haben Sie eine Bank ausgeraubt? Ist die Polizei hinter Ihnen her?«

»Nein, auch wenn ich kürzlich mit der Polizei zu tun hatte, als sie einen Körper aus meiner Küche entfernte.«

Cade hörte auf zu lachen. »Körper?«

Körper? Martha wusste wirklich nicht viel über Kathleen. Sie hatte meist über ihre Arbeit und ihre Reisen gesprochen, aber kaum etwas Persönliches preisgegeben. Von Lizas Existenz wusste sie nur, weil sie sie kennengelernt hatte.

Sie fuhr vielleicht mit einer achtzigjährigen Serienmörderin durch die USA. »Kathleen? Du hast … ähm … nicht erwähnt …«

»Es ist mir entfallen, Liebes. Oder vielleicht versuche ich unbewusst, es zu vergessen. Der Geist tendiert dazu, ein Trauma auszublenden, nicht wahr?«

Hoffentlich stimmte das, denn im Moment hatte es den Anschein, als könnte diese Reise aus den völlig falschen Gründen unvergesslich werden. »Erzähl uns von dem Körper, Kathleen.«

»Es war nicht irgendein Körper. Er gehörte zu einem Eindringling, der mitten in der Nacht in mein Haus kam.«

»Oh, das ist furchtbar.« Martha legte eine Hand auf Kathleens Arm. »Wie beängstigend.«

»Er wirkte nicht verängstigt. Tatsächlich war er ziemlich mutig.«

»Ich meinte beängstigend für dich.«

»Ich weiß. Ich zieh dich nur auf.« Kathleen tätschelte ihre Hand. »Es war das Aufregendste, was ich seit langer Zeit erlebt hatte. Auch wenn ich zugeben muss, dass ich Glück hatte, dass er allein und betrunken war. Ein kleiner Rat ...« Sie beugte sich zu Cade vor. »Wenn Sie in ein Haus einbrechen wollen, bleiben Sie nüchtern und nehmen Sie immer einen Komplizen mit. Es ist viel schwerer, zwei Menschen abzuwehren.«

Mit schreckgeweiteten Augen trat Cade einen Schritt zurück. »Okay. Also – dann haben Sie ihn umgebracht?«

»Nein. Er ist putzmunter.« Kathleen runzelte die Stirn. »Vermutlich, weil ich die kleine Pfanne und nicht die große benutzt habe. Die große nehme ich nur, wenn ich mir Eier und Pilze zu meinem Schinken mache.«

»Gut zu wissen.« Cades Blick irrte zu Martha, und sie las Mitleid in seinen Augen. »Die zulässige Höchstgeschwindigkeit und andere Informationen zu den US-Verkehrsregeln finden Sie hier in unserem Buch.« Er hielt es ihr hin. »Im Kofferraum sind eine Taschenlampe, eine Decke, Starthilfekabel, Leuchtsignale und ein Erste-Hilfe-Kasten. Wir raten Ihnen, immer Wasser dabeizuhaben, vor allem wenn Sie die Wüste erreichen. Und achten Sie darauf, dass Ihr Handy immer aufgeladen ist, auch wenn Sie natürlich nicht immer Empfang haben werden. Alles Wichtige steht in dem Buch. Und wenn Sie in Schwierigkeiten geraten«, seiner Miene war anzusehen, dass er das für sehr wahrscheinlich hielt, »dann rufen Sie die Nummer an, die hinten draufsteht.«

»Danke.« Kathleen nahm das Buch und strahlte. »Das ist alles höchst aufregend.«

Martha fand es eher bedrohlich. Leuchtsignale? Wozu sollten sie Leuchtsignale brauchen?

Cade räusperte sich. »Also – noch irgendwelche Fragen oder sind wir hier fertig?«

Ich habe eine Frage, dachte Martha.

Warum nur habe ich mich auf diesen Job eingelassen?

8. KAPITEL

LIZA

Liza betrachtete das Bild, auf dem ihre Mutter mit erhobenem Glas vor der spektakulären abendlichen Skyline von Chicago posierte. Martha hatte einen kurzen Kommentar hinzugefügt: Den Traum leben.

Es war sehr aufmerksam von Martha, das Foto zu schicken, doch es führte dazu, dass Liza ihr eigenes Leben infrage stellte. Der Neid traf sie mitten ins Herz, und sie setzte sich an den Küchentresen, den sie gerade noch gewischt hatte.

Ihre Welt schien im Vergleich zu der auf dem Foto grau und banal. Ihre Mutter war umgeben von flackernden Kerzen und Cocktails. Vor Liza stand eine leere Müslischale.

Heute war ihr Hochzeitstag. Sie hatte keine großen Erwartungen gehabt, doch eine kleine Feier wäre nett gewesen. Schließlich hatten sie einen Anlass.

Ihre Mutter brauchte keinen Anlass. Sie feierte den Moment.

Wie hatte Liza das je unverantwortlich finden können? Es war eine gute Art, sein Leben zu leben.

Was hatte sie gestern Abend getan, als ihre Mutter getrunken, gelacht und den Sonnenuntergang über Lake Michigan bewundert hatte? Sie hatte die Bügelwäsche gemacht und letzte Vorbereitungen für Frankreich getroffen.

Ihre Mutter übernachtete in Hotels. Sie würde nicht einmal ihr Bett machen müssen. Wenn sie in ein Buch vertieft war, konnte sie zur Speisekarte greifen und den Roomservice rufen. Sie musste nur entscheiden, wann sie essen wollte, und jemand anders erledigte all die Arbeit.

Liza stand auf und stellte die Putzsachen zurück in den Schrank.

Schluss mit dem Selbstmitleid.

Sie musste einen Weg finden, den Moment mehr zu schätzen, als immer nur darauf zu hoffen, dass die Dinge irgendwann besser wurden. An manchen Tagen fühlte sich ihr ganzes Leben wie aufgeschoben an. Sie hatte darauf gewartet, dass die Zwillinge keine Koliken mehr hatten, dass sie durchschliefen, dass die Trotzanfälle nachließen. Jetzt wartete sie darauf, dass sie diese schwierige Teenager-Phase überwanden. Würde sie je an einen Punkt kommen, an dem sie glücklich wäre mit ihrem gegenwärtigen Leben?

Sean kam herein. Er trug einen Anzug und las Nachrichten auf seinem Handy. Ohne aufzuschauen, stellte er seine Müslischale auf den Tresen.

Diese eine kleine verlassene Schale schien ihr ganzes Leben zu symbolisieren.

Gratuliere zum Hochzeitstag, Liebling.

»Die Schale schwebt nicht von selbst in den Geschirrspüler, weißt du.«

Er blickte von seinem Handy auf. »Es ist nur eine Schale.«

»Jemand muss sie in den Geschirrspüler stellen. Und dieser jemand bin immer ich.«

Der Artikel in ihrer Tasche riet, alle Anliegen ruhig und auf eine konstruktive Art vorzubringen. Keine bissigen oder abfälligen Bemerkungen. Aber diese Antwort ließ sie bissig werden, und sie hatte es satt, perfekt sein zu wollen.

Sean öffnete den Geschirrspüler, stellte die Schale hinein und schloss die Tür mit einem entschiedenen Klick.

»Jetzt zufrieden?«

Nein, sie war nicht zufrieden. Heute war ihr Hochzeitstag, und er hatte ihn vergessen.

Er hätte eine Flasche Sekt für später in den Kühlschrank gestellt haben können. Er hätte ihr sagen können, dass er sie zum Abendessen ausführte.

»Ich sollte nicht darum bitten müssen, Sean.«

»Ja, stimmt. Tut mir leid.« Seine Haare waren noch feucht von der Dusche. »Was ist los?«

Meine Mutter trinkt auf einer Dachterrasse Cocktails, während ich den Dreck anderer Leute wegräume.

Ihre Mutter holte das letzte Quäntchen Freude aus jedem Moment des Lebens. Vielleicht war das rücksichtslos oder egoistisch, vielleicht aber auch gescheit.

»Ich habe zu lange und zu viel hinter anderen hergeputzt, das ist alles.«

»Wir werden uns alle mehr bemühen und ein bisschen mehr helfen.« Er lächelte ihr kurz zu und steckte das Handy in die Tasche.

»Wenn du sagst, ihr werdet helfen, lässt das die Verantwortung bei mir. Es bedeutet, dass es mein Job ist, aber ihr mir helfen werdet. Ich will keine Hilfe. Ich will, dass jemand anders die Verantwortung übernimmt.«

In dem Buch, das sie gekauft hatte, wurde empfohlen, mit »Ich fühle« zu starten. Das hatte sie wieder vermasselt.

Ich fühle, ich fühle, ich fühle.

»Ich fühle mich ausgenutzt, Sean.«

»Was? Oh – das ist nicht gut. Und wir werden darüber sprechen. Eingehend.« Er ging zu ihr und küsste sie kurz auf die Wange. Sie roch den entfernten Duft von Duschgel und spürte, wie sich ein Knoten in ihrem Magen bildete.

Heute war ihr Hochzeitstag. Sie sollte in romantischer Stimmung sein, nicht wütend.

Sie mussten einander mehr Aufmerksamkeit schenken, vielleicht brauchte es gar nicht mehr.

Sie legte sich die Hand auf die Brust. »Ich bin froh, dass du das sagst. Ich glaube, wir müssen tatsächlich reden.«

»Und das werden wir.« Er sah auf die Uhr. »Aber ich habe um neun ein Meeting mit dem heikelsten Klienten, mit dem ich je gearbeitet habe, und muss sofort los, wenn ich das schaffen will.«

Sie ließ die Hand fallen.

Ist Ihre Ehe gefährdet?

Ja, das war sie eindeutig.

War sie unfair? Sie konnte nicht erwarten, dass er sein Meeting absagte, weil sie reden wollte. Er trug Verantwortung gegenüber seinen Partnern und den Klienten. Und jedes Gespräch, das sie jetzt führten, würde beeinträchtigt von dem Druck, nicht zu spät zur Arbeit zu kommen.

»Lass uns heute Abend ausgehen.« Wenn er es nicht vorschlug, dann eben sie.

»Heute Abend?« Er wirkte erschrocken. »Ich treffe mich nach der Arbeit mit den Partnern auf einen Drink. Habe ich das nicht gesagt?«

»Nein.«

»Was ist mit morgen? Wir sollten feiern.«

Wärme durchströmte sie. Er hatte es doch nicht vergessen. »Feiern?«

»Den Ferienanfang, zumindest für dich und die Mädchen.« Er strahlte sie an. »Wir könnten zu diesem Italiener gehen. Den Zwillingen würde es gefallen. Und morgen passt mir gut, weil Samstag ist und ich bei der Arbeit nicht jedem meinen Knoblauchatem ins Gesicht puste.«

»Ich hatte nicht vor, die Mädchen mitzunehmen.«

»Ach so – du meinst einen romantischen Abend. Großartig.« Er holte einen Proteinriegel aus dem Schrank. »Jederzeit, außer heute Abend.«

Jederzeit, außer heute Abend.

Ihrem Hochzeitstag.

Das warme Gefühl erkaltete und starb.

Sie sah zu, wie Sean seine Sporttasche aus der Waschküche holte und den Riegel in einer Seitentasche verstaute.

»Sean …«

»Reservier irgendwo etwas. Wo du magst. Ich freue mich darauf.« Er war zur Tür hinaus, bevor sie sagen konnte: Ich fände es romantischer und außergewöhnlicher, wenn *du* ein Restaurant auswählst.

Er zog die Tür mit einem Knall zu, und sie zuckte zusammen, als hätte sie sich den Finger darin geklemmt.

Herzlichen Glückwunsch zum Hochzeitstag, Liza.

Sie schenkte sich Kaffee nach. War es falsch, Romantik zu erwarten? Fühlte sich jede Ehe nach zwei Jahrzehnten und zwei Kindern so an? Ihren ersten Hochzeitstag hatten sie mit einem Wochenende in Paris gefeiert. Sie hatten kaum Geld gehabt und in einem schäbigen Hotel am linken Seine-Ufer gewohnt. Sie hatten jede Minute genossen. An ihrem zweiten Hochzeitstag waren sie für ein Picknick an den Fluss gefahren und hatten es sich im Schatten einer Trauerweide auf einer Decke gemütlich gemacht.

Es war Jahre her, dass sie etwas Besonderes getan hatten.

Acht Anzeichen, dass Ihre Ehe gefährdet ist.

Warum beschäftigte sie das so sehr? Und wieso acht Anzeichen? Warum nicht sieben oder neun? Jemand hatte offenbar am Schreibtisch gesessen, Brainstorming gemacht, und acht hatte nach einer guten Zahl geklungen.

Caitlin trampelte die Treppe herunter. »Hast du meine Jeans gesehen?«

»Es ist ein Schultag. Keine Jeans.«

»Letzter Tag. Wir dürfen tragen, was wir wollen, erinnerst du dich?«

Nein, daran hatte sie nicht gedacht. »Deine Jeans sind in der Wäsche. Du wirst etwas anderes anziehen müssen.«

»Was?« Caitlins Aufschrei rief ihre Schwester herbei, die am Treppenabsatz erschien.

»Was ist los?«

»Mum hat meine Jeans gewaschen. Kannst du dir das vorstellen?«

»Danke, dass du meine Jeans wäschst, Mum«, sagte Liza, und Caitlin errötete.

»Ich brauche sie heute, das ist alles.«

»Warum waren sie in der Wäsche, wenn du sie brauchst?«

»Weil sie schmutzig waren. Aber ich dachte, du wärst inzwischen fertig damit. Ich habe sie Montag in die Wäsche gelegt.«

»Auch ich hatte eine anstrengende Woche. Ich bin sicher, du findest was anderes zum Anziehen.«

»Ich wollte meine Jeans anziehen. Ich werde auf all diesen Fotos furchtbar aussehen, und das ist deine Schuld. Du bestrafst mich noch immer wegen dieser blöden Party. Ich hasse mein Leben!« Sie rannte die Treppe hinauf und erschien zehn Minuten später in einem Minirock mit schenkelhohen Stiefeln an den nackten Beinen.

Liza blinzelte. Sie war noch immer überrumpelt davon, dass ihre Tochter wirklich glaubte, sie hätte die Jeans aus Gehässigkeit nicht gewaschen. »Wo hast du diese Stiefel her?«

»Jane hat sie mir geliehen.«

»Gut, du kannst sie wieder zurückgeben.« *Ruhig bleiben. Nicht eskalieren.* »Ob letzter Tag oder nicht, dieses Outfit wirst du nicht zur Schule anziehen. Es ist unangemessen.«

Caitlins Augen sprühten Funken. »Ich weiß, dass du gerne jedes Detail in unserem Leben kontrollieren willst, aber du kontrollierst nicht, was ich anziehe. Ich entscheide das. Ich kann denken, weißt du.«

»Und es wäre gut, wenn du das tun würdest.« Das Ganze war erschöpfend und undankbar. »Geh und zieh dich um.«

»Keine Zeit.« Caitlin schwang ihre Schultasche über die Schulter und ging zum Wagen.

Alice war direkt hinter ihr. »Fang keinen Streit an«, bettelte sie. »Ich darf heute nicht zu spät sein. Ich trag ein Gedicht vor, erinnerst du dich? Das ist schon schlimm genug, da möchte ich nicht noch zu spät kommen.«

Warum musste immer sie mit diesen Situationen umgehen?

Sie würde alles geben, um mit Sean zu tauschen. Lieber einen heiklen Klienten als einen trotzigen Teenager.

»Können wir fahren?« Alice zupfte an ihrem Ärmel. »Am letzten Tag ziehen die Schüler alles Mögliche an. Niemand schert sich darum.«

»Gehen die Schüler auch halb nackt? Denn so sieht deine Schwester aus.« Liza musterte die schlanken nackten Oberschenkel ihrer Tochter, als sie sich in den Wagen setzte.

Sie sollte in dieser Angelegenheit wirklich standhaft bleiben, doch Alice hatte recht. Wenn sie das tat, würden sie alle zu spät kommen, sie selbst eingeschlossen. Es wäre nicht fair, wenn ihre Kollegen ihre Klassen übernehmen müssten, weil ihre Tochter entschlossen war, ihr das Leben so schwer wie möglich zu machen.

Scham überkam sie.

Sie ließ es zu, manipuliert zu werden, und hatte es fast aufgegeben, dagegen anzukämpfen. Sie war zu müde, um Widerstand zu leisten.

Resigniert schloss sie die Haustür und fuhr zur Schule.

Während der Fahrt zog Caitlin unter ihrem Fransenpony ein mürrisches Gesicht. Kaum hielt der Wagen, sprang sie hinaus und lief durch das Tor. Als sie ihre Freundinnen sah, lächelte und winkte sie überschwänglich.

»Bye, Mum.« Alice schlug die Wagentür zu und folgte ihrer Schwester.

Liza saß still im Wagen und sah sich dann nach den Zwillingen um. Caitlin hatte die Arme um ihre Freundinnen geschlungen und bebte vor Lachen. Noch vor zehn Minuten hatte sie sich aufgeführt, als wäre ihr Leben vorbei. Jetzt wirkte sie völlig unbekümmert.

Schmerz stieg in ihr auf.

Atme, Liza, atme.

Sie würden aus dieser Phase herauswachsen, wie aus so vielen anderen auch. Eines Tages würde sie darüber lachen. *Würde sie das wirklich?*

Sie wollte ihnen so gerne nahe sein. Ihre Kinder sollten niemals denken: Ich wünschte, ich wäre meiner Mutter näher gewesen, wie sie es so oft tat. Doch sie schienen kein Interesse an ihr zu haben.

Was war sie für die beiden? Chauffeurin, Haushälterin, Köchin.

Und wer war dafür verantwortlich?

Liza schluckte. Was hatte ihre Mutter gesagt? *Welcher Teil deines Lebens gehört nur dir allein?*

Die Antwort lautete: keiner.

Sie zwang sich, einen ehrlichen, ungeschönten Blick auf die Wahrheit zu werfen. Mit der Zeit hatten die Mädchen sich daran gewöhnt, dass sie alles für sie erledigte, und sie erwarteten es von ihr. Sie sahen es nicht als einen Akt der Liebe. Sie nutzten den Vorteil. *Wo sind meine Jeans? Haben wir keine Milch mehr?*

Ihr Interesse und ihre Zuneigung wurden von den Mädchen nicht wertgeschätzt. *Hör mit dem Verhör auf, Mum.*

Alles, was sie für die letzten sechzehn Jahre als Mutter und Hausfrau vorweisen konnte, waren zwei junge Frauen, die von ihr erwarteten, dass sie ihnen Mahlzeiten zubereitete, ihre Wäsche machte und auf Abruf bereit war.

Wie aufs Stichwort klingelte ihr Handy.

Caitlin.

Liza wollte schon rangehen, überlegte es sich dann aber anders. Nein. Vielleicht würden die Mädchen selbst Verantwortung übernehmen, wenn sie nicht immer verfügbar war.

Sie ließ den Anruf auf die Mailbox gehen und fühlte sich sofort schuldig. Was, wenn es ein Notfall war? Oder wenn Caitlin sich für ihr unhöfliches und egoistisches Verhalten entschuldigen wollte?

Sie hörte die Nachricht ab und hasste sich zugleich dafür, dass sie nicht willensstärker war.

»Mum!« Caitlins Ton war fordernd. »Ich habe den Schultheater-Pokal zu Hause vergessen, und wir haben den letzten Schultag. Ich verliere Teampunkte, wenn ich ihn nicht mitbringe, und alle werden mich dafür hassen. Du musst ihn in der Mittagspause an der Rezeption abgeben.« Im Hintergrund ertönte Kichern, und dann wurde aufgelegt.

Bitte, Mum. Danke, Mum.

Ich liebe dich, Mum.

Liza verstaute das Handy in ihrer Tasche.

Es war höchste Zeit für Veränderungen. Zweifellos würde sie einen hohen Preis dafür bezahlen, und das Leben würde eine Zeit lang noch anstrengender sein, doch egal welche Unannehmlichkeiten es verursachte, sie würde nicht nachgeben.

Verärgert und enttäuscht fuhr sie zu der Schule, an der sie unterrichtete, und erschien kurz vorm Klingeln im Lehrerzimmer.

»Nur noch ein Tag.« Ihr Kollege Andrew machte sich gerade einen Instant-Kaffee. »Der Sommer kann nicht schnell genug kommen. Du siehst gestresst aus – ist alles in Ordnung?«

Nichts war in Ordnung, doch sie würde nicht darüber sprechen. Sie war wütend, aber das hieß nicht, dass sie im Lehrerzimmer über ihre Kinder redete. Außerdem würde ein solches

Gespräch ein schlechtes Licht auf sie werfen, und sie hielt sich auch ohne die Bestätigung anderer bereits für eine schlechte Mutter.

»Ende des Schuljahrs. Du weißt ja, wie es ist.«

Er hatte vermutlich keine Ahnung, wie es war, doch dies war ein Lehrerzimmer und kein Therapeuten-Wartezimmer. Geständnisse waren nicht angebracht.

Er rührte Zucker in seinen Kaffee. »Hast du diesen Sommer irgendwas Aufregendes vor, Liza?«

Waschen. Putzen. Kochen. Organisieren. Den Geschirrspüler befüllen.

»Liza?«

Sie zuckte zusammen. »Sean arbeitet gerade an einem großen Projekt, und dann fahren wir nach Frankreich. Und du?«

»Jen und ich reisen zwei Wochen über die Griechischen Inseln. Unsere erste Reise ohne die Kinder. Kann es kaum erwarten.«

»Ihr nehmt die Kinder nicht mit?« Liza entschied, dass sie keine Zeit für einen Kaffee hatte, und trank stattdessen ein Glas Wasser.

»Phoebe ist im Tennis-Camp, und Rory hat einen Platz in einem Jugendorchester, sodass sie zur gleichen Zeit fort sind. Jenny und ich wollten das Beste daraus machen. Die Zeit als Paar genießen, du weißt schon.«

Nein, wusste sie nicht, würde es aber zu gern ausprobieren. Doch löste das ihr Problem? Vielleicht nicht. Tatsächlich war sie einsam. Sie fühlte sich ihrer Mutter nicht nahe, sie war den Mädchen nicht nahe, und derzeit fühlte sie sich auch ihrem Ehemann nicht nahe.

Andrew pustete über seinen Kaffee. »Was machen deine Mädchen diesen Sommer?«

»Zwei Wochen Theater-Workshop, aber sie wohnen zu Hause.«

Das konnte man wohl kaum als Ferien bezeichnen.

Andrew aß einen Schoko-Keks, obwohl es streng genommen noch Frühstückszeit war. »Fahrt du und Sean allein nach Frankreich?«

»Nein.« Selbst wenn sie das wollte – wie konnte sie den Mädchen vertrauen nach dem, was das letzte Mal passiert war, als sie sie allein gelassen hatten? Wie es aussah, würde sie für den Rest ihres Lebens in der Schuld ihrer Nachbarn stehen.

Sie hatte nicht mehr das Vertrauen, dass die Zwillinge auf sich selbst aufpassen konnten.

Sie wollte irgendwann nach Oakwood Cottage fahren, um wie versprochen nach Popeye zu sehen, doch sie hatte noch keine Ahnung, wie das funktionieren sollte. Sie würden alle gemeinsam fahren müssen, was Sean unter Druck setzen würde, weil er im Moment keine Zeit erübrigen konnte.

»Bis später, Andrew.«

Sie unterrichtete ihre Vormittagsklassen, wobei sie den Schülern, die wegen des letzten Schultags aufgedreht waren, viel Freiraum ließ.

In der Mittagspause setzte sie sich mit ihren Kollegen und Kolleginnen zu einem letzten Lunch ins Lehrerzimmer.

Sie hatte drei verpasste Anrufe von Caitlin, die sie ignorierte. Falls ihr etwas zugestoßen wäre, würde die Schule sie anrufen.

Dies war für lange Zeit ihre letzte Gelegenheit für ein Gespräch unter Erwachsenen, und sie hörte sich lieber Wendys Geschichten über ihren neuen Kräutergarten an, als im Mittagsverkehr nach Hause zu rasen, um den Pokal zu holen, an den Caitlin selbst hätte denken sollen.

Es war Zeit für eine härtere Gangart. Nicht durch Hausarrest oder den Entzug von Privilegien, wie sie es bis jetzt versucht hatte, sondern indem sie sie zwang, Verantwortung zu übernehmen. Das hätte sie schon früher tun sollen.

»Ich fasse es nicht, dass du den Pokal nicht geholt hast.« Das war Caitlins erster Satz, als sie zur Tür hereinkam. »Ich habe ständig angerufen. Warum hast du nicht abgenommen?«

»Ich habe unterrichtet.«

»Aber du gehst immer ans Telefon, weil es ein Notfall sein könnte.«

»Es ist nie ein Notfall.« Ob Sean früher nach Hause kam? Sie konnte ein bisschen moralische Unterstützung gebrauchen.

Und dann erinnerte sie sich wieder. Auf einen Drink mit den Partnern. Was bedeutete, dass sie allein war mit den Mädchen.

Herzlichen Glückwunsch zum Hochzeitstag, Liza.

Caitlin steigerte sich immer tiefer in ihr Drama hinein und lieferte eine oscarreife Vorstellung. »Ich hätte verbluten können.«

»Bist du aber nicht.« Liza öffnete den Kühlschrank. »Du hast den Pokal vergessen, Caitlin. Du solltest dich besser organisieren.«

»Aber ich habe dich gebeten, ihn zu holen. Insofern habe ich das organisiert.«

Teenager-Logik.

»Ich habe gearbeitet.«

»Aber du hättest in der Mittagspause nach Hause fahren können.«

Niemand fragte sie, wie ihr Tag gewesen war oder wie es ihr ging. Es kümmerte niemanden.

Sie fühlte sich wie ausgehöhlt und vermisste ihre Mutter. Wie lächerlich war das denn jetzt? Sie war ihrer Mutter normalerweise nicht näher als ihren Kindern, doch im Moment fühlte sie sich ihr verbundener. Das lag an dem Gespräch im Wagen. Das merkwürdige, überraschende Gespräch, in dem ihre Mutter so liebenswürdig gewesen war und sie gelobt hatte. Liza hatte viel darüber nachgedacht. Sie war kurz davor gewesen, die Fassung zu verlieren und ihrer Mutter alles zu erzählen. Nicht weil sie ihrer Mutter so nahestand, sondern weil es niemand anderen gab, dem sie sich anvertrauen konnte.

Sie vermisste Intimität. Sie vermisste das Gefühl, für jemanden etwas Besonderes zu sein.

Liza schloss die Tür des Kühlschranks wieder. Warum hatte sie ihn geöffnet? Sie erinnerte sich nicht.

Sie konnte an nichts anderes denken als an ihre Fehler.

Sie hatte ein gemütliches, einladendes Zuhause schaffen und die liebende, fürsorgliche Mutter sein wollen, die sie selbst gern gehabt hätte. Doch stattdessen hatte sie eine Art Fünf-Sterne-Hotel mit Room-Service errichtet.

Und sie war die Hausmeisterin. Die Problemlöserin.

Das Schlimmste war, dass sie es nicht einmal bemerkten. Sie waren so daran gewöhnt, dass alles für sie erledigt wurde, dass sie nicht mal auf die Idee kamen, irgendwas selbst zu tun. Ganz im Gegenteil: Sie beschwerten sich sogar über den Service. Wenn es ein bezahlter Job wäre, hätte Caitlin sie vermutlich gefeuert.

Einen Augenblick lang überkam sie eine Art Panik. Sie war so sicher gewesen – *wie selbstgefällig* –, dass sie eine bessere Mutter war als ihre eigene. Doch als sie damals von zu Hause auszog, war sie in der Lage gewesen, für sich zu sorgen, weil sie das seit ihrer Kindheit getan hatte. Sie wäre nie auf die Idee gekommen, ihre Mutter etwas holen zu lassen, das sie vergessen hatte. Sie hätte es entweder nicht vergessen, oder sie hätte sich etwas einfallen lassen, um es selbst zu holen.

Sie hatte versagt. Eltern sollten ihre Kinder zur Unabhängigkeit erziehen. Zu Respekt gegenüber anderen. Und was hatte sie getan? Sie hatte sie so erzogen, dass sie nach ihrer Mutter riefen, wenn keine Pizza im Eisfach lag oder ein Träger-Top in der Wäsche verschwunden war.

Wie sollten sie klarkommen, wenn sie auszogen?

Und wie sollte sie selbst jetzt damit klarkommen?

Sie hatte das Gefühl, als würde ihr Kopf explodieren. Das Atmen fiel ihr schwer, als läge ein Gewicht auf ihrer Brust, das sie erdrückte.

Der lang ersehnte Sommer lag vor ihr, doch er würde nur mehr vom Gleichen bringen.

Sie würde vermitteln und besänftigen, bis alle Familienmitglieder zufrieden waren. Das tat sie nun einmal.

»Können wir heute Abend Pizza bestellen?« Alice warf ihre Sporttasche in den Wäscheraum. »Zur Feier des Tages?«

»Wie wäre es mit dem tollen Thai-Restaurant?« Caitlin löffelte einen Joghurt aus dem Kühlschrank und ließ den leeren Becher auf dem Tresen stehen. »Oder vielleicht indisch.«

Was möchtest du, Mum? Lass Mum wählen.

Genug!

Liza ignorierte den leeren Joghurtbecher und verließ die Küche. Sie war auf halber Treppe nach oben, als Caitlin sie einholte.

»Mum? Wir haben uns für Pizza entschieden. Welchen Belag möchtest du?«

Liza ging weiter nach oben und ins Schlafzimmer. »Kein Außer-Haus-Essen. Du und Alice könnt euch etwas aus dem Kühlschrank machen.«

»Was? Warum?« Aufgebracht folgte Caitlin ihr ins Schlafzimmer und sah zu, wie Liza eine Reisetasche hervorholte und Kleidungsstücke hineinwarf. »Was machst du da? Wo fährst du hin?«

»Weg.« Liza raffte ihre Toilettenartikel im Badezimmer zusammen und ließ sie in die Tasche fallen.

Im Türrahmen erschien Alice. »Was ist los?«

»Mum fährt weg.«

»Jetzt? Du hast nichts davon gesagt. Fährt Dad auch weg?«

»Nein.« Liza stopfte ein Paar Schuhe in ihre Tasche. »Dad hat ein Arbeitstreffen. Und irgendjemand muss bei euch bleiben.«

»Aber wo fährst du hin? Du fährst nie ohne Dad weg.«

Noch eine Sache, die sich ändern musste.

Liza griff nach ihren Schlüsseln und dem Portemonnaie. »Ich fahre jetzt nach Oakwood.«

»Warum?« Alice sah sie erstaunt an. »Granny ist doch gar nicht da.«

»Ich weiß. Granny trinkt vermutlich gerade Cocktails in einer Bar über den Dächern von Chicago, denn sie ist klug und genießt das Leben.« Ich bin neu darin, dachte Liza, aber ich werde es lernen. »Ich werde nach Popeye sehen und mir Zeit für mich nehmen.«

Sie registrierte, dass die Mädchen einander ansahen und sich fragten, wie ernst das Ganze war. Zum ersten Mal machte ihre Mutter eigene Pläne. Das war so fremd für sie, dass sie nicht wussten, wie sie damit umgehen sollten.

»Weiß Dad, dass du gehst?«

»Ich werde ihm gleich einen Zettel schreiben.« Sie holte einen Stift aus der Tasche und fand ein Stück Papier.

Sean, ich fahre nach Oakwood. Ich will mich um das Haus und die Katze kümmern und ein bisschen Zeit dort verbringen. Beinahe hätte sie geschrieben: Behalte die Mädchen im Auge. Doch dann erinnerte sie sich, dass sie aufhören wollte, das Leben der anderen zu organisieren. Sollte er selbst entscheiden, ob er es für nötig hielt, sie im Auge zu behalten oder nicht. Sollte sie ihm zum Hochzeitstag gratulieren? Nein, das wäre erbärmlich. Er könnte meinen, dass es nur darum ging, ihm eins auszuwischen, wo alles doch so viel tiefer reichte. Stattdessen unterschrieb sie mit: In Liebe, Liza X.

Sie legte den Zettel aufs Kissen und war stolz, dass sie nicht ihrem inneren Kind nachgegeben hatte, das schreien wollte: Du hast unseren Hochzeitstag vergessen!

Caitlin wirkte beunruhigt. »Aber was sollen wir machen?«

»Wie machen?« Liza steckte ihr Portemonnaie, das Handy und die Autoschlüssel in eine Tasche, die sie nicht an die Arbeit erinnerte. Hatte sie alles, was sie brauchte? Vermutlich nicht, aber das Wichtigste war loszufahren, bevor sie es sich anders überlegte. Ihr Verantwortungsgefühl meldete sich schon. *Hallo, erinnerst du dich an mich?*

Liza ignorierte es. Nur weil jemand an die Tür klopfte, musste man sie nicht öffnen.

»Wir haben jede Menge Termine in dieser Woche«, sagte Caitlin. »Sommeraktivitäten. Du fährst uns immer. Und was ist mit dem Mittagessen?«

»Lasst euch was einfallen. Seht es als eine weitere Sommeraktivität, nur dass ihr statt Tennis oder Theater Selbstversorgung lernt.« Liza griff nach den Büchern, die sie für Frankreich bereitgelegt hatte, und verstaute sie in der Tasche.

»Aber Tennis und Theater machen Spaß, das hier nicht.«

»Das Leben ist nicht immer nur spaßig. Da steckt eine Lektion drin. Ein gutes Leben besteht aus einem Gleichgewicht an Dingen, die man tun muss, und Dingen, die man tun möchte. Ich bin sicher, dass ihr beide an der Herausforderung wachsen werdet.« Genauso wie sie. Sie würde das Gleichgewicht in ihrem Leben sehr genau prüfen.

»Aber wenn du nicht kochst und wir keine Pizza bestellen dürfen, was sollen wir dann heute Abend essen?«

»Das überlasse ich euch.« Zum ersten Mal lieferte sie keine Auswahl oder Zutaten. »Seid kreativ.«

»Vermutlich werden wir an Mangelernährung sterben.« Caitlin, die Drama-Queen.

»Das bezweifle ich.« Liza ging mit der Tasche zur Tür. War das zu extrem? Reagierte sie über? Würde sie nach ihrer Rückkehr nur noch mehr Arbeit vorfinden, wenn sie sie jetzt sich selbst überließ?

»Aber wann kommst du zurück?« Alice stimmte in die Klagen mit ein. »Vor unserem Urlaub ist immer so viel zu tun.«

Liza hielt auf der Türschwelle inne. »Und ich bin diejenige, die alles erledigt. Im Moment habe ich nicht mehr die Energie, glaube ich.«

Sie ignorierte Alice' erschrockene Miene, lief die Treppe hinunter und öffnete die Haustür. Der Wagen stand in der Auffahrt wie ein Freund, der sie auf eine Spritztour entführen wollte. Spontan öffnete sie die Garage, holte eine große Kiste heraus und lud sie in den Kofferraum.

Alice und Caitlin standen auf der Türschwelle.

»Du hast gesagt, du würdest uns nach dem, was beim letzten Mal passiert ist, nicht mehr vertrauen.«

Sie wollten nicht, dass sie wegfuhr. Doch Liza wusste, dass dies weniger mit Zuneigung zu tun hatte als mit dem Umstand, dass es unbequem für sie war.

»Ihr glaubt, ich würde alles kontrollieren wollen, und wolltet, dass ich euch in Ruhe lasse. Also mache ich genau das. Betrachtet dies als einen Anfängerkurs in ›Für sich selbst sorgen‹. Ich erwarte Bestnoten.«

»Aber ...« Alice sah besorgt aus. »Bis Frankreich bist du zurück, oder?«

Wäre sie das?

Liza warf ihre Tasche ins Auto und glitt auf den Fahrersitz. Sie fühlte sich befreit. Dies war das erste Mal, dass sie nur an sich denken musste.

Sie schaltete ihr Handy aus.

»Warte.« Caitlin hämmerte ans Fenster. »Du hast die Frage nach Frankreich nicht beantwortet.«

Weil sie die Antwort nicht kannte. Sie wusste nur, dass sie wegmusste. Sie musste etwas für sich tun. Und bisher fühlte sich das gut an.

Liza öffnete das Fenster einen Spalt. »Benehmt euch.«

Sie winkte rasch und fuhr dann los.
Nächster Halt Oakwood Cottage.
Ihre Mutter war nicht die Einzige, die auf Reisen ging. Ihre eigene Reise mochte im Vergleich nicht so spektakulär wirken, doch im Moment schien sie das größte Abenteuer ihres Lebens zu werden.
Herzlichen Glückwunsch zum Hochzeitstag, Liza.

9. KAPITEL

KATHLEEN

Chicago – Pontiac

Zur gleichen Zeit, zu der Liza zu ihrer Reise aufbrach, starteten Kathleen und Martha ihren Roadtrip.

Kathleen war nicht sicher, ob sie ihre pochenden Kopfschmerzen dem ziemlich ungezügelten Alkoholkonsum oder den sechs Stunden Zeitdifferenz zuschreiben sollte. Auf jeden Fall war sie insgeheim erleichtert, dass sie Chicago nach zwei Tagen hinter sich ließen. Es war alles so groß und laut und führte zu einer Reizüberflutung, die ihre Kopfschmerzen keineswegs linderten.

Martha hatte den freien Tag mit Sightseeing verbracht, während Kathleen im Hotel geblieben war und die Stadt von ihrem relativ ruhigen Balkon aus genossen hatte. Der entzückende junge Mann vom Room-Service hatte die Behaglichkeit noch gesteigert.

Mit der Ruhe war es vorbei gewesen, als Martha in die Suite zurückkehrte (nach dem vierten Versuch, da sie offenbar keine Affinität zu Kartenschlössern hatte). Sie sprudelte vor Aufregung und Geschichten nur so über. Sie hatte dies gesehen, war dort gewesen, hatte dies probiert, jene Person kennengelernt, wusste Kathleen eigentlich, dass …

Während sie die Reste von Kathleens Nachmittagstee verschlang, redete sie ununterbrochen. Kathleen fand ihre atemlose Begeisterung überraschend anregend. Wie konnte man sich lustlos und alt fühlen, wenn man Martha um sich hatte, die nicht nur Jugend verströmte, sondern auch eine gewisse naive Unschuld? Es war, als würde sie die Welt zum ersten Mal sehen.

Während sie ihr zuhörte, war Kathleen sich nicht sicher, ob sie je die gleiche Begeisterung für gläserne Wolkenkratzer empfunden hatte wie Martha, doch sie bemühte sich um die passenden zustimmenden Antworten. Ja, das war eine unglaubliche Menge an Glas. Nein, vermutlich bedeutete das nicht, dass alle Einwohner gerne ihr Spiegelbild betrachteten. Ja, es stimmte tatsächlich, dass der See im Winter zufror – Kathleen hatte es erlebt. Ja, man nannte Chicago wahrscheinlich aus gutem Grund die Windy City.

Martha hatte beim Aperitif und auch noch während des Essens mit unverminderter Begeisterung weitererzählt. Sie bestellte wieder das Lobster-Risotto, weil sie, wie sie Kathleen sehr ernsthaft erklärte, vermutlich nie wieder die Gelegenheit haben würde, es zu essen, und sowieso könne man nie zu viel des Guten haben.

Stimmte das?

Kathleen, die einen dritten Cocktail abgelehnt hatte, weil sie befürchtete, dass sie sonst tatsächlich zu viel des Guten hätte, war sich nicht sicher.

Wie bei einer schwächer werdenden Batterie hatte Martha allmählich an Energie verloren und war erschöpft ins Bett gefallen, wo sie zweifellos den beneidenswert tiefen Schlaf der Jugend schlief.

Kathleen, die seit jeher schlecht einschlafen konnte, hatte sich hin und her gewälzt und das ungewohnte Kissen zusammengeknüllt, bevor sie schließlich eingedöst und in einen Traum längst vergangener Erinnerungen versunken war.

Heute nun war der erste Tag ihres lang ersehnten Roadtrips, und sie fühlte sich, als ob sie jedes einzelne ihrer achtzig Jahre mit sich schleppte. Vielleicht waren die Cocktails ein Fehler gewesen. Andererseits waren sie aber auch eine denkwürdige Erfahrung. Als sie *Summer Seekers* machte, hatten sie und die Crew jede Reise mit einer Feier begonnen.

Wehmut überkam sie.

Bei den Reisen für die Show waren sie in eine andere Realität getreten. Als ob der Alltag eine Pause einlegte. Das Wissen, dass diese Pause ein Ende haben würde, hatte den Genuss noch gesteigert, denn irgendwann mussten sie die Blase verlassen und in das echte Leben zurückkehren. Der Übergang von ihrer sorgfältig konstruierten Reisewelt in die Realität war jedes Mal holprig gewesen. Kaum war sie nach Hause gekommen, hatte Liza nach Zeit und Aufmerksamkeit verlangt, während Kathleen sich innerlich noch in ihrem anderen Leben befand. Sie hatte immer eine Weile gebraucht, um sich anzupassen, hatte sich abgetrennt und desorientiert gefühlt und oft einen Schritt verpasst.

Sie war sich unangenehm bewusst, dass sie nicht die beste Mutter gewesen war. Sie hatte spät geheiratet, und die Schwangerschaft war eine Überraschung gewesen. Als die Hebamme ihr Liza in die Arme gelegt hatte, war ihre erste Reaktion Panik gewesen. Ein Baby war mehr als nur ein Baby. Es bedeutete Verantwortung, lebenslange Sorgen und eine Liebe, die so groß war, dass sie sich in unpassenden Momenten Bahn zu brechen drohte.

Und es gab kein Zurück. Es spielte keine Rolle, dass sie sich nicht qualifiziert fühlte und genau wusste, dass ihr wichtige Fähigkeiten fehlten. Verlässlich, beständig und fürsorglich – all das war sie nicht. Wenn in ihren frühen Zwanzigern, als sie noch romantisch und idealistisch gewesen war, die Dinge anders gelaufen wären, hätte sie vielleicht leichter in ihre neue Rolle gefunden. Doch das Leben hatte sie anders geformt. Sie war fast vier Jahrzehnte allein durchs Leben gegangen, sodass eine Eheschließung ein großer Schritt für sie war. Aus diesem

Grund hatte Brian auch dreimal um sie anhalten müssen, bevor sie Ja gesagt hatte.

Und dann kam Liza.

Sie hatte das Gefühl gehabt, als hätte man ihr Leben und ihr wahres Selbst für immer gekapert.

So selbstbewusst und kompetent sie im Berufsleben auch war, als Mutter fühlte sie sich wie eine Hochstaplerin. Es fiel ihr nun mal schwer, über Gefühle zu reden. Brian hatte das verstanden. Er hatte das alles verstanden und ihr den Raum gegeben, den sie brauchte. Doch ihrer Tochter gegenüber zeigte sich das als echtes Problem.

War das der Grund, warum Liza sich von den Forderungen ihrer Familie so auffressen ließ? Kompensierte sie Kathleens Unzulänglichkeiten?

Der Gedanke verursachte ihr noch mehr Unbehagen, als sie sowieso schon empfand.

Sie konnte den Moment am Flughafen nicht vergessen. Liza hatte sie so fest umarmt, dass sie gedacht hatte, ihre Rippen könnten brechen. *Ich liebe dich.*

Kathleen hatte ihr lediglich den Rücken getätschelt und das Gefühl gehabt, dass sie ihre Tochter wieder mal im Stich ließ.

Was tat Liza jetzt? Fast wünschte sie, sie wäre vor der Reise nicht bei ihr gewesen, denn jetzt bekam sie ihre Tochter nicht mehr aus dem Kopf. Liza bemühte sich sehr um eine gute Beziehung zu ihrer Mutter. Die Unzulänglichkeiten waren nicht ihre Schuld.

Kathleen holte ihre Sonnenbrille aus der Tasche. Es war ein heißer Tag, und die Sonne schien durch das Fenster in den Wagen.

Diese Cocktails machten sie sentimental.

Vermutlich ging es Martha ähnlich, denn die Begeisterung und das Geplapper von gestern waren angespannter Stille gewichen.

Sie sah angestrengt auf die Straße vor ihnen, als wäre sie ein Feind, der besiegt werden müsse. Ihre Lippen bewegten sich im stummen Selbstgespräch.

Das Mädchen hatte seit ihrer Abfahrt nicht ein Wort gesagt, wurde Kathleen plötzlich bewusst.

Martha hatte dreimal geprüft, ob Kathleen angeschnallt war, und hätte es auch noch ein viertes Mal getan, wenn Kathleen nicht darauf hingewiesen hätte, dass sie mit dem Auto und nicht mit einem Raumschiff unterwegs waren. Außerdem würde der dichte Verkehr das schnelle Tempo ohnehin nicht zulassen, für das ihr recht auffälliges Auto gebaut war.

»Geht es dir gut, Liebes?« Kathleen mochte Marthas endloses, übersprudelndes Plappern. Sie fühlte sich dadurch wieder jung, und es lenkte sie von ihren schmerzenden Knochen und beunruhigenden Gedanken ab. Und es war ja nicht so, dass ihre Gespräche besonders tiefsinnig oder persönlich waren. Abgesehen von der unschuldigen Frage, ob Kathleen schon in Kalifornien gewesen war, gab es keine heiklen Themen. Das entsprach Kathleens Idealvorstellung von einem Gespräch. Doch seit Martha ihr in den Wagen geholfen hatte, war sie verstummt. Und nun starrte sie – leicht panisch, wie Kathleen fand – auf die Straße, als erwarte sie eine Katastrophe.

»Ich konzentriere mich. Es ist – sehr voll.«

Sie fuhren durch eine Großstadt, da war es natürlich voll. Doch Kathleen hielt nichts davon, dass Offensichtliche auszusprechen. Sie erwiderte nichts und konzentrierte sich auf das Erleben. Die Autos fuhren dicht an dicht und quälten sich begleitet von einem Soundtrack aus Hupen und Rufen vorwärts. Manche bogen urplötzlich ab, ohne vorher ein Zeichen zu geben. Zu allem Überfluss war es überraschend kompliziert, der Route 66 zu folgen – ein Umstand, der es für Kathleen besonders aufregend machte, der Martha jedoch aufseufzen ließ und zweifellos zu ihrem Stress beitrug.

Und nun krochen sie am Lake Michigan entlang, die Skyline von Chicago im Rücken.

Kathleen fühlte sich verpflichtet, etwas Aufbauendes zu sagen. »Ich bin sicher, dass der Verkehr hinter Chicago nachlässt.«

»Hoffentlich, denn sonst werden wir schätzungsweise eineinhalb Jahre für diese Reise brauchen. Nicht dass ich es eilig hätte. Oder dass ich nicht gern fahren würde. Es ist eine tolle Übung.« Martha atmete scharf ein. »Nicht dass ich Übung bräuchte. Ich möchte nicht, dass du nervös wirst. Bist du nervös?«

Jemand in diesem Wagen ist tatsächlich nervös, dachte Kathleen. Aber das war nicht sie.

»Warum sollte ich nervös sein? Du bist eine hervorragende Fahrerin.« Sie hatte keine Ahnung, ob Martha durchschnittlich oder hervorragend war, doch durch das Gespräch mit Liza im Wagen hatte sie gelernt, dass ein bisschen Aufmunterung viel bewirken konnte.

»Findest du?« Martha hielt das Lenkrad so fest umklammert, als wollte sie es erwürgen. »Wenn ich langsamer fahren soll, sag es mir.«

Wenn sie langsamer fuhren, würden sie stehen bleiben. »Fahr ganz, wie du willst. Ich hoffe, es macht dir Spaß, dieses Auto zu fahren?«

»Oh, es ist …« Martha fuhr sich mit der Zunge über die Lippen. »Es fühlt sich an, als würde es gern schneller fahren.«

Als ob der Wagen lebte und seinen eigenen Kopf hätte. »Du hast das Kommando.«

Martha richtete sich ein bisschen auf. »Ja, das habe ich.«

Schließlich ließen sie Lake Michigan und den Trubel von Chicago hinter sich und fuhren in Richtung Südwesten aus der Stadt hinaus. Marthas Hände am Lenkrad entspannten sich etwas. Ihr Mund bewegte sich gelegentlich noch, und Kathleen konnte durch konzentriertes Lippenlesen erkennen, was sie sagte: Rechts fahren.

Kathleen war beruhigt. Eine Ermahnung war einem Frontalzusammenstoß deutlich vorzuziehen.

Sie fuhren durch die Orte Joliet, Elwood und Wilmington, bevor sie den Kankakee River kreuzten und die Reise Richtung Süden nach St. Louis fortsetzten. Jede Stadt bot nostalgisches Flair und skurrile Attraktionen. Sie fuhren an Werbeschildern für Hotdogs und Hamburger vorbei, an traditionellen Dinern, historischen Gebäuden und restaurierten Tankstellen, an denen sie hielten, um vor den glänzenden roten Zapfsäulen ein Foto zu machen.

»Ich habe eine Playlist zusammengestellt«, sagte Martha. »Aber ich glaube, ich sollte mich erst an den Wagen gewöhnen, bevor noch Musik dazukommt. Außer, du möchtest jetzt Musik. Manche Menschen mögen keine Stille.«

»Stille wird unterschätzt.« Vor allem nach drei Cocktails. »Aber es war sehr aufmerksam, dass du passende Musik ausgesucht hast.«

»Ich habe Songs für jeden Ort, den wir besuchen.« Marthas Konzentration auf die Straße erinnerte Kathleen an ein Erdmännchen, das den Bau bewachte. Nichts entging ihrer Aufmerksamkeit. »Vielleicht später.«

Kathleen hielt den Reiseführer aufgeschlagen auf dem Schoß, daneben ein Notizbuch für Gedanken und Beobachtungen. Selbst jetzt, nach so vielen Jahren, machte sie automatisch ein Konzept, wie sie den Ort in der Sendung vorstellen würde. Sie besaß ein Talent dafür, das Wesentliche zu erfassen und zu zeigen, was den Ort einzigartig und besonders machte, weil sie wusste, was den Zuschauern gefiel.

In ihrer Vorstellung nahm sie den Einleitungstext vor der Kamera auf.

Woran denken Sie bei dem Wort Roadtrip? Seit ihrer Fertigstellung im Jahr 1926 hat sich die Route 66 zu einer der berühmtesten Straßen in Nordamerika entwickelt. Aus gutem Grund steht sie bei zahllosen Menschen rund um den Globus ganz oben auf der Liste ihrer Reiseziele. In den nächsten Wochen werden wir die 2448 Meilen von Chicago bis nach Santa Monica zurücklegen und dabei durch acht Staaten und drei Zeitzonen fahren. Wir werden in altmodischen Dinern essen, Wandgemälde bewundern, einen Abstecher zum Grand Canyon machen und durch Wüsten, Ebenen und Gebirge fahren, bevor wir schließlich den Pazifischen Ozean erreichen. Begleiten Sie uns auf unserer Reise, die nicht nur durch unterschiedlichste Landschaften, sondern auch durch die amerikanische Geschichte führt.

An diesem Punkt würde sie lächeln, Dirk würde »Cut« rufen, und dann würden sie alle in die nächste Bar feiern gehen.

Es hatte sie mit Stolz erfüllt, dass sie meist nur einen Take brauchte. Dass sie ihre Texte selbst schrieb, trug dazu bei.

»Geht es dir gut, Kathleen?« Martha nahm zum ersten Mal den Blick von der Straße und sah zu ihr hinüber. »Du bist so still.«

»Ich habe mir gerade vorgestellt, wie ich die Reise damals in der Sendung angekündigt hätte.«

»Ich würde zu gern ein paar deiner Sendungen sehen. Vielleicht finde ich sie ja im Internet.« Martha hielt die Augen wieder auf die Straße gerichtet. »Soll ich anhalten? Möchtest du einen Kaffee?«

Kathleen blätterte in ihrem Reiseführer. »Vor uns liegen noch ein paar empfohlene Stopps, einer davon ein besonders interessantes historisches Diner. Ich nehme an, dass das Gebäude historisch ist und nicht der Inhalt ihres Kühlschranks.«

Die Orte und der Verkehr wurden weniger ab dem Punkt, an dem die meisten Fahrer die schnellere Route nahmen.

Links und rechts waren jetzt vor allem Felder und Farmland zu sehen.

Sie hielten und genossen einen köstlichen Lunch mit frittiertem Hühnchen. Martha aß und studierte nebenbei den Reiseführer, indem sie die Route 66 mit dem Finger nachfuhr.

»Wenn wir hier ankommen, müssen wir uns entscheiden, welche Route wir nehmen.«

»Route 66.« Kathleen lächelte dankend, als die Kellnerin ihnen nachschenkte.

»Es ist ein bisschen kompliziert, weil die heutige Route von der ursprünglichen Straße abweicht. Laut diesem Reiseführer wurden Verbesserungen und Verschiebungen vorgenommen. Und es gibt Abkürzungen, wenn wir das wollen.«

»Wollen wir nicht.« Kathleen war entschlossen, sich so genau wie möglich an die ursprüngliche Route 66 zu halten. Sie wollte jeden Moment würdigen.

»Hier steht, dass es zwei Möglichkeiten gibt. Wir können auf der Straße von 1926 fahren oder die Route von 1930 wählen.« Martha legte das Buch zur Seite und widmete sich wieder ihrem Hühnchen. »Das ist lecker. Ich glaube, bei dieser Reise könnte es vor allem ums Essen gehen. Gestern am See hatte ich diese großartige Pizza.«

»Davon hast du erzählt.« Fünfmal.

»Wir sollten die Route mit den besten Restaurants nehmen.« Martha blätterte wieder im Reiseführer.

»Guter Plan. Ich finde es wunderbar.«

Martha sah auf. »Du findest es wunderbar?« Sie lächelte zögernd. »Bist du sicher?«

»Es ist alles so aufregend.« Kathleen nahm den letzten Bissen Huhn und wischte sich die Finger ab. »Du hast keine Ahnung, wie lange ich mich danach gesehnt habe. Ich lebe einen Traum.«

»Solange meine Fahrkünste ihn nicht in einen Albtraum verwandeln.« Martha gab ihr das Buch. »Vielleicht musst du mich leiten. Hier steht, dass das Navi versucht, einen auf die Interstate und nicht auf die alte Route zu führen.«

Sie gingen zurück zum Wagen, und Martha steuerte vorsichtig vom Parkplatz auf die Straße. Sie hatte die Unterlippe zwischen die Zähne geklemmt, und die Knöchel ihrer Hände auf dem Lenkrad traten weiß hervor.

Kathleen fragte sich, wie sie dem Mädchen helfen konnte, sich zu entspannen.

»Erzähl mir ein bisschen von dir.«

»Oh …« Die Frage schien Martha eher noch nervöser zu machen. »Ich bin ziemlich langweilig. Da gibt es nicht viel zu erzählen.«

»Du wohnst bei deinen Eltern?«

»Ja.«

»Und ist das ein harmonisches Miteinander?«

»Harmonisch? Ach so, du meinst, ob wir miteinander klarkommen? Ja.« Sie fuhr langsamer, als sie eine Kreuzung erreichten. »Ehrlich gesagt, nein, nicht wirklich.«

Kathleen hatte entdeckt, dass Martha nicht viel Ermunterung brauchte, um zu reden, und so ermunterte sie sie schamlos. »Das ist vermutlich nicht leicht. Ein Mädchen wie du braucht Unabhängigkeit.«

»Unabhängigkeit brauchen und sie sich leisten können sind leider zwei verschiedene Paar Schuhe. Ist da vorne rechts richtig?«

Kathleen sah auf die Karte. »Ja.« Sie wartete, bis Martha abgebogen war. »Stehst du deiner Mutter nah?«

»Nein. Stehst du Liza nah?«

Kathleen wünschte, sie hätte nicht davon angefangen. »Wir haben eine zufriedenstellende Beziehung.« So sah sie das jedenfalls. Liza vermutlich nicht, aber sie hatte nicht die

Absicht, so ein persönliches Thema mit irgendjemandem zu besprechen. »Warst du deiner Mutter nie nah?«

»Nein. Sie zieht meine ältere Schwester vor.«

Diese resignierte Feststellung ließ Kathleen zusammenfahren. Sie hatte als Mutter zweifellos auf vielen Gebieten versagt. Doch hätte sie noch ein Kind gehabt, hätte sie bei diesem ebenso versagt, davon war sie überzeugt. Sie hätte keinen Liebling gehabt.

»Bist du sicher?«

»Oh ja. Wenn ich Geld bekommen würde für jedes Mal, das sie sagt: Warum kannst du nicht mehr wie deine Schwester sein?, könnte ich mir ein interessanteres Leben leisten.«

»Was tut denn deine Schwester, um die Wertschätzung deiner Mutter zu verdienen?«

»Sie trifft gute Entscheidungen.«

»Entscheidungen sind doch immer subjektiv. Nur die Person, die sie trifft, kann sie beurteilen, und das normalerweise auch erst in der Rückschau, oder?«

»Nicht bei uns zu Hause.« Die Straße wurde breiter, und Martha fuhr ein bisschen schneller. »Bei meinen Entscheidungen dürfen alle ihren Kommentar abgeben, und das jederzeit. Und vermutlich hat sie nicht unrecht. Ich habe auf dem College Englisch studiert, bis Nanna krank wurde.«

»Was passierte dann?«

»Ich ging zurück, um mich um sie zu kümmern. Meine Mutter dachte natürlich, ich hätte sie nicht mehr alle, doch Nanna war für mich wie eine Mutter. Ich habe sie angebetet, und das nicht nur, weil sie den besten Schokoladenkuchen gebacken und mich immer ermutigt hat, ich selbst zu sein. Sie war voller Güte. Nicht viele Menschen sind gütig. Sie war immer gut zu mir, und ich vermisse sie schrecklich, sogar nach all dieser Zeit.« Ihre Stimme wurde brüchig, und Kathleen zuckte zusammen.

Sie wollte mehr über Martha erfahren, aber nicht, wenn sie damit Tränen auslöste. Sie wollte Fakten, keine Emotionen.

Sie tätschelte verlegen Marthas Bein. »Deine Großmutter hatte Glück, jemanden wie dich zu haben.«

»Vielleicht. Ich weiß es nicht.« Inzwischen war es ruhiger auf der Straße, und Martha wirkte entspannter. »In gewisser Weise hat meine Mutter recht. Ich hatte Probleme, einen Job zu finden, auch wenn ich nicht sicher bin, ob ein College-Abschluss hilfreich gewesen wäre. Vermutlich hätte ich nur noch mehr Schulden gehabt und kein Einkommen, um sie abzubezahlen. Es ist schwer da draußen, mit oder ohne Abschluss.«

Erleichtert registrierte Kathleen, dass Martha sich wieder gefasst hatte. »Was würdest du gern machen, wenn du es dir aussuchen könntest?«

»Ich habe sehr gerne im Coffeeshop gearbeitet, was weniger am Kaffee als an den Menschen lag. Ich mochte die Plaudereien. Wenn es einen Job als professionelle Plauderin gäbe, würde ich mich darauf bewerben.« Sie grinste Kathleen zu. »Vize-Plauder-Präsidentin. Gibt es so etwas? Oh …« Sie deutete nach vorn. »Da ist eine hübsche Tankstelle neben dem Route-66-Schild. Wir sollten ein Foto machen, um es Liza zu schicken.« Sie hielt an, und Kathleen warf sich pflichtschuldig in Positur.

Martha braucht einen Job, bei dem sie genug verdient, um ausziehen zu können, dachte sie bei sich.

»Wo soll ich stehen?«

»Dort ist gut. Was würdest du sagen, wenn du von dort deine Sendung moderieren würdest? Ich nehme dich auf …« Martha tippte auf ihrem Handy herum und hielt es dann nach oben. »Sobald du fertig bist.«

»Fertig wofür?«

»Für was auch immer du tust. Take one. Action. Und Film ab.«

»Aber was machst du dann damit?«

»Keine Ahnung. Wir schicken es Liza. Behalten es als Souvenir. Das können wir später entscheiden. Fertig, wenn du es bist. Los!«

Da das Mädchen offenbar kein Nein akzeptierte, nahm Kathleen ihre beste Moderatorinnen-Haltung ein.

»Sehen Sie hinter die Neonschilder und restaurierten Tankstellen, und Sie entdecken Geschichte. In den 1920ern …« Sie redete etwa drei Minuten und fasste zusammen, was sie im Reiseführer gelesen hatte. Als sie fertig war, sah Martha sie mit einem merkwürdigen Ausdruck an. »Was? Hatte ich Lippenstift an den Zähnen?«

»Du warst unglaublich. Total professionell.« Martha tippte auf dem Display herum und zeigte es dann Kathleen. »Sieh mal.«

Kathleen nahm das Handy und schob die Sonnenbrille hoch. War das wirklich sie? Sah sie tatsächlich so alt aus?

Doch in die Verlegenheit mischte sich Stolz. Sie mochte langsamer sein und mehr Falten haben, doch sie hatte ihr Talent nicht verloren.

»Das hast du mit dem Handy gefilmt?«

»Ja. Meine Großmutter hat es mir geschenkt, es hat eine gute Kamera. Ich werde das später schneiden, und dann stellen wir es online. Es ist zu gut, um es nicht zu verwenden. Ich wette, dass wir jede Menge Klicks bekommen.« Martha steckte das Handy wieder ein. »Wir sollten besser weiterfahren. Es ist noch ein ganzes Stück bis zu unserem nächsten Übernachtungsort.«

Sie waren seit einer halben Stunde wieder unterwegs, als Kathleen bemerkte, dass Marthas Handy-Display aufleuchtete. »Ein Steven ruft dich an. Soll ich rangehen?«

»Nein!« Martha griff nach dem Handy und drehte es um. »Lass es klingeln.«

Interessant, dachte Martha, Steven ist der bislang einzige Anlass, der Martha dazu gebracht hat, eine Hand vom Lenkrad zu nehmen.

Das Klingeln hörte auf und fing dann sofort von Neuem an.

»Er ist hartnäckig.«

»Eine seiner vielen nervigen Eigenschaften.« Martha strich sich mit zitternder Hand das Haar aus dem Gesicht. »Tut mir leid.«

»Ich habe nichts gegen private Anrufe einzuwenden. Wenn du anhalten und ihn zurückrufen möchtest …«

»Möchte ich nicht.« Doch Martha lenkte nach rechts und hielt an. Mit einem tiefen Seufzer schaltete sie das Handy aus. »So. Keine weiteren Anrufe mehr. Wenigstens kann er nicht bei unserem Motel auftauchen, dafür sollte ich wohl schon dankbar sein.«

Es war lange her, dass Kathleen die Nachwehen einer enttäuschten Liebe erlebt hatte, doch das bedeutete nicht, dass sie die Anzeichen nicht erkannte. »War er ein Hallodri?«

»Ein Ha…« Martha lachte erstickt auf. »Ja. Er war ein richtiger Hallodri, Kathleen. Eine Mega-Hallodri. Ein Super-Hallodri.«

»Hallodri ist ein angemessenes Wort. Das braucht keine Steigerung. Ich nehme an, er hat dir das Herz gebrochen.«

»Zusammen mit ein paar anderen Dingen. Inklusive einer Teekanne, die meine Großmutter mir geschenkt hatte, was ich ihm niemals verzeihen werde.«

Als Tee-Liebhaberin konnte Kathleen ihre Verärgerung nachvollziehen. »Wie sah sie denn aus?«

»Sie war weiß mit roten Kirschen darauf. Die Kanne erinnerte mich immer an Sommer und brachte mich zum Lächeln.« Martha atmete tief ein und fuhr wieder an. »Ich lasse nicht zu, dass er in mein Leben eindringt oder in diese besondere Reise.«

»War es ernst?«

»Für mich? Ja. Für ihn – wie sich herausstellte, nein. Meine Mutter sah das als einen weiteren Beweis meiner Unfähigkeit, gute Entscheidungen zu treffen.«

»Offenbar versteht sie nicht, wie Hallodris sind. Sie sind charmant und überzeugend und scheinen eine gute Wahl zu sein.« Sie musste es ja wissen. »Ist er der Grund, warum du diesen Job angenommen hast?«

»Was?« Martha bremste scharf, und Kathleen wäre nach vorn geschleudert worden, wenn der Sicherheitsgurt nicht blockiert hätte.

Sie hätte mit der Frage bis zum Motel warten sollen.

»Ich hatte den Eindruck, dass du vor irgendetwas flüchtest. Oder vor jemandem.«

»Du … Wie kommst du darauf?«

»Als du dich vorgestellt hast, da wirktest du ein bisschen – verzweifelt. Halt die Augen auf die Straße, Liebes.«

Martha umklammerte das Lenkrad. »Das hast du bemerkt? Und du hast mir den Job trotzdem gegeben?«

»Du warst genau das, was ich brauchte. Ein junger Mensch mit genug Energie, um meinen gelegentlichen Mangel daran auszugleichen, und jemand, der gar nicht auf die Idee kommt, es sich anders zu überlegen und mittendrin nach Hause zu fahren.«

»Kathleen …«

»Am Anfang war es nur ein Verdacht, aber jetzt bin ich sicher, dass es die pure Verzweiflung war, die dich dazu gebracht hat, einen Job als Fahrerin anzunehmen, wo du doch offensichtlich nicht gern Auto fährst.«

Martha wischte sich über die Stirn und formte mit den Lippen eine stumme Entschuldigung an den Fahrer hinter ihnen, der hupte, da tauchte zum Glück das Hinweisschild für das Motel auf. Sichtlich erleichtert bog sie in die Einfahrt und parkte.

»Woher weißt du, dass ich nicht gern Auto fahre?« Sie sah Kathleen erschrocken an. »Jage ich dir Angst ein? Mache ich irgendwas falsch?«

Kathleen wünschte sich allmählich, sie hätte den Mund gehalten. Liza hatte ihr ans Herz gelegt, Marthas Führerschein zu prüfen, aber sie hätte wohl besser irgendeinen Psycho-Test machen sollen, der vermutlich gezeigt hätte, dass ihre zukünftige Fahrerin ein einziges Nervenbündel war. »Du machst gar nichts falsch, aber du scheinst dich nicht wohlzufühlen. Immer wenn ein Auto auftaucht, presst du die Zähne zusammen. Du lehnst dich weit nach vorn und umklammerst das Lenkrad so fest, dass kaum noch Blut in deine Finger fließt. Und ich verstehe nicht, warum das alles, denn du bist eine hervorragende Fahrerin.«

Martha starrte sie an. »Hervorragend? Du glaubst wirklich, dass ich hervorragend bin?«

»Ja. Warum sollte ich etwas anderes denken?«

»Ich – ich bin nicht souverän.«

»Ich würde dich als vorsichtig beschreiben. Und dafür bin ich ziemlich dankbar angesichts der Tatsache, dass du in einem Land, das du nicht kennst, auf der für dich falschen Straßenseite fährst und im Wagen auf der falschen Seite sitzt. So ein lässiger Typ, der sich für einen verkappten Rennfahrer hält, ist das Letzte, was ich brauche. Willst du mir erzählen, warum du einen Job als Fahrerin angenommen hast, wenn du nicht gern Auto fährst?«

»Ich habe nie gesagt, dass ich nicht gern Auto fahre.«

»Martha …« Kathleen blieb ruhig. »Wir verbringen in den nächsten Wochen viel Zeit miteinander, und das auf engem Raum. Es wäre anstrengend, sich zu verstellen. Und es ist wichtig, dass ich dich verstehe.«

Dass Martha umgekehrt sie verstand, war nicht wichtig, und das wollte sie auch nicht.

Martha ließ den Kopf gegen die Lehne fallen. »Du hast recht. Ich fahre nicht gern Auto. Ich habe Angst davor. Und ich bin fünfmal durch die Prüfung gefallen, auch wenn ich zu meiner Verteidigung sagen muss, dass es beim letzten Mal nicht an mir lag. Und wenn du mich direkt gefragt hättest, hätte ich es gesagt – ich bin keine Lügnerin. Aber ihr habt nicht gefragt, und deshalb habe ich nichts gesagt. Weil ich den Job brauchte. Und du schienst nett zu sein. Und außerdem ... ja – ich war verzweifelt.« Die Worte sprudelten aus ihr heraus. Sie fühlte sich elend. »Wirst du mich feuern?«

»Warum sollte ich dich feuern? Wie sollte ich denn dann die Route 66 weiterfahren? Ich kann nicht mehr ans Steuer und bin wohl kaum in der Lage, den Wagen zu schieben.«

»Du könntest jemand anders finden.«

»Ich möchte genau so eine Fahrerin wie dich.«

Martha liefen Tränen über die Wangen. »Du meinst eine miese Fahrerin?«

»Es gibt kein Problem mit deinen Fahrkünsten, mein Liebes, nur mit deinem Selbstvertrauen.«

Martha wühlte in ihrer Tasche nach einem Taschentuch. »Selbstvertrauen entsteht, wenn man etwas erreicht, und ich habe nie viel erreicht. Ich bin ein Desaster.«

Kathleen überlief eine Gänsehaut bei diesem Geständnis. Am liebsten wäre sie aus dem Wagen geflüchtet, wenn ihre Hüften nur nicht so wehtäten. Sie hatte noch nie gewusst, was sie sagen sollte, wenn andere aufgelöst waren. Sie versuchte es mit Aufmunterung. »Unsinn. Selbstvertrauen hat man, wenn man seinen eigenen Wert kennt. Sich selbst mag. Du bist freundlich, lustig, klug, warmherzig und offensichtlich loyal. Und noch dazu hattest du den Mut, dich von dem Hallodri zu lösen, was bedeutet, dass du ein gutes Urteilsvermögen hast.«

Martha schnäuzte sich die Nase. »Dieses Urteilsvermögen hätte ich viel früher zeigen sollen.«

»Kanntest du ihn schon lange?«

»Den Hallodri? Ja, seit der Schule. Wir hatten so eine On/off-Beziehung. Ich hätte mehr auf die Off-Zeiten achten sollen, statt ihn zu heiraten.« Sie zerknüllte das Taschentuch. »Wie konnte ich nur so dumm sein?«

»Du warst zuversichtlich. Optimistisch. Beides vortreffliche Eigenschaften.« Sie hätte sich selbst beschreiben können. »Ist der, der ständig anruft, dein Mann?«

»Ex-Mann.« Martha knabberte an einem Fingernagel. »Schockierend, oder? Ich bin fünfundzwanzig, habe keinen College-Abschluss, keine eigene Wohnung und keinen Job, aber ich habe einen Ex-Mann. Meine Mutter sagt, dass ich nur in einem gut bin: im Aufgeben.«

Kathleen hatte von Minute zu Minute eine höhere Meinung von ihrer eigenen Leistung als Mutter. »Du hast einen Job. Du hast diesen Job. Und zumindest für die nächste Zukunft hast du auch eine eigene Unterkunft.« Vielleicht war sie nicht gut in emotionaler Unterstützung, doch sie verfügte über hervorragende praktische Tipps. »Ich sehe nicht, wie ein College-Abschluss oder etwas Ähnliches dir in deiner jetzigen Situation helfen könnte. Wie lange warst du verheiratet?«

Martha griff nach ihrer Tasche auf dem Rücksitz und zog sie so rabiat hervor, dass die Henkel beinahe gerissen wären. »Nicht lange.«

Das Mädchen war offenbar verletzt und wütend, und Kathleen empfand Mitgefühl.

»Sprechen wir von Monaten oder Jahren?«

»Ich habe ihn nach vier Tagen verlassen. Hab ihn mit einer anderen im Bett erwischt. Ich bin ein furchtbares Klischee.«

Der Schmerz überraschte sie. Er durchflutete sie, riss Wunden auf, die Jahrzehnte zur Heilung gebraucht hatten, und erinnerte sie an einen Teil ihres Lebens, den sie hatte vergessen wollen.

Kathleen musste sich ermahnen, dass es hier um die arme Martha ging, nicht um sie.

Martha sah sie an. »Die Scheidung wurde vor ein paar Wochen vollzogen.«

Sag etwas, Kathleen. Sag etwas.

»Das muss wehtun.«

»Es fühlte sich schrecklich an, als ich ihn erwischt habe. Doch das ist Monate her, und jetzt werde ich meist wütend, was mir lieber ist. Es ist leichter, wütend zu sein als traurig.« Martha öffnete ihre Tasche und verstaute das Handy darin. »Ich bin wütend auf ihn. Und wütend auf mich selbst.«

Kathleens Mund war trocken. »Warum auf dich selbst?«

Martha zuckte die Achseln. »Meine Mutter hat immer gesagt, dass ich keine gute Menschenkennerin sei. Ich fürchte, sie hat recht damit.«

»Warum solltest du dir die Schuld geben für etwas, das offenkundig nicht deine Schuld war?« *Ja, warum, Kathleen? Warum?*

»Ich hätte nicht so vertrauensselig sein sollen. Und ehrlich gesagt kapiere ich nicht, warum er mich immer noch anruft. Ich meine, er hat mit einer anderen geschlafen, warum also sollte er mich zurückhaben wollen?« Marthas Stimme wurde höher, und Kathleen erkannte, dass sie zwar wütend sein mochte, vor allem aber tief verletzt war.

Und niemand verstand das besser als sie.

»Ich bin keine Psychologin, aber vermutlich hat es etwas mit Unerreichbarkeit zu tun.« Kathleen wurde leicht schwindlig. Eine dunkle Wolke schien sie zu umhüllen, sie sah die Sonne nicht mehr.

»Kathleen? Geht es dir gut? Habe ich dich schockiert?«

Mit viel Anstrengung gelang es Kathleen, sich zusammenzureißen. Hier ging es nicht um sie. Dies war nicht ihre Geschichte. »Zu den wenigen Vorteilen des Alters gehört es, dass dich nicht mehr viel schockieren kann. Abgesehen von dem eigenen Spiegelbild natürlich. Das ist immer schockierend, vor allem als Erstes am frühen Morgen.« *Ein Witz. Gut gemacht, Kathleen.* »Sollen wir reingehen? Ich glaube, ich könnte ein Nickerchen vertragen, bevor wir die lokalen Köstlichkeiten probieren – was auch immer die sein mögen.«

»Corn Dogs«, sagte Martha abwesend.

»Du solltest seine Nummer natürlich blockieren.« Sie würde sich für eine halbe Stunde hinlegen und versuchen, sich zu beruhigen. Kathleen nahm den Reiseführer, ihre Sonnenbrille und die Tasche. »Lieber früher als später.«

»Ich habe mich noch nicht dazu überwinden können, aber vermutlich sollte ich das tun. Du bist eine gute Zuhörerin. Ich hatte befürchtet, dass du mich als Fahrerin rauswirfst, wenn du die Wahrheit kennst.«

»Wie kommst du nur auf so was? Wir Frauen müssen doch zusammenhalten.«

Martha verstaute die Wasserflasche in ihrer Tasche. »Du hältst mich vermutlich für feige, weil ich weggelaufen bin. Ich meine, du bist so mutig. Furchtlos. Du hast einem Eindringling eine Pfanne über den Kopf gezogen, wo die meisten Menschen einfach erstarrt gewesen wären. Und sieh dich jetzt an – du bist achtzig Jahre alt und fährst durch Amerika. Du bist kein bisschen eingeschüchtert. Du bist unglaublich tapfer, Kathleen.«

»Du tust es schon wieder, Martha. Übertreiben.«

»Aber es ist doch so. Du bist der mutigste Mensch, den ich kenne. Du kennst das Gefühl, am liebsten weglaufen zu wollen, wahrscheinlich gar nicht.«

Kathleen umklammerte ihre Handtasche und starrte aus dem Fenster. Sie war eine Betrügerin. Eine verdammte Betrügerin.

Martha sah sie besorgt an. »Kathleen?«

Sie konnte eine vage Antwort geben und das Thema wechseln. Das tat sie normalerweise. Sie redete nie über jene Zeit. Sogar Brian hatte gewusst, dass es ein Tabu-Thema war.

Warum also hatte sie zum ersten Mal das Bedürfnis, die Wahrheit zu sagen? Was hatte dieses junge Mädchen an sich, dass sie ihre Erfahrungen weitergeben wollte?

»Ich bin mein ganzes Leben lang davongelaufen.« Die Worte platzten einfach so aus ihr heraus. »Man könnte sagen, dass ich eine Expertin darin bin. Du bist nicht die Einzige mit einem Hallodri in der Vergangenheit, weißt du.«

Oh Kathleen. Du närrische, närrische Frau.

Jetzt würden Fragen folgen, von denen sie keine beantworten wollte.

»Du?« Martha klang ungläubig. »Aber du hast alles im Griff. Du bist unglaublich. Kein Mann würde es wagen, dich schlecht zu behandeln.«

Martha war nicht verwandt. Kathleen war nicht verpflichtet, ihr einen Rat zu geben oder sie an ihren Erfahrungen teilhaben zu lassen.

Sie konnte das Mädchen seinen Illusionen überlassen.

Mit genau dieser Absicht sah sie zu ihrer Reisegefährtin und erkannte, dass ihr immer noch Tränen über die Wangen strömten.

Etwas rührte sich in Kathleen. Sie erinnerte sich, dass sie das Gleiche gefühlt hatte und allein gewesen war.

»Niemand hat alles im Griff, Martha, was auch immer das bedeutet. Ich bin feige.« So, sie hatte es ausgesprochen. »Nach meiner Begegnung mit einem Hallodri habe ich mich geschützt, um nie wieder einen solchen Schmerz zu erleiden. Das ist eine natürliche und menschliche Reaktion.«

Vielleicht verlieh einem das Alter nicht unbedingt Weisheit, aber den Vorteil der Nachsicht.

Sie konnte den Verlauf ihres Lebens nicht ändern. Die Entscheidungen, die sie getroffen hatte, konnte sie nicht ungeschehen machen. Doch sie konnte ihr Bestes geben, damit Martha nicht den gleichen Kurs nahm.

»Vielleicht hatte ich keine Angst vorm Leben, doch ich hatte Angst vorm Lieben.« Angesichts der Tatsache, dass sie die Worte nie ausgesprochen hatte, fiel ihr das nun erstaunlich leicht. »Ich möchte nicht, dass du den gleichen Fehler machst.«

10. KAPITEL

LIZA

Als Liza erwachte, hörte sie Vogelgezwitscher und fühlte frisches Leinen. Die kühle Luft trug den Geruch des Meers und den Duft von Geißblatt durch das geöffnete Fenster ins Zimmer. Ihr Kopf ruhte auf einem wunderbar weichen Kissen, und für ein paar selige Momente schwelgte sie in Behaglichkeit. Dann holte das Leben sie ein.

Sie war in Oakwood Cottage.

Die Musik laut aufgedreht, war sie den ganzen Weg ohne Pause gefahren. Als sie ankam, war es dunkel, und sie hatte sich in voller Kleidung aufs Bett geworfen, zu erschöpft, um mehr als ihre Schuhe auszuziehen. Trotzdem hatte sie tief geschlafen, was zumindest bedeutete, dass sie ausgeruht war für den Moment der Abrechnung.

Sie setzte sich auf und machte sich auf schwierige Gefühle gefasst.

Was hatte sie getan?

Ihre Familie verlassen. Nein, nicht verlassen. Das klang nach Dauer, und das hier war nicht von Dauer. Doch wie auch immer sie es betrachtete – Familie bedeutete ihr alles, und eigentlich sollte sie sich schrecklich fühlen. Überrascht stellte sie fest, dass dem nicht so war.

Doch der Schmerz und die Einsamkeit waren noch da.

Sie wusste nicht einmal genau, warum sie so fortgestürmt war. Der emotionale Druck hatte sich über den Tag hinweg so sehr aufgebaut, dass sie schließlich das Gefühl gehabt hatte, sie würde gleich platzen. Angefangen damit, dass Sean ihren Hochzeitstag vergessen hatte, bis zu Caitlin, die mit einer unglaublichen Selbstverständlichkeit von ihr verlangt hatte, den Pokal in ihrer Mittagspause zur Schule zu bringen, war der ganze Tag eine schonungslose Aneinanderreihung all jener Dinge gewesen, die sie unglücklich machten.

Sie war nicht gegangen, um etwas zu beweisen. Sie war gegangen, um nicht verrückt zu werden.

Sie brauchte Raum und Zeit zum Nachdenken. Sie stand zu sehr unter Druck, um herauszufinden, was sie wirklich wollte.

Dennoch fühlte es sich merkwürdig an, hier ganz allein zu sein.

Statt des größeren Gästezimmers, das sie und Sean bei ihren Besuchen nutzten, hatte sie ihr früheres Kinderzimmer zum Schlafen erkoren. Warum? Vielleicht weil sie damit die Zeit zurückdrehte zu ihrem früheren Ich. Zu dem Mädchen, das sie einst gewesen war.

Die übergroße Weltkarte hing noch immer an der Wand, darauf all die Markierungen, die sie mit ihrem Vater angebracht hatte. Auf den Regalen standen staubbedeckt ihre alten Bücher – Lieblingsbücher, von denen sie sich niemals getrennt hatte. Normalerweise diente der Kunstpokal, den sie in der Schule gewonnen hatte, als Buchstütze, doch er war verschwunden, was sie seltsamerweise enttäuschte. Ihre unordentliche Mutter hatte ihn wohl irgendwohin geräumt. Sie ging zum Fenster und sah über die Felder bis zum Meer. Als Kind hatte sie diesen Ausblick jeden Tag gehabt.

Die Sonne blendete, und obwohl es noch früh war, spürte sie, wie das Zimmer sich aufheizte. Es würde ein heißer Tag werden.

Sie zog ihre Sachen aus, warf sie in den Wäschekorb und ging duschen.

Mit einem Handtuch um sich geschlungen, öffnete sie ihre Reisetasche. Sie hatte die Kleidung wahllos hineingeworfen, ohne darüber nachzudenken, was sie anziehen würde. Warum um Himmels willen hatte sie dieses Shirt eingepackt? Sie mochte es doch gar nicht.

Jedes Kleidungsstück, das sie aus der Tasche zog, erinnerte sie an ihr Zuhause und das Leben, von dem sie nicht mehr wusste, ob es ihr gefiel. Und es war nichts Passendes dabei für einen entspannten heißen Tag.

Schließlich wählte sie eine taillierte weiße Bluse mit Muschel-Knöpfen zu einer kurzen Leinenhose und stopfte alles andere zurück in die Tasche. Sie zog den Reißverschluss zu und verstaute sie unter dem Bett.

Nicht nur ihr Leben brauchte eine Generalüberholung, sondern auch ihre Garderobe. Vielleicht würde sie später der Boutique im Dorf einen Besuch abstatten.

Erst nachdem sie die Haare geföhnt hatte, schaltete sie das Handy wieder ein. Sean hatte ein paarmal angerufen. Noch bevor sie entscheiden konnte, ob sie zurückrufen wollte, meldete er sich erneut.

Sie nahm ab, ohne einschätzen zu können, was in diesem Gespräch auf sie zukommen würde. »Hallo.«

»Liza. Gott sei Dank. Ich bin halb tot vor Sorge.« Seine Tonlage und das entfernte Knistern verrieten, dass er über die Freisprechanlage im Auto telefonierte.

»Warum solltest du dir Sorgen um mich machen?«

»Weil du ohne Ankündigung abgehauen bist. Ich hatte keine Ahnung, dass du dieses Wochenende nach Cornwall wolltest. Und ich bin …« Der Ton brach ab.

»Hallo?« Sie sah aufs Display, ob er noch in der Leitung war. »Sean?«

»Ja. Bist du da?«

»Ja. Ich habe nicht verstanden, was du gesagt hast.« Was

war er? War ihm aufgefallen, dass er ihren Hochzeitstag vergessen hatte?

»Ich bin enttäuscht, dass du nicht vorher mit mir besprochen hast, ob das auch in meinen Zeitplan passt.«

Sie zwang sich tief durchzuatmen. Sie konnten das hier und jetzt diskutieren, doch sie wusste, was dann geschehen würde. Trotz all seiner Fehler war Sean ein guter Mann. Wenn sie jetzt darüber sprach, wie es ihr ging, würde er sofort umdrehen und nach Cornwall kommen, und das wollte sie nicht. Sie wollte Zeit für sich, und zum ersten Mal im Leben würde sie auch das tun, was sie wollte.

»Ich habe meiner Mutter versprochen, ein Auge auf Popeye zu haben.«

»Gut, aber das Timing ist schlecht. Ich habe Berge von Arbeit. Ich musste heute so früh los, dass die Mädchen noch gar nicht auf waren, und ich werde spät nach Hause kommen. Ihr Chaos in der Küche aufzuräumen ist das Letzte, was ich gebrauchen kann.«

Konnten sie eigentlich irgendein Gespräch führen, in dem es nicht um die Mädchen ging und darum, was alles organisiert werden musste? Am Anfang ihrer Beziehung hatten sie ein Spiel gespielt: große Träume, kleine Träume. Sie hatten einander alles erzählt, was sie sich erhofften, aber diese Träume kamen ihr inzwischen vor wie ein alter abgewetzter Teppich. Abgetreten und fast vergessen.

»Wenn sie Chaos anrichten, können sie das auch selbst beseitigen. Wenn sie irgendwohin wollen, können sie mit Bus und Bahn fahren. Sie sind alt genug, um sich die Verbindung rauszusuchen.«

»Wer bist du, und was hast du mit Liza gemacht?«

Sie fuhr sich mit der Zunge über die Lippen. »Du sagst doch immer, wir müssen ihnen vertrauen.«

»Das war, bevor sie das Haus verwüstet haben. Die Handwerker kommen übrigens diese Woche. Kannst du Dienstag zu Hause sein?«

»Nein. Lass ihnen den Schlüssel da.«

»Du lässt nie Handwerker ohne Aufsicht ins Haus.«

»Wenn du ihnen vertraust, mache ich das auch.« Die Handwerker waren ihr egal.

Eine Pause entstand. »Bist du sicher, dass es dir gut geht?«

Nein, doch sie war noch nicht bereit, darüber zu reden. »Ich bin müde nach der Fahrt. Du weißt, wie es am Ende des Schuljahrs ist.« Sie hörte ihn unterdrückt fluchen. »Ist bei dir alles okay?«

»Viel Verkehr. Ich werde zu spät kommen.«

»Wo fährst du hin?«

»Baustellen-Meeting.«

»Es ist Samstag.«

»Dieses Projekt ist ein Albtraum. Ich sehe nicht, dass ich bei der derzeitigen Lage zu dir kommen kann.«

Ihre Erleichterung wurde rasch von Schuldgefühlen verdrängt. Was für eine Ehefrau war sie, dass sie sich darüber freute, dass ihr Mann nicht bei ihr sein konnte?

»Mach dir keine Gedanken.«

»Behältst du dein Handy an? Wenn sie ein Problem haben, können sie dich anrufen.«

Sie würden sie wegen jeder Kleinigkeit anrufen. »Ich kann nicht garantieren, dass ich abnehme. Hier ist viel zu tun, und du weißt, dass der Empfang unzuverlässig ist.«

»Liza …« Er klang gereizt. »Ich kann im Moment keine Anrufe bei der Arbeit entgegennehmen. Du hättest keinen schlechteren Zeitpunkt für diese Sache wählen können.«

Diese Sache? »Ich erwarte nicht, dass du die Anrufe entgegennimmst.«

»Ich versteh dich nicht. Du sorgst dich jede Sekunde des Tages um die Kinder. Du fragst sie, ob sie ihre Zähne geputzt und ihre Vitamine genommen haben. Und jetzt willst du nicht einmal im Notfall für sie da sein?«

»Ich werde ihnen jetzt beibringen, wie man Probleme löst und Verantwortung übernimmt«, sagte sie langsam. »Das hätte ich schon viel früher tun sollen. Wenn sie mit jeder Kleinigkeit zu mir kommen, werden sie es nie lernen. Ich hoffe, dein Meeting verläuft gut.«

Sie legte auf und blickte über die Felder zum Meer, während sie ihre eigenen Bedürfnisse gegen die ihrer Familie abwog.

Der Tag lag vor ihr, ohne To-do-Liste und ohne Menschen, die etwas von ihr wollten. Ein Tag voller Möglichkeiten. Sie hatte so selten Zeit für sich, dass sie nicht wusste, wie sie ihn verbringen wollte.

Spazierengehen? Vielleicht könnte sie sich im Hof in den gemütlichen Schaukelstuhl ihrer Mutter setzen und eines der Bücher lesen, die sie sich für den Sommerurlaub gekauft hatte. Auch wenn sie nicht auf der Dachterrasse eines protzigen Hotels in Chicago Cocktails trank – sie konnte sich anders verwöhnen.

Sie suchte sich ein Buch aus, kochte sich einen Kaffee und nahm alles mit in den Garten. Er wirkte seltsam leer ohne ihre Mutter. Liza war daran gewöhnt, dass sie sich ständig über die Blumenbeete beugte, Unkraut zupfte und verwelkte Blüten abschnitt.

Popeye kam heranstolziert, und sie wollte ihn streicheln, doch er wich ihren Zuneigungsbekundungen aus und lief in Richtung Küche und Futternapf.

Interessierte sich überhaupt irgendjemand einfach nur für sie und nicht nur für das, was sie für ihn tat?

Sie fütterte die Katze und widmete sich dann ihrem Buch, doch es fiel ihr schwer, sich zu konzentrieren. Sie fühlte sich ruhelos und nervös. Am liebsten hätte sie Schränke ausgewischt und Regale abgestaubt. Ein paar Fenster geputzt.

Nein.

Sie fasste das Buch fester.

Das hier tat sie nie. Zu Hause las sie höchstens ein paar Seiten im Bett, bevor ihr die Augen zufielen. Mit einem Buch in der Sonne zu sitzen fühlte sich geradezu dekadent an. Prompt bekam sie ein schlechtes Gewissen. Sie musste sich umprogrammieren, sich entspannen.

Sie kämpfte sich durch ein paar Seiten und stand dann auf. Zog an ihrer Bluse, die bereits an ihrem Körper klebte. Es war so heiß.

Die Kleidungsstücke, die sie mitgebracht hatte, waren ungemütlich und kratzig. Gut, um darin zu unterrichten, aber nicht, um in der Sonne zu sitzen.

Vielleicht fand sie zumindest noch etwas Dünneres in ihrer Tasche, oder sie könnte sich etwas von ihrer Mutter leihen. Sie ging nach oben und inspizierte den Kleiderschrank ihrer Mutter, was sie sofort in ihre Kindheit zurückversetzte. Immer wenn Kathleen auf eine ihrer Reisen entschwunden war, hatte Liza Zuflucht zwischen den Kleidungsstücken ihrer Mutter gesucht. Hatte den Duft eingeatmet, um all die kleinen Lücken zu füllen, die ihre Abwesenheit hinterließ. Nun tat sie das wieder, obwohl sie in einem Alter war, in dem man seine Mutter nicht mehr vermissen sollte.

Plötzlich hörte sie Schritte in der Küche.

Sie erstarrte. Hatte sie die Hintertür abgeschlossen, als sie nach oben gegangen war? Ja! Sie erinnerte sich, wie sie den Schlüssel umgedreht hatte. Dennoch befand sich jemand im Haus.

Was sollte sie tun?

Sich verstecken? Hier zwischen den Kleidern? Unter dem Bett? Nein, das wäre der erste Ort, an dem ein Einbrecher nachsehen würde, und dann säße sie in der Falle.

Sie könnte aus dem Fenster springen, doch dann würde sie sich vermutlich irgendwas brechen.

Die Angst ließ ihr den Atem stocken. Ihr Herz hämmerte.

Konnte es derselbe Mann sein, der vor ein paar Wochen eingebrochen war? Nein. Der war betrunken gewesen und hatte bloß ein Dach über dem Kopf gesucht.

Langsam erhob sie sich. Ihre Beine zitterten so sehr, dass sie nicht wusste, ob sie fortlaufen könnte, selbst wenn sich die Gelegenheit ergab.

Sie hörte, wie ein Küchenschrank geöffnet und wieder geschlossen wurde.

Wer auch immer es war, die Person unternahm offenbar keinerlei Anstrengung, ihre Anwesenheit zu verbergen. Vielleicht hatte sie noch nicht bemerkt, dass das Haus nicht leer war.

Sie holte ihr Handy aus der Hosentasche und wählte den Notruf. Dann schlich sie ins Badezimmer und verschloss die Tür.

»Hallo?«, flüsterte sie voller Panik, dass jeden Moment die Tür eingetreten würde. »Hier ist ein Einbrecher im Haus. Helfen Sie mir.«

11. KAPITEL

MARTHA

St.Louis – Devil's Elbow – Springfield

»Bist du sicher, dass dir heute nach Fahren zumute ist? Du bist so still.« Martha lud ihre Taschen in den Kofferraum. Sie hatte gelernt, dass sie in einer bestimmten Reihenfolge eingeladen werden mussten, sonst passten nicht alle hinein. Als jemand, die ihr Unterwäschefach normalerweise einfach nur vollstopfte, war sie stolz auf diese Leistung. Der sorgfältig gepackte Kofferraum schien für irgendwas zu stehen, auch wenn sie nicht sicher war, wofür. Ordnung?

»Ich bestätige, dass ich fahren möchte.« Kathleen umklammerte die kleine Tasche, die sie immer bei sich hatte. »Wir befinden uns auf einem Roadtrip, und nach diesen köstlichen Pancakes zum Frühstück fühle ich mich voller Energie.«

»Du sagtest, du hättest nicht gut geschlafen. Vermutlich wegen all dieser Gespräche über Hallodris.« Martha konnte noch immer nicht glauben, dass Kathleen in ihrer Jugend etwas Ähnliches erlebt hatte. In mancherlei Hinsicht war Kathleens Erfahrung sogar noch schlimmer gewesen. Als Martha davon hörte, hatte sie sich ein bisschen weniger schlecht gefühlt – wenn so was Kathleen passieren konnte, konnte es jedem passieren.

Sie kannte nicht viele Details. Kathleen hatte ihr nur erzählt, dass sie mit einem Mann verlobt gewesen war, der eine Affäre mit ihrer Freundin anfing. Martha hatte sie mit Fragen gelöchert, doch Kathleen hatte sie klug abgewehrt und stattdessen Martha ermuntert, von sich zu erzählen. Was sie dann auch bereitwillig tat. Martha begriff vieles nicht, wie ihre Mutter gern betonte, doch sie erkannte, wenn jemand über eine Sache nicht reden wollte.

Kathleen reichte ihr die letzte Tasche. »Das stimmt, ich habe schlecht geschlafen, aber das ist normal und muss dich nicht beunruhigen.«

Martha quetschte die Tasche in den verbliebenen Spalt, schloss den Kofferraum und sah Kathleen an. Es gab keine äußeren Anzeichen, dass ihre Reisegefährtin schwächelte. Sie trug eines ihrer üblichen wallenden Gewänder und hatte Lippenstift aufgelegt.

Martha empfand Bewunderung und noch mehr Zuneigung. Sie kannte Kathleen ja noch gar nicht lange, doch seit dem Tod ihrer Großmutter hatte sie sich mit niemandem mehr so wohlgefühlt. Mit Kathleen konnte man gut reden, sie war warmherzig, amüsant und herrlich freimütig. Zugleich war sie aufmunternd und reagierte auf Marthas vorsichtige Vorschläge mit so viel Begeisterung, dass Martha ihre Zurückhaltung allmählich ablegte. Sie verstand langsam, dass sie ihr Leben in einem ständigen Verteidigungsmodus lebte, immer wachsam und bereit, sich gegen ihre Mutter, ihre Schwester und Steven zur Wehr zu setzen. Es war ein gutes Gefühl, sich nicht jeden Tag für Auseinandersetzungen zu wappnen. Der Knoten in ihrem Bauch lockerte sich.

Und wenn sie eine innere Stimme hörte, die sie warnte, einer Fremden gegenüber so offen zu sein, ignorierte sie sie.

War das der Grund, warum Kathleen plötzlich einen Rückzieher gemacht hatte?

»Bereust du, dass du mir diese persönlichen Sachen erzählt hast?« Martha hielt Kathleen die Wagentür auf. »Mach dir keine Sorgen deswegen. Ich rede gern, aber ich tratsche nicht. Das ist ein Unterschied.«

»Ich kenne den Unterschied. Und nein, ich bereue es nicht.«

»Ich weiß, du hast es nur getan, damit ich mich besser fühle. Und das tue ich.« Martha schloss die Tür, lief um den Wagen herum und stieg ein.

»Ich bin nicht ansatzweise so nett und selbstlos, wie du zu glauben scheinst.« Kathleen schnallte sich an. Ihre Hände waren noch immer elegant, auch wenn die Haut faltig und voller dunkler Flecken war. »Ich weiß nicht genau, warum ich dir das erzählt habe. Es passierte spontan.«

Martha stellte sich den Rückspiegel ein. »Das sagtest du auch, als du den Schinken bestellt hast.«

»Spontane Entscheidungen beim Essen haben normalerweise weniger Konsequenzen als spontane Entscheidungen, die das Emotionale betreffen. Ich hoffe, du beherzigst meinen Rat und lässt dich durch deine beklagenswerte Erfahrung mit dem Steven-Hallodri nicht in deinen zukünftigen Entscheidungen beeinflussen.«

Martha zögerte. »So wie du es getan hast?«

»Wir haben genug über mich geredet.« Kathleen setzte sich die Sonnenbrille auf. »Wollen wir losfahren? Dann haben wir die Chance, Kalifornien noch vor meinem Neunzigsten zu erreichen.«

Martha prustete vor Lachen. »Du bist so witzig!«

»Da mir deine Unterhaltung sehr wichtig ist, sind das gute Nachrichten. Fahr los!«

Der Fahrersitz fühlt sich etwas besser an als gestern, dachte Martha. Er vermittelte ihr nicht mehr den Eindruck, sie jederzeit abwerfen zu können. Sie hatte das Sagen, nicht das Auto. »Du sprichst nicht gern über dich, oder?«

»Ich habe schon sehr viel von meinen Reisen erzählt.«

»Ja, das ja.« Martha sah in den Seitenspiegel und fädelte

sich dann in den Verkehr ein. »Aber ich meine Gefühlssachen. Du sprichst nicht gern über Gefühlssachen. Das merke ich. Es fällt dir schwer.«

»Du bist sehr aufmerksam.«

»Ich kann Menschen gut einschätzen, zumindest wenn es nicht um Männer geht, mit denen ich eine Beziehung habe. Jeder ist anders, oder? Und das ist gut so. Nanna hat immer gesagt, dass jeder das Recht hat, so zu sein, wie er ist. Manche Menschen reden viel, andere sind ruhig. Das kann man nicht ändern. Nimm mich zum Beispiel …« Sie fuhr schneller, als sie die Stadt hinter sich ließen, und redete über sich, um Kathleen Raum zu geben. »In meinen Zeugnissen hieß es immer: Martha muss sich besser konzentrieren und weniger reden. Aber niemand kapiert, dass es mir wirklich schwerfällt, weniger zu reden.«

»Was ich bestätigen kann.«

Martha lachte. »Ruhigen Menschen sagt man nie, sie sollten lebhafter sein – ist dir das schon mal aufgefallen? Man sagt nie: Rede mehr. Oder: Warum kannst du nicht geschwätziger sein? Doch aus irgendeinem Grund fühlen sich Menschen berechtigt, mir zu sagen, wie ich mich ändern soll. Das ist echt nervig.«

»Das kann ich mir vorstellen.«

»Das Merkwürdige ist, dass ich zu Hause gar nicht so viel rede. Meistens streiten wir nur, wer welche Pflichten erledigen soll.« Sie dachte an ihre Mutter und ihre Schwester. »Ich habe viel zu sagen und niemanden, dem ich es sagen kann. Ich bekomme immer nur zu hören: Halt die Klappe, Martha. Das ist noch ein Grund, warum ich ausziehen muss. Ich darf nicht ich sein.«

»Wenn du nicht du wärst, wäre das tatsächlich ein Verlust für die Welt.«

Martha spürte, wie sie rot wurde, und sah zu ihrer Reisegefährtin. »Meinst du das ernst?«

»Ich mag gelegentlich Informationen zurückhalten, aber was ich sage, meine ich für gewöhnlich so. Der Sinn des Sprechens liegt in klarer Kommunikation.«

Martha konzentrierte sich wieder auf die Straße. »Ich weiß, ich rede mehr als die meisten Menschen. Wenn du also möchtest, dass ich still bin, sag es einfach. Sag: Martha, genug! Ich werde nicht beleidigt sein.«

»Deine Gutmütigkeit ist eine besondere Qualität. Ich kann mich glücklich schätzen, mit dir zu reisen.«

Martha, die dank der langjährigen Erfahrung mit ihrer Familie den kleinsten Hauch von Sarkasmus entlarvte, kam zu dem Schluss, dass Kathleen meinte, was sie sagte, und eine große Zufriedenheit überkam sie. Sie war an Menschen gewöhnt, die sie ständig herunterputzten, und dies hier war mal eine erfreuliche Abwechslung. »Ich schätze mich glücklich, dass ich mit dir reisen darf. Die meisten meiner Freundinnen haben diesen Sommer was vor – Ferien, Job und andere Sachen. Deshalb hatte ich mich schon auf einen einsamen, unglücklichen Sommer eingestellt, bis ich deine Annonce sah.« Und ihre Freundinnen waren beeindruckt gewesen, als sie ihnen davon erzählt hatte. Ihre Familie weniger. Nichts, was sie tat, schien sie beeindrucken zu können.

»Ich kann mir dich nicht unglücklich vorstellen, Martha. Und ich bin sicher, dass jemand wie du mehr Freunde und Freundinnen hat als der Tag Stunden.«

Stimmte das? »Gut, ich kenne viele Menschen – aber Freundschaft ist eine merkwürdige Sache, oder? Es gibt Freunde, die alles stehen und liegen lassen würden, um dir in einer Krise beizustehen – die sind wie Gold. Und dann gibt es Freunde, die man im Pub trifft und du erzählst von deiner Woche, doch sie verstehen gar nicht, was in dir und deinem Leben vorgeht. Ich sage nicht, dass das keine Freundschaft ist, aber es ist eine andere Art von Freundschaft, oder? Ein guter Freund kann wie Familie sein.« In ihrem Fall besser als Familie, doch die Messlatte war zugegebenermaßen niedrig.

»Ja. Ein wahrer Freund kann tatsächlich wie Familie sein.« Der wehmütige Unterton in Kathleens Stimme machte Martha stutzig. Sie hatte das Gefühl, dass Kathleen trotz all ihrer Zurückhaltung darüber sprechen wollte. Nur weil es einem nicht leichtfiel zu reden, hieß das nicht, dass man es nicht wollte. Wie bei allem brauchte es Übung.

Sie versuchte es mit einer kleinen Ermunterung. Beim ersten Anzeichen von Rückzug würde sie Kathleen nicht weiter drängen. »Nach dieser Affäre – habt Ruth und du den Kontakt verloren?«

Kathleen verlagerte das Gewicht. »Sie schrieb mir, doch ich habe die Briefe nie geöffnet.«

»Das verstehe ich. Du wolltest es hinter dir lassen. Neu anfangen. Nicht zurückschauen. Ich meine, das ist einfach menschlich. Ich wünschte, Steven wäre schon Teil meiner Vergangenheit.« Martha runzelte die Stirn. »Aber Ruth war deine Freundin. Das muss schwer gewesen sein.«

»Es war tatsächlich eine Herausforderung.« Kathleens Stimme klang dünn.

»Du hast sie bestimmt vermisst. Und gleichzeitig wolltest du sie am liebsten umbringen. Es ist schwer, wenn man so widerstreitende Gefühle hat. Man weiß nicht, was man fühlen soll. Alles scheint falsch zu sein, so als ob … als ob man Schokoladensauce über Spaghetti bolognese kippt. Oder wenn Nanna ihr Strickzeug fallen ließ – es war schwierig, die Fäden wieder zu ordnen.«

»Ich bevorzuge den Strickzeug-Vergleich. Ich mag es nicht, mit Essen herumzupfuschen.«

»Und er hatte dir das Herz gebrochen, das hat es noch schwerer gemacht.«

»In der Tat. Ich liebte ihn sehr.«

Martha wurde schwer ums Herz, und sie griff nach Kathleens Arm. »Aber du hast neu angefangen. Ich kann dir gar nicht sagen, wie sehr mich das inspiriert. Als ich mich bei dir vorgestellt habe, fühlte ich mich fadenscheinig und erbärmlich, wie eine Seidenbluse, die man zu heiß gewaschen hat …«

»Deine Vergleiche sind wirklich verblüffend.«

»Aber seit ich deine Geschichte kenne, bin ich viel zuversichtlicher. Und ich mache dir keinen Vorwurf, dass du das alles hinter dir lassen willst. Ging mir genauso. Das war einer der Gründe, warum ich angerufen habe, als ich deine Anzeige sah.« Wenn sie nicht so verzweifelt gewesen wäre, hätte sie auf keinen Fall einen Job als Fahrerin angenommen. Und nun war sie hier und fand es wunderbar. Sie erlebte die beste Zeit ihres Lebens.

Kathleen umklammerte die Tasche auf ihrem Schoß. »Und ich bin die glückliche Profiteurin dieser Entscheidung.«

»Ich weiß natürlich, dass unsere Situation nicht dieselbe ist. Wenn ich ehrlich bin, war ich wegen Steven gar nicht so todunglücklich. Am Anfang ja, aber vor allem kam ich mir dumm vor. Dumm, dass ich ihn für den Richtigen hielt. Dumm, dass ich ihn geheiratet habe. Ich hätte es vermutlich nicht getan, wenn Nanna nicht gestorben wäre. Ich kenne ihn seit Ewigkeiten und wollte mich vielleicht an etwas Vertrautem festhalten.«

»Du hast eine bemerkenswerte Selbsterkenntnis.«

»Leider immer erst im Nachhinein, und dann ist es zu spät.«

»Das kenne ich nur zu gut.«

Martha blickte zu ihr rüber. »Warst du genauso? Also hast du die Briefe von Ruth verbrannt? Zerrissen? Wenn du lieber nicht darüber sprechen möchtest, ist das okay.«

»Die Briefe liegen zu Hause in einer Schublade, zusammen mit dem Ring.«

Sie hat die Briefe nicht gelesen, dachte Martha, aber auch nicht weggeworfen. Hätte sie das nicht getan, wenn sie tatsächlich nie wieder Kontakt hätte haben wollen?

»Und du weißt nicht, ob sie noch in Kalifornien lebt? Oder ob sie noch zusammen sind?«

»Ich bezweifle, dass sie noch zusammen sind. Er war jemand, der sich nicht festlegen konnte. Doch die Briefe trugen immer einen Poststempel aus Kalifornien, insofern gehe ich einfach mal davon aus, dass Ruth noch dort lebt.«

»Darum hast du an jenem ersten Abend so komisch geguckt, als ich Kalifornien erwähnte. Dir ist nicht ganz wohl dabei, dorthin zu fahren. Aber das Land ist riesig. Wir werden ihr nicht zufällig über den Weg laufen.« Doch vielleicht wollte sie das. Hatte Kathleen aus diesem Grund diese Reise machen wollen? Hatte sie sich bewusst oder unbewusst die Möglichkeit offenlassen wollen? Martha unterdrückte die tausend Fragen, die in ihr aufstiegen, und stellte nur eine. »Wart ihr eng befreundet?«

Kathleen brauchte lange, um zu antworten, und ihre Stimme klang brüchig. »Ja«, sagte sie. »Beste Freundinnen. Wir waren wie Schwestern.«

Wie schrecklich musste das gewesen sein? Es war schlimm genug, den Mann zu verlieren, mit dem man verlobt war, aber ihn auch noch an seine beste Freundin zu verlieren?

Allmählich fand sie ihre eigene Situation gar nicht mehr so schlimm. Okay, sie war fünfundzwanzig und bereits geschieden, was nach außen eher negativ wirkte. Aber was andere Leute dachten, war doch egal, oder? Kathleen hatte sich nicht darum gekümmert, was die Leute dachten.

Martha hob das Kinn. *Sei mehr Kathleen.* Das war ihr neues Motto.

Vielleicht sollte sie die Scheidung eher als Lebenserfahrung denn als Scheitern betrachten. Allen passierten Dinge im

Leben. Sie musste sich mehr auf das Jetzt konzentrieren und weniger auf das Dann. Sie war jung, gesund und hatte keine Kinder, für die sie sorgen musste. Sie musste mit Steven keinen Kontakt halten. Sie konnte neu anfangen, so wie Kathleen es getan hatte.

Nur dass Kathleen auch noch ihre beste Freundin verloren hatte. Das war ein doppelter Schlag.

Martha verspürte plötzlich den Drang zu helfen. Kathleen hatte ihr geholfen, also konnte Martha sich zumindest dafür revanchieren.

»Wenn du sie aufstöbern willst, könnten wir das tun.«

»Nein, das möchte ich nicht.«

Der Schmerz muss immer noch sehr groß sein, dachte Martha angesichts der sehr prompten und beinah rüden Ablehnung ihres Vorschlags.

Was genau war geschehen?

Der Zeitpunkt schien gekommen, das Thema zu wechseln. »Wie wäre es mit ein bisschen Musik?«

»Das haben wir gestern schon probiert. Meine Ohren müssen sich noch erholen.«

Martha grinste. »Das ist meine Schuld, weil ich mitgesungen habe. Ich kann nicht anders. Ich platze, wenn ich nicht singe. Vergiss die Musik. Wie wäre es, wenn ich das Verdeck runterfahre?« Es war ein heißer Tag. Die Sonne strahlte zustimmend.

»Das Verdeck wovon, Liebes?«

»Vom Wagen. Wir haben diesen schicken, protzigen Sportwagen gemietet. Da können wir seine Vorteile auch genießen. Allerdings wird dein Haar durcheinandergewirbelt.«

»Das klingt fabelhaft. Tu es.«

Fabelhaft. Wann hatte sie das letzte Mal jemanden dieses Wort sagen hören?

Grinsend fuhr Martha an einem Feld rechts ran. Sie drückte auf den Knopf und verfolgte fasziniert, wie das Verdeck sich öffnete. »Das ist echt cool.«

Martha ließ den Motor wieder an und sah, wie ein Mann vom Haus gegenüber der Straße zu ihnen hinüberstarrte. Sie begriff allmählich, dass dieses Auto nicht jedermanns Albtraum, sondern viel eher jedermanns Traum war. Nicht ganz ihr Traum, aber vielleicht kam sie da noch hin.

Kathleen band sich einen Schal um die Haare, und Martha machte mit dem Handy ein paar Bilder.

»Du siehst aus wie ein glamouröser Filmstar. Und wenn du für diesen Roadtrip nicht zu alt bist, wüsste ich nicht, warum du zu alt sein solltest, eine frühere Freundin zu besuchen.« Vielleicht hätte sie nicht drängen sollen, doch wenn es das Falsche war, würde Kathleen ihr das sagen. Wenn schon nicht mit Worten, dann mit Blicken.

Kathleen fasste sich an die Sonnenbrille. »Sie ist vermutlich tot.«

»Das ist nicht sehr optimistisch gedacht. Sie könnte ebenso gut sehr lebendig sein und hoffen, von dir zu hören.« Martha steuerte den Wagen wieder zurück auf die Straße. Die Sonne schien ihr ins Gesicht, und eine leichte Brise spielte mit ihren Haaren.

»Sie würde sich vermutlich nicht mal mehr an mich erinnern.«

Martha hob eine Augenbraue. »Wann kam der letzte Brief?«

»Letztes Jahr.«

»Also hat sie zu dem Zeitpunkt offenbar noch an dich gedacht.« Martha setzte sich etwas bequemer hin. Allmählich wurde sie mit dem Wagen vertraut. Sie musste die Piktogramme auf dem Autoschlüssel nicht mehr minutenlang anstarren, um zu verstehen, wie man die Türen öffnete und schloss. Ja, es gab noch immer eine Reihe von Knöpfen, die sie noch nicht angerührt hatte, doch insgesamt war sie stolz auf sich. »Ich kann verstehen, dass du dich danach mit niemand anderem einlassen wolltest. Doch das Leben geht manchmal merkwürdige Wege, oder?« Sie bremste ab, als sie sich einer Kreuzung näherten. »Wenn meine Beziehung nicht gescheitert wäre, würde ich vermutlich nicht hier sein und die beste Zeit meines Lebens haben.«

Kathleen wandte sich ihr zu. »Hast du denn die beste Zeit deines Lebens?«

»Machst du Witze? Diese ganze Reise ist genial. Ein Höhepunkt folgt dem anderen. Ich meine – Chicago war unglaublich. Und dass wir gestern den Mississippi gesehen und über die Chain of Rocks Bridge gefahren sind. Und mir gefielen diese kleinen Dörfer und die Mais- und Sojafelder, an denen wir vorbeikamen. Nicht dass ich gewusst hätte, was da wächst, wenn die Frau es uns nicht gesagt hätte. Alle sind so freundlich und herzlich. Oh, und dieser Hamburger! Und die Begegnung mit dem französischen Paar. Mir war nicht klar, dass die Route 66 Leute aus aller Welt anzieht. Ich möchte überall bleiben, und gleichzeitig kann ich es kaum erwarten weiterzufahren, um zu sehen, was als Nächstes kommt. Ich bin die ganze Zeit aufgeregt. Die Welt erscheint jetzt größer. Mein ganzes Leben erscheint größer. Es ist, als ob ...« Sie bemühte sich, die richtigen Worte zu finden. »Als ob meine Erfahrung mit Steven meine sehr kleine Welt ausgefüllt hat. Und jetzt ist meine Welt so viel größer und voller Möglichkeiten, die nichts mit ihm zu tun haben. Er ist zu einem kleinen Teil meines großen Lebens geworden, statt ein großer Teil meines kleinen Lebens zu sein. Das zeigt mir, wie wichtig es ist, die eigene Welt zu erweitern. Neue Erfahrungen zu machen. Ergibt das irgendeinen Sinn?«

»Das tut es. Ich freue mich, dass du alles so bereichernd findest.«

Martha gefiel die Art, wie Kathleen redete. »Das habe ich alles dir zu verdanken. Ich glaube, du hast mich gerettet, auch wenn du mich vermutlich ein Vermögen kosten wirst. Mich hat nämlich das Reisefieber gepackt, und ich habe nicht genug Geld, diese neue Leidenschaft zu finanzieren. Aber ich lasse mir was einfallen. Vielleicht brauchst du eine Fahrerin für deinen nächsten Roadtrip.« Sie dachte schon eine ganze Weile darüber nach. Auf keinen Fall würde sie in ihr unglückliches Leben zu Hause zurückkehren. Vielleicht konnte sie für ein Reiseunternehmen arbeiten. Oder vielleicht würde sie ein paar Jahre um die Welt reisen, nur mit einem Rucksack und ihrem Verstand. Sie konnte in Bars oder Cafés arbeiten. Es gab keine Bestimmungen, dass man eine große Karriere oder eine Berufsausbildung brauchte, um das Leben zu genießen. Und wenn es ihren Eltern nicht gefiel – nun, egal. Dies war ihr Leben, nicht ihres. Ihr Urteil würde ihre Entscheidungen nicht beeinflussen. Dieser Teil ihres Lebens lag hinter ihr, zusammen mit Hallodri-Steven, wie sie ihn bei sich jetzt nannte. »Ich will nur sagen, dass das Leben überraschende Wendungen nimmt, oder? Aus Schlechtem kann Gutes entstehen. Wenn deine Beziehung nicht gescheitert wäre, hättest du vermutlich nicht diese Karriere hingelegt. Du wärst nicht um die Welt gereist und hättest nicht all diese Sendungen gemacht. Du warst ein Superstar!« Sie hatte im Internet ein paar Ausschnitte von *Summer Seekers* gefunden, die sie sich am Abend zuvor gemeinsam angesehen hatten. »Ich rede zu viel.«

»Ich genieße das Gespräch. Rede weiter.«

Kathleen genießt unser Gespräch.

»Ich meine, lass uns mal annehmen, du hättest ihn geheiratet …« Martha folgte dem Route-66-Schild und bog nach rechts ab. »Er hätte dich betrügen können, nachdem ihr geheiratet und zwei Kinder bekommen habt. Das wäre nicht gerade lustig gewesen.«

»Ganz und gar nicht lustig.«

»Ein Neuanfang wäre schwerer gewesen, die Möglichkeiten begrenzter. Stattdessen hattest du dieses großartige, aufregende Leben und hast dich dann später verliebt und ein Kind bekommen. Klingt gut, finde ich. Wie das Beste aus beiden Welten. Musste Brian dir wirklich dreimal einen Antrag machen?«

»Ja.« Kathleens Stimme war dünn, als könne sie kaum glauben, dass sie Martha davon erzählt hatte.

»Vermutlich hast du dich geschützt. Wie eine dieser alten Burgen von den Römern. Eine emotionale Festung.« Sie sah Kathleen an. »Ich meine damit nicht, dass du bröckelst oder so etwas.«

Kathleen richtete ihre Sonnenbrille. »Viele würden mich für eine Art Ruine halten.«

»Ich finde dich großartig. Und ich verstehe es. Ich bin jedenfalls an keiner anderen Beziehung interessiert, so viel steht fest.«

»Dem muss rasch abgeholfen werden.«

»Wie kannst du das sagen, wo du doch gerade zugegeben hast, dass du Beziehungen vermieden hast?«

»Wir müssen die Möglichkeit einkalkulieren, dass ich eine Heuchlerin bin.« Kathleen holte einen kleinen Spiegel aus ihrer Handtasche und prüfte ihren Lippenstift. »Oder vielleicht möchte ich nicht, dass du die gleichen Fehler machst wie ich.«

»Aber du hattest ein erfülltes, glückliches Leben.«

Kathleen sah versonnen aus dem Fenster. »Bis ich Brian traf, fehlte es mir an Nähe. Ich ließ Menschen nicht an mich heran, egal ob männlich oder weiblich.« Das Beben in ihrer Stimme zeigte Martha, dass dies ein bedeutsames Eingeständnis für Kathleen war. Ob sie das wohl je jemand anderem gegenüber zugegeben hatte?

»Selbstschutz.« Martha nickte. »Das ist menschlich. Man legt sein Herz auf Eis. So wie am Fischtresen im Supermarkt, wo sie alles in Eis packen. Shrimps auf Eis.«

»Vergleichst du mich mit einem Fisch?«

»Nicht dich. Dein Herz. Aber vielleicht wäre Champagner auf Eis passender.« Vor allem für Kathleen, die nur Earl Grey oder Champagner – oder Cocktails – zu trinken schien. »Wie auch immer. Es war gefroren.«

»Es war Angst. Und Angst beeinträchtigt deine Wahlmöglichkeiten und deine Lebenserfahrung. Das wünsche ich dir anders. Wir brauchen so schnell wie möglich eine nette Rebound-Beziehung für dich, um dein Selbstvertrauen zu stärken.«

Martha trat auf die Bremse. Zum Glück fuhr niemand hinter ihnen. »Eine Rebound-Beziehung?« Das Thema zu wechseln war ja okay, doch dieses lag weit außerhalb ihrer Komfortzone. Vielleicht hatte sie doch ein paar Grenzen.

»Ja. Wie würdest du es nennen? Wieder aufs Pferd steigen?«

»Wieder aufs – Kathleen! Ich kann kaum glauben, dass du das gesagt hast.«

»Wir haben bereits festgestellt, dass ich sage, was ich denke, auch wenn eine solch persönliche Bemerkung angesichts unserer kurzen Bekanntschaft vielleicht nicht angemessen wirkt.«

Martha lächelte. »Das liegt vermutlich daran, dass wir einander so rasch verbunden waren.«

»Verbunden?«

»Ich mag dich. Ich glaube, du magst mich auch ein bisschen, auch wenn du es vermutlich nicht sagen willst, weil du nicht gerne über deine Gefühle sprichst. Und das ist in Ordnung. Vermutlich eine Generationssache. Aber es geht nicht immer um Worte, oder? Manchmal geht es darum, was jemand tut. Du möchtest, dass ich glücklich bin. Und das ist schön.«

Kathleen räusperte sich. »Es stimmt, dass ich möglicherweise eine gewisse Schwäche für dich entwickelt habe, Martha.«

Martha schluckte. »Ich habe auch eine Schwäche für dich entwickelt. Merkwürdig, oder? Nach so wenigen Tagen?«

»Ich habe noch nie geglaubt, dass die Qualität einer Beziehung von ihrer Länge abhängt.«

Dachte sie an ihre Freundin?

»Das sehe ich auch so. Ich kenne meine Mutter mein ganzes Leben, und ich fühle mich ihr weniger nah als dir.«

»Konzentrier dich auf die Straße, Martha, oder jemand muss uns als Nächstes aus dem Graben ziehen. Wir werden jemanden für dich finden. Ich war immer gut darin, für andere Menschen passende Partner zu finden. Bei mir selbst war ich weniger erfolgreich.«

»Das stimmt nicht. Du hast Brian geheiratet. Und ehrlich, Kathleen, ich bin gerührt, dass du an mich denkst, aber einen Mann kann ich jetzt wirklich nicht gebrauchen. Ich muss noch über den letzten hinwegkommen.«

»Versuchen wir es mal mit einem Vergleich. Das magst du ja.« Kathleen trommelte mit den Fingern auf ihrer Handtasche herum. »Wenn du ein Essen bekommst, das du nicht magst – isst du dann nie wieder was? Nein. Du suchst dir etwas anderes von der Karte aus. Wenn du an einen Ort kommst, der dir nicht gefällt – hörst du dann auf zu reisen? Nein. Du fährst woandershin.«

»Das ist alles logisch, trotzdem bin ich noch nicht bereit, wieder ins Dating einzusteigen.«

»Nicht alle Männer sind wie Steven.«

»Aber woher weiß man, wie sie sind? Ich traue meinem Urteil nicht mehr.«

»Man hält die Sache unverbindlich, bis man sie besser kennt.«

»Du hast leicht reden.«

»Habe ich nicht. Die Straße, Martha! Du fährst in der Mitte.«

»Fuchs!« Martha steuerte nach rechts. »Tut mir leid.«

»Du hast einen Fuchs gesehen?«

»Nein, Fuchs ist nur ein Ausruf. Das F-Wort.«

Kathleen sah sie verständnislos an. »Ich mag schon fast ein Fossil sein, aber selbst ich weiß, dass sich das F-Wort nicht auf ein Tier bezieht.«

»Wenn ich es benutze, schon.« Martha grinste. »Mit neun fragte ich Nanna, was das F-Wort sei. Sie mochte keine Schimpfwörter und erklärte mir, dass es für Fuchs stünde. Seitdem sage ich das immer. Es ist eine Angewohnheit.«

»Nun, solange du keine Ladung nervöser Hühner transportierst, dürfte das nicht schaden.«

»Es lag an dir, weil du mich mit diesem ganzen Gerede über unverbindliche Beziehungen abgelenkt hast. Ich hoffe, du krallst dir nicht den nächstbesten ahnungslosen Kerl.«

»Du kannst niemanden gebrauchen, der ahnungslos ist. Du brauchst jemanden, der erfahren ist und dich verwöhnt.«

Martha gelang es gerade so, das Lenkrad nicht zu verreißen. »Das hast du jetzt nicht gesagt!«

»Ich werde nach einem passenden Kandidaten Ausschau halten. Wie du sagst, man weiß nie, welche Gelegenheiten einem das Leben bieten wird.«

Sollte sie lachen oder protestieren? »Also, im Moment braucht mir das Leben keinen Mann vorzusetzen, aber danke für die Fürsorge.« Um sie herum erstreckten sich Felder, das Sonnenlicht vergoldete Gras und Getreide. »Findet Liza, dass du versuchen solltest, Ruth aufzustöbern?« Als Kathleen nicht antwortete, blickte Martha zu ihr hinüber. »Kathleen?«

»Sie kennt die Geschichte nicht. Sie weiß nur, dass Ruth und ich im College befreundet waren.«

»Sie weiß nicht, dass du verlobt warst? Oder dass du die Briefe hast?« Martha hielt bestürzt inne. »Nichts davon?«

»Liza und ich sprechen nicht über Persönliches. Dafür bin ich verantwortlich.«

»Mach dir deswegen keine Vorwürfe. So bist du eben. Es fällt dir nicht leicht, über Gefühle zu sprechen. Das versteht Liza bestimmt.«

»Da bin ich mir nicht so sicher. Liza wollte immer mehr, als ich ihr geben konnte. Das ist etwas, das ich bedauere.«

»Wenn du mit mir sprechen kannst, kannst du es auch mit ihr.«

»Vielleicht. Obwohl es an deiner erfrischend offenen Art liegt, dass die Schranken fallen.«

»Vermutlich ist das zwischen Mutter und Tochter schwerer. Ich spreche auch nicht mit meiner Mutter. Nicht einmal über unverfängliche Themen wie Bücher. Wir lesen nicht die gleichen Sachen. Ich mag Romane, und sie liest Zeitschriften mit Artikeln darüber, wie man Falten verhindert. Wo wir doch alle wissen, dass man Falten nur verhindern kann, wenn man vor dreißig stirbt.«

»In der Tat eine ernüchternde Feststellung.«

»Meine Mutter ist ganz anders als du. Ich bin sicher, dass du Liza näherkommen könntest. Es ist nie zu spät für diese Dinge.« Der Verkehr war weniger dicht als am Tag zuvor. Sie fuhren durch Farmland, und vor ihnen erstreckte sich die Ebene. »Wir halten zum Lunch an einem Ort namens Devil's Elbow. Ich werde Bilder von dir machen und ein weiteres Video aufnehmen. Vielleicht willst du dafür schon einmal recherchieren. Ich glaube auch, wir sollten einen Social-Media-Kanal für dich eröffnen, und überlege, wie wir ihn nennen sollen. Schade, dass du nicht sechsundachtzig bist.«

»Warum sollte ich mich älter wünschen, wenn mir sowieso so wenige Jahre bleiben?«

»Du weißt nicht, wie viele dir noch bleiben. Ich meine, das wissen wir alle nicht, oder? Ich könnte morgen tot sein.«

»Wenn du deine Augen auf die Straße vor uns richtest, würdest du unsere Überlebenschancen deutlich erhöhen.«

Martha lachte. »Das gehört zu den Dingen, die mir an den *Summer Seekers* am meisten gefallen. Du warst irrsinnig komisch. Aber wie auch immer, ich wollte sagen, dass du hundertundsechs werden kannst, dann hättest du erst drei Viertel des Lebens hinter dir. Das Beste könnte noch kommen.«

»Das bezweifle ich, auch wenn ich zugeben muss, dass die Aussicht, dich mit einem geeigneten Liebhaber zusammenzubringen, meine Freude am Leben deutlich steigert.«

»Das ist nicht fair.« Die Sonne schien grell, und Martha zog sich die Baseballkappe tiefer über die Augen. »Ich soll deine Kuppelei tolerieren, damit du Spaß hast?«

»Das wäre eine nette Geste.«

»Ich enttäusche dich ungern, aber mir ist im Moment nicht nach einem Liebhaber. Wenn du sechsundachtzig wärst, könnte ich unseren Social-Media-Account ›86 auf 66‹ nennen oder so etwas.« Martha dachte nach. »Oder vielleicht ›86 trifft 66‹. Oder wie wäre es mit ›Old but Bold‹. Nein, das klingt grob.«

»Wir könnten ihn auch ›Martha findet einen neuen Mann‹ nennen.«

»So nennen wir ihn nicht.«

»›Marthas Rebound Roadtrip‹?«

»Vielleicht nennen wir ihn *Summer Seekers*. Das sind wir doch. Wir suchen den Sommer. Suchen Abenteuer. Nimm den Reiseführer und fang an zu lernen.« Martha fühlte sich so entspannt wie lange nicht mehr. Kathleens Vertrauen in sie hatte ihr Selbstbewusstsein gestärkt. »Krieg jetzt keinen Herzinfarkt, aber ich finde allmählich Gefallen am Autofahren. Ich bin glücklich.«

»Das sehe ich. Je besser deine Stimmung, desto schneller scheinst du zu fahren. Sag mir Bescheid, wenn du dich der Ekstase näherst, damit ich entsprechende Vorsichtsmaßnahmen treffen kann.«

Mit der Sonne und dem Wind im Gesicht durchquerten sie Missouri und steuerten auf Kansas zu.

»Hast du im Reiseführer nachgesehen? Gibt es irgendwas Besonderes, das du sehen möchtest?«

Kathleen wickelte sich den Schal fester um die Haare. »Ja. Ich möchte dich gern mit einem Mann sehen.«

»Ich meinte eine Sehenswürdigkeit.«

»Na ja, für mich wäre das eine Sehenswürdigkeit.«

»Kathleen, bringst du mich in peinliche Situationen, wenn wir anhalten?«

»Ich will es versuchen. Du bist übrigens gut gefahren.«

Martha bog am Devil's Elbow ein und parkte. »Wir gehen ein Stück, um die Brücke und den Big Piney River zu sehen, und dann gehen wir etwas essen. Wir sind mitten in den Ozarks. Holzfäller ließen die Baumstämme hier den Fluss hinuntertreiben und mussten dabei diese fiese Kurve umschiffen. Deshalb heißt es Devil's Elbow. Ich habe gelesen, dass sie ursprünglich kein Geländer an der Straße hatten. Ich glaube, wir wissen beide, wo ich gelandet wäre. Zusammen mit den Stämmen wäre ich den Big Piney River entlanggetrieben.«

Kathleen starrte über die staubige Straße. »Das Schicksal scheint es gut mit uns zu meinen. Und das so schnell! Dort drüben …« Sie streckte die Hand aus. »Der Mann sieht gut aus, auch wenn du zweifellos einen anderen Begriff benutzen würdest. Wie würdest du ihn nennen? Süß?«

»Ich würde ihn einen Fremden nennen.« Wollte Kathleen das wirklich durchziehen? Martha war davon ausgegangen, dass sie einen Witz machte. »Könntest du wenigstens nicht mit dem Finger auf ihn zeigen?«

»Wie sollst du sonst wissen, wen ich meine? Es wäre furchtbar, wenn du den falschen Mann wählst.«

»Ja, das kann ich ziemlich gut.« Martha schloss den Wagen ab und sah hinüber zu dem Mann. Er lehnte an einer Mauer und war mit einem anderen Mann ins Gespräch vertieft. Seine Jeans umschlossen kräftige Beine, und er hatte breite Schultern. Seine Haltung drückte ein lässiges Selbstvertrauen aus, das zweifellos attraktiv wirkte. Heiß, dachte sie. Sie würde ihn heiß nennen, doch das würde sie keinesfalls zugeben. Kathleen war jetzt schon außer Kontrolle. Und sie beobachtete Martha genau.

»Was meinst du? Er könnte einen Haarschnitt gebrauchen und müsste sich rasieren, doch vermutlich ist er genauso unterwegs wie wir, sodass das verzeihlich ist.«

Martha steckte die Autoschlüssel in ihre Tasche. »Er steht zu weit weg, um sein Gesicht zu erkennen.«

»Wir gehen näher dran.«

»Auf keinen Fall. Ich hole uns was zu essen, und wir setzen uns unten an den Fluss. Irgendwelche Vorlieben? Kommst du mit rein?«

»Ich bleibe beim Wagen.«

Als Kathleen mit Essen und Getränken beladen zurückkam, befand sich Kathleen im Gespräch mit dem »süßen« Mann.

»Martha!«, winkte Kathleen. »Hier drüben.«

»Ich bringe sie um.« Fieberhaft suchte Martha nach einer Ausrede, nicht zu den beiden rübergehen zu müssen, fand aber keine, die nicht unhöflich gewesen wäre. Also fügte sie sich in ihr Schicksal und gesellte sich zu Kathleen und ihrem neuen Freund.

»Josh hier erzählte gerade, dass wir unbedingt einen Extra-Tag in Arizona einlegen müssen, um den Grand Canyon zu sehen. Er fährt ebenfalls die Route 66, ist das zu glauben?«

Martha verkniff sich den Hinweis, dass sie sich auf der

alten Route 66 befanden und dies daher offensichtlich war. Und dass sie den Besuch des Grand Canyon bereits eingeplant hatten. »Welch ein Zufall.«

Um seine Augen bildeten sich Lachfältchen, als er ihr die Hand reichte. »Josh Ryder. Kathleen hat mir von eurer Reise bis hierher erzählt. Mit ihr zu reisen beschert einem sicherlich einen ganz neuen Blick auf die Welt.«

»Mehr, als du dir vorstellen kannst.«

Kathleen zwinkerte ihr zu.

Subtilität, dachte Martha, gehört nicht zu ihren Stärken. »Ich habe uns Pulled-Pork-Sandwiches gekauft. Ich dachte, wir könnten sie unten am Fluss essen. Auf Wiedersehen, Josh. Gute Reise.«

»Josh trampt«, sagte Kathleen. »Ist das nicht kühn?«

»Sehr.« Martha winkte mit der Tüte und Josh lächelte.

»Riecht gut.«

Okay, er war wirklich sexy, Kathleen lag da schon richtig.

»Ich geh mal eben in den Waschraum. Ihr junges Volk könnt euch in meiner Abwesenheit ja näher kennenlernen.« Kathleen marschierte los, und Martha sah ihr verärgert nach. Ihr Ärger wurde noch größer, als sie sich umdrehte und Josh lachte.

»Das ist eine Weile her, dass ich als ›junges Volk‹ bezeichnet wurde. Sie ist echt 'ne Marke.«

Und was für eine.

»Das ist sie«, sagte Martha mit zusammengepressten Zähnen. »So eine gibt's nicht noch mal.«

»Sie ist achtzig? Ganz schöne Leistung. Sie erzählte mir von eurem Abenteuer.«

Hauptsache, sie hatte ihm nicht noch mehr erzählt. Wenn sie erwähnt hatte, dass Martha eine Rebound-Beziehung bräuchte, würde Kathleens nächstes Abenteuer in einem Bad im Big Piney River bestehen. Von wegen Devil's Elbow – es würde Marthas Ellenbogen in ihren Rippen sein, der sie ins Wasser beförderte.

»Ja, die Route 66 war immer ein Traum von ihr. Ich habe mich für den Job als Fahrerin beworben, und so sind wir hier. Was ist mit dir?« Sie musste die Zeit überbrücken, bis Kathleen zurückkehrte, und wollte lieber über ihn als über sich reden.

»Ich – ich brauchte einen Tapetenwechsel.« Er trank seine Dose Soda aus und warf sie zielsicher in den Mülleimer. »Diese Tour schien ebenso geeignet wie irgendeine andere.«

Warum brauchte er einen Tapetenwechsel? *Geht dich nichts an, Martha.* Sie war nicht interessiert, war sie wirklich nicht. »Du kommst aus Chicago?«

»Vermont. Ich war bei Freunden.«

»Du bist die ganze Strecke getrampt? Ist das nicht gefährlich?«

Er zuckte die Achseln. »Bislang nicht. Alle waren freundlich und hilfsbereit.«

»Ich schätze, Muskeln sind hilfreich«, sagte sie. Als sie seine belustigte Miene sah, spürte sie, wie sie rot anlief. »Ich meinte nur, dass du dir vermutlich nicht so viele Sorgen machen musst, dass du – ach, egal.«

Ihre Gedanken nahmen eine unangemessene Richtung.

Sie würde Kathleen auf jeden Fall umbringen.

»Was ist mit dir?« Er lehnte sich gegen die Wand, im Gegensatz zu ihr völlig entspannt. »Wie gefällt dir das Autofahren?«

»Es ist toll«, log sie. »In Chicago war es ein bisschen schwierig, aber es wurde besser.«

»Ihr habt da einen netten Untersatz, das ist mal sicher.« Josh nickte in Richtung Wagen, und Martha war erleichtert, dass Kathleen auf einen kleinen Sportwagen statt eines großen SUV bestanden hatte. Für einen weiteren Passagier war kein Platz.

Endlich kehrte Kathleen zurück, und Martha entschied, dass dies der richtige Zeitpunkt war, das Gespräch zu beenden, bevor noch etwas Peinliches passierte.

»Gute Reise, Josh.«

Er sah sie einen Moment an. »Vielleicht sehen wir uns irgendwo auf der Strecke wieder.«

Ihr Herz schlug ein bisschen zu schnell. Die Hitze in ihren Wangen hatte nichts mit der Sonne zu tun. »Ja, vielleicht. Pass auf dich auf.« Sie lächelte verlegen, hakte Kathleen unter und zog sie mit sich. »Wir gehen zum Fluss. Es ist so schön hier, und ich möchte das Panorama der Ozarks genießen.«

Kathleen protestierte nicht, doch sie blickte über die Schulter zu Josh zurück. »Man fragt sich, warum ein solcher Mann allein unterwegs ist, oder? Das könnte eine Gelegenheit sein.«

»Das könnte auch eine Warnung sein. Vielleicht ist er ein Serienkiller und mag keine Komplizen.« Martha reichte ihr eine Tüte. »Sandwich. Iss. Essen hilft, dein Hirn zu durchbluten, und hält dich hoffentlich von der Kuppelei ab.«

»Es macht mir Spaß, dich zu verkuppeln. Und es ist tatsächlich schön hier. Ein perfekter Ort für eine Rast, du kluges Mädchen.« Kathleen blickte auf die Oberfläche des Wassers, das die Sonne schimmernd reflektierte. Bäume erstreckten sich bis in die Ferne und boten am Ufer Schatten. »Die Ozarks, sagst du.«

»Mhm.« Martha hatte den Mund voll, was sie aber nicht davon abhielt, die Aussicht zu genießen.

In freundschaftlichem Schweigen standen sie da und aßen.

Schließlich meldete sich Kathleen zu Wort. »Josh wirkt angenehm. Kaum zu glauben, dass wir so schnell fündig wurden, meinst du nicht?«

Martha gelang es noch, ihren Bissen hinunterzuschlucken, bevor sie protestierte. »Wir wurden nicht fündig. Wir haben einen anderen Reisenden kennengelernt. Das ist alles.«

»Sieht so aus, als hätte niemand für den armen Mann angehalten. Wir sollten ihm anbieten, mit uns zu fahren.«

»Er ist kein armer Mann, Kathleen, und wir nehmen keine Anhalter mit.«

»Hast du je einen Anhalter mitgenommen?«

»Nie.«

»Sagtest du nicht, du wärst bereit für neue Erfahrungen?«

»Nicht diese Art von neuer Erfahrung.« Martha wischte sich die Finger ab und zerknüllte ihre Tüte. »Bist du fertig?«

»Je mehr ich darüber nachdenke, desto mehr halte ich das für eine wunderbare Idee.«

»Je mehr ich darüber nachdenke, desto mehr halte ich es für die schlechteste Idee der Welt.«

»Aber es würde mich aufheitern. Willst du einer hinfälligen alten Frau in ihren vielleicht letzten Tagen wirklich das Glück verweigern?«

Martha verdrehte die Augen. »Ich reagiere nicht auf emotionale Erpressung. Und wenn du mich weiter mit jedem dahergelaufenen Mann zu verkuppeln versuchst, werden dies wirklich deine letzten Tage sein.«

»Das überzeugt mich davon, dass wir spontan sein müssen. Ich sehe es nicht gern, dass du so argwöhnisch bist.« Kathleen tätschelte ihr den Arm. »Wir kennen andere Menschen nie wirklich, meine Liebe. Du und ich haben beide Erfahrungen gemacht, die das bestätigen.«

»Hmm.« Martha machte mit dem Handy einige Fotos von Kathleen.

»Wir können nur die Gelegenheit ergreifen.«

»Kathleen, das ist lächerlich.« Sie ließ das Handy sinken. »Wir wissen über ihn nur, dass er ›einen Tapetenwechsel‹ brauchte. Vielleicht hat er jemanden ermordet. Er könnte auf der Flucht sein.«

»Aber hast du ihn aus der Nähe gesehen? Diese Augen.«

Kathleen aß den letzten Bissen und zerknüllte ihre Tüte ebenfalls. »Was für ein Erfolg. Und du hast das Glück, mit einer Frau zu reisen, die einen Eindringling mit einer Pfanne niedergeschlagen hat, insofern solltest du dich sicher fühlen.«

»Ich fürchte, dass du seit diesem Erlebnis deine Fähigkeiten zur Selbstverteidigung leicht überschätzt.«

»Dies ist meine Reise – ich entscheide, wen ich einlade.«

»Ich bin die Fahrerin. Ich könnte streiken.« Und dann ging Martha auf, dass sie die falschen Argumente brachte. »So oder so ist kein Platz im Auto. Er ist über einen Meter achtzig groß. Hat lange Beine. Nicht dass ich darauf geachtet …«

»Ich habe gesehen, wie du ihn gemustert hast.«

Martha seufzte. »Er passt auf keinen Fall auf den Rücksitz.«

»Das muss er nicht. Ich passe perfekt auf den Rücksitz, und er kann vorne bei dir sitzen.«

»Ich wäre mit ihm gefangen.«

»Genau! Man weiß nie – ihr beide könntet ein perfektes Paar abgeben.«

»Das wäre ein Wunder.«

»Eine gute Beziehung braucht kein Wunder. Sie braucht nur den richtigen Menschen zum richtigen Zeitpunkt.« Kathleen setzte sich die Sonnenbrille auf. »Auf geht's.«

12. KAPITEL

KATHLEEN

St. Louis – Devil's Elbow – Springfield

Kathleen schloss die Augen und tat, als ob sie schlief.

Sie war nicht ganz ehrlich zu Martha gewesen, als sie behauptete, es ginge ihr gut. Es ging ihr ganz und gar nicht gut. In ihrem Inneren schien es zu brennen, und das hatte nichts mit dem Pulled-Pork-Sandwich zu tun. All die Gefühle, die sie so viele Jahre erfolgreich verdrängt hatte, holten sie ein. Sie überwanden alle Hürden und gruben sich in ihre Gedanken, wo sie sich nicht länger ignorieren ließen.

Angefangen hatte es mit diesem Gespräch mit Martha. Warum hatte sie es nicht beendet?

Es lag an Martha, klar. Ihre Warmherzigkeit und ihr freundliches Wesen ließen Kathleens übliche Reserviertheit irgendwie dahinschmelzen. *Shrimps auf Eis.* Egal wie ernst das Gesprächsthema war, Martha gelang es immer, Kathleen irgendwie zum Lachen zu bringen.

Und nun musste sie ständig an Ruth denken.

Hätte sie die Briefe öffnen sollen?

»Geht es dir gut da hinten, Kathleen?« Martha warf ihr im Rückspiegel einen Blick zu und hatte ein gefährliches Glitzern in den Augen, bevor sie die Sonnenbrille aufsetzte. »Sitzt du nicht zu beengt?«

»Könnte nicht besser sein.« Ihr Unbehagen hatte nichts mit zu wenig Platz auf dem Rücksitz zu tun.

Sie wusste, dass Martha sauer war, weil sie Josh mitgenommen hatten, doch sie war bereit, die Missbilligung ihrer neuen Freundin zu ertragen, wenn sie Martha damit aus ihrem kleinen Schutzkokon hervorlockte, in den sie sich geflüchtet hatte. Kathleen erkannte Angst, wenn sie ihr begegnete. Dass Josh ein Serienkiller oder überhaupt irgendeine Art von Bedrohung war, glaubte Kathleen keine Sekunde. Und auch wenn sie ihr Beisammensein sehr genoss, Martha brauchte in den nächsten Wochen etwas anderes als die Gesellschaft einer Achtzigjährigen. Das Mädchen brauchte Jugend und Aufregung.

Doch bislang hatte Martha keinerlei Anstalten unternommen, ihren neuen Mitfahrer in ein Gespräch zu verwickeln. Also musste Kathleen das übernehmen.

Sie war immer eine gute Interviewerin gewesen, und sie sah keinen Grund, warum sie diese Fähigkeit nicht einsetzen sollte, um mehr über Josh zu erfahren.

»Vermont, sagten Sie. Ich war noch nie in Vermont, obwohl ich eine Vorliebe für Ahornsirup habe. Sind Sie dort zu Hause, Josh?«

»Mein Zuhause ist Kalifornien. Ich habe Freunde besucht in Vermont.«

»Und die Route 66 ist ein Traum von Ihnen?«

Es dauerte eine Weile, bis er antwortete. »Ich habe schon lange darüber nachgedacht, aber bis jetzt gebraucht, um es wirklich zu tun.«

Er hält mit irgendwas hinterm Berg, dachte Kathleen.

Interessant.

Erleichtert, dass sie sich auf etwas anderes fokussieren konnte als ihre eigenen Probleme, wartete sie darauf, dass Martha der offensichtlichen Fährte folgte und fragte, warum er so lange gebraucht hatte. Doch Martha blieb stumm und sah stur nach vorn auf die Straße.

Eine stille Martha war beunruhigend.

Kathleen meinte sie fast sagen zu hören: *Du hast ihn zu uns eingeladen, dann kannst du auch die Konversation übernehmen.* Sie seufzte. Wie es schien, würde sie die gesamte Arbeit leisten müssen.

»Was brachte Sie plötzlich dazu, Ihren Traum wahr werden zu lassen?«

»Eine Reihe von Dingen, doch vor allem ein Freund, der darauf hinwies, dass ich drei Jahre lang keinen Urlaub gemacht hatte.«

»Drei Jahre? Warum?«

»Ich hatte viel zu tun. Mir war meine Karriere wichtiger.«

Also kann er sich einer Sache verschreiben, dachte Kathleen. Das war keine schlechte Eigenschaft, wenn er das nicht nur auf die Arbeit beschränkte, sondern auch auf andere Lebenssituationen übertragen konnte.

»Ihr Chef hat Sie nicht ermuntert, mal freizunehmen?«

Eine Pause entstand. »Er sah keinen Sinn in Urlaub. Er war – fokussiert.«

»Was arbeiten Sie?«

»Ich bin in der IT. Informatik-Ingenieur.«

Kathleen hatte nur eine vage Vorstellung, was das hieß. Sie wusste zu wenig davon, um nach Details zu fragen. »Zweifellos war Ihr Chef einer dieser getriebenen Typen, die ihre Firma vom Bett im Studentenwohnheim aus gegründet haben.«

Josh lachte. »Genau das hat er getan.«

»Und dann hat er seine Eltern verärgert, indem er keinen Abschluss machte.«

»Nein, er hat den Abschluss gemacht. Er hatte zu viel Respekt vor seinen Eltern und ihren Opfern, um das nicht zu tun.«

»Dann kann er so schlecht nicht sein.« Kathleen war stolz,

dass sie trotz ihres beklagenswerten Mangels an Wissen diese Unterhaltung führen konnte. »Aber ich kann mir vorstellen, dass so jemand ein schwieriger Chef ist. Vermutlich erwartet er, dass alle den gleichen Antrieb, das gleiche Engagement für die Firma aufbringen.«

»Er hatte einen Tunnelblick, so viel steht fest.«

»Ehrgeizig?«

»Eindeutig.«

Kathleen gackerte. »Das klingt ziemlich beeindruckend. Zweifellos hatte er einen kalten Macho-Führungsstil und behandelte die Leute wie Maschinen. Gleichgewicht ist so wichtig im Leben.« Nicht dass sie in ihrer Jugend ein Gleichgewicht gehabt hätte. Sie hatte auch viel gearbeitet, ihre Arbeit über alles gestellt, inklusive ihr Privatleben. Aber das war etwas anderes. Sie hatte eine schlechte Erfahrung hinter sich gehabt. Die Arbeit war ihr sicherer Hafen gewesen. »Aber hier sind Sie nun in Ihrem Urlaub, also, was ist passiert? Hat seine Firma schließlich pleitegemacht? War er Teil der Tech-Blase?«

»Die Firma war erfolgreich. Jenseits seiner kühnsten Träume.«

Kathleen musterte gedankenverloren sein Profil. Dann versuchte sie einen Blick auf Marthas Gesicht zu erhaschen, doch ihre Position auf dem Rücksitz erwies sich in dieser Hinsicht als Nachteil. »Und trotzdem wollte er keine Work-Life-Balance für seine Angestellten? Respekt, dass Sie gegangen sind. Das war sicher nicht leicht. Vielleicht bringt ihn das zum Nachdenken, auch wenn solche Leute sich meist nicht viele Gedanken um ihr Personal machen. Und jetzt nehmen Sie sich eine Auszeit, um zu überlegen, was Sie tun möchten, und dieser Roadtrip gibt Ihnen die Möglichkeit dazu?«

»So in etwa.«

Kathleen klopfte ihm von hinten aufmunternd auf die Schulter. »Ich bin sicher, dass Sie jederzeit einen neuen Job finden, wenn Sie bereit sind. Meine Enkelinnen sagen mir, dass die Tech-Branche heute total angesagt ist.«

Er lächelte. »Erzählen Sie mir von Ihren Enkeltöchtern.«

Die Straße führte durch sanft geschwungenes, dicht bewaldetes Hügelland.

»Meine Tochter hat Zwillinge. Alice und Caitlin. Sie sind Teenager und in einem schwierigen Alter, was die Dinge nicht einfacher macht.« Arme Liza. Was sie wohl gerade tat? Vermutlich kochte sie für jemanden oder kutschierte die Kinder durch die Stadt zu irgendeiner Verabredung. »Sie kleben den ganzen Tag am Handy und schreiben sich mit ihren Freundinnen. Zu meiner Zeit haben wir unsere Freunde persönlich getroffen, aber ich weiß, dass ich aus einem anderen Jahrhundert stamme. Noch ein paar Jahre, und sie stecken mich in ein Museum.«

»Sie fahren mit achtzig Jahren über die Route 66. Ich glaube nicht, dass Sie schon reif sind fürs Museum. Sehen Sie Ihre Enkelinnen oft?«

»Nicht so oft wie früher. Als sie klein waren, kamen sie gern zu Besuch. Ich lebe dicht am Meer, und sie liebten es, mit ihren Eimern und Schaufeln Sandburgen zu bauen und Eiskrem zu essen. Als sie älter wurden, wollten sie lieber mit ihren Freundinnen zusammen sein. Heute kommen meist nur noch meine Tochter und ihr Mann zu Besuch.« Kathleen verstummte. Seit der Fahrt zum Flughafen machte sie sich aus unerfindlichen Gründen Sorgen um ihre Tochter.

Unruhe erfasste sie. »Martha, wärst du so nett und schickst von unserem nächsten Ziel wieder ein Foto mit Nachricht an meine Tochter? Vielleicht sogar eine E-Mail.«

Martha sah in den Rückspiegel. »Natürlich. Ich schicke ihr jede Menge Fotos. Wir sind ständig im Austausch.«

Es waren ihre ersten Worte seit Devil's Elbow. Kathleen war erleichtert, dass sie ein Lebenszeichen von sich gab, und das nicht nur, weil sie am Steuer saß.

»Ich schätze, Sie wissen sehr viel über Social Media, Josh? Martha hat einen Social-Media-Account für uns eingerichtet, der unsere Abenteuer zeigt. Natürlich verstehe ich nichts davon, aber es macht großen Spaß. Wir nehmen Bilder und Videos von unserer Reise auf. In meiner Jugend habe ich eine ziemlich bekannte Reiseshow moderiert, *Summer Seekers*.«

»Tatsächlich?« Josh drehte sich interessiert um. »Erzählen Sie mir davon.«

Das tat sie, und wie sich herausstellte, war Josh ein bemerkenswert guter Zuhörer, eine wichtige Qualität für einen Mann. Hoffentlich erkannte Martha das ebenfalls.

Ob sie überhaupt noch mal was sagte?

Josh fragte sich offenbar das Gleiche, denn er blickte zu ihr hinüber. »Wie ist es mit dir, Martha? Hast du dir den Sommer freigenommen?«

»Ja.«

Abgesehen vom ersten Tag, als sie sich an den Wagen gewöhnen musste, hatte Martha während ihrer Reise mehr oder weniger ununterbrochen geredet. Doch jetzt, da Kathleen sie brauchte, damit das Gespräch mit Josh weiterlief, blieb sie still. »Martha nimmt sich auch eine Auszeit«, sagte sie. »Das haben Sie gemeinsam. Vielleicht können Sie ihr ein paar Karrieretipps geben. Sie sucht eine Veränderung.«

Martha hielt den Blick auf die Straße gerichtet. »Ich brauche keine Hilfe, danke.« Als ein Wagen vor ihnen ausscherte, trat sie auf die Bremse. »Fuchs!«

Josh sah sie verwirrt an, und Kathleen seufzte. »Fragen Sie nicht.«

Josh erkannte offenbar, dass Martha sich nicht am Gespräch beteiligen wollte, denn er wandte sich wieder Kathleen zu.

»Und was ist mit Ihnen, Kathleen? Dies ist eine ehrgeizige Reise für …« Er hielt inne, doch Kathleen winkte ab.

»Für jemanden in meinem Alter? Kein Grund, besonders

taktvoll zu sein. Ja, sie ist in vielerlei Hinsicht ehrgeizig, doch ich habe die gute Martha, die eine wunderbare Fahrerin ist und mich mit ihrem Geplauder unterhält …« Sie betonte Letzteres leicht, für den Fall, dass Martha vergessen hatte, wie man sprach.

»Was passiert, wenn Sie in Kalifornien ankommen?«

Kathleens Magen machte wieder einen Satz. Ruth. Für ein Weilchen hatte sie sie vergessen, doch nun kehrten all die Gedanken, Zweifel und Fragen zurück.

Was, wenn …

Konnte es noch quälendere Worte geben?

Sie war nie jemand gewesen, die lange über Was-wäre-wenn nachgedacht hatte, aber aus irgendeinem Grund schien etwas in ihr in sich zusammenzufallen. Es musste an Martha liegen. Das Zusammensein mit ihr hatte Kathleen zu einer Offenheit veranlasst, die neu für sie war, und jetzt wusste sie nicht, wie sie sich wieder abschotten konnte.

Josh wartete auf eine Antwort, doch sie hatte wirklich keine Ahnung, was sie sagen sollte.

»Kathleen hat sich noch nicht entschieden, was sie dann tut«, sprang Martha für sie in die Bresche. »Vielleicht genießt sie eine Zeit lang die kalifornische Sonne. Das Schöne an dieser Reise ist ja, dass wir so flexibel sind.«

Kathleen verspürte Dankbarkeit und Zuneigung. Das gute Mädchen. Sie wusste genau, was Kathleen dachte.

Josh schien zufrieden mit der Antwort. »Kalifornien ist meine Heimat. Wenn ihr also Vorschläge braucht, was ihr euch anschauen könntet, fragt gern.«

»Sehr nett von Ihnen.« Kathleen band ihren Schal fester. »Haben Sie bestimmte Orte, die Sie auf dieser Reise sehen wollen?«

»Den Grand Canyon. Es ist mir peinlich, aber ich war noch nie dort.«

»Das muss Ihnen nicht peinlich sein. Dank Ihres gefühllosen Chefs haben Sie offenbar zu viel Zeit mit Arbeiten verbracht.« Kathleen blickte zu Martha, doch die war wieder in tiefes Schweigen versunken. »Es freut mich, dass Sie endlich doch ein bisschen die Welt erkunden können. Beeilen Sie sich nicht, zur Arbeit zurückzukehren. Ich hatte damals Glück, weil das Reisen meine Arbeit war, und so konnte ich das eine mit dem anderen verbinden.«

Sie fuhren durch ein weiteres kleines Dorf, in dem es nach Barbecue roch, und ließen die Hügel und Wälder allmählich hinter sich.

Als sie bei ihrer Unterkunft ankamen, war Kathleen müde, und ihre Gedanken schweiften in Richtungen, die sie sich normalerweise nicht erlaubte. Sollte sie Kontakt zu Ruth aufnehmen? Nein, das wäre höchst unklug. Zumal sie nicht einmal die Briefe gelesen hatte.

Was sie hätte tun sollen. Oder sie zumindest mitnehmen. Doch das Wissen, sie in der Tasche zu haben, hätte sie niedergedrückt. Bei dieser Reise ging es darum, das Beste aus der noch verbleibenden Zeit zu machen, und nicht darum, die Vergangenheit aufzuarbeiten.

Lebte Ruth überhaupt noch in Kalifornien? Martha hatte gesagt, sie könne es herausbekommen, doch auf keinen Fall würde Kathleen sie dazu ermutigen.

Doch was, wenn sie wieder zu Hause war, die Briefe las und dann bereute, dass sie keinen Kontakt aufgenommen hatte?

Sie spürte einen Anflug von Panik, dass sie vielleicht doch das Falsche getan hatte.

Martha parkte ein. »Geht es dir gut, Kathleen?«

»Könnte nicht besser sein.« Zum ersten Mal wünschte sie sich, sie hätte Josh nicht eingeladen. Sie hätte während der Fahrt ein kleines Nickerchen machen können. So war sie erschöpft von dem fröhlichen Geplauder, und die Vergangenheit holte sie ein und machte alle Hoffnung auf Entspannung zunichte.

Zu ihrer Schande brauchte sie auch noch Marthas Hilfe, um aus dem Wagen zu steigen.

»Es liegt am Winkel«, sagte Martha sanft und stützte Kathleen, sodass sie sich vom Rücksitz erheben konnte.

»Es liegt am Alter.« Kathleen straffte sich, und ihr wurde schwindlig. Sie klammerte sich an Martha.

»Kathleen?« Martha hielt sie fest und öffnete mit der anderen Hand den Kofferraum. »Josh? Könntest du unser Gepäck mitnehmen, damit ich Kathleen nach drinnen helfen kann?«

Kathleen versuchte, ohne Hilfe zu stehen. »Ich habe zu lange gesessen, das ist alles. Mein Körper hat sich verklemmt. Ich brauche eine Minute, und dann geht es mir wieder gut.«

»Habt ihr reserviert?«, fragte Josh, während er das Gepäck auslud. »Lasst mich die Anmeldung erledigen. Ich bringe euch die Schlüssel. Das spart euch den Gang zur Rezeption.«

Sollte sie tatsächlich zulassen, dass ein bisschen Schwindel ihr den Spaß an der Reise verdarb? Nein, auf keinen Fall.

»Danke, aber wir schaffen das. Übernachten Sie auch hier, Josh?«

»Das hatte ich vor.« Er nahm ihre Taschen. »Und es war toll, dass Sie mich mitgenommen haben. Darf ich Sie beide als Dankeschön zum Abendessen einladen?«

Kathleen wollte sich nur hinlegen, wusste aber, dass Martha sie der Kuppelei beschuldigen würde, wenn sie ihnen vorschlug, ohne sie zu essen.

Doch Martha sah sie besorgt an. »Ich glaube, jetzt sollten wir uns erst mal in unseren Zimmern ausruhen und eine schöne Tasse Earl Grey trinken, bevor wir den Abend planen. Wie klingt das, Kathleen?«

Es klang herrlich.

Überwältigt von Dankbarkeit hakte sich Kathleen bei Martha unter, als sie zur Rezeption gingen.

Martha streichelte ihre Hand. »Wir haben es übertrieben. Mach dir keine Sorgen. Du fühlst dich wie neu, wenn wir uns mit einem Tee hingesetzt haben.«

Es war bemerkenswert, wie wohl Kathleen sich in Marthas Gegenwart fühlte. Warum war es mit ihrer Tochter nicht so leicht? Vielleicht lag es daran, dass Liza sie an ihre Versäumnisse erinnerte. Ob es ihr Widerstand gegen den Umzug in ein Heim war, ihre Vorliebe für Schinken oder ihre Unfähigkeit, über Gefühle reden – sie hatte das Gefühl, nicht der Mensch zu sein, den Liza sich wünschte.

Martha war flink und effizient und das Personal im Motel ebenfalls, sodass Kathleen weniger als zehn Minuten später in ihrem Zimmer auf der Bettkante saß, während Martha den Wasserkessel füllte, den Kathleen unbedingt von zu Hause hatte mitnehmen wollen. Ohne kochendes Wasser konnte man keinen Tee trinken, und Kathleen hatte den Geräten in Hotelzimmern noch nie getraut.

Das Zimmer war hübsch eingerichtet und bot einen Ausblick über die Felder. Wenn irgend möglich, mieden sie die geschäftigen Städte.

Kathleen entspannte sich. Ein bisschen ausruhen und sie würde sich wieder wohlfühlen.

»Hier.« Martha stellte eine Tasse Earl Grey auf den Nachttisch, dazu einen Keks. »Ich bin gleich nebenan. Ich richte mich rasch ein, und in einer Stunde sehe ich nach dir.«

Es klopfte an der Tür. Als sie öffnete, stand Josh vor ihr. »Wie geht es euch? Braucht ihr etwas?«

»Mir geht es gut.« Wie zum Beweis stand Kathleen auf und ging ihm entgegen, um ihm für seine Freundlichkeit zu danken, doch auf halbem Weg begriff sie, dass sie einen Fehler gemacht hatte.

Um sie herum begann sich alles zu drehen, sie wollte sich an irgendwas festhalten, doch da war nichts.

»Martha!«, rief sie und wappnete sich, gleich auf dem Boden aufzuschlagen, als starke Arme sie auffingen.

»Alles in Ordnung.« Joshs tiefe, ruhige Stimme bestätigte Kathleen noch einmal, dass er die perfekte Wahl für Martha war. In der Krise zeigte sich der wahre Charakter eines Mannes. Der einer Frau übrigens auch.

»Leg sie aufs Bett! Kathleen?« Martha klang erschrocken. »Hast du irgendwo Schmerzen? Ich werde den Arzt rufen.«

»Das tust du nicht. Wir warten, bis das vorbeigeht.« Kathleen lehnte sich zurück ins Kissen und schloss die Augen, doch um sie herum drehte sich alles, sodass sie sie wieder öffnete.

Ihr Tee würde kalt werden, und sie konnte kalten Tee nicht ausstehen.

War es das jetzt?

Wenn sie hier starb, würde sie es nie bis Kalifornien schaffen, und sie würde nie erfahren, was in diesen Briefen stand.

Ruth.

Ihr letzter Gedanke galt ihrer alten Freundin, bevor ihr schwarz vor Augen wurde.

13. KAPITEL

LIZA

Liza hielt am Anfang des Weges inne. Das Strandhaus lag etwas zurückgesetzt von der Straße und war kaum zu finden, wenn man nicht wusste, wo die Abzweigung war.

Das Grundstück wurde durch hohe Eisengitter und modernste Sicherheitstechnik vor neugierigen Augen und unerwünschten Kameras geschützt. Es war der ideale Rückzugsort für einen Prominenten, der nicht gefunden werden wollte.

Die Sonne brannte in ihrem Nacken, und in den flachen Pumps, die sie von zu Hause mitgebracht hatte, fühlten sich ihre Füße heiß und unangenehm an. Der Beutel, den sie trug, lag schwer in ihrer Hand.

Was tat sie hier?

Sie sollte die ganze Sache vergessen und sich zu Hause in ihrer Verlegenheit suhlen.

Gerade wollte sie umkehren, als eine Stimme aus der Gegensprechanlage erklang.

Liza erstarrte.

Sie malte sich aus, wie ein Team Sicherheitsleute in einem Kontrollraum sie auf dem Bildschirm beobachtete.

Den ganzen Sonntag hatte sie sich geschämt und der Versuchung widerstanden, nach Hause zu fahren. Doch dann entschied sie sich, das zu tun, wozu sie ihre Kinder bringen wollte – Verantwortung zu übernehmen.

»Hallo. Ich bin Liza.« Sie trat näher an die Kamera und die Gegensprechanlage. »Meiner Mutter gehört das Haus die Straße runter – ich wohne gerade darin. Ich wollte zu Finn Cool, auch wenn er vermutlich nicht …« Ein Summen ertönte, und das Tor öffnete sich.

»Oh. Gut.«

Da sie nun keine Wahl mehr hatte, ging sie hinein, woraufhin sich das Tor hinter ihr wieder schloss.

Sie lief die von riesigen Rhododendron- und Azaleenbüschen gesäumte Auffahrt entlang und erblickte schließlich das Haus.

Selbstverständlich war es spektakulär, sie hatte nichts anderes erwartet. Die Fassade schien fast nur aus Glas zu bestehen und bot Ausblicke auf einen sanft geneigten Garten, der steil nach unten zu einem kleinen Strand abfiel, der nur von diesem Grundstück aus zugänglich war.

Wie die Reichen leben.

Sie genoss das Panorama für einen Moment, bevor sich die Haustür öffnete.

Sie hatte einen kräftigen Bodyguard oder eine argwöhnische Haushälterin erwartet. Auf Finn Cool höchstpersönlich, der vor ihr im Türrahmen lehnte, war sie nicht gefasst gewesen.

Mit seinem schlanken, attraktiven Gesicht und den Schlafzimmeraugen sah er ebenso gefährlich und verwegen aus wie bei ihrem ersten Zusammentreffen in ihrer Küche. Allerdings war sie dort zu erschrocken gewesen, um ihn zu bewundern. Er trug Boardshorts, ein schwarzes T-Shirt, war barfuß und hatte Bartstoppeln im Gesicht. War er gerade aufgewacht oder hatte er sich bloß nicht rasiert?

»Sind Sie allein gekommen oder kommt die Polizei nach? Falls ja, muss ich noch mal das Tor öffnen.«

Die Hitze in ihren Wangen hatte nichts mit der Sonne zu tun.

»Ich wollte mich entschuldigen, dass ich die Polizei gerufen habe. Ich hatte keine Ahnung – ich meine, meine Mutter hat Sie nie erwähnt.« Es gab nicht viel zu ihrer Entschuldigung zu sagen, deswegen präsentierte sie ihm den Beutel, den sie den ganzen Weg vom Cottage hergetragen hatte. »Ich habe Ihnen ein Friedensangebot mitgebracht.« Sie hatte stundenlang überlegt, was sie einem Mann, der alles hatte, schenken sollte, und sich schließlich für etwas Selbstgemachtes entschieden. Vermutlich ein weiterer Fehler, doch was spielte das noch für eine Rolle?

Er straffte die Schultern. »Sie kommen mir zuvor. Ich wollte Sie heute Nachmittag besuchen, um mich zu entschuldigen.«

»Sie wollen sich bei mir entschuldigen? Wofür?«

»Weil ich Sie fast zu Tode erschreckt habe. Zu meinem Glück sind Sie von sanfterer Natur als Ihre Mutter, sonst würde ich jetzt mit einem Loch im Kopf im Krankenhaus liegen.« Er lächelte ihr zu. »Tut mir leid. Ich hätte klingeln sollen, statt einfach in die Küche zu gehen. Aber ich wusste ja nicht, dass jemand da ist, deshalb habe ich den Schlüssel benutzt.« Er trat einen Schritt zurück und hielt die Tür auf. »Kommen Sie rein.«

»Oh, das ist nicht nötig – ich meine, ich wollte Ihnen nur …« Sein Lächeln lenkte sie ab, sodass die Worte sich verhedderten. Sie ging die Stufen hoch und hielt ihm den Beutel hin. »Das sind ein Zitronen-Baiser-Kuchen und eine Ladung meiner Schokoladenkekse. Zwei meiner Spezialitäten. Ich wusste nicht, was Sie mögen.« Sie musste noch die Tatsache verdauen, dass Finn Cool einen Schlüssel zum Haus ihrer Mutter besaß. Warum hatte sie nichts davon gesagt?

»Sie haben mehr als zwei Spezialitäten? Rufen Sie gern öfter die Polizei meinetwegen. Dann kann ich mich durch Ihr Repertoire essen. Vielen Dank, Liza. Das ist sehr aufmerksam. Ich würde ja sagen, das hätten Sie nicht machen müssen, aber

Essen schlage ich niemals aus. Kommen Sie herein.« Er nahm den Beutel und ging ins Haus.

War er nur höflich? Vermutlich war eine fremde Frau so ziemlich das Letzte, was er im Haus haben wollte.

Sie zögerte kurz und folgte ihm, nachdem sie die Tür hinter sich geschlossen hatte.

Sie war neugierig auf das Haus, das musste sie zugeben, und es enttäuschte sie nicht. Das Licht flutete durch ein Glasatrium hoch über ihnen und wurde von vielen Quadratmetern weißer Bodenkacheln reflektiert. Italienisch, dachte sie anerkennend und voller Neid. Der Innenarchitekt hatte mit Raum und Farbe gespielt und blaue Akzente in dem vorherrschenden Weiß verteilt, sodass ein mediterraner Eindruck entstand. Liza interessierte sich sehr für Innenarchitektur. Früher hatte sie mal darüber nachgedacht, Sean in seinem Büro zu unterstützen, doch sie hatten entschieden, dass es keine gute Idee war, wenn sie beide in derselben Firma arbeiteten. Und als Lehrerin hatte sie auch mehr Zeit für die Mädchen.

Dennoch sehnte sie sich gelegentlich danach. Sie konnte nirgendwohin gehen, ohne in Gedanken sofort die Räume umzugestalten.

Doch an diesem Haus würde sie nichts umgestalten.

Es war ein Meisterstück der modernen Architektur. Sean würde die Einfachheit schätzen.

Der Gedanke an Sean versetzte ihr einen Stich. Der Zustand ihrer Ehe beschäftigte sie wie ein ziehender Zahnschmerz. Seit jenem letzten Gespräch hatte sie nur eine kurze SMS erhalten, heute Morgen.

Hast du mein blaues Hemd gesehen?

War es richtig gewesen, das Gespräch über ihre Gefühle zu verschieben? Irgendwann musste sie ihrer Familie ehrlich sagen, was los war. Sie konnten schließlich keine Gedanken lesen. Wenn sie das könnten, würden sie nicht von ihr erwarten, dass sie ständig alles stehen und liegen ließ, um irgendwelche banalen Alltagsprobleme für sie zu lösen. Doch sobald sie die Karten auf den Tisch legte, wäre jede Chance auf eine Atempause vertan, und sie wünschte sich diese Zeit für sich so sehr. Sie verdiente sie.

Also hatte sie Seans Nachricht ebenso ignoriert wie die beiden von Caitlin, die irgendwas wegen der Wäsche wissen wollte.

Nicht einer von ihnen hatte gefragt, wie es ihr ging.

Was hätte sie gesagt?

Ich befürchte, ich stehe kurz vor einem Nervenzusammenbruch, und im Übrigen musste ich die Polizei rufen, weil ein Eindringling in meiner Küche war. Aber macht euch keine Sorgen. Ich kümmere mich allein darum, denn das tue ich ja immer.

Sie schob die Gedanken an ihre Familie beiseite und folgte Finn Cool in eine große, luftige Küche.

»Die ist perfekt.« Obwohl ihr alles anbrennen würde, wenn sie hier kochte, weil sie ständig in die Aussicht aufs Meer vertieft sein würde. »Ich fühle mich furchtbar, dass das passiert ist. Ich hätte niemals die Polizei rufen sollen.«

»Aber nein, das war vollkommen richtig. Erst recht nach dem, was Ihrer Mutter passiert ist.« Er stellte die Tasche auf den Tresen. »Es ist ja kein Schaden entstanden. Ich musste ein paar Autogramme schreiben und für ein paar Selfies lächeln, das ist alles. Ich bin schon mit Schlimmerem fertiggeworden.«

»Ich wusste nicht, dass Sie meine Mutter kennen.«

»Kathleen ist eine sehr diskrete Frau. Und ein Teufelsweib.« Er holte zwei Teller aus einem der Schränke. »Wir sind schon seit einer Weile befreundet. Wenn ich ein paar Jahre älter wäre, würde ich sie heiraten. Und glauben Sie mir, das ist ein Kompliment, denn ich bin kein Typ fürs Heiraten.«

Sie war kein Typ für Boulevardzeitungen, doch sogar sie wusste, dass er ein aktives und interessantes gesellschaftliches Leben führte. Was es noch bizarrer machte, dass er mit ihrer achtzigjährigen Mutter befreundet war.

»Ich wusste nicht, dass sie Sie gebeten hat, die Katze zu füttern.« Nur ihre Mutter würde einen Promi darum bitten, zu ihr hinüberzugehen, um eine Dose Katzenfutter zu öffnen.

»Popeye und ich sind beste Freunde. Er kommt oft vorbei.«

»Sie kennen Popeye?«

Er grinste. »Hier gibt es nicht viele einäugige, dreibeinige Katzen in der Gegend. Ich sehe ihn als ein Musterbeispiel für Widerstandskraft. Nichts hält ihn vom Rumstromern ab, nicht einmal meine Hunde. Popeye ist der Herr der Welt.« Während er das sagte, ertönte wildes Gebell. Drei große Schäferhunde, hellbraun und schwarz, flitzten vom Garten ins Haus.

Liza beäugte sie argwöhnisch, als sie über die Fliesen rutschten. »Werden sie sich rächen, weil ich die Polizei gerufen habe?«

»Wahrscheinlicher ist, dass sie Sie zu Tode abschlecken oder in Sie hineinschlittern. Sie mögen diese Fliesen nicht.« Er schnipste mit den Fingern, und die Hunde blieben stehen. Mit hängender Zunge sahen sie ihn erwartungsvoll an. »Sitz.«

Sie setzten sich auf die Hinterläufe, einer von ihnen widerwilliger als die beiden anderen.

Liza betrachtete die scharfen Zähne. »Allmählich verstehe ich, warum Sie keine Bodyguards brauchen.«

»Diese Jungs sind abschreckend, so viel steht fest.« Er bückte sich und streichelte die Hunde. Sie tat es ihm nach, wenn auch etwas vorsichtiger.

Einer der Hunde rollte sich auf den Rücken und streckte ihr den Bauch entgegen, den sie sanft kraulte. »Sie sind wunderbar. Wie heißen sie? Nicht, dass ich sie auseinanderhalten könnte.«

»Eins, Zwei und Drei. Schien mir damals das Einfachste zu sein. Lassen Sie sich nicht von ihrer Größe täuschen. Sie haben Angst vor Popeye.« Er erhob sich, und sie ebenfalls. »Wir haben alle etwas Angst vor Popeye. Er ist die arroganteste Katze, die mir je begegnet ist. Und emotional sehr distanziert.«

Wie meine Mutter.

»Apropos Begegnung, wie haben Sie meine Mutter kennengelernt?«

»Lange Geschichte. Dazu brauchen wir etwas zu essen.« Er wusch sich die Hände, öffnete dann den Beutel und begutachtete den Inhalt. »Ich hatte seit meiner Kindheit keinen Zitronen-Baiser-Kuchen mehr. Ich schneide uns beiden ein Stück ab, und wir nehmen es mit auf die Terrasse.«

»Ich habe ihn für Sie gebacken.«

»Ich fröne gern der Völlerei, aber selbst ich kann keinen ganzen Kuchen aufessen.«

»Sie leben hier allein? Ich hätte gedacht, dass Sie jede Menge Personal haben.«

»Ich bin der einzige ständige Bewohner, auch wenn regelmäßig ein kleiner Trupp aus London hier einfällt. Meine leidgeprüfte Haushälterin kommt gelegentlich, um mich aus den Abgründen meines Chaos zu befreien. Ihr Mann kümmert sich um den Garten und den Pool. Sie wohnen in dem Cottage, das fünf Minuten von hier entfernt liegt. Sie sind da, aber auch nicht da, wenn Sie verstehen, was ich meine. Ich habe Glück, sie behandeln mich wie einen Sohn.« Er schnitt zwei große Stücke von dem Kuchen. »Der sieht unglaublich aus.« Sein Akzent lag zwischen einem gedehnten Amerikanisch und dem singenden Tonfall der Iren. Sie hätte ihm den ganzen Tag zuhören können.

»Die Eier sind bio. Ich habe sie von der Farm der Andersons.« Warum um Himmels willen hatte sie das gesagt? Vermutlich interessierte ihn das kein bisschen.

»Ich esse nur Eier von dort.« Der Schalk in seinen Augen machte sie verlegen.

»Sie ziehen mich auf.«

»Nein, tue ich nicht. Meine Gefriertruhe ist außerdem randvoll mit ihrem Biofleisch. Im Prinzip subventioniere ich die Farm, und trotzdem genießt es der alte Anderson, mit seinem Traktor im Schneckentempo vor mir herzutuckern, sodass ich ständig zu spät komme. Er scheint entschlossen, mein Leben zu entschleunigen. Und er hat den finstersten Blick im gesamten Bezirk.«

Sie hatte einen distanzierten Finn Cool erwartet, der sie so schnell wie möglich wieder loswerden wollte. Warmherzigkeit und Nahbarkeit hatte sie nicht erwartet. Seit sie ihm ins Haus gefolgt war, hatte sie mehr gelächelt als in der ganzen letzten Woche. Vielleicht sogar im ganzen Monat?

Sein Handy klingelte, doch er ignorierte es. »Etwas zu trinken?«

»Oh – vielen Dank, aber für mich ist es zu früh.«

»Ich dachte an Tee oder Kaffee.« Er holte zwei Becher aus dem Schrank. »Trotz der üblen Gerüchte, die im Dorf umgehen, versuche ich zumindest einen Teil des Tages nüchtern zu bleiben.«

»Ich wollte nicht …« Verlegen machte sie einen Schritt zurück. »Ich muss gehen. Das ist zu peinlich.«

»Sie müssen nicht gehen. Sie müssen sich entspannen. Kommen Sie mit in den Garten. Man kann sich unmöglich Sorgen machen, während man das Rauschen des Meers hört und Zitronen-Baiser-Kuchen genießt. Einen Cappuccino? Meine Maschine macht den besten Cappuccino, den Sie je getrunken haben.«

Sie nahm sein Angebot an und saß wenige Minuten später auf einer riesigen Terrasse. Die Sonne schien ihr ins Gesicht, und eine leichte Brise strich durch ihre Haare. Unter ihnen befand sich der Swimmingpool und dahinter das Meer.

Auf einer Seite der Terrasse spendete eine Reihe Palmen Schatten, und die Hunde tollten über den Rasen und überschlugen sich in ihrem Spiel.

»Mich verblüfft es immer wieder, dass hier in Cornwall Palmen wachsen. Meine Mutter hat die gleiche Art in ihrem Garten.«

»Ich weiß. Sie hat mich bei diesem Garten mit Rat und Tat unterstützt. Sogar mit ein paar Stecklingen.«

Ihre Mutter hatte einem Rockstar Stecklinge gegeben.

Es fühlte sich irreal an. Sie, Liza Lewis, saß gerade auf der Terrasse des vermutlich teuersten Hauses von ganz Westengland, gemeinsam mit Finn Cool.

Die Zwillinge wären beeindruckt. Nur dass sie sich nie die Zeit nahmen, sie zu fragen, was sie gerade tat.

Es fühlte sich gut an, dieses winzige Stückchen Selbst zu haben, das niemand sonst kannte.

»Dieser Ort ist unglaublich. War meine Mutter je hier?«

»Oft.« Er nahm ein Stück von seinem Kuchen.

»Das wusste ich gar nicht«, sagte Liza. »Was ich nicht verstehe: Warum bestand sie darauf, dass ich nach dem Kater sehe, wenn sie doch wusste, dass Sie sich um ihn kümmern? Warum hat sie mir das nicht gesagt?«

»Keine Ahnung.« Er verschlang seinen Zitronen-Baiser-Kuchen, als hätte er seit einem Monat nichts mehr zu essen bekommen. »Wollte sie Sie vielleicht aus einem anderen Grund hier haben?« Wegen seiner Sonnenbrille konnte sie seine Miene nicht deuten, doch sie hatte das Gefühl, dass er sie beobachtete.

Sie dachte an die angespannten Tage mit ihrer Mutter bei ihnen zu Hause, bevor sie zum Flughafen gefahren waren. Wann genau hatte ihre Mutter sie gebeten, nach der Katze zu sehen?

Das war in letzter Minute gewesen, nachdem sie darüber gesprochen hatten, dass Liza allen anderen den Vorrang gab.

Könnte ihre Mutter sich eingemischt haben? Nein, das würde sie nie tun.

Oder doch?

Der Gedanke nistete sich ein. »Möglicherweise wollte sie mich ermuntern, eine Pause einzulegen. Und wenn sie mir gesagt hätte, dass Sie ein Auge auf Popeye haben, wäre ich nicht gekommen. Popeye war ein Vorwand. Ich habe ihr noch nicht erzählt, dass ich hier bin. Ich muss sie anrufen.«

Ihre Mutter hatte bemerkt, dass etwas nicht stimmte. Sie hatte sich genug gesorgt, um helfen zu wollen, auch wenn ihre Methoden ein bisschen plump sein mochten.

Überrascht stellte sie fest, wie gut sich das anfühlte.

Ein Vogel huschte dicht über den Swimmingpool und flatterte dann davon. In den Büschen summten die Bienen, und ein hellblauer Schmetterling tanzte um die Terracotta-Töpfe, die die Terrasse umrahmten.

Sie spürte die heiße Sonne in ihrem Gesicht und fühlte sich so ruhig und entspannt wie schon lange nicht mehr.

Finn kratzte die letzten Krümel auf seinem Teller zusammen. »Sie brauchen einen Vorwand, um eine Pause einzulegen?«

»Ich bin nicht gut darin.« Sie griff nach ihrer Gabel und nahm einen kleinen Bissen ihres Kuchens, genoss den scharfen Zitronengeschmack.

»Was machen Sie denn? Nein, warten Sie …« Er hob die Hand. »Lassen Sie mich raten. Sie leiten ein großes Unternehmen, und ohne Ihr Zutun würden Tausende ihren Job verlieren.«

Jetzt zog er sie eindeutig auf.

»Ich bin Kunstlehrerin.«

Er schob seinen Teller beiseite. »Das überrascht mich. Sie sehen eher nach einer Firma aus. Ich stelle Sie mir in einem gläsernen Wolkenkratzer in der Stadt vor, nicht in einem Atelier. Auf Künstlerin wäre ich nie gekommen.«

»Ich bin keine richtige Künstlerin. Nicht mehr.« Diese Bezeichnung für sich zu beanspruchen wäre Hochstapelei. »Ich habe lange nichts mehr gemalt. Ich unterrichte Kunst.« Sie lehrte Formen und Farben, Strukturen und Oberflächen.

»Aber vermutlich gab es eine Zeit, in der Sie gemalt haben?«

»Oh ja. Ich liebte es.«

»Warum halten Sie sich dann nicht für eine Künstlerin?«

Liza dachte nach. »Ein Künstler oder eine Künstlerin ist ein Mensch, der Kunst erschafft, und das tue ich nicht.«

»Warum nicht?«

Die Frage war sehr persönlich, dabei hatten sie sich doch gerade eben erst kennengelernt.

»Es wurde von anderen Dingen verdrängt. Sie werden vermutlich einwenden, dass wir uns immer Zeit nehmen können, wenn wir das wirklich wollen, aber …«

»Nein, ich verstehe das. Kreativität braucht Raum und Zeit, und beides ist heutzutage sehr rar. Unser Hirn ist vollgestopft mit einer Unmenge alltäglicher, banaler Anforderungen.« Vorsichtig schob er eine Wespe vom Tisch. »Überlastung saugt einem den letzten Funken Kreativität aus den Adern.«

Wieso konnte dieser Mann, der sie nicht kannte, sie so gut verstehen? »Das klingt, als hätten Sie das selbst erlebt.«

»Was glauben Sie, warum ich hier lebe? Auch wenn ich den Vorteil habe, von Natur aus egoistisch zu sein, was hilfreich ist.« Er lächelte schief und stand auf. »Kommen Sie. Ich möchte Ihnen etwas zeigen.«

Sie folgte ihm über die Terrasse und die Stufen hinunter zu dem abgeschiedenen Pool und dann über den Rasen in Richtung Meer. Ein schmaler sandiger Pfad führte steil nach unten zu dem kleinen Strand, der zu beiden Seiten von Klippen begrenzt wurde. Hier krachten die Wellen des Atlantiks ans Ufer, stürmten vorwärts und zogen sich dann wieder zurück. Der Rhythmus war hypnotisierend, und die Wildheit stand im Kontrast zu dem geschützten Streifen Strand in der Nähe von Oakwood Cottage mit seinen sonnenüberfluteten Sanddünen.

»Ich wusste nicht einmal, dass es das hier gibt.«

»Dies war der Grund, warum ich das Haus gekauft habe.« Er ging den Weg hinunter, und sie folgte ihm.

Auf halbem Weg kamen sie an einem Rettungsring an einer Stange vorbei. Er deutete darauf. »Falls sich jemand während der vielen zügellosen Partys, die ich angeblich veranstalte, abkühlen will.«

Sie ging vorsichtig, um nicht auszurutschen. »Ich habe gesehen, wie Sie fahren, also treffen zumindest einige Gerüchte zu.«

Er lachte. »Autos sind mein Laster.«

»Die Straßen hier sind für einen schnellen Wagen furchtbar kurvig und eng.«

»Die Straßen sind nicht das Problem. Es sind die anderen Fahrer.«

Die Hunde balgten sich hinter ihr und hätten sie aus dem Gleichgewicht gebracht, wenn er ihr nicht rasch seine Hand gereicht hätte.

»Entschuldigung. Sie wissen sich nicht zu benehmen und vergessen, dass nicht alle vier Beine haben.« Während sie hinunterstiegen, hielt er weiter ihre Hand, und sie spürte, wie seine Finger die ihren fest umschlossen. Vermutlich wäre es angemessen gewesen, ihre Hand zurückziehen, sie ließ sie aber in seiner, bis sie unten ankamen.

Liza schlüpfte aus ihren Schuhen und spürte erleichtert den weichen Sand unter ihren nackten Füßen. Der Strand lag abgeschieden. Es war, als beträte man eine andere Welt.

»Klettern manchmal Leute über die Klippen?«

»Nein. Zu steil. Sie versuchen es über die Felder, doch glücklicherweise hält der Farmer seine Bullen auf einem Feld weiter dort drüben …« Er deutete in die Richtung. »Das ist also eine Art eingebaute Grenze. Sie können über die Straße kommen, doch Kathleen schützt mich.«

Liza schloss kurz die Augen und sog die salzige Luft ein. Im Alltag sah sie vor allem Gebäude und mit Autos und Menschen vollgestopfte Straßen. Ihr täglicher Soundtrack bestand aus Motorenlärm, Hupen und Flugzeugen am Himmel. Und nun gab es nichts als Meer, Himmel und Seevögel.

Sie öffnete die Augen. »Wie schützt meine Mutter Sie denn?«

»Sie hat unterschiedliche Strategien. Sie weist Menschen die falsche Richtung. Schickt sie durch die Felder oder ins nächste Dorf. Gelegentlich tut sie so, als ob sie taub sei, und lässt sie lauter und lauter reden, bis sie aufgeben.« Er nahm seine Sonnenbrille ab. Sein Haar war zerzaust vom Wind, und seine Augen lachten. »Hat Sie Ihnen das nie erzählt?«

»Würde es Ihr Ego sehr verletzen, wenn ich Ihnen sage, dass Sie sie kaum erwähnt hat?«

Er lächelte. »Das bestätigt eher meinen Eindruck, dass sie die beste Nachbarin der Welt ist.«

Liza rollte die Hosenbeine hoch. Die blasse Haut ihrer Füße und Knöchel bewies, dass sie ihr noch nicht viel Sonne gegönnt hatte. Das musste sie ändern, und sie musste sich auch neue Garderobe zulegen, die alte war völlig ungeeignet für Entspannung oder Strandleben.

»Wie oft sehen Sie sie?«

»Wenn ich hier bin, meist jede Woche.« Er bückte sich, um

eine Muschel aufzuheben. »Wir trinken Kaffee bei ihr im Garten, oder sie schwimmt hier im Pool, und wir trinken danach etwas Kaltes.«

»Jede Woche?« Liza konnte es kaum glauben. »Sie schwimmt in Ihrem Pool?«

»Sie ging normalerweise zweimal am Tag im Meer schwimmen, doch nach ihrem Schwindelanfall konnte ich sie überzeugen, dass es im Pool sicherer ist.«

Schwindelanfall?

Wenn sie ihn nach Einzelheiten fragte, würde er sie für eine schlechte Tochter halten. Und sie ahnte, warum ihre Mutter ihr gegenüber nichts davon erwähnt hatte. Sie hatte vermutlich befürchtet, dass Liza ihr einen Vortrag über Sicherheit halten würde. Und zweifellos hätte sie genau das getan.

Vielleicht war sie tatsächlich eine schlechte Tochter. Sie hatte versucht, ihrer Mutter zu helfen und sie zu beschützen, womit sie aber einen wesentlichen Charakterzug ihrer Mutter schlicht ignoriert hatte. Kathleen tat immer genau das, wonach ihr war, und Lizas Bedürfnis nach Sicherheit hatte keinerlei Einfluss auf sie. Es brachte sie nur dazu, ihr Vorkommnisse zu verschweigen, damit sie kein Theater machte. Finn hingegen schien sie nichts zu verschweigen.

»Sie hat auf Sie gehört und ging nicht mehr ins Meer baden?«

»Zuerst nicht, aber ich habe ihr gesagt, dass sie eine meiner Strandpartys verderben würde, wenn ihre Leiche ans Ufer gespült würde. Sie lachte und willigte dann doch ein.« Er sah sie an. »Meine Haushälterin Glenys ist immer dabei, wenn sie den Pool benutzt, sie ist also sicher.«

Liza versuchte sich an eine Unterhaltung mit ihrer Mutter zu erinnern, in der sie beide gelacht hatten.

»Sie mögen Sie.«

Er zuckte die Achseln. »Meine Eltern und Großeltern leben

nicht mehr. Ich denke, ich sehe Kathleen als jemanden, die älter und weiser ist.«

»Wirklich?« So sah sie ihre Mutter ganz und gar nicht. »Ich neige dazu, sie für leichtsinnig zu halten. Ich habe ständig Angst um sie.«

»Vermutlich ist es anders, wenn es sich um die eigene Mutter handelt.« Er ging Richtung Wasser. »War sie schon immer so?«

»Dickköpfig?«

»Ich würde sagen: abenteuerlustig. Mutig.«

»Ich würde sagen: ja.«

»Das hat Ihre Kindheit sicher interessant gemacht.«

Es hatte ihre Kindheit einsam gemacht. Doch das würde sie nicht mit Finn Cool erörtern.

»Ich hatte immer gute Noten in Geografie. Beim Kneipenquiz hätte man mich gern im Team.«

»Ich habe ein paar ihrer alten Sendungen im Internet gesehen. Unglaublich. Sie hatte eine solche Präsenz.«

Liza hatte *Summer Seekers* seit ihrer Kindheit nicht mehr gesehen. Es hätte ihr nur wehgetan. »Sie hat sie alle auf DVD.«

»Sie machen Witze.« Der Wind blies ihm Haarsträhnen ins Gesicht. »Die Sendung wurde doch sicher auf 16-mm-Film aufgenommen, oder?«

»Ich weiß es nicht. Ich weiß nur, dass sie ihr zum sechzigsten Geburtstag alle Sendungen auf DVD geschenkt haben.«

Er hob anerkennend eine Augenbraue. »Das ist mal ein Geschenk. Aber sie war ja auch eine Legende. Ich wette, dass sie sie alle bewunderten. Es muss Spaß gemacht haben, mit ihr zu arbeiten. Befinden sich diese DVDs im Haus?«

Erwartete er von ihr, dass sie ihn einlud? Und wie würde es für sie sein, die DVDs anzusehen? Sie hatte *Summer Seekers* immer eher abgelehnt. Schließlich war die Sendung der Konkurrent um die Zeit und Zuneigung ihrer Mutter gewesen.

»Ich weiß nicht, wo sie sie aufbewahrt, aber ich kann sie fragen.«

»Sie sollten sie unter Verschluss aufbewahren. Vermutlich sind das Sammlerobjekte.« Er drehte sich zum Wasser und blickte zum Horizont. »Sie weiß, wie man das Leben lebt. Und sie beugt sich nie den gesellschaftlichen Konventionen. Sie moderierte noch, als man andere Menschen längst zur Seite geschoben hätte – wahrscheinlich war sie damals nicht zu ersetzen. Und sehen Sie sie jetzt an. Die meisten Menschen in ihrem Alter wohnen in irgendeinem Heim, und sie reist durch Amerika.« Seine Schultern bebten vor Lachen. »Sie ist unglaublich. Sie weiß, wie man das Glück auskostet. Sie freuen sich bestimmt, dass sie noch so aktiv und unternehmungslustig ist.«

Liza fühlte sich schuldig, dass sie ihre Mutter zu überreden versucht hatte, aus dem Haus auszuziehen. »Ihr Lebensstil macht mir Angst.« Bei Licht betrachtet hatte sie an sich gedacht, nicht an Kathleen. Auf ihre Weise war sie ebenso egoistisch gewesen wie die Zwillinge.

»Sie hat Glück, eine solch fürsorgliche Tochter zu haben wie Sie.«

War das so? Sie hatte den Eindruck, dass Kathleen sich eher eine reise- und abenteuerlustige Tochter ausgesucht hätte. Es gab einen Grund, warum sie nicht Liza als Fahrerin auf ihre Reise hatte mitnehmen wollen.

Sie wechselte das Thema. »Martha hat mir ein Foto von sich geschickt, auf einer Dachterrasse in Chicago, mit einem Cocktail in der Hand.« Sie zeigte ihm das Bild auf ihrem Handy, das er ihr aus der Hand nahm, um das Display besser sehen zu können.

»Großartig. Gibt es noch mehr?«

Sie beugte sich vor und wischte ein Bild weiter. »Martha hat den Wagen aufgenommen.«

Er strahlte. »Alle Achtung – sie hat es wahr gemacht und den Mustang gemietet.«

»Sie wussten, dass sie einen Sportwagen mieten wollte?«

»Sie hat sich bei mir nach Autos erkundigt. Wollte wissen, mit welchem Wagen ich die Reise unternehmen würde. Die Antwort war einfach, weil ich sie schon gemacht habe – in ebendiesem Wagen.« Er gab ihr das Handy zurück. »Sie wird sich bestens amüsieren. Wer ist denn Martha?«

»Martha ist eine Fremde, die sie angeheuert hat, ohne überhaupt ihre Referenzen zu überprüfen. Typisch für meine Mutter.« Allerdings hatte sich Martha als sehr aufmerksam erwiesen. Sie schickte jeden Tag ein Foto, dazu amüsante Kommentare und Videos. Offenbar hatte ihre Mutter sich ihre Reisegefährtin gut ausgesucht. »Sie scheinen viel über ihre Reise zu wissen.«

Er zögerte. »Hat Sie mit Ihnen nicht über die Planung gesprochen?«

»Nein. Ich hatte erwartet, dass sie mich um Hilfe bittet, weil sie das Internet nicht mag, doch das hat sie nicht.« Sie hielt inne. »Was verschweigen Sie mir?«

»Sie ist sehr diskret. Ich denke, ich sollte das auch sein.« Er fuhr sich mit der Hand über das Kinn. »Mein Team hat ihr bei den Buchungen geholfen. Wie Sie schon sagten, mit dem Internet fühlt sie sich nicht wohl.«

»Sie haben für Sie gebucht? Warum hat sie nicht mich gebeten? Ich hätte es doch getan!«

»Ich hab es ihr angeboten. Ich wäre beleidigt gewesen, wenn sie es abgelehnt hätte.«

»Das erklärt vermutlich, warum sie in Chicago die Präsidentensuite hatte.«

»Sie haben sie ihr gegeben? Ich hatte darauf spekuliert, aber es hängt natürlich immer davon ab, welche Gäste noch im Hotel sind.«

»Das war sehr freundlich von Ihnen.« Sie bemühte sich, nicht gekränkt zu sein, dass ihre Mutter nicht sie um Hilfe gebeten hatte. »Ich habe Sie falsch eingeschätzt. Ich hielt Sie für einen Schurken.«

»Schurke? Außerhalb eines Kostümfilms habe ich noch nie jemanden dieses Wort sagen hören.« Er beugte sich vor, in seinen Augen blitzte der Schalk. »Ich bin ein Schurke, Liza. Ich bin egoistisch, und wenn ich etwas tue, das anderen Menschen hilft, profitiere ich vermutlich ebenfalls davon.«

Sie konnte sich nicht vorstellen, wie er davon profitieren könnte, dass er ihrer Mutter geholfen hatte.

Sie gingen über den Strand bis zum Wasser.

»Die Flut kommt. Ich könnte hier den ganzen Tag sitzen und aufs Meer schauen. Manchmal tue ich das.« Er bückte sich, um eine weitere Muschel aufzuheben. »Ich hatte ein Jahr lang nichts mehr geschrieben, bis ich diesen Ort fand.«

»Sie sprechen von Musik?« Liza schämte sich, dass sie mehr über seinen Ruf wusste als über seine Musik.

»Musik und Liedtexte.« Er drehte die Muschel um und rieb über das sandige Innere. »Das ist eine merkwürdige Sache. Man kann ewig dasitzen und probieren und sich zwingen, etwas hervorzubringen. Harte Arbeit spielt immer eine Rolle, aber letztlich geht es um ein magisches Etwas, das so zart und zerbrechlich ist wie die Knospen einer Blume. Und das kann man nicht erzwingen. Sie sind Künstlerin. Sie verstehen das.«

Oh ja, sie verstand das. »Ich sagte Ihnen doch, ich bin Lehrerin. Ich sehe mich nicht als Künstlerin.«

»Haben Sie sich früher so gesehen?«

Sie erinnerte sich an die Zeit, als sie mit ihrem Skizzenbuch unter dem Kopfkissen geschlafen hatte. Sie war in der Dämmerung aufgestanden, hatte ihre Malsachen mit zum Strand genommen und sich in den feuchtkühlen Sand gesetzt, um die

Schönheit der Szenerie einzufangen. Auf diese Weise hatte sie all die Emotionen kanalisiert, die sie anders nicht hatte ausdrücken können, und ihre Bilder waren das Einzige an ihr gewesen, das das Interesse ihrer Mutter geweckt hatte. Sie hatten nie gemeinsam gebacken oder irgendeine andere Mutter-Tochter-Sache unternommen, doch Kathleen hatte sich immer für Lizas Kunst interessiert. Als Liza an ihrer Schule den Kunstpreis gewonnen hatte, war ihre Mutter erschienen und hatte laut applaudiert. Angesichts dessen, wie selten ihre Mutter bei einer Schulveranstaltung dabei war, war dies Lizas stolzester Moment gewesen. Der Pokal bedeutete ihr so viel mehr als eine Anerkennung ihrer künstlerischen Leistung. Aus diesem Grund war sie auch so enttäuscht, dass ihre Mutter ihn fortgeräumt hatte.

»Ja.« Sie zwang sich, in die Gegenwart zurückzukehren. »Früher habe ich mich so gesehen.«

»Mit welchem Material haben Sie gearbeitet?«

»Mit allem. Am Anfang malte ich in Öl, später mehr mit Aquarell- und dann Pastellfarben. Gelegentlich Acryl. Ich habe mich in Mixed Media versucht und zeichne immer noch gern.«

»Haben Sie Fotos von Ihren Werken? Ich würde gern sehen, was Sie machen.«

Seit Jahren hatte niemand Interesse an ihren Bildern gezeigt. »Ich – äh, warten Sie …« Sie rief auf ihrem Handy eine Website auf. »Vor Jahren habe ich eine Serie in Öl gemalt, die von einer kleinen Galerie hier in der Nähe ausgestellt wurde. Sie haben die Bilder noch immer auf ihrer Website. Weiß der Himmel, warum.«

Er nahm ihr das Handy ab und schwieg lange genug, dass sie sich wünschte, sie hätte ihm die Bilder nicht gezeigt.

»Sie gefallen Ihnen vermutlich nicht, und es ist schon lange her …«

»Die sind überwältigend. Ich kann das Meer förmlich riechen. Die Tiefe der Farbe. Und wie Sie die Bewegung der Wellen eingefangen haben. Ich wette, sie sind alle verkauft?«

»Ja.«

Er gab ihr das Handy zurück. »Nehmen Sie Auftragsarbeiten an?«

»Ich sagte ja – ich habe seit Jahren nicht mehr gemalt.«

»Vielleicht ist es an der Zeit. Und gäbe es einen besseren Ort, um wieder anzufangen?« Er rieb über die Muschel in seiner Hand. »Vermissen Sie das Malen?«

»Ja, auch wenn ich lange nicht mehr daran gedacht habe. Ich käme mir egoistisch vor, wenn ich malte, während so viel zu tun ist.«

»Ich würde es Selbstfürsorge nennen. Wir sollten uns Zeit nehmen für die Dinge, die uns wichtig sind. Hier …« Er gab ihr die Muschel. »Inspiration. Sie können sie in Ihr Atelier legen.«

Sie steckte die Muschel in die Tasche mit dem Gefühl, dass er ihr etwas Besonderes und Bedeutungsvolles gegeben hatte. »Ich habe kein Atelier.«

»Wo malen Sie am liebsten?«

»Früher habe ich gern im Sommerhaus unten im Garten meiner Mutter gemalt. Große Fenster. Nordlicht. In London haben wir nicht genug Platz.« Sie war es nicht gewohnt, über sich zu reden. Verlegen beugte sie sich vor, um ihre Hosenbeine weiter hochzukrempeln, und watete dann ins Wasser, bis das Meer ihre Knöchel umspielte. »Können Sie hier am besten arbeiten?«

»Hier und in Irland. Ich habe ein Haus in Galway. Es gehörte meinen Großeltern mütterlicherseits.«

»Sie sind Ire?«

»Amerikanischer Ire. Ich wurde in Kalifornien geboren, doch wir zogen zurück nach Galway, als ich zwölf war. Damals fing ich ernsthaft mit Musik an.« Die Flut umspülte seine Waden. »Was ist mit Ihnen? Ihre Familie ist nicht mit Ihnen hier?«

»Nein. Sean ist Architekt und steckt mitten in einem großen Projekt. Und die Zwillinge möchten als Allerletztes irgendwo in die Pampa geschleppt werden.« Sie gestand ihm nicht, dass sie vor ihnen geflüchtet war. Oder gab zu, dass die Mädchen den ersten Zug nach West Country nehmen würden, wenn sie die Gelegenheit hätten, Finn Cool persönlich kennenzulernen.

»Sehen Sie deshalb so traurig aus?«

»Sehe ich traurig aus?«

Er strich ihr eine Haarsträhne aus dem Gesicht. »Ja. Oder vielleicht sollte ich lieber sagen: Sie bemühen sich, nicht traurig auszusehen. Außerdem malen Sie nicht. Oder zeichnen. Oder bildhauern. Was auch immer Ihr Ausdrucksmittel ist. Und wenn ein Künstler keine Kunst schafft, ist das nie ein gutes Zeichen. Wenn dieser Teil von Ihnen darniederliegt, werden Sie zu einem Schatten Ihrer selbst.«

Wie konnte dieser Mann, ein Fremder, etwas sehen, was Sean nicht sah?

Wann hatte Sean sie das letzte Mal gefragt, was sie wollte? Wann hatte er sie das letzte Mal so angesehen, wie Finn sie jetzt ansah, mit so viel Aufmerksamkeit und Interesse? Lag es nur daran, dass Vertrautheit einen blind machte für den anderen? Sahen Menschen lieber das, was sie immer gesehen hatten, als das, was wirklich da war?

»Ich bin müde, das ist alles.« Müde. Verletzt. Verwirrt.

»Dann ist es ja gut, dass Kathleen Sie zu einer Pause ermuntert hat.«

Sie spürte, dass sie irgendwas entgegnen musste, und hielt die Antwort neutral. »Familienleben kann sehr anstrengend sein, vor allem, wenn man Teenager hat. Ich erwarte nicht, dass Sie das verstehen.«

»Das tu ich aber. Warum glauben Sie, dass ich Single bin?« Sein Lächeln war so unwiderstehlich, dass sie es unwillkürlich erwiderte.

»Ich dachte, dass Sie vielleicht Single geblieben sind, um für möglichst viele Gerüchte unter den Einheimischen zu sorgen.«

»Ich gebe zu, das macht Spaß.« Er watete etwas weiter ins Wasser. »Möchten Sie schwimmen?«

»Hier? Jetzt?«

»Warum nicht?«

»Ich bin nicht dafür angezogen.«

»Ich meinte nicht, dass Sie in Ihrer Kleidung schwimmen. Lassen Sie sie am Strand. Wenn Sie schüchtern sind, behalten Sie Ihre Unterwäsche an.« Er sagte das so lapidar, dass sie den Vorschlag tatsächlich kurz erwog.

Dann kam sie zur Vernunft.

»Sie machen Witze.«

»Schwimmen ist das Natürlichste auf der Welt. Und im Meer zu schwimmen ist das Beste. Was soll daran ein Witz sein?« Er musterte sie. »Machen Sie je etwas Spontanes, Liza?«

»Nein.« Auch wenn ihre Flucht nach Oakwood Cottage spontan gewesen war. Und ebenso ihre Entscheidung, ihn heute zu besuchen, um sich zu entschuldigen. »Gelegentlich.«

»Und wie geht es aus, wenn Sie das tun?« Er stand beunruhigend nah vor ihr. Verlegen trat sie einen Schritt zurück.

»Ich bin nicht sicher. Fragen Sie mich in einer Woche noch einmal.« Sofort war ihr die Antwort peinlich. Das klang ja, als erwartete sie, ihn regelmäßig zu treffen.

»Ich nehme Sie beim Wort. Kommen Sie zum Schwimmen herüber und bringen Sie Ihre Badesachen mit.«

»Sind Sie den ganzen Sommer über hier?«

»Bis September. Dann fahre ich zurück nach L. A.«

Sie konnte sich ein solches Globetrotter-Leben nicht vorstellen. »Warum haben Sie ein Jahr lang nichts geschrieben?«

Er zögerte. »Ich habe einen mir sehr nahestehenden Menschen verloren.« Er drehte sich um und ging zurück Richtung Strand.

Hätte sie doch nur den Mund gehalten. »Das tut mir leid.«

»Muss es nicht. Der Tod ist Teil des Lebens, oder? Er macht es allerdings nicht einfacher.« Er hockte sich an einen kleinen Wassertümpel zwischen Felsen. »Seegras ist keine Alge. Wussten Sie das?«

»Nein.« Sie ging neben ihm in die Hocke, und es fühlte sich nicht peinlich an. Eher freundschaftlich.

Sie schämte sich für all die Vorurteile, die sie ihm gegenüber gehabt hatte.

In dem Tümpel wimmelte es vor Leben. Winzige Einsiedlerkrebse huschten im Schutz des Seegrases hin und her. Napfschnecken und Miesmuscheln hafteten an den Felsen, und Seeanemonen wiegten sich im Wasser. Sie hätte stundenlang zuschauen können.

Finn erhob sich. »Wir sollten gehen, die Flut kommt. Nachdem ich nun schon ein Zusammentreffen mit der Polizei hatte, möchte ich nicht noch die Küstenwache alarmieren.«

»Sie bekommen einen extragroßen Zitronen-Baiser-Kuchen, wenn Sie wegen mir die Küstenwache rufen müssen.«

Er lachte. »Ich bin versucht, zurück ins Wasser zu gehen. Wer hat Ihnen beigebracht, Zitronen-Baiser-Kuchen zu backen?«

»Ich mir selbst. Mein Vater war ein pragmatischer Koch …« Sie hielt inne. »Eigentlich war er ein furchtbarer Koch. Er kochte immer auf höchster Flamme, sodass alles angebrannt war. Weil meine Mutter ja oft nicht zu Hause war, habe ich irgendwann das Kochen übernommen. Es hat mir Spaß gemacht, und damit es nicht langweilig wurde, fing ich an zu experimentieren.«

Sie gingen über den Sand zurück zu dem schmalen Pfad, der sich nach oben zum Garten schlängelte.

»Ist alles, was Sie kochen oder backen, so gut wie Ihr Zitronen-Baiser-Kuchen?«

»Das hoffe ich doch.« Der Pfad war steil, und sie rang nach Luft. Sie musste sich unbedingt mehr Zeit für Sport nehmen.

»Dann laden Sie mich doch zum Essen ein.« Er reichte ihr die Hand und zog sie den letzten Teil des Weges hoch.

Sie hatte nicht vorgehabt zu kochen, doch aus irgendeinem Grund gefiel ihr die Idee, für Finn ein Abendessen zuzubereiten. In der letzten Stunde hatte sie mit ihm ein aufrichtigeres Gespräch geführt als mit irgendjemand anderem seit langer Zeit. Und seine Gesellschaft hob ihre Stimmung. Also warum nicht? Er war ihrer Mutter offenbar ein guter Nachbar, und sie würde sich revanchieren, indem sie ihm ein köstliches Essen bereitete.

»Dürfen Sie ohne Bodyguards raus?«

»Sie können mich schützen.« Er lächelte. »Ich gehe über die Felder. Niemand wird mich sehen.«

»Dann kommen Sie doch am Freitagabend.« Das wäre eine Gelegenheit, ihre Kochleidenschaft auszuleben, was sie lange nicht mehr getan hatte. Die Zubereitung von Mahlzeiten war normalerweise nur eine weitere Pflicht auf einer langen To-do-Liste. »Was essen Sie denn am liebsten?«

Er nahm das Geschirr, das sie auf dem Tisch hatten stehen lassen, und trug es in die Küche. »Ich esse alles und bringe Wein mit. Wir können über das Gemälde sprechen, das Sie für mich malen werden.«

Liza plante in Gedanken bereits das Menü. Es sollte weiter heiß bleiben, sodass sie draußen essen konnten. Sie würde Gemüse aus dem Garten ihrer Mutter verwenden.

»Hier …« Finn reichte ihr den Beutel, den sie mitgebracht hatte. »Ich bin froh, dass Sie herübergekommen sind.«

Das war sie auch. Es hatte sie von ihrer Grübelei über ihre Familie abgelenkt, und sie betrachtete das Leben plötzlich ganz neu.

Mit einem Gefühl der Leichtigkeit ging sie seine Auffahrt hinunter, an der Straße entlang und dann über das Feld Richtung Oakwood Cottage.

Was hatte er gesagt?

Sie sehen eher nach einer Firma aus. Auf Künstlerin wäre ich nie gekommen.

Ihre Kleidung zeigte nicht, wer sie war, sondern das Leben, das sie führte.

Eine neutrale Garderobe mit kombinierbaren Teilen bedeutete, weniger entscheiden zu müssen an einem Tag, der vollgestopft war mit Entscheidungen. Wie würde sie sich anziehen, wenn sie nicht die Mädchen chauffierte, zum Supermarkt fuhr, unterrichtete?

Entschlossen, das herauszufinden, brachte sie den Beutel in die Küche, griff nach ihrem Autoschlüssel und fuhr ins Dorf. Dort parkte sie den Wagen und ging die kurvenreiche Hauptstraße entlang, bis sie die kleine Boutique zwischen der Buchhandlung und dem Feinkostgeschäft erreichte.

Mit einer Spur Trotz öffnete sie die Tür. Wann hatte sie das letzte Mal einfach so etwas für sich gekauft? Es war sehr lange her.

Der Laden war kühl und geräumig, mit Spiegeln an zwei Wänden. Einen Augenblick sah Liza sich so, wie es andere vermutlich taten. Glattes blondes Haar, das ihr bis zu den Schultern reichte, ein schmales Gesicht mit blauen Augen. Wenn sie ihr Aussehen mit einem Wort beschreiben müsste, wäre wohl das treffendste: gewöhnlich. Ihre Kleidung sagte nicht »Sieh mich an«, sondern »Sieh mich nicht an«. Dabei wollte sie mit ihrem Kleidungsstil gar keine Botschaft senden. Sie hatte genug zu tun, auch ohne über solche Botschaften nachzudenken.

»Kann ich Ihnen helfen?« Eine junge Frau mit kurzem rotem Haar und makellosem Make-up kam aus einem Hinterzimmer. »Wir haben mehr Ware im Lager, wenn Sie Ihre Größe nicht finden.«

Liza verspürte einen Anflug von Unsicherheit und schob sie dann beiseite. Sie war Künstlerin. Sie kannte sich mit Farben und Formen aus, wusste, was gut aussah. Dabei brauchte sie keine Hilfe. Sie musste sich nur erlauben, diese Künstlerin auch zu sein und ihrer kreativen Seite genügend Raum zu geben. Zu lange hatte sie sie unterdrückt.

Sie steuerte auf die Regale zu, begutachtete jedes Teil und wählte dann einige aus. Und dann noch einige.

Als sie eine halbe Stunde später den Laden verließ, hatte sie zwei große Tüten mit einer Auswahl an hübschen Sommerkleidern dabei, dazu Leinenshirts in Pastellfarben, Shorts, Schuhe, Flip-Flops für den Strand und ein Paar übergroße silberne Ohrringe von einer Künstlerin aus dem Ort.

Herzlichen Glückwunsch zum Hochzeitstag, Liza.

Sie hatte ein Stück nach dem anderen anprobiert. Jedes Mal hatte sie sich sommerlicher und entspannter gefühlt, auch wenn das natürlich keine Entschuldigung für ihre höchst extravagante Ausgabe war.

»Was halten Sie von Rot?« Die Verkäuferin hatte Liza ein Kleid gereicht. »Bei Ihrem Teint würde es fantastisch aussehen.«

Das Kleid war nicht nur rot, es hatte auch Trägerriemchen und war völlig ungeeignet für ihren Lebensstil. Liza hatte es zusammen mit einem Paar Schuhe gekauft, die eindeutig nicht zum Laufen gedacht waren.

Von der Boutique ging Liza direkt ins Feinkostgeschäft nebenan.

Einer der Vorteile ihres Aufenthaltes hier bestand darin, dass sie nicht darüber nachdenken musste, was sie der Familie zu essen machte.

Mit einem Korb in der Hand griff sie nach einem knusprigen Baguette, das noch warm war. Sie legte noch italienischen Schinken, französischen Käse, eine Rispe roter Tomaten und ein Glas großer grüner Oliven dazu.

»Liza?«

Wenn sie sich hätte verstecken können, hätte sie es getan. Sie genoss ihre Freiheit. Sie wollte niemanden treffen. Sie wollte sich auf sich konzentrieren, ohne für egoistisch gehalten zu werden.

»Oh mein Gott, wie lange ist das her?« Die Frau sah aus, als käme sie gerade aus einer Yogastunde. Sie hatte die Haare zum Pferdeschwanz gebunden, ihr rotes Gesicht glänzte. »Du erkennst mich doch?«

Liza brauchte einen Augenblick. »Angie? Angie!«

»Warum so überrascht? Ich wohne hier, weißt du nicht mehr?«

»Du bist doch umgezogen nach …« Sie zerbrach sich den Kopf. »Boston. Der Job deines Mannes?« Wie hieß er noch mal? Jeremy? Jonah?

Angie verzog das Gesicht. »Er ist immer noch dort. Wir sind geschieden.«

»Das tut mir leid.« Das Leben, dachte Liza. Niemand kam ungeschoren davon. »Warum hast du keine Mail geschrieben oder angerufen?«

»Wir hatten seit einer Weile keinen Kontakt mehr. Ich wollte nicht die jammernde Freundin sein. Es war hart damals und auch ein paar Jahre danach, aber wir haben beide neu angefangen. John ist wieder verheiratet und hat ein Baby.«

John.

»Ein Baby?«

Angie verdrehte die Augen. »Du brauchst nicht zartfühlend zu sein. Er ist dreiundfünfzig. Meine Rache besteht darin, ihn mir beim Windelwechseln und in seinen schlaflosen Nächten vorzustellen. Nicht dass er sich beim ersten Mal um so was gekümmert hätte. Ach Liza, wie schön, dich zu sehen. Hast du Zeit für einen Kaffee? Um die Ecke gibt es ein Café.«

Reflexartig wollte sie Ja sagen. Das tat sie nun mal, immer. Zu jedem Menschen in ihrem Leben. Doch sie hatte sich für den Nachmittag und den Abend einiges vorgenommen, worauf sie sich freute.

»Ich würde liebend gern mit dir quatschen, aber ich habe heute Nachmittag noch was zu erledigen.« Es fiel ihr schwer, doch sie sagte es trotzdem. Obwohl sie sich aufrichtig freute, Angie zu sehen. »Warum kommst du nicht morgen zu mir?«

»Nach Oakwood? Du bist bei deiner Mutter?«

»Sie fährt durch die USA. Route 66.«

»Deine Mutter ist unglaublich. Sie lebt immer noch das Leben der *Summer Seekers*. Ich kann mir das jetzt schon nicht mehr vorstellen, geschweige denn mit achtzig. Warum bist du hier, wenn sie nicht zu Hause ist?«

Ich bin geflohen. »Ich passe auf die Katze auf.«

»Mit deinen Mädchen und Sean?«

»Nein. Sie hatten dringende Angelegenheiten zu Hause.«

Sie und Angie waren sich einmal so nah gewesen wie Schwestern, sie hatten einander alles erzählt. Doch das war lange her, die Collegezeit und das Leben hatten sie getrennt. Angie lernte John kennen und zog nach Boston, und nach und nach war ihr Kontakt eingeschlafen. Die Zeit, in der Liza ihr gern ihre persönlichen Geheimnisse anvertraute, war längst vorüber.

Sie verspürte einen Stich. Sie vermisste die tiefe Freundschaft, die sie und Angie einst verbunden hatte. Die Art von Freundschaft, in der man lachte, bis einem alles wehtat, und in der man alles wusste, was es über die andere zu wissen gab. Sie hatten Klamotten, Erlebnisse und Make-up geteilt. Als Sean sie geküsst hatte, hatte sie es als Erstes Angie erzählt.

Mit den Kindern hatten sich ihre Freundschaften mehr nach den Lebensumständen ausgerichtet. Erst waren die Babys die Gemeinsamkeit gewesen, später die Schule. Das waren auch Freundschaften, aber nicht so wie die tiefe, aufrichtige Freundschaft, die sie mit Angie geteilt hatte. Vielleicht hatte sie sie umso mehr geschätzt, weil sie ihrer Mutter nie so nah gewesen war.

Doch das alles war lange vorbei, und sie und Angie hatten sich verändert. Die Zeit, die Entfernung und das Leben hatten ihre Verbindung zerrissen.

»Komm morgen vorbei. Wir machen ein Picknick am Strand. Und wenn wir mutig sind, gehen wir schwimmen. Wir haben uns so viel zu erzählen. Wo wohnst du?«

»Im Haus meiner Mutter.« Angie griff nach einem Marmeladenglas im Regal. »Jetzt ist es mein Haus. Sie starb letztes Jahr, und ich wollte es eigentlich verkaufen. Doch dann habe ich mich entschieden, es zu behalten. Es ist klein, doch es gibt genug Platz, wenn Poppy kommt. Hast du noch mehr Kinder bekommen?«

»Nein. Die Zwillinge hielten mich genug auf Trab!«

»Das kann ich mir vorstellen.« Angie umarmte Liza. »Es ist schön, dich zu sehen. Bis morgen.«

Liza spürte Angies Haar an ihrer Wange und sog ihren blumigen Duft ein. Einen Moment hielt sie sie umschlungen. Sie vermisste Freundschaft. Sie vermisste Nähe.

Nachdem sie ihre Einkäufe zum Auto gebracht hatte, fuhr sie zurück nach Oakwood Cottage, und es ging ihr tausendmal besser als noch am Morgen.

Sie packte die Lebensmittel aus, stellte sich eine Auswahl auf einem Teller zusammen und verstaute den Rest im Kühlschrank.

Ein bisschen dekadent kam es ihr schon vor, als sie eine Flasche Wein öffnete, sich ein Glas eingoss und alles mit hinaus auf den Innenhof nahm.

Draußen saß Popeye und putzte sich das Fell. Er hielt lange genug inne, um ihr einen missbilligenden Blick zuzuwerfen, und setzte seine Fellpflege dann fort.

»Warst du emotional schon immer so distanziert oder hast du das von meiner Mutter gelernt?« Liza setzte sich. In ihren neuen Shorts und dem T-Shirt fühlte sie sich sommerlich, und ihre Füße hatten es in den hübschen Flip-Flops endlich bequem.

Ihre Mutter hatte recht. Sie sollte versuchen, dieses Feriengefühl das ganze Jahr über zu bewahren, nicht nur ein paar Wochen im August.

Der Rest des Nachmittags und des Abends lag vor ihr. Wahrscheinlich sollte sie die Zeit nutzen, um im Haus ihrer Mutter sauber zu machen, doch sie hatte nicht die Absicht, das zu tun. Der Staub konnte bleiben, wo er war. Sie hatte Besseres vor.

Als sie auf ihr Handy schaute, bemerkte sie, dass sie einen Anruf ihrer Mutter verpasst hatte, und war sofort besorgt. Ihre Mutter rief sie selten an. Liza war diejenige, die sich meldete.

Sie saß im Schatten und nippte an ihrem Wein, während sie darauf wartete, dass ihre Mutter ans Telefon ging. Als sie es tat, klang ihre Stimme dünn und erschöpft.

»Mum? Habe ich dich geweckt?« Hatte sie den Zeitunterschied falsch berechnet? »Ist alles in Ordnung?«

»Besser als in Ordnung. Es geht mir bestens.«

Etwas an ihrer Stimme klang merkwürdig. Erschrocken stellte Liza fest, dass sie ihre Mutter nicht gut genug kannte, um zu erkennen, was es war. »Bist du sicher? Du hast mich angerufen.« *Und das sieht dir nicht ähnlich.*

»Ich bin sicher. Weißt du, wie lange ich schon die Route 66 fahren wollte? Martha macht wunderbare Fotos.«

»Das freut mich. Danke ihr bitte von mir. Wo genau seid ihr?«

Eine Pause entstand, und Liza hörte gedämpfte Stimmen im Hintergrund, bevor ihre Mutter wieder dran war.

»Martha sagt, dass wir uns irgendwo außerhalb von Springfield befinden und heute durch Kansas gefahren sind. Wie geht es dir? Rufst du aus dem Wagen an und bringst die Zwillinge gerade irgendwohin?«

»Ich bin nicht im Wagen.« Liza streckte die Beine aus und bewunderte ihre neuen Sandalen. »Ich trinke Wein in deinem Innenhof und hatte einen wunderbaren Lunch mit Lebensmitteln aus dem Feinkostgeschäft im Dorf, das du mir empfohlen hast.«

»Du bist in Oakwood?«

»Warum so überrascht? Du hast mich gebeten herzukommen, erinnerst du dich?«

»Ja, aber ich dachte nicht, dass ...« Die Stimme ihrer Mutter stockte. »Du warst in dem Feinkostgeschäft? Probier mal diese kleinen Ziegenkäse-Törtchen, die sind göttlich. Und Sean würde die Schokoladenbrownies lieben.«

»Sean ist nicht hier, aber ich werde mir das nächste Mal welche für mich holen.«

Ein kurzes Schweigen folgte. »Du bist allein?«

»Ja. Ich wollte nach Popeye sehen, das hatte ich dir ja versprochen.« Sie blickte zu der Katze, die keinerlei Anzeichen von Dankbarkeit zeigte. »Und gestern stolperte ich über einen Fremden in deiner Küche.«

»Nein! Noch ein Eindringling?«

»Nicht unbedingt, aber das merkte ich erst, nachdem ich die Polizei gerufen hatte. Warum hast du mir nicht gesagt, dass du Finn kennst? Und dass du ihn gebeten hast, die Katze zu füttern?«

»Oh.«

»Du hast auch nie erwähnt, dass ihr euch regelmäßig zum Kaffee trefft und du in seinem Pool schwimmst.«

»Ich bin alt, Liza. Mein Erinnerungsvermögen ist nicht mehr das, was es mal war.«

Liza verdrehte die Augen. »Sagt die Frau, die gerade mit einem Sportwagen durch die USA fährt.«

»Es ist genauso wunderbar, wie ich mir das vorgestellt habe.«

»Schön. Aber warum hast du mich gebeten, ein Auge auf Popeye zu haben, wenn sich schon jemand anders um ihn kümmert?«

»Das war ganz spontan. Ich dachte, du könntest eine Pause und ein bisschen Seeluft vertragen. Mir war klar, dass du das nicht für dich tun würdest, wohl aber für mich, wenn ich dich darum bitte. Weil du eben so bist. Und jetzt schimpfst du mich bestimmt eine Heuchlerin und wirfst mir Einmischung vor, obwohl ich dir diese Einmischung nie gestatte.«

Liza grinste. »Eigentlich wollte ich mich bei dir bedanken.«

»Ach ja?«

»Ja. Weil du mich zu etwas ermuntert hast, das ich ohne einen Anstoß nie getan hätte.« Sie sah zu Popeye, der sich genüsslich sonnte. Sie hatte sich nie die Zeit genommen, einfach mal gar nichts zu tun. Warum war ein geschäftiges Leben höher angesehen als ein ruhiges? So lange schon rannte sie von einer Aufgabe zur nächsten, dass sie ganz vergessen hatte, wie man schlenderte. Eine Minute der Untätigkeit, und schon fühlte sie sich schuldig.

»Ich war mir nicht sicher, ob du es tun würdest. Oder zumindest dachte ich, Sean würde dich begleiten.«

Liza nahm einen Schluck Wein. »Es ist anders gekommen.« Eine lange Pause entstand. »Mum? Bist du noch da?«

»Ja. Liza – ist alles in Ordnung?«

Die Frage war so untypisch für ihre Mutter, dass Liza beinahe das Glas aus der Hand gefallen wäre. »Alles in Ordnung. Warum?«

»Ach nichts. Vergiss es.«

Warum hatte sie das Gefühl, dass ihr etwas entging? »Geht es dir gut, Mum? Hast du aus einem bestimmten Grund angerufen?«

»Ich habe mir Sorgen um dich gemacht, das ist alles.«

War das wirklich ihre Mutter am anderen Ende der Leitung? »Du rufst an, weil du dir Sorgen um mich machst? Warum? Normalerweise machst du dir keine Sorgen.«

»Ich sorge mich um viele Dinge. Ich mache mir Sorgen, dass ich diese Welt verlassen muss, bevor ich alles getan habe, was ich tun möchte. Ich mache mir Sorgen um Popeye. Ich mache mir Sorgen, ob ich diesen alten Apfelbaum hätte beschneiden sollen.«

»Falsche Jahreszeit.« Liza musterte den Baum mit seiner dicken knorrigen Borke und den ausladenden Ästen. »Ich erinnere dich im Winter daran.«

»Was hältst du von Finn?«

»Er war – nett.« Das war eine unzureichende Beschreibung, doch zugleich so neutral, dass sie zu keinen weiteren Fragen führte. Wenn sie ihn als charismatisch, charmant oder sexy beschrieb – was alles zutreffend gewesen wäre –, würde das Gespräch eine Richtung nehmen, in die sie nicht wollte.

»Die Gerüchte sind alle völlig falsch.«

»Das habe ich gemerkt. Wir haben uns gut unterhalten.«

»Worüber?«

Das Leben. Ihre Malerei. Kreativität. Hundert Dinge, über die sie seit Ewigkeiten nicht mehr gesprochen hatte.

»Nichts Besonderes.« Und er war nicht nur charismatisch, sondern vermutlich auch der weltbeste Zuhörer. »Sein Haus ist spektakulär.«

»Ich liebe vor allem den Garten. Und natürlich den Pool. Und diese schönen Hunde.«

»Ich hatte keine Ahnung, dass du ihn kennst. Warum hast du mir das nicht erzählt?«

Kathleen lachte. »Ich dachte, du würdest mir einen Vortrag halten, dass ich unpassende Freunde habe.«

Liza spürte einen unangenehmen Druck auf der Brust. War sie wirklich so schlimm?

»Es tut mir leid, dass du den Eindruck hast, mir nicht alles erzählen zu können. Wenn ich an dir herumnörgele, liegt das daran, dass ich dich liebe.« Sie wusste, dass Zuneigungsbekundungen ihrer Mutter unangenehm waren, doch sie hatte das Bedürfnis, es auszusprechen.

»Ich weiß, Liebes.«

Liza hielt den Atem an. Wartete. Hoffte. »Bist du noch da?«

»Ja, ich bin da.«

Doch sie würde den Satz nie erwidern.

Liza wusste, dass sie das längst hätte akzeptieren sollen. »Wie geht es Martha? Wo seid ihr jetzt? Es muss, warte …« Sie sah auf die Uhr. »Es muss zehn Uhr morgens bei euch sein?«

»Neun Uhr. Wir frühstücken gleich, bevor wir uns auf den Weg machen.«

Liza lächelte. »Es freut mich, dass ihr euch amüsiert. Übrigens hat diese nette Polizistin angerufen. Angesichts der Tatsache, dass dein Eindringling betrunken und reumütig war und offenbar keine Vorstrafen hat, hält sie es für unwahrscheinlich, dass du in der Angelegenheit aussagen musst.«

»Das war's also?«

»Scheint so.«

»Ach, gut. Armer Mann. Was machst du denn heute Nachmittag? Sage bitte nicht, dass du putzen willst.«

»Kein Putzen. Ich gehe mit meinem Skizzenbuch und den Malsachen zum Strand.« Jahrelang hatte sie keinerlei Drang verspürt zu malen, doch jetzt war er da. Sie freute sich so darauf, und die Freude wurde sogar noch größer, als ihre Mutter beifällig etwas murmelte.

»Versprichst du mir etwas? Was auch immer du malst, ich möchte, dass du mir ein Bild zurücklässt.«

»Warum?«

»Weil ich ein weiteres Bild meiner Tochter im Haus haben möchte.«

»Ein weiteres?«

»Es kommt zu den anderen, auch wenn du die natürlich schon vor langer Zeit gemalt hast. Vor zu langer Zeit. Du hast dieses Talent vernachlässigt.«

Ihre Mutter hatte ihre Bilder aufbewahrt? Liza wurde es warm ums Herz, und zugleich war sie wütend auf sich, dass sie so bedürftig war.

»Ich lasse dir ein Bild da.«

Sie erzählte nicht, dass Finn gefragt hatte, ob sie Auftragsarbeiten annahm, oder dass er Ende der Woche zum Abendessen kam. »Ich wollte dich etwas fragen – du erinnerst dich doch an diese alten DVDs von deinen Sendungen? Wo sind die? Kann ich sie ansehen?«

»Warum? Du warst doch nie interessiert an der Sendung. Du hast diesen Teil meines Lebens immer gehasst.«

Sofort waren die Schuldgefühle wieder da. Sie konnte schwerlich sagen, dass das Gespräch mit Finn in ihr den Wunsch geweckt hatte, die DVDs anzuschauen. Zu sehen, wie ihre Mutter damals gewesen war. »Ich war jung. Ich habe meine Mutter vermisst, das ist alles.«

Stille folgte, und sie fragte sich, was ihre Mutter dachte. »Bist du noch da?«

»Ja! Tut mir leid. Ich war abgelenkt. Die DVDs sind in meinem Arbeitszimmer. In dem Regal, glaube ich, hinter den Reiseführern. Der Schlüssel zum Arbeitszimmer liegt in der Nachttischschublade neben meinem Bett. Aber, Liza …«

»Was?«

»Räum nicht auf. Wirf nichts weg.«

»Das würde ich niemals tun.« Im Hintergrund hörte sie ein Klappern. »Was ist los?«

»Josh, der Held, hat uns Frühstück organisiert. Ist gerade serviert worden. Was für ein Festmahl!«

»Wer ist Josh?«

»Wir haben ihn gestern mitgenommen. Ein entzückender junger Mann und offenbar gut darin, Frühstück zu beschaffen.«

Liza atmete tief durch. »Ihr … ihr habt einen Fremden mitgenommen?«

»Ach, jetzt ist er kein Fremder mehr. Tatsächlich hätte ich ohne ihn …« Ihre Mutter brach ab.

»Hättest du was?«

»Nichts. Ich muss auflegen. Du weißt, ich kann kalten Haferbrei nicht leiden. Und Liza, wegen Finn …«

»Ja?«

»Manche der Gerüchte über ihn sind wahr. Er ist charmant und natürlich irrsinnig attraktiv, aber gerade bei Frauen eher auf der gefährlichen Seite. Sei vorsichtig.«

»Ich kann nicht glauben, dass du mir rätst, vorsichtig zu sein. Ihr habt einen Tramper mitgenommen!«

»Ich weiß. Ich möchte nur nicht, dass du etwas tust, das du später bereust.«

Warum sagte ihre Mutter das? Liza war seit ihrer Teenagerzeit mit Sean zusammen. Sie war noch nie an einem anderen Mann interessiert gewesen. Hatte ihre Mutter gespürt, wie verwirrt sie war?

Liza verabschiedete sich und legte das Handy beiseite. Bereuen? Im Moment hatte sie den Eindruck, dass sie eher das bereute, was sie nicht getan hatte, als das, was sie getan hatte. Und es gab keinen Grund, sich schuldig oder verlegen zu fühlen. Sie hatte Finn zum Abendessen eingeladen, das war alles. Unter den Umständen gehörte das zur nachbarschaftlichen Höflichkeit.

Es gab keinen Grund, warum sie ihrer Mutter davon hätte erzählen sollen.

14. KAPITEL

MARTHA

Springfield – Kansas – Tulsa

Martha stellte das voll beladene Frühstückstablett auf den Tisch und zog ihn dicht ans Bett, während Josh Kaffee einschenkte. Sie war dankbar für seine ruhige, aufmerksame Anwesenheit. »Warum hast du Liza nicht die Wahrheit gesagt?«

»Weil sie sich dann Sorgen machen würde. Sie erschien mir zum ersten Mal seit langer Zeit unbeschwert und nicht ängstlich. Sie ist allein in dem Cottage. Nimmt ihre Malutensilien mit zum Strand. Ich werde auf keinen Fall irgendwas sagen, das auch nur eine einzige Wolke an ihrem blauen Himmel aufziehen lässt.«

Martha hoffte, dass die Entscheidung richtig gewesen war. Sie fühlte sich nach dem gestrigen Abend noch immer durchgeschüttelt. Die Verantwortung lastete auf ihr. Wäre sie an Lizas Stelle, würde sie es erfahren wollen. Doch sie gehörte nicht zur Familie und hatte Kathleens Wünsche zu respektieren. »In Ordnung, aber du hast gehört, was der Arzt sagt. Du hast es gestern übertrieben. Zu viel Sonne, zu wenig Wasser. Du warst dehydriert. Ich mache mir Vorwürfe.«

»Warum? Ich bin alt genug, um zu entscheiden, ob ich durstig bin.«

»Offenbar nicht. Und heute werde ich dich alle halbe Stunde nötigen, etwas zu trinken.«

»Zählt Gin auch?«

»Nein.« Erleichtert, dass Kathleen wieder ganz sie selbst zu sein schien, füllte Martha frische Beeren in eine Schüssel. »Dieses Frühstück sieht köstlich aus, Josh. Wo hast du das alles aufgetan?«

»Ich habe die Küche überfallen. Nette Leute.« Er zog einen Stuhl ans Bett und setzte sich mit seinem Kaffee zu Kathleen. »Martha hat recht. Ich denke, Sie sollten heute Morgen nichts überstürzen, Kathleen. Gehen Sie es langsam an und schauen Sie, wie Sie sich später fühlen.«

Marthas Misstrauen ihm gegenüber war verflogen. Sie hatte mehr als einen Grund, dankbar zu sein, dass sie Josh Ryder in Devil's Elbow aufgegabelt hatten.

Josh hatte Kathleen aufgefangen, bevor sie zu Boden fallen konnte, und er hatte einen Arzt aufgetrieben, während Martha Kathleen zu Bett brachte.

Er schien die Dinge anzupacken, und darüber war Martha sehr erleichtert. Nicht auszudenken, wenn sie bei diesem Vorfall allein gewesen wäre. Kathleens Zusammenbruch hatte ihr fürchterlich Angst gemacht, und sie hatte sich verletzlich und einsam gefühlt.

Was, wenn Kathleen etwas zustieß? Sie hatte zwar an die Möglichkeit gedacht, doch es war ein Riesenunterschied, ob man sich ein Szenario vorstellte oder es erlebte.

Der Arzt hatte Kathleen gründlich untersucht, während Martha sich in Alarmbereitschaft hielt.

Beruhigt durch die Nachricht, dass es nur an Flüssigkeit und Ruhe mangelte, hatte sie darauf bestanden, dass Kathleen die Anweisungen des Arztes befolgte und den Rest des Abends im Bett verbrachte. Ihr Angebot, bei ihr zu bleiben, hatte Kathleen abgelehnt. Sie wollte lieber allein sein und schlafen. Martha hatte widerstrebend eingewilligt, den Abend in ihrem Zimmer nebenan zu verbringen.

Sie war davon ausgegangen, dass Josh sein eigenes Ding machen würde, doch er hatte darauf bestanden, Martha Gesellschaft zu leisten.

Zuerst hatte sie protestiert. »Ich brauche keinen Babysitter.«

»Wenn es Kathleen schlechter gehen sollte, kannst du dich um sie kümmern, während ich den Arzt hole.« Er hatte jede weitere Diskussion verweigert, und sie hatte ihn – insgeheim sehr froh über seine Hartnäckigkeit – als moralische Unterstützung akzeptiert und keinen großen Widerstand geleistet.

Durch die ganze Geschichte war das Eis zwischen ihnen gebrochen und die Barriere, die sie zwischen ihnen errichtet hatte, eingerissen.

Tatsächlich hatte er sie beeindruckt. Er hätte abhauen können, doch das hatte er nicht getan.

Die nächsten paar Stunden hatten sie Karten gespielt, und es war ihm gelungen, sie trotz ihrer Anspannung abzulenken und zum Lachen zu bringen.

Schließlich war er verschwunden, um Essen zu besorgen, und Martha hatte nach Kathleen gesehen.

Das hatte sie noch mehrmals in der Nacht getan, wobei sie die Taschenlampen-App ihres Handys nutzte, um Kathleens Zimmer leise zu betreten und wieder zu verlassen.

Als die ersten Sonnenstrahlen durch die Vorhänge drangen, war sie erleichtert. Die Dinge wirkten im Tageslicht weniger beängstigend und dafür überschaubarer.

»Was habt ihr zwei gestern Abend gemacht, als ich mich ausgeruht habe?« Kathleen nahm die Schüssel Beeren, die Martha ihr reichte. »Habt ihr euch schick gemacht und seid in ein nettes Restaurant gegangen?«

Dachte sie ernsthaft, sie hätten den Abend für ein Date genutzt?

Der Schock des Zusammenbruchs schien Kathleens Kuppelversuche nicht zu beeinträchtigen, und Martha wusste nicht, ob sie darüber amüsiert oder doch eher verzweifelt sein sollte. »Wir haben uns eine Pizza geteilt und Karten gespielt. Joghurt?« Sie reichte Kathleen einen Becher.

»Danke, Liebes. Das ist alles sehr köstlich und gesund, ich vermisse nur knusprigen Schinken.«

Josh trank seinen Kaffee aus. »Ich bin sicher, dass ich den besorgen kann.« Er ging hinaus. Kathleen stellte ihre Schale ab und griff nach Marthas Hand.

»Ich möchte mich entschuldigen. Du hast den Job nicht angetreten, um meine Krankenschwester zu sein. Du bist sehr freundlich, aber wenn du kündigen willst, verstehe ich das.«

»Kündigen? Auf keinen Fall. Mach dir keine Gedanken. Du musst was trinken.« Martha schenkte ihr ein weiteres Glas Wasser ein und sah zu, wie Kathleen daran nippte.

»In ein paar Minuten bin ich wie neu. Vor allem wenn Josh Schinken besorgt. Ist er nicht großartig?«

»Er ist eine große Hilfe.« Martha achtete darauf, nicht zu überschwänglich zu klingen für den Fall, dass Kathleen als Nächstes einen Hochzeitstermin festsetzen wollte. »Bist du sicher, dass ich Liza nicht anrufen darf? Ich glaube, sie würde wissen wollen, dass es dir nicht gut ging.«

»Was soll das bringen? Du würdest ihr einen weiteren Grund zur Sorge geben, und davon hat sie schon mehr als genug. Ich kann kaum glauben, dass sie tatsächlich allein in Oakwood ist. Du hast ja keine Ahnung, welch ein Fortschritt das ist, auch wenn ich ein bisschen beunruhigt bin, was das für sie und Sean bedeutet. Ich hoffe, der Mann kommt zur Vernunft. Meinst du, ich sollte ihn anrufen?«

»Nein, das meine ich nicht.« Als jemand, die das Ziel von Kathleens wenig subtilen Kuppeleiversuchen war, konnte Martha die Frage rasch beantworten. »Ich denke, du solltest das ihnen überlassen. Wie geht es dir? Sei ehrlich.«

»Es geht mir besser. Du hast den Arzt gehört, es ist nichts Ernstes.«

»Ärzte wissen nicht alles.« Martha schenkte Kathleen etwas Saft ein. »Weißt du, wie meine Diagnose lautet? Zu viel Einmischung in mein Liebesleben.« Erleichtert registrierte sie, dass Kathleen lächelte.

»Der Teil ist entspannend. Und sieh nur, wie gut ich darin bin. Ist er nicht perfekt? Ich habe ihn wegen seiner Schultern und seiner hübschen Augen ausgesucht, aber offensichtlich ist der Rest von ihm ebenso großartig.«

»Kathleen …«

»Wenn Josh mich nicht aufgefangen hätte, wäre ich vermutlich mit dem Kopf irgendwo gegengestoßen und hätte das Bewusstsein verloren. Ich kann seine Muskelkraft jetzt aus erster Hand beurteilen. Vielleicht solltest du in seiner Anwesenheit ohnmächtig werden, das könnte die Beziehung beschleunigen.«

»Oder sie beenden.«

»Ob er wohl Schinken mitbringen wird?«

»Bestimmt. Er scheint gut darin zu sein, Menschen dazu zu bringen, etwas für ihn zu tun.« Martha schenkte sich eine kleine Tasse Kaffee ein. Sie fragte sich, wie direkt sie sein sollte. »Hat dich das Gerede über die Vergangenheit aufgeregt, Kathleen?«

»Du hast doch den Arzt gehört – ich hatte nicht genug getrunken, das ist alles. Ich war zu sehr damit beschäftigt, unseren guten Josh zu unterhalten, denn du hast ihn ja angeschwiegen.«

»Ich habe mich aufs Fahren konzentriert. Und wenn du nicht aufhörst mit der Kuppelei, rufe ich Liza an.«

»Das ist Erpressung.«

»Stimmt. Hab ich von dir gelernt.« Martha trank einen Schluck Kaffee. »Ich überlege, ob wir hier noch einen weiteren Tag verbringen sollen. Ich könnte unsere Buchungen ändern.«

»Heute sind Kansas und Oklahoma dran. Es gibt keinen Grund, irgendwas zu ändern.«

War es klug weiterzufahren? Was, wenn Kathleen während der Fahrt einen Kreislaufkollaps erlitt und sie meilenweit vom nächsten Ort entfernt waren? Was, wenn sie wieder einen Arzt brauchten? Wie sollten sie den finden?

Josh kehrte mit Schinken zurück. Nachdem sie ihr Frühstück beendet hatten, gingen sie zurück auf die Zimmer, um ihre Sachen zu packen.

Martha holte Josh vor seiner Tür ein.

»Fährst du mit uns weiter?« Gestern noch wäre sie ihm eher über den Fuß gefahren, als ihm einen Platz im Auto anzubieten, doch das war vor Kathleens Zusammenbruch gewesen. Sein Verhalten in der Situation hatte ihre Meinung geändert.

»Martha«, sagte er sanft, »du wolltest mich auf dieser Reise nicht dabeihaben.«

»Das war gestern. Und das lag nicht daran, dass ich dich nicht mag. Es lag daran, dass …« Ach, es war so peinlich. Wenn sie ihm von Kathleens Kuppelversuchen erzählen würde, könnte sie ihm nie wieder in die Augen sehen. »Ich bin nicht gut mit Fremden. Ich brauche eine Zeit lang, um warm zu werden.«

Er musterte sie einen Moment. »Seit wir hier angekommen sind, hast du so ziemlich jedes Mitglied des Personals in ein Gespräch verwickelt. Wenn du noch wärmer werden würdest, wärst du eine Gefahr für den Planeten. Ich habe selten einen Menschen kennengelernt, der so freundlich ist wie du. Außer mir gegenüber.«

Okay, die Ausrede funktionierte also nicht.

Verzweiflung erfasste sie. »Du verstehst es nicht. Kathleen hat diese völlig falsche Vorstellung, dass ich ihre … ihre Hilfe brauche.«

»Hilfe?«

»Ich habe eine schlimme Trennung hinter mir.«

»Wie schlimm?«

»Na ja, es endete mit einer Scheidung, also ziemlich schlimm. Er hat mich betrogen.« Sie errötete. Warum erzählte sie das einem Fremden? »Ich musste von all dem wegkommen – mit all dem meine ich mein Leben –, und deshalb habe ich diesen Job angenommen. Kathleen hat mich irgendwie zum Reden gebracht, weil sie nun mal so ist, wie sie ist, und ich habe ihr die Wahrheit gesagt, und dann kam sie mit diesem lachhaften Plan, mich zu …«

»Dich zu was?«

»Mich zu verkuppeln, damit ich mein Selbstvertrauen zurückgewinne. Ich weiß, wie albern das klingt. Ich sage ihr das auch ständig.«

»Du meinst eine Rebound-Beziehung?«

Martha biss die Zähne zusammen. »Glaub mir, das war nicht meine Idee.«

»Und ich bin der Auserwählte?«

Sie hätte ihn fahren lassen sollen. »Sie fand, du hättest Potenzial. Lachst du etwa? Das ist nämlich nicht lustig.«

Er nahm die Sonnenbrille ab und rieb sich den Nasenrücken. »Das ist also der Grund, warum du gestern bei der Fahrt kein Wort mit mir gewechselt hast?«

»Ich war sauer auf sie. Und frustriert. Und peinlich berührt, falls du's herausbekommst. Und auch ein bisschen nervös, denn ich wusste ja nicht, dass du ein wirklich anständiger Kerl bist, der einen Arzt auftreiben kann und Essen und eine gute Flasche Wein – die war übrigens ein Lebensretter – und der insgesamt fantastisch ist. Ich weiß nicht, was ich getan hätte, wenn du nicht … Ich meine, ich hätte sie nicht so auffangen können wie du. Sie hätte sich den Kopf gestoßen. Sich verletzt.«

»Das sind viele Gefühle für eine einzelne Person.« Lächelnd legte er ihr eine Hand auf die Schulter. »Sie erholt sich wieder. Du hast den Doktor gehört – die Hitze, die Fahrt, Dehydrierung, Jetlag. Da kommt eins zum anderen, vor allem in ihrem Alter.«

»Ich hatte Angst. Und du warst toll. Ich hatte gestern keine Gelegenheit, mich richtig zu bedanken, deswegen danke ich dir jetzt.« Sie spürte seine Hand auf ihrer Schulter, warm und stark.

»Gern geschehen. Ich bin froh, dass es ihr besser geht, und ich hoffe, eure restliche Fahrt verläuft gut.«

»Aber das ist es ja – wenn du jetzt gehst, gibt sie mir die Schuld. Sie wird denken, dass ich dich loswerden wollte. Und das wird sie stressen. Sie scheint entschlossen, heute weiterzufahren. Kann ich dich überreden, mit uns zu fahren? Zumindest noch einen Tag?« Oder wollte er das auf keinen Fall? »Aber vielleicht willst du dir lieber eine coolere Mitfahrgelegenheit suchen, zumal du so lange keinen Urlaub hattest. Dieser ist vermutlich sehr speziell, und ich weiß, dass meine Fahrkünste nicht so doll sind. Ich habe nicht viel Erfahrung, wie du dir wahrscheinlich schon gedacht hast. Wenn wir dich in Chicago aufgegabelt hätten, hättest du noch mehr Grund zur Nervosität gehabt. Aber ich habe mich in den wenigen Tagen schon sehr verbessert. Wenn wir in Santa Monica ankommen, fahre ich hoffentlich routiniert. Jetzt denkst du wahrscheinlich, dass du dein Leben lieber nicht aufs Spiel setzen solltest. Was ehrlich gesagt nicht einer gewissen Ironie entbehrt, denn ich hatte Sorgen um unsere Sicherheit, wenn wir einen Fremden mitnehmen, wohingegen eigentlich du dir hättest Sorgen machen …« Die Worte erstarben, als er ihr einen Finger auf den Mund legte.

»Gestern konnte ich dich nicht zum Reden bringen, und heute bringe ich dich nicht um Aufhören.«

»Es würde Kathleen beruhigen, dich dabeizuhaben, und tatsächlich fahren wir in die gleiche Richtung.« Sie holte Luft. »Sag was.«

»Ich warte auf eine Gelegenheit.« Der Schalk in seinen Augen hob ihre Stimmung.

»Kommst du mit uns? Noch einen Tag. Danach kannst du gehen, wenn du uns satthast.«

»Darf ich was sagen? Ich habe eine Frage.«

Nervös verschränkte sie die Arme. »Schieß los.«

»Warum glaubte sie, dass ich perfekt sei für deine Rebound-Beziehung?«

»Das musst du sie selbst fragen. Weil du ein Mann bist und breite Schultern hast? Ihre Ansprüche schienen nicht so groß zu sein. Und nachdem sie mit der Idee rausgerückt war, warst du der erste Mann im richtigen Alter, der ihr über den Weg lief. Aber du brauchst dir keine Sorgen zu machen, ehrlich. Sie kann so viel kuppeln, wie sie will, und wenn sie sich dadurch besser fühlt, soll es mir recht sein. Du kennst jetzt die Wahrheit, und falls du Zweifel hast, kann ich dich beruhigen, dass du sicher bist. Ich bin im Moment nicht ansatzweise an irgendeiner Art von Beziehung interessiert, nicht einmal einer Rebound-Beziehung. Ich hab diesen Job angenommen, um von allem wegzukommen. Du hast keine Ahnung, wie sehr ich es genieße, keine emotionalen Verstrickungen zu haben.«

Er wirkte nachdenklich. »Also kennst du Kathleen gar nicht so gut?«

»Ich kenne sie seit knapp einer Woche.« Doch lustigerweise kam ihr das schon viel, viel länger vor. In der kurzen Zeit, die sie sich kannten, hatte Martha Kathleen Dinge erzählt, die sie niemand anderem erzählt hatte.

Woran lag das?

Sie sah zum Fenster hinaus auf den Fluss. Es lag daran, dass

Kathleen sich für sie interessierte und sie nie verurteilte. Nicht einmal wegen ihres unbeholfenen Fahrens hatte sie Martha je das Gefühl gegeben, eine Versagerin zu sein.

»Ihr geht so selbstverständlich miteinander um. Ich dachte, du seist ihre Enkelin.«

Martha spürte einen Stich. Die Zeit mit Kathleen hatte ihr vor Augen geführt, wie sehr sie ihre Großmutter vermisste. Und sie begriff, dass mit ihrem Leben alles in Ordnung war. Ihr Unglück hatte mit den Menschen zu tun, mit denen sie ihre Zeit verbrachte. Ihrer Familie. Steven. Sie würde nie so sein, wie sie sie haben wollten, und sie wollte auch gar nicht so sein.

»Wenn ich noch eine Großmutter haben könnte, würde ich sie wählen.« Mit ihrer Familie befand sie sich immer in Verteidigungshaltung und wappnete sich für Konflikte. Mit ihnen konnte sie nicht so reden, wie sie mit Kathleen redete.

Auf dieser Reise jedoch konnte sie einfach sie selbst sein und war so glücklich wie schon lange nicht mehr.

Josh lächelte. »Sie kann froh sein, dass sie dich als Fahrerin gefunden hat. Und jetzt verstehe ich, warum du hier bist – aber warum ist sie hier?«

»Auf der Route 66?« Martha zwang sich, sich auf das Gespräch zu konzentrieren. »Sie war natürlich viel auf Reisen – eine Pionierin. Aber das weißt du ja schon. Die Route 66 war wohl auf ihrer Wunschliste, denke ich.« Auch wenn sie sich allmählich fragte, ob Kathleens Reiseziel nicht auch etwas mit Ruth zu tun hatte. Sie hatte gesagt, sie wolle keinen Kontakt aufnehmen, doch sie fuhr nach Kalifornien und zog es daher doch zumindest in Erwägung, oder? Der Gedanke musste sie beschäftigen, vielleicht würde Martha ihr noch einmal gut zureden. Das war allerdings nichts, worüber sie mit Josh sprechen konnte. »Kommst du nun heute mit uns?«

»Es wäre mir ein Vergnügen.«

Die Erleichterung, die sie überkam, war so willkommen wie eine kalte Dusche an einem heißen Tag. »Danke, danke, danke.«

»Gern. Ich spreche mit der Rezeption, und helfe dir dann, das Gepäck einzuladen.«

Sie hätte ihn gern umarmt, doch nach dem Gespräch, das sie gerade geführt hatten, würde er die Geste möglicherweise missdeuten. Stattdessen entschied sie sich für einen kumpelhaften Stupser gegen den Oberarm.

»Oklahoma, wir kommen.«

Kathleen hat nicht unrecht, was seine Muskeln betrifft, dachte sie. Doch das bedeutete nicht, dass sie interessiert war.

Diese eine schlechte Entscheidung würde sie zur Abwechslung mal nicht treffen.

15. KAPITEL

LIZA

»Wir haben uns vor neunzehn Jahren das letzte Mal gesehen. Ist das zu glauben?« Angie saß mit einem großen Sonnenhut auf der Picknickdecke, wo sie sich nach einem erfrischenden – Liza hatte es eiskalt gefunden – Bad im Meer von der Sonne trocknen ließen.

Liza lag auf dem Rücken und starrte in den wolkenlosen blauen Himmel. Warum hatte sie so lange gebraucht, um das hier zu tun? Und welch ein Glück, dass ihre Auszeit mitten in eine Hitzewelle fiel.

Nach dem Gespräch gestern mit ihrer Mutter war sie an den Strand gegangen und hatte stundenlang gezeichnet und gemalt. Zuerst hatte sie die gähnende Leere des Blattes als einschüchternd empfunden, fast wie eine Anschuldigung. Sie hatte ein paar Striche mit dem Bleistift gezogen, und ihre Hand war steif und unsicher gewesen. Sie war ans Anleiten und Erklären gewöhnt, weniger daran, selbst etwas zu kreieren.

Doch wer würde es schon zu Gesicht bekommen? Zum Glück war der Strand praktisch leer, und niemand schien sich für sie zu interessieren, geschweige denn, ihr über die Schulter sehen zu wollen. Schließlich bewegte sich ihre Hand mit mehr Selbstvertrauen über das Papier, als hätte sie sich endlich erinnert, was zu tun war. Erst als ihr die Sonne zu viel wurde, hatte sie alle Utensilien in ihre Tasche gepackt und war nach Hause gegangen. Sie hätte in jedem Raum des Hauses weitermalen können, doch stattdessen hatte sie in einer der Küchenschubladen nach dem rostigen alten Schlüssel für das Sommerhaus unten im Garten gekramt. Inzwischen wurde es als Lagerschuppen genutzt, doch früher einmal war es Lizas Lieblingsort gewesen.

Das Schloss war ebenso rostig gewesen wie der Schlüssel, doch mit ein bisschen Öl und Fummelei hatte sie die Tür öffnen können. Das Sommerhaus hatte im Mittelpunkt ihrer kindlichen Fantasiewelten gestanden, erdacht, um sich in den langen Wochen ohne ihre Mutter die Zeit zu vertreiben. Es war ein Buchladen gewesen. Ein Krankenhaus. Ein Piratenschiff. Sie war ein wildes Kind gewesen, das in den Wäldern lebte. Eine Märchenprinzessin. Eine gute Hexe.

Und nun war sie eine Künstlerin.

Motiviert von ihrem Projekt, hatte sie die Spinnweben und die zerbrochenen Blumentöpfe beseitigt, eine dicke Staubschicht weggefegt und die trüben Fenster geputzt, damit das Licht ungehindert durch die Scheiben dringen konnte. Nach ein paar Stunden harter Arbeit hatte sie den Raum in etwas verwandelt, das man als Atelier bezeichnen konnte. Sie holte ihre alte Staffelei aus der hintersten Ecke der Garage ihrer Mutter und breitete ihre Farben auf dem Tisch aus. Pastellkreiden, Aquarellfarben, Ölfarben. Sie würde alles ausprobieren und sehen, was sie am meisten in den Bann zog.

Zu aufgeregt, um eine Pause einzulegen, lief sie kurz ins Haus, um sich aus den Resten des knusprigen Brotes aus dem Feinkostladen und ein paar dicken Schinkenscheiben ein Sandwich zu bereiten. Sie goss sich ein Glas kühlen Weißwein ein und nahm beides mit ins Sommerhaus.

Durch die geöffneten Fenster hörte sie den Vogelgesang im Garten und das gelegentliche Blöken der Schafe auf einem Feld hinter dem Haus.

Völlig vertieft hatte sie gemalt, bis es dunkel wurde. Schließlich hatte sie die Tür verschlossen, war zurück ins Haus gegangen und hatte einen Blick auf ihr Handy geworfen.

Zwei verpasste Anrufe von Sean und eine Textnachricht von Caitlin, die fragte, wie lange ein geöffnetes Paket Schinken haltbar war.

Nicht sehr lange, dachte sie. Bald würde sie ihnen berichten, wie es ihr ging, doch im Moment wollte sie sich auf sich selbst konzentrieren.

Erschöpft, aber glücklich war sie eingeschlafen, und nun saß sie hier am Strand mit ihrer ältesten Freundin und fragte sich, wie sie je den Kontakt hatten verlieren können. Wie so vieles in ihrem Leben war das schleichend geschehen, sie hatte die Veränderung zunächst gar nicht bemerkt. War es ihrer Mutter und Ruth ebenso ergangen?

»Neunzehn Jahre. Ich kann kaum glauben, dass es so lange her ist«, sagte Liza und streckte die Beine aus. Sie trug Shorts und ein T-Shirt, ihre Beine und Füße waren bloß. Seit sie sich erinnern konnte, gab es zum ersten Mal nichts, das an ihr zerrte. Keine innere Stimme mahnte sie, sie müsse dringend irgendwas erledigen. Was gut war, denn sie wollte einfach nur in der Sonne liegen und lauschen, wie sich die Wellen am Ufer brachen. Hoffentlich hielt die Hitzewelle noch lange an. »Es war bei unserer Hochzeit.«

»Ich weiß. Und euer Hochzeitstag war vor ein paar Tagen. Unglaublich, wie rasch die Zeit vergeht.«

Wie war es möglich, dass eine Freundin, die sie fast zwei Jahrzehnte nicht gesehen hatte, sich an ihren Hochzeitstag erinnerte, während ihr Mann ihn vergessen hatte?

»Es war heiß an dem Tag, erinnerst du dich? Meine Haare waren strähnig und mein Make-up glänzte.«

Angie nahm den Sonnenhut ab und legte sich neben sie. »Ich erinnere mich an jeden Moment. Und ich habe in meinem ganzen Leben niemals jemanden mehr beneidet.«

Liza sah sie an. »Warum hättest du mich beneiden sollen?«

»Weil mich niemals ein Mann so angesehen hat, wie Sean dich ansah.«

Lizas Herz machte einen Satz. »Es war der Tag unserer Hochzeit. Jeder Mann sieht seine Braut an diesem Tag so an.«

»Das stimmt nicht. Das war kein Hey-du-siehst-in-dem-Kleid-toll-aus-Blick oder so etwas. Sein Blick sagte, dass alles, was er je im Leben gewollt hatte, direkt vor ihm stand. Das war ein Blick, wie man ihn eher aus Liebesromanen als aus dem echten Leben kennt.« Angie seufzte. »Sean war ein unglaublich attraktiver Kerl. Intelligenz und gutes Aussehen – immer eine umwerfende Kombination. Die Frauen haben sich fast die Beine ausgerissen, um seine Aufmerksamkeit zu erregen, aber er hat keine andere überhaupt nur wahrgenommen. Nur dich. Das war eine der wenigen Hochzeiten, bei denen man wusste, dass das Paar wirklich zusammenbleiben würde, egal wie lange es sein würde. Wer träumt nicht davon?«

Trauer und Nostalgie überkamen Liza. Angie hatte nicht unrecht. Das Einzige, was sie von jenem Tag noch in Erinnerung hatte, war Sean. Er war ihr Mittelpunkt gewesen, und das war er in all den folgenden Jahren geblieben. Anfangs hatte sie es kaum fassen können, war schwindelig vor Glück gewesen. Selbst als diese erste Euphorie nachließ, war sie immer noch äußerst zufrieden gewesen mit ihrem Leben.

Sie hatten die Höhepunkte gefeiert und die Tiefen miteinander durchgestanden. Sie hatten gelacht, sich umarmt, geredet, zugehört, viel Sex gehabt und Pläne für die Zukunft geschmiedet. Sie teilten so viel gemeinsame Geschichte, doch irgendwo auf diesem Weg hatte das Leben ihre Verbindung geschwächt. Sie hatten vergessen, ein Paar zu sein. Wie war das passiert?

»Schade für dich, dass Sean sich dieses Mal nicht freimachen konnte, aber für mich ist es ein Vergnügen.« Angie setzte sich auf und strich sich Sand von den Beinen.

Liza überkam ein schlechtes Gewissen, dass sie nur an sich dachte. »Ich wusste nicht einmal, dass du wieder hergezogen bist.«

»Ich bin erst seit sechs Monaten hier und ging am Anfang nicht so viel aus. Ich tat mir selbst zu leid. Du weißt, wie das Dorfleben ist. Ich wollte nicht, dass die Leute Fragen stellen.«

»Wie hat Poppy es aufgenommen?«

»Dass ihr Vater eine Affäre hatte, war ihr peinlich – kein Teenager möchte sich seine Eltern beim Sex vorstellen, erst recht nicht mit einer Person, die nicht so viel älter ist als man selbst. Sie hat monatelang nicht mit ihm gesprochen. Das war schwierig, weil ich versuchte, eine gute Mutter zu sein und nichts Schlechtes über ihn zu sagen. Ich habe die Zähne so fest zusammengebissen, dass ich fast einen Zahnarzt gebraucht hätte.« Angie holte Sonnencreme aus ihrer Tasche und verteilte sie auf der Haut. »Wir haben uns durchgewurstelt. Poppy hatte schon einen Collegeplatz an der Ostküste, aber Weihnachten kam sie nach Hause. Im Februar eröffnete uns John dann, dass das Baby unterwegs war.«

»Ach, Angie …« Liza zog sie in die Arme.

»Es tat weh, was keinen Sinn ergab, weil ich ihn auch dann nicht zurückgenommen hätte, wenn er mich angebettelt hätte. Wie auch immer, erzähl mir von dir. Sean ist jetzt ein berühmter Architekt? Ihr lebt in einer herrlichen Villa in London, mit Glas überall?«

Liza vergrub die Zehen im Sand. »Keine Villa, aber tatsächlich hat Sean das Beste aus dem Haus herausgeholt. Vor ein paar Jahren hat er die Küche erweitert und, ja, eine Menge Glas dafür eingesetzt. Sie ist jetzt ein wundervoller Familienraum, der sich zum Garten hin öffnet.«

»Und ihr beide seid noch verheiratet und glücklich. Siehst du? Ich wusste es.«

Acht Anzeichen, dass Ihre Ehe gefährdet ist.

Wie konnte sie mit Angie darüber reden, wenn sie noch nicht einmal mit Sean darüber gesprochen hatte?

Mit ihm sollte sie reden. Und das würde sie. Sie würde es tun.

»Liza?« Angies Stimme brachte sie in die Gegenwart zurück.

»Tut mir leid. Ich war geistesabwesend.«

»Du hast von Sean geträumt.« Angie stupste sie in die Seite. »Schön zu wissen, dass es auch nach zwanzig gemeinsamen Jahren noch Sehnsucht nacheinander gibt. Wann kommt er? Ich würde ihn gern wiedersehen.«

»Wir haben keine festen Termine ausgemacht. Er steckt mitten in einem großen Projekt, und es ist schwierig für ihn, sich loszueisen. Und die Mädchen haben allerlei Sommer-Aktivitäten …« Das war nicht gelogen, und mehr wollte sie dazu nicht sagen.

»Ihr zwei seid eine Inspiration. Weißt du, was verrückt ist? Trotz allem träume ich davon, noch mal jemand Besonderes kennenzulernen.«

»Das ist gut.« Auch wenn sie nicht sicher war, ob sie für jemanden eine Inspiration sein wollte. Es war ihr unangenehm, Angie in dem Glauben zu lassen, dass sie die perfekte Ehe führte.

Angie schlüpfte wieder in ihre Sandalen. »Nach allem, was geschehen ist, sollte ich verbittert sein und alle Männer hassen, aber so empfinde ich nicht. Das Leben ist zu kurz und zu kostbar, um auch nur einen Moment mit Bitterkeit zu verschwenden, meinst du nicht auch? Es ist nicht so, dass ich jemanden brauche – ich bin finanziell unabhängig und habe ein Haus, klein, aber mein. Ich habe Freunde, einen Job und Hobbys. Ich kann gut allein sein. Aber ich möchte mein Leben lieber mit jemandem teilen, der mich liebt und den ich liebe. Ich wünsche mir jemanden, der sich für mich interessiert und der wissen will, wie mein Tag war.«

Liza schluckte. Das wollte sie auch.

Sie dachte an Finn und wie es sich angefühlt hatte, als er ihr zuhörte. Kommunikation war so wichtig für Intimität. Irgendwie hatten sie und Sean im Lauf der Zeit es versäumt, auf anderen Ebenen als nur der Oberfläche zu kommunizieren.

»Ich bin sicher, dass du ihn finden wirst.«

»Vielleicht.« Angie musterte Liza. »Schau nicht so besorgt. Mein desaströses Liebesleben ist nicht ansteckend. Du und Sean, ihr seid ein Paar für die Ewigkeit.«

Liza erhob sich rasch. »Es ist heiß, und wir holen uns beide einen Sonnenbrand. Lass uns zurück zum Haus gehen.«

Angie stand ebenfalls auf. »Wie wäre es, wenn ich uns Freitag ein Abendessen koche?«

Am Freitag hatte sie Finn eingeladen. Noch etwas, das sie Angie nicht erzählen wollte, und das nicht nur, um Finns Privatsphäre zu schützen.

»Am Freitag kann ich nicht. Wie wäre es mit morgen?«

»Morgen geht.« Angie hängte sich ihre Tasche über die Schulter, und sie gingen über den Sand zurück zu dem Pfad, der über die Felder nach Oakwood Cottage führte. »Wusstest du, dass Finn Cool hier in der Gegend wohnt?«

»Mhm?« Sie war nicht daran gewöhnt, ausweichend zu reagieren. Wie machte ihre Mutter das?

»Poppy ist fast durchgedreht, als sie davon hörte. Ich hoffe immer noch, dass ich ihm im Supermarkt über den Weg laufe, auch wenn ich davon ausgehe, dass er Personal hat und sich nicht mit Normalsterblichen abgibt.«

Liza dachte daran, wie freundlich er gewesen war. Und wie er ihrer Mutter geholfen hatte. »Es muss schwer sein, ein normales Leben zu führen, wenn man prominent ist.«

Als sie das Haus erreichten, suchte Angie in ihrer Tasche nach dem Autoschlüssel.

»Vermutlich hast du recht. Aber falls du ihm zufällig über

den Weg läufst, sag ihm, dass ich zu haben bin.« Lachend öffnete sie die Wagentür und warf ihre Tasche auf den Beifahrersitz. »Danke für das Picknick. Das hat Spaß gemacht.«

Liza winkte ihr nach und steuerte dann direkt aufs Sommerhaus zu. Sie konnte es kaum erwarten, sich wieder ihren Bildern zu widmen.

Der Nachmittag verging wie im Flug, und erst der Hunger trieb sie schließlich wieder ins Haus.

Ihre Haare waren klebrig vom Bad im Meer, und sie hatte vor zu duschen, doch zuerst wollte sie ein paar Folgen der *Summer Seekers* sehen.

Sie machte sich einen kleinen Imbiss, fand im Schlafzimmer ihrer Mutter den Schlüssel zum Arbeitszimmer und schloss die Tür auf.

Der Raum war vollgestopft. An zwei Wänden standen deckenhohe Bücherregale. Die anderen Wände waren mit Landkarten bedeckt. Zwei große Fenster ließen Licht herein und machten den Staub sichtbar, der reichlich vorhanden war. Auf dem Schreibtisch in der Ecke stapelten sich weitere Landkarten, Reiseführer und Papierberge.

Und dort, auf einem Sonderplatz, stand ihr Kunstpokal.

Ihre Mutter hatte ihn dort hingestellt, wo sie ihn immer sehen konnte.

Liza musste schlucken. Sie hatte ja keine Ahnung gehabt. Sie kam nie in dieses Zimmer.

Sie strich sanft über den Pokal und erinnerte sich, wie ihre Mutter damals im Publikum saß und applaudierte.

Sie hatte sich so sehr gewünscht, ihre Mutter möge liebevoller sein, doch am Ende ging es nicht um das, was man sagte, sondern um das, was man tat. Sie hätte den Pokal nicht behalten, wenn sie nicht stolz auf sie gewesen wäre, oder?

Liza konzentrierte sich auf die Regale. Sie fand die Reiseführer, nicht aber die DVDs.

Sie zog die große Schreibtischschublade auf, und dort lagen sie.

»Aha!« Sie holt sie heraus und wollte die Schublade gerade wieder schließen, als ihr etwas Glitzerndes ins Auge fiel. Sie fasste in die Schublade und ergriff einen Ring. Der Stein war riesig. Das konnte kein echter Diamant sein. Oder doch?

Sie nahm ihn vorsichtig hoch. Er musste falsch sein.

War er falsch?

Sie drehte ihn hin und her.

Wer hatte ihn ihrer Mutter gegeben? Dies war nicht ihr Verlobungsring. Der Verlobungsring ihrer Mutter hatte einen Smaragd, und sie trug ihn ständig.

Dieser Ring hatte neben einem Stapel Papiere gelegen, die von einer Schnur zusammengehalten wurden.

Als sie die Schublade weiter aufzog, entdeckte sie, dass es sich um Briefe handelte. Der Poststempel war von Kalifornien, und die ältesten stammten aus den frühen Sechzigerjahren. Ihre Mutter war damals Anfang zwanzig gewesen.

Warum hatte sie sie nicht geöffnet? Gab es einen Grund, dass die Briefe und der Ring beieinanderlagen, oder war das nur Zufall?

Als ihr Handy klingelte, hätte sie die Briefe fast fallen gelassen.

Sie steckte sich den Ring vorerst auf den Finger, legte die Briefe in die Schublade zurück und schloss das Arbeitszimmer wieder ab. Erst dann ging sie ans Telefon.

Es war Sean.

»Ich habe dich den ganzen Tag angerufen. Wo warst du?«

»Ich war draußen. Ich hatte mein Handy vergessen.«

»Du vergisst dein Handy nie.«

Neuerdings tat sie einiges, was sie normalerweise nicht tat.

»Ich war beschäftigt.« Sie setzte sich im Schlafzimmer ihrer Mutter auf die Bettkante. Der Ring fühlte sich schwer an ihrem Finger an. Bedeutete das, dass der Stein echt war? Wenn er echt war, musste er wertvoll sein. Sicherlich würde nicht einmal ihre Mutter einen wertvollen Ring in der Schublade liegen lassen.

»Beschäftigt womit?« Sean klang müde. »Caitlin dreht gerade durch, weil sie ihr weißes T-Shirt gewaschen hat, das offenbar kostbar ist, und ich einen roten Putzlappen in der Maschine liegen gelassen hatte.«

Liza beobachtete, wie ein Specht auf dem Apfelbaum landete. »Ich habe ihr gesagt, dass sie vor jeder Wäsche prüfen soll, ob die Maschine wirklich leer ist.«

»Nun ja, offenbar ist es mein Fehler, weil ich es hätte bemerken sollen. Mädchen sind anstrengend. Alice' Haarfestiger ist ausgelaufen, und sie sagte, das sei eine Tragödie. Ich hab sie darauf hingewiesen, dass dies wohl kaum in die Rubrik Tragödie passe. Bevor sie mir die Tür vor der Nase zuschlug, sagte sie noch, dass ich das unmöglich verstehen könne. Das Badezimmer riecht so intensiv nach Haarspray und Parfum, dass ich kaum atmen kann. Wann kommst du zurück? Wie viel Aufmerksamkeit braucht Popeye noch?«

»Ich bleibe nicht wegen Popeye, ich bleibe wegen mir. Ich brauche eine Auszeit.« Damit kam sie dem Eingeständnis, dass etwas nicht stimmte, am nächsten.

»Eine Auszeit? So wie ich dich kenne, hast du seit deiner Ankunft vermutlich ohne Pause gearbeitet.«

Kannte er sie? Oder nahm er einfach an, dass sie dieselbe Liza wie immer war? Niemand blieb sein Leben lang unverändert, oder? Dinge passierten. Das Leben passierte. Und jedes Vorkommnis und jede Erfahrung veränderten einen ein kleines bisschen. Wenn man lange mit jemandem zusammen war, sah man vielleicht immer das Alte und nicht das Neue. Es war wichtig, in Kontakt zu bleiben. Einander zuzuhören.

Bei ihrer Mutter hatte sie das nicht getan.

Sie war davon ausgegangen, dass ihr das Haus zu viel und ein Umzug das Beste sei. Sie hatte nicht gefragt: Was möchtest du? Hatte nicht zugehört. Stattdessen hatte sie einen Plan vorgelegt, der ihr vernünftig vorkam, ohne die betroffene Person überhaupt einzubeziehen.

Sie hatte geglaubt, ihre Mutter zu kennen, doch die ungeöffneten Briefe und der Ring in der Schublade machten ihr deutlich, dass sie vieles nicht wusste. Sie war nur ein Teil des reichen und vielfältigen Lebens ihrer Mutter.

Liza hatte gedacht, sie hätte alle Antworten, doch jetzt begriff sie, dass sie nicht die richtigen Fragen gestellt hatte.

Schuldbewusst stand sie auf und trat ans Fenster.

»Im Haus habe ich nicht viel gemacht.« Außer dass sie etwas gefunden hatte, von dem sie ziemlich sicher war, dass es nicht für ihre Augen bestimmt gewesen war.

»Wir sollten es vermutlich von Profis ausräumen lassen, wenn sie sich endlich entscheidet, es zu verkaufen.«

Liza sah hinaus in den Garten, auf die bunten Blumen in den Töpfen im Innenhof. Der Ort war eine Idylle. Der Gedanke, nie wieder in diesem Zimmer zu stehen, nie wieder über die Felder zum Meer zu laufen, nie wieder die kühle Abendluft auf ihrer Haut zu spüren, war kaum zu ertragen. »Ich glaube, sie sollte es nicht verkaufen.«

»Tatsächlich? Warum hast du deine Meinung geändert?«

»Ich hatte Zeit nachzudenken.« Über viele Dinge.

»Gut. Dein Leben ist eine furchtbare Hetze. Zum Glück fahren wir in ein paar Wochen nach Frankreich. Dort wirst du dich erholen können.«

Würde sie das?

»Frankreich bedeutet viel Arbeit für mich, Sean.«

»Was meinst du? Das sind wunderbare Familienferien, die wir seit Jahren machen. Du liebst es. Wir haben immer eine erholsame Zeit.«

Zumindest einen Teil der Wahrheit musste sie jetzt aussprechen. »Ihr habt eine erholsame Zeit, weil ich die Organisation übernehme. Für mich bleiben ungefähr zwei Stunden Entspannung am Tag, wenn ihr im Wasser seid. Hier habe ich Zeit für mich, unbegrenzt. Ich bleibe noch eine Weile. Ich muss einige Dinge in Ordnung bringen.«

Eine Pause folgte. »Ist alles okay, Liebling?«

Kurz stockte ihr der Atem. Die Wärme und Güte in seiner Stimme erinnerten sie an den alten Sean. Dies war die Gelegenheit, ihm die Wahrheit zu sagen. Ihm offen von all ihren Gefühlen zu erzählen. Doch war es gut, ein solches Gespräch am Telefon zu führen?

Nein. Sie mussten persönlich miteinander reden. Sie würde es tun, aber jetzt noch nicht.

»Ich bin müde, das ist alles.«

»Nach einem Wochenende mit den Zwillingen und ohne Hilfe kann ich das verstehen.« In seiner Stimme lag Humor. »Ich werde einen ganzen Monat brauchen, um mich zu erholen. Was ist mit dir? Was hast du gemacht, wenn du nicht das Haus ausgeräumt hast?«

Sie dachte an Finn. An ihren Einkaufsbummel. Den Nachmittag in ihrem neuen Atelier.

Sie wusste nicht, warum, aber sie war noch nicht bereit, Sean davon zu erzählen.

Sie sah zu den DVDs. »Ich habe versucht, ein bisschen mehr über meine Mutter herauszufinden. Ich glaube, ich habe nicht genug darauf geachtet, wer sie ist und was sie möchte. Ich will mir ihre alten Sendungen ansehen.« Sie sagte nichts von den Briefen, die sie gefunden hatte. Auch nichts davon, dass sie wieder malte. »Ich bin Angie über den Weg gelaufen.«

»Deiner alten Freundin Angie? Von unserer Hochzeit? Was tut sie dort?«

»Sie und John haben sich scheiden lassen, und so ist sie hierher zurückgezogen. Wir haben heute am Strand gepicknickt.« Sie ließ unerwähnt, dass Angie sie für das Beispiel einer perfekten Beziehung hielt.

»Klingt nett. Ich muss los – ich habe Caitlin versprochen, dass ich zumindest versuche, ihr weißes Shirt zu retten.«

Sie taten es wieder. Sie sprachen über das Leben und die Kinder. Nicht über sich.

Doch immerhin hatte er wissen wollen, ob es ihr gut ging. Sie war ihm wichtig genug, dass er sie danach fragte.

Sie dachte daran, was Angie über ihren Hochzeitstag gesagt hatte, und verspürte einen Anflug von Angst. Sie waren so glücklich gewesen. Tränen stiegen ihr in die Augen. »Sean …«

»Viel Spaß. Ich ruf dich morgen wieder an«, sagte er noch und legte auf.

Sie widerstand der Versuchung, ihn zurückzurufen. Stattdessen legte sie den Ring in die Schublade im Arbeitszimmer zurück, nahm die DVDs und ging hinunter ins Wohnzimmer.

Sie bereitete sich einen Tee mit frischer Pfefferminze aus dem Garten, legte die DVD mit den ersten Sendungen ihrer Mutter ein und machte es sich auf dem Sofa bequem.

Die *Summer Seekers* war eine der ersten Reiseshows gewesen, und ihre rasche Popularität hatte sogar die Erfinder überrascht. Sie war fast zwei Jahrzehnte gelaufen, mit Kathleen als dem Gesicht der Sendung.

Während sie die einzelnen Folgen abspielte, sah sie ihre Mutter so, wie andere sie vermutlich gesehen hatten – als begeisterte Enthusiastin, die die Welt erkunden und ihre Entdeckungen mit anderen teilen wollte.

Die Sendung war naturgemäß etwas angestaubt, und unter anderen Umständen hätte sie sich vielleicht über die Kleidung, die Sprache und die vorgestellten Orte amüsiert, doch sogar heute noch strahlte die Show eine Energie aus, die die hohen

Einschaltquoten verständlich machte. Sie war ambitioniert gewesen und dennoch zugänglich. Ihre Mutter riss das Publikum mit, bis man das Gefühl hatte, man wäre mit ihr unterwegs und lachte mit ihr.

In vielerlei Hinsicht hatte Kathleen sich kaum verändert. Ja, sie hatte mehr Falten, und sie trug ihr Haar jetzt kürzer, doch ihre blauen Augen funkelten noch mit der gleichen Entschlossenheit und der gleichen Neugier aufs Leben.

Wie hatte sie jemals glauben können, dass ihre Mutter in einem Seniorenheim zufrieden sein könnte?

Liza sah sich mehrere Folgen an und ging dann zu den Regalen, wo die Fotoalben standen. Sie stapelte sie neben dem Sofa auf dem Boden und blätterte eins nach dem anderen durch.

Die Fotos zeigten die Lebensgeschichte ihrer Mutter, von der Kindheit über die Collegezeit bis in ihre frühen Zwanziger, die Zeit, die Liza im Moment am meisten interessierte.

Als sie das Foto von Ruth erreichte, hielt sie inne.

Ruth und ihre Mutter hatten sich offensichtlich nahegestanden. Warum hatten sie den Kontakt verloren?

Sie und Angie hatten sich nicht zerstritten. Es war eher so, dass das Leben sie auseinandergetrieben hatte und sie sich nicht genug bemüht hatten, wieder zusammenzukommen. Wahrscheinlich war ihrer Mutter und Ruth das Gleiche passiert.

Die Briefe waren in Kalifornien abgeschickt worden. Bedeutete das, dass sie von Ruth waren?

Sie legte das Album zur Seite und dachte an sich und Sean.

Nicht alle Beziehungen endeten abrupt. Manche gingen schleichend zu Ende. Auf gewisse Weise war das gefährlicher, weil man es im Stress des Alltags vielleicht nicht bemerkte.

Sie fühlte sich schuldig, dass sie Sean nicht gebeten hatte, zu ihr zu kommen. Und noch schuldiger, als sie sich eingestand, dass sie ihn gar nicht hier haben wollte.

Sie war ein Familienmensch. Ihre Familie bedeutete alles für sie.

Und doch saß sie hier, so glücklich wie schon lange nicht mehr.

Allein.

Was hatte das also zu bedeuten?

16. KAPITEL

KATHLEEN

Oklahoma – Amarillo, Texas

Kathleen saß auf dem Rücksitz, die Sonnenbrille verdeckte ihre Augen. Es war ein heißer Tag, und Martha hatte darauf bestanden, das Dach zu schließen und die Klimaanlage anzustellen, sodass es herrlich kühl war im Wagen.

Sie starrte aus dem Fenster und sog die Landschaft in sich ein. Wie hatte die Route 66 wohl zu ihrer Blütezeit ausgesehen? Was mochten die ersten Reisenden wohl auf dieser Straße erlebt haben? Auf jeden Fall war ihre Fahrt nicht so bequem gewesen, so viel stand fest.

»Geht es dir gut dort hinten, Kathleen?« Martha blickte in den Rückspiegel, und Kathleen setzte ein beruhigendes Lächeln auf.

»Ganz wunderbar.«

Sie hatte sich schon deutlich besser gefühlt, doch Martha machte sich bereits genug Sorgen. Und wenn sie zugab, wie sie sich wirklich fühlte, würde das jede Menge Fragen nach sich ziehen, die sie nicht beantworten wollte. Sie war nie jemand gewesen, die andere an ihren Gefühlen teilhaben ließ. Und wie konnte sie andere an etwas teilhaben lassen, das sie selbst nicht verstand?

Ihr Kreislaufkollaps hatte sie aufgeschreckt. Was, wenn es das gewesen wäre? Sie wäre gestorben, ohne zu wissen, was in diesen Briefen stand. Vielleicht wäre das gut gewesen. Was, wenn der Inhalt sie aufwühlte? Die Ereignisse jenes Sommers hatten sie geprägt. Sie hatte die schwerste Entscheidung ihres Lebens getroffen und aufrichtig geglaubt, das Richtige zu tun.

Doch was, wenn diese Briefe etwas anderes sagten? Ohne sie zu öffnen, würde sie es nie wissen.

Warum hatte sie sie nicht verbrannt? Wenn ihr auf dieser Reise etwas zustieß, würde jemand anders sie öffnen.

Sie malte es sich aus. Hände, die verschlossene Umschläge aufrissen. Neugier. Vielleicht Bestürzung. Enthüllungen. Es wären vermutlich Lizas Hände. Sie würde die Briefe im Traum nicht fortwerfen, ohne sie zu lesen. Es könnte ja etwas Wichtiges drinstehen. Das würde nicht zu ihrem Verantwortungsgefühl passen.

Die Geheimnisse ihrer Vergangenheit würden auf eine Weise aufgedeckt, die sie nicht unter Kontrolle hatte. Nach und nach würde sich ein Bild ergeben. Doch egal, was drinstand, diese Briefe erzählten nur einen Teil der Geschichte.

Kathleen kannte ihren Anfang, jedoch nicht das Ende. Es konnte alle möglichen Enden geben. Der einzige Weg, es herauszufinden, bestand darin, diese Briefe zu lesen.

Der Gedanke daran verursachte ihr körperliches Unwohlsein. Sie rutschte unbehaglich auf ihrem Sitz hin und her.

Brian war der einzige Mensch gewesen, der die Wahrheit gekannt hatte. Er war der einzige Mensch gewesen, mit dem sie alles geteilt hatte, und selbst bei ihm hatte es Zeit und gutes Zureden gebraucht, bis sie sich ihm öffnen konnte.

Ihr Herz schmerzte. Wie sehr sie ihn vermisste. Seinen trockenen Humor. Seine ruhige Art und die klugen Ratschläge. Er war seit fünf Jahren tot, und noch immer ertappte sie sich dabei, wie sie sich nachts umdrehte, um mit ihm zu sprechen.

Zu niemandem war sie so offen gewesen wie zu Brian. Anderen gegenüber hatte sie einen Schutzwall aufgebaut, der nicht zu durchbrechen gewesen war.

Bis jetzt.

Sie hatte ein schlechtes Gewissen, dass sie Martha von ihrer Vergangenheit mehr erzählt hatte als ihrer eigenen Tochter.

Vor ihr diskutierten Martha und Josh darüber, wo sie zum Lunch halten und was sie essen sollten.

»Seewolf und knusprige Kartoffelkroketten«, sagte Josh, und Martha verzog das Gesicht.

»Ich weiß nicht mal, was das ist.«

»Das ist eine traditionelle Oklahoma-Mahlzeit. Man wälzt den Fisch in Mehl und frittiert ihn. Köstlich.«

Martha schüttelte den Kopf. »Ich bin nicht überzeugt. Um ehrlich zu sein, bin ich keine große Fischesserin. Und ein Wolfsfisch führt mich nicht in Versuchung, das zu ändern.«

»Wie wäre es mit einem Zwiebelburger? Während der Großen Depression hat man das Fleisch mit Zwiebeln gestreckt, und diese Sparversuche haben einen der köstlichsten Burger hervorgebracht.«

»Das klingt besser als Seewolf.«

»Ich nehme Seewolf, und du kannst ihn probieren. Man sollte alles einmal probiert haben.«

»Das dachte ich über die Ehe auch, und sieh dir an, wie es gelaufen ist.«

»Du fährst auch zum ersten Mal die Route 66, und das läuft ganz gut, oder?«

Kathleen bemerkte, wie Martha ihm zulächelte.

Nach dem Drama vom Abend zuvor schienen die beiden einander nähergekommen zu sein. Offenbar hatte ihr kleiner Kollaps sie auf eine Weise zusammengebracht, wie ihre plumpen Kuppeleiversuche es nicht vermocht hatten.

Ach, wie gut sie sich an diese Zeit des Flirtens erinnerte, wenn die Luft förmlich vibrierte vor sexueller Spannung und Erwartung.

Mochte ihr eigenes Leben auch ein verworrenes Chaos sein, das von Martha schien sich hoffnungsvoll zu entwickeln. Der Gedanke heiterte sie auf.

Sie konzentrierte sich darauf, um ihre eigenen Gefühle wieder in den Griff zu bekommen.

»Wie geht es dir, Kathleen?« Martha sah in den Rückspiegel und stellte wieder die Frage, die sie seit ihrer Abfahrt vom Motel mindestens schon zehn Mal gestellt hatte.

»Ich lebe«, sagte Kathleen. »Ich habe meinen Puls gefühlt, um sicher zu sein. Du kannst beruhigt weiterfahren.«

Martha grinste. »Du klingst wieder ganz wie du selbst. Meinst du nicht, Josh?«

»Ja.« Er drehte sich um. »Wenn Sie eine Pause brauchen …«

»… werdet ihr es als Erste erfahren.«

Guter Junge. Auch wenn das Wort Junge wohl kaum die passende Beschreibung war. Josh war ein Mann, und zwar ein Prachtexemplar von Mann.

Genau wie Martha war sie froh, dass er sich entschieden hatte, doch mitzufahren, und das nicht nur, weil sie auf eine kleine Romanze für Martha hoffte. Josh hatte sich als zuverlässig und tatkräftig erwiesen. In mancherlei Hinsicht erinnerte er sie an Brian, auch wenn Josh einen Antrieb und einen Ehrgeiz zu haben schien, die ihrem Mann gefehlt hatten.

Sie hatte das nicht gestört. Ihr Antrieb und Ehrgeiz hatte für sie beide gereicht.

Nach Adam hatte sie außer Brian niemanden mehr so dicht an sich herangelassen, und ihr Job hatte ihr diese Haltung leicht gemacht, was vielleicht ein Grund dafür war, warum sie ihn ergriffen hatte. Auch vor *Summer Seekers* war sie schon beruflich durchs Land gereist.

Und nun war sie wieder unterwegs und grübelte über die Vergangenheit nach. Vielleicht gehörte das zum Alter, dass die Vergangenheit wichtiger schien als die Zukunft.

Sie hielten zum Lunch an einem an der Straße gelegenen Diner, doch Kathleen hatte keinen Hunger.

Selbstverständlich entging das Martha nicht.

»So geht das nicht. Du musst etwas essen.«

»Ich hatte ein großes Frühstück.«

»Du isst jeden Tag ein großes Frühstück, und das hat dir noch nie den Lunch-Appetit verdorben. Sollen wir dir was anderes bestellen?« Martha war offensichtlich entschlossen, Theater zu machen, und Kathleen warf ihr einen – wie sie hoffte – vernichtenden Blick zu.

»Wenn ich etwas anderes möchte, kann ich es selbst bestellen.«

»Ich weiß.« Martha, die nie so leicht zu vernichten war, strahlte sie an. »Aber ich dachte, ich erspare dir die Mühe.«

Um einer weiteren Diskussion zu entgehen, aß Kathleen ein paar Gabeln voll Salat.

Josh entschuldigte sich, um auf Toilette zu gehen, und Martha beugte sich vor.

»Ich habe nachgedacht …«

»Sollte mich das nervös machen?«

»Du könntest Liza bitten, die Briefe zu öffnen. Dann wüsstest du, was drinsteht.«

Es beunruhigte sie ein bisschen, dass Marthas Gedanken die gleiche Richtung genommen hatten wie ihre. »Dann würde Liza ebenfalls wissen, was drinsteht.«

»Warum nicht? Warum sollte sie das nicht wissen? Du sagtest, ihr seid euch nicht nahe. Klingt, als ob du es gerne wärst. Vielleicht gefällt es ihr, wenn du sie einbeziehst. Es könnte euch einander näherbringen.«

Oder es könnte den gegenteiligen Effekt haben.

»Wenn ich die Briefe hätte lesen wollen, hätte ich es getan.«

»Du wolltest sie früher nicht lesen – das verstehe ich. Du musst so wütend gewesen sein auf Ruth. Und du hast versucht, neu anzufangen. Aber die Dinge ändern sich, oder? Ich meine, wenn du mich heute fragst, ob ich Steven heiraten möchte, würde ich ganz klar ablehnen. Doch es gab eine Zeit, in der ich das offenbar wollte, sonst hätte ich es nicht getan. Menschen dürfen ihre Meinungen ändern.«

Daran lag es nicht. Daran lag es ganz und gar nicht.

Martha hatte keine Ahnung.

Sie konnte nicht wissen, dass sie die Briefe weder aus einem kindischen Wunsch nach Rache nicht geöffnet hatte, noch weil sie die Vergangenheit hinter sich lassen wollte. Sie hatte schlicht Angst gehabt, was sie darin lesen würde.

Sie hatte noch immer Angst.

Martha fand, dass sie die Briefe lesen sollte, doch sie kannte ja nur einen winzigen Ausschnitt der Geschichte. Nur das, was Kathleen ihr erzählt hatte.

»Ich weiß deine Gedanken zu schätzen.«

»Aber du findest, ich sollte jetzt den Mund halten.« Martha lächelte gutmütig. »Ich möchte nur nicht, dass du dir Sorgen machst. Und ich weiß, dass du das tust, auch wenn du es nicht zugibst.«

»Ich weiß nicht, wie du darauf kommst.«

»Du bist so still. Und du hast aufgehört, mich mit Josh verkuppeln zu wollen.«

»Ich betrachte meine Arbeit in diesem Bereich als getan. Wenn du nicht siehst, welch eine perfekte Rebound Beziehung er abgeben würde, dann weiß ich nicht, wie ich dich noch überzeugen soll.«

»Ich werde keine Rebound-Beziehung eingehen, Kathleen.« Martha aß ihre letzten Pommes. »Aber ich gebe zu, dass es gut ist, ihn bei uns zu haben.«

Gestern noch hatte Martha ihm die kalte Schulter gezeigt. Heute war sie wieder ganz sie selbst und plapperte ununterbrochen.

Manchmal braucht man Zeit, um sich an einen Gedanken zu gewöhnen, dachte Kathleen. Man musste einen Samen in die Erde stecken, ihn gießen und wachsen lassen.

Josh kehrte zum Tisch zurück, und sofort diskutierten er und Martha über den Nachtisch.

Hinreißend, dachte Kathleen.

Sie versuchte, die Gedanken an Ruth zu verdrängen, doch ihre alte Freundin war wie eine dunkle Wolke an einem ansonsten strahlend blauen Himmel.

Ich kann diese Briefe ignorieren, dachte Kathleen. Sie musste sie nicht lesen.

Aber dann könnte Liza sie lesen.

Ach, wenn sie nur wüsste, was drinstand, dann wüsste sie, ob sie sie lesen musste oder nicht.

Die Absurdität des Gedankens ließ sie auflachen.

»Was ist so lustig?« Martha blickte lächelnd von der Speisekarte auf.

»Ach, nichts.«

Martha bestellte Eiskrem und Josh ebenso. »Was hat Brian am liebsten gegessen, Kathleen?« Martha gab die Speisekarte zurück. »Bist du eine gute Köchin?«

»Ich bin eine furchtbare Köchin. Brian hatte in dem Bereich auch kein großes Talent. Liza hat sich in der Küche hervorgetan. Tut sie noch immer. Sie behandelt Essen wie Kunst. Alles, was sie serviert, sieht wunderbar aus.« Hatte sie ihre Tochter je für ihre Kochkünste gelobt? Als sie an jenem Tag nach Kathleens Unfall mit einem Eintopf nach West Country gerast war – hatte Kathleen ihr je dafür gedankt? Sie hatte das unangenehme Gefühl, dass sie nur ungeduldig reagiert hatte.

Liza hielt sie vermutlich für unhöflich und undankbar. Erst jetzt – aus der zeitlichen Distanz heraus – begriff Kathleen den Grund für ihr wenig bewundernswertes Verhalten. Sie hatte Angst gehabt. Angst, dass sie sie überzeugen könnte, ihr Haus zu verkaufen und in ein Seniorenheim zu ziehen. Angst, dass es tatsächlich die beste Entscheidung für sie sein könnte.

Das Haus war das schönste Geschenk, das Brian ihr gemacht hatte – abgesehen von seiner Liebe. Als sie seinen Antrag endlich angenommen hatte, war er mit ihr nach Oakwood gefahren und in die Auffahrt eingebogen.

Ich habe ein Haus gefunden, wo es zwischen dir und dem Meer nichts gibt.

Dass er ihr Bedürfnis nach Unabhängigkeit und Freiheit verstand, hatte den Ausschlag gegeben für ihre Entscheidung, ihn zu heiraten.

Eigentlich war ihr der Gedanke zuwider gewesen, an einem Ort zu bleiben, doch dann hatte sie sich in das Cottage am Meer verliebt. Es gab ihr das Gefühl, kurz vor einer Reise zu stehen. Das Gefühl, jederzeit fortsegeln zu können.

Warum hatte sie es nie gesagt? Warum hatte sie nie gesagt: Liza, ich habe Angst.

Weil sie ihr Leben nur leben konnte, indem sie nichts zu dicht an sich heranließ.

In ihrem letzten Telefonat hatte Liza »Ich liebe dich« gesagt, und was hatte sie erwidert? Nicht »Ich liebe dich auch«, obwohl sie ihre Tochter sehr liebte. Sie hatte gesagt: »Ich weiß.«

Es war ein großer Liebesbeweis, dass Liza nicht aufhörte, sich um ihre Mutter zu bemühen.

Kathleens Herz zog sich zusammen. Sie sollte es besser machen. Sie würde es besser machen.

Sie sah zu, wie Martha ihren Löffel in Joshs Schokoladeneis tauchte, während er ihr Erdbeereis probierte.

Teilen. Teilen war ein wesentlicher Teil einer guten Beziehung. Es reichte nicht, Liza zu sagen, dass sie sie liebte. Sie musste es ihr zeigen. Taten bedeuteten so viel mehr als reine Worte, auch wenn Worte natürlich ebenfalls wichtig waren.

Sie musste Liza zeigen, dass sie ihr vertraute und ihre Meinung schätzte.

Und es gab eine gute Möglichkeit, das zu tun.

Sie musste ihre Tochter bitten, die Briefe von Ruth zu lesen.

Sie musste ehrlich sein, was ihre Vergangenheit anging.

17. KAPITEL

MARTHA

Amarillo – Santa Fe, New Mexico

Martha blickte in den Rückspiegel. Sie waren am Vormittag durch die Altstadt von Amarillo gefahren, und nun schlief Kathleen auf dem Rücksitz, während sie Texas durchquerten Richtung New Mexico.

Seit ihrem Schwindelanfall machte Kathleen einen etwas gedämpften Eindruck. Am Tag zuvor waren sie von Oklahoma City nach Amarillo gefahren, und Kathleen hatte die meiste Zeit gedöst. Martha hatte sie ein paarmal gefragt, ob es ihr gut ginge, und sie hatte immer Ja gesagt, doch sie war früh zu Bett gegangen, sodass Martha und Josh erneut den Abend allein miteinander verbrachten.

Josh hatte ein Steakhaus vorgeschlagen, doch Martha wollte sich nicht zu weit von Kathleen entfernen, sodass sie wieder Pizza bestellten, Karten spielten und einen Film sahen.

»Meinst du, sie will uns weiter verkuppeln?«, hatte Josh irgendwann gefragt, doch Martha hatte den Kopf geschüttelt.

»Ich wünschte, das wäre der Grund. Sie ist so gar nicht sie selbst. Aber wie auch immer, ich könnte nie mit jemandem zusammen sein, der den Rand nicht isst.« Sie musterte die Reste auf seinem Teller, und er zuckte die Achseln.

»Ich mag den Rand eben nicht und bevorzuge die weiche Mitte. Die Reise strengt sie an. Vielleicht liegt es daran.«

»Vielleicht.« Doch das glaubte Martha nicht.

Sie machte sich Sorgen. Sie hatte das deutliche Gefühl, dass Kathleens Unwohlsein keine körperlichen, sondern seelische Gründe hatte. Doch es erschien ihr nicht richtig, mit Josh darüber zu sprechen.

Dachte Kathleen an Ruth? An die Briefe? Sie hatten lange genug darüber gesprochen, dass Martha begriff, welch große Bedeutung sie hatten.

Sie blickte wieder im Spiegel nach hinten und sah, dass Kathleen sich zurückgelehnt hatte. Schlief sie?

Martha richtete ihre Aufmerksamkeit wieder auf die Straße.

»Was wirst du am Ende der Reise tun? Machst du dir Sorgen, weil du keinen Job hast, zu dem du zurückkehrst?«, fragte sie Josh, um sich von ihren Sorgen um Kathleen abzulenken.

»Nein.«

»Ich bewundere dich. Es muss ein gutes Gefühl sein, einfach zu kündigen und dem Chef die Tür vor der Nase zuzuknallen – im übertragenen Sinn natürlich. Es gibt nicht viele Menschen, die das tun würden. Ich schätze, er wird dir keine Empfehlung …« Sie sah zu ihm hinüber, bemerkte seine Miene, und plötzlich fiel der Groschen. »Oh …«

»Oh was? Warum siehst du mich so an?«

»Du bist es, oder? Dieser furchtbare Chef …«

»Ich habe nie gesagt, dass er furchtbar ist.«

»Dann eben einschüchternd und fokussiert. Du bist es! Du warst der Chef.« Sie kam sich dumm vor und unangenehm berührt. »Jetzt ist mir alles klar. Wie du ein bisschen zu lange gezögert hast, als Kathleen sagte, was sie von deinem Chef hielt. Als ob du nicht genau wüsstest, ob du ihn verteidigen sollst oder nicht. Warum hast du nichts gesagt?«

»Weil das hier mein Urlaub ist.« Er klang müde. »Ich brauchte eine Pause von allem. Von der Arbeit. Vom Chefsein. All das. Ich wollte nicht darüber reden.«

In diesem Wagen gibt es eine Menge Dinge, über die niemand sprechen will, dachte Martha. Und was war das Ergebnis? Kathleen trug die Last ihrer Vergangenheit seit Jahrzehnten mit sich herum. So wie Martha es sah, konnte nichts heilen, was man verdrängte.

»Also obwohl du trampst, bist du eigentlich ein Multimillionär.«

»Das habe ich nie gesagt.«

»Aber du bist supererfolgreich und musst dir nicht wirklich Gedanken darüber machen, wovon du deine Rechnungen bezahlen sollst.« Sie bereute schon fast, dass sie es herausbekommen hatte, denn jetzt fühlte sie sich eingeschüchtert.

Auf keinen Fall würde sie eine Affäre mit jemandem wie ihm eingehen.

Sie passten nicht zueinander, und das nicht nur, weil er den Rand seiner Pizza nicht aß. Er war ein Karrieremensch. Getrieben. Vermutlich rücksichtslos. Der Typ Mann, der lieber arbeitet, als sich zu amüsieren. *Der Typ Mann, den meine Mutter nur zu gern an der Seite ihrer Töchter sehen würde.*

Das allein reichte, um Martha abzuschrecken. Vermutlich hatte er Tausende von Ansprüchen. Er würde sie verurteilen, so wie ihre Familie sie verurteilte. Er würde sie drängen, sich einen richtigen Job zu suchen und das Leben ernst zu nehmen. Mit ihm würde sie sich nie gut genug fühlen.

»Es geht im Leben nicht nur um Geld.« Josh klang entspannt, und sie verdrehte die Augen, denn natürlich konnte er entspannt sein. Er hatte keinen Narren aus sich gemacht.

»Das ist leicht gesagt, wenn man es hat. Glaub mir, wenn man es nicht hat, gerät es in den Mittelpunkt. Nicht, dass ich gierig bin. Ich brauche keine Diamanten oder so was – auch wenn ich Diamanten nicht ablehnen würde –, aber Geld, und sei es auch nur ein bisschen, gibt dir eine Wahl. Wenn ich Geld hätte, müsste ich nicht bei meiner Familie wohnen, und das wäre gut für unser aller psychische Gesundheit. Du kannst dir eine Auszeit nehmen, weil du dir keine Sorgen machen musst, wo du deine nächste Mahlzeit herbekommst.«

Hinter ihrer Kränkung lag auch Neid.

Josh sah sie lange an. »Ich hoffe, meine nächste Mahlzeit kommt von diesem Diner vor uns, denn es wird in dem Reiseführer empfohlen.«

Martha konnte sich kaum ein Lächeln abringen. »Mach du nur deine Witze, aber das verändert alles.«

»Warum verändert es alles?« Er blieb ruhig. »Soll ich für die Burger zahlen? Das wollte ich sowieso tun. Mein Beitrag.«

»Dieses Problem reicht viel tiefer als die Frage, wer die Burger bezahlt. Ich fühlte mich wohl mit dir, und jetzt ist das anders.«

»Warum? Was hat mein Job damit zu tun?«

Vermutlich war es viel einfacher, mit Erfolg ganz selbstverständlich umzugehen, wenn man ihn hatte. »Erzähl mir von deiner Firma.«

»Warum?«

»Weil ich es wissen will.«

Er seufzte. »Ich entwerfe und verkaufe DBMS.«

»Ich habe keine Ahnung, was das ist.«

»Datenbankmanagementsysteme.«

»Ich habe immer noch keine Ahnung, was das ist. Zeit, das Gespräch abzubrechen. Es führt nur dazu, dass ich mich schlecht fühle. Ich verstehe nicht einmal, was du tust, geschweige denn, wie du es tust.«

»Im Prinzip entwerfe ich Software, damit Datenbanken besser arbeiten.«

»Also machst du nichts, was ich oder irgendein anderer Mensch benutzt.«

»Nicht direkt. Unsere Produkte werden von großen Unternehmen eingesetzt.«

»Und du hast die Firma gegründet.«

»Ja.«

Martha spürte, wie sie innerlich klein wurde. »Aus dem Nichts.«

»Ja.«

»Und jetzt ist sie wertvoll – sehr wertvoll.«

»Ich schätze, ja. Das Diner, von dem wir sprachen, ist da vorne auf der rechten Seite, also solltest du abbiegen.«

Martha bog ab und parkte vor dem Diner. »Ich bin nicht sicher, ob ich mit dem Wissen, dass ein Tech-Tycoon neben mir sitzt, weiterfahren kann«, sagte sie niedergeschlagen. Sie hatte die Reise so sehr genossen, doch es war alles nur eine Illusion. Oder vielleicht war Desillusion das bessere Wort. Dies war kein neues Leben. Es war eine Pause von ihrem alten Leben. Ja, sie hatte Spaß, aber es war nicht echt. Sie konnte nicht den Rest ihres Lebens alte Damen durch Amerika kutschieren. Vor ihr lag kein Kalifornien-Abenteuer mit Sonne, Strand und Meer, sondern die Rückkehr in den Schoß der Familie, die sie nicht gerade willkommen hieß. Die Erkenntnis, dass sie sich am besten von Menschen, die ihr ein schlechtes Gefühl machten, fernhielt, war ja gut und schön. Aber wie sollte sie das hinkriegen?

»Was hat mein Job denn damit zu tun?«

»Lass es mich so ausdrücken – wenn mein Körper mein Ego wäre, dann wäre ich jetzt sehr dünn.«

»Ich habe keine Ahnung, was du damit meinst.«

War das nicht offensichtlich? »In deiner Gegenwart fühle ich mich klein. Du schüchterst mich ein.«

»Ich schüchtere dich ein?« Er sah sie grinsend an. »Wie?«

Dass er darüber lachen konnte, machte es noch schlimmer.

»Du magst das lustig finden, aber ich nicht.« Als sie noch bei ihrer Großmutter wohnte, hatte sie es nie für notwendig befunden, groß Karriere zu machen. Doch sogar sie musste zugeben, dass das, was sie bisher in ihrem Leben erreicht hatte, nicht sehr eindrucksvoll war. »Vielleicht solltest du ein bisschen feinfühliger sein.«

»Vielleicht solltest du ein bisschen mehr Selbstvertrauen haben. Du lässt dich zu schnell einschüchtern, Martha.«

»Leicht gesagt, wenn man erfolgreich ist.«

»Es gibt viele Definitionen von Erfolg, und nicht alle haben mit Geld zu tun. Du hast eine Menge Vorurteile über mich. Ich besorge uns jetzt einen Tisch.« Er stieg aus dem Wagen und knallte die Tür hinter sich zu.

Martha zuckte zusammen. Vorurteile? Er warf ihr vor, Vorurteile zu haben? Sein Erfolg war ein Fakt und keine Meinung. Und weshalb war er jetzt wütend?

Sie beobachtete, wie er über den Parkplatz ging, und sah ihn vor dem Diner innehalten. Er fuhr sich mit der Hand über den Nacken, und sie sah, wie sich seine Schultern hoben, als er tief einatmete, um sich zu beruhigen.

Kathleen hinter ihr rührte sich. »Was ist los mit Josh?«

»Als er von seinem Chef sprach, der ihm keinen Urlaub gab, sprach er von sich selbst. Er ist der Chef.«

»Ich weiß.«

»Du weißt das?« Martha drehte sich zu ihr um. »Und du fandest nicht, dass du mir das erzählen solltest?«

»Ich wusste, dass es dich einschüchtern würde, und das wollte ich nicht. Ich wollte, dass ihr euch erst ein bisschen kennenlernt. Habt ihr euch gestritten?«

»So ähnlich.« Warum fühlte sie sich schuldig? Weil sie ihn verärgert hatte, obwohl er immer nur freundlich gewesen war. Die Situation war merkwürdig, denn die gemeinsame Zeit im Auto hatte nur vermeintlich Intimität entstehen lassen. Sie waren sich nah und doch nicht nah. Dass sie ihn verärgert hatte und nicht wusste, warum, zeigte, dass sie einander ganz und gar nicht kannten.

Es sollte nicht wichtig sein, und doch war es das.

Kathleen klopfte ihr auf die Schulter. »Du magst ihn, nicht wahr?«

»Nicht mehr.«

»Du magst ihn.«

»Okay, ich mag ihn. Aber ich werde mich nicht mit jemandem einlassen, der mir ein Gefühl von Minderwertigkeit gibt.«

»Niemand kann dir ein Gefühl von Minderwertigkeit geben, wenn du es nicht zulässt.«

»Das ist eine großartige Theorie. In der Praxis ist das nicht so leicht.«

»Der Charakter ist wichtiger als ein Bankkonto. Josh hat sich heldenhaft verhalten.«

»Weil er einen Arzt geholt hat?«

»Er hat auch Schinken geholt, was zeigt, dass er ein Mann mit klaren Prioritäten ist.« Kathleen nahm ihre Sonnenbrille ab und sah Martha an. »Sprich mit ihm. Ich gehe auf die Toilette und brauche mindestens fünfzehn Minuten.«

»Fünfzehn? Willst du dich komplettrenovieren oder so etwas?«

»Ich will dir genug Zeit für ein Gespräch mit Josh geben.«

»Ich würde lieber ein Gespräch mit dir führen«, sagte Martha. »Du warst die letzten Tage müde und still. Ich sollte mit dir mitgehen.«

»Du bist meine Fahrerin, nicht meine Krankenschwester. Auch wenn ich seit meinem Schwindelanfall verstünde, wenn du den Eindruck hättest, dass deine Arbeitsplatzbeschreibung umfangreicher geworden sei.« Kathleen nahm ihre Tasche und ihren Umhang und kletterte aus dem Wagen hinaus ins helle Sonnenlicht. »Geh. Es ist der perfekte Moment.«

War er das tatsächlich? Josh war ausgestiegen. Das konnte man als klares Signal sehen, dass er sauer auf sie war und das Gespräch nicht fortsetzen wollte. Andererseits reservierte er einen Tisch und erwartete demzufolge, dass sie sich zum ihm gesellten.

Martha glaubte fest daran, dass man Unstimmigkeiten nicht ignorieren sollte. Wenn sie eines nicht ertragen konnte, dann war es dicke Luft.

Sie hakte sich bei Kathleen unter, als sie zum Restaurant gingen. »Liegt es an den Briefen? Bist du deshalb so still? Du denkst an sie, oder?« Sie spürte ein Zupfen an ihrem Arm und blieb stehen. »Ich weiß, dass ein Parkplatz nicht der richtige Ort für dieses Gespräch ist, aber ich wollte vor Josh nicht darüber reden, und ich mache mir Sorgen um dich. Ich weiß, dass dir diese Briefe wichtig sind. Du musst dich fragen, was drinsteht. Ich kann nicht ganz verstehen, warum du sie nicht gelesen hast.«

»Weil ich Angst hatte, dass mir nicht gefallen würde, was drinsteht.«

Kathleen hatte Angst?

Warum hatte sie das nicht vorher erkannt? Die leidenschaftliche, furchtlose Kathleen hatte Angst. Sogar sie war verletzlich. Offenbar war sie ebenso menschlich wie Martha.

Sie legte ihre Hand auf Kathleens. »Aber wenn Liza sie vorliest, könnt ihr miteinander darüber reden.«

»Ich denke darüber nach. Wie ich schon sagte, wir haben nicht diese Art von Beziehung. Wir sind uns nicht sehr nah – was natürlich meine Schuld ist.«

Weil Kathleen sich schützt, dachte Martha. Und niemand konnte das besser verstehen als sie. Doch sie ahnte, wie schwer es Kathleen fallen musste, das zuzugeben.

»Liza liebt dich. Das habe ich gesehen, an dem Tag, als ich mich vorstellte. Und ich sehe es an den Nachrichten, die sie schickt, und daran, wie sie am Telefon klingt, wenn sie fragt, wie es dir geht. Du musst dich nicht vor jemandem schützen, der dich liebt. Sie ist erwachsen, Kathleen. Was auch immer in diesen Briefen steht, sie wird damit klarkommen. Vermutlich freut sie sich über die Möglichkeit, dir zu helfen.«

»Ich brauche keine Hilfe.«

»Wir alle brauchen Hilfe.« Martha sah zum Diner, wo Josh allein an einem Tisch saß. Brauchte Josh Hilfe? »Okay, ich spreche mit Josh. Aber wenn du länger als fünfzehn Minuten wegbleibst, schicke ich einen Suchtrupp.«

Kathleen drückte Marthas Hand. »Du bist eine ganz besondere junge Frau. Du hast eine natürliche emotionale Intelligenz.«

Martha spürte einen Kloß im Hals. »Du übertreibst.«

Kathleen seufzte. »Ich sage nur die Wahrheit. Und je früher du aufhörst, dich mit schrecklichen Menschen zu umgeben, die dir ein Gefühl von Minderwertigkeit geben, desto besser. Hast du Steven blockiert?«

»Noch nicht.«

»Dann tu es, solange du noch die Zuversicht hast, morgens aus dem Bett zu kommen.«

Warum hatte sie seine Nummer noch nicht blockiert? Er brachte ihrem Leben nichts als Stress. Sie wollte nicht, dass er Teil ihres Lebens war.

»Vielleicht hast du recht.« Martha hielt am Eingang des Diners inne. Sie sah den Hinterkopf von Josh, der in einer Nische am Fenster saß.

»Geh.« Kathleen tätschelte ihren Arm. »Du, Martha, bist klüger, als du glaubst.« Sie steuerte auf die Toiletten zu, und Martha gesellte sich zu Josh.

Er reichte ihr die Speisekarte.

»Danke.« Sie nahm sie und legte sie dann wieder weg. Wenn sie es tun wollte, dann jetzt, bevor Kathleen kam. »Ich weiß, dass ich dich irgendwie verärgert habe, und das tut mir leid. Wenn du darüber sprechen möchtest, höre ich gern zu.« Sie hielt inne, als die Kellnerin mit Kaffee und Eiswasser kam.

»Du fährst die Route 66 nicht aus Spaß, oder?« Vermutlich könnte er einen Privatjet nehmen, wenn er das wollte. Oder einen eigenen Chauffeur anheuern. Es musste einen Grund geben, dass jemand wie er trampte.

Josh griff nach seinem Wasser. Das Glas war beschlagen. »Ich wollte diese Reise eigentlich mit meinem Bruder unternehmen.«

Dies war die erste persönliche Information von ihm. »Und er konnte es nicht einrichten?«

»Er ist tot.«

»Ach, Josh …« Sie legte ihre Hand auf seine. Sie wusste noch ganz genau, wie sie sich gefühlt hatte, als ihre Großmutter gestorben war. Wie leer und allein. Sie spürte, wie er sich anspannte, und erwartete, dass er seine Hand zurückziehen würde, doch dann schlossen sich seine Finger um ihre.

»Es ist – schwer. Die schwerste Zeit meines Lebens.«

Als ihre Großmutter gestorben war, hatten viele Menschen ungeschickte Dinge gesagt. Manche hatten sich gar nicht gemeldet, weil sie nicht wussten, was sie sagen sollten, und das war auch schlimm gewesen. Das alles hatte ihr Gefühl, isoliert zu sein, noch verstärkt.

Es war wichtig, etwas zu sagen, aber die Wahl der Worte war ebenso wichtig.

»Trauer ist eine schreckliche und grausame Sache. Die Leute sagen, sie würden durch verschiedene Stadien gehen, doch für mich fühlte es sich ehrlich gesagt anders an. Mir kam es vor, als segle ich auf dem Ozean. Einen Moment ist alles ruhig, und du fängst an, dich zu entspannen, bist beinahe zuversichtlich und denkst: Ich komme klar. Und in der nächsten Minute erwischt dich eine Welle, und du ringst nach Luft und stehst kurz vorm Ertrinken.«

»Du hast jemanden verloren, der dir nahestand?«

»Meine Nanna. Es ist anders, ich weiß, weil sie ein erfülltes Leben hatte, doch sie war der Mensch, den ich am meisten geliebt habe. Sie hat mich verstanden. Als sie starb, war es, als würde ich eine Schutzschicht verlieren. Ich fühlte mich wund. Meine ganze Welt veränderte sich. Sie zu verlieren war die größte Herausforderung, mit der ich umgehen musste – schlimmer als meine Scheidung –, und sie war nicht da, um mir dabei zu helfen.«

»Doch du hast es geschafft.«

Martha sah auf ihre noch immer verschlungenen Hände hinunter. »Nicht wirklich. Nicht auf eine Weise, auf die ich stolz wäre. Ich war einsam und verletzlich, ich sehnte mich nach Verbindung mit jemandem, nach Nähe und Verständnis, so wie es mit Nanna gewesen war. Als Steven vorschlug zu heiraten, sagte ich Ja. Ich dachte, das würde alles in Ordnung bringen. Das tat es nicht. Es machte alles nur schlimmer. Sich in einer Ehe einsam zu fühlen ist tausend Mal schlimmer, als allein einsam zu sein. Die ganze Sache war ein Fehler. Ich glaube, das dachte er auch.«

Warum war sie so hart zu sich selbst gewesen? Sie hatte sich gegeißelt, dass sie schlechte Entscheidungen traf, doch wenn sie die Fakten so darlegte wie jetzt, ergaben ihre Entscheidungen mehr Sinn.

Er nickte. »Deine Großmutter schien ein besonderer Mensch gewesen zu sein.«

»Das war sie wirklich.« Sie hielt inne. »Hattest du diese Reise mit deinem Bruder schon lange geplant?«

Er stellte das Glas ab. »Er drohte mir seit zwei Jahren damit, aber ich hatte immer zu viel zu tun.«

»Er drohte?«

Josh lächelte schwach. »Red und ich waren sehr – unterschiedlich.«

»Red?«

»Er hieß Lance, aber alle nannten ihn Red, weil man ihn immer dort fand, wo Gefahr war. Ich war der Ernsthafte von uns beiden. Computerbegeistert, konzentriert, ehrgeizig. Er war ein entspannter cooler Surfertyp. Er liebte Wasser. Ich hasse Wasser. Als wir Teenager waren, programmierte ich ein Surfspiel, das ich von meinem Zimmer aus spielen konnte, sodass wir uns verbinden konnten. Das war so eine Art Running Gag zwischen uns: dass ich einen Weg gefunden hatte, an Land zu surfen, während er dort draußen wirklich surfte.« Er starrte in sein Glas. »Ich fragte ihn immer, wann er etwas Vernünftiges aus seinem Leben machen würde, und er sagte mir immer, Vernunft sei überbewertet, und mit Blick auf mich würde er begreifen, dass er alles richtig gemacht habe. Er fand mein Leben verrückt. Dasselbe dachte ich über seines. Dennoch waren wir uns nahe. Das erscheint dir vermutlich seltsam.«

»Nein. Ein Leben passt nicht allen, das ist ein bisschen wie mit Kleidung. Nur weil du etwas trägst, das ich nicht tragen würde, heißt das nicht, dass ich nicht finde, dass du gut darin aussiehst.«

Er lächelte. »Das ist ein interessanter Vergleich.«

Warum war ihr das nicht früher aufgefallen? Nur weil ihre Entscheidungen in den Augen ihrer Familie schlecht waren, hieß das nicht, dass sie wirklich schlecht waren. Aus irgendeinem unerfindlichen Grund lebte sie in dem Glauben, dass ihre Familie immer mit allem recht hatte.

Sie richtete ihre Aufmerksamkeit wieder auf Josh. »Und deshalb bist du per Anhalter unterwegs? Du trägst seine Sachen? Tust alles so, wie er es getan hätte?«

»Auf gewisse Weise, ja. Er sagte, ich hätte vergessen, mich mit dem echten Leben zu verbinden. Er hatte unrecht, aber trotzdem …« Er ließ ihre Hand los. »Er starb bei einem Surf-Unfall, genau so hätte er sich sein Ende gewünscht. Das ist zwei Jahre her, und ich vermisse ihn jeden Tag.«

Er reiste die Route 66 allein und dachte dabei an seinen Bruder. Vermisste seinen Bruder.

Sie hatte gedacht, er hätte das Leben im Griff, doch es hatte ihn im Griff.

»Ich finde es großartig, dass du diese Reise machst. Das ist der perfekte Weg, ihn zu würdigen und seiner zu gedenken.« Martha spürte, wie ihre Kehle eng wurde. »Was stand auf seiner Liste? Wozu hätte er dich überredet?«

Josh lehnte sich zurück und lächelte. »Du hast recht – wir hätten unterschiedliche Dinge tun wollen. Ich hätte versucht, ihn in Museen zu schleifen und an Orte, die die Geschichte der Route 66 beleuchten. Er hätte meine Kreditkarte genommen, um eine exklusive Flussrafting-Tour zu buchen. Ich hätte die ganze Zeit gejammert.«

Sie nahm sich vor, nach so etwas zu suchen. Sie würde ihn dazu bringen, etwas zu tun, das er mit seinem Bruder getan hätte.

»Hast du ein Foto von ihm?«

Er griff in die Tasche und holte seine Brieftasche heraus. »Das hier wurde aufgenommen, als er mich mal im Büro besuchte. Es war einer der wenigen Tage, an denen ich einen Anzug trug. Das wollte er mich nicht vergessen lassen, weil ich normalerweise Jeans anziehe.« Er schob das Bild über den Tisch. »Er witzelte, dass er sein einziges sauberes Hemd tragen würde.«

Martha nahm das Bild und sah einen lächelnden Mann mit ungekämmtem blondem Haar und einem verschmitzten Lächeln. »Ihr seid euch ähnlich.«

»Wir sind uns überhaupt nicht ähnlich, Martha. Abgesehen von meiner Abneigung gegen Wasser ist er Veganer, und ich würde für ein anständiges Steak meilenweit fahren. Er kann dir jede Hai-Art nennen, und ich kann aus dem Nichts einen Computer bauen. Ich wüsste keinen Bereich, in dem wir uns ähnlich sind. Und ich tue es schon wieder – ich rede über ihn, als wäre er noch da.« Überwältigt von seinen Gefühlen hielt er inne. Und sie fühlte mit ihm. Ihr war das Gleiche passiert, viele Male.

»Ich spreche nicht von euren Vorlieben oder von der Art, wie ihr euch kleidet. Aber ihr habt das gleiche Lächeln. Und die gleichen Augen.«

»Das siehst du auf dem Foto?«

Sie sah Liebe.

Und Stolz. In den Augen von beiden. Aber vielleicht war dies nicht der Zeitpunkt, das zu sagen. »Ich sehe Brüder.« Traurigkeit stieg in ihr hoch. Sie besaß kein einziges Foto wie dieses mit ihrer Schwester. Josh und sein Bruder fühlten sich wohl miteinander. Sie und Pippa hätten nie freiwillig zusammen für ein Bild posiert. Sie hatten sich nie wohlgefühlt miteinander. Vielleicht sollte sie aufhören, das ändern zu wollen, und es akzeptieren, wie es war. »Hast du noch mehr Bilder?«

Er blätterte durch seine Brieftasche und zog noch zwei Fotos hervor. »Diese wurden aufgenommen, als er mich mal zum Surfen mitnahm. Er sagte immer, dass das Meer sein Büro sei. Ich war nie sportlich. Ich kann deinen Laptop reparieren, aber bitte mich nie, einen Ball zu fangen oder auf einer Welle zu reiten.«

Und dennoch war er mit seinem Bruder surfen gegangen. Und sein Gesicht leuchtete, wenn er über ihn sprach.

Sie gab ihm die Fotos zurück. »Du hattest Spaß.«

»Mit ihm zusammen zu sein hat Spaß gemacht, auch wenn ich die Zeit lieber an Land zugebracht hätte. Ich wünschte, ich hätte das öfter gemacht. Ich wünschte, ich hätte weniger Zeit mit der Arbeit und mehr Zeit mit Red verbracht. Ich stehe nicht auf Ratschläge fürs Leben, aber wenn ich einen geben müsste, würde er lauten: Tue es jetzt, weil es vielleicht kein Morgen gibt.«

Jetzt verstand sie, warum er so heftig auf ihr Gespräch über Erfolg reagiert hatte. Sein Erfolg war seine Wunde. Er warf sich jeden einzelnen Moment vor, den er mit seiner Arbeit und nicht mit seinem Bruder verbracht hatte.

Sie las die Reue in seinen Augen. »Darf ich dich etwas fragen?«

»Schieß los.« Er steckte die Fotos mit der Brieftasche wieder in die Tasche.

»Ich weiß zwar nicht, was genau du tust, aber ich habe den Eindruck, dass du es liebst. Es ist deine Leidenschaft, oder?«

»Ja. Schon als Kind. Mein Computer war mir ebenso wichtig wie meinem Bruder sein Surfbrett. Mit meinem virtuellen Surfspiel hatte ich genauso viel Spaß wie er mit dem echten Brett.«

Sie nippte an ihrem Wasser. »Ihr beide habt eure Leidenschaft ausgelebt. Du bist deinen Weg nicht gegangen, weil du auf Geld aus warst oder auf unternehmerischen Erfolg – nicht, dass daran etwas falsch wäre. Geld ist eine Notwendigkeit, das ist ein Fakt. Doch der Punkt ist, dass du deine Arbeit geliebt hast. Und er seine ebenso. Ihr habt beide getan, was ihr geliebt habt. Du sagst, ihr hättet nichts gemeinsam, doch das stimmt nicht. Ich behaupte nicht, dass ich viel weiß, aber das zu tun, was man liebt, ist doch wohl der Inbegriff eines gut gelebten Lebens, oder? Das ist der Erfolg, den ich sehe, nicht das Geld. Und ich glaube, darauf solltest du stolz sein und es nicht bereuen.«

Er schwieg lange. »Du bist klug, weißt du das?«

»Nein. Normalerweise sagt man mir, dass ich nichts vom wahren Leben verstehe.«

»Ich denke, du verstehst mehr vom Leben, als du glaubst, Martha. Vielleicht solltest du weniger auf andere Menschen hören und mehr auf dich selbst.«

Kathleen hatte das Gleiche gesagt.

Sie stellte ihr Glas ab. Hatte sie genug Selbstvertrauen dafür? Die Menschen um sie herum zu ignorieren und ihrem eigenen Instinkt zu folgen?

Was würde sie tun, wenn sie nicht mehr auf die hörte, die sie ständig schlecht machten und ihre Ideen torpedierten? Etwas, das mit Menschen zu tun hatte. Aber das war keine Leidenschaft, oder? Nicht wie Surfen oder Computer.

Josh schien etwas sagen zu wollen, als Kathleen sich endlich zu ihnen gesellte – so perfekt getimt, dass Martha sich fragte, ob sie zugehört hatte oder Lippen lesen konnte.

»Haben sie Tacos?« Kathleen setzte sich neben Martha und holte den Reiseführer aus der Tasche. »Zeit für Planung. Josh, ich hoffe, Sie begleiten uns auch auf der nächsten Etappe der Reise.«

Martha hielt den Atem an und konzentrierte sich auf die Speisekarte. Sie war davon ausgegangen, dass er sie verlassen würde, doch nun, da sie seine Geschichte kannte, wollte sie unbedingt, dass er die Reise mit ihnen fortsetzte. Sie wollte tun, was sein Bruder getan hätte: Josh ermuntern, sich zu amüsieren. Sie spürte, dass er das brauchte, und sie wollte der Mensch sein, der ihm dazu verhalf.

Josh blickte von seiner Karte auf. »Vielen Dank für das Angebot, aber ich habe einiges zu erledigen.«

Martha war jetzt entschlossen, ihn dabei nicht allein zu lassen. »Nur weil du bei uns mitfährst, heißt das nicht, dass du an uns kleben musst. Kathleen und ich werden unterwegs sowieso noch einigen Unfug anstellen.«

»Da habe ich keine Zweifel.« Ein Lächeln stand in seinen Augen. »Aber ich möchte etwas länger im Grand Canyon bleiben, als ihr geplant habt.«

»Wir haben keine speziellen Pläne …« Kathleen wedelte mit der Hand. »Nehmen Sie sich so viel Zeit, wie Sie möchten. Martha wird unsere Reservierung anpassen. Ich kann mir keinen besseren Ort zum Verweilen denken.«

Josh zögerte. »Wenn wir das tun, bestehe ich aber darauf, die Motelrechnung zu übernehmen.«

»Das können wir später diskutieren.«

»Dann ist es also abgemacht?« In Marthas Kopf ratterte es schon. Sie musste nach Rafting-Touren auf dem Colorado suchen. Zu lange wollte sie Kathleen nicht allein lassen, also musste es eine Tagestour sein. Und wenn Josh die ganze Zeit jammerte und stöhnte, dass er nass wurde, würde ein Tag sowieso mehr als genug für sie beide sein.

Ihr Essen kam: Teller mit Bergen von Bohnenmus, scharfen Enchiladas und Tacos für Kathleen.

»Ich gebe zu, dass ich Ihre Gegenwart beruhigend finde, Josh«, sagte Kathleen. »Was, wenn ich wieder umkippe? Sie haben sich als sehr nützlich erwiesen, als es darum ging, einen Arzt zu finden.«

Martha griff nach dem Salz. »Ich könnte auch einen Arzt finden, wenn wir einen brauchen«, konnte sie sich nicht verkneifen zu sagen.

Aber Josh sollte diese Reise nicht allein fortsetzen, oder? Es war klar, dass es schwer für ihn war, vielleicht brauchte er einen Freund, und er schien ein bisschen wie Kathleen zu sein – so sehr daran gewöhnt, die Herausforderungen des Lebens allein zu meistern, dass er nicht wusste, wie man um Hilfe bat. Und wenn er allein weiterfuhr – wer würde ihn dann anstelle seines Bruders dazu auffordern, die Dinge zu tun, die sein Bruder getan hätte?

Sie würde nicht mehr an seinen Job denken und daran, dass er mit seiner Firma so erfolgreich war. Wie bei Kathleen gab es auch bei ihm einen Menschen hinter dem Erfolg. Einen Menschen, der das Gleiche fühlte wie alle anderen. Er war ein Mann, der um seinen Bruder trauerte. Ein verwirrter

Mann, der das Gefühl hatte, seinen Bruder enttäuscht zu haben.

Ein Mensch definierte sich nicht über seinen Job, das würde sie in Zukunft beherzigen.

Sie beendeten ihr Essen und kehrten zum Wagen zurück.

Zielstrebig schlüpfte Martha auf den Fahrersitz. »Du hast Glück, mit uns zu fahren, Josh. Du hast es vermutlich noch nicht gehört, aber ich bin eine hervorragende Fahrerin.«

»Oh doch!« Er setzt sich auf den Beifahrersitz. »Vor allem hörte ich, dass du Verkehrskreisel und Rückwärtsfahren am liebsten magst. Ich werde versuchen, uns eine Route auszuarbeiten, auf der wir beides haben.«

»Sehr lustig.«

Er lächelte ihr zu, und ihr Herz schlug schneller. Er hatte ihr schon früher zugelächelt, doch diesmal war es anders. Sein Lächeln war wärmer, persönlicher, ein Lächeln zwischen zwei Menschen, die sich kannten.

In ihr begann etwas zu tanzen und Pirouetten zu drehen.

Nein, Martha. Nein, nein, nein.

Ja, sie fand ihn sympathisch, ja, er war sexy – aber nichts davon änderte etwas daran, dass Josh Ryder überhaupt nicht ihr Typ war.

Er war ein Planer. Sie war spontan. Vielleicht sollte sie diese Seite von sich selbst wertschätzen, statt ständig zu versuchen, sich den Vorstellungen anderer Menschen anzupassen. Sie würde niemals der Firmentyp werden. Sie war mehr wie Red Ryder, sie lebte im Moment.

Doch Josh hielt sie für klug.

Klug.

Martha starrte auf die Straße. Sie war sich seiner Präsenz neben ihr sehr bewusst. Sein Knie berührte beinahe ihres, und seine Hand ruhte dicht neben ihrer. Es fiel ihr schwer, sich zu konzentrieren.

Sie dachte an Kathleen, die ihre ersten Erfahrungen mit der Liebe so sehr verletzt hatten, dass sie sich von Gefühlen weitestgehend fernhielt. Sie hatte Martha geraten, nicht denselben Fehler zu machen.

Martha wollte später nichts bereuen.

Sie wollte keine weitere schlechte Entscheidung treffen. Doch welche Option war die schlechte Entscheidung? Eine Affäre mit Josh zu haben oder keine Affäre mit Josh zu haben?

Sie hatte noch nie auch nur den Bruchteil dieser Anziehung verspürt.

Ein Blick in den Rückspiegel zu Kathleen, die ihr zuzwinkerte. Kathleen sagte nichts, doch das brauchte sie auch nicht. Martha wusste genau, was sie dachte.

18. KAPITEL

LIZA

Liza stand in der Küche und summte vor sich hin, während sie für die Lachsfilets Ingwer rieb und Zitronengras hackte.

Sie hatte den ganzen Tag gemalt und dabei mit einer großen Leinwand experimentiert, auf der kühne Schwünge von Blau und Grün die Farben dieses Küstenteils einfangen sollten.

Zwischendurch war sie zum Strand gejoggt, um im eiskalten Meer zu schwimmen, bevor sie wieder zurückgejoggt war. Früher hatte sie das jeden Tag getan. Heutzutage fühlte sie sich schrecklich unfit, ihr Gesicht war krebsrot angelaufen, und sie japste nach Luft. Sean war Mitglied in einem Fitnessstudio und versuchte zumindest, zweimal die Woche hinzugehen. Liza hatte es in ihrer dreimonatigen Mitgliedschaft insgesamt genau zweimal geschafft, und das eine Mal hatte sie das Training abbrechen müssen, weil die Schule anrief und sie Alice hatte abholen müssen, die sich bei einem Hockeyspiel verletzt hatte. Da es keinen Sinn ergab, die Sportlichkeit anderer zu sponsern, hatte sie die Mitgliedschaft gekündigt und sich vorgenommen, einen Yogakurs zu besuchen oder vielleicht am Morgen joggen zu gehen, doch es gab immer etwas Dringenderes zu tun. Und wenn sie mal eine halbe Stunde für sich hatte, konnte sie sich nicht dazu aufraffen, sie mit Laufen zu verbringen.

Nachdem sie das Salzwasser abgeduscht und sich die Haare gewaschen hatte, hatte sie ein bisschen näher über ihren Traum nachgedacht, irgendwann an einem Ort wie diesem zu leben. Sean und sie hatten früher oft darüber gesprochen, doch wie so viele andere Träume war auch dieser vom Alltag zermalmt worden. Warum?

Seit dem Gespräch mit Angie stellte sie sich diese Frage. Das Leben ihrer Freundin hatte sich in den letzten Jahren radikal verändert, und diese Veränderung war ihr aufgezwungen worden. Aber musste man auf eine Lebenskrise warten, um das eigene Leben infrage zu stellen?

Und nun stand sie hier in der Küche und bereitete ein Abendessen für einen Mann vor, der nicht ihr Ehemann war.

Sollte sie sich schuldig fühlen? Fühlte sie sich schuldig?

Nein. Finn war ihrer Mutter gegenüber großzügig gewesen. Außerdem genoss sie seine Gesellschaft.

Und Sean würde wohl kaum davon erfahren. Wenn das Gespräch darauf kam, würde sie davon erzählen, aber warum das Thema von selbst ansprechen? Es war alles vollkommen harmlos.

Sie stellte den Lachs zurück in den Kühlschrank, schlug für die Meringues Eiweiß mit Zucker steif und schob das Blech in den Ofen.

Sie wählte ein Stück von Finns aktuellem Album und tanzte durch die Küche.

Als der Song zu Ende war, blieb sie außer Atem stehen und dachte daran, wie peinlich es den Mädchen gewesen wäre, wenn sie sie gesehen hätten. Sie fanden, dass sie zu alt war zum Tanzen.

Und ich habe gedacht, meine Mutter sei zu alt für einen Roadtrip.

Das Alter sollte nicht darüber entscheiden, was man tun darf und was nicht, dachte sie. Wenn sie tanzen wollte, würde sie tanzen. Wenn ihre Mutter reisen wollte, sollte sie reisen.

Und wenn sie zu Hause bleiben wollte, sollte sie zu Hause bleiben.

Das Fenster und die Tür zum Garten standen offen, und Liza roch den Duft der Kletterrose, die an der Wand neben dem Fenster wuchs. Ihr kam ein Gedanke, doch sie schob ihn beiseite. Lächerlich. Sie betrat Fantasieland.

Als sie zufrieden war mit ihren Dinner-Vorbereitungen, ging sie nach oben, um sich umzuziehen.

Sie musterte ihre neue Garderobe. Das Problem bei so viel Auswahl bestand darin, dass man die Qual der Wahl hatte.

Schließlich entschied sie sich für das rote Kleid, weil sie sich keine andere Gelegenheit vorstellen konnte, um es zu tragen. Und ein Kleid wie dieses war nicht dafür gemacht, im Kleiderschrank zu hängen.

Als sie hinunterging, klingelte das Telefon.

Es war ihre Mutter.

»Wie geht es der Abenteurerin?« Liza legte sich ihre Uhr um. Sie hatte angefangen, sich auf die abendlichen Telefonate mit ihrer Mutter zu freuen. »Wie geht es Martha und Josh? Hast du mit deinen Kuppelei-Versuchen Erfolg?«

»Ich bin voller Hoffnung. Aber ich rufe nicht an, um über die beiden zu sprechen.«

»Ach ja?« Liza blickte auf die Uhr. Sie hatte noch eine halbe Stunde, bis Finn kam. »Ist alles in Ordnung?«

Eine Pause entstand. »Liza, ich möchte, dass du etwas für mich tust.«

Ihre Mutter bat sie nie um irgendetwas.

Liza ließ sich auf einen der Küchenstühle fallen. »Natürlich.«

»Es ist – schwierig.«

Körperlich oder emotional? »Was auch immer es ist, wir kriegen es hin.«

»Gute Liza. Immer so vernünftig und zuverlässig.«

Liza musterte ihre hohen Absätze. Zum Glück war dies kein Video-Call, sonst würde ihre Mutter sehen, dass sie ihre Vernunft und Zuverlässigkeit in London gelassen hatte. »Was hast du auf dem Herzen?«

»Es gibt da Briefe …«

Liza setzte sich auf. »Die in deinem Arbeitszimmer?«

»Du weißt davon?«

»Ich fand sie, als ich nach den DVDs suchte. Sie waren nicht da, wo du sagtest, deswegen suchte ich im Schreibtisch. Bei den Briefen war ein Ring. Das ist kein echter Diamant, nehme ich an, oder?«

Wieder entstand eine Pause. »Er ist echt.«

Liza wurde heiß und kalt. Sollte sie sagen, dass er zu wertvoll war, um ihn im Haus aufzubewahren? Der Ring hatte offenbar eine tiefere Bedeutung, die sie nicht begriff. Nein, das war Sache ihrer Mutter. Sie verkniff sich ihre Ermahnung. »Wie kann ich helfen?« Ihre Mutter brauchte so lange für ihre Antwort, dass Liza sich fragte, ob ihre Verbindung unterbrochen sei. »Hallo?«

»Ja. Ich bin hier. Bevor ich deinen Vater kennenlernte, war ich verlobt. Er hieß Adam.«

Liza starrte vor sich hin.

Ihre Mutter war verlobt gewesen. Mit jemandem, der nicht ihr Vater war. Ihre Mutter war verliebt gewesen.

»Dieser Mann auf dem Bild. Der mit dir und Ruth.«

»Du hast ein gutes Erinnerungsvermögen.«

»Hat er die Verlobung gelöst?« Sie konnte kaum glauben, dass ihre Mutter ihr etwas derart Persönliches erzählte. Dass sie so mit ihr sprach. Sie bekam Angst, eine falsche Antwort zu geben, und dass sich ihre Mutter dann wieder zurückziehen würde.

»Nein, ich habe mich getrennt. Als ich entdeckte, dass er eine Affäre mit Ruth hatte.«

Ruth. Die beste Freundin ihrer Mutter.

»Oh nein, das ist schrecklich …« Sie hatte ja keine Ahnung gehabt. Ihre Mutter war immer so reserviert gewesen, dass Liza sich nie viele Gedanken darüber gemacht hatte, wie ihre Vergangenheit wohl ausgesehen haben mochte. »Wusste Dad davon?«

Vielleicht hätte sie das nicht fragen sollen. »Entschuldige. Du musst nicht darüber sprechen …«

»Ja, dein Vater wusste es. Das war der Grund, warum er dreimal um meine Hand angehalten hat. Er verstand, wie schwer es mir fiel, mich zu binden. Seit dieser Sache bin ich nicht gut darin, Menschen nah zu sein.« Ihre sonst so selbstsichere Mutter zeigte sich zögerlich und unsicher. »Ich habe unkomplizierte, unverbindliche Beziehungen vorgezogen.«

»Das überrascht mich nicht.« Es überraschte sie auch nicht, dass ihre Mutter den Kontakt zu Ruth abgebrochen hatte. Was sie jedoch überraschte, war, dass ihre so reservierte Mutter ihr diese Geschichte erzählte.

»Es fiel mir schwer zu vertrauen. Ich wollte mein Herz nicht mehr aufs Spiel setzen. Ich habe es gut geschützt, weißt du. Zu meinem Glück lernte ich deinen Vater kennen, und er war alles, was ich brauchte. Er ist der einzige Mensch, der mich wirklich kannte.«

Deine Mutter braucht das.

Liza spürte Rührung in sich aufsteigen, als sie an ihren gütigen und geduldigen Vater dachte. Das war es, was eine perfekte Partnerschaft ausmachte, oder? Den anderen zu kennen und ihn zu akzeptieren. Dem anderen zu erlauben, das zu sein, was er war. »Sind die Briefe von Adam oder von Ruth?«

»Von Ruth. Ich weiß nicht, was drinsteht. Ich hatte mich entschieden, den Kontakt abzubrechen.«

»Das muss sehr schwer gewesen sein.« So was konnte man unmöglich verzeihen, oder? Jede Freundschaft würde daran zerbrechen. »Warst du nie in Versuchung, die Briefe zu lesen?«

»Nie.«

Liza sah auf die Uhr. Finn sollte nicht ausgerechnet während ihres ersten tiefgehenden Gesprächs mit ihrer Mutter eintreffen. »Warum hast du deine Meinung geändert?«

»Es gab eine lustige Wendung. Mir wurde klar, dass du die Briefe lesen würdest, wenn mir etwas zustößt. Was auch immer drinsteht – ich möchte, dass du die Geschichte kennst, Liza. Und jetzt wirst du mich nach meinem Schwindelanfall fragen.«

Finn hatte ebenfalls Schwindelanfälle erwähnt.

Liza unterdrückte alle ängstlichen Fragen, die in ihr aufstiegen. »Ich bin sicher, du hast ihn so in den Griff bekommen, wie du es für richtig hältst. Wenn du mich gebraucht hättest, hättest du angerufen.«

»Ich brauche dich, deshalb rufe ich jetzt an. Ich möchte, dass du mir die Briefe vorliest, Liza. Ich weiß, das ist viel verlangt. Ich weiß nicht, was drinsteht. Sie sind sehr persönlich. Vermutlich aufwühlend.«

Doch ihre Mutter vertraute ihr dabei.

Liza straffte sich. »Soll ich sie zuerst lesen und dann vorsortieren? Ich könnte versuchen, das wegzulassen, was dich vermutlich aufregt, wenn ich sie vorher lese.«

»Ach Liza …« Eine Pause entstand. »Du bist so lieb. Warst du immer. Nein, wenn wir sie lesen, dann lesen wir sie gemeinsam.«

Wir lesen sie gemeinsam.

Liza spürte einen Kloß im Hals. Sie und ihre Mutter hatten so selten etwas gemeinsam unternommen. »Okay. Glaubst du, dass Adam bei ihr geblieben ist?«

»Ich weiß es nicht. Ich glaube, die Wahrscheinlichkeit, dass er mit ihr das Gleiche gemacht hat wie mit mir, ist groß. Wie auch immer, ich wollte nicht, dass das hier ein sentimentales Gespräch wird.«

»Soll ich die Briefe jetzt holen?« Sie konnte Finn noch immer absagen.

»Nein. Ich bin noch nicht bereit. Ich wollte nur bei dir vorfühlen. Aber vielleicht können wir morgen die ersten zwei Briefe öffnen und dann weitermachen.«

»Natürlich.« Dieses Gespräch musste so herausfordernd für ihre Mutter sein, dass sie vermutlich erschöpft war.

»Erzähl mir von dir.« Der abrupte Themenwechsel ihrer Mutter bestätigte diese Annahme. »Amüsierst du dich in Cornwall?«

Liza sah hinaus in das Sonnenlicht im Garten. Den kleinen Tisch draußen hatte sie schon für das Abendessen gedeckt. »Ich liebe es.«

»Gut. Das Haus ist zum Genießen gedacht. Geh und genieße es also, und ich rufe dich morgen Nachmittag deiner Zeit an, wenn das für dich passt.«

Nachdem sie aufgelegt hatten, saß Liza einen Augenblick reglos da.

Ihre Mutter bat sie um ihre Hilfe. Ihre Mutter brauchte ihre Hilfe. Nach diesem einen Gespräch fühlte sie sich ihr näher als je zuvor.

»Hallo …« Finns Stimme drang aus dem Flur. »Ist alles in Ordnung?«

Liza sprang auf. »Hallo! Meine Mutter hat angerufen, und ich habe die Zeit vergessen.«

»Schlechte Neuigkeiten?«

»Nein.« Auch wenn sie nicht wusste, was in den Briefen stand, theoretisch konnten es also schlechte Neuigkeiten sein. Doch was auch immer drinstand, sie und ihre Mutter würden gemeinsam damit umgehen.

Gemeinsam.

»Gut.« Finn nahm seine Baseballkappe ab, behielt die Sonnenbrille jedoch auf. »Sie sehen unglaublich aus.«

Durch das Telefonat hatte sie ganz vergessen, dass sie ihr neues Kleid trug.

Sie las Anerkennung und Wärme in Finns Augen und war verlegen. Was, wenn er glaubte, ihr Kleid gehöre zu einem ausgeklügelten Plan, ihn zu verführen? Der Gedanke war furchtbar. Sie hätte das Kleid niemals kaufen sollen. Für ein zwangloses Dinner im Garten war sie völlig overdressed, selbst wenn der Gast Finn Cool hieß. Doch es war zu spät, nach oben zu laufen und sich umzuziehen.

»Kommen Sie rein. Da Sie nicht fahren müssen, dachte ich, wir trinken einen Cocktail. Wir könnten sie mit nach draußen nehmen.«

Sie ging in die Küche und bereitete die Drinks zu. Er trat näher, um sie entgegenzunehmen. Er duftete nach Sonne und Salz und Sommer, und sie spürte eine ungewohnte Hitze in sich aufsteigen. Sie plauderten und er erzählte ihr, wie die Hunde ins Meer gesprungen waren. Es gelang ihr zu lachen und sich ganz ungezwungen zu verhalten, als hätte sie nicht gerade eine lodernde Flamme sexueller Anziehung verspürt.

Ihr Besuch war erst wenige Tage her, doch sie war aufs Neue überrascht, wie gut man mit ihm reden konnte. Sie lachten, unterhielten sich und aßen, und sie war froh, dass sie das Kleid angezogen hatte.

Finn nahm sich noch Spargel nach. »Woran denken Sie?«

Meine Mutter war verliebt.

»Gar nichts. Ich bin entspannt, das ist alles.«

»Sie haben einen Sonnenbrand.«

»Ich habe die Sonnencreme vergessen, als ich heute schwimmen ging.« Sie berührte ihre Wange. »Mein Gesicht passt vermutlich perfekt zur Farbe des Kleides.«

»Sie sehen gut aus. Glücklicher als das letzte Mal am Anfang der Woche.«

»Das passiert, wenn man die Flucht aufs Land antritt.«

»Wovor sind Sie geflüchtet?«

Sie legte die Gabel nieder. »Ich – ich habe das nur so gesagt.«

Er sah sie an. »Wirklich?«

Sie seufzte. »Nein. Es stimmt, es war eine Flucht. Auf gewisse Weise.«

»Wenn Sie darüber reden möchten, schießen Sie los.« Er nahm sich noch eine Scheibe Brot. »Und wenn Sie Skrupel haben, sich einem beinahe Fremden anzuvertrauen, erinnere ich Sie daran, dass ich damit lebe, dass alles, was ich tue, am nächsten Tag in den Nachrichten landen könnte. Aus dem Grund bin ich der vermutlich vertrauenswürdigste Mensch, dem Sie je begegnet sind.«

»Wie schaffen Sie es, zumindest ein ansatzweise normales Leben zu führen, wenn Sie nicht wissen, wem Sie trauen können und wem nicht?«

»Ich höre auf meinen Instinkt.« Er hob das Glas und nahm einen Schluck. »Und der ist nach vielen Enttäuschungen und Verrat sehr geschärft.«

Sie dachte an ihre Mutter. »Schlechte Erfahrungen schrecken Sie nicht ab? Sie versuchen nicht, auf Nummer sicher zu gehen?«

»Ich war acht, als ich meinen Vater verlor. Ich kann mich nicht mehr gut an ihn erinnern, aber ich erinnere mich deutlich an sein Talent, sich zu amüsieren und den Moment zu genießen, egal wie die Umstände waren.« Er stellte sein Glas ab. »In dieser Hinsicht ähnelte er Ihrer Mutter. Ich versuche es ebenso zu machen. Es ist nicht leicht. Die Leute halten einen für leichtfertig und oberflächlich …«

»Aber es gehört viel Mut dazu.«

Er lächelte. »Das ist richtig. Sich die Erlaubnis zu geben zu lieben, zu leben – das braucht Mut.«

Er verstand ihre Mutter kein bisschen, auch wenn er das glaubte. Liza begriff jetzt, dass all die Reisen, die emotionale Distanz, die Art, wie Kathleen ihr Leben lebte, nichts mit Egoismus zu tun hatten, sondern mit Selbstschutz. Auch wenn Liza die Einzelheiten noch nicht kannte, hatte sie zum ersten Mal in ihrem Leben das Gefühl, ihre Mutter zu verstehen, und Verständnis änderte alles.

»Ja, es braucht Mut.«

»Etwas zu versuchen, von dem man weiß, dass man scheitern könnte, braucht Mut. Zu lieben, wenn man weiß, dass einem vielleicht das Herz gebrochen wird.«

»Ja.« Wie viel Mut musste es ihre Mutter gekostet haben, nach allem, was geschehen war, ihren Vater zu lieben?

»Es ist immer leichter, sich zu schützen, doch wenn man Mauern um sich errichtet, hält man nicht nur das Schlechte, sondern auch das Gute ab. Ich schätze, deswegen finde ich Ihre Mutter so inspirierend«, sagte Finn. »Sie weiß, was sie will, und verfolgt ihre Ziele. Sie lässt sich nicht durch Angst von ihrem Weg abbringen. Wenn ich erwachsen bin, möchte ich so sein wie sie.«

Liza hatte ihre Mutter genauso eingeschätzt, doch jetzt wusste sie es besser.

Kathleen hatte sich sehr wohl durch Angst von ihrem Weg abbringen lassen.

Sie stand auf und räumte die Teller ab. »Werden Sie nicht erwachsen. Ich finde Sie gut, wie Sie sind.«

»Sagt die Frau, die mich mit einem Blick töten wollte, als sie meinetwegen beinahe im Graben gelandet wäre.«

»Sie haben mich wiedererkannt?«

»Selbstverständlich. Sie sind unvergesslich, Liza.« Er hatte die Rückenlehne seines Stuhls nach hinten gekippt. Die Sonnenbrille verbarg seine Augen, doch sie musste nicht sehen, wie er sie anblickte. Sie fühlte es.

Ihr wurde heiß, als wandere jemand mit einem Schweißbrenner über ihre Haut. Es war so lange her, dass jemand mit ihr geflirtet hatte, dass sie nicht wusste, ob sie die Situation richtig einschätzte. Auf jeden Fall wusste sie nicht, wie sie damit umgehen sollte.

Nie hatte ihr ein Mann gesagt, dass sie unvergesslich sei. Es war, als gieße man Wasser auf eine vertrocknende Pflanze.

Verwirrt brachte sie die Teller in die Küche und konzentrierte sich auf das Dessert und den Kaffee.

Es wurde dunkel, und die Lichterketten, die ihre Mutter um die Bäume geschlungen hatte, leuchteten wie Sterne. Liza hatte die Lichterketten immer überraschend romantisch gefunden für jemanden, die sie nie für romantisch gehalten hatte. Ihre Eltern waren in der Öffentlichkeit nie zärtlich miteinander gewesen. Sie hatte nie gesehen, dass sie einander umarmten. Und doch war ihr Vater ihrer Mutter ergeben gewesen, und Liza verstand jetzt, dass diese tiefe Liebe erwidert worden war.

»Also wie gefällt Ihnen Ihr neues Leben?« Die Art, wie er sie anschaute, brachte sie völlig durcheinander. Sie wusste, dass sie vor etwas prickelnd Gefährlichem stand. Und war nicht sicher, ob sie einen Schritt darauf zu machen oder lieber weglaufen sollte.

»Nicht unbedingt ein neues Leben. Eine Pause vom alten.« Sie hatte das Gefühl, nicht atmen zu können. Hörte er das an ihrer Stimme?

»Wollen Sie sagen, Sie geben das Malen auf, wenn Sie nach Hause zurückgehen?«

Sie dachte daran, wie sehr sie die letzte Woche genossen hatte. Sie war jeden Morgen aufgewacht voller Eifer, sich wieder an die Leinwand zu stellen, die sie am Abend zuvor nur widerstrebend verlassen hatte.

In London würde es anders sein. Sie hätte weder das Sommerhaus noch das Rauschen des Meeres noch die Zeit, sich ihrer Leidenschaft hinzugeben. Aber dennoch …

»Ich werde es nicht aufgeben.« Allein der Gedanke an das

Leben in London reichte aus, um ihre Stimmung zu dämpfen, und das nicht nur wegen des Malens. Sie würde es vermissen, in Flip-Flops zum Strand zu gehen, schlichte Mahlzeiten zu essen, die sie nicht aufwendig in der Küche zubereiten musste, sie würde Sommerkleider und ein gutes Buch vermissen. Vor allem würde sie die Einfachheit vermissen. Sie musste über vieles nachdenken. Einiges ansprechen. Sie hatte es vor sich hergeschoben, doch die Zeit wurde knapp.

Sie hielt inne, als sie einen Wagen vor dem Haus hörte.

Alarmiert stellte Finn sein Glas ab. »Erwarten Sie jemanden?«

»Nein.« Liza stand auf. »Bleiben Sie hier. Ich sehe nach, wer da ist.«

»Ich kann …«

»Nein, schon in Ordnung.« Sie hielt ihn mit einer Geste zurück. »Zeigen Sie sich besser nicht.«

Wer konnte das sein? Falls es Angie sein sollte, hätte sie einiges zu erklären.

Liza sagte sich, dass es keinen Grund gab, sich schuldig zu fühlen, und ging durch den Garten nach vorne zum Haus.

Zwei junge Frauen standen dort.

»Wir suchen nach Finn Cool.«

Liza setzte eine verständnislose Miene auf. »Wie bitte?«

»Finn Cool.« Eines der Mädchen grinste. »Sie sind vermutlich zu alt, um von ihm gehört zu haben.«

Frechheit! »Ist er berühmt?«

»Ernsthaft? Er ist vermutlich der beste Musiker überhaupt.« Das Mädchen strich sich das blonde Haar aus dem Gesicht, wobei ihre Armreife klirrten.

»Ach so. Na ja, ich glaube, ich wüsste, wenn ich neben einer Musiklegende wohnen würde.«

»Er wurde vor ein paar Wochen in einem Pub die Straße hinauf gesehen.«

»Welchem?«

»Dem *Smuggler's Arms.*«

»Vermutlich hat er von ihren berühmten Fish & Chips gehört. Sie sollten sie probieren, wenn Sie schon in der Gegend sind. Die Leute kommen von weit her, um dort zu essen. Und probieren Sie den Schokoladenpudding zum Dessert.«

Das eine Mädchen wandte sich dem anderen zu. »Bist du sicher, dass das der richtige Pub war? Wenn er hier wohnen würde, würde sie es wissen.«

»Versuchen Sie es die Küste weiter hinauf.« Liza wedelte vage mit dem Arm. »Und seien Sie vorsichtig beim Fahren. Die Straßen sind schmal.«

»Ich weiß. Wir haben uns zweimal verfahren. Trotzdem danke. Sie sollten sich seine Musik anhören.«

»Das mache ich.« Nur gut, dass sie nicht vor ein paar Stunden gekommen waren und sie beim Tanzen in der Küche überrascht hatten.

Liza wartete, bis das Motorengeräusch in der Ferne verklang, und kehrte zurück in den Garten.

Der Tisch war leer, und sie dachte zuerst, dass Finn sich vielleicht versteckte, doch dann sah sie die Tür des Sommerhauses offen stehen.

Sie nahm ihr Weinglas und ging den Garten hinunter.

Die Luft war schwül und schwer von der Hitze, am Himmel türmten sich Gewitterwolken. Der Wetterbericht hatte Sturm angesagt.

»Kein Wunder, dass Sie sich verstecken. Sie waren Furcht einflößend.« Sie trat ins Sommerhaus, fand Finn, wie er ihr Bild studierte, und wurde unsicher. »Ist es das, womit Sie die ganze Zeit zu tun haben?«

Er wandte sich nicht zu ihr um. »Nein, meistens ist es viel schlimmer.«

»Wie schrecklich. Was zahlt man für einen Bodyguard?«

»Das ist vor allem ein Ehrenamt, aber es gibt jede Menge Dankbarkeit. Hier, halten Sie mal …« Er reichte ihr sein Glas, damit er die Hände frei hatte. »Das hier ist unglaublich.«

»Ich weiß. Als Kind habe ich hier fast gewohnt, doch meine Mutter nutzt es kaum. Nachdem ich neulich bei Ihnen war, habe ich es aufgeräumt und nutze es seitdem als Atelier.«

»Ich meine nicht das Sommerhaus. Ich spreche von diesem Bild. Wird das meins?«

»Ich war nicht sicher, ob Sie es ernst meinen.«

»Oh doch, ich meine es ernst. Ich kann kaum glauben, dass Sie das alles seit dem Wochenende gemalt haben.« Ohne zu fragen, ging er die Leinwände durch, die sie an die Wand gelehnt hatte.

»Einige sind alt. Ich hatte vergessen, dass sie hier stehen.« Verlegen schaute sie zu, wie er die Bilder eingehend studierte.

»Wie können Sie Arbeiten wie diese vergessen? Danke übrigens, dass sie sich um die Mädchen gekümmert haben.«

»Gern geschehen. Das war mehr Aufregung, als ich normalerweise den ganzen Tag habe. Glauben Sie, ich habe Talent als Geheimagentin?«

»Nein, aber ich glaube, Sie haben Talent als Künstlerin. Sie sind umwerfend. Sie haben eine Gabe, Liza.«

»Danke. Nett von Ihnen.«

»Ich bin nie nett. Da können Sie jeden fragen.« Er zog eine der größeren Leinwände hervor und legte sie auf den Tisch. »Verkaufen Sie mir das?«

»Statt des anderen?«

»Nein. Ich möchte beide.« Er musterte die Bilder, an denen sie gerade arbeitete. »Dieses würde perfekt in meinem Flur aussehen.«

»Es ist noch nicht fertig.«

»Dann malen Sie es fertig und nennen Sie mir Ihren Preis.«

Sie schluckte. »Sind Sie höflich?«

Ein Lächeln umspielte seinen Mund. »Ich bin weder höflich noch nett. Ich kaufe es, weil ich es haben will, und wenn ich etwas haben will …« Er beendete den Satz nicht, und die Spannung zwischen ihnen wuchs und wuchs.

Sie hätte nie gedacht, dass so viel gesagt werden konnte, ohne dass einer von ihnen ein Wort sprach.

Sein Gesicht war dicht vor ihrem, würde er sie gleich küssen?

Sie konnte kaum noch denken, war völlig benommen vom Wein und vor Begehren. »Ich bin verheiratet.«

»Ich weiß.« Sein Lächeln wurde breiter, wissend und verführerisch.

Sie schüttelte den Kopf, sich der Unterschiede zwischen ihnen bewusst. Genau diese Unterschiede und der Reiz des Verbotenen machten ihn natürlich so anziehend. Es war schwer, nicht geschmeichelt zu sein. Und noch schwerer, nicht in Versuchung zu geraten. »Vielleicht sind Sie so schlimm, wie es die Gerüchte besagen.«

»Vielleicht bin ich das.« Er schaute auf ihren Mund, und die Hitze in seinen Augen schien ihre Lippen fast zu verbrennen. »Was ist mit Ihnen, Liza?«

Was war mit ihr?

Sie hatte immer gedacht, sie wäre der Typ Frau, der nie einen anderen Mann ansah, doch Finn fesselte ihren Blick.

Ein unsichtbarer Faden zog sie an die Kante einer Klippe, und von dem Fall würde sie sich nie erholen.

Sein Mund bewegte sich gefährlich dicht an ihrem. »Denken Sie darüber nach.«

Verwirrt sah sie ihn an. »Sie meinen über den Verkauf des Bildes?«

»Darüber auch.« Er strich mit dem Finger langsam über ihre Wange. »Danke für einen wunderschönen Abend. Kommen Sie morgen zu mir.«

Zu ihm kommen? Zum Essen? Zum Sex?

»Wozu genau laden Sie mich ein?«

»Das liegt an Ihnen.« Er war ihr so nah, dass sie sich bei der kleinsten Bewegung ihrerseits küssen würden.

»Finn …«

»Kommen Sie um sieben Uhr. Dann können wir vorher noch schwimmen gehen.«

Wovor?

Sie wollte ihn fragen, doch er hatte sich schon umgedreht, verließ das Sommerhaus und ging den Pfad zum Haus entlang.

Hin- und hergerissen zwischen dem Wunsch, ihn zurückzurufen, und dem Wissen, dass es besser war, ihn gehen zu lassen, stand sie da.

Was tat sie hier?

Natürlich durfte sie morgen nicht zu ihm gehen. Sie war nicht naiv. Es war klar, dass er sie nicht einlud, um ihr seine Kochkünste zu demonstrieren.

Er hatte sie nicht berührt, und doch kam es ihr so vor, als hätte er es. Sie rieb sich über die Arme. Ihre Haut war warm, und ein köstlich prickelndes Gefühl durchströmte ihren Körper.

Sie schüttelte den Kopf, schloss das Sommerhaus ab und ging auf zittrigen Beinen zurück zum Haus, doch Finn war fort.

Etwas hatte sich verändert, und das lag nicht an dem Kleid oder den hohen Absätzen. Es lag daran, wie Finn sie angesehen hatte. Er hatte ihr das Gefühl gegeben, attraktiv zu sein. Eine begehrenswerte Frau zu sein.

Dennoch würde sie morgen nicht hingehen.

Oder doch? Morgen Nachmittag würde sie mit ihrer Mutter beginnen, Ruths Briefe zu lesen, was sie vielleicht aufwühlte. Ein Abend mit Finn wäre etwas, worauf sie sich freuen könnte.

Es klingelte, und ihr Herzschlag beschleunigte sich.

Finn.

Er hatte es sich anders überlegt und wollte nicht bis morgen warten.

Sie strich sich übers Haar, atmete tief durch und ging zur Tür. Sie fühlte sich groß und elegant in ihren neuen Schuhen.

Lächelnd zog sie die Tür auf – und fiel fast hintenüber.

Vor ihr stand Sean, unrasiert, mit zerzaustem Haar und müden Augen. In der Hand hielt er den zerknitterten Artikel aus der Zeitschrift: *Acht Anzeichen, dass Ihre Ehe gefährdet ist.*

»Hallo, Liza.«

19. KAPITEL

LIZA

Liza schlief schlecht, was wohl normal war, wenn man sich in Schale geworfen und gerade über Sex mit einem anderen Mann nachgedacht hatte – und dann der eigene Ehemann unangekündigt vorbeikam.

Sie hätte nicht mit Finn geschlafen, zumindest redete sie sich das ein, während sie vom Bett aus an die Decke starrte und an Sean dachte, den sie im gegenüberliegenden Schlafzimmer einquartiert hatte.

Es war das erste Mal in ihrer langen Ehe, dass sie im gleichen Haus waren und in getrennten Zimmern schliefen. Als Ausrede hatte sie angeführt, dass er nach der Reise doch bestimmt müde sei und seinen Schlaf brauche. In Wirklichkeit war sie nicht sicher, ob in ihrem Bett genug Platz war für sie beide plus ihr schlechtes Gewissen. Sie musste alles gründlich durchdenken, und das würde ihr nicht gelingen, wenn Sean neben ihr lag.

Warum fühlte sie sich überhaupt schuldig? Sie hatte nichts getan. Daran zu denken zählte nicht, oder? Na ja, vielleicht doch.

Sie hatte sich im Recht gefühlt, doch nun fühlte sie sich im Unrecht, was daran lag, dass sie vor sich hergeschoben hatte, was endlich getan werden musste.

Sie hätte gleich mit Sean reden sollen, schon als die ersten Zweifel in ihr aufkamen. So wie beim Anblick von Unkraut im Garten hätte sie sagen sollen: Sieh dir das an! Lass es uns gleich rausreißen, damit es sich nicht ausbreitet. Doch das hatte sie nicht. Sie hatte es sich ausbreiten lassen, bis es groß und so viel geworden war, dass sie ihn dahinter kaum noch erkennen konnte.

Für ihre Probleme war sie ebenso verantwortlich wie er, weil sie nichts gesagt hatte. Sie hatte von ihm erwartet, dass er sie einfach so verstand, als müsse er nach so vielen Jahren in der Lage sein, ihre Gedanken zu lesen. Als hätte er magische Fähigkeiten.

Doch das Leben war nicht magisch, es war chaotisch und real und nie realer als in dem Moment, als Sean plötzlich vor der Tür stand – völlig außer sich, weil er den Artikel gefunden hatte und nicht wollte, dass ihre Ehe gefährdet war. Sie wollte das auch nicht, doch ihre Reaktion hatte darin bestanden, zuerst den Kopf in den Sand zu stecken und dann fortzulaufen und eine Auszeit zu nehmen, wohingegen er sofort alles stehen und liegen gelassen hatte, um zu ihr zu fahren.

Sie hatte immer gedacht, sie sei ganz anders als ihre Mutter, doch nun erkannte sie, dass das nicht stimmte. Mit Gefühlen ehrlich zu sein fiel leicht, wenn diese Gefühle klar und positiv waren. Es fiel weniger leicht, wenn heikle Gespräche geführt werden mussten.

Sie hatte den Großteil der Nacht wach gelegen, an Finn und den Beinahe-Kuss gedacht, an Sean, ihre Hochzeit, ihre Hoffnungen, die Mädchen, den Alltag – bis ihr der Kopf schwirrte und ihr übel wurde.

Dankbar registrierte sie, dass die ersten Sonnenstrahlen ins Zimmer drangen, denn die Dunkelheit hatte auch ihre Gedanken verdüstert.

Ein Unwetter hatte in der Nacht getobt, und der heftige Sturm war irgendwann in starken Regen übergegangen. Er hatte auf das Dach und gegen die Fenster getrommelt, die

Pflanzen im Garten niedergedrückt und tropfenschwer zurückgelassen. Das Wetter spiegelte die Veränderung ihrer Situation. Ihre Zeit der abgeschiedenen Sommeridylle war vorbei.

Sie ging in die Küche und fand Sean vor, der bereits am Küchentisch saß. Sein Gesicht verriet ihr, dass er ebenfalls nicht geschlafen hatte.

Ihr Gespräch am Abend zuvor war, gelinde gesagt, unangenehm gewesen. Als sie ihn vor der Tür hatte stehen sehen, war ihr augenblicklich der Schweiß ausgebrochen – nicht nur wegen der Hitze, sondern vor allem bei dem Gedanken, was geschehen wäre, wenn er eine halbe Stunde früher gekommen wäre. Er hätte sie lachend und mit Finn flirtend im Sommerhaus vorgefunden.

Erschrocken, dass er diesen dummen Artikel in der Hand hielt, hatte sie Sean hereingelassen. Sie wäre nie auf die Idee gekommen, dass er ihn finden könnte.

»Bist du allein? Wo sind die Mädchen?«

»Sie sind zu Hause. Ich dachte, hierüber sollten wir ohne Publikum sprechen.« Er musterte ihr Kleid und den Stapel Teller, die sie noch nicht in die Spülmaschine geräumt hatte. »Du hattest Gesellschaft?«

»Ja, jemand war zum Essen da.« Mehr sagte sie nicht, doch sie wurde rot und wusste, dass er es bemerkte. Es war schon seltsam – wenn er etwas bemerken sollte, tat er es nicht, aber was er lieber übersehen sollte, bekam er immer mit. »Dieser Artikel ist nicht …«

»Ist nicht was, Liza?«

»Er bedeutet nichts.«

»Warum war er in deiner Tasche, wenn er nichts bedeutet? Als du sagtest, dass du nach Oakwood fährst, dachte ich, du wolltest die Katze füttern. Mir war nicht klar, dass du mich verlässt. Es wäre hilfreich gewesen, das zu wissen.«

Panik überkam sie. Dies war nicht das, was sie wollte, und jetzt schien die Situation außer Kontrolle geraten zu sein.

»Ich habe dich nicht verlassen! Nicht in dem Sinn. Ich brauchte Abstand, Sean, das ist alles. Ich musste nachdenken.«

Sie hatte angenommen, sie könne sich zurechtlegen, was sie sagen würde, sodass ihre Worte durchdacht und bedeutungsvoll daherkämen. Doch jetzt fühlte sie sich gefangen und in der Defensive. Dazu müde, und das war nicht gut.

»Wenn du über unsere Ehe nachdenken musstest, meinst du nicht, dass ich dann mit einbezogen werden sollte? Jedem Beschuldigten steht eine Verteidigung zu.«

»Ich beschuldige dich nicht, Sean.«

Er griff zu der fast leeren Weinflasche. »Macht's dir was aus, wenn ich die austrinke?«

»Nur zu.« Sie stellte ihm ein Glas hin, und er goss sich den Rest Wein ein.

Er hatte immer in sich geruht. Das hatte sie als Erstes an ihm angezogen, und das hatte sich auch nie geändert. Er war ihr Fels gewesen, als die Zwillinge zu früh zur Welt gekommen waren und als ihr Vater gestorben war. In diesem Moment schien er allerdings alles andere als in sich zu ruhen.

»Den ganzen Weg hierher habe ich diese großartige Ansprache geplant, doch jetzt bin ich hier und weiß absolut nichts zu sagen.« Er sah sie aus müden Augen an. »Es war nie wichtiger, nach so vielen falschen Dingen das Richtige zu sagen. Ich war so beschäftigt mit meinem Leben, dass ich nie innegehalten habe, um zu sehen, wie ich es lebe.«

Das verstand sie gut, denn auf ihre Art war es ihr genauso gegangen. »Du siehst erschöpft aus.«

»Die Woche war hart und der Verkehr furchtbar.« Er trank den Wein in einem Zug aus. »Freitagabend.«

»Ja.« Freitagabend. Den sie mit Finn verbracht hatte. Jetzt

war nicht der richtige Zeitpunkt, um über alles zu sprechen. Sie musste nachdenken, und er musste sich ausruhen.

»Es ist spät, und du hast eine lange Fahrt hinter dir. Warum gehst du nicht ins Bett, während ich hier aufräume, und wir sprechen morgen miteinander.«

»Ist das dein Ernst? Dies ist vielleicht das wichtigste Gespräch unserer ganzen Ehe, und du möchtest es verschieben?«

»Ich möchte es verschieben, gerade weil es vermutlich das wichtigste Gespräch unserer ganzen Ehe ist. Das wir besser nicht führen sollten, wenn wir müde und gestresst sind.«

»Du wirkst nicht müde oder gestresst. Ganz im Gegenteil, du siehst energiegeladen aus.« Sein Blick wanderte von den Trägern ihres roten Kleids zu den hohen Absätzen ihrer Schuhe. »Du siehst unglaublich aus. Anders.«

»Ich habe mir ein neues Kleid gegönnt.«

»Es ist nicht das Kleid. Du siehst anders aus.«

Vermutlich lag es am schlechten Gewissen. Sie hatte das Gefühl, als stünde es ihr auf der Stirn geschrieben. Nicht dass sie etwas getan hätte, weshalb sie sich schuldig fühlen müsste. Außer es zählten auch die Gedanken. »Ich hatte eine Woche Sonne und Entspannung. Und ich habe die Sonnencreme vergessen, sodass sich meine Nase pellt.«

Fast lächelte er. »Ich dachte, du räumst das Haus deiner Mutter auf und bist die ganze Zeit mit dem Erledigen von Aufgaben beschäftigt. Was hast du die ganze Zeit gemacht?«

»Ich habe mich mit Angie getroffen. Lag am Strand. Bin jeden Tag schwimmen gewesen. Ich habe gemalt.«

Und ich habe geflirtet.

»Du hast gemalt? Gut. Du machst das zu selten, und ich schätze, zu einem Teil trage ich die Schuld daran.«

Sie schüttelte den Kopf. »Ich hätte mir die Zeit nehmen sollen.«

»Wie? Du hast so viele Aufgaben, da grenzt es an ein Wunder, dass du Zeit zum Zähneputzen hast.« Er seufzte und fuhr sich mit der Hand über den Nacken. »Es ist schwül und stickig.«

»Wir werden ein Unwetter bekommen.« Nicht nur meteorologisch gesehen.

Sie unterdrückte den Drang, das Gespräch hinter sich zu bringen. Sie brauchte Zeit zum Nachdenken, was sie sagen wollte. Und sie wollte das Gespräch nicht in einem sexy roten Kleid führen, das sie für das Dinner mit einem anderen Mann angezogen hatte. Auch wenn sie technisch gesehen nichts Verwerfliches getan hatte, fühlte sich das falsch an.

»Geh zu Bett, Sean.«

Schließlich hatte er eingewilligt und seine rasch zusammengepackte Tasche in das Schlafzimmer gebracht, das sie bei ihren Aufenthalten immer nutzten, während sie in das Zimmer gegangen war, in dem sie die ganze Woche geschlafen hatte, umgeben von den Erinnerungsstücken ihrer Kindheit.

Und nun saßen sie sich am Küchentisch gegenüber, während es draußen regnete.

»Du bist früh auf.« Sean goss einen Becher Kaffee ein und reichte ihn ihr. »Hast du überhaupt geschlafen?«

»Nicht viel. Du?«

»Nein. Warum schläfst du in deinem alten Zimmer?«

»Ich weiß nicht.« Sie nippte an dem Kaffee. Ihre Augen fühlten sich kratzig an. »Ich war müde, als ich ankam, und habe eben das Zimmer gewählt. Ich glaube, ich brauchte eine Veränderung.«

»Von mir?«

»Nein.« Sie setzte den Becher ab. Der Artikel lag vor ihnen auf dem Tisch, über ihn mussten sie reden. Und über so vieles andere. »Ich habe nichts davon geplant, Sean. An jenem Tag sind so viele Dinge passiert, und auch in den Monaten davor. Etwas in mir ist geplatzt. Ich fühlte mich die ganze Zeit überlastet und allein, als wäre ich für meine Familie bloß die Frau, die alles organisiert – jemand, die einem vergessene Sachen bringt, die Tische im Restaurant reserviert oder Mahlzeiten kocht, damit niemand anders das tun muss. Als Mensch war ich gar nicht mehr vorhanden. Und das war meine eigene Schuld, weil ich es zugelassen und nichts gesagt habe.« Es war erleichternd, es endlich auszusprechen. Erleichternd, dass es endlich auf dem Tisch lag.

Er wirkte betreten. »Ich hätte es sehen müssen. Ich war so verdammt selbstsüchtig.«

»Ich habe es selbst nicht richtig gesehen. Jeder Moment des Tages war mit irgendwelchen Pflichten vollgestopft. Es gab keine Zeit zum Nachdenken. Das Malen war für mich immer ein bisschen wie Meditation – eine Zeit der Konzentration und Ruhe. Als ich damit aufhörte, verlor ich beides. Ich hatte nie die Zeit – oder ich habe mir nie die Zeit genommen, um innezuhalten und mich zu fragen, ob ich das Leben lebe, das ich leben möchte. An dem Tag, an dem ich hierhergefahren bin, wollte ich einfach nur Abstand, um nachzudenken.«

»Ich bin den Tag im Geist noch mal durchgegangen. Du hattest ein Abendessen im Restaurant vorgeschlagen, und ich bat dich, irgendwo zu reservieren, nachdem ich zuerst angenommen hatte, du wolltest die Kinder dabeihaben. Es war unser Hochzeitstag …« Er warf ihr einen beschämten Blick zu. »Ich weiß gar nicht, wo ich anfangen soll, mich zu entschuldigen.«

»Das war nicht gerade dein bester Moment, aber eine Ehe besteht glücklicherweise aus vielen Momenten, und du hattest viele gute.«

»Du hättest mir eine Pfanne über den Kopf ziehen sollen, so wie deine Mutter es mit dem Eindringling gemacht hat. Wenn ich den Artikel nicht gefunden hätte – hättest du irgendwann etwas gesagt?«

»Ja. Ich brauchte nur Zeit zum Nachdenken, das ist alles.«

»Du wolltest nicht nach Hause kommen. Das heißt einiges.« Seine Augen waren müde, und Bartstoppeln verdunkelten sein Gesicht. Er hatte nie attraktiver ausgesehen.

Oder hatte der Gedanke, ihn zu verlieren, sie so erschüttert, dass sie nun bemerkte, was sie zuvor übersehen hatte? Die Gewohnheit ließ einen unaufmerksam werden.

»Ich wäre nach Hause gekommen, Sean. Ich hätte dir gesagt, wie ich mich fühle. Ich wusste nur noch nicht, wie und wann. Ich hatte nicht damit gerechnet, dass du diesen Artikel finden würdest.«

»Ich habe ihn nicht gefunden. Das waren die Mädchen.«

»Oh.« Sofort bekam sie ein schlechtes Gewissen und war zugleich besorgt. »Wie?«

»Ich bat sie, die Reserveschlüssel für den Wagen zu suchen. Sie sahen in deine Tasche, und da haben sie ihn entdeckt.«

Es war ihr nicht eine Sekunde in den Sinn gekommen, dass irgendjemand außer ihr ihn je lesen würde. »Was haben sie gesagt?«

»Zuerst nichts. Sie wussten nicht, was sie machen sollten. Gestern stellten sie mich dann zur Rede. Sie hatten viele Fragen, die ich nicht beantworten konnte, was mich nicht gerade gut dastehen ließ. Die meisten gehen davon aus, dass man es merkt, wenn man Eheprobleme hat.«

»Bist du wütend?«

»Nein. Jedenfalls nicht auf dich. Vielleicht auf mich, weil ich nicht gesehen habe, wie es dir geht, oder weil ich nicht aufmerksamer war, damit es gar nicht erst so weit kommt. Vor allem bin ich …« Er schüttelte den Kopf. »Ich weiß nicht. Durcheinander. Hilflos. Verstört, weil ich dich liebe und nicht gemerkt habe, was los ist. Ich dachte, wir wären glücklich. Es ist schrecklich zu wissen, dass du all das gedacht hast, ohne darüber zu reden. Ich bin kein Beziehungsexperte, doch sogar ich weiß, dass man kein Problem lösen kann, von dem man nichts weiß.«

Ach Sean.

Sie spürte einen Kloß im Hals.

»Ich liebe dich auch.«

»Warum dann dies alles?« Er tippte auf den Artikel. »Warum hast du nicht mit mir darüber gesprochen?«

»Wann? Wann sprechen wir je über uns oder unsere Beziehung, Sean? Wir sprechen über den Alltag, über die Mädchen, was zu tun ist.«

Er fuchtelte mit dem Papier herum. »Acht Anzeichen. Wie viele treffen auf uns zu? Ich habe sie gelesen und war nicht sicher. Was wiederum nicht viel heißt, oder? Ich meine, Nummer zwei …« Er deutete auf den Artikel. »Sie verbringen keine Zeit zu zweit. Das ist definitiv richtig, das sehe ich jetzt.«

»Sean …«

»Früher hatten wir unseren Ausgehabend. Was ist daraus geworden?«

»Ich glaube, er verschwand irgendwo zwischen deinem Firmenaufstieg und Caitlins Theaterkurs.« Sie umschlang den Kaffeebecher mit beiden Händen. »Im Leben geht es um Prioritäten, nicht wahr, und die haben wir falsch gesetzt. Wir haben uns nicht selbst zur Priorität gemacht.«

»Nichts im Leben ist mir wichtiger als du. Insofern war es Achtlosigkeit, keine Absicht.« Er griff nach ihrer Hand. »Ich verstehe, wenn du es nicht glauben kannst, aber du bist meine Priorität. Meine Arbeit und alles, was ich tue, tue ich für uns.«

»Ich weiß.« Sie war müde und gerührt und so froh, ihn zu sehen und endlich mit ihm zu sprechen. »Es war ebenso mein Fehler wie deiner. Ich war zu sehr auf die Familie fixiert und habe uns dabei aus den Augen verloren. Das hat wohl mit meiner Kindheit zu tun, ich wollte als Mutter präsent sein. Ich habe es übertrieben, das sehe ich jetzt.«

Draußen hatte der Regen aufgehört, und ein Stück blauer Himmel war zu sehen. Es weckte Hoffnung in ihr, ebenso wie seine Hand auf ihrer zu spüren.

»Du bist die beste Mutter überhaupt, und die Zwillinge können sich glücklich schätzen.«

»Das ist nicht wahr.« Es fiel ihr schwer, es zuzugeben, doch es musste sein. »Ich nehme ihnen alles Mögliche ab, anstatt sie dazu anzuhalten, Verantwortung zu tragen. Der Konflikt mit Caitlin gibt mir das Gefühl, eine schlechte Mutter zu sein, sodass ich alles tue, um Frieden zu bewahren. Ich will, dass sie glücklich ist, und lasse mich von ihr manipulieren. Das ist mein Fehler, und ich muss mit ihr darüber reden.«

»Ich glaube nicht, dass du das tun musst. Die Mädchen sind ziemlich in sich gegangen, seit sie den Artikel gefunden haben.« Wie aufs Stichwort signalisierte sein Handy den Eingang einer Textnachricht, und er sah aufs Display. »Es ist Caitlin, sie möchte wissen, ob wir uns scheiden lassen.«

»Scheiden lassen? Das glauben die Mädchen?«

»Das steht am Ende des Artikels. ›Können Sie die Probleme lösen oder sollten Sie die Ehe beenden?‹«

»Ich habe ihn nie zu Ende gelesen.« Der Artikel hatte Panik in ihr ausgelöst. Es war, als recherchiere man im Internet irgendwelche Symptome, um am Ende überzeugt zu sein, dass man sehr bald an einer schlimmen Krankheit sterben würde. Sie hatte nicht glauben wollen, dass ihre Ehe im Sterben lag.

»Auf dem Weg hierher habe ich viel über diesen Tag nachgedacht. Ich war abgelenkt, dachte an Kunden, die Arbeit, an alles außer an uns zwei. Und du hast versucht, mich zum Essengehen zu überreden, und alles getan, um mich daran zu erinnern, dass es unser Hochzeitstag war.«

»Ich hätte es einfach sagen sollen.«

»Du solltest mich nicht erinnern müssen. Es war meine Aufgabe, daran zu denken. Ich hätte einen Tisch im Restaurant reservieren und dich zu einem romantischen Essen entführen sollen. Es tut mir leid, dass du das alles so lange in dich hineingefressen hast. Ich hätte dir das Gefühl geben sollen, dass du mit mir darüber reden kannst. Es ist meine Schuld, dass du das nicht konntest. Ich war in Eile, wollte ins Büro – wie du schon sagtest, alles andere hatte Priorität.«

»Vielleicht brauchte ich diese Zeit für mich. Sie hat mir gutgetan.« Mit Finn zu sprechen hatte ihr ebenfalls gutgetan. Es hatte ihr geholfen, sich darauf zu besinnen, was ihr wichtig war.

»Bist du sicher, dass du vorhattest, nach Hause zu kommen?«

»Natürlich!«, sagte sie, bestürzt, dass er so etwas überhaupt in Erwägung zog.

Die Sonne schien durchs Küchenfenster, und sie erhob sich. »Lass uns an den Strand gehen.«

»Jetzt?«

»Warum nicht? Früher sind wir gern nach einem Sturm dorthin gegangen.«

»Wir waren Teenager.«

»Und? Nicht nur die Jungen dürfen sich amüsieren.« Sie dachte an ihre Mutter. »Es gibt keine Regel, dass du die Dinge, die du früher genossen hast, nicht mehr genießen kannst. Die Wellen werden stark sein, es wird windig sein und menschenleer.«

Er trank seinen Kaffee aus. »Willst du dich anziehen? Und willst du erst frühstücken?«

»Wir nehmen uns etwas zum Frühstücken mit. Das Licht wird herrlich sein nach dem Sturm. Ich werde ein paar Fotos machen, die ich später zum Malen verwenden kann.«

Sie zogen sich rasch an, und Liza packte etwas Obst und ein paar Muffins, die sie am Tag zuvor gekauft hatte, in eine Tasche.

Sean kam herunter, das Haar noch feucht von der Dusche und mit einem Sweatshirt über den Schultern. »Ich habe dich seit Jahren nicht in Shorts gesehen. Du scheinst eine komplett neue Garderobe gekauft zu haben.«

»Ich hatte nicht die richtige Kleidung.« Sie schlüpfte in die Flip-Flops, und sie gingen über das Feld hinunter zum Strand.

Abgesehen von einem einzelnen Hundebesitzer in der Ferne hatten sie den Strand für sich.

Liza schüttelte die Flip-Flops ab und ging barfuß zur Wasserkante. Das Meer war aufgewühlt, doch die Gewitterwolken hatten sich verzogen, und es versprach ein weiterer heißer Tag zu werden.

»An diesem Strand haben wir uns kennengelernt.« Sean legte den Arm um sie. »Ich war eingeschüchtert von dir.«

Sie lehnte sich an ihn. »Das ist lächerlich. Du warst der coole Typ. Der, den alle Mädchen wollten.«

»Und du hast mich kaum angesehen.«

»Doch, das habe ich. Aber ich war schüchtern.« Das eiskalte Wasser umspülte ihre Füße und Knöchel und ließ die Haut taub werden.

»Du warst nachdenklich. Mir gefiel das. Du schienst immer sehr in deine eigene Welt versunken zu sein.«

»Ich hatte gelernt, autark zu sein.«

Er sah sie verständnisvoll an. »Hast du mit deiner Mutter gesprochen?«

»Jeden Tag.« Sie bemerkte seine Überraschung. »Wir haben in der letzten Woche mehr miteinander gesprochen als in den letzten Monaten. Vielleicht sogar Jahren.«

»Worüber?«

»Über alles. Ihr Leben. Martha postet Einzelheiten ihrer Reise in den sozialen Medien. Bilder, Videos – sie haben ihren Account *Summer Seekers* genannt. Ich zeige ihn dir später.

Sie amüsieren sich offenbar großartig.« Sollte sie ihm von den Briefen erzählen? Vielleicht später. »Ich fange an, sie zu verstehen, und das ist hilfreich.« Sie schlang den Arm um seine Taille, und sie schlenderten gemeinsam die Wasserkante entlang. »Ich liebe es hier.«

»Ich auch. Erinnerst du dich, dass wir früher darüber sprachen, ein Haus am Meer zu kaufen? Wir hatten so viele Träume. Was ist passiert?«

Er erinnerte sich. Und sie hatte geglaubt, er hätte diese Gespräche vergessen.

Ihre Stimmung hob sich. »Wir wurden erwachsen. Vernünftig.«

»Vielleicht ist es an der Zeit, das zu ändern.« Ohne Vorwarnung hob er sie hoch, und sie kreischte, als er mit ihr auf den Armen ins Wasser watete.

»Sean! Wenn du mich fallen lässt, werde ich …«

»Wenn ich dich fallen lasse? Ich werde dich fallen lassen, Liebling. Die Frage ist nur, wann ich dich fallen lasse.«

»Du ruinierst meine neuen Shorts.« Sie keuchte auf, als eine Welle sie traf und ihr das Wasser ins Gesicht spritzte. »Das Meer ist zu rau.«

»Ich bin da.« Er küsste sie. »Ich bin immer da für dich.«

Ihr Herz überschlug sich. Wann hatten sie das letzte Mal so miteinander gesprochen? Sie konnte sich nicht erinnern.

Ihre Kleidung war feucht und klebte an ihnen.

»Du bist völlig verantwortungslos.«

»Ich weiß. Und gerade rechtzeitig. Wenn du mich fragst, waren wir in letzter Zeit viel zu erwachsen. Genau wie du sagst: Nicht nur die Jungen dürfen sich amüsieren.« Er ließ sie hinunter und zog sie an sich. »Das werden wir jetzt öfter machen, Liza Lewis.«

»Du meinst, nass sein und frieren? Ertrinken?«

»Spontan sein.« Er strich ihr das nasse Haar aus dem

Gesicht. »Du zitterst. Lass uns nach Hause und unter die heiße Dusche gehen.«

Sie liefen Hand in Hand den Strand entlang und hinterließen eine Sandspur in der Küche.

»Wir hätten uns die Füße abwaschen sollen«, kicherte Liza, als sie die Treppe hochstolperten.

»Wir machen später sauber.« Sean küsste sie, als sie sich gemeinsam in die Dusche des Gästeschlafzimmers quetschten. »Die ist nicht für zwei vorgesehen.«

Sie schloss die Augen, als das Wasser auf sie niederprasselte und den Sand und das Salz und den Stress der letzten Wochen abspülte. Seans Lippen liebkosten ihren Mund.

Am Ende war es doch ein bisschen eng, und Sean drehte das Wasser ab, schlang ein Handtuch um Liza und trug sie ins Schlafzimmer.

Seine Hände waren bestimmt und sicher, sein Körper fest und vertraut. Er berührte sie mit kundigem Wissen, strich alle Verhärtungen und Zweifel fort, sodass auch die letzte Distanz zwischen ihnen verschwand. Und ausnahmsweise machte sie sich keine Sorgen um die Vergangenheit oder die Zukunft. Es gab nichts als die Gegenwart und Sean und die ultimative Intimität, angenommen und aufrichtig geliebt zu werden.

Wie hatte sie dieses Gefühl vergessen können? Wie hatte sie seine Gefühle für sie anzweifeln können, wo sie doch so offensichtlich waren? Dies war nicht Sex, dies war Liebe, und er zeigte es mit jeder Berührung, jedem Kuss, jedem langsamen, tiefen Stoß, bis die Lust den Gipfel erreichte und sie satt und zufrieden zurückließ.

Es ist Liebe, dachte sie, als sie atemlos in seinen Armen lag.

Liebe.

Er zog sie näher an sich. »Das habe ich vermisst.«

»Sex? Es ist nicht so lange her, dass wir Sex hatten.«

»Es ist lange her, dass wir Sex wie diesen hatten. Sex, der sich nach Nähe anfühlt.«

Sie wusste, was er meinte. Intimität war so viel mehr als körperlicher Kontakt. »Ich möchte dieses Gefühl behalten und weiß nicht, wie.«

»Ich glaube, wenn wir beide versuchen, es zu behalten, tun wir das auch. Ich liebe dich, Liza.«

»Ich liebe dich auch.« Sie rückte ein Stück ab, damit sie sein Gesicht sehen konnte. »Wie geht es jetzt weiter?«

»Ich mache dir eines meiner berühmten Schinkensandwiches.« Er küsste sie. »Und dann erzählen wir uns den Rest des Tages unsere Träume und Pläne, so wie wir es früher getan haben. Ich möchte jeden einzelnen Gedanken von dir kennen. Vielleicht sollten wir zurück an den Strand gehen.«

Er zog sich seine Jeans an und ging in die Küche, während sie einfach dalag, zu träge, um sich zu bewegen.

Sie hörte Vogelgezwitscher durch das geöffnete Fenster, und als sie hinaussah, bemerkte sie, dass die Sonne die letzten Pfützen im Garten getrocknet hatte. Sean klapperte in der Küche mit Geschirr, und der brutzelnde Schinkenspeck duftete verführerisch.

Sie duschte noch mal kurz, föhnte die Haare und zog eines der Sommerkleider an, die sie im Dorf gekauft hatte. Dann setzte sie sich auf die Bettkante und schickte Finn eine Nachricht, dass sie nicht zum Dinner kommen könne.

Sie fühlte sich nicht länger schuldig und bedauerte auch nichts mehr. Für Finn war die Zeit mit ihr nur eine kurze Abwechslung gewesen, doch ihr hatte sie geholfen, sich neu auszurichten. Dafür war sie dankbar.

Als sie in die Küche kam, hatte Sean einen Stapel Schinkensandwiches und eine frische Kanne Kaffee gemacht.

»Wir sollten die Mädchen anrufen.« Sie aß eines der Sandwiches. »Wie haben sie sich benommen?«

»Wie üblich, bis sie den Artikel fanden. Dann wurden sie plötzlich sehr liebevoll. Es war ein bisschen beunruhigend, um ehrlich zu sein.« Er grinste sie an. »Caitlin hat mir gestern Frühstück ans Bett gebracht. Der Feuermelder ging viermal los, weil sie den Toast verbrannt hatte. Und die beiden haben jeden Tag eine Stunde lang im Garten der Nachbarn gearbeitet, obwohl Alice panische Angst vor Würmern hat.«

»Diese Verwandlung fand ganz ohne Gespräch statt?« Sie aß den letzten Bissen ihres Sandwichs. »Das war gut. Ich habe selten gekocht in den letzten Tagen. Meistens habe ich was vom Feinkostgeschäft im Dorf geholt.«

»Aber gestern Abend hast du für Angie gekocht? Das sah nach einer aufwendigeren Mahlzeit aus.«

Sie hätte einfach Ja sagen können, doch sie wollte ihren Neustart nicht mit einer Lüge beginnen. »Ich habe für Finn Cool gekocht.« Sie sah die Frage in seinen Augen. »Das ist eine lange Geschichte.«

»Ich habe es nicht eilig.« Er hörte ruhig zu, während sie ihm alles erzählte, angefangen von Finns Erscheinen in ihrer Küche bis hin zum Dinner.

»Es ist typisch für meine Mutter, dass sie mir nicht erzählt hat, dass sie ihn so gut kennt.«

»Sie war schon immer verschlossen.«

»Ich glaube, sie ist eher zurückhaltend als verschlossen.«

Sean legte sein halb aufgegessenes Sandwich auf den Teller. »Also, wie besorgt soll ich sein?«

»Weswegen?«

»Dass du dich schick gemacht hast, um einem anderen Mann etwas zu kochen. Du hast seine Gesellschaft genossen – das sehe ich.«

Sie spürte, wie sie rot wurde. »Wir haben geredet. Er gab mir das Gefühl – interessant zu sein. Ich fühlte mich als Mensch und nicht als jemandes Frau, Mutter oder Lehrerin. Ich definiere mich oft über die Beziehung zu anderen, das muss ich ändern. Wir sprachen über Kreativität und darüber, seiner Leidenschaft zu folgen.«

Sean sah sie unverwandt an. »Leidenschaft?«

»Für Kunst und Musik.« Dass sie Finn beinahe geküsst hätte, behielt sie für sich. Es gab keinen Grund, ihm das zu erzählen, beschloss sie. Die ganze Woche war es darum gegangen, eigene Entscheidungen zu treffen. Entscheidungen, die nicht zum Ziel hatten, die Bedürfnisse anderer zu befriedigen. »Mit ihm zu sprechen gab mir die Gelegenheit, gründlicher über die Dinge nachzudenken. Diese Woche habe ich mich jeden Morgen beim Aufwachen auf den Tag gefreut. Ich bin am Strand spazieren gegangen. Ich habe gelesen, ohne das Gefühl zu haben, ich müsste eigentlich etwas anderes tun. Ich habe dagesessen und mich an dem Garten gefreut, ohne an all die noch zu erledigenden Aufgaben zu denken. Ich habe etwas gegessen, das ich nicht selbst zubereiten musste. Und ich habe gemalt. Ich kann dir gar nicht sagen, wie gut sich das anfühlte.«

Sean nickte. »Was hast du gemalt? In Öl? Pastell?«

»Ein bisschen von allem.« Wie viel sollte sie ihm erzählen? »Finn will zwei meiner Bilder für sein Strandhaus kaufen.«

Sean schwieg einen Moment und lächelte dann kurz. »Er ist offenbar ein Mann mit gutem Geschmack. Woher weiß er, dass du malst?«

»Ich hab's ihm erzählt. Und ich habe ihm ein paar von meinen alten Arbeiten gezeigt.«

Sean atmete tief durch. »Ich habe dich lange nicht mehr so begeistert und enthusiastisch erlebt.«

»Unsere Gespräche halfen mir herauszufinden, was ich will.«

Sean schob seinen Teller beiseite. »Es tut mir leid, dass ich es dir schwer gemacht habe, solche Gespräche mit mir zu führen. Das war Nummer vier in dem Artikel, oder? *Sprechen*

Sie mit Ihrem Partner noch über Ihre Träume? Der Punkt hat mich sehr getroffen. Ich begriff, dass ich nicht mehr wusste, wovon du träumst, und früher wusste ich das. Ich erinnere mich, wie du mir das erste Mal erzählt hast, dass du Malerin werden möchtest. Das hattest du niemand anderem erzählt, und ich fühlte mich wie der König der Welt, dass du dieses Geheimnis mit mir geteilt hast.«

»Es war ein dummer Traum. Es ist schwer, als Malerin Geld zu verdienen, und ich wollte nie eine hungernde Künstlerin sein.«

»Aber ich habe dich nicht darin bestärkt, deine kreative Seite auszuleben, als unser Alltag stressiger wurde. Das tut mir leid.«

»Das lag in meiner Verantwortung.«

Er stand auf. »Zeig mir, was du gemalt hast.«

Sie nahm seine Hand und führte ihn zum Sommerhaus. »Ich habe es ausgeräumt, um es wieder in mein Atelier zu verwandeln.« Sean trat hinter ihr ein und betrachtete die Leinwände, die an der Wand lehnten.

»Die sind alle neu?«

»Einige habe ich diese Woche gemalt. Andere sind ältere Bilder, die ich nur abgestaubt habe.«

Sie sagte nichts von dem einen, das sie wie im Rausch gemalt hatte und das jetzt im Schlafzimmer ihrer Mutter darauf wartete, diese bei ihrer Rückkehr zu überraschen.

Sean stand vor dem Bild, das Finn bewundert hatte. »Das ist es?«

»Ja. Er liebt das Meer.«

»Es ist umwerfend.«

»Genau wie sein Haus. Der Traum jedes Architekten. Es würde dir gefallen.«

»Wir müssen dir irgendwie ein Atelier in London einrichten.«

Sie räumte ein paar Farben zusammen, nicht weil es nötig war, sondern um etwas zu tun. Die Muschel, die Finn ihr gegeben hatte, lag auf dem schmalen Fenstersims – eine Erinnerung an jenen Morgen am Strand. War es falsch, sie zu behalten? Nein. Sie erinnerte sie nicht an Finn, sondern an den Augenblick, als sie sich entschieden hatte, wieder mit dem Malen anzufangen.

»Wir haben keinen Platz für ein Atelier.«

»Dann schaffen wir den Platz.« Er trat näher an die Leinwand, um die Pinselstriche zu studieren. »Du hast so viel Talent.«

Freude stieg in ihr auf. »Danke.«

Er drehte sich um und zog sie an sich. »Also, wovon träumst du, Liza? Wenn du dein perfektes Leben gestalten könntest, gleich hier, wie würde es aussehen?«

»Fantasie oder Realität?«

»Fang mit dem großen Traum an. Und wir werden sehen, wie wir ihn verwirklichen.« Vor vielen Jahren hatten sie dieses Spiel gespielt. *Große Träume, kleine Träume.*

Der große Traum. Sie lehnte den Kopf an seine Brust. »Ich würde gern aus der Stadt wegziehen. Ich würde gern in einem Haus wie diesem leben, dicht am Meer. Ich würde gern mehr Zeit draußen verbringen, mit guten Freunden, gutem Essen und guten Büchern. Ich möchte malen. Ich möchte mir nicht die ganze Zeit Sorgen um die Zwillinge machen. Ich möchte, dass du ebenfalls erfüllt und glücklich bist. Ich möchte nicht, dass mein Traum auf Kosten von jemand anders Realität wird.«

Er strich ihr übers Haar. »Wir haben immer davon geträumt, am Meer zu leben. Es ist meine Schuld, dass wir in London wohnen.«

»Es ist niemandes Schuld.« Sie blickte zu ihm auf. »Das war eine gemeinsame Entscheidung. Du hast schwer gearbeitet, um deinen Kundenstamm aufzubauen, und ich bin dankbar für die Sicherheit, die wir dadurch haben.«

»Aber …« Er löste sich von ihr. »Das Leben, das wir leben, ist nicht das, das wir uns vor zwanzig Jahren erträumt haben.«

»Ich schätze, das geht allen so. Und was man mit zwanzig will, ist nicht unbedingt das Gleiche wie das, was man mit vierzig will.«

»Da bin ich mir nicht so sicher. Ich könnte hier ohne größere Probleme leben.« Er sah in den Garten. »Vielleicht, wenn die Zwillinge auf dem College sind.«

Ihr Herz schlug höher, denn seine Gedanken wanderten in die gleiche Richtung wie ihre. »Meinst du das ernst?« Sie versuchte, ihre aufkeimende Begeisterung zu dämpfen. »Aber es ist nicht praktisch, oder? Da ist meine Lehrerinnenstelle. Und deine Arbeit. Ich sehe nicht, wie wir das umsetzen können.«

»Vielleicht müssen wir uns mehr bemühen. Lass uns darüber nachdenken.« Er küsste sie. »In der Zwischenzeit erzählen wir uns unsere Träume, damit wir wenigstens wissen, wo wir hinwollen.«

Sie hielt ihn weiter umschlungen, und für einen Augenblick fühlte es sich so an, als wären sie allein auf der Welt, so wie damals.

Aber sie wollte keine Fantasiewelt. Sie wollte ihre Realität, aber eine verbesserte Version.

»Ich bin froh, dass du gekommen bist.«

»Tatsächlich? Als du gestern Abend die Tür aufmachtest, dachte ich, herzukommen wäre vielleicht ein Fehler gewesen.« Er zog sie enger an sich. »Gib uns nicht auf, Liza. Ich lasse nicht zu, dass du uns aufgibst. Wir können es so viel besser.«

Sie hatte ihn vermisst. Nicht den Teil von Sean, mit dem sie es zuletzt zu tun gehabt hatte, aber den ganzen Sean. Den Mann, in den sie sich verliebt hatte.

»Ich werde uns niemals aufgeben.« Sie legte den Kopf an seine Brust. »Wir sollten die Mädchen anrufen. Außerdem habe ich noch etwas zu erledigen, bevor ich nachher mit meiner Mutter spreche.«

»Das klingt geheimnisvoll.«

»Ist es auch, jedenfalls ein bisschen.« Sie nahm seine Hand, und sie gingen durch den Garten zurück. »Ich habe meiner Mutter nie viele Fragen gestellt über das Leben, das sie vor meinem Vater geführt hat. Sie hat da diese Briefe, die ich lesen soll – eigentlich sollte ich erst mit ihr sprechen, bevor ich dir alles erzähle.«

»Ich verstehe. Es freut mich, dass du dich ihr näher fühlst. Ich weiß, wie sehr du dir das gewünscht hast. Du konzentrierst dich auf deine Mutter, und ich rufe die Mädchen an und erlöse sie von ihren Qualen. Übrigens – wollen wir noch ein paar Tage hierbleiben? Nennen wir es unser Hochzeitstagsgeschenk füreinander.«

Sie war davon ausgegangen, dass sie gemeinsam nach London zurückfahren würden.

»Was würden wir tun?«

»Ich habe da ein paar Ideen.« Er lächelte anzüglich. »Wir gehen früh zu Bett, stehen spät auf, gehen am Strand spazieren, essen draußen. Du kannst malen, und ich kann dir zuschauen. Wir können lesen oder auch gar nichts tun. Reden. Was meinst du?«

Sie musste nicht lange überlegen. »Ich sage Ja.« Sie ging auf die Zehenspitzen und küsste ihn. »Ich sollte vermutlich ebenfalls mit den Mädchen reden.«

»Dafür ist später noch Zeit. Geh und hol diese Briefe und sprich mit deiner Mutter.« Mit einem Gefühl innerer Stärke, wie sie es lange nicht mehr gehabt hatte, brachte Liza die Briefe in das Schlafzimmer ihrer Mutter und knotete das Band auf, das sie zusammenhielt. Sie nahm den ersten und den zweiten

Brief und legte die anderen vorsichtig auf den Nachttisch neben dem Bett ihrer Mutter.

Einen nach dem anderen.

Sie war versucht, sie vorab zu lesen, damit sie ihre Mutter auf den Inhalt vorbereiten konnte, doch ihre Mutter wollte das nicht, und sie hatte das zu respektieren.

Popeye schlich ins Schlafzimmer, beäugte sie etwas weniger missbilligend als sonst und sprang ihr dann auf den Schoß.

Liza war so überrascht, dass sie sich nicht rührte. Der Kater stupste mit der Schnauze an ihre Hand, und sie streichelte ihn zögernd. Es war das erste Mal, dass Popeye Aufmerksamkeit und Zuwendung bei ihr suchte.

»Was ist los mit dir?« Sie streichelte ihm übers Fell und hörte ihn schnurren. Vielleicht wurde er endlich warm mit ihr. Ein bisschen wie ihre Mutter.

Der Gedanke brachte sie zum Lachen.

Popeye saß noch immer auf ihrem Schoß, als Kathleen genau zur vereinbarten Zeit anrief.

»Hast du die Briefe?«

»Ja. Ich habe darauf geachtet, dass sie in der richtigen Reihenfolge sind, und die ersten beiden liegen hier.« Liza streifte die Schuhe ab und machte es sich sehr vorsichtig auf dem Bett bequem, um die Katze nicht zu stören. »Du hast es dir nicht anders überlegt? Ich bin ein bisschen besorgt, dass es schwierig sein oder dich aufregen könnte.« Es war sicher nicht leicht, mit der Tatsache umzugehen, dass der Mann, den man liebte und heiraten wollte, eine Affäre mit der besten Freundin begonnen hatte. Kein Wunder, dass ihre Mutter fortgegangen war. Kein Wunder, dass ihre Mutter sich nicht bei Ruth gemeldet und diese Briefe nicht gelesen hatte.

»Ich bin mir sicher. Martha und Josh sind frühstücken gegangen und wollen einige der hiesigen Sehenswürdigkeiten besuchen, also bin ich ungestört.«

Liza öffnete den ersten Brief. Er war auf September 1960 datiert. Sie begann zu lesen:

Liebste Kate,

ich bin nicht sicher, ob du diesen Brief liest. Ich mache dir keine Vorwürfe, wenn nicht, aber ich schreibe ihn trotzdem. Ich muss einige Dinge aussprechen, auch wenn du sie nicht hören wirst. Es hat schon eine gewisse Ironie, dass der einzige Mensch, dem ich immer alles erzählen konnte (du!), nicht mehr hier ist, um mir zuzuhören. Das ist ein großer Verlust, und die Schuld daran trage einzig und allein ich. Seit jenem ersten Tag am College warst du mir die allerbeste Freundin und bist es bis zum Schluss geblieben.

Dies hier hätte niemals passieren sollen, und wenn ich dir eine ebenso gute Freundin gewesen wäre wie du mir, befände ich mich nicht in der Lage, dir diese Worte schreiben zu müssen. Aber ich bin nicht wie du, wie oft ich mir in der Vergangenheit auch gewünscht habe, mit nur einigen deiner Qualitäten gesegnet zu sein.

Ich sollte mir wünschen, dass dies nie geschehen wäre, aber wie kann ich das? Ich kann nicht ansatzweise meinen inneren Aufruhr und meine Verwirrung beschreiben, dass meine größte Freude dich dein Glück kostet und uns unsere Freundschaft. Ich lebe jeden Tag in dem Wissen, dass ich dich tief verletzt habe.

Ich weiß, dass meine Gefühle für Adam die seinen für mich weit übersteigen. Vielleicht sollte ich mir darum mehr Sorgen machen, als ich es tue, aber anders als du hatte ich nie große Erwartungen an Leidenschaft und Romantik. Ich weiß, dass er mich heiratet, weil er sich verpflichtet fühlt. Seine Gefühle für mich sind ein Bruchteil seiner Gefühle für dich, und wir wären alle nicht in dieser Lage, wenn das Baby nicht wäre …

Liza hielt inne. Baby? Baby?

»Liza?« Die Stimme ihrer Mutter drang aus dem Telefon. »Warum hast du aufgehört?«

»Ruth war schwanger?«

»Ja. Bitte lies weiter. Ich möchte alles hören.«

Schwanger.

Kein Wunder, dass ihre Mutter fortgegangen war und nicht versuchte hatte, etwas zu kitten.

Liza zwang sich weiterzulesen.

Du weißt, dass ich immer ein Kind und eine eigene Familie haben wollte. Du hast mich deswegen aufgezogen. Was sei der Sinn einer College-Ausbildung, wenn ich nicht die Absicht hätte, etwas daraus zu machen? Wo wäre mein Ehrgeiz? Aber ich war nie wie du. Ich weiß, dass Adam zu dir ging, nachdem er es herausgefunden hatte – Liza hörte, wie ihre Mutter scharf einatmete. Dieser Teil überraschte sie offenbar. Sollte sie eine Pause machen? Nein. Nicht, solange sie nicht darum gebeten wurde. *Er sagte mir, dass er zu dir gegangen sei und dich angefleht hätte, ihn zurückzunehmen. Und er sagte mir, dass du ihn nicht anhören wolltest und ihm geantwortet hast, er solle seiner Verantwortung gerecht werden. Er versuchte, dich noch einmal zu sehen, aber du warst schon fort. Du gingst fort, um uns eine Chance zu geben. Du hast dich als Möglichkeit aus dem Spiel genommen. Selbst in deinem Abschied warst du mir eine bessere Freundin als ich dir.«*

Liza brach ab, weil sie einen Kloß im Hals hatte. »Mum …«

»Hör nicht auf, Liza. Es ist schwer, das zu hören, und ich möchte es so schnell wie möglich hinter mich bringen. Du hast keine Ahnung, wie erleichtert ich bin, dass du mir den Brief vorliest.«

Liza schluckte. Es lag nicht an ihr, zu urteilen oder nach Einzelheiten zu fragen. Sie musste ihrer Mutter nur die Briefe vorlesen.

Sie wischte sich die Tränen von der Wange und konzentrierte sich auf die geschriebenen Worte.

Und jetzt verabscheut er mich, und deswegen kann ich ihm

keinen Vorwurf machen, auch wenn er mindestens genauso verantwortlich ist für das Kind, das wir gezeugt haben. Ich gehe nicht davon aus, dass er treu sein wird, und wenn ich dir das nächste Mal schreibe – und ich werde schreiben, auch wenn du diese Briefe nicht liest –, bin ich vielleicht schon eine alleinerziehende Mutter.«

Liza räusperte sich. »Er wollte dich zurück. Du hast ihn geliebt, und du hättest ihn zurückhaben können.«

»Ich habe ihn mehr als alles andere geliebt, und mein Herz war gebrochen, aber ich wusste, dass ich ohne ihn leben konnte. Bei Ruth war ich mir nicht so sicher. Sie war immer verwundbar. Von jenem ersten College-Tag an habe ich sie immer beschützt.«

Wollte ihre Mutter noch etwas sagen? Diese Art von Gespräch war für sie beide neu.

»Das muss eine besondere Freundschaft gewesen sein.« Liza tastete sich vorsichtig weiter. »Wie war sie?«

»Sie hatte eine schwierige Kindheit. Allein. Sehr strenge Eltern. Sie waren schon älter, glaube ich, auch wenn ich sie nie kennengelernt habe. Sie haben sie nie besucht.«

Liza legte den Brief beiseite. »Wie hast du Adam kennengelernt?«

»In der Theatergruppe. Ich schleifte Ruth mit. Dort war Adam. Er war Medizinstudent und ziemlich von sich überzeugt, glaube ich, aber ich fand ihn unterhaltsam.« Sie hielt inne. »Ich habe diese Geschichte noch nie jemandem erzählt.«

Liza bemerkte die Unsicherheit in der Stimme ihrer Mutter. »Ich bin froh, dass du sie mir erzählst.«

Ihre Brust wurde eng, und die Gefühle drohten sie zu überwältigen.

»Ich auch. Wo waren wir? Ach ja, Adam. Er war einer dieser enervierenden Menschen, die in allem gut sind. Er schien alles, was er wollte, mit bemerkenswert wenig Anstrengung zu erreichen. Ich erinnere mich, dass wir im folgenden Sommer *Viel Lärm um nichts* aufführten. Ich spielte Beatrice und er Benedict. Du weißt, wie sehr ich das Stück liebe. Das Geplänkel. Die Energie. Das war wie in unserer echten Beziehung. Ruth ging immer dazwischen und flehte uns an, nicht mehr zu streiten. Sie war eine sanfte Seele.«

Liza lag auf dem Bett und sah es vor sich. »Ich wusste nicht, dass du Theater magst.« Sie erfuhr so viel Neues über ihre Mutter.

»Nur am College. Danach war ich nie lange genug an einem Ort, um mich für Proben verpflichten zu können.«

Wegen Adam und Ruth. Weil ihre Mutter diesen Teil ihres Lebens hinter sich gelassen hatte.

»Ich wette, du warst eine unglaubliche Beatrice.«

»Ich glaube, resolut war ein Wort, das in mehr als einer Kritik auftauchte.«

Sie konnte sich ihre Mutter gut in der Rolle vorstellen. »Daher muss Caitlin ihre Liebe zum Theater haben.« Sie versuchte, ein bisschen mehr Leichtigkeit in das Gespräch zu bringen. Nicht nur ihre Mutter brauchte eine Pause, auch Liza brauchte sie. Sie riss sich zusammen, denn es war wichtig, dass sie nicht überreagierte oder ihre eigenen Gefühle offenbarte. Und die waren durchaus kompliziert. Für sie ging es nicht nur um das, was sie hörte, sondern um das Vertrauen, das ihre Mutter ihr endlich entgegenbrachte. »Für all diese bühnenreifen Momente können wir den Genen die Schuld geben.«

»Vielleicht. Auch wenn sie ihre besten Vorstellungen offenbar abseits der Bühne liefert.«

Sie lachten beide, und Liza hielt das Telefon näher ans Ohr. Sie lachte mit ihrer Mutter. Lachte! Und es fühlte sich gut an. »Das tut sie tatsächlich. Erzähl mir mehr von dir und Adam.«

»Wir waren ein Klischee, wirklich. Aus unserer Romanze auf der Bühne wurde eine jenseits der Bühne. Aber Ruth und ich waren unzertrennlich. Ich war keiner dieser Menschen, die ihre Freunde fallen lassen, wenn sie verliebt sind, sodass wir schließlich vieles zu dritt unternahmen. An dem Tag, als Adam mir am Flussufer einen Antrag machte, war Ruth losgegangen, um etwas zum Picknicken zu kaufen. Wir hatten an dem Tag unser Examen bestanden. Ich hatte ein oder zwei Gläser Champagner getrunken und war ganz freudig und optimistisch. Er holte einen Ring heraus.«

Liza hörte die Wehmut in ihrer Stimme. »Den in der Schublade.«

»Ja. Ich glaube, er ist wertvoll, auch wenn ich nicht sicher bin. Du fragst dich vermutlich, warum ich ihn noch habe.« Kathleen hielt inne, als ob sie die Antwort selbst nicht wüsste. »Er wollte ihn nicht zurücknehmen, und ich konnte mich nicht überwinden, ihn zu verkaufen. Ich weiß gar nicht, warum. Vielleicht dachte ich, er könnte mir eine Warnung sein.«

Irgendwann würde Liza sie ermahnen, ihn an einem sichereren Ort aufzubewahren, doch das hatte keine Priorität. Im Moment dachte sie nur an ihre Mutter. »Du hast seinen Antrag angenommen. Also wie kommt Ruth in die Geschichte? Wie ist das passiert?«

Ihre Mutter antwortete nicht gleich. »Ich war naiv. Ich dachte, dass Ruth unempfänglich für seinen Charme sei. Sie schien der einzige Mensch zu sein, den er nicht beeindrucken konnte. Und weil Adam nun mal Adam war, fühlte er sich wohl genötigt, sie zu seiner Bewunderin zu machen. Ich bin sicher, dass er sich ins Zeug gelegt hat, denn Ruth wäre niemals von sich aus auf ihn zugegangen. Nicht dass ich sie freisprechen will. Aber ich habe eine Ahnung, wie es dazu kam. Adam war gottgleich und sie vermutlich geschmeichelt. Doch wie sich zeigt, waren ihre Gefühle für ihn viel größer, als ich glaubte.«

Liza zog es das Herz zusammen, als sie daran dachte, wie ihre Mutter sich gefühlt haben musste. Ihr Verlobter und ihre beste Freundin. Der Verrat hatte ihr Leben in jeder Hinsicht auf den Kopf gestellt.

»Ging es schon lange?«

»Nein. Es war nach dem Sommerball. Ich wollte mit Adam hingehen. Ruth wollte gar nicht hingehen, ihr lagen solche Veranstaltungen nicht. Aber dann aß ich etwas Verdorbenes – es wird dich nicht überraschen, aber ich habe schon damals nicht sehr aufs Essen geachtet – und hatte eine Lebensmittelvergiftung. Also nahm Adam stattdessen Ruth mit.« Eine Pause entstand, und dann hörte sie ihre Mutter tief durchatmen. »Und das war's. Sie sagten es mir nicht gleich, auch wenn ich etwas ahnte, denn sie benahmen sich mir gegenüber anders. Und dann stellte Ruth nach ein paar Wochen fest, dass sie schwanger war. Damals hatte man es als alleinstehende Mutter sehr schwer.«

»Oh, du Arme.« Liza konnte sich die Situation kaum vorstellen. »Wie hast du das geschafft?«

»Es war hart. Ich hatte meinen Liebsten und meine beste Freundin verloren. Ruth war verzweifelt. Sie hatte Angst, es ihren Eltern zu sagen. Wusste nicht, wovon sie leben sollte. Und sie fühlte sich schuldig, weil sie mich verletzt hatte. Adam kam vorbei und flehte um Vergebung. Bis du es mir eben vorgelesen hast, wusste ich nicht, dass er es Ruth erzählt hatte. Er sagte, es sei ein dummer Fehler gewesen.« Gereiztheit lag in Kathleens Stimme. »Aber dieser ›dumme Fehler‹, wenn er das denn war, konnte nicht ungeschehen gemacht werden. Ruth war schwanger. Sie brauchte Unterstützung. Ihre Eltern würden sie ihr nicht geben. Ich konnte sie ihr wohl kaum geben. Blieb Adam übrig. Ich sagte ihm, dass er die Verantwortung übernehmen müsse. Dann packte ich meine Sachen und ging. Ich rechnete nicht damit, dass ihre Beziehung Bestand hätte oder Adam für sie da sein würde, doch die Chance dafür war größer, wenn ich nicht mehr da war.«

Liza schloss die Augen. Als Kind war ihr ihre Mutter wie abgetrennt – fast schon unbeteiligt – erschienen, wie sie ihrem eigenen Leben nachging und die Familie nur ein Anhängsel dieses Lebens war. Sie schämte sich jetzt dafür, dass sie Kathleens Entscheidungen oft als egoistisch empfunden hatte, denn sie bot hier ein Beispiel des selbstlosesten Verhaltens, das Liza sich vorstellen konnte. Wäre sie unter den gleichen Umständen ebenfalls so stark gewesen? Wer konnte das schon von sich selbst wissen. Sie sah ihre Mutter jetzt mit ganz anderen Augen. »Wusste Dad das alles?«

»Ja. Wie du dir vorstellen kannst, habe ich danach enge Beziehungen vermieden. Sowohl mit Männern als auch mit Frauen. Ich hatte das Glück, einen aufregenden Job zu finden, und später kam *Summer Seekers*. Ich führte ein Leben, in dem ich nur Zeit für die oberflächlichsten Bekanntschaften hatte, und das ersparte mir die Notwendigkeit, über mein Leben nachzudenken. Wäre dein Vater nicht der zuverlässige, hartnäckige Mann gewesen, der er war, hätte ich vermutlich gar nicht geheiratet.«

»Ich bin froh, dass du es mir erzählt hast. Ich bin froh, dass wir diese Briefe gemeinsam lesen.«

»Das hätte ich schon viel früher tun sollen, doch ich wollte die Vergangenheit ruhen lassen. Ich habe dir den Eindruck vermittelt, sie sei leicht gewesen, doch das war sie nicht. Es war ein furchtbares Durcheinander. Natürlich hatten wir damals keine Handys oder E-Mail, die Kommunikation war nicht so schnell und konstant wie heute. Das machte es einfacher. Bei Martha leuchtet ständig Stevens Name auf ihrem Handy auf. Mit so etwas musste ich nicht umgehen. Kein Wunder, dass das arme Mädchen fliehen musste.«

Martha war vor einer schlimmen Beziehung geflohen?

Liza hatte ja von Anfang an vermutet, dass da etwas war. Aber ihre Mutter sollte ihr etwas so Persönliches von einer ihr fremden Person eigentlich nicht erzählen, deshalb ging sie auf das Thema nicht näher ein. Jeder hatte seine eigene Geschichte, oder? Die Dinge waren selten so, wie sie auf den ersten Blick erschienen. Ihre Mutter genoss Marthas Gesellschaft offenbar, und Martha hatte diese Reise möglich gemacht. Dafür war Liza dankbar.

»Du hattest sicher recht damit, einen klaren Schnitt zu setzen.«

»Ich machte mir schreckliche Sorgen um Ruth. Ich war natürlich wütend, ich bin ja keine Heilige, aber ich machte mir Sorgen. Ich befürchtete, dass Adam sie mit dem Baby allein lassen würde. Vielleicht hat sie das Baby verloren. Ich weiß es nicht. Ich wollte es nicht wissen. Aber jetzt … ich denke, ich will es jetzt herausfinden.«

Liza hörte das Zittern in der Stimme ihrer Mutter und umfasste das Telefon fester. »Wir werden es gemeinsam herausfinden.« Sie war jetzt Teil dieser Geschichte und wollte wissen, wie sie ausging.

»Ich habe Angst, ich könnte es bereuen, die Briefe zu lesen. Was, wenn ich das Falsche getan habe, Liza?«

Ihre Mutter, die nie nach ihrer Meinung fragte, bat um ihre Einschätzung und suchte Bestätigung.

Liza wog ihre Antwort sorgfältig ab. »Was auch immer in diesen Briefen steht, ändert nichts an der Entscheidung, die du getroffen hast. Reue erreicht nichts, und sie hat keine Gültigkeit, denn mit Abstand zurückzuschauen ist nicht das Gleiche, wie nach vorne zu sehen, wenn du mittendrin steckst.« Diesen Rat sollte sie selbst ebenso beherzigen. Es hatte keinen Sinn, zurückzuschauen und sich zu wünschen, sie wäre ein anderer Typ Mutter gewesen. Es hatte keinen Sinn, sich zu wünschen, dass sie früher mit Sean gesprochen hätte. »Du hast getan, was richtig für dich war, und das werden wir uns in Erinnerung rufen, wenn wir die Briefe zu Ende lesen.«

»Ja. Du hast recht. Danke. Du warst immer vernünftig. Du bist wie dein Vater, und das ist gut.«

Liza hatte ihre Mutter nie so reden gehört. Nach dem Tod ihres Vaters war sie traurig, aber pragmatisch gewesen und nach dem Vorfall mit dem Eindringling streitlustig. Doch jetzt, in der Auseinandersetzung mit einem der schmerzvollsten Kapitel ihrer Vergangenheit, zeigte sie eine Seite von sich, die Liza nie zuvor gesehen hatte. Eine verletzliche Seite.

»Vielleicht sollten wir das langsam angehen.« Sie sah auf den kleinen Stapel und fragte sich, welche weiteren Überraschungen und Enthüllungen in diesen gefalteten Papieren lauerten. »Wir könnten ein paar Briefe pro Tag lesen. Oder ich könnte sie alle lesen und für dich zusammenfassen.«

»Ach Liza …« Die Stimme ihrer Mutter zitterte. »Ich weiß nicht, was ich getan habe, eine Tochter wie dich zu verdienen.«

Liza versuchte stets, ihre Gefühle zu kontrollieren, doch sie konnte sie nicht länger unterdrücken. »Du hättest eine abenteuerlustige Tochter haben sollen, eine, die um die Welt reisen will. Ich dagegen wollte, dass du zu Hause bleibst und mir vorliest.«

»Du hast eine Mutter verdient, die dir nicht ständig Panikattacken verursacht.«

Liza lächelte. »Daran arbeite ich. Mit der Zeit werde ich vielleicht sogar das, was Caitlin gechillt nennen würde.«

»Verändere nicht zu viel. Ich bewundere, wie du bist. Ich weiß, dass ich oft nicht da war, als du klein warst. Die Gründe dafür sind kompliziert. Ja, meine Karriere war mir sehr wichtig, aber es war so viel mehr als das. Ein Teil von mir hat sich immer davor gefürchtet, wirklich innig zu lieben. Natürlich heißt das nicht, dass ich nicht innig liebe – das tue ich. Aber ich hatte immer Angst, dieser Liebe einen zu großen Platz in meinem Leben einzuräumen. Wie jemand, der nicht hinunterschaut, wenn er am Klippenrand steht, weil er Höhenangst hat.«

Liza hatte immer gedacht, es sei ihre Schuld, dass sie ihrer Mutter nicht nah war, doch sie erkannte nun, dass es nichts mit ihr zu tun hatte.

Jetzt endlich verstand sie.

Die Persönlichkeit ihrer Mutter hatte sich geformt, lange bevor Liza auf der Bildfläche erschienen war. Ihre Glaubenssätze und ihr Verhalten hatten sich auf der Grundlage lang zurückliegender Geschehnisse entwickelt. Etwas, das ihrer Mutter vor sechzig Jahren passiert war, hatte Nachbeben durch ihr ganzes Leben gesandt. Ihre Mutter war distanziert, weil sie tief verletzt worden war. Und weil sie, Liza, diese Distanziertheit als so kränkend empfunden hatte, war sie selbst entschlossen gewesen, ihren Kindern näher zu sein.

Wenn Adam und ihre Mutter geheiratet hätten, wäre Kathleen vielleicht eine andere Mutter gewesen. Was ein alberner Gedanke war, weil Liza dann ja gar nicht existieren würde. Doch es war eine Mahnung, dass das Leben und die Erfahrungen, die man machte, einen formten. Das erging jedem so, auch ihren Kindern. Vielleicht würden Caitlin und Alice in Beziehungen immer vorsichtig sein, weil sie sich daran erinnerten, wie sie den Artikel über *Acht Anzeichen, dass Ihre Ehe gefährdet ist* gefunden hatten. Vielleicht würden sie lieber nie heiraten, oder sie würden heiraten und auf jedes dieser acht Anzeichen achten und deswegen glücklicher sein in ihren Beziehungen.

»Du hast das Leben gelebt, dass du leben musstest«, sagte sie. »Das respektiere ich. Es ist inspirierend, und ich habe vor, ab jetzt selbst mehr danach zu leben.«

»Tatsächlich? Erzähl mir mehr.«

»Später.« Dafür war noch genug Zeit. »Lass uns auf die Briefe konzentrieren. Was möchtest du tun?«

»Lies sie. Alle. Jetzt, da wir angefangen haben, glaube ich nicht, dass ich die Spannung ertragen könnte, sie später zu lesen. Hast du die Zeit?«

Liza blickte auf, als Sean mit einem großen Glas Wein und einer Käseplatte ins Zimmer kam.

Er stellte beides geräuschlos auf den Nachttisch, hob fragend die Brauen, als er Popeye zusammengerollt auf ihrem Schoß sah, und gab ihr einen Zettel, auf dem »Ich liebe dich« stand.

Sie lächelte ihn an und wandte sich dann wieder ihrer Mutter zu.

»Alle Zeit der Welt. Lass es uns tun.«

20. KAPITEL

KATHLEEN

Albuquerque – Winslow, Arizona

Unser Baby kam heute zur Welt. Ein kleines Mädchen. Wir gaben ihr den Namen Hannah Elizabeth Kathleen. Vielleicht findest du das albern oder sogar rücksichtslos, aber mir ist es wichtig. Adam war dagegen. Ich nehme an, er wollte nicht an dich erinnert werden, doch ich werde dich immer als meine treueste und beste Freundin im Gedächtnis behalten, auch wenn ich nicht mehr das Recht habe, dich so zu nennen.

Kathleen sah aus dem Fenster, während sie durch die Wüstenlandschaft von Nordarizona fuhren und einen Abstecher zum Petrified-Forest-Nationalpark machten. Sie waren zeitig aufgebrochen, weil Martha und Josh eine kurze Wanderung machen wollten, die man am besten früh am Tag unternahm. Kathleen war das egal, sie hatte sowieso nicht schlafen können.

Irgendwie waren das rhythmische Brummen des Wagens und die vorbeifliegende Landschaft entspannender als ein ruhiges Hotelzimmer, in dem es nur ihre Gedanken gab.

Sie fuhren zum Ausgangspunkt des Blue-Mesa-Wanderweges, der sich bis ins Tal schlängelte.

»Es ist nicht weit, wir werden also nicht lange fort sein, Kathleen. Ist das in Ordnung?« Obwohl es noch früh am Tag war, setzte Martha ihren Sonnenhut auf und verteilte Sonnencreme auf ihren Armen.

»Lasst euch Zeit. Viel Spaß.« Es machte ihr nichts aus, allein zu bleiben mit ihren Gedanken und Erinnerungen, ganz im Gegenteil.

Sie winkte Martha und Josh nach und freute sich, dass Josh Marthas Hand nahm. Als er in Richtung Horizont deutete, trat sie einen Schritt näher zu ihm.

Die Aussicht war spektakulär, doch Kathleen sah nur ein paar Sekunden nach draußen, bevor sie die Augen schloss.

Hannah Elizabeth Kathleen.

Ruth war mit einundzwanzig Jahren Mutter geworden und Adam Vater.

Was für eine Herausforderung das für ihn gewesen sein musste, und es schien, dass er an der Herausforderung gewachsen war.

Sie hatte die ganze Nacht wach gelegen und an die Briefe gedacht, die Liza ihr vorgelesen hatte. Ihr Erinnerungsvermögen war meist unzuverlässig und enttäuschend, doch aus irgendeinem Grund hatte sie sich jedes Wort merken können und war den Inhalt Zeile für Zeile durchgegangen.

Sie hatte Ruth deutlich vor sich gesehen und in diesen wohlüberlegten und rücksichtsvollen Worten die Stimme ihrer Freundin gehört. Gegen Ende sprach eine Zuversicht aus ihr, die in den frühen Briefen gefehlt hatte.

Sie hatten die Briefe in chronologischer Reihenfolge gelesen, und Kathleen hatte jedes Detail aufgesogen. Jeder Brief war ein Update aus Ruth' Leben gewesen, ein weiteres Stück des großen Puzzles.

Sie wusste jetzt, dass Hannah mit einem Herzfehler zur Welt gekommen war, der operiert werden musste, als sie ein paar Monate alt war. Natürlich hatte Ruth sich fürchterliche Sorgen gemacht, auch wenn das Kind ansonsten kräftig und gesund war. Hannahs Herz war auch der Grund, warum Adam sich entschieden hatte, Herzchirurg zu werden.

Herz-Lungen-Chirurg, dachte Kathleen, und stellte sich ihn in Maske und Kittel vor, wie er das Leben eines Menschen in der Hand hatte.

In dieser frühen Zeit hatte Ruth an Adams Liebe zu ihr gezweifelt, doch niemals an seiner Liebe zu ihrer Tochter. Sie sah Hannah als den Grund, warum er sie nicht verlassen hatte. Adam vergötterte seine Tochter.

Hannah war klug und kreativ gewesen, talentiert mit der Geige und beim Sport, was sie ihrem Vater nähergebracht hatte. Im Winter waren sie am Lake Tahoe Ski fahren gegangen, und im Sommer hatten sie ein Boot gemietet und waren die Pazifikküste entlanggesegelt.

In diesem Brief hatten Fotos gelegen. Liza hatte sie beschrieben und angeboten, sie zu fotografieren und Martha zu schicken.

Kathleen hatte abgelehnt. Die Geschichte zu hören war eine Sache. Sie in Bildern zu sehen eine andere. Sie konnte nur ein bestimmtes Maß an Vergangenheit auf einmal verarbeiten.

Adams Karriere hatte sie für ein Jahr nach Australien und dann nach Boston geführt, bevor sie nach Kalifornien zurückgekehrt waren.

Die Briefe erzählten von den neusten Entwicklungen bei Hannah und Adam. Ruth' Stolz auf ihre Familie war ebenso spürbar wie ihre Liebe. Sie beschrieb ein zufriedenes Leben, dessen Mittelpunkt die Familie war.

Kathleen spürte Erleichterung. Sie hatte das Richtige getan. Indem sie Platz gemacht hatte, hatte sie ihnen die Chance gegeben, es gemeinsam zu schaffen, und es war ihnen gelungen.

Sie war glücklich. Und auch traurig, dass sie so viele dieser Jahre verpasst hatte.

Wenn sie in Kontakt geblieben wäre, hätte sie Ruth vielleicht unterstützen können, als sie Krebs hatte oder als Adam vor zehn Jahren plötzlich gestorben war.

Doch Ruth hatte jetzt eine andere Unterstützung.

Sie hatte Hannah, die in der Nähe wohnte und als Kinderärztin arbeitete. Sie war wie ihr Vater ebenfalls in die Medizin gegangen.

Kathleen stellte sich eine Frau vor, die zur Hälfte Ruth und zur Hälfte Adam war, und wünschte jetzt, dass sie Liza gebeten hätte, ihr die Fotos zu schicken.

Ruth war ebenso stolz auf Hannah, wie Kathleen stolz war auf Liza.

Hatte sie ihrer Tochter jemals gesagt, dass sie stolz auf sie war?

Sie spürte kurz Panik aufkommen. Wusste Liza das?

Plötzlich wurde die Wagentür geöffnet, und Kathleen fuhr zusammen.

»Entschuldige. Hast du gedöst?« Martha lächelte auf sie herunter, das Gesicht rot von der Sonne. »Das war unglaublich! Auch wenn ich heilfroh bin, dass wir so früh hergekommen sind – auf keinen Fall würde ich in der Tageshitze den Weg zurück hochkraxeln wollen.«

Kathleen brauchte einen Augenblick, um sich wieder zu fangen.

»Das Wort unglaublich sagt gar nichts. Bei einer so dürftigen Beschreibung kann ich mir nicht vorstellen, was du erlebt hast.« Sie fühlte sich verunsichert und wund. Einen Moment wünschte sie sich, Liza wäre da. Liza würde sie verstehen.

Es konnte nicht leicht gewesen sein, diese Briefe vorzulesen, doch ihre Tochter war mitfühlend und sensibel gewesen. Sie hatte nachgefragt, wie es ihrer Mutter ging, ohne sie mit ihrer Fürsorge zu ersticken oder sie zu drängen, ihre Gefühle zu offenbaren. Liza hatte nur wenige Fragen gestellt, obwohl sie Hunderte gehabt haben musste.

Tränen stiegen Kathleen in die Augen. Am meisten bedauerte sie nicht die Jahre, die sie Ruth nicht nahe gewesen war, sondern die verschwendeten Jahre, in denen sie Liza hätte näher sein können. Das machte sie trauriger als die verlorene Freundschaft zu Ruth. Sie hatte sich von den Menschen zurückgezogen, die ihr am wichtigsten waren.

Sie rang um Fassung, als Martha sich neben sie auf den Rücksitz setzte. »Hattet ihr Spaß?«

»Es ist umwerfend. Da sind verschiedene Gesteinsschichten, alle in unterschiedlichen Farben. Blau und rot – warte …« Martha holte ihr Handy hervor und zeigte Kathleen die Fotos. »Hiermit bekommst du eine bessere Vorstellung als durch meine völlig unzureichende Beschreibung. Siehst du den versteinerten Wald?«

Es rührte Kathleen, dass Martha darauf bestand, sie auch an jenen Teilen der Reise teilhaben zu lassen, die jenseits ihrer Möglichkeiten lagen.

»Sie sind durch Erosion entstanden.« Josh beugte sich vom Beifahrersitz nach hinten und war genauso begeistert wie Martha. »Ihr seht die Schichten von Sandstein und Bentonit-Ton. Die Mineralablagerungen sind mehrere Hundert Millionen Jahre alt. Sie wurden in der Obertriaszeit geformt.«

»An dieser Stelle würde dein Bruder dich einen Streber nennen«, sagte Martha, und Josh lächelte.

»Das würde er. Und ich würde darauf hinweisen, dass es politisch nicht korrekt ist, jemanden einen Streber zu nennen.«

»Woraufhin er die Augen verdrehen und sich ein Bier aufmachen würde.«

Nach Joshs Lachen zu urteilen ging Kathleen davon aus, dass Marthas Vermutung richtig war. Offenbar hatten beide bei ihrer kleinen Wanderung über seinen Bruder gesprochen.

Die Toten gingen nie, das wusste sie. Sie begleiteten einen.

Was würde Brian sagen, wenn er jetzt bei ihr sein könnte?

Du hast die Briefe gelesen? Gut. Du wirst dich aufgeräumter fühlen, wenn du das Kapitel abgeschlossen hast.

Kathleen lächelte. Bei ihr war es nie besonders aufgeräumt gewesen.

»Mehrere Hundert Millionen Jahre.« Sie betrachtete die Felsen auf Marthas Bildern, was ihr sicherer schien, als sich mit den eigenen Gefühlen auseinanderzusetzen. »Im Vergleich dazu bin ich blutjung. Die Farben sind beeindruckend. Wie die Palette eines Malers.« Sie dachte daran, wie sehr sie Liza gefallen würden. »Du musst sie Liza schicken. Sie malt wieder. Sie benutzt viel Blau. Sie mag Blau. Sie hat immer gern das Meer gemalt.« Plötzlich bekam sie schreckliches Heimweh. Oh, wie sehr sie sich nach Oakwood Cottage zurücksehnte, nach der Nachmittagssonne in ihrem Gesicht und dem Geruch des Meeres in der Luft. Hier war alles öde und von der sengenden Sonne ausgedörrt. Zu Hause war der Garten üppig und grün, und ihre Lieblingsrose würde jetzt in voller Blüte stehen und duften. Und Popeye im Innenhof in der Sonne ein Nickerchen halten. »Schickst du sie Liza?«

»Sobald ich besseren Empfang habe.« Marthas Lächeln erstarb. »Ist alles in Ordnung, Kathleen? Trinkst du genug?«

»Wenn sie das doch nur dann sagen würde, wenn ich einen Gin in der Hand habe.« Doch Kathleen nahm das Wasser, das Martha ihr reichte, und trank einen Schluck, während sie das Foto betrachtete. »Wirst du diese Fotos auf unsere Social-Media-Kanäle uploaden?«

»Hör dich mal an – uploaden.« Martha stupste sie in die Seite. »Wir machen noch einen Technikfreak aus dir.«

Kathleen schüttelte sich, doch eher, weil man es von ihr erwartete als aus tatsächlichem Widerwillen. Immerhin erlaubte ihr die Technologie, mit Liza zu sprechen.

»Ich dachte, ich rufe Liza an, wenn wir unseren Lunch-Stop machen.«

»Du kannst sie jederzeit anrufen. Josh und ich können einen kleinen Spaziergang machen, damit du ungestört bist, wenn das hilft.«

Kathleen riss sich zusammen. »Zum Lunch reicht. Im Moment ist sie vermutlich mit Sean am Strand, der Empfang dort ist schlecht.«

»Sean ist im Cottage? Ich dachte, Liza wäre allein da?«

»Er ist zu ihr gefahren, und sie verbringen ein paar Tage miteinander.«

»Das ist gut.«

Das war es. War Liza glücklich? Kathleen wünschte sich für ihre Tochter nur, dass sie glücklich war. Das hatte sie ihr immer gewünscht, doch nun, da es keine Mauer mehr zwischen ihnen gab, hatte sie das Gefühl, als ob ihrer beider Glück irgendwie miteinander verbunden wäre.

»Sollen wir einen kleinen Film drehen?«

Es wäre ein Anlass, Liza etwas zu schicken, ohne bedürftig zu wirken.

Mit Marthas Hilfe hievte Kathleen ihren schmerzenden, widerstrebenden Körper aus dem Auto und schirmte die Augen mit der Hand ab.

»Es ist schon heiß.«

»Wir machen das schnell.« Martha fand den richtigen Winkel, gab Kathleen ein Zeichen, dass sie anfangen konnte, und nahm das Video auf. »Du bist so ein Profi. Nie versprichst du dich oder stammelst rum.«

»Wohin als Nächstes?«

»Wir fahren nach Winslow, Arizona.« Martha begann zu singen, und Kathleen hob die Hand.

»Wir hatten eine Abmachung: Ich ertrage deine entsetzliche Playlist, solange du nicht mitsingst.«

»Sie ist nicht entsetzlich. Ich habe jeden Song extra nach den jeweiligen Zielen ausgewählt. Und nach Winslow fahren wir weiter zum Grand Canyon über den Meteor Crater, der fünfzigtausend Jahre alt und damit eindeutig älter ist als du, Kathleen. Wir haben am Grand Canyon einen Extra-Tag gebucht. Juchhu! Und Josh hat uns Zimmer mit Aussicht besorgt, sodass du auf dem Balkon sitzen und Sonnenauf- und -untergang betrachten kannst.«

Ich spreche mit Liza, dachte Kathleen. Sie würde einen Weg finden, die Aussicht mit Liza zu teilen.

»Klingt nach einem perfekten Tag«, sagte Josh, doch Martha schüttelte den Kopf.

»Du wirst nirgendwo sitzen. Du wirst im Colorado raften gehen.«

»Ich werde nicht im Colorado raften gehen.«

»Ist schon alles gebucht. Ich habe meine letzten Ersparnisse ausgegeben, also wäre es unhöflich, wenn du jetzt einen Rückzieher machst.«

»Martha!« Josh sah verärgert aus. »Ich hasse Wasser. Du weißt, dass ich Wasser hasse.«

»Red hätte gewollt, dass du das tust.«

»Ich hätte es abgelehnt.«

»Und er hätte einen Weg gefunden, dich zu überreden.« Martha stellte sich auf die Zehenspitzen und küsste ihn auf die Wange. »Es ist großartig, wie viel Spaß du haben kannst, wenn du deine Komfortzone verlässt.«

Wie wahr, dachte Kathleen, die entzückt zur Kenntnis nahm, dass sie die Kuss-Ebene erreicht hatten. Auch wenn Josh Martha technisch gesehen nicht geküsst hatte. Es war andersherum gewesen. Und Martha war natürlich ein sehr körperlicher und spontaner Mensch, aber dennoch …

Hätte sie Liza gebeten, die Briefe vorzulesen, wenn Martha nicht gewesen wäre?

Vermutlich nicht. Sie würde ihr ewig dankbar sein und wünschte ihr nur Gutes.

Als der Film fertig war, stiegen sie wieder ins Auto und setzten ihre Reise durch Arizona fort.

Zur Freude ihrer Begleiter schlug Kathleen vor, die Playlist abzuspielen.

Martha bewegte den Kopf im Takt der Musik und begann gelegentlich mitzusingen, bis ihr wieder einfiel, dass sie nicht singen sollte, und sie abrupt aufhörte.

Kathleen lächelte. Sogar in der kurzen Zeit miteinander hatten sie eine angenehme Routine gefunden, und das hatte etwas Beruhigendes.

Das bedrückende Heimweh war zum Glück verflogen, und sie freute sich auf den Tag, der vor ihnen lag. Sie würde Arizona und Kalifornien sehen, wie sie es schon immer gewollt hatte. Wenn sie ihre Reise beendete, würde Oakwood Cottage auf sie warten, das sie nach ihrer langen Abwesenheit umso mehr zu schätzen wusste.

In der Zwischenzeit war es ihr ein Trost, dass Liza dort war, dass sie an dem Strand, den Kathleen als ihren betrachtete, spazieren ging, im Garten herumwerkelte und sich um ihre Pflanzen kümmerte.

In Winslow angekommen, fand Martha rasch das Hotel, wo sie eincheckten.

Es war im Stil einer Hazienda gebaut und strahlte eine Mischung aus spanischem und mexikanischem Flair aus.

Gestärkt vom Lunch, schloss sich Kathleen ihren Reisegefährten an, um Winslow zu erkunden.

Martha wedelte mit dem Handy vor Kathleens Gesicht herum und sprudelte vor Aufregung fast über. »Schau dir das an! Du trendest!«

»Trenden?« Kathleen, die mit der Hitze kämpfte, holte einen altmodischen Fächer aus ihrer Tasche und öffnete ihn.

»Auf Social Media! Eine Fernsehmoderatorin hat unseren letzten Post gesehen – das muss am Hashtag gelegen haben –, und sie hat ihn weitergeleitet und angefragt, ob sie die Story haben und dich interviewen kann, und jetzt explodiert das alles …« Martha sah wieder auf ihr Handy. »Wow, Fox! Du bist berühmt, Kathleen. Du wirst einen Agenten brauchen.«

»Hiermit ernenne ich dich dazu.« Kathleen fächelte sich Luft zu, während Martha die Nachrichten durchging.

»Du kannst nicht all diesen Leuten Interviews geben, sonst kannst du deine Reise nicht genießen. Warum bieten wir nicht erst mal ein Exklusiv-Interview an – vielleicht dem Kanal, für den du gearbeitet hast? Und wenn du wieder zu Hause bist, kannst du überlegen, ob du mehr machen möchtest. Hey, vielleicht bieten sie dir einen Buch-Deal an.«

»Ich unternehme lieber etwas, als darüber zu schreiben.«

»Ich werde deine Ghostwriterin.« Martha scrollte noch immer durch die Nachrichten, und Josh schüttelte amüsiert den Kopf.

»Hast du mal daran gedacht, dich für einen Job in der PR zu bewerben?«

»Nö, ich habe schon einen Job, danke. Ich bin Kathleens persönliche Assistentin. Ich werde mich um ihre Medienanfragen kümmern.« Martha tippte eine Antwort an jemanden, wobei ihre Finger so schnell über das Display flogen, dass es Kathleen wie Zauberei vorkam. »Ich bin ihr erster Schutzwall.«

»Schutz vor wem?«

»Vor jedem, der ihr einen Tee andrehen will, der nicht Earl Grey ist. Und vor den Paparazzi.« Martha schickte eine Nachricht und dann noch eine. »Sie dürfen nichts von Kathleens leichtfertigem Lebensstil erfahren.«

»Apropos leichtfertiger Lebensstil, ich fühle mich ein bisschen seltsam bei dieser Hitze.« Kathleen hakte sich bei Martha unter, die ihr Handy sofort wegsteckte.

»Ist es dir zu heiß? Willst du zurück ins Hotel?«

»Nein. Lass uns ein bisschen gehen.«

Wie hätte sie diese Reise nur ohne Martha machen sollen?

Josh ging voraus, doch Martha blieb bei Kathleen.

»Du hast Liza gebeten, die Briefe vorzulesen, oder?« Sie sprach leise. »Du musst mir nicht davon erzählen. Aber wenn du eine feste Umarmung oder etwas anderes brauchst, ich bin hier.«

Eine feste Umarmung.

Martha war immer noch bereit zu geben, trotz allem, was geschehen war. Das ließ Kathleen für sie hoffen.

»Es war das Richtige. Danke, dass du mich ermutigt hast.«

Adam hatte Ruth nicht verlassen.

Sie wusste jetzt genau, dass sie das Richtige getan hatte.

Ruth hatte ein glückliches Leben geführt. Adam war bei ihr geblieben, auch wenn sich Kathleen bei manchen Formulierungen von Ruth gefragt hatte, ob es da irgendwann eine Affäre gegeben hatte. Es hätte sie ebenso wenig überrascht wie die Tatsache, dass Adam eine hervorragende Karriere gemacht hatte.

Kathleen sah ihn vor sich, wie er selbstsicher und überzeugend an einem Rednerpult stand. Vielleicht um die Mitte herum ein bisschen kräftiger und mit silbernen Strähnen im Haar. Doch mit einer starken Präsenz. Adam war immer sehr präsent gewesen.

Martha drückte ihr einfühlsam die Hand. »Und hat es dich aufgeregt, Kathleen?«

Aufgeregt? Nein.

»Es hat mich verunsichert, aber es war richtig, es zu tun.«

»Willst du mit Ruth Kontakt aufnehmen?«

»Das habe ich noch nicht entschieden.« Diese Frage beschäftigte sie, seit Liza den letzten Brief vorgelesen hatte.

Martha nickte. »Ich denke, das hängt davon ab, ob dies ein Ende oder ein Anfang sein soll. Beides ist möglich.«

Kathleen hielt inne. Die Hitze machte ihr zu schaffen.

Ein Ende oder ein Anfang. Martha hatte recht.

Was von beiden sollte es sein? Sollte sie die Briefe als einen Abschluss sehen oder Kontakt aufnehmen zu Ruth?

Sie hatte keinen von Ruths Briefen beantwortet. Ihre alte Freundin wusste nichts über ihr Leben geschweige denn, ob sie überhaupt noch lebte.

Sie dachte den ganzen Nachmittag darüber nach und auch noch, als sie sich fürs Dinner umzog. Ihr Zimmer war reizend, mit antiken Möbeln ausgestattet, einem handgewebten mexikanischen Teppich und einer gusseisernen Badewanne.

Da sie früh fertig war, setzte sie sich auf den Sessel neben dem Bett und rief Liza an. Obwohl es nach Mitternacht bei ihr war, meldete sie sich fast sofort.

»Habe ich dich geweckt?«

»Nein. Ich habe ein Bild im Sommerhaus fertig gemalt, und deswegen haben Sean und ich spät gegessen und gerade erst alles aufgeräumt. Wir haben uns eine Flasche Wein aus deinem Keller geklaut.«

Kathleen lächelte. »Klaut ihr nur. Ihr wisst, dass ich Genuss immer unterstütze.«

»Geht es dir gut, Mum?«

»Ja, auch wenn ich natürlich die ganze Zeit über diese Briefe nachgedacht habe.«

»Ich habe auch darüber nachgedacht.« Im Hintergrund ertönte Geklapper. »Sie hatte ein glückliches Leben. Zu einem Teil warst du dafür verantwortlich.«

»So sehe ich es nicht, aber ich bin froh, dass sie glücklich war.«

»Wie ist es in Arizona?«

»Heiß.« Kathleen blickte aus dem Fenster. »Morgen sind wir am Grand Canyon, und ich habe die Hoffnung, dass Martha und Josh zusammenkommen.«

»Bist du immer noch am Verkuppeln?«

»Gnadenlos.«

Liza lachte. »Halt mich darüber auf dem Laufenden. Es klingt, als könnte Martha ein bisschen Spaß in ihrem Leben vertragen. Und was ist mit dir? Hast du dich entschieden, ob du Ruth kontaktieren möchtest?«

»Ich denke noch darüber nach.«

»Also, wenn du darüber reden oder laut darüber nachdenken möchtest – du weißt, ich bin da.«

»Danke.« Das Heimweh wallte wieder auf und brachte sie aus dem Gleichgewicht. »Ich weiß nicht, was ich ohne dich getan hätte.«

»Du wärst bestens zurechtgekommen, wie immer.«

»Nein.« Sie hörte Gläserklirren und dachte daran, wie Liza in der Küche von Oakwood Cottage saß und kühlen Weißwein trank aus einem der hübschen Gläser, die sie auf einer Reise nach Venedig gekauft hatte. »Ich vermisse dich, Liza. Ich wünschte, du wärst hier.«

»Ich vermisse dich auch …« Lizas Stimme klang fremd. Sie räusperte sich. »Mit Martha bist du besser dran. Du weißt, ich würde dir wegen deines Alkoholkonsums und zu vieler Burger und später Abende in den Ohren liegen.«

»Ich bin froh, dass ich eine so fürsorgliche Tochter habe.«

Eine Pause entstand. »Bist du sicher, dass es dir gut geht? Du klingst irgendwie anders.«

Ging es ihr gut? Kathleen war nicht sicher.

»Es geht mir gut, aber – ich liebe dich, Liza. Ich liebe dich sehr. Ich sage dir das nicht genug.« Und jetzt, da sie es endlich gesagt hatte, fragte sie sich, warum es so lange gedauert hatte. Es war nicht so, als hätten sich ihre Gefühle verändert oder wären tiefer geworden. Geändert hatte sich nur ihre Fähigkeit, ihre Gefühle mitzuteilen.

Liza brauchte so lange für eine Antwort, dass Kathleen sich schon fragte, ob sie aufgelegt hatte.

»Liza?«

»Ja, ich bin da. Ich liebe dich auch. Das weißt du.« Wieder entstand eine Pause. »Bist du sicher, dass es dir gut geht? Wenn du möchtest, dass ich komme, kann ich morgen losfahren. Ich nehme den ersten Flieger.«

Kathleen spürte, wie ihr die Kehle eng wurde vor Rührung. Ach, wie sehr sie sich wünschte, dass ihre Tochter bei ihre wäre, doch das konnte sie nicht von ihr verlangen. »Ihr fahrt bald nach Frankreich. Es muss so viel zu tun sein.«

»Möchtest du, dass ich komme?«

Ja, ja. Bitte komm.

Sie dachte, wie beruhigend es wäre, Liza an ihrer Seite zu wissen, falls sie sich dafür entschied, Ruth nach all diesen Jahren wiederzusehen. Doch Liza musste an ihren Frankreich-Urlaub und ihre Familie denken. An Sean. Es wäre egoistisch, sie zu bitten herzukommen, und Kathleen hatte ihre eigenen Bedürfnisse oft genug obenangestellt. »Nein«, sagte sie fest. »Das ist nicht notwenig, aber danke. Ich sollte jetzt gehen. Wir haben einen Tisch reserviert, und das Restaurant ist beliebt.«

»Viel Spaß heute Abend. Ich liebe dich, Mum.«

»Ich liebe dich auch.« Nach dem Gespräch fühlte Kathleen sich besser und ging ins Restaurant. Es war recht voll, und in der Luft lag der Geruch von Chili, Knoblauch und gebratenem Fleisch.

Sie aß roten Mais-Pozole, der sie an die Zeit erinnerte, als sie für *Summer Seekers* nach Mexiko gereist war. Wann war das gewesen? 1975? Nein, später.

Martha und Josh unterhielten sich über ihre Tour im Grand Canyon, was Kathleen die Gelegenheit gab, das Essen und die Aussicht auf den hübschen Garten zu genießen.

Ruth hatte ihren Garten in Kalifornien erwähnt und ihre Terrasse mit Blick auf den Pazifik.

Ich koche gern und trinke immer noch Earl Grey, wie wir es all die Jahre getan haben.

Ich denke oft an dich und frage mich, wo du bist.

Ich frage mich, ob du je so an mich denkst, wie ich oft an dich denke. Diese Briefe zu schreiben ist meine Art, dir nah zu bleiben. Wenn ich sie schreibe, habe ich das Gefühl, dass du zuhörst.

Kathleen legte die Gabel beiseite. »Ich möchte sie sehen.«

Martha und Josh unterbrachen ihr Gespräch.

»Ruth?«

»Ja, Ruth.« Ihr Herz schlug ein bisschen schneller, und sie nahm einen Schluck Wasser. »Jetzt bin ich hier. Vielleicht schaffe ich es nie wieder bis nach Kalifornien.«

Martha lächelte sie an. »Ich glaube, sie wird total begeistert sein, von dir zu hören.«

»Du tust es schon wieder. Übertreiben.«

»Nun, warten wir ihre Reaktion ab, bevor du mich korrigierst.« Martha griff über den Tisch nach Kathleens Hand. »Glaub mir, sie wird begeistert sein.«

»Oder sie findet es merkwürdig, dass ich nach all dieser Zeit Kontakt aufnehme.« Kathleen fühlte sich ein bisschen zittrig. »Vielleicht erinnert sie sich nicht an mich.«

»Kathleen ...« Marthas Stimme war sanft. »Sie hat nie aufgehört, dir zu schreiben. Wenn sie nicht von dir hören wollte, hätte sie aufgehört zu schreiben. Wenn du mich fragst, glaube ich, dass sie seit langer Zeit hofft, von dir zu hören.«

»Sie könnte tot sein.«

»Oder sie lebt und denkt an ihre alte Freundin.« Martha legte ihre Serviette beiseite und stand auf. »Wir sind fertig, warum gehen wir also nicht aufs Zimmer und tun es gleich?«

Josh nahm sein Bier und Kathleens Getränk. »Guter Plan.«

Und so fand Kathleen sich auf ihrer Bettkante wieder zwischen diesen beiden Menschen, die sie so lieb gewonnen hatte. Martha auf der einen und Josh auf der anderen Seite, wie Buchstützen.

»Das könnte ein Fehler sein. Man kann nie zurück.«

»Hier geht es nicht zurück, Kathleen. Es geht vorwärts.« Martha öffnete Lizas Nachricht mit Ruths Adresse und Telefonnummer – Ruth hatte sie am Ende eines jeden ihrer Briefe notiert.

»Das sagst du so leicht. Ich könnte es bereuen.«

Dieses Mal ergriff Josh das Wort. »Ich glaube, dass wir im Leben eher die Dinge bereuen, die wir nicht getan haben, als die, die wir getan haben. Zumindest ist das bei mir so.«

Kathleen nahm an, dass er an seinen Bruder dachte. Sie drückte seine Hand, sagte aber nichts. Sie verfügte vielleicht über ein größeres Vokabular als Martha, doch ihre Fähigkeit, in emotionalen Situationen das Richtige zu sagen, war deutlich weniger ausgeprägt. Auf keinen Fall wollte sie Josh mit plumpen Plattitüden verletzen.

»Und das ist der Grund, warum du es nicht bedauern solltest, dass wir auf dem Colorado raften gehen.« Josh blickte Martha eindringlich an, bevor er sich wieder Kathleen zuwandte.

»Wenn Sie anrufen, spendiere ich uns die beste Flasche Wein, die Sie je getrunken haben.«

»Französisch?«

Josh zuckte zusammen. »Kalifornisch.«

Kathleen schüttelte sich demonstrativ. »Was für ein Leben Sie geführt haben müssen. Aber Sie haben natürlich recht. Tun wir es.« Sie setzte sich ein bisschen aufrechter hin. »Martha. Ruf an.«

Sie klammerte sich an Joshs Hand, als Martha wählte, und hielt den Atem an, als Martha mit jemandem am anderen Ende sprach.

Eine lange Pause entstand, und der Druck in Kathleens

Brust wuchs. Schließlich reichte Martha ihr den Hörer. Ihre Augen glänzten.

»Es ist Ruth. Sie kann es kaum erwarten, mit dir zu sprechen.«

Kathleen nahm den Hörer und wünschte, sie hätte Josh und Martha gebeten, sie allein zu lassen, wenn sie mit ihrer alten Freundin sprach. Doch die beiden waren feinfühlig genug, denn Josh stand auf und tätschelte ermutigend ihre Schulter, während Martha sie auf die Wange küsste und flüsterte, dass sie »gleich draußen« wären.

Als sich die Tür leise hinter ihnen schloss, war Kathleen allein.

Ihre Hand zitterte so sehr, dass sie den Hörer kaum ans Ohr halten konnte.

»Hallo? Bist du das, Ruth?«

21. KAPITEL

MARTHA

Grand Canyon

»Ich lasse sie nicht gern zurück.« Martha und Josh hatten Kathleen in der wunderbar rustikalen Lodge mit ihrer Aussicht über den Grand Canyon schlafend zurückgelassen und waren die zweieinhalb Stunden nach Peach Springs gefahren.

Kathleen hatte Martha versichert, dass sie einen ganzen Monat in dem Panorama schwelgen könne und dass ein Tag allein eine Freude und kein Problem sei, doch Martha war trotzdem beunruhigt.

Wie hatte sie Kathleen so schnell in ihr Herz schließen können? Teilweise lag es an den Umständen – die langen Stunden, die sie gemeinsam im Auto verbrachten – und teilweise daran, dass sie Martha ein bisschen an ihre Großmutter erinnerte. Vor allem aber lag es daran, dass Kathleen ihr ihr Selbstvertrauen zurückgegeben hatte.

Sie zweifelte nicht länger an ihren Fahrkünsten, nein, sie freute sich sogar darauf, sich hinters Steuer zu setzen. Und sie geißelte sich nicht länger für ihre letzten Entscheidungen, denn dank Kathleen glaubte sie nicht mehr, dass sie schlecht gewesen waren. Es waren ihre Entscheidungen, und wenn ihre Familie sie nicht billigte, war das deren Problem.

Doch diesen Morgen hatte sie sich hin- und hergerissen

gefühlt zwischen ihrer Zuneigung zu Kathleen und ihrem Wunsch, Josh irgendwie zu helfen.

»Ich weiß, dass sie Angst davor hat, Ruth zu treffen. Ich hatte den Eindruck, dass sie Liza gern hier hätte.« Sie hatten das Verdeck aufgemacht, und Josh zog seine Baseballkappe tiefer, um seine Augen vor der heißen Sonne Arizonas abzuschirmen.

»Kann man sie bitten herüberzufliegen?«

»Ist keine Option. Sie hat Familie. Sie fahren in die Ferien nach Frankreich.«

»Dann begleiten wir Kathleen zu Ruth. Wenn wir den Eindruck haben, sie hätte gern eine andere Entscheidung getroffen, bringen wir sie dort weg und gehen stattdessen mit ihr am Strand spazieren. Oder wir bringen sie nach Hause.«

»Nach Hause?«

»Zu mir. Ich wohne oben an der Küste von Santa Monica. Von meiner Terrasse habe ich einen großartigen Blick auf das Meer.«

Martha hatte eine beunruhigende Vision, wie er in Boardshorts auf seiner Terrasse lag. Ihr Vorstellungsvermögen war schon immer ihr Untergang gewesen, und nun zeigte es ihr lebensnahe Bilder eines fast nackten Josh. Sie versuchte, sie wegzuschieben, und sie durch weniger provokante Bilder zu ersetzen. Josh, der zusammengesunken vor einem Computerbildschirm hockte und ernst dreinblickte. Aber das funktionierte nicht, weil er nie zusammengesunken irgendwo hockte, und auch wenn er oft ernst aussah, wirkte sein Lächeln, als hätte man sämtliche Scheinwerfer eingeschaltet.

»Du wohnst am Meer?« Ihre Stimme klang fremd, und sie räusperte sich. »Ich dachte, du hasst Wasser?« Sie würde nicht daran denken, wie er dem Meer entstieg und das Wasser von seinen breiten Schultern rann.

»Ich sehe es gern. Nur fühlen will ich es nicht.«

»Also wenn ich am Ertrinken wäre, würdest du mich nicht retten?«

»Ich würde dich retten, indem ich die Rettungsschwimmer alarmiere.«

»Das zählt nicht.«

»Am Ende überlebst du, das zählt. Das Geheimnis des Erfolgs besteht darin, eine Aufgabe an die kompetenteste Person zu delegieren. Wenn ich versuche, dich zu retten, ertrinken wir beide. Apropos, du könntest wegen heute recht haben. Wir hätten sie nicht allein lassen sollen«, sagte Josh. »Lass uns zurückfahren. Wer will schon auf dem Colorado raften gehen?«

Warum musste er sie zum Lachen bringen? Sie war verdammt. »Wir wollen das.«

»Du willst das. Mir schien das schon immer eine schlechte Idee zu sein. Tut es noch immer. Vor allem, da ich jetzt weiß, dass ich dich retten soll. Dreh um.«

War das sein Ernst?

Das Mitgefühl, das plötzlich in ihr aufstieg, vertrieb die Bilder eines nackten Josh aus ihrem Kopf. »Ist dieser Trip sehr schwer für dich? Dass du ihn ohne deinen Bruder machst?«

»Ohne ihn zu sein ist schwer – da spielt es keine große Rolle, was ich tue.«

Am liebsten hätte sie den Wagen angehalten und ihn in den Arm genommen, doch stattdessen bemühte sie sich um Leichtigkeit. »In dem Fall können wir genauso gut raften gehen. Du kannst jetzt nicht mehr zurück. Nicht, wenn ich meine ganzen Ersparnisse für dich ausgegeben habe. Bitte schön, nichts zu danken.«

»Du bist penetrant, Martha. Eine Nervensäge.«

Sie klopfte ihm auf den Oberschenkel und wünschte dann, sie hätte es nicht getan, denn kaum hatten ihre Finger seine harten Muskeln berührt, tauchten diese Bilder in ihrem Kopf und das Gefühl starker Anziehung wieder auf. *Du bist so blöd, Martha!* »Kein Grund, Angst zu haben. Und keine Sorge, dass du mich retten musst. Ich werde dich retten.« Auch wenn sie eher glaubte, dass sie gerettet werden musste, wenn auch nicht aus dem Wasser. Doch sie bereute diese Tour nicht, egal was sie sie kostete. Ihr gefiel der Gedanke nicht, dass er sonst die ganze Route 66 allein von Ort zu Ort getrampt wäre, mit jedem Mitfahrer Smalltalk gehalten und die ganze Zeit an seinen Bruder gedacht hätte. Immer die Traurigkeit im Gepäck, ohne dass jemand die Last mit ihm teilte.

Auch wenn er im Moment nicht sehr erfreut schien, sie neben sich zu haben. Sie spürte, wie er sie unter seinem Kappenschirm finster ansah.

»Hast du Erfahrung im Wildwasser?«

»Nicht wirklich, aber unsere Guides haben die, und ich bin immer sehr erfinderisch. Wenn du versprichst, nicht mehr zu jammern, verspreche ich, dich zu retten, wenn du kopfüber ins Wasser fällst. Du wirst das Raften lieben. Und ich glaube wirklich, dass es dir guttun wird.« Und falls diese sexuelle Anziehung nicht bald nachließ, würde sie froh über die Ablenkung sein.

»Haferbrei ist auch gut für mich. Das bedeutet nicht, dass ich ihn mag.«

»Würdest du dich auch so benehmen, wenn Red neben dir säße?«

Josh lachte widerwillig. »Schlimmer. Red hätte mich nie mit einer Tagestour davonkommen lassen. Er hätte eine Woche auf dem schwierigsten Teil des Flusses gebucht. Vermutlich ohne Guides.«

»Angst kann Menschen zusammenschweißen, habe ich gehört.«

»Ist das der Grund, warum du das machst? Damit ich mich an dich klammere?«

»Dafür brauche ich keinen Vorwand. Wenn ich bereit bin, dich zu vernaschen, vernasche ich dich.« Und bei diesem Tempo würde das eher früher als später geschehen.

»Eine Vorwarnung wäre hilfreich. Willst du es beispielsweise beim Fahren machen? Angesichts der Tatsache, dass du eine recht unerfahrene Fahrerin bist, solltest du vielleicht erst anhalten.«

»In Chicago war ich unerfahren – jetzt habe ich jede Menge Erfahrung. Und ich weiß noch nicht, wann ich dich vernasche.« Sie warf ihm einen Blick zu. »Das mache ich, wenn die Zeit reif ist. Wenn ich Entscheidungen treffen muss, gehe ich nach meinem Bauchgefühl.«

»Wenn dein Bauchgefühl mich vernaschen will, tu dir keinen Zwang an.«

Oh, Martha, Martha. »Flirtest du mit mir?«

»Vielleicht. Möglicherweise versuche ich mich von dem Albtraum abzulenken, den du so großzügig für mich arrangiert hast.«

»Und ich muss sicher sein, dass ich wirklich mit dir schlafen will und es nicht nur um Kathleens willen tue.«

Er drehte sich zu ihr. »Ich verstehe, dass du mich um Kathleens willen auf diese Reise mitgenommen hast, aber du hättest auch Sex mit mir, um Kathleen einen Gefallen zu tun?«

»Ich bin ein insgesamt sehr gefälliger Mensch. Darauf muss ich achten, wenn ich Entscheidungen treffe.« Es gelang ihr, eine ernste Miene aufzusetzen. »Sie ist gerade sehr verletzlich, und es würde sie freuen, wenn ihr kleiner Plan, uns zusammenzubringen, aufgeht. Sie glaubt, dass ich mein Selbstvertrauen wieder aufbauen muss.«

»Habe ich bei der Angelegenheit auch was zu sagen?«

Nur gut, dass er ihre Gedanken nicht lesen konnte, sonst hielte er es vermutlich für sicherer, den Rest der Route 66 zu Fuß zu gehen, als neben ihr im Auto zu sitzen. »Keiner von uns hat dabei was zu sagen. Wir sind alle unschuldige Schachfiguren in Kathleens Spiel.« Der Gedanke an Kathleen weckte wieder die Sorge in ihr. »Vielleicht hast du recht, und wir sollten umdrehen. Sie hat sich gestern tapfer gegeben, aber heute Nacht kaum geschlafen. Hast du die dunklen Ringe unter ihren Augen gesehen?«

»Sie ist achtzig. Und wir hatten gestern einen anstrengenden Tag.«

Irgendwie schaffte er es immer, sie zu beruhigen. Und es stimmte, dass sie einen anstrengenden Tag gehabt hatten. Sie waren von Winslow nach Flagstaff gefahren und hatten beim Meteor Crater einen Halt eingelegt.

»Du hast sie mit wissenschaftlichen Fakten vollgestopft und damit angestrengt.« Doch Martha wusste, dass der wahre Grund für Kathleens Müdigkeit tiefer reichte. Sie hatte Angst vor dem Treffen mit Ruth. »Ich habe das Gefühl, dass sie jetzt, da sie die Entscheidung getroffen hat, es hinter sich bringen möchte. Sei mal einen Moment ernst – meinst du, wir hätten bei ihr bleiben und sie ablenken sollen?«

»Nein. Sie wollte, dass wir diese Tour machen.« Josh strich sich übers Kinn. »Ich habe den strikten Befehl, dir eine gute Zeit zu verschaffen, was angesichts meiner Begeisterung für Wassersport eine Herausforderung sein wird.«

Martha umfasste das Lenkrad fester. »Du sollst mir eine gute Zeit verschaffen? Was genau bedeutet das?«

»Du wirst es wissen, wenn es so weit ist.«

Sie war sicher, dass jede Zeit mit Josh eine gute Zeit war. »Was, wenn nicht? Was, wenn deine Vorstellung einer guten Zeit nicht meiner Vorstellung einer guten Zeit entspricht?«

»Dann wirst du lügen müssen. Damit sie glücklich ist.«

Martha musterte die Straße vor ihnen. »Ich werde nicht lügen. Also sorgst du lieber dafür, dass ich eine gute Zeit habe, Josh Ryder. Kein Jammern wegen des Wassers. Kein Sarkasmus. Keine Fakten darüber, wie alt die Felsen sind oder wann der Grand Canyon entstanden ist.«

»Möchtest du wissen, wie viele unglückliche Touristen jedes Jahr im Colorado beim Raften ertrinken?«

»Nein.«

»Die Wassertemperatur?«

»Auf keinen Fall.«

»Das ist, als wäre ich mit Red zusammen.«

Sie sah ihn an und bemerkte erleichtert ein Lächeln in seinem Gesicht. »Er hatte lockiges, unordentliches Haar, einen großen Hintern und eine sonnenempfindliche Haut?«

»Hmm.« Er deutete zur rechten Straßenseite. »Fahr ran.«

»Jetzt? Warum?«

»Ich kann bestätigen, dass deine Locken so niedlich sind wie deine Sommersprossen, aber ich müsste mir deinen Hintern genauer ansehen, um seine Größe zu beurteilen.«

»Josh Ryder! Ich halte nicht an, damit du meinen Hintern anstarren kannst.«

»Schade.« Doch er grinste und sie ebenso.

Vielleicht hätte sie das überraschen sollen, da sie doch über seinen Bruder sprachen. Doch nach dem Tod ihrer Großmutter hatte sie gelernt, dass Trauer und Lachen nebeneinanderstehen konnten.

»Also, inwiefern ist das hier genau wie mit Red?«

»Du meinst abgesehen vom Lachen? Ebenso wie du hat er sich nie für diese ganzen Fakten interessiert, und ich habe versucht, ihn dafür zu interessieren. Ich habe versucht, ihn davon zu überzeugen, sein Leben zu ändern, doch er wollte nur Wellen jagen und sich amüsieren. Interessanterweise hat er nie versucht, mich zu ändern, obwohl mein Lebensstil ihm ebenso verrückt erschien wie mir seiner.«

»Und trotz allem wart ihr euch nahe.« Das schloss sie daraus, wie er über seinen Bruder sprach.

»Ja. Immer wenn wir gemeinsam in der Stadt waren, trafen wir uns und tranken ein paar Bier – mehr als nur ein paar.«

»Ich bin überrascht, dass dein fieser Chef dir freigegeben hat. Du hättest dich einem Arbeitsgericht stellen sollen oder so etwas. Grausamkeit gegenüber Angestellten.«

»Ich denke gern, dass ich zu allen fair war.« Er blickte zur Straßenseite. »Fahr rechts rein. Wenn wir die Tour wirklich machen wollen, ist das hier unsere Abzweigung.«

Sie bog ab und fand den Parkplatz. »Von hier fahren wir mit einem Bus hinunter in den Canyon. Ich bin ganz aufgeregt, du auch?«

»Nicht ansatzweise.« Doch er war freundlich, als der Bus die Straße entlangrumpelte, und lächelte fast, als sie sich in das Boot setzten.

Martha presste ihren Oberschenkel an seinen, als ihr Guide sich vorstellte.

»Bereitet euch auf eine wilde nasse Achterbahnfahrt durch acht Stromschnellen vor.«

Josh verdrehte die Augen. »Danke, Martha.«

»Warum der Sarkasmus? Laut Werbeflyer werden wir begeistert sein. Das würden sie nicht schreiben, wenn es nicht wahr wäre.«

»Ich kann mir andere und sicherere Methoden vorstellen, begeistert zu werden.«

»Hör auf zu jammern. Du, Mr. Tycoon, wirst jetzt den mächtigen Colorado aus nächster Nähe kennenlernen.« Und sie würde Josh aus nächster Nähe kennenlernen, wenn er das wollte. Sie hatte ihre Entscheidung getroffen und war sich sicher. Josh war der interessanteste Mann, den sie seit langer Zeit getroffen hatte – vielleicht überhaupt jemals. Sie mochte seinen Umgang mit Kathleen und wie er über seinen Bruder sprach. Sie mochte seinen Humor. Und vor allem mochte sie sich selbst, wenn sie zusammen waren. Mit Josh fühlte sie sich nie minderwertig. Sie hatte nie das Gefühl, dass sie besser oder anders sein sollte. Er mäkelte nicht an ihr herum, versuchte nicht, sie zu ändern oder kleinzumachen. Das Leben hatte ihr einen Teil ihres Selbstvertrauens genommen, doch das Zusammensein mit ihm füllte die Lücken wieder auf.

Sie war glücklich, und das reichte.

Es spielte keine Rolle, dass sie nicht wusste, was die Zukunft bereithielt. Das wusste niemand. Die meisten glaubten es zu wissen, doch so vieles lag außerhalb der eigenen Kontrolle. Wenn ihre Großmutter nicht gestorben wäre, hätte Martha vielleicht ihren Abschluss gemacht. Aber dann wäre sie jetzt auf einem anderen Weg, und wer wusste schon, ob er sie glücklich gemacht hätte? Zum Beispiel hätte sie Kathleen nicht kennengelernt. Wenn sie nicht so dringend hätte fliehen wollen vor Steven und ihrer Familie, hätte sie niemals einen Job als Fahrerin angenommen. Und dann wäre sie jetzt nicht hier auf dem mächtigen Colorado, wo die Wände des Grand Canyon um sie herum nach oben ragten und neben ihr ein Mann saß, der ihr Herz höherschlagen ließ. Im Grunde gab es nichts, was sie an der Vergangenheit ändern wollte, außer vielleicht eine Erfindung, damit geliebte Menschen ewig lebten. Doch alles, was man hatte, war im Jetzt, und sie war entschlossen, das Beste aus dem Jetzt zu machen. Zweifellos würde ihre Familie ihre derzeitigen Entscheidungen nicht gutheißen, doch wenn sie etwas gelernt hatte auf dieser Reise, dann die Einsicht, dass nur die eigene Meinung zählte.

Sie hob ihr Gesicht der Sonne entgegen und lächelte. Zum ersten Mal seit Ewigkeiten war sie zufrieden mit dem Leben. *Mit sich selbst.*

»Ich hoffe, du lächelst auch noch, wenn dich das eisige Flusswasser überschwemmt.« Josh zog sie näher an sich. »Die Durchschnittstemperatur des Colorado beträgt zu dieser Jahreszeit …«

»Sag es nicht. Ich finde es selbst heraus, da bin ich sicher.«

Doch sie mochte seinen Humor und dass er so viele Fakten auswendig wusste.

»Allmählich weiß ich die Aufgabe, vor der dein Bruder stand, zu schätzen. Dies, mein Freund …« Sie packte ihn vorne an der Rettungsweste und zog ihn zu sich heran. »Dies wird das Abenteuer deines Lebens. Keine Angst. Unser Guide kennt sich mit jeder Art von Wasserrettung bestens aus. Das hier wird dir guttun. Es wird dir gefallen.«

»Du klingst wie Red.«

Sie wusste nicht, was sie sagen sollte, und so schob sie ihre Hand in seine und spürte, wie seine Finger sich um ihre schlossen.

»Es ist zwei Jahre her, und ich höre noch immer ständig seine Stimme«, sagte Josh. »Wie er mir sagt, ich solle rausgehen und aufhören zu lesen, dass ich den Rand der Pizza essen und den Brokkoli nicht liegen lassen soll.«

»Du lässt Brokkoli auf dem Teller liegen? Du isst dein Gemüse nicht? Schockierend. Da stimme ich Red voll zu.«

»Wie es scheint, stimmst du Red bei so ziemlich allem zu.« Doch nach seinem Ton zu schließen, störte ihn das nicht. Sie fragte sich, ob es ihm vielleicht sogar gefiel.

»Ich höre auch noch immer meine Großmutter, allerdings merkwürdigerweise nur, wenn ich allein bin.« Sie begriff plötzlich, dass die Stimme des einzigen Menschen, von dem sie Ratschläge angenommen hätte, übertönt wurde, wenn sie mit anderen Menschen zusammen war. Mit ihrer Mutter. Ihrer Schwester. Steven. Sie hatte die falschen Stimmen gehört.

»Was hätte deine Großmutter hiervon gehalten?«

»Von der Tour oder von dir?« Sie sah, wie er lächelte. »Sie hätte zu beidem Ja gesagt.« Sie keuchte auf, als das Wasser sie traf und durchnässt und lachend zurückließ. »Das ist kalt!«

Sie klammerte sich an Josh, und er murmelte etwas, was sie nicht verstand, das aber vermutlich nicht schmeichelhaft war. Doch sogar er musste lächeln, als ihr Guide sie gekonnt durch die Stromschnellen steuerte.

Später aßen sie am Flussufer köstliche Sandwiches und selbst gebackene Kekse.

Martha hob einen für Kathleen auf.

Ihre getrockneten Haare kringelten sich, ihr Gesicht brannte unter der heißen Sonne, und sie war noch nie glücklicher gewesen.

Als sie schließlich in die Lodge zurückkehrten, fanden sie eine Nachricht von Kathleen vor, dass sie den Room-Service bestellt habe und früh zu Bett ginge, sodass sie Pizza bestellten. Josh ließ die Ränder übrig, während Martha ihre aufaß.

Dann fanden sie einen Platz, wo sie hinaus auf den Grand Canyon blickten und zusahen, wie die Sonne unterging.

»Das ist die Art von Aussicht, die einen über das Leben nachdenken lässt. Darüber, wie klein man im Vergleich zu der Welt doch ist. Und dass all diese kleinen Dinge, die so riesig wirken, gar nicht riesig sind.« Martha stand neben ihm, und er legte den Arm um ihre Schultern.

»Danke für heute. Und das meine ich nicht ironisch.« Seine Stimme war weich. »Im Ernst, vielen Dank. Ich bin froh, dass wir das gemacht haben. Er wäre auch froh gewesen.«

Martha legte den Kopf an seine Schulter. »Ihr hättet beide viel Spaß gehabt.«

Er zog sie enger an sich. »Er hätte dich gemocht.«

Wärme stieg in ihr auf. »Ich wünschte, ich hätte ihn kennengelernt.«

»Er hätte mit dir geflirtet und darauf hingewiesen, dass er viel interessanter sei als ich.«

Sie sah ihn an, und ihr Herz schlug schneller, denn sie war ganz sicher, dass sie seinen Bruder nicht interessanter gefunden hätte als ihn. »Ich bin sicher, dass ich ihn interessanter gefunden hätte. Wir hätten zusammen gelacht, und er hätte mich nicht mit allen möglichen Fakten gelangweilt und hätte seine Pizzaränder aufgegessen. Beim Brokkoli hätten wir uns gefunden.«

Er streichelte ihre Schulter. »Mein Bruder zog mich immer auf, weil ich alles vorausplane. Er hat ständig seinen Flug verpasst, weil er es nie rechtzeitig zum Flughafen schaffte. Das eine Jahr kam er zu spät zu Thanksgiving, weil er die Reise dem Zufall überlassen hatte. ›Reite einfach mit der Welle‹, sagte er immer.«

Die untergehende Sonne tauchte die Felsen in ein warmes Orange und den Himmel in ein feuriges Rot.

Sie drehte sich zu ihm und schlang die Arme um seinen Hals. »Ist es das, was wir tun? Wir reiten die Welle?«

»Vielleicht.« Mit dem Finger hob er ihr Kinn, um sie anzusehen. »Was meinst du? Willst du diese Welle mitnehmen, Martha?«

»Ja«, flüsterte sie. »Um mein Selbstvertrauen wiederzugewinnen, du weißt.«

»Sicher. Welchen anderen Grund sollte es sonst geben?« Sein Mund war so dicht an ihrem, dass sie sich beinahe küssten.

Die Spannung und die knisternde Erwartung waren erotischer als jeder Kuss ihres Lebens.

Er hob die Hand und strich ihr über die Wange. »Mein Zimmer oder deins?«

»Welches ist dichter?«

»Deins. Aber es ist direkt neben Kathleens.«

»Guter Punkt. Mein Zimmer. Für den Fall, dass sie mich in der Nacht sucht.«

Er hob die Augenbrauen. »Das würde zu einem interessanten Gespräch führen.«

Er küsste sie kurz, ein glühender Vorgeschmack auf das, was kommen sollte. Dann nahm er ihre Hand, und sie rannten zurück in die Lodge. Sein fester Griff sagte ihr, dass in ihm das gleiche Feuer loderte wie in ihr. Sie begehrte ihn mit einer Dringlichkeit, die gegen jeden Anstand verstieß.

Als sie schließlich ihre Zimmertür erreichten, fummelte sie ungeschickt an dem Schloss herum und ließ den Schlüssel fallen. »Ich hasse Schlüssel. Ich kann …«

»Ich hab ihn.« Er hob den Schlüssel auf und steckte ihn ins Schloss, doch bevor sie hineingingen, hielt er sie an der Schulter fest. »Warte. Bist du sicher, Martha? Rasch, sag es.« Seine zusammengepressten Kiefer zeigten, wie sehr er sich beherrschen musste.

»Ja. Ich bin eine großartige Entscheiderin, wusstest du das nicht? Ich zweifle nie an mir.« Sie zog ihn ins Zimmer, schlug die Tür hinter ihnen zu und presste sich an ihn. »Komm her, du Fleisch essender, Brokkoli hassender, wasserscheuer, aber wirklich heißer Kerl …«

Seine Hände waren in ihrem Haar, seine Lippen auf ihrem Hals, ihrer Wange, ihrer Stirn. »Du findest mich wirklich heiß?«

Sie versuchte sein Hemd aufzuknöpfen. »Nein, ich tue das nur für Kathleen.« Sie stöhnte, als er ihr Gesicht umfasste und sie lange und tief küsste. Das Wort küssen schien viel zu banal, denn noch nie hatte sich ein Kuss so angefühlt. Ihr Atem ging rasch, die Intensität des Kusses und seine kundigen Berührungen überrumpelten sie. Ihr Herz raste, als sie seine Hand auf ihrer Brust spürte und sein Mund folgte. Sie schloss die Augen, als er ihr ungeduldig die Kleidung vom Leib riss und sie das Gleiche mit seiner tat.

Sie hatten kein Licht eingeschaltet, doch der Mond erhellte das Zimmer, sodass sie ohne Stolpern oder Anstoßen zum Bett taumelten, wo sie sich auf die Matratze fallen ließ und ihn zu sich herunterzog.

Sie spürte sein Gewicht, die Kraft seiner Schultern, als er sich abstützte, und dann wieder seinen Mund, als er sie küsste. Voller Erregung grub sie die Finger in seine Haut, doch er ließ sich nicht drängen.

Seine Lippen wanderten von ihrem Mund zum Hals hinunter und von dort zu ihrer Schulter. Er sog ihren Duft ein und kostete mit der Zunge jeden Zentimeter ihrer Haut, als wäre sie eine Mahlzeit, die er nur einmal im Leben genießen würde. Sie war noch nie so erregt gewesen und wand sich unter ihm, während sie die Gegensätze genoss: die Kühle der Klimaanlage und die Wärme seiner Hände, seine Zunge, die träge ihre Brust umspielte, und ihr rasender Herzschlag. Mit Fingern und Lippen erkundete sie seinen Körper, spürte seinen Atem, hörte die leisen Worte.

Seine Berührungen waren quälend lustvoll, doch er führte die intime Erkundung fort, bis kein Teil ihres Körpers unerforscht blieb und sie vor Verlangen bebte. Muskeln und Stärke. Hitze und Küsse. Lust und Begehren.

Und dann drang er unendlich zärtlich in sie ein. Für einen Moment stockte ihr der Atem, weil sie tief in sich spürte, dass nichts in ihrem Leben sich je so richtig angefühlt hatte. Nie zuvor hatte sie etwas so Lustvolles, eine solche Einigkeit von Körper und Gefühl empfunden. Nie hatte sie sich jemandem so verbunden gefühlt. Sie wurde von einem Strudel der Lust fortgetragen, und er antwortete mit seinem eigenen Begehren, bis es nichts mehr außer Hitze und Lust gab und sie gemeinsam den Gipfel erreichten.

Nachdem sich der Sturm gelegt hatte, lagen sie ineinander verschlungen da und flüsterten in neuer Vertrautheit miteinander.

In der Vergangenheit hatte sie ihre Entscheidungen oft angezweifelt, doch diese stellte sie nicht infrage. Auch wenn sie nur diese Nacht haben sollten, würde sie es nicht bereuen.

Er zog sie an sich, und sie fühlte sich sicher und gebraucht und gewollt und so viele gute Dinge auf einmal.

Josh sagte nichts, und nach einem Augenblick hob sie den Kopf.

»Geht es dir gut?«

»Mhm.« Er hielt die Augen geschlossen, und sie fragte sich, ob sie das alles falsch deutete, ob er es bereute.

»Was denkst du?«

Er rührte sich und öffnete schließlich die Augen. »Dass Steven ein Idiot war, dich gehen zu lassen, doch sein Verlust ist mein Gewinn, insofern kann ich auf den Typen nicht sauer sein.«

Sie glühte vor Freude. »Ihn zu heiraten war keine gute Entscheidung, aber manchmal treffe ich gute Entscheidungen.«

»In der letzten Stunde mindestens fünf.«

Sie grinste. »Josh Ryder. Bist du etwa auch ein Hallodri?«

»Ich weiß es nicht.« Er zog sie in einer sanften Bewegung unter sich. »Sag mir, was Hallodris tun, und ich sage dir, ob das passt.« Er senkte den Kopf und küsste sie. »Du bist unglaublich, Martha.«

Niemand hatte sie jemals unglaublich genannt. »Nur für die Akten – welcher Teil von mir ist unglaublich?«

»Alles an dir, von deinen süßen Locken bis zu deinem tollen Hintern. Vor allem dein Wesen. Du bist der freundlichste, großzügigste Mensch, dem ich je begegnet bin.«

Sie fuhr mit den Fingern durch sein seidenweiches Haar. »Willst du etwa sagen, ich bin ein Fußabstreifer?«

»Fußabstreifer?«

»Eine, die sich leicht bequatschen lässt. Ein Schwächling.«

»Freundlichkeit ist keine Schwäche. Freundlichkeit ist eine oft unterschätzte Eigenschaft …« Er rollte sich auf den Rücken und zog sie mit sich. »Aber ich war immer gut darin, Wertvolles zu erkennen. Das gehört zu meinen Talenten.«

»Du hast andere Talente.« Sie fuhr mit den Fingern über seine Brust bis zum Bauch hinunter. »Soll ich sie auflisten?«

Sie hatte sich Vorwürfe gemacht, dass sie schlechte Entscheidungen traf, doch jede ihrer Entscheidungen hatte sie zu diesem Moment geführt. Wenn sie zu irgendeinem Zeitpunkt ihres Lebens eine andere Entscheidung getroffen hätte, wäre sie jetzt nicht hier. Und sie würde diesen Moment um nichts in der Welt missen wollen.

Er fuhr mit der Hand über ihren nackten Rücken. »Ich schätze, da du jetzt dein Selbstvertrauen wiedergewonnen hast, gehst du zurück in dein Zimmer.«

»Dies ist mein Zimmer. Und mit dem Selbstvertrauen ist das eine merkwürdige Sache …« Sie ließ ihre Hand weiter nach unten gleiten und hörte ihn scharf einatmen. »Es ist zerbrechlich. Vermutlich bin ich noch nicht so weit. Ich könnte dich noch ein bisschen länger gebrauchen. Du beißt die Zähne zusammen. Ist alles in Ordnung?«

Er stöhnte. »Ich habe einen Vorschlag.«

»Oh, bitte keine Heirat. Eine Scheidung reicht.«

»Nein, einen Vorschlag, wie sich dein Selbstvertrauen an verschiedenen Orten entlang der Pazifikküste festigen lässt.«

Sie wanderte mit den Lippen über seine Brust nach unten. »Was genau schlägst du vor?«

»Wenn ich dir eine zusammenhängende Antwort geben soll, musst du kurz aufhören mit dem, was du da tust.«

Sie hob den Kopf, ließ ihre Hand aber liegen. »Lenke ich dich ab?«

»Vielleicht ein bisschen.« Er sagte es mit zusammengebissenen Zähnen, und sie lächelte.

»Das macht Spaß.«

»Ja, dir. Für mich ist es eine Übung in Selbstbeherrschung und sexueller Frustration. Wenn wir Kathleen abgesetzt haben und wissen, was sie danach tun will, könnten wir den Highway One entlangfahren. Ich zeige dir Kalifornien. Big Sur. Monterey. Klippen. Mammutbäume.«

Ihr Herz machte einen Satz. Sie hatte das Gefühl, als hätte sie in der Lotterie gewonnen. »Musst du nicht zurück zur Arbeit?«

»Ich sollte. Und wenn du ablehnst, werde ich vermutlich in meine Workaholic-Gewohnheiten zurückfallen.«

»Das ist Erpressung.«

»Das ist Verhandeln.«

»Und welche Entschuldigung willst du deinem Chef präsentieren, dass du nicht zurückkommst?«

»Ich werde ihm sagen, dass ich ein Mädchen getroffen habe …« Er zog sie zu sich hinunter und strich ihr über den Rücken. »Also, was meinst du? Musst du wieder zurück?«

Wohin zurück? Sie musste ihre Zukunft planen, doch das konnte warten. Alles konnte warten.

»Na ja, ich spüre eine gewisse Verantwortung, dafür zu sorgen, dass du nicht in deine alten, ungesunden Gewohnheiten zurückfällst – also nein, ich muss nicht wieder zurück.«

»Bist du sicher?«

»Völlig.«

In ihrem ganzen Leben war sie sich keiner Entscheidung sicherer gewesen.

22. KAPITEL

LIZA

Sean rannte nach einem letzten frühmorgendlichen Bad im Meer über den Sand auf Liza zu. »Erfrischend.« Tropfend und zitternd griff er nach einem Handtuch. »Trotz der aufregenden Dinge, die vor uns liegen, muss ich zugeben, dass ich hier nicht wegmöchte. Ich hatte vergessen, wie gern ich hier bin. Wenn wir hier sind, nutzen wir die Zeit meist nicht zur Entspannung. Es geht immer darum, etwas zu erledigen.«

Liza lächelte verhalten. »Das ist meine Schuld. Ich finde die Pflichten immer wichtiger als den Spaß. Das wird sich ändern, ich verspreche es. Der Spaß wird von jetzt an weit oben stehen.«

»Für uns beide.« Er setzte sich neben sie auf die Picknickdecke. »Man verfällt so schnell in eine Routine, ohne je über eine Alternative nachzudenken. Ich stelle mir vor, wie das Leben aussehen könnte, wenn wir hier wohnen würden. Nach der Arbeit würde ich nicht im Berufsverkehr feststecken und spät nach Hause kommen, sondern wir würden stattdessen am Abend noch schwimmen gehen. Im Winter würden wir lange, stürmische Spaziergänge an einem leeren Strand unternehmen und im Tide Shack etwas zu essen holen.«

Sie hatten darüber gesprochen, doch erwog er das jetzt ernsthaft?

»Du hast ein gut gehendes Unternehmen. In London.«

»Hmm. So wie ich es sehe, gibt es zwei Möglichkeiten. Die eine ist, die Firma so, wie sie ist, zu behalten und ein paar Tage in der Woche von hier aus zu pendeln. Mehr zu delegieren.«

»Du würdest ständig im Auto sitzen und zwischen zwei Orten hin- und hergerissen sein.«

»Ich könnte es einrichten. Ich würde montagabends nach London fahren und bis Donnerstag oder so dableiben.«

Sie beugte sich zu ihm und wischte ihm ein paar Wassertropfen von der Wange. »Dann müssten wir das Haus in London behalten, und beides können wir uns nicht leisten.«

Er zog sie am Handgelenk zu sich und küsste sie. »Du suchst nach Hindernissen.«

»Ich bin nur pragmatisch.«

»Dann sei es nicht.« Er setzte sich auf. »Alternativ könnte ich mit meinen Partnern sprechen und den Gedanken verfolgen, eine Zweigstelle hier unten zu eröffnen, die sich auf Häuser an der Küste konzentriert. Viele Menschen möchten ihren Wohnraum neu gestalten, und darin bin ich gut.«

Sie dachte daran, wie er ihr kleines Reihenhaus in London in ein lichterfülltes Loft verwandelt hatte. »Ja, das bist du.«

»Ich müsste gelegentlich immer noch nach London fahren, doch der Hauptteil meiner Arbeit würde hier stattfinden.«

Wie würde ihr Leben aussehen, wenn sie hier wohnten? Sie hätten den Strand. Sie könnte sich mehr auf ihre Malerei konzentrieren. Sie würde ihre Mutter öfter sehen und Angie ebenso.

Liza hatte sie am Tag zuvor besucht, um sich zu verabschieden.

Letztlich war sie mit ihrer Freundin ebenso ehrlich gewesen, wie Angie es mit ihr gewesen war, und dieses Gespräch hatte sie daran erinnert, warum die Verbindung zwischen ihnen immer so stark gewesen war. Es gab nur wenige Menschen, mit denen sie ihr Gefühlsleben teilen konnte, doch mit Angie konnte sie das.

Sie wandte sich wieder Sean zu. »Meinst du, dass du genug Aufträge bekommen würdest, um eine Zweigstelle zu rechtfertigen?«

»Ich weiß es nicht, aber ich würde es gern ausprobieren.«

Es machte Spaß, Pläne zu schmieden, doch sie sah sie noch nicht Wirklichkeit werden. »Die Zwillinge werden London auf keinen Fall verlassen wollen. Und wollen wir sie wirklich in dieser Phase umziehen lassen, in der sie auf wichtige Examen zusteuern?«

»Das Leben dreht sich nicht nur um die Zwillinge, Liza. Unser Leben ist auch wichtig. Doch egal, für welche Option wir uns auch entscheiden – die Umsetzung wird eine Weile dauern. Einigen wir uns doch darauf, das nächste Jahr darüber nachzudenken, wie wir das umsetzen können. Mit dem Ziel, dass wir hier runterziehen, wenn Caitlin und Alice aufs College wechseln.«

Die Zukunft, die vor Kurzem noch bedrückend und voller dunkler Wolken schien, leuchtete jetzt heller. »Die Idee gefällt mir.«

»Dann habe ich Zeit genug, um nach dem passenden Haus zu suchen.« Er stopfte das feuchte Handtuch in die Tasche. »Idealerweise gibt es irgendwo ein vernachlässigtes Häuschen der Küstenwache mit Meerblick, das ich in den nächsten Jahren zu meinem Projekt machen kann.«

»Und ich kann die Inneneinrichtung übernehmen.« Sie stellte sich vor, wie sie Möbelstücke aussuchte in den vielen Läden entlang der Atlantikküste, die Handwerk aus Cornwall verkauften. Und sie würde improvisieren, weil sie das gern tat. Sie würde Muscheln und Treibholz sammeln und die Dielen ihres Cottages schleifen und in einem ausgeblichenen Weiß streichen. »Es macht Spaß zu planen.« Und vor allem machte es Spaß, zu zweit zu planen. Irgendwann in der Vergangenheit hatten sie aufgehört, gemeinsam etwas zu unternehmen, und angefangen, parallele Leben zu führen. Doch damit war jetzt Schluss.

»Lass uns bald zurückkehren.« Sean legte ihr den Arm um die Schultern und sah hinaus aufs Meer. Seine Haut hatte einen tiefen Bronzeton angenommen. Sie hatte vergessen, wie schnell er braun wurde.

»Ja.« Liza stand auf und packte ihre Sachen zusammen. »Du hast dir die Sache, die wir gestern vereinbart haben, nicht anders überlegt? Bei Tageslicht erscheint es sehr spontan und extravagant.«

»Spontan ist gut. Das sollten wir öfter sein.« Sean nahm ihr die Tasche ab, und sie gingen zurück zum Haus, wo sie duschten und ihr Gepäck im Auto verstauten.

Sie hatten entschieden, Lizas Auto zunächst beim Cottage stehen zu lassen und es später im Sommer zu holen.

Liza prüfte ein letztes Mal, dass die Tür verschlossen war. Sie hatte Popeye gefüttert, und am Abend zuvor waren sie und Sean zu Finn hinübergefahren, um ihm seine Bilder zu bringen.

Ein unangenehmer Moment für Liza, doch beide Männer waren überraschend entspannt gewesen. Finn hatte ihr gutmütig zugezwinkert, und er und Sean hatten über die Architektur des Hauses gesprochen, während sie einen Drink nahmen.

Das andere Bild, das sie während ihres Aufenthalts gemalt hatte, das persönlichere, lehnte im Schlafzimmer ihrer Mutter an der Wand. Es hatte unendlich viele Motive für das Bild gegeben, doch sie hatte von Anfang an gewusst, was sie malen wollte. Als sie es schließlich Sean zeigte, hatte seine Reaktion sie bestärkt.

»Oakwood«, hauchte er und betrachtete das Bild des Cottages im Sonnenuntergang. »Es ist perfekt.«

Liza hoffte, dass ihre Mutter das auch finden würde.

Und nun würden sie nach London zurückfahren.

Sean nahm ihre Hand. »Bist du traurig, dass wir fahren?«

Liza blickte zurück. Oakwood Cottage war ihr eine Zuflucht gewesen, als sie sie am nötigsten gebraucht hatte. »Wir werden bald zurückkommen. Ich habe die Mädchen vermisst.«

Am Tag zuvor hatten sie lange mit ihnen geredet, und Liza war ehrlich gewesen. Das Gespräch war ihr nicht leichtgefallen, doch der Artikel und der Gedanke, dass ihre Eltern sich scheiden lassen könnten, hatten die Mädchen so erschüttert, dass sie einsichtig und reumütig waren.

»Du tust so viel«, hatte Caitlin kleinlaut gesagt. »Und es tut mir leid, dass ich es nicht bemerkt oder nicht Danke gesagt habe. Ich werde mich bessern.«

»Ein Danke freut mich«, hatte Liza erwidert. »Doch vor allem möchte ich, dass ihr mehr Verantwortung übernehmt.«

»Das werde ich tun. Das werden wir beide tun.«

Alice hatte zugestimmt, und Liza musste zugeben, dass das ganze Gespräch besser gelaufen war als erwartet. Ob die Wirkung anhielt oder nicht, musste man abwarten.

»Wenn wir am Spätnachmittag zu Hause sind, könnte ich meine Mutter anrufen, bevor sie zu ihrer Tagesetappe aufbrechen.« Liza schnallte sich an. »Ist schon komisch, oder? Man würde nicht denken, dass sich die Beziehung zur Mutter so spät im Leben noch ändert. Ich ging davon aus, dass wir uns nie nahe sein würden.« Doch sie und ihre Mutter hatten über alles gesprochen. Alle Hindernisse zwischen ihnen waren ausgeräumt.

»Ich freue mich für dich. Wer hätte gedacht, dass Kathleen in ihrer Vergangenheit so etwas erlebt hat. Welch ein Leben sie geführt hat.«

Liza verabschiedete sich innerlich von Oakwood Cottage, als Sean die Auffahrt hinunterfuhr. »Ich frage mich, wie ihr Leben ausgesehen hätte, wenn sie Adam geheiratet hätte.«

»So ein Gedankenspiel können wir alle anstellen. Wo wäre

ich jetzt, wenn ich dich in jenem Sommer nicht am Strand getroffen hätte? Was wäre aus unserer Familie geworden, wenn du uns nicht verlassen und damit aufgerüttelt hättest?«

»Ich habe euch nicht verlassen, Sean.«

»Sorry – du gingst ›die Katze füttern‹.« Er warf ihr einen Blick zu und lächelte. »Du weißt, dass du von jetzt an nur androhen musst, die Katze füttern zu gehen, und ich reserviere sofort einen Tisch im Restaurant und kaufe Geschenke.«

»Das werde ich mir merken.«

»Ich sollte dich wohl vorwarnen, dass an der Küchenwand jetzt eine riesengroße Tabelle prangt. Alice teilt Aufgaben zu.«

Liza zuckte zusammen. »Das klingt nicht gerade nach einer sehr geschmackvollen Wandgestaltung.«

»Nein, aber wenn es die beiden daran erinnert, ihren Anteil zu erledigen, ist es die Beleidigung fürs Auge wert.« Er fuhr plötzlich rechts ran und parkte am Rand eines Feldes. In der Ferne sah man das Meer als blauen Streifen vor dem wolkigen Himmel.

»Warum hältst du an?«

»Weil diese letzten paar Tage sehr besonders waren und es mich nervös macht, sie hinter uns zu lassen.« Er drehte sich zu ihr um. »Ich bin schrecklich schlecht darin, mich an Jahrestage zu erinnern. Dafür gibt es keine Entschuldigung, und ich werde mich bessern. Das ist eine meiner Schwächen, das weiß ich. Ich kann mich auf die Arbeit konzentrieren, habe aber keine Ahnung, wo mein blaues Hemd ist. Ich versuche alles ruhig anzugehen, was dich, wie ich jetzt weiß, wahnsinnig macht, weil du mit einem Tempo unterwegs bist, das jeden Rennfahrer neidisch machen würde. Aber es ist nun mal so, Liza – ich liebe dich.« Er umfasste ihr Gesicht. »Ich liebe dich und habe dich in jedem unserer gemeinsamen Jahre geliebt, auch wenn ich manchmal den Hochzeitstag vergessen habe. Und ein Grund, dass ich ihn vergesse, ist der, dass mich jeder

Tag, den ich mit dir verbringe, glücklich macht. Einen Tag im Jahr zu nehmen, um das zu feiern, ist fast so, als würde man sagen, der Rest ist nicht kostbar. Doch die Tage sind alle kostbar.« Seine Stimme ließ keinen Zweifel an seiner Aufrichtigkeit.

»Sean …«

»Lass mich ausreden.« Er strich ihr sanft das Haar aus dem Gesicht. »Ja, wir sind mit unseren Pflichten überfordert. Mein Job ist anstrengend, Zwillinge zu haben war immer viel Arbeit, und du trägst die Hauptlast. Wir haben immer zu wenig Zeit und müssen unsere Aufgaben priorisieren, aber seit wann steht unsere Beziehung am Ende der Liste? Sie sollte ganz oben stehen, nicht unten. Sie sollte das Erste sein, dem wir Aufmerksamkeit schenken, nicht das Letzte.«

»Ich weiß. Und das werden wir von jetzt an beherzigen.«

Wie hatte sie jemals das Waschen von Caitlins Trägertop als dringender erachten können als ein Gespräch mit Sean? Wie hatten sie aufhören können, sich selbst wichtig zu nehmen? Sie hatte eine To-do-Liste mit sämtlichen ihrer Aufgaben im Kopf, doch Zeit mit Sean stand nicht auf dieser Liste.

Sean küsste sie sanft, startete den Wagen, und sie fuhren nach Hause.

Als sie in ihre Straße einbogen, wurde Liza nervös. Ihr Zuhause wirkte fremd, als wäre sie eine Ewigkeit fort gewesen und nicht nur eine gute Woche.

Doch dann wurde die Haustür geöffnet, und Caitlin und Alice rannten ihnen zur Begrüßung entgegen, wie sie das als Kinder getan hatten.

»Mum!« Caitlin umarmte Liza so fest, dass sie kaum atmen konnte, und Alice tat dasselbe.

»Wir haben dich vermisst.«

»Und nicht, weil wir alles suchen müssen, wenn du nicht zu Hause bist.« Caitlin gab sie wieder frei. »Du siehst toll aus.

Das Kleid steht dir gut. Ist es neu? Komm rein, wir haben eine Überraschung für euch beide.« Die Zwillinge warfen einander einen Blick zu und führten ihre Eltern dann in die Küche.

Das Haus war blitzsauber, und auf dem Küchentisch standen Teller mit Essen. Kleine Sandwiches, Scones, Cupcakes, Schokoladenkekse …

Liza stellte ihre Tasche ab. »Habt ihr das alles gemacht?«

»Wir dachten, ihr seid hungrig nach der Fahrt. Alice hat das meiste gekocht und gebacken. Ich habe geputzt.« Caitlin sah nervös aus. »Ich habe die Spiegel poliert und sogar hinter eurem Bett im Schlafzimmer sauber gemacht. Und wir helfen bei den Vorbereitungen für Frankreich. Alice und ich werden alles tun, du kannst dich also ausruhen.«

»Ähm …« Liza sah Sean an. »Darüber müssen wir mit euch sprechen.«

Caitlins Lächeln verschwand. »Wir fahren nicht nach Frankreich?«

»Ich fürchte, nicht.«

»Weil es zu viel Arbeit für dich ist?« Alice sah ängstlich aus. »Ist es unsere Schuld?«

»Mit euch hat das gar nichts zu tun. Und das hier ist alles wunderbar, genau wie das saubere Haus. Ich bin gerührt. Herrje, das sieht köstlich aus.« Liza griff nach einem Cupcake. Waren ihre Mädchen tatsächlich dazu in der Lage? Sie hatte sie unterschätzt. Oder vielleicht hatte sie ihnen einfach nie die Gelegenheit gegeben. »Aber es gibt schlechte Nachrichten wegen Frankreich. Sie haben gestern angerufen. Sie hatten einen Rohrbruch, und das Erdgeschoss steht unter Wasser.«

»Oh nein!« Alice ließ sich auf den nächsten Stuhl fallen. »Aber das ist unser Familienurlaub. Wir wollten euch verwöhnen und … können wir etwas anderes finden? Caitlin und ich können bei der Suche helfen.«

»Das war unser erster Gedanke, doch dann hatten wir eine andere Idee.« Liza nahm Seans Hand. »Wir haben ein anderes Ziel, auf das ihr euch hoffentlich freut. Es ist nicht Frankreich.«

»Nicht Frankreich?« Caitlin fing den Blick ihrer Schwester auf. »Was auch immer du ausgesucht hast, passt für uns, Mum. Wir wünschen uns Familienzeit, das ist alles.«

Familienzeit.

Liza lächelte. »Wir können euch eine Familienzeit der besten Art garantieren.«

23. KAPITEL

KATHLEEN

Barstow – Santa Monica

Kathleen stand am Pier von Santa Monica und blickte auf die Wellen.

Sie hatte die Prärie und die Wüste durchquert, den Grand Canyon gesehen und die glänzenden Lichter von Las Vegas, und jetzt war sie hier, an ihrem Ziel.

Sie spürte, wie Marthas Hand sich um ihre schloss.

»Wir haben es geschafft, Kathleen, und ich bin in keine Straßenlaterne gefahren.«

Kathleen sagte nichts, doch sie drückte ihre Hand. Sie fand keine Worte, die ihre Gefühle beschreiben konnten.

Josh nahm ihre andere Hand, und beide führten sie näher an den Strand. »Das ist der Pazifische Ozean, Kathleen.«

»Ja, das sehe ich. Meine Augen sind der Teil an mir, der noch gut funktioniert.« Der Pazifik. Kathleen spürte die Sonne auf ihrem Gesicht und eine warme Brise, doch sie konnte sich nicht entspannen. Sie musste ständig an Ruth denken. »Sie wohnt hier in der Nähe?«

»Nicht weit weg.«

Kathleen drehte sich zum Wagen um. »Dann lasst uns losfahren. Lasst uns das hinter uns bringen. Ich möchte nicht länger warten.« Sie bemerkte, wie Martha Josh ansah, als würden sie etwas berechnen. »Was habt ihr beide denn vor?«

»Nichts.«

Vermutlich sagten sie ihr nicht die Wahrheit, aber sie war zu nervös wegen ihres Treffens mit Ruth, um nachzuhaken.

Was, wenn es unangenehm wurde? Sie hatten sich das letzte Mal vor fast sechzig Jahren gesehen. Außer der Vergangenheit hatten sie nichts gemein, und die war nicht gerade ein angenehmes Thema.

Sie setzte sich wieder in den Wagen, der seit dem Start in Chicago zu ihrem Zuhause geworden war. Kathleen hatte ihn ins Herz geschlossen, und Martha und Josh ebenso.

Zwischen den beiden war eine neue Vertrautheit entstanden. Kathleen bemerkte es an ihrem Lächeln, den kleinen Berührungen, den verheißungsvollen Blicken. Sie freute sich für sie, doch zugleich fühlte sie sich durch ihre neue Nähe einsam.

Sie war immer ein unabhängiger Mensch gewesen. Warum also hatte sie das Bedürfnis, bei dieser Reise jemanden an ihrer Seite zu haben?

Sie versuchte sich zusammenzureißen. Wenn das Treffen mit Ruth sie zu sehr aufwühlte, würde sie einfach eine Ausrede vorbringen. Sie würde einen Earl Grey trinken, sagen, wie nett es gewesen sei, Ruth wiederzusehen, und dann würde sie in einem Hotel mit Meerblick einchecken und so tun, als wäre sie zu Hause.

Nachdem sie das entschieden hatte, wollte sie es hinter sich bringen. »Seid ihr sicher, dass wir hier richtig sind?« Sie umfasste Marthas Rückenlehne und hielt mit der anderen Hand ihren Hut fest, mit dem sie sich vor der kalifornischen Sonne schützte.

Sie hatte eingewilligt, dass sie diesen letzten Teil der Reise mit geöffnetem Verdeck zurücklegten.

Es sollte entspannend sein, doch wie konnte sie sich entspannen, wenn sie wusste, dass sie Ruth nach so vielen Jahren wiedersehen würde?

»Ja.« Josh sah auf das Navi. »Du musst da vorn nach links, Martha. Und dann anhalten und warten.«

Worauf warten?

»Abbiegen macht mir keine Angst mehr, auch wenn ich Kreisverkehr nie mögen werde.« Martha sah in den Rückspiegel. »Geht es dir gut, Kathleen?«

»Nein.« Panik überkam sie. »Ich glaube, dies ist ein furchtbarer Fehler. Man sollte nie in die Vergangenheit reisen. Fahr nicht nach links. Fahr geradeaus bis zur Küste.« Sie sah, wie Martha Josh einen Blick zuwarf.

»Kathleen …«

»Wenn du mit mir diskutieren willst, kannst du dir den Atem sparen. Ich weiß, was ich will.«

Martha fuhr so abrupt und entschieden rechts ran auf einen Parkplatz, dass Kathleen sich festhalten musste.

»Ich dachte, deine Fahrkünste hätten sich gewaltig verbessert, doch offenbar war ich voreilig in meinem Urteil. Ich weiß nicht, warum du hier hältst. Wir sollten weiterfahren, geradeaus.«

Martha löste ihren Sicherheitsgurt und drehte sich um. »Wir besuchen Ruth. Sie erwartet uns. Aber wir werden hier ein paar Minuten warten.«

»Worauf? Du arbeitest für mich, Martha. Ich bestehe auf der Reiseroute.«

Martha reichte nach hinten und strich Kathleen beruhigend übers Knie. »Das muss ziemlich beängstigend sein …«

»Beschwichtige mich nicht. Das ist herablassend.«

»Ich bin nur deine Freundin. So wie du mir auf dieser Reise eine Freundin warst.«

Kathleen spürte, wie ihre Augen brannten. Natürlich, der Sand. Sie waren zu lange am Strand gewesen. »Unsinn.«

»Ohne dich hätte ich Josh nicht kennengelernt. Ich war so damit beschäftigt, mich zu schützen, dass ich den ganzen Spaß verpasst hätte, den wir hatten.« Martha zwinkerte. »Nicht zu vergessen, den besten Sex meines Lebens.«

Josh räusperte sich und rutschte etwas tiefer in den Sitz. »Ist das wirklich …«

»Ja, ist es.« Martha ignorierte sein Unbehagen. »Wir haben auf dieser Reise alle Dinge getan, die schwer für uns waren. Ich habe einen Anhalter mitgenommen und Stevens Nummer blockiert –«

»Wurde auch Zeit«, murmelte Kathleen.

»Josh ist raften gegangen …«

Josh verzog das Gesicht. »Ich weiß nicht, ob ich das wiederholen möchte«

Kathleen seufzte. »Seit wann ist das hier ein Wettbewerb?«

»Es geht nicht um Wettbewerb. Es geht um die Unterstützung von Freunden. Und du wirst heute nicht allein sein. Wir stehen hinter dir, Kathleen.«

Sie spürte einen seltsamen Druck hinter ihrer Brust. »Ihr steht nicht ansatzweise hinter mir. Ihr jungen Leute geht so achtlos mit der Sprache um.«

»Ich weiß, dass du Angst hast, Ruth zu treffen«, sagte Martha. »Du hast Angst vor Gefühlen, mit denen du vielleicht nicht umgehen kannst, doch du kannst damit umgehen, Kathleen. Du hast schon so viel geschafft. Und du könntest es bereuen, wenn du es nicht tust.«

»Werde ich nicht. Ich mache es mir zum Prinzip, nie zurückzuschauen.«

»Aber hier geht es nicht darum zurückzuschauen. Es geht darum, nach vorn zu schauen. Du und Ruth werdet etwas Neues aufbauen.«

»Ich bin achtzig. Es ist ein bisschen spät, um etwas Neues aufzubauen.«

Martha hob die Brauen. »Und das von einer, die gerade zweitausendvierhundert Meilen durch die USA gefahren ist?

Wenn es für ein solches Abenteuer nicht zu spät ist, wie kann es dann zu spät sein, eine Freundin zu besuchen?«

»Sie ist eine Fremde, Martha. Ich habe sie seit fast sechzig Jahren nicht mehr gesehen, also verkläre diese Beziehung nicht.«

»Ihr hattet eine tiefe und besondere Freundschaft. Diese Art von Verbindung überdauert alles.«

»Eure Generation ist so gefühlsduselig.« Kathleen fummelte an ihrem Taschengriff herum, knetete ihn in den Händen. »Okay, lass es uns tun. Es wird eine Katastrophe, und dann wird es mir ein Vergnügen sein, dich zu feuern.«

Martha lächelte. »Wenn es schiefgeht, wirst du mich als Fluchtfahrerin brauchen.«

»Wenn ich mich für die Flucht auf deine Fahrkünste verlasse, sind wir alle verdammt.« Was sollte sie tun? Martha hatte natürlich recht. Sie hatte Angst, das Wiedersehen mit Ruth könnte alte Wunden aufreißen. »Für den Fall, dass wir beide einen Riesenstreit haben, sollte ich dir das hier vermutlich jetzt geben.« Sie beugte sich hinunter und holte das Päckchen hervor, das sie vor ein paar Tagen im Wagen verstaut hatte. »Es ist ein Dankeschön.«

»Ein Dankeschön wofür?«

»Dafür, dass du nicht gesungen hast, obwohl du beinahe geplatzt wärst. Dafür, dass du eine zänkische alte Frau auf der Reise ihres Lebens bei Laune gehalten hast. Dafür, dass du die beste Gesellschaft warst. Und dafür, dass du auch dann gelächelt hast, wenn du Angst hattest.« Sie sah, wie Marthas Augen feucht wurden, und wedelte mit der Hand. »Nein! Nicht weinen.«

Martha fuhr sich mit der Hand über die Augen und öffnete das Paket.

»Oh Kathleen …« Sie zog eine Teekanne aus der Schachtel und sah sie voller Staunen an. »Sie ist perfekt. Wo hast du die nur gefunden?«

»Ich habe das Glück, gut vernetzte Freunde zu haben, die einiges möglich machen.« Sie bedankte sich insgeheim bei Liza, die sie aufgetrieben hatte, und bei Finn, der den erstaunlich komplizierten Transport geregelt hatte.

»Rote Kirschen.« Marthas Stimme klang belegt. »Sie sieht genauso aus wie die, die Nanna hatte.«

»Deine Großmutter wäre stolz auf dich, Martha.«

»Ich werde sie wie einen Schatz hüten und niemals benutzen.«

»Das wäre schade. Eine Teekanne ist dazu da, dass Tee in ihr gekocht wird, so wie ein Mensch dazu da ist, sein Leben zu leben, wie schwer es auch manchmal scheint.« Sie hörte ihre Stimme zittern und wusste, dass Martha es auch bemerkte. Kathleen sah, wie sie Josh einen Blick zuwarf.

»Könntest du kurz spazieren gehen? Wir sind sowieso fünf Minuten zu früh.«

»Zu früh wofür? Wir werden Tee trinken und nicht in die Oper gehen.« Kathleen umklammerte ihre Handtasche so fest, dass die Knöchel ihrer Hand weiß hervortraten. Der Moment war gekommen, und sie konnte ihn nicht mehr hinausschieben. »Und warum soll Josh irgendwohin gehen? Ich weiß sowieso schon viel zu viele Details über die außergewöhnliche Neubelebung eures Sexuallebens, von daher kann ich mir kein Gespräch vorstellen, das seine Abwesenheit erfordert.«

Martha drehte ihr den Rücken zu. »Ich weiß, dass du Angst hast, aber es gibt hier nur zwei Möglichkeiten. Entweder du hast keine Verbindung mit Ruth mehr, findest sie langweilig und wir verabschieden uns nach einer quälenden Tasse Tee wieder.«

»Tee kann nicht quälen, außer du verschüttest ihn, wenn er heiß ist.«

Martha ignorierte sie. »Oder ihr versteht euch wie beim ersten Mal und könnt nicht aufhören zu reden. Dann verbringt ihr den schönsten Nachmittag seit Langem. Ich bin für diese Option.«

»Eine dritte Möglichkeit ist, dass das Treffen Wunden aufreißt, die ich aus gutem Grund in der Vergangenheit gelassen habe.«

»Wie das?« Marthas Tonfall war freundlich. »Du wirst deine Entscheidung nicht bereuen, Kathleen. Du würdest die Zeit nicht zurückdrehen wollen, selbst wenn du es könntest. Wegen all dem, das geschehen ist, hast du eine tolle Karriere hingelegt.«

»Du weißt, wie sehr ich das Wort toll verabscheue. Es drückt nichts aus.«

»Es drückt etwas Tolles aus«, fuhr Martha ungerührt fort. »Und deine Karriere war toll.«

»Das stimmt«, sagte Josh. »Das war sie.«

Martha nickte. »Wenn du Adam geheiratet hättest, hätte er dich wahnsinnig gemacht.«

Kathleen kräuselte die Nase. »Wahnsinnig ist noch so ein Wort, das ich nicht mag. Könnten wir uns um eine genauere Sprache bemühen? Habe ich dir in den letzten Wochen denn gar nichts beigebracht?«

»Du hast mir Hartnäckigkeit beigebracht.« Martha beugte sich vor. »Wenn ihr zusammengeblieben wärt, hättest du Adam umbringen wollen. Denk an diese Artikel, die wir gelesen haben. Ich bin sicher, dass er beeindruckend war, doch vermutlich hatte er ein aufgeblasenes Ego. Vielleicht hätte er nicht gewollt, dass du ein Star bist. Vielleicht hättest du nicht um die Welt reisen können. Vielleicht hätte es *Summer Seekers* nie gegeben.«

»Ich weiß nicht, ob sich diese These untermauern lässt.« Kathleen wischte sich einen imaginären Fussel von der Bluse. »Du könntest recht haben. Ich habe ihn nicht als unterstützend erlebt, als ich bestimmte Ambitionen zum Ausdruck brachte.«

»Aber Brian war das. Warte kurz …« Martha griff nach ihrem Handy und tippte einen Moment herum, bevor sie es Kathleen vors Gesicht hielt. »Hier ist Brian, als du diese wichtige Auszeichnung in London erhalten hast. Moderatorin des Jahres oder wie das hieß.«

Kathleen spürte, wie ihre Augen feucht wurden. *Oh Brian.* »Ich habe keine Ahnung, warum du mir das zeigst.«

»Sieh dir sein Gesicht an! Was siehst du? Stolz. Freude. Und so viel Liebe. Ich würde alles dafür geben, wenn mich ein Mann auch nur ein Mal so ansehen würde.«

»Vielleicht, wenn du mal etwas anderes als Jeans anziehst …«

»Wir sprechen von dir, Kathleen. Und von Brian, den du genauso geliebt hast wie er dich. Er war nicht der Zweitbeste. Er war nicht dein Trostpreis. Hast du das nicht gesagt, als wir bei Devil's Elbow hielten? Eine gute Beziehung braucht kein Wunder. Sie braucht nur die richtige Person zur richtigen Zeit. Was übrigens viel schwerer ist, als es klingt, aber das tut im Moment nichts zur Sache.«

»Ich sagte, sie benötigt kein Wunder, und nicht, sie braucht kein Wunder.«

»Ist das Gleiche.«

»Tatsächlich ist …«

»Kathleen!«

»Gib mir einen Augenblick.« Kathleen schloss die Augen und dachte an Brian. Seine Geduld. Seine Fähigkeit, sie immer zum Lachen zu bringen. Wie sie darüber gestritten hatten, wie man eine Buchseite am besten markierte. Ihre Liebe zum Meer. Ihr Zuhause. Ihre Tochter.

Er war zweifellos das Beste gewesen, was ihr im Leben zugestoßen war. Noch besser als die *Summer Seekers.*

Er war ihr größtes und schönstes Abenteuer gewesen.

Martha hatte recht. Sie würde nichts ändern wollen. Sie

würde keinen Tag ihres Lebens, egal ob allein oder mit ihrem geliebten Brian, für mehr Zeit mit Adam eintauschen.

Ein Kloß bildete sich in ihrem Hals. Wie sehr sie Brian vermisste. Sie vermisste seine Beständigkeit und wie gut er sie gekannt hatte. Das Leben konnte einem kein besseres Geschenk machen, als wirklich gekannt und dennoch geliebt zu werden.

Und Brian hatte sie gekannt und geliebt.

Sie öffnete die Augen. »Gut, dann Tee, aber nur Tee. Und wir sollten eine Art Signal vereinbaren. Falls ich moralischen Beistand oder einen schnellen Abgang brauche, obwohl ich nicht sicher bin, ob ich mit meinen Hüften noch einen schnellen Abgang schaffe. Vielleicht müssen Sie mich einfach über die Schulter werfen, Josh.« Sie bemerkte, wie Martha und Josh sich wieder Blicke zuwarfen, und seufzte genervt. »Was jetzt?«

»Du hast jeden moralischen Beistand, den du brauchst, Kathleen.« Martha drehte sich um in Richtung Straße.

Ein großer Wagen näherte sich und hielt vor ihnen.

»Sie ist da.« Josh stieg aus dem Wagen, und Martha folgte ihm.

»Wer ist da?« Doch Kathleen sprach mit sich selbst. Bevor sie ihnen nachrufen konnte, dass all dieses Getue frustrierend war, ging die Wagentür auf und eine Frau trat hinaus in den Sonnenschein.

Sie sah genauso aus wie Liza.

Kathleens Herz machte einen Satz. Nein. Das konnte nicht sein. Liza war in Frankreich, mit Sean und den Mädchen.

Doch es war tatsächlich Liza. Eine veränderte Liza, mit geraden Schultern und einem selbstbewussten Lächeln. Glücklich. Hier in Kalifornien und in einem Kleid, das ihre Beine umspielte. Sie umarmte Martha und schüttelte Josh die Hand. Dann lief sie rasch zum Wagen und lächelte Kathleen zu.

»Hallo, du *Summer Seeker*. Ich muss zugeben, dass ich meine Zweifel hatte wegen des Wagens, aber er passt zu dir.«

Kathleen verschlug es die Sprache. Sie wollte aus dem Wagen steigen, doch Liza schlüpfte schon auf den Rücksitz neben ihr, wobei sie zusammenzuckte, als sie ihre Beine einzog.

»Du bist durch acht Bundesstaaten gefahren, während deine Beine so eingequetscht waren? Es ist ein Wunder, dass du dich überhaupt bewegen kannst.« Sie beugte sich vor und umarmte Kathleen. »Ich hoffe, du hast nichts dagegen, dass ich gekommen bin. Ich wollte für diesen Teil bei dir sein. Ich dachte, wir könnten Ruth gemeinsam besuchen.«

Gemeinsam. Sie war nicht allein. Sie hatte Liza.

Sie hatte so viel Angst gehabt, ihre Unabhängigkeit zu verlieren, doch jetzt erkannte sie, dass sie jemanden an ihrer Seite hatte und Hilfe annehmen konnte, ohne einen Teil von sich aufzugeben. Hilfe anzunehmen bedeutete nicht, schwach zu sein, sondern es machte einen menschlich. Vielleicht war es sogar eine Stärke, weil man sich auf diese Weise Dingen stellen konnte, denen man sich allein vielleicht nicht stellen wollte.

Kathleen drückte Liza an sich und registrierte nur vage, dass Josh und Martha wieder einstiegen. »Warum bist du nicht in Frankreich?«

»Das ist eine lange Geschichte. Ich erzähle sie dir nach dem Tee.«

»Aber was ist mit Sean und den Mädchen?«

»Sie sind auch hier.« Liza schnallte sich an. »Planänderung in letzter Minute. Es wird dich wohl kaum überraschen, dass die Mädchen begeistert waren von der Nachricht, dass wir nach Kalifornien statt nach Frankreich fahren. Sie sind im Moment in unserem Strandapartment – das wir dank Josh kurzfristig mieten konnten – und planen schon eine Zukunft, in der sie hier leben. Vielleicht ist das der Schub, den Caitlin braucht, um sich auf die Schule zu konzentrieren. Sie können es übrigens kaum erwarten, dich zu sehen. Heute Abend kochen sie für uns alle.«

Kathleen kam kaum mit. »Hast du gesagt, die Zwillinge kochen heute Abend?«

»Keine Angst.« Liza tätschelte ihr Knie. »Es hat sich herausgestellt, dass sie das besser können, als frühere Erfahrungen vermuten ließen. Ich muss dir eine ganze Menge erzählen. Aber lass uns jetzt zu Ruth fahren. Es hat keinen Sinn, es weiter aufzuschieben. Wie weit ist es?«

»Nicht weit.« Josh sah aufs Navi und lotste Martha nach links. »Es ist ein Stück die Straße hinunter. Dicht am Strand. Adam muss gut verdient haben, wenn sie hier ein Haus gekauft haben.«

In Kathleens Kopf drehte sich alles. Sie hatte so viel zu sagen, und sie musste es jetzt sagen. »Ich kann Oakwood nicht verkaufen, Liza.«

»Du hast recht. Das kannst du nicht.«

»Ich weiß, dass du denkst, mir könnte dort etwas zustoßen, aber …« Sie hielt inne. »Was hast du gesagt?«

»Ich sagte, du kannst es nicht verkaufen. Ich glaube auch nicht, dass du das solltest, und es tut mir leid, dass ich es jemals vorgeschlagen habe. Bleib dort wohnen, und wenn es an der Zeit ist, dass du Hilfe brauchst, werden wir uns eine Lösung überlegen.«

Kathleen sah ihre Tochter misstrauisch an. »Ich werde keinen Notrufknopf tragen.«

»Ich weiß.« Liza lächelte. »Und du wirst auch nicht den Teppich wegräumen oder aufhören, die Trittleiter zu benutzen. Es ist deine Entscheidung. Dein Leben. Dein Abenteuer.«

Nie hatte sie Liza so entspannt erlebt. »Die Trittleiter benutze ich vielleicht nicht mehr.«

Als Martha vor einem großen Eisentor hielt, wurde Kathleen wieder nervös. Doch es war zu spät, es sich anders zu überlegen, weil Martha bereits in die Gegensprechanlage sprach. Das Tor ging auf, und dort oben an der Auffahrt, gestützt von einer Frau, die vermutlich ihre Tochter war, stand Ruth.

Sie hat sich überhaupt nicht verändert, dachte Kathleen. Nicht ein bisschen.

Martha parkte, und Josh stieg wie der Blitz aus, doch es war Liza, die Kathleen aus dem Wagen half. Liza, die ihren Arm nahm und nicht mehr losließ. Liza, die an ihrer Seite war, als sie die paar Schritte gingen, um ihre alte Freundin zu begrüßen.

Kathleen hätte sich nicht lange den Kopf zerbrechen müssen, was sie sagen sollte, denn Ruth trat auf sie zu und zog sie in eine feste Umarmung. Sie begriff, dass es manchmal keine Worte brauchte und eine Berührung alles ausdrückte.

Erst als sie Ruth schniefen hörte, bemerkte sie, dass ihre Wangen ebenfalls nass waren.

An diesem Tag hatte sie schon mehr Emotionen gezeigt als im ganzen Leben davor.

»Ich bin Martha …« Martha reichte der Frau neben Ruth die Hand.

»Ich bin Hannah. Ruths Tochter. Wir haben am Telefon gesprochen. Und Sie müssen Liza sein. Willkommen. Wir freuen uns so, dass Sie zu uns kommen.« Sie schüttelte Liza die Hand. »Kommen Sie herein. Wir haben Tee gemacht und können uns auf der Terrasse in den Schatten setzen.« Sie führte sie hinein, und Kathleen und Ruth lösten sich schließlich voneinander.

»Sieh dich an!« Ruth schlug die Hände an die Wangen. »So schick. Du hast dich kein bisschen verändert. Als ob ich einen Filmstar empfangen würde. Ich möchte alles aus deinem Leben hören. Du musst so viele Geschichten zu erzählen haben. Ich habe jede Folge der *Summer Seekers* gesehen.«

Kathleen war nie auf die Idee gekommen, dass Ruth von ihrer Karriere wissen könnte. »Wie ist das möglich?«

»Adam hat die Videos für mich aufgetrieben. Sie waren im falschen Format, aber er konnte sie konvertieren.«

Es war ein merkwürdiger und etwas unangenehmer Gedanke, sich Adam und Ruth vorzustellen, wie sie gemeinsam die *Summer Seekers* sahen.

Ruth hakte sich bei Kathleen unter und führte sie ins Haus. »Komm rein. Ich habe Earl Grey gemacht, und Hannah hat Shortbread gebacken.«

Hannah.

Ruths Tochter. Adams Tochter.

Und dort stand Liza, ihre Tochter, die ihr aufmunternd zulächelte. Kathleen begriff, dass diese Reise sie nicht nur zu Ruth zurückgeführt, sondern sie auch Liza nähergebracht hatte. Sie hatten so vieles zu besprechen und die Zeit, es zu tun.

Ihr Roadtrip hatte ihr viele neue Erfahrungen beschert, doch keine war so befriedigend wie diese: mit ihrer alten Freundin und ihrer Tochter hier zu sitzen, Tee zu trinken und dabei auf den Pazifik zu schauen. Die Vergangenheit hatte endlich einen angemessenen Platz in der Gegenwart bekommen, und sie fühlte sich zutiefst zufrieden mit ihrem Leben.

Vielleicht war das von Anfang an das Ziel gewesen.

DANKSAGUNG

Die Story von »The Summer Seekers« fiel mir vor ein paar Jahren ein, als ich mit der Familie ins Wochenende fuhr und am Steuer saß. Der erste und größte Dank muss daher meiner Familie gelten, die sofort jedes Gespräch einstellte, als ich schrie: »Eine Minute lang nichts sagen. Ich hatte gerade eine Idee und muss nachdenken«, und die gehorsam die Stichwörter notierte, die ich diktierte. Ich schrieb damals an einem anderen Buch und legte die Idee in meinem Hirn ab, wo sie größer und größer wurde, bis die Geschichte schließlich reif war. Dass ich einige Jahre gewartet habe, bevor ich sie aufschrieb, mag mit ein Grund sein, warum ich den Prozess des Schreibens so genossen habe.

Jede meiner Ideen wird besser durch meine begabte Lektorin Flo Niccol, die Verständnis, Ruhe und ihre besondere positive Art in jedes unserer Projekte einbringt.

Ich danke den Verlagsteams rund um die Welt, die mit so viel Begeisterung und Hingabe an meinen Büchern arbeiten. Damit ein Buch in die Hände der Leserinnen gelangt, braucht es Teamarbeit und ein äußerst komplexes Zusammenspiel vieler Menschen und Abteilungen. Wollte ich alle Beteiligten auflisten, wäre dieses Buch vermutlich doppelt so dick, doch besonderer Dank geht an Lisa Milton, Manpreet Grewal und das ganze UK-Team und auch an Margaret Marbury, Susan Swinwood und das Team von HQN Books.

Ich würde wohl kein Buch ohne die Unterstützung von Freundinnen beenden und schicke eine besonders feste Umarmung an RaeAnne Thayne, Jill Shalvis und Nicola Cornick.

Mein letzter Dank gebührt meinen Leserinnen für ihre immerwährende Unterstützung. Ich schätze mich glücklich, dass Sie bei so vielen Büchern im Regal meines gewählt haben, und hoffe, dass Sie »The Summer Seekers« lieben werden.

Sarah
xx

Lesen Sie auch:

Sarah Morgan

Sommerleuchten am See

Roman

11,00 € (D) / 11,40 € (AT)

ISBN: 978-3-7499-0350-4

Die Originalausgabe erschien 2020 unter dem Titel
Family for Beginners bei HQ,
an imprint of HarperCollins *Publishers*, UK.

Übersetzung: Judith Heisig
Published by arrangement with
HarperCollins *Publishers* Ltd., London

1. KAPITEL

FLORA

Als sie ihn das erste Mal sah, stand er draußen vor dem Laden und starrte auf die Blumen im Fenster. Die Hände hatte er in den Taschen seines Mantels vergraben und den Kragen hochgeklappt, um sich gegen die bittere Kälte des New Yorker Winters zu schützen. Es war einer dieser eisigen Tage, an denen sich bei jedem Atemzug ein weißes Wölkchen vor dem Mund bildete. Der Himmel war düster, wirkte fast bedrohlich. Die Menschen hasteten mit gesenktem Kopf vorbei und gingen mit finsterer Entschlossenheit ihren Angelegenheiten nach.

Dieser Mann nicht. Er kam nicht herein, um Zuflucht vor der Kälte zu suchen, wie es an diesem Vormittag viele andere vor ihm getan hatten. Stattdessen stand er mit gedankenverlorener Miene da, während er das Blütenmeer betrachtete – ein bunter Farbtupfer inmitten der Eintönigkeit des Winters.

»Blumen aus Schuldgefühl.« Julia zog zwölf langstielige Rosen aus dem Eimer und legte sie auf den Arbeitstisch. »Er wird Blumen aus Schuldgefühl kaufen. Ich wette um zehn Dollar, dass er eine Affäre hatte und nun überlegt, mit welcher Sorte er um Verzeihung bittet, damit er nicht hochkant rausfliegt.«

Flora nahm die Wette nicht an. Nicht nur, weil sie wusste, dass Julia keine zehn Dollar übrig hatte. Vielleicht hatte der Mann eine Affäre gehabt, doch mit Sicherheit hatte er nichts zu feiern. Seine Gesichtszüge wirkten angespannt, und er presste die Lippen auf eine Weise aufeinander, als hätte er vergessen, wie man lächelt.

»Warum muss es eine Affäre sein? Vielleicht ist er verliebt, und sie erwidert seine Gefühle nicht. Vielleicht wird er Blumen aus Liebe kaufen. Er wird sie in jedes Zimmer stellen.«

Solche Gespräche, in denen sie über die Motivation der Kunden spekulierten, führten sie oft.

Julia hatte einen Hang zum Dunklen, was Flora nicht verstand, denn ihre Kollegin und Freundin war glücklich verheiratet mit einem Feuerwehrmann und Mutter dreier liebenswerter, wenn auch anstrengender Teenager.

Flora war optimistischer. Wenn es morgens regnete, bedeutete das nicht, dass es auch am Nachmittag regnen würde.

»Wirkt er auf dich wie ein verliebter Mann?« Julia schnitt die Stängel in einem Winkel ab, wie Flora es ihr beigebracht hatte. »Draußen sind Minusgrade. Die Leute gehen nur raus, wenn sie es müssen. Wenn sie lebenswichtige Dinge kaufen. Wie Schokolade.«

»Blumen sind lebenswichtig.«

»Für Schokolade würde ich Frostbeulen riskieren. Für Blumen nicht. Blumen sind nicht lebenswichtig.«

»Für mein Leben sind sie wichtig. Streif die Blätter ab. Wenn sie im Wasser sind, faulen sie, und dann befallen die Bakterien die Stängel und die Blumen sterben.«

»Wer hätte gedacht, dass es so kompliziert ist.« Sorgfältig entfernte Julia die Blätter und blickte wieder zum Fenster. »Er hat was verbockt, meinst du nicht? Hat einen Riesenfehler gemacht und überlegt nun, wie groß der Strauß sein muss, um es bei ihr wiedergutzumachen.«

»Oder bei ihm.«

»Oder bei ihm.« Julia neigte den Kopf. »Er sieht müde aus, angestrengt. Er wäre lieber zu Hause im Warmen, stattdessen friert er sich vor unserem Fenster zu Tode, woraus ich schließe, dass es um etwas Großes geht. Vielleicht hat seine Frau oder sein Mann von der Affäre erfahren, und er fragt sich, ob er noch draufzahlt, wenn er versucht, es wiedergutzumachen.«

»Vielleicht ist er seit dreißig Jahren verheiratet und feiert den Hochzeitstag.«

»Oder«, mutmaßte Julia, »er kauft Blumen, um sich zu entschuldigen, dass er jemandem den Tag verdorben hat. Was?« Sie hielt inne, um tief einzuatmen. »*Du* hast mir doch beigebracht, dass Blumen eine Geschichte erzählen.«

»Aber du gehst immer von einer Horrorgeschichte aus.« Flora fing eine Rose auf, die fast hinuntergefallen wäre, und sog den Duft ein. Sie versuchte, die Blütenblätter nicht anzufassen, stellte sich aber die samtige Weichheit an ihren Fingern vor. Andere Menschen benutzten Meditations-Apps, um sich zu entspannen, sie Blumen. »Es gibt noch andere Geschichten. Fröhlichere.«

Celia, die Ladenbesitzerin, stöckelte in Schuhen mit lächerlich hohen Absätzen vorbei, den Arm voller Callas. Sie hatte einen rosigen Teint und ein Gesicht, das Flora an Dahlien erinnerte. Ihre Persönlichkeit war stacheliger als eine Rose, doch ihre forsche und sachliche Art war durchaus hilfreich bei der Beratung unentschlossener Bräute.

»Ihr müsst euch mit diesen Rosen beeilen, wenn wir sie rechtzeitig zu Mrs. Martins Dinnerparty heute Abend ausliefern wollen. Ihr wisst, wie speziell sie ist.«

»Wir schaffen das rechtzeitig, Celia, mach dir keine Sorgen«, besänftigte Flora sie lächelnd. Ihr ausgeglichenes Wesen wirkte beruhigend auf andere Menschen, vor allem auf aufbrausende Gemüter wie Celia.

»Unsere Aufgabe besteht darin, den besten Kundenservice und die schönsten Blumen zu liefern.«

»Und genau die werden wir erfüllen.« Flora hörte fast, wie Julia neben ihr mit den Zähnen knirschte. Sie hoffte, dass ihre Chefin sich anderen Dingen zuwandte, bevor ihre Freundin explodierte.

Celia hielt inne, ihr gereizter Ton wich einem schmeichlerischen. »Kannst du am Samstag arbeiten, Flora? Ich weiß, du hast schon letzten Samstag gearbeitet …«

»… aber ich habe keine familiären Verpflichtungen.« Flora hatte sich noch immer nicht richtig daran gewöhnt, dass sie an den Wochenenden nicht länger ihre Tante besuchen musste. Obwohl ihre Tante Floras Anwesenheit im letzten Jahr gar nicht mehr wahrgenommen hatte, hatten diese Besuche zu Floras Routine gehört. Überrascht hatte sie festgestellt, wie merkwürdig es sich anfühlte, nicht mehr zu ihr zu gehen. Auch ihre Trauer hatte sie überrascht. Sie und ihre Tante waren sich nicht nahe gewesen, auch wenn Flora es versucht hatte. »Das ist okay, Celia. Ich arbeite gern.« Sie wusste, dass Celia sie ausnutzte. Vermutlich hätte sie Nein sagen sollen, doch dann hätte Celia schlechte Laune gehabt, und damit konnte Flora nicht umgehen. Das war anstrengender, als zu arbeiten. Und es machte ihr nicht viel aus. Die Wochenenden waren immer am schwersten für sie, und sie verstand nicht ganz, warum.

In eine eigene Wohnung zu ziehen war die Erfüllung eines Traums gewesen. Das hatte sie sich immer gewünscht, doch dann bestürzt feststellen müssen, dass die Erfüllung seiner Wünsche einen nicht immer glücklich machte. Ihr Leben war nicht so, wie sie es sich vorgestellt hatte. Als käme man in Rom an und stellte fest, dass man einen Reiseführer für Paris dabeihatte. Sie wusste nicht, ob es an der Wohnung lag oder an ihren Erwartungen.

Ihre Mutter hatte immer betont, dass es darauf ankam, was man aus seinem Leben machte. Doch Flora konnte sich des Eindrucks nicht erwehren, dass es vor allem von den Zutaten abhing, was man daraus machen konnte. Auch der beste Koch konnte aus verschimmeltem Gemüse nichts zaubern.

Nachdem sie ihr Problem gelöst hatte, ging Celia weiter, und Julia schnitt die Rosenstängel mit mehr Nachdruck ab als zuvor.

»Ich dachte, du wolltest aufhören, anderen Leuten zu gefallen?«

»Das will ich ja. Offenbar ist es ein Prozess.«

»Ich sehe keinen Prozess. Ich sehe nur, wie sie dich zur Wochenendarbeit drängt. Schon wieder.«

Julia war der erste Mensch, der diesen Wesenszug an ihr kommentiert hatte, und sie war die Erste, die sie aufforderte, das Problem anzugehen.

»Es ist mir nicht wichtig. Ich spare mir mein Durchsetzungsvermögen für etwas Großes und Wichtiges auf.«

»Du musst bei kleinen Dingen anfangen und es üben. Warum hast du solche Angst, ihr die Stirn zu bieten?«

Allein bei dem Gedanken schlug ihr Herz höher. »Weil sie mich dann feuert. Ich kann nicht gut mit Konflikten umgehen.« Oder mit Zurückweisung. Das war ihre größte Schwäche.

»Sie wird dich nicht feuern, Flora. Du bist ihr größter Gewinn. Die Hälfte der Kunden kommt nur wegen dir! Du musst es ihr nicht immer recht machen.«

»Ich schätze, es ist ein Überbleibsel von den Versuchen, es meiner Tante recht zu machen. Meine Welt war schöner, wenn sie glücklich war.« Auch wenn ihre Tante nie glücklich gewesen war. Eher hatte der Grad ihrer Missbilligung geschwankt.

Das Zusammenleben mit ihr hatte sich für Flora als nützliche Erfahrung erwiesen. Sie war gut darin, mit schwierigen Menschen zurechtzukommen. Bei einigen Gelegenheiten hatte sie ihre Tante sogar zum Lächeln gebracht – die größte Herausforderung für jemanden, der gefallen wollte. Wenn sich Gillians Lippen nach oben verzogen, war das der Gipfel des Erfolgs – und für jemanden, der anderen gefallen wollte, das Äquivalent zu einer Everest-Besteigung, einem Rekord-Marathonlauf oder einer Atlantiküberquerung im Ruderboot. Angesichts der vielen schwierigen Menschen auf der Welt fand Flora, müsste sie ihrer Tante womöglich sogar dafür danken, dass sie ihr so viel Übung hatte zuteilwerden lassen.

Julia sah das anders. »Ich bringe meinen Kindern bei, für das einzustehen, was sie sich wünschen und woran sie glauben. Und dass sie für ihr Glück selbst verantwortlich sind.«

»Genau. Und ich bin am glücklichsten, wenn die Menschen um mich herum glücklich sind.«

»Ja zu sagen, macht dich nicht glücklich. Es macht nur die anderen glücklich und erspart dir Konflikte. Und du fühlst dich schlecht, weil du nicht genug Mut hattest, Nein zu sagen.«

»Danke, Julia. Bislang habe ich mich nicht schlecht gefühlt, aber jetzt tue ich es.«

»Ich bin nur ehrlich. Wenn ich deine Tante kennengelernt hätte, hätte ich ihr die Meinung gesagt.«

Flora zuckte zusammen, als sie sich dieses besondere Zusammentreffen vorstellte. »Meine Tante war nicht gerade warmherzig und liebevoll, das ist wahr, aber sie war meine einzige Familie. Sie nahm mich auf, als ich niemanden hatte. Sie hatte das Gefühl, dass ich ihr was schulde, und sie hatte recht.«

»Ich bin nicht sicher, ob es so etwas wie Schulden zwischen Familienmitgliedern geben sollte. Aber wenn es das gibt, hast du deine Schulden tausendfach abbezahlt. Ja, ich kapiere es, sie gab dir ein Zuhause, aber umgekehrt bekam sie eine Vollzeitbetreuung. Und Celia ist *nicht* deine Tante.«

»Wenn ich Nein gesagt hätte, hätte sie dich gefragt, und du hast diesen Samstag Freddies Indoor-Rennen, und Geoff arbeitet nicht, weshalb seine Mutter am Samstag zum Mittagessen rüberkommt. Und du hast Kaitlin versprochen, dass du ihr ein Kleid für das Familientreffen an Ostern kaufst.«

Julia schrie kurz auf, als sie sich an einem Dorn stach. »Wieso kennst du meine Termine besser als ich? Wenn du es so sagst, merke ich erst, wie vollgestopft mein Leben ist.«

Flora sagte nichts. Sie würde alles geben, wirklich alles, wenn sie nur ein bisschen von dem hätte, was Julia hatte. Nicht den Stress – den konnte sie sich auch machen –, aber die Nähe. Die verwobenen Fäden einer funktionierenden, gesunden Familie bildeten etwas Größeres als ein Einzelner. Etwas Starkes und Dauerhaftes. Für ihre Tante war Flora ein loser Faden gewesen. Etwas, das man abstreifte.

»Du hast eine tolle Familie.«

»Machst du Witze? Meine Familie nervt. Freddie hat eine Freundin, und jetzt lungern die beiden jeden Abend händchenhaltend auf dem Sofa herum und schmachten sich an, und Eric hänselt ihn ständig – du kannst dir ja vorstellen, was dabei rauskommt. Und Kaitlin … Na ja, ich könnte endlos so weitermachen. Lass uns einfach sagen, dass ich dich darum beneide, dein Zuhause mit niemandem teilen zu müssen. Du gehst nach Hause, und dort bist nur du.«

»Ja.« Flora sah zu, wie Julia die Rosen sorgfältig zu einem Bouquet zusammensteckte. »Nur ich.« Von diesem Leben hatte sie geträumt, als sie noch bei ihrer Tante wohnte. Sie hatte eine Wohnung. Klein, reizlos, aber für sich allein. Sie hatte Freunde. Ihr Kalender war voller Unternehmungen und Einladungen. Sie sollte dankbar und glücklich sein. Sie hatte Glück, Glück, Glück.

»Wenn du abends nach Hause kommst, ist alles in deiner Wohnung so, wie du es verlassen hast. Niemand hat deine Sachen weggeräumt oder sie unter Stapeln von eigenem Zeug vergraben. Du stolperst nicht über Dutzende von Sneakern, wenn du zur Tür reinkommst, niemand hämmert gegen die

Tür und schreit ›Mom!‹, während du im Badezimmer bist, und niemand besetzt jeden Zentimeter des Sofas.«

»Niemand hämmert gegen meine Tür, das stimmt, und auf dem Sofa bin nur ich.« Flora entfernte zwei einzelne Blätter, die Julia entgangen waren. »Wirklich großartig, weil ich meine Beine ausstrecken und mich ausbreiten kann wie ein Tintenfisch, ohne dass sich jemand beschwert.«

»Ich bin von Chaos umgeben. Du hast himmlische Ruhe.«

»Himmlisch.«

»Wenn du dir Blumen aussuchst, sind sie immer schön. Wenn ich Glück habe, bringt Geoff mir mal einen Strauß aus dem Supermarkt mit.«

Immerhin schenkte er ihr Blumen.

Flora hatte noch nie jemand Blumen geschenkt. Sie verbrachte ihre Tage damit, für andere Menschen wunderbare Sträuße zu binden, doch sie selbst bekam nie einen.

»Neulich habe ich gelesen, dass Single-Frauen ohne Kinder die Glücklichsten von allen sind.«

»Hm.« Wen hatte man da gefragt?

»Du hast das perfekte Leben, auch wenn ich dich immer noch gern mit jemandem verkuppeln würde. Du brauchst einen Mann!«

Flora war nicht ganz so überzeugt. Die Männer, mit denen sie sich bisher verabredet hatte, waren lediglich an einer ganz bestimmten Art von Intimität interessiert gewesen. Das war schon okay, gelegentlich auch mehr als das. Doch es war, als stopfe man Eis in sich hinein, wenn der Körper etwas Nahrhaftes brauchte: kurzfristig befriedigend, aber ohne dauerhaften Nährwert.

Nein, sie wollte jemandem etwas bedeuten, so wie sie ihrer Mutter etwas bedeutet hatte. Sie wollte verbunden sein auf eine Weise, wie Julia es war. Sie wollte jemanden an ihrer Seite haben und an seiner Seite sein. Sie wollte, dass jemand sie kannte und brauchte. Worin lag der Sinn, auf der Welt zu sein, wenn man nicht gebraucht wurde? Wenn man für niemandes Leben wichtig war?

Sie hatte so viel zu geben und niemanden, dem sie es geben konnte.

Sie war einsam, doch das würde sie niemals zugeben. Denn wenn man das tat, vermuteten die Leute gleich, dass etwas nicht stimmte mit einem. Die Medien sprachen zwar von einer Epidemie der Einsamkeit – und doch fühlte es sich an wie ein Eingeständnis des eigenen Scheiterns, wenn man zugab, einsam zu sein.

Flora war dreißig, ungebunden und lebte in der aufregendsten Stadt der Welt. Von außen betrachtet musste ihr Leben wirken wie ein Tag am Set einer Sitcom – abgesehen von ihrem Apartment, das eher nach dem Schauplatz eines Krimis aussah. Und von innen? Da fühlte sie sich schrecklich einsam. Doch wenn sie das zugab, würden alle sie insgeheim dafür verurteilen und mit ihr darüber reden wollen, was sie alles falsch machte. Oder sie würden sie permanent einladen. Doch das war nicht Floras Problem. Wichtig war nicht die Anzahl der sozialen Kontakte, sondern ihre Tiefe.

Wenn andere Leute sich nach ihrem Befinden erkundigten, sagte sie ihnen, was sie hören wollten, damit sie sich nicht unbehaglich fühlten.

Ja, ich bin gestern zu Hause geblieben, und es war toll. Ich hatte einen entspannten Abend und endlich Zeit für aufgeschobene Telefonate.

Mein soziales Leben ist so stressig, dass ich froh bin, mal einen Abend nichts zu tun.

Wochentags war es einfacher als am Wochenende, wenn die Zeit fast stillzustehen schien und ihr bei allem, was sie tat, noch deutlicher bewusst wurde, dass sie es *allein* tat. Im Park spazieren zu gehen bedeutete, andere Menschen bei allen möglichen Dingen zu beobachten, die sie *gemeinsam* taten: Mütter mit ihren Kindern, händchenhaltende Paare, Gruppen von Freunden und Freundinnen, die lachten und auf einer Bank Kaffee tranken. Shoppen zu gehen bedeutete, von Frauen umgeben zu sein, die nach einem Outfit für einen aufregenden Abend suchten.

Flora tat, was sie konnte, um jener Ruhe zu entgehen, die Julia so erstrebenswert schien. Sie ging spazieren, telefonierte, ging essen, nahm an einem Töpferkurs teil, einem Kunstkurs, hörte Musik und Podcasts, streamte Filme. Manchmal schaltete sie den Fernseher nur um des Geräusches willen ein. Und am Ende eines jeden Tages kroch sie in ihr Bett und schloss die Augen, und dann umhüllte die Stille sie wie eine erstickende Wolke. Nicht, dass ihr Apartment ruhig war. Weit gefehlt. Über ihr wohnte eine italienische Großfamilie, deren Mitglieder durch die Räume trampelten und sich in einer ohrenbetäubenden Lautstärke stritten. Nebenan wohnte ein Paar, das sich in den frühen Morgenstunden geräuschvollem Sex hingab. Sie war umgeben vom Lärm anderer Menschen, die ein erfülltes und glückliches Leben lebten.

»Mach dir keine Sorgen, ich komme klar. Ich habe ohnehin keine großen Pläne fürs Wochenende, nur Yoga und ein Brunch mit einer Freundin. Du weißt doch, dass ich gerne hier arbeite.«

»Weil du Celia magst?«

»Weil ich Blumen mag.«

»Puh. Ich wollte dir gerade schon vorschlagen, dir professionelle Hilfe zu suchen. Aber du hast natürlich recht: Wenn du dich geweigert hättest, am Wochenende zu arbeiten, hätte ich es tun müssen. Also danke dafür! Aber eines Tages möchte ich dich ein lautes ›Nein‹ zu ihr sagen hören.«

»Das wirst du.« Flora war sich durchaus bewusst, dass ihr Harmoniebedürfnis jede Menge Nachteile in sich barg. In den wenigen Beziehungen, die sie gehabt hatte, hatte sie sich immer so bemüht, es den anderen recht zu machen, dass sie sich selbst darüber vergaß. Normalerweise war das der Punkt, an dem sie die Sache beendete. *Es liegt nicht an dir, sondern an mir*, das hinterließ keinen Unmut.

Julia zeigte nach hinten, wo Celia einer anderen Angestellten einen Vortrag hielt. »Was hat sie für ein Problem?«

Flora machte sich den Moment, in dem Julia abgelenkt war, zunutze, um das Blumenarrangement zurechtzuzupfen. »Sie ist nervös. Ihr gehört das Geschäft, und es sind schwere Zeiten. Wir machen uns genug Sorgen um unsere Jobs. Stell dir vor, wir wären auch noch für die Jobs der anderen verantwortlich.«

»Ich glaube nicht, dass die Sorge um uns sie nachts wach hält. Kein Wunder, dass sie allein lebt. Vermutlich hat sie ihren ersten Mann aufgefressen. Oder vielleicht hat er sich aufgelöst, nachdem sie Säure auf ihn getröpfelt hat. Wenn sie eine Blume wäre, wäre sie Gefleckter Schierling.« Dass sie Celia den besonders giftigen Doldenblütler zuwies, war mal wieder typisch; Julia hatte einen Hang zum Dramatischen. Sie hatte Schauspielerin werden wollen, doch dann war sie ihrem Mann begegnet. Die drei Kinder kamen rasch hintereinander. Sie hatte verschiedene Jobs gehabt, und Flora würde ewig dankbar sein für den Tag, an dem sie zur Tür hereingekommen war und nach Arbeit gefragt hatte.

Julia bewunderte die Rosen. »Ich werde besser, meinst du nicht?«

Flora fügte noch ein bisschen Blattwerk hinzu und kürzte einen der Stiele. »Du hast ein Auge dafür.« Das war nicht ganz richtig; tatsächlich hatte Julia kein besonders gutes Auge dafür. Doch Flora würde auf keinen Fall ihre Gefühle verletzen. Und sie wusste, wie sehr ihre Freundin den Job brauchte.

»Ich werde nie so gut sein wie du, aber ich lerne noch, und du machst das, seit du laufen kannst.« Julia sah zu dem Mann vor dem Schaufenster hinüber. »Glaubst du, er hat sie geschlagen und will einen ›Tut mir leid, dass ich dich verletzt habe‹-Strauß kaufen?«

»Ich hoffe nicht.«

»Komm doch an deinem nächsten freien Samstag zu uns zum Essen. Meine Art, danke zu sagen.«

»Das mache ich gern.« Flora aß gern bei Julia, auch wenn das liebevolle Geplänkel zwischen ihrer Freundin und ihrem Mann ihr immer einen merkwürdigen Stich gab. Niemand kannte Flora gut genug, um sie so aufzuziehen.

»Ich würde dich zu einer Übernachtung einladen, damit du mal aus deinem Apartment rauskommst, aber du weißt ja, wie knapp der Platz bei uns ist. Und glaub mir, du möchtest das Bett nicht mit Kaitlin teilen. Will dein Vermieter immer noch die Miete erhöhen?«

»Ja.« Flora verspürte einen Anflug von Angst. Sie hatte einen halbherzigen Versuch unternommen, sich nach etwas anderem umzusehen, doch die Kluft zwischen dem, was ihr gefiel, und dem, was sie sich leisten konnte, war bedrückend groß.

»Und hat er deine Kakerlake beseitigt?«

»Noch nicht. Und ich habe mehr als eine Kakerlake.«

Julia schauderte. »Wie kannst du dabei so entspannt bleiben?«

»Ich freu mich einfach, dass sie Freunde haben.«

»Siehst du, das unterscheidet uns: Ich denke an Ausrottung, du denkst an einen Datingservice für Kakerlaken. Hast du wenigstens mit ihm darüber gesprochen?«

»Ich habe ihm eine sehr entschieden formulierte Mail geschickt.«

»Und was hat er gesagt?«

»Nichts. Er hat nicht geantwortet.«

»Und wann hast du die Mail geschickt?«

»Vor einem Monat?«

»Einem Monat? Wie ich dich kenne, stand darin: Liebster Vermieter, wenn es Ihnen möglich sein sollte, sich um mein feuchtes Apartment und die Kakerlaken zu kümmern, wäre ich wahnsinnig dankbar. Wenn es nicht passt, ist das auch kein Problem.«

»Es war strenger formuliert.« Aber nicht viel strenger, und ihre Worte hatten rein gar nichts bewirkt.

»Was ist mit der Feuchtigkeit? Hat er den Grund gefunden?«

»Er hat nicht nachgesehen. Ich mache mir langsam Sorgen, weil sich dieser Fleck an meiner Decke weiter ausbreitet.«

»Vielleicht ist oben jemand gestorben und sein verwesender Körper löst sich langsam auf und sickert in dein Apartment.«

»Falls er verwest, macht er aber viel Lärm dabei. Gestern Abend sang er Opernarien.« Sie blickte auf und sah, dass der Mann noch immer vorm Fenster stand. Er musste sich zu Tode frieren. Sollte sie die Tür öffnen? Ihm Zuflucht anbieten? Etwas Heißes zu trinken? »Vielleicht hat seine Mutter heute Geburtstag, und er hatte keine Zeit, ihr ein Geschenk zu kaufen.« Das kam ständig vor: Menschen stürzten herein, griffen nach einem der fertigen Sträuße, ohne Zeit oder Gedanken an die Auswahl zu verschwenden.

Flora verurteilte sie nicht. Stattdessen war sie stolz auf den Umstand, dass ihre handgebundenen Sträuße in dieser Ecke von Manhattan ein Gesprächsthema waren. Wie ihre Mutter band sie Blumen gern nach Anweisung zu einem Strauß, aber ebenso gern wählte sie selbst aus, um den Kunden die Entscheidung zu erleichtern. Manche Menschen waren nervös beim Blumenkauf, benommen von der Auswahl und voller Angst, einen Fehler zu machen.

Nach Floras Meinung waren Blumen nie ein Fehler. Ihre Mutter hatte immer auf frische Blumen bestanden. Es reichte nicht, im Laden von ihnen umgeben zu sein, sie bestand darauf, auch ihr Heim damit zu schmücken. Es gab einen großen Strauß im Flur, der einen mit seinem Duft begrüßte, wenn man hereinkam, einen weiteren Strauß in der Küche und kleine Sträußchen im Schlafzimmer. Violet Donovan hatte Blumen für Kunst gehalten, für lebenswichtige, unverzichtbare Kunst. Wenn gespart werden musste, dann in anderen Bereichen, etwa bei der Kleidung oder beim Essengehen. Die meisten Menschen erinnerten sich an bestimmte Ereignisse, wenn sie an ihre frühe Kindheit dachten. Floras früheste Erinnerungen bestanden aus Duft und Farbe.

Das war so geblieben, bis sie mit acht Jahren zu ihrer Tante kam, die die Leidenschaft ihrer Schwester für Blumen nicht teilte.

Warum Geld für etwas verschwenden, das stirbt?

Flora, wund in ihrer Trauer, hatte darauf hingewiesen, dass alles starb und es sicherlich am wichtigsten war, das Beste daraus zu machen, solange man lebte. Bis zu diesem Punkt war sie fröhlich durchs Leben gehüpft, doch sie sollte bald lernen, auf Zehenspitzen zu schleichen und in allen Situationen vorsichtig zu sein. Sie lernte schnell, was ihre Tante erzürnte und wann sie nur ein finsteres Gesicht machte.

In diesem Moment hob der Mann draußen seinen Blick von den Blumen und sah Flora direkt an. Er konnte nicht wissen, dass sie über ihn gesprochen hatte, dennoch spürte sie, dass sie vor Schuldbewusstsein rot wurde.

Ihr Lächeln war halb entschuldigend, halb einladend. Es kam ihr nicht in den Sinn, so zu tun, als hätte sie ihn nicht gesehen.

»Wow«, murmelte Julia. »Siehst du, wie er dich anschaut? Geoff hat mich so angesehen, und einen Monat später war ich schwanger. Du wirst entweder die Liebe seines Lebens oder sein nächstes Opfer, je nachdem, ob du der romantische oder der Thrillertyp bist. Vielleicht nimmt er Rosenblüten, um deine Leiche zu begraben. Oder die seiner Frau.«

»Hör auf!«

»Vielleicht starrt er dein Kleid an. Ich wünschte, ich könnte so etwas tragen! Dein Look ist alternativ und gleichzeitig trendig. Ich würde schrecklich darin aussehen! Ich meine – ein rotes Kleid und lila Leggings. Niemand außer dir würde diese Farben kombinieren. Kaitlin würde sich weigern, so mit mir gesehen zu werden, wohingegen sie dich für den coolsten Menschen auf dem Planeten hält. Und wo hast du diese Ohrringe entdeckt?«

»Auf dem Flohmarkt.«

»Wie auch immer. Du erregst Aufsehen mit dem Look. Obwohl ich dich nicht ansehen wollte, wenn ich einen Kater hätte.«

»Ich mag Kleidung, die …«

»… bunt ist. Ich weiß. Du verströmst immer ein Lächeln. Alle, die ich kenne, stöhnen, stöhnen, stöhnen, mich eingeschlossen, aber du bist wie eine Oase des Sonnenscheins in einem ansonsten düsteren und stürmischen Leben.«

»Wenn du diesen Strauß nicht rasch fertigstellst, wird dein Leben noch stürmischer.«

Julia schnitt die restlichen Stiele ab und blickte dann wieder auf. »Immer noch da. Der Mann wird bald Frostbeulen haben. Sieh dir seine Augen an. Voller Geheimnisse.«

Flora antwortete nicht. Sie hatte ebenfalls Geheimnisse. Geheimnisse, die sie noch nie mit irgendjemandem geteilt hatte, aber das war nicht das Traurigste. Das Traurigste war, dass niemand ansatzweise so interessiert gewesen war, um tief genug zu graben. Niemand hatte sie so gut kennenlernen wollen.

»Vielleicht weiß er einfach nicht, welche Blumen er nehmen soll.«

»Na ja, wenn irgendjemand die Wahrheit über ihn erfahren kann, dann du.« Julia band die Stiele zusammen, sodass Mrs. Martin den Strauß nur noch in die Vase stellen musste. »Die Leute erzählen dir alles, vermutlich weil du zu höflich bist, ihnen zu sagen, dass sie die Klappe halten sollen.« Sie blies sich das Haar aus den Augen. »Du nimmst Anteil.«

Ja, Flora nahm Anteil. Menschen waren wie Blumen. Sie hatten alle möglichen Farben, Größen und Formen, und sie schätzte sie alle. Ihre Mutter war genauso gewesen. Die Leute waren in den Laden gekommen, um Blumen zu kaufen, und auf einen Kaffee und ein Schwätzchen geblieben. Als Kind hatte Flora still zwischen den Blüten gesessen, umgeben von der Wärme und dem Duft und dem beruhigenden Gemurmel von Erwachsenengesprächen.

Schließlich ging die Tür auf, und der Mann trat in den Laden, wobei er einen Schwall kalter Luft und einen Hauch von Erwartung mit sich brachte. Die anderen Kunden musterten ihn kurz und widmeten sich dann wieder dem, was sie vor seinem Eintreten getan hatten.

»Ich muss zugeben, er ist heiß. Ich wette, dass er in dem, was er tut, der Beste ist – was auch immer er tun mag«, murmelte Julia. »Ich kann fast verstehen, dass man eine Affäre mit ihm anfängt. Er gehört dir, aber wenn er mit dir ausgehen will, lade ihn nicht in deine Wohnung ein – es sei denn, er arbeitet für die Schädlingsbekämpfung.« Sie verschwand im Hinterzimmer des Ladens, wo weitere Blumen lagerten.

Flora verdrehte innerlich die Augen.

Er gehörte nicht ihr, und er würde auch nicht mit ihr ausgehen wollen. Er kaufte Blumen, das war alles.

»Wie kann ich Ihnen helfen?« Sie schob das Gespräch mit Julia beiseite. Wenn er eine Affäre hatte, ging es sie nichts an.

Alle Menschen hatten Fehler, das wusste sie. Das Leben war ein Chaos. Blumen erhellten das Chaos des Lebens.

»Ich brauche ein Geschenk. Für eine junge Frau.« Seine Augen waren gletscherblau, ein auffälliger Kontrast zu seinem schwarzen Haar. »Eine ganz besondere junge Frau.«

Vielleicht hatte Julia recht. Vielleicht hatte er eine Affäre.

Wenn man in einem Blumenladen arbeitete, begegnete man dem ganzen Spektrum des Lebens, von Jubel bis Trauer. Es sollte ihr nichts ausmachen, doch sie war enttäuscht.

»Gibt es einen Anlass? Ein Jahrestag? Eine Entschuldigung?«

Er zog die Brauen zusammen. »Eine Entschuldigung?«

Hatte sie das wirklich laut gesagt? Innerlich verfluchte sie Julia, die sie mit ihrem Zynismus angesteckt hatte. »Wenn Sie mir sagen, was der Anlass ist, kann ich Ihnen eine Blume empfehlen, die Ihre Botschaft perfekt übermittelt.«

»Das bezweifle ich.«

»Stellen Sie mich auf die Probe. Ich liebe Herausforderungen. Was sollen die Blumen sagen?«

Er musterte sie. »Sie sollen sagen: All die Male, die ich es in den letzten Monaten vermasselt habe, tun mir unendlich leid. All die Male, wenn ich das Falsche gesagt oder das Falsche getan habe, wenn ich in ihr Zimmer kam, obwohl sie allein sein wollte, oder sie allein gelassen habe, wenn sie sich Gesellschaft gewünscht hatte. Sie sollen sagen, dass ich sie lieb habe und sie immer lieb haben werde, auch wenn ich das vielleicht nicht auf die richtige Weise zeige. Sie sollen sagen, dass es mir leidtut, dass sie ihre Mutter verloren hat, und dass ich wünschte, ich könnte sie zurückbringen oder den Schmerz lindern. Vor allem wünschte ich, dass ihre Mutter jetzt hier wäre, weil sie ganz genau gewusst hätte, was sich meine Tochter zum siebzehnten Geburtstag wünscht, und ich nicht die geringste Ahnung habe.« Er hielt inne. Vielleicht hatte er zu viel gesagt. Eine leichte Röte färbte seine Wangen. »Wenn Sie es schaffen, all das mit Blumen zu sagen, sind Sie mir weit voraus.«

Flora schluckte, sie hatte einen Kloß im Hals. Sein Schmerz war aus ihm herausgebrochen, und er hatte sie berührt. Hinten im Laden war es ganz still; Julia hörte offenbar auch zu.

Eine tote Ehefrau.

»Das ist also der siebzehnte Geburtstag Ihrer Tochter.« Und er beging den Tag ohne die Liebe seines Lebens. Die Mutter seiner Tochter. Seine Frau. Flora hätte ihn am liebsten in den Arm genommen. Und seine Tochter ebenfalls. Sie wusste, was Verlust bedeutete, und verstand das große Loch, das dadurch in einem Leben entstand. Man blieb zurück und versuchte, Stücke zusammenzufügen, die nicht länger zusammenpassten. Das Leben wurde ein Flickwerk mit einigen Löchern.

»Becca – meine Frau – hätte genau gewusst, worüber sie sich freut. Sie hatte ein Händchen für das perfekte Geschenk, egal zu welcher Gelegenheit. Sie hätte vermutlich eine Party veranstaltet oder so etwas und die richtigen Freunde dazu eingeladen. Aber ich bin nicht meine Frau, und traurigerweise hat sie mir keine Notizen hinterlassen. Ihr Tod kam so plötzlich. Ich improvisiere hier.«

Flora atmete tief ein. Es nutzte ihm nichts, wenn sie aus Mitgefühl weinte. Dieser Mann brauchte sie, um sein Problem zu lösen. Geschenke waren ein schwieriges Thema. Flora bemühte sich selbst immer, etwas Passendes zu finden, aber sie wusste, dass sie nicht perfekt war. Becca war es offenbar gewesen. Sie stellte sich eine kühle Blondine mit einem Notizbuch vor, in dem sie Geschenkideen notierte, sobald jemand etwas nebenbei erwähnte.

Für Tasha zu Weihnachten einen pfirsichfarbenen Seidenschal.

Am Weihnachtstag würde Tasha ihr Geschenk öffnen und jubeln und könnte kaum glauben, dass jemand ihren Geschmack so gut getroffen hatte.

Niemand würde je ein Geschenk zurückgeben, das Becca gekauft hatte.

Niemand würde es je ansehen und denken: Davon habe ich schon drei.

Kein Wunder, dass er seine Frau vermisste. Und dass er sie vermisste, sah sie ihm an.

Er hatte eine starke physische Präsenz und wirkte dennoch ein bisschen verloren und benommen. Flora war noch nie jemandem begegnet, der so stark und verlässlich und zugleich so verletzlich gewirkt hatte.

»Blumen sind ein perfektes Geschenk.« Es drängte sie plötzlich, ihm seine Last zu erleichtern. Gefallen zu wollen bedeutete nicht immer, feige zu sein. Manchmal ging es nur darum, jemandem zu helfen. »Eine wunderbare Wahl.«

Er blickte auf den Strauß, den Julia gerade gebunden hatte. »Rosen?«

»Da finden wir etwas Besseres zum siebzehnten Geburtstag. Erzählen Sie mir ein bisschen über sie. Was mag sie?«

»Im Moment? Ich weiß es nicht genau. Sie vertraut sich mir nicht an.« Er rieb sich über die Stirn und wedelte dann entschuldigend mit der Hand. »Sie denken vermutlich, ich sei ein furchtbarer Vater.«

»Sie sind hier und versuchen, das perfekte Geschenk für Ihre Tochter zu finden, das macht Sie zu einem sehr aufmerksamen Vater. Es ist immer schwierig, mit Trauer umzugehen.«

»Sie sprechen aus Erfahrung?«

Das tat sie. Sie war sicher, dass sie all seine Gefühle und auch die Gefühle seiner Tochter kannte, obwohl Flora natürlich jünger gewesen war. Gab es ein gutes Alter, um einen geliebten Menschen zu verlieren? Wohl kaum. Selbst jetzt, nach so vielen Jahren, stieg ihr manchmal der Duft einer Blume in die Nase und ließ sie ihre Mutter vermissen. »Was macht Ihre Tochter denn in ihrer Freizeit?«

»Wenn sie nicht in der Schule ist, kümmert sie sich mit um ihre Schwester. Molly ist sieben. Wenn ich nach Hause komme und Molly gute Nacht gesagt habe, zieht sie sich meistens in ihr Zimmer zurück und starrt auf ihr Handy. Haben Sie Blumen, die sagen: Vielleicht solltest du weniger Zeit mit Social Media verbringen? Das ist ein stacheliges Thema, vielleicht wären Rosen also doch passender, als Sie denken. Oder vielleicht ein Kaktus.«

Er hatte also Sinn für Humor. Vergraben, vielleicht fast vergessen, doch eindeutig vorhanden.

»Wir finden was Besseres als einen Kaktus.« Flora trat hinter dem Tresen hervor und ging zu den Eimern, die mit einer breiten Auswahl an Blumen gefüllt waren.

Sie war noch vor Sonnenaufgang auf dem Blumengroßmarkt in der West 28th Street gewesen, um nach perfekten Blüten zu suchen. Nur Blumen konnten sie dazu bringen, so früh am Morgen aufzustehen. Viele Händler konzentrierten sich auf Haltbarkeit, was auf Kosten der Farben und des Duftes ging. Doch Celia vertraute darauf, dass Flora Qualität aussuchte, und tatsächlich kam für sie nichts anderes infrage. Ihre Mutter hatte ihr beigebracht, wie wichtig die Jahreszeiten waren, und nun, am Ende des Winters, wählte sie Inkalilien und Amaryllis, Nelken und Chrysanthemen. Sie nahm große Bunde Blattgrün, Talgbaum und Eukalyptus, und sie schaffte es nie, an den Narzissen vorbeizugehen, ohne sie ihrem wachsenden Stapel hinzuzufügen. Überall, wo sie war, berührte sie die Blumen, vergrub ihr Gesicht tief in den Blüten, sog deren Duft und Frische ein. Sie behandelte Blumen wie andere vielleicht eine kostbare Flasche Wein – als etwas, das man sammelte und wertschätzte. Für Flora war der morgendliche

Ausflug zum Blumengroßmarkt ein soziales Event, nicht nur, weil sie dort so viele Menschen kannte, sondern auch, weil so viele Menschen ihre Mutter gekannt hatten. Er war vertraut, eine Verbindung zur Vergangenheit, die sie wie einen Schatz hütete.

Wenn sie schließlich fertig war, half sie Carlos, den Van zu beladen, mit dem auch ausgeliefert wurde, und gemeinsam brachten sie die kostbare Fracht zum Laden. Dort wurde ihre Auswahl sortiert, von überflüssigen Blättern und Dornen befreit, Stiele wurden gekürzt. Dann begann ihr Tag im Laden: Sie bediente Laufkunden, erledigte Internetbestellungen und regelmäßige Aufträge. Ihre Beine schmerzten, doch sie war so daran gewöhnt, dass sie es an diesen Tagen kaum bemerkte.

Ihr Blick streifte die Hortensien und den Flieder und verweilte kurz bei den Lilien, bevor sie weiterging.

Sie dachte an ihre Teenagerjahre zurück, bückte sich dann und stellte einen Bund mit Gerbera in Sonnengelb und Orange zusammen. »Die sollten im Zentrum stehen.«

Er neigte den Kopf. »Hübsch.«

»Die Kelten glaubten, dass Gerbera Trauer lindern.«

»Hoffen wir, dass sie recht hatten.«

Sie spürte, wie er sie beobachtete, während sie Tulpen und Rosen auswählte und sie dem Strauß zufügte. Sie nahm sich Zeit, begutachtete die Stiele und suchte Blattwerk aus. Sie entfernte Blätter und Dornen von den Rosen und steckte den Strauß zusammen, wobei sie auf die Position und Ausgewogenheit der Blüten achtete.

»Sie machen das gut.«

Sie bestimmte den Bindepunkt und schlang das Band darum. »Das ist mein Job. Ich bin sicher, dass Sie Ihren ebenfalls gut machen.«

»Das stimmt. Und er macht mir Spaß. Vermutlich sollte ich mich deshalb schuldig fühlen.«

»Warum?« Sie wickelte die Blumen sorgfältig ein, gab Wasser in ein Säckchen und band es um die Stielenden. »Es ist ja nicht falsch, Spaß zu haben bei dem, womit man den Tag verbringt. Ich würde sagen, es ist sogar notwendig.« Sie fragte sich, welchen Beruf er hatte.

Auch wenn er mit seiner Tochter nicht weiterwusste, strahlte er ein ruhiges Selbstvertrauen aus, das den Eindruck erweckte, dass er in anderen Lebensbereichen nicht an sich zweifelte. Seine Kleidung unter dem schwarzen Mantel war leger, sodass er vermutlich kein Anwalt oder Banker war.

Werbebranche? Möglicherweise, aber sie hielt es für unwahrscheinlich. Vielleicht irgendwas im Technikbereich?

Zweifellos würde Julia übersprudeln vor Ideen und sich nicht zurückhalten.

Serienmörder.

Bankräuber.

»Ich fühle mich schuldig, weil ich es bei der Arbeit manchmal vergesse.«

»Dafür sollten Sie dankbar sein und sich nicht schuldig fühlen. Arbeit kann oft eine Ablenkung sein, und das ist gut so. Nicht jeder Schmerz kann gelindert werden. Manchmal kann man nur abwarten, dass jeder Moment ein bisschen besser wird. Diese Blumen sollten länger als eine Woche halten. Geben Sie Blumenfrisch hinzu, und wechseln Sie jeden Tag das Wasser. Und entfernen Sie Blätter, die im Wasser sind. Das hilft, die Blumen frisch zu halten.« Sie reichte ihm den Strauß. »Ach, und entfernen Sie die Schutzblätter der Rosen.«

»Schutzblätter?«

»Diese.« Sie deutete mit dem Finger auf die eingerollte Kante eines Blütenblatts. »Sie sehen welk aus, doch sie dienen dazu, die Rose zu schützen. Ziehen Sie sie ab, wenn Sie zu Hause sind, und die Blume ist perfekt. Ich hoffe, Ihrer Tochter gefällt der Strauß.«

»Das hoffe ich auch.« Er zog seine Kreditkarte hervor. »In Anbetracht der Tatsache, dass Sie mir vielleicht das Leben retten, sollte ich Ihren Namen kennen.«

»Flora.« Sie schob die Karte durch die Maschine. »Flora Donovan.« Sie blickte auf den Namen, als sie die Karte zurückgab.

Jack Parker. Der Name passte zu ihm.

»Flora. Welch passender Name! Sie haben eine Gabe für Ihren Beruf, und ich bin der Glückspilz, der voller Dankbarkeit davon profitiert.«

Flora fragte sich, ob Becca gut darin gewesen war, Blumen zu arrangieren.

»Gibt es eine Party für Ihre Tochter?«

»Sie sagte, sie will keine. Dass es nicht das Gleiche sei ohne ihre Mutter. Ich habe das ernst genommen.« Er steckte die Karte wieder in die Tasche. »War das falsch?«

Es musste schwer für ihn sein, sich in seine Teenagertochter hineinzudenken.

»Eine Party wäre vielleicht nicht das Richtige. Sie könnten etwas anderes unternehmen. Etwas, das sie mit ihrer Mutter nicht getan hätte.«

»Zum Beispiel was?«

»Ich weiß nicht ...« Flora dachte darüber nach. »Ist sie sportlich? Gehen Sie in eine Kletterhalle. Oder töpfern Sie einen Tag. Begleiten Sie sie und ihre Freundinnen zu einem Salsa-Kurs. Oder machen Sie etwas gemeinsam. Wenn sie sich verloren fühlt, wünscht sie sich vermutlich am meisten, Zeit mit Ihnen zu verbringen.«

»Da wäre ich nicht so sicher. Dads sind peinlich, wenn man ein Mädchen im Teenageralter ist.«

Flora wünschte, sie wüsste, ob das stimmte. Sie hätte viel darum gegeben, einen peinlichen Dad zu haben, doch ihr Dad hatte nichts mit ihr zu tun haben wollen.

Du bist meine ganze Welt, hatte ihre Mutter immer gesagt, doch nachdem sie gestorben war, hatte Flora sich gefragt, ob das Leben nicht einfacher gewesen wäre, wenn ihre Welt ein paar Menschen mehr eingeschlossen hätte.

Sie wollte noch mehr über seine Tochter erfahren, doch es bildete sich bereits eine Schlange, und Celia sah sie vom anderen Ende des Ladens missbilligend an.

Doch er schien es nicht eilig zu haben. »Wie lange arbeiten Sie schon hier?«

»Ich kann mich an keine Zeit erinnern, die ich nicht hier gearbeitet habe.« Sie blickte hinauf zu der hohen Decke und zu den riesigen Fenstern. »Meine Mutter hat hier gearbeitet, bevor sie starb. Seit ich laufen kann, habe ich ihr geholfen. Viele unserer Kunden waren schon Kunden meiner Mutter. Wir beliefern ganz Manhattan mit Blumen.« Und sie war stolz, dass sie das fortführte, was ihre Mutter begonnen hatte. Das brachte die Vergangenheit in die Gegenwart und tröstete sie.

»Wie alt waren Sie, als Sie Ihre Mutter verloren?«

»Acht.« Kaum älter, als seine jüngste Tochter jetzt war.

»Und Ihr Vater?« Seine Stimme war jetzt leiser, und sie war dankbar für sein Feingefühl.

»Meine Mutter hat mich allein aufgezogen.«

»Wie sind Sie damit umgegangen – sie zu verlieren?« Er biss sich auf die Unterlippe. »Ich entschuldige mich! Das war eine unverzeihlich zudringliche Frage, aber im Moment bin ich so verzweifelt, dass ich überall nach Antworten suche. Nach etwas, was ich tun oder sagen kann – ich würde alles probieren.«

»Ich weiß nicht genau, ob ich überhaupt irgendwie damit umgegangen bin. Ich habe es durchgestanden, so gut ich konnte.« Ihr Leben hatte sich binnen weniger Stunden von warmem Sonnenschein zu bitterer Kälte verwandelt. Sie war von einem geborgenen, sicheren Heim an einen Ort gekommen, an dem sie sich wehrlos und ausgeliefert fühlte. »Ich bin nicht sicher, dass das, was mir geholfen hat, anderen helfen würde.«

»Was hat Ihnen geholfen?«

»Dinge, die sie mir nähergebracht haben. Blumen. Blumen haben sich so angefühlt, als wäre meine Mutter bei mir.«

Er musterte sie, und sie hätte einen Moment lang schwören können, dass er sie sah. Dass er sie *wirklich* sah. Nicht das rosenfarbene Kleid oder die hyazinthenfarbenen Leggings oder das Haar, das sich zum Leidwesen ihrer Tante nie bändigen ließ. Sondern die Leere in ihr. Das, was fehlte.

Er lächelte, und sie spürte, wie sich Wärme in ihr ausbreitete und die Leere füllte. Ihr Herz schlug schneller.

In seinem Lächeln lag so viel Charme. Sie war ziemlich sicher, dass er nur exakt so lange Single bleiben würde, wie er das wollte, nicht einen Moment länger.

»Sie scheinen ihren Verlust gut gemeistert zu haben.« Er hatte es nicht eilig zu gehen. »Ich mache mir Sorgen, dass meine Mädchen nicht klarkommen werden, dass ihr Leben ruiniert ist. Aber Sie machen mir Hoffnung, dass wir das auch überstehen können.«

Er strahlte Stärke aus, Ruhe und Kraft. Sie war überzeugt, dass dieser Mann *alles* überstehen würde.

»Sie werden einen Weg finden.« Sofort war es ihr peinlich. »Entschuldigung, das klang ziemlich abgedroschen, wie ein Kalenderspruch. So was wie ›Träume nicht dein Leben, lebe deinen Traum!‹.«

Er lächelte. »Ich hasse diese Sprüche. Vor allem die, die einem sagen, man solle im Regen tanzen.«

»Ich tanze gern im Regen.« Besser als in ihrem Apartment, wo sie mit den Ellenbogen gegen die Wände stieß.

Sein Blick traf den ihren, und wieder durchflutete sie ein warmes Gefühl. »Wann haben Sie Pause? Würden Sie mit mir einen Kaffee trinken gehen?«

Ihr Herz machte einen Satz. Bat er sie um ein Date?

»Na ja …«

»Sie fragen sich, ob ich ein durchgeknallter Serienkiller bin. Bin ich nicht. Aber Sie sind der erste Mensch seit langer Zeit, der mich zu verstehen scheint.«

Ihr fiel auf, dass seine Augen grün und nicht blau waren. Und ihr fiel auf, dass er müde aussah. Vielleicht war er sich dessen bewusst, denn er lächelte schwach, und sie lächelte unwillkürlich zurück. Der kurze Moment der Verbindung überraschte sie. Das war das Intimste, was sie seit langer Zeit erlebt hatte. Wie ironisch, dachte sie, dass ihr so etwas ausgerechnet mit einem Fremden passierte.

»Ich halte Sie nicht für durchgeknallt und auch nicht für einen Serienkiller.«

»Ich möchte Sie zu einem Kaffee einladen. Es ist so schön, mit Ihnen zu sprechen.« Sein Blick war auf etwas hinter ihr gerichtet. »Ich nehme an, die Frau, die mich so drohend anstarrt, ist Ihre Chefin?«

Flora brauchte nicht einmal hinzusehen. »Ja.«

»Wenn ich hier länger stehe und mit Ihnen rede, wäre ich also daran schuld, wenn Sie gefeuert werden. Das möchte ich nicht auf dem Gewissen haben. Danke, dass Sie mir zugehört haben, Flora! Und danke für den Rat.«

Er musste allein mit zwei traumatisierten Mädchen umgehen. Die verletzt waren. Die trauerten.

Wer kümmerte sich um ihn? Hatte er niemanden, der ihn unterstützte?

Er hatte seine Frau verloren, die offenbar in jeder Hinsicht perfekt gewesen war. Becca. War es nicht schrecklich unfair, dass Menschen, die sich in dieser schnelllebigen, komplizierten Welt gefunden hatten, einander dann wieder verloren? Das war vielleicht noch schlimmer, als überhaupt niemals jemanden gefunden zu haben.

Sie sollte sich nicht hineinziehen lassen. Ein Kaffee und ein Gespräch würden nichts heilen.

Aber konnte sie Nein sagen zu einem Single-Vater, der verzweifelt versuchte, bei seinen Töchtern das Richtige zu tun?

Sie nicht.

»Ein Kaffee ließe sich einrichten«, sagte sie. »In einer Stunde habe ich Pause.«